KB163756

이성과 감성

Sense and Sensibility

세계문학전집 132

이성과 감성

Sense and Sensibility

제인 오스틴

윤지관 옮김

민음사

일러두기

1. 이 책의 번역을 위한 저본은 작품 해설에 밝혀 두었다.
2. 본문의 각주는 모두 옮긴이 주이다.

차례

1

대시우드 가문은 오래전부터 서식스 지방에 터를 잡고 살았다. 광대한 영지 한가운데에 그들의 저택인 노어랜드 파크가 자리 잡고 있었다. 그들은 여러 세대에 걸쳐 체통을 지키며 살아왔기 때문에 인근에서 평판이 좋았다. 이 영지의 직전 소유자는 독신으로 꽤 장수하였고, 그의 누이가 같이 살면서 살림을 맡았다. 그러나 그가 죽기 십 년 전 누이가 먼저 죽는 바람에 집안에 큰 변화가 생겼다. 누이의 빈자리를 채우기 위해 조카인 헨리 대시우드 씨 가족이 집으로 들어온 것이다. 헨리 대시우드 씨는 노어랜드 영지의 법적 상속자[1]였고 그도 이 조카에게 영지를 물려줄 생각이었다. 조카 내외와 그 아이

---

1) 유언이 없는 경우 상속받을 권한이 있는 사람.

들이 같이 살게 되면서 이 노신사는 말년을 아주 편안하게 보냈다. 조카네 가족들에 대한 그의 애정도 깊어졌다. 헨리 대시우드 씨 내외는 꼭 득실을 따져서가 아니라 마음에서 우러나와 늘 그를 알뜰하게 보살펴 주었으므로 그는 노년의 호강을 다 누릴 수 있었다. 게다가 구김살 없이 밝은 아이들은 그의 삶에 또 하나의 낙이었다.

헨리 대시우드 씨는 첫 번째 결혼에서 아들 하나를 얻었다. 현재의 부인과는 딸만 셋이었다. 아들은 착실하고 점잖은 청년으로, 성년이 되자 친모의 큰 재산 가운데 반을 물려받았기 때문에 이미 대단한 부자였다. 그는 곧이어 결혼을 통해서도 이런 식으로 재산을 더 불렸다. 따라서 그에게는 노어랜드 영지를 물려받는 것이 누이동생들에게만큼 절박하지 않았다. 누이동생들에게 돌아갈 재산은 얼마 되지 않았던 터라 그들은 아버지가 영지를 물려받는 데 기대를 거는 수밖에 없었다. 어머니는 가진 것이 아무것도 없었고, 아버지도 마음대로 처분할 수 있는 재산은 칠천 파운드뿐이었다. 전처의 재산 가운데 나머지 절반 또한 아들에게 상속되게끔 묶여 있었고 그는 생존 기간 동안 이자 소득만 취할 수 있었기 때문이다.

노신사가 사망했다. 유언장이 낭독되었는데, 유언장이란 것이 대개 그러듯이 즐거움 못지않게 실망감도 안겨 주었다. 조카에게 영지를 물려주기는 했기 때문에 그를 부당하다거나 은혜를 모른다고 하기는 어려울 것이다. 그러나 그는 상속의 가치를 반은 없애 버리는 조건을 달았다. 대시우드 씨는 본인이나 아들이 아니라 아내와 딸들을 위해서 영지를 원했던 것인데, 아들과 네 살짜리 손자한테 그 재산이 묶여 버리는 바람에 그에게 가장 소중하며 부양이 가장 필요한 아내와 딸들에게는 아무것도 해 줄 수 없게 되었다. 그 재산을 담보로 차용도 일절 할 수 없었고, 값나가는 목재를 처분할 자격도 없었다. 재산은 통째로 손자 아이가 성년이 되면 물려받게 정해져 버린 것이다. 이 아이는 양친과 함께 가끔 노어랜드를 방문해 종증조할아버지의 사랑을 담뿍 얻었더랬다. 두세 살짜리 애들이라면 으레 가지고 있는 매력을 발휘했던 것인데, 이를테면 혀가 잘 돌아가지 않아 혀짜래기소리를 한다거나 막무가내 떼를 쓴다거나 깜찍한 장난을 쳐 댄다거나 엄청나게 시끄럽게 군다거나 하는 짓으로, 이 노신사가 여러 해에 걸쳐서 조카며느리와 그 딸들에게서 받아 온 갖은 정성을 무색하게 만들었다. 그렇다고 야박하게 굴 생각은 아니어서, 이 세 손녀딸들에 대한 사랑의 표시로 각각 천 파운드씩을 남겨 주었다.

대시우드 씨는 처음에는 크게 실망했다. 그러나 워낙 밝고 낙천적인 성격인 데다 앞으로 너끈히 여러 해를 더 살면서 아끼면 상당한 금액을 마련할 수 있을 것이라는 희망을 품었다. 지금으로서도 꽤 많은 수입이 있지만 토지를 잘 활용하면 소출이 더 늘 수도 있었기 때문이다. 이것은 그리 무리한 희망은 아니었다. 그러나 이 재산이란 것이 올 때는 그렇게도 느릿느릿 오더니 막상 와서는 열두 달이 고작이었다. 그는 얼마 안 가 자신의 삼촌을 뒤따랐고 최근의 유산까지 포함해서 만 파운드가 미망인과 딸들에게 남겨진 전부였다.

목숨이 경각에 달리게 되자 아들인 존 대시우드 씨가 불려

왔고, 병중의 아버지는 아들에게 계모와 누이동생들을 보살펴 줄 것을 간곡하게 당부했다.

존 대시우드 씨는 아버지 외의 가족들에게 그리 정이 없었다. 그러나 그런 때에 그런 성격의 당부를 받으니 마음을 낼 수밖에 없었고, 그들을 편히 살게 해 주기 위해 힘닿는 대로 노력을 아끼지 않겠다고 약속했다. 이런 확답을 받자 아버지는 마음이 놓였다. 존 대시우드 씨도 한숨을 돌리고 그들에게 어느 정도 내놓아야 체면이 설지 머리를 굴려 보게 되었다.

그는 성품이 고약한 젊은이는 아니었다. 좀 냉정하고 좀 이기적인 것을 성품이 고약하다고 한다면 모르겠지만 말이다. 실제로 일상적인 의무를 경우 바르게 처리해 왔기 때문에 대체로 존중을 받아 왔다. 그가 만약 마음씨 고운 여자와 결혼했다면 지금보다 훨씬 더 존중할 만한 인물이 되었을지도 모른다. 심지어 아예 성품이 좋은 인물이 되었을지도 모르겠다. 워낙 일찍 결혼한 데다 아내를 매우 사랑했으니까. 그러나 존 대시우드 부인은 그를 빼다 박았으되 더 악화시켜 놓은 꼴이었다. 속이 더 좁고 더 이기적이었다.

그가 부친에게 약속했을 때는 누이들에게 각각 천 파운드씩 더 얹어서 재산을 불려 주면 되겠거니 생각했다. 당시로는 정말 그 정도면 감당할 만하다고 여기기도 했다. 현재의 수입에 앞으로 매년 사천이 더 들어올 것이고 거기에다 친모 재산의 나머지 절반이 넘어올 터였다. 자연히 마음이 든든해지면서 그 정도야 쓸 수 있지 하는 심정이었다. "그래, 삼천 파운드를 누이들한테 주자. 크게 한번 쓰는 거지! 그 정도면 누이들이 편안한 생활을 하고도 남겠다. 삼천 파운드라! 상당한 액수지만 그쯤 쓴다고 뭐 내가 불편해지는 것도 아니고." 그는 여기에 대해서 하루 종일 생각했고 또 여러 날을 두고 생각했으나 철회할 의사는 없었다.

부친의 장례식이 끝나자마자 존 대시우드 씨의 부인은 시어머니에게 아무런 사전 통지도 없이 아들과 식솔들을 거느리고 들이닥쳤다. 그녀의 권리를 부정할 사람은 아무도 없었다. 그 저택은 시아버지가 죽은 바로 그 순간부터 남편의 것이었으니까. 그러나 그런 만큼 그녀의 행동은 더더욱 예의와는 담을 쌓은 꼴이니, 성격이 무던한 여자라도 대시우드 부인의 처지가 되었다면 매우 불쾌했을 것임에 틀림없겠다. 그런데 부인은 높은 명예심과 아울러 낭만적일 정도로 남을 배려하는 성격인지라 이렇게 함부로 무례를 저지르는 사람은 그 누구라도 도저히 좋게 봐 줄 수가 없었다. 존 대시우드 부인은 워낙 시댁 사람 누구로부터도 사랑받은 적이 없었지만, 필요하다면 남이야 어찌 되든 어떻게 생각하든 조금도 개의치 않고 행동할 수 있다는 것을 보여 줄 기회를 비로소 얻었던 셈이다.

대시우드 부인은 이 버르장머리 없는 짓이 너무 괘씸해 며느리를 경멸해 마지않았기 때문에, 며느리가 들어온 날 바로 이 집을 나가 버렸을지도 몰랐다. 그렇게 가 버리면 예의가 아니지 않느냐고 맏딸이 간곡히 말리지 않았더라면, 또 사랑하는 세 딸을 위해서 아이들의 오라버니와 척을 지면 안 되겠다고 마음먹지 않았더라면 말이다.

이렇게 톡톡히 효과를 본 충고를 한 맏딸이 바로 엘리너인데, 그녀는 깊은 이해력과 냉철한 판단력을 겸비하고 있어서 불과 열아홉인데도 어머니의 조언자가 될 자격이 충분했다. 그녀는 내버려 두면 대개 경솔한 행동으로 이어질 것이 뻔한 대시우드 부인의 안달복달에 자주 맞서서 그들 모두의 이익을 지켜 냈다. 그녀는 훌륭한 심성을 가졌다. 성격은 다정했고 감정은 강렬했지만 그런 감정을 다스리는 법을 알았다. 그것은 어머니가 채 배우지 못한 지혜였고, 동생 중의 하나는 한사코 배우지 않으려 한 지혜였다.

메리앤의 능력은 여러모로 엘리너의 능력과 맞먹었다. 그녀는 분별력도 있고 영리했다. 그러나 모든 일에 너무 열심이었다. 그녀의 슬픔, 그녀의 기쁨에는 절도란 있을 수 없었다. 그녀는 마음이 넓고 사랑스럽고 매력적인 여성이었다. 신중하지 않은 것 빼고는 나무랄 데가 없었다. 그녀는 어머니를 놀랄 만큼 빼닮았다.

엘리너는 동생의 과도한 감성이 걱정이었다. 그러나 대시우드 부인은 그 점을 오히려 뿌듯해하고 애지중지했다. 어머니와 둘째 딸은 가장의 죽음으로 인한 상처가 덧나도록 서로 밀어 주고 끌어 주었다. 애초에 그들에게 밀어닥쳤던 그 슬픔의 고통을 솔선하여 되씹고 찾아내고 또 몇 번이고 되살려 냈다. 그들은 그 슬픔에 온몸을 던졌으니, 불쌍한 처지를 상기시킬 만한 생각이 났다 하면 그것을 증폭시키기에 바빴고, 앞으로 어떤 마음의 위로도 있을 수 없다고 단정했다. 엘리너도 깊이 상심하기는 마찬가지였다. 그러나 그녀는 여전히 이겨 내기 위해 마음을 추스를 수 있었다. 그녀는 오빠와 상의했고, 올케가 당도하자 그녀를 맞이하였고, 경우에 맞게 대접했다. 그리고 어머니에게 자기처럼 처신하도록 일깨우고 참아 넘기자고 격려했다.

막내인 마거릿은 명랑하고 마음씨 고운 소녀였다. 그러나 그녀는 메리앤만 한 분별력은 없으면서 둘째 언니의 낭만적인 기질만 흠뻑 흡수했고, 나이도 열세 살로 어렸기 때문에 자기보다 인생을 더 산 두 언니와는 어깨를 겨룰 처지가 못 되었다.

2

이제 존 대시우드 부인은 노어랜드의 안주인이 되었고, 시어머니와 시누이들은 식객의 처지로 전락했다. 그렇더라도 안주인은 예의는 지키면서 그들을 대했고, 바깥양반도 본인과 부인 그리고 자식하고야 비길 바가 아니지만 나름대로 그들에게 잘하려고 했다. 실제로 그들에게 노어랜드를 집으로 여기고 사시라고까지 했는데 여기에는 약간의 진심도 담겨 있었다. 대시우드 부인으로서도 이웃에 살 만한 집을 얻기까지는 그곳에 머무는 수밖에 달리 뾰족한 수가 없었기 때문에, 그의 청을 받아들였다.

무엇을 보아도 즐거웠던 지난날이 떠오르는 곳에서 계속 살게 되었으니 그녀의 기질에는 그야말로 딱 들어맞았다. 좋았던 시절에는 그녀 이상으로 즐겁거나 행복에 대한 장밋빛 기대를 품고 있는 사람이 없을 정도였고, 그런 기대로 그저 행복하기만 했다. 그러나 슬픔이 닥치자 그녀는 그 반대의 과잉으로 치달아, 기쁨을 가누지 못했던 것처럼 슬픔을 누그러뜨릴 여지도 없었다.

존 대시우드 부인은 남편이 누이동생들한테 해 주려는 일에 한사코 반대였다. 금지옥엽 내 새끼의 재산에서 삼천 파운드를 빼내 가는 것은 그 애를 무지막지하게 벗겨 먹는 셈이었다. 그녀는 남편에게 그 문제를 제발 재고해 달라고 했다. 자식도 보통 자식인가, 하나뿐인 아들에게서 그렇게 많은 돈을 훔쳐 내다니 대체 무슨 영문인가? 아가씨들이라야 기껏 당신과는 피가 반밖에 안 섞인 이복동생일 뿐이고 내가 보기엔 그건 무슨 인척 관계라고도 할 수 없는 것인데, 그렇게 많은 돈을 바라다니 당키나 한 소리인가? 자고로 배다른 자식들 사이에 무슨 애정이랄 것이 없다는 것쯤은 누구나 아는 터, 왜 당신이 이복동생들한테 우리 불쌍한 해리의 돈을 다 줘 버려서 당신도 망치고 해리도 망쳐야 하는 건가?

"미망인과 딸들을 잘 돌봐 주라는 것이 아버지의 마지막 당부였다오." 남편이 대답했다.

"아버님은 당신께서 무슨 말을 하는지도 몰랐던 게지요. 틀림없어요. 당시에 머리가 어떻게 되신 거예요. 제정신이셨다면 당신더러 당신 아이한테서 재산을 반이나 덜어 내라는[2] 따위 생각은 떠오르지도 않으셨겠죠."

---

2) 실제로는 집안 재산의 1~2퍼센트에 해당한다.

에드워드가 가진 미덕은 미덕대로 갖추어야 하지만, 그냥 선량하기만 해서는 안 되고 매력적인 외모와 매너가 받쳐 주어야 해요."

"얘, 네가 아직 열일곱도 안 되었다는 걸 기억해야지. 그런 행복이 오지 않을 거라고 절망하기엔 너무 일러. 네가 어미보다 운이 나빠야 할 이유가 어디 있어? 메리앤, 네 팔자가 어미 팔자하고 딱 한 가지 점에서만 달랐으면 좋겠다!"

4

"정말 안타까워, 엘리너 언니." 메리앤이 말했다. "에드워드가 그림에 아무 취향이 없으니 말이야."

"그림에 아무 취향이 없다니, 왜 그렇게 생각하지?" 엘리너가 대꾸했다. "그이가 그림을 직접 그리지 않는 건 사실이야. 그렇지만 다른 사람들 그림을 보는 것을 아주 좋아해. 또 키울 기회가 없었다 뿐이지 소질은 조금도 부족하지 않다고. 배우기만 했더라면 아주 잘 그렸을 거야. 그림에 대한 의견을 선뜻 내놓지는 않는 편이지만 그야 자신의 판단을 과신하지 않는다는 말이기도 하잖아. 하여간 그분 나름으로 적절한 감각과 담백한 취향을 타고났고, 그게 대개는 아주 정확하거든."

메리앤은 혹 언니의 기분을 상하게 할까 봐 그 문제에 대해서는 입을 다물었다. 그러나 언니 말대로 그가 다른 사람들의 그림을 알아볼 줄 안다고 하더라도, 자기가 생각하는 취향과는 거리가 너무나 멀었다. 취향이라면 모름지기 저 황홀한 기쁨을 동반해야 마땅할 터였다. 언니가 취향을 잘못 이해하고 있다는 데 내심 웃음이 나왔지만, 에드워드에게 맹목적으로 기운 탓에 그랬을 터이니 언니도 참 대단하다고 여겼다.

"메리앤, 난 말이야." 엘리너가 말했다. "네가 그이의 취향이 전반적으로 부족하다고 생각하지 않기를 바라. 내 생각으로는 뭐, 사실 그럴 수도 없을 거야. 너야 그이를 늘 진심으로 대하는 데다 정말 그렇게 생각한다면 그렇게 공손할 리 없을 테니 말이야."

메리앤은 무슨 말을 해야 할지 몰랐다. 어떤 이유로든 언니의 감정을 상하게 하고 싶지 않았지만, 그렇다고 자기가 믿지도 않는 이야기를 할 수도 없었다. 마침내 이렇게 답변했다.

"엘리너 언니, 언니가 그분의 미덕이라고 생각하는 것에는 내 칭찬이 한참 모자라겠지만, 너무 속상해하지는 말아 줘. 그분의 세세한 마음까지는 알지 못하고 그분이 어디에 끌리고 취향은 무엇인지 따져 볼 기회가 언니만큼 많지 않았잖아. 그렇지만 정말 선량하고 분별력이 있다는 점은 누구보다 높이 평가해. 그야말로 훌륭하고 상냥한 분이시지."

"그만하면 그이의 가장 친한 친구들도 만족할 만한 칭찬이네. 너로서도 최상의 찬사를 보낸 셈일 테고." 엘리너가 미소를 지으면서 답했다.

메리앤은 언니가 그렇게 쉽게 기뻐하는 것을 보고 기분이 좋았다. 엘리너가 말을 이었다.

"그이의 분별력과 선함에 대해서는 자주 만나서 터놓고 얘기해 본 사람이라면 아무도 의심하지 못할 거야. 너무 수줍어서 입을 다물고 있을 때가 잦아서 그렇지 지적 수준도 높고 소신도 훌륭해. 너도 그동안 봐서 확실한 분이라는 것은 알잖니. 하지만 네 말마따나 세세한 면모야 나보다 더 모를 수밖에 없는 사정이긴 했어. 넌 어머니한테 꼭 붙어 지내서 몰랐겠지만, 난 그이와 긴 시간을 함께 보낸 적도 몇 번 있었어. 그러니 볼 만큼 본 셈이지. 그분의 감수성이랄까 하는 것도 알게 되었고 문학과 취향이라는 주제를 두고 대화를 하기도 했지. 그분을 이렇게 정리해도 되지 않을까 싶어. 박식하고, 책을 굉장히 즐기고, 활발한 상상력에, 공정하고 정확한 관찰력 그리고 섬세하고 순수한 취향이 있는 분이라고. 알면 알수록 재능도 많은 분이라는 걸 깨닫게 되지만, 매너라든가 인물도 그렇거든. 처음 보아서는 말주변이라거나 태도가 그리 빼어난 것도 아니고, 생긴 것도 별로야. 그런데 자세히 보면 눈매가 남달리 선하고 얼굴 생김새도 정이 넘치지. 이제 잘 알게 되고 나니 정말 미남이라고 생각돼. 아니, 최소한 거의 미남에 가깝다고 말이야. 넌 어떻게 생각하니, 메리앤?"

"지금 당장은 아니지만 곧 미남이라고 생각할게, 엘리너 언니. 언니가 그분을 형부로 사랑해 달라고 하면, 그분 얼굴에서 아무런 흠도 찾지 않게 될 거야. 지금 그분 마음에서 흠을 못 찾듯이 말이야."

엘리너는 메리앤이 내놓고 형부 운운하고 나오는 데 깜짝 놀라서 그에 대해 말하면서 너무 열을 올린 것이 아닌가 싶었다. 그녀는 에드워드가 자기 마음에 크게 자리 잡고 있다고 느졌다. 이 호감이 상호적이라고도 믿었다. 그러나 둘이 서로 사랑하고 있다는 메리앤의 확신을 스스로도 흔쾌하게 받아들이려면 모든 것이 더 확실해져야 할 터였다. 그녀는 메리앤과 어머니가 한순간 추측하는가 하면 바로 다음 순간 그것을 믿어버린다는 것을 알았다. 그들에겐 소망이 희망이 되고, 희망이 예상이 된다는 것을 알았다. 그녀는 동생에게 실제로 어떤 상태에 있는지 설명해 보려고 했다.

"아니라고는 하지 않을게." 그녀가 말했다. "내가 그이를 아주 좋게 생각한다는 거 말이야. 그일 아주 존중하고, 좋아하고 있어."

이 말을 듣자 메리앤은 화를 벌컥 냈다.

"존중한다! 좋아한다! 냉정하기 짝이 없으시네, 엘리너 언니! 흥! 냉정한 것보다 더 나빠! 달리 말하기가 창피하다 이거지. 두 번 다시 그런 표현을 썼단 봐라, 지금 당장 방을 나가 버릴 거야."

엘리너는 웃지 않을 수 없었다. "미안하다, 얘." 그녀가 말했다. "내 감정을 그렇게 미적지근하게 말하긴 했지만 널 화나게 하려는 것은 아니었어. 말로 표현한 것보다는 내 감정이 더 강하다고 믿으렴. 구태여 말하자면 내 감정은 이런 정도인 것 같아. 그이의 장점이라든가 그이도 나를 사랑할 것이라는 짐작, 아니 희망에 비추어 보아서 내가 그렇게 느껴도 괜찮겠다, 주제넘지도 어리석지도 않겠다 싶은 정도 말이야. 하지만 이 이상이라고 믿어 버려선 안 돼. 그이가 나를 얼마만큼 생각하는지 전혀 확신이 없거든. 어떤 때는 그리 대단한 건지조차 의심스러워지기도 해. 그러니 그이의 감정을 속속들이 알게 될 때까지는 조심할 수밖에 없어. 나 자신의 호감을 실제보다 크다고 믿고 키워 놓는 짓은 피하고 싶어 한다고 너무 뭐라고 하진 마. 속으로야 그이 마음을 의심할 생각이 조금도, 아니 별로 없긴 해. 그렇지만 그이의 의향 외에도 고려해야 할 점이 많아. 그이는 아직 경제적으로 독립한 처지가 아니거든. 모친이 어떤 분인지 우린 알 수 없지만, 올케언니가 가끔씩 그분의 행동이나 생각에 대해 하는 말을 들어 보면 좋은 분이라는 생각은 안 들어. 그리고 에드워드 자신도 잘 알고 있을 거라고 생각해. 재산이 많지도 신분이 높지도 않은 여자하고 결혼하려고 하면 큰 난관에 부딪치게 되리란 걸 말이야."

메리앤은 어머니와 자신의 상상이 사실보다 얼마나 더 앞서 나갔는지 알고서 놀랐다.

"그럼 언닌 아직 그분과 언약한 것이 아니네!" 그녀가 말했다. "곧 그렇게 되겠지, 뭐. 그렇지만 늦어져서 좋은 점이 두 가지 있어. 이 몸이 언니를 그렇게 빨리 잃지 않아도 되고, 에드워드도, 뭐 취향은 타고났다니까, 언니의 취미 활동에 대한 안목을 개선할 기회가 생길 테니까 말이야. 언니의 장래 행복을 위해서는 그것도 필수 요건이지. 아, 그래! 그분이 언니의 빼어난 재능에 자극받아서 손수 그림을 그리게 된다면, 참 신나겠다!"

엘리너는 동생한테 속마음을 있는 그대로 밝힌 셈이었다. 에드워드에게 끌리는 마음이 메리앤이 믿듯이 그렇게 순조롭게 진행된다고는 생각할 수 없었다. 그에게 생기가 부족할 때가 가끔 있었고, 꼭 무관심하다고는 할 수 없다 해도, 왠지 찜

찜하긴 했다. 혹 그녀의 호감을 못 믿어서 그럴 수도 있겠지만, 그런 경우라도 심란해하는 정도면 모를까 그가 자주 빠지곤 했던 침울함까지 자아낼 성싶지는 않았다. 그가 마음대로 사랑을 하지 못하게 된 좀 더 그럴 법한 원인을 찾자면 아마 그의 종속적인 처지일 수도 있었다. 그의 어머니가 그를 대하는 태도를 보면 집에서 같이 살기도 그리 편한 것 같지 않았고, 그렇다고 그를 큰 인물로 키워 내겠다는 당신의 생각을 그대로 받들지 않고서는 따로 가정을 꾸려 독립하기도 쉽지 않을 것처럼 보였다. 그러니 엘리너로서는 마음이 편할 수가 없었다. 어머니와 동생은 여전히 확실하다고 여겼지만, 그녀는 자신에 대한 그의 호감이 꼭 무슨 결실로 이어지리라고는 여길 수 없었다. 아니, 함께하는 시간이 길어질수록 그의 호감이 어떤 성격인지 더 알쏭달쏭해지는 듯했다. 때로는 그 호감이란 것이 우정 이상은 아니지 않나 하는 느낌 때문에 고통스러운 순간들도 있었다.

그러나 그 호감이 실제로 어디까지 와 있든지 간에 일단 그의 누나에게 알려지자 심기를 불편하게 하기에는 충분했다. 그리고 동시에 (그리고 더 자주 드러나게는) 그녀를 무례하게 만들기에도 충분했다. 그녀는 이 문제로 시어머니에게 한바탕 퍼부을 기회를 잡자마자 동생에겐 엄청난 유산이 예정되어 있고 자기 어머니께선 아들 둘 다 결혼을 잘 시켜야겠다고 작정하고 계시니 어떤 처녀든 그를 한번 꼬드겨 보겠다는 위험한 생각일랑 아예 접어 두어야 할 것이라고 너무나 노골적으로 들이대는 통에, 대시우드 부인은 무슨 말인지 모르는 척할 수도, 덤덤히 넘길 수도 없게 되었다. 그녀는 경멸에 가득 찬 답변을 던지고서 즉각 방을 나와 버렸다. 갑작스럽게 이사하는 것이 아무리 불편하고 비용이 든다 해도 사랑하는 딸 엘리너가 한 주라도 더 이런 비아냥거림의 대상이 되게 하지는 말아야겠다는 마음이었다.

그녀가 이런 심정에 휩싸여 있을 때, 우편배달부한테서 편지 한 통이 전달되었다. 거기엔 아주 때맞춘 제안이 담겨 있었다. 작은 집을 아주 좋은 조건으로 빌려주겠다는 것이었다. 그 집의 소유주는 그녀의 친척으로 지위도 높고 재산도 많은 데번셔 지방의 신사였다. 편지는 신사 본인이 직접 작성해서 보낸 것으로, 편의를 봐주고자 하는 진심이 담겨 있었다. 그는 그녀가 거처를 구하고 있는 것을 알고 있고, 자기가 지금 제안하는 집은 코티지[4]에 불과하지만 위치가 마음에 든다면 그녀가 필요하다고 여기는 것은 모두 갖추어 놓겠다고 약속했다. 그는 그 집과 정원을 세세하게 설명한 후에, 자신의 저택인 바턴 파크가 같은 교구에 있으니 딸들과 같이 와서 과연 바턴 코티지가 손을 좀 보면 편안하게 지낼 만한 곳인지 직접 한번 판단해 보라고 열심히 권했다. 그는 그들이 들어와 살기를 진심으로 바라는 듯했고, 처음부터 끝까지 아주 친근한 문체라는 것도 마음에 들었다. 더 가까운 친척의 차갑고 인정머리 없는 짓거리에 몹시 힘들어하던 때라 더 그랬다. 그녀는 더 생각

---

4) cottage. 원래는 농가의 일종이지만 주로 영국 시골에 있는 작은 규모의 단독 가옥인 중산층 주택을 말한다.

할 것도 물어볼 것도 없었다. 편지를 읽는 동안에 벌써 결정해 버렸다. 바턴이란 곳이 서식스에서 아주 멀리 떨어진 데번셔에 위치해 있다는 것도 좋았다. 몇 시간 전만 하더라도 그것은 다른 이점을 모두 물리칠 정도의 하자였겠지만 지금은 으뜸가는 장점이었다.

노어랜드 인근을 떠나는 것은 더 이상 나쁜 일이 아니었다. 오히려 학수고대하는 일이었다. 비참하게 며느리에게 얹혀사는 신세에 비하면 백번 나았다. 정든 곳이지만 이런 여자가 안주인으로 있는 이상 그곳에 같이 살거나 방문을 하는 것보다는 차라리 영원히 떠나 버리는 것이 덜 고통스러웠다. 그녀는 즉시 존 미들턴 경에게 친절에 감사하며 제안을 받아들이겠다는 편지를 썼다. 답신을 보내기 전에 동의를 얻을 요량으로 받은 편지와 쓴 편지를 모두 딸들에게 서둘러 보여 주었다.

평소에도 엘리너는 이렇게 친지들과 부대끼며 살기보다는 노어랜드에서 조금 떨어진 곳에 정착하는 것이 더 현명하지 않을까 하는 생각이었다. 데번셔로 이사 가자는 어머니의 뜻과도 어긋나지 않았다. 존 경의 설명에 따르면 집의 규모도 소박하고 집세도 아주 싸서 어느 면으로 보나 그녀로선 반대할 여지가 별로 없었다. 이 계획 자체가 아주 마음에 드는 것은 아니었고 노어랜드 인근을 아예 떠나 버리는 일임에도 그녀는 어머니가 수락 편지를 보내는 것을 막으려 하지 않았다.

5

답장을 부치자마자 대시우드 부인은 의붓아들과 며느리한테 집을 한 채 구했고 입주할 준비만 갖추어지면 더 이상 여기서 신세 지지 않겠노라고 의기양양하게 통지했다. 이 소식은 그들을 놀라게 했다. 존 대시우드 부인은 아무 말도 없었다. 그러나 그녀의 남편은 예의 바르게도 노어랜드에서 너무 멀리 떨어진 곳으로 가시는 것은 아니기를 바란다고 말했다. 그녀는 데번셔로 가게 된다는 답변을 할 수 있어 너무 뿌듯했다. 에드워드는 이 말을 듣자마자 황급히 그녀에게로 몸을 돌리면서 놀라고 걱정스러운 목소리로 되뇌었는데, 왜 그러는지는 설명을 듣지 않아도 잘 알 수 있었다. "데번셔라고요! 정말 그곳으로 가십니까? 그렇게 멀리 가시다니! 데번셔 어느 지역인가요?" 그녀는 위치를 설명해 주었다. 엑서터에서 사 마일 북쪽이었다.

"코티지에 불과하다네." 그녀가 계속했다. "그렇지만 아는 분들이 많이 찾아 주시기를 바라고 있어. 방 한두 개 정도는 쉽게 늘릴 수 있을 테고. 나를 보러 그렇게 먼 곳까지 어려운 걸음을 하는데, 내 편에서 묵을 곳을 마련하는 거야 뭐 그리 어렵겠나."

그녀는 존 대시우드 부부에게 바턴을 방문해 달라는 매우 친절한 초대로 말을 맺었다. 그리고 에드워드에게는 각별하게 정이 담뿍 담긴 초대를 했다. 며느리와 얼마 전 나눈 대화를 기화로 노어랜드를 한시바삐 떠나는 것이 상책이라고 결심하긴 했지만, 며느리가 노린 의도에 따를 생각은 추호도 없었다. 전이나 지금이나 에드워드와 엘리너를 갈라놓는다는 것은 그녀의 뜻과는 동떨어졌다. 그녀는 존 대시우드 부인의 남동생을 이렇게 꼭 집어 초청함으로써 네까짓 것의 결혼 반대쯤은 우습게 안다는 것을 보여 주고 싶었다.

존 대시우드 씨는 어머니에게 노어랜드에서 한참 먼 곳에 집을 얻으시는 바람에 이사에 도움을 드리지 못해서 너무 아쉽다고 몇 번이나 말했다. 실제로 일이 이렇게 되니 양심상 찔리기도 했다. 부친에게 한 약속을 줄이고 줄여서 그 정도로 넘겨 버리기로 했는데, 이제 그것조차 못 하게 된 셈이었으니까 말이다. 짐은 모두 배로 보냈는데 주로 침구용 리넨, 그릇, 도자기, 책 등이었고 메리앤의 멋진 피아노도 있었다. 존 대시우드 부인은 한숨을 쉬며 짐 꾸러미가 실리는 것을 지켜보았다. 소득으로 말하면 대시우드 부인은 자기들에 비해 정말 보잘것없는 수준인데 살림은 멋지게 갖추고 있으니 고깝지 않을 수 없었다.

대시우드 부인은 우선 계약 기간을 일 년으로 하여 집을 얻었다. 가구가 잘 갖추어져 있어서 바로 입주해도 괜찮을 집이었다. 계약도 쌍방 모두 순조로웠다. 서쪽으로 출발하기 전에 노어랜드에 있는 동산(動産)을 처분하고 장래 식솔의 규모를 정하기만 하면 되었다. 그녀는 마음먹은 일은 놀랍도록 빨리 처리하는 편이어서 일은 금방 마무리되었다. 남편이 남긴 말들은 그가 죽은 후 바로 팔렸고, 마침 마차를 처분할 기회가 와서 역시 맏딸의 진중한 충고에 따라 파는 데 동의했다. 본인의 뜻대로만 했더라면 아이들의 안락한 삶을 위해서 마차는 그대로 소유했을 것이다. 그러나 엘리너의 사리 분별이 결국 이겼다. 하인의 수를 하녀 둘, 남자 하인 하나 이렇게 셋으로 줄인 것도 맏딸의 지혜였다. 이 셋은 그들이 노어랜드에서 데리고 있던 사람들 가운데서 신속하게 뽑았다.

안주인을 맞이하기 위한 준비차 남자 하인과 하녀 하나가 즉각 데번셔로 출발했다. 대시우드 부인은 레이디 미들턴[5]과는 일면식도 없었기 때문에, 손님으로 바턴 파크에 머물기보다는 곧장 코티지로 들어가고 싶었던 것이다. 존 경의 설명을 그대로 믿어서 입주하기 전에 직접 집을 살펴보고 싶은 호기심조차 없었다. 노어랜드에서 하루빨리 벗어나고 싶은 마음도 별로 약해지지 않았다. 자기가 나간다니 며느리가 만족해하는 것이 누가 봐도 확연했기 때문이다. 기껏 속마음을 숨긴다는 것이 출발을 좀 연기하시면 어떻겠느냐는 마음에도 없는 인사치레 정도였다. 의붓아들이 아버지한테 한 약속을 지키고자 한다면 지금이 호기였다. 처음 이 영지에 들어왔을 때를 놓쳤으니 그들이 저택을 떠나는 시점이야말로 그 약속을 수행할 최적기로 보일 법했다. 그러나 대시우드 부인은 곧바로 그런 따위의 희망을 송두리째 버렸다. 그가 말하는 본새로 봐서는 노어랜드에 여섯 달 살게 해 주었으면 할 만큼 해 준 것 아니냐는 투였다. 툭하면 집 관리비가 증가하고 있다느니, 자기 같이 비중 있는 인물에게는 늘 예상보다 더 돈지갑을 열어야 할 일이 많다느니 하고 앓는 소리를 하도 해 대서, 돈을 나누

5) 레이디는 귀족 신분이거나 작위를 가진 남자의 부인에게 붙이는 호칭이다.

어 줄 생각이 있기는커녕 오히려 좀 얻었으면 하는 것처럼 보일 지경이었다.

존 미들턴 경의 첫 편지가 노어랜드에 온 날로부터 몇 주 지나지 않아 앞으로 살 집에 모든 것이 갖추어져서 대시우드 부인과 그 딸들은 여행을 시작할 수 있게 되었다.

그렇게 정든 곳에 마지막으로 작별을 고하면서 그들은 많은 눈물을 흘렸다. "노어랜드, 내 사랑!" 그곳에 머무는 마지막 날 저녁때 집 앞을 혼자 거닐면서 메리앤이 말했다. "얼마나 지나야 널 아쉬워하지 않을 수 있겠니! 얼마나 지나야 다른 곳에서 편해질 수 있을까! 오! 행복한 집아, 앞으로 다시는 못 보게 되는구나. 내 여기 서서 지금 널 보면서 얼마나 마음이 아픈지 넌 알기나 할까! 그리고 너희, 정든 나무들아! 너희는 늘 그대로일 거야. 우리가 가 버린다고 잎이 시들지도 않을 테고, 우리가 너희를 더 이상 안 본다고 가지가 살랑대지 않을 리도 없겠지! 그래, 너희는 꼭 같을 거야. 너희로 인해 생긴 기쁨도 슬픔도 모르는 채, 너희의 그늘 아래 걷는 사람들에게 생긴 변화도 모르는 채! 그러나 누가 남아 너희를 즐길까?"

6

여행 초반에는 다들 워낙 우울한 기분이어서 그저 시무룩하고 지루할 뿐이었다. 그러나 여행이 막바지에 이르자 앞으로 살게 될 지방이 어떻게 생겼을까 하는 호기심이 일면서 낙심에서 벗어났고, 막 들어선 바턴 골짜기의 전망을 보자 마음이 밝아졌다. 그곳은 상쾌하고 비옥한 곳으로 숲이 우거지고 목초지도 넓었다. 일 마일 이상 꾸불꾸불 골짜기를 통과한 후에 그들의 집에 당도했다. 장방형의 작은 풀밭이 집터의 앞부분을 이루고 있었다. 그리고 깔끔한 쪽문이 그들을 안으로 받아들였다.

주택으로서 바턴 코티지는 작기는 했지만 안락하고 짜임새가 있었다. 그러나 코티지로 불리기에는 결격이었으니, 표준형 건물에다 지붕은 기와를 얹었고 창 덧문은 녹색이 아니었으며 벽도 인동덩굴로 덮여 있지 않았다.6) 좁은 복도가 실내를 그대로 통과해 바로 뒤뜰까지 이어져 있었다. 입구 현관 양쪽에는 16제곱피트 정도 되는 거실이 하나씩 있었고, 그 안쪽으로는 주방과 층계가 있었다. 나머지 부분은 침실 네 개와 다락방 둘로 구성되어 있었다. 지은 지 여러 해 되지 않았고 보수가 잘되어 있었다. 노어랜드와 비교해 보면, 정말이지 초라하고 작았다! 그러나 집에 들어서면서 옛 추억 때문에 흘린 눈물은 곧 말랐다. 그들의 도착을 반기는 하인들을 보며 우선 기분이 풀렸고, 다들 서로를 위해서 행복해 보여야겠다고 작심했던 것이다. 때는 9월 초순이라 계절이 멋진 데다 쾌청한 날씨에 처음 그 장소를 보았기 때문에 인상이 좋았다. 이곳이 나중에까지 마음에 들었던 데는 이 첫인상 덕이 컸다.

---

6) 전형적인 코티지의 모습과는 다르다는 뜻. 원래의 코티지는 대개 초가지붕을 얹었다.

집은 좋은 위치에 자리 잡고 있었다. 높은 언덕들이 바로 뒤편으로 솟아 있었는데 거리가 그다지 멀지 않았다. 언덕 가운데에는 훤히 트인 목초지도 있었고 조림이 되어 숲이 우거진 곳도 있었다. 이 언덕들 가운데 하나에 바턴 마을이 자리 잡고 있었는데 코티지 창문에서의 전망이 아주 멋졌다. 집 전면의 경관은 더 탁 트여 있었다. 골짜기 전체가 눈 아래 있었고, 그 너머 지역까지 시야에 들어왔다. 코티지를 둘러싸고 있는 언덕들에 이르러 그 방면의 골짜기는 끝이 났다. 그중 가장 가파른 두 언덕 사이로 다른 이름의 골짜기가 방향을 달리하여 뻗어 나가고 있었다.

집의 크기와 실내 장식에 대해서 대시우드 부인은 대체로 만족했다. 아무래도 예전의 생활 방식을 버릴 수 없다 보니 이것저것 실내 장식을 손보는 것이 불가피했지만, 무언가를 추가하고 개선하는 것도 그녀에겐 즐거움이었다. 그리고 마침 방들을 더 우아하게 꾸미는 데 필요한 것을 마련할 만한 여윳돈도 있었다. 대시우드 부인은 이렇게 말했다. "주택 자체로 보자면 우리 식구한테 너무 작긴 해. 그래도 올해는 어떻게 해 보기엔 너무 늦었고 하니, 지금으로서는 그럭저럭 편하게 지내 보자꾸나. 봄이 돼서 돈이 들어오면, 그래 돈은 될 테니까, 한번 공사를 벌이지, 뭐. 모임을 가지기에는 거실이 둘 다 너무 작아. 그러니 이 복도를 터서 거실 하나와 합치고 다른 거실 일부도 여기 붙여 넓히고, 남는 공간은 입구로 만들면 어떨까 한다. 여기에다 응접실 하나 정도는 쉽게 추가할 수 있겠고 위에 침실을 겸하는 다락 정도 올리면, 집이 아주 아늑해지겠어. 계단이 더 번듯했으면 참 좋겠는데. 하지만 모든 걸 바랄 순 없지. 뭐, 넓히는 거야 별로 어려울 것 같지 않지만 말이다. 봄에 그만한 여윳돈이 들어올지 한번 보고 나서 집수리 계획을 짜 보자꾸나."

그때까지 그들은 현명하게도 지금의 주택에 만족하기로 했다. 평생 한 번도 저축이라고는 해 본 적 없는 여성이 연 오백 파운드 수입에서 아껴서 이 모든 개조를 해내야 할 테니 말이다. 또 각자가 챙길 것을 챙기고, 책을 비롯한 소지품들을 적절히 배치하여 집 단장을 하느라 바쁘게 보냈다. 메리앤의 피아노는 포장을 풀어서 적당한 곳에 세워 두었고, 엘리너의 그림들은 거실 벽 여기저기에 걸어 놓았다.

이렇게 분주하던 중에 다음 날 아침 식사가 끝나자마자 집주인이 예고도 없이 찾아왔다. 바턴에 온 것을 환영하고 지금으로서는 아무래도 미흡할 터이니 자기 저택과 채원(菜園)을 이용하는 것이 어떻겠느냐는 제안을 하기 위해 방문한 것이었다. 존 미들턴 경은 마흔 정도 된 호남형의 남자였다. 그는 예전에 그들이 스탠힐에 살 때 방문한 적도 있었는데, 너무 오래전이라 어린 사촌들[7]은 그를 기억하지 못했다. 그의 용모는 훤했고, 매너는 편지 스타일 그대로 싹싹했다. 그들이 이곳으로 이사 온 것이 정말 흡족한 듯했고, 그들이 편히 지내기를 진심으로 바라는 듯했다. 그는 그들이 자기 가족과 격의 없이 지냈으면 한다고 누차 말하면서 제대로 정착할 때까지는 매일 바

---

7) 이 집 딸들을 말하는 것으로, 사촌은 여기서 친척이라는 뜻으로 쓰였다.

턴 파크에서 정찬을 드시는 게 어떠냐고 했다. 그 제안이 선의의 차원을 넘어 한사코 고집하는 정도에 이르렀지만, 너무나 은근하게 권하는지라 그리 거북하지는 않았다. 그의 친절함은 말로만 그치지 않았다. 그가 떠난 지 한 시간이 지나자 채소라든가 과일 따위로 가득한 큰 바구니가 파크에서 오더니, 날이 저물기 전에 사냥으로 잡은 날짐승 선물이 뒤따라왔다. 더욱이 그는 우체국에 갈 때면 그들의 편지를 대신 부치고 또 받아 오겠다고 부득부득 자원했고, 아무리 사양해도 매일 자기 신문을 그들에게 보내 주는 뿌듯함을 포기하지 않으려 했다.[8]

레이디 미들턴은 남편을 통해 깍듯한 전갈을 보내서 자기의 방문이 행여 불편을 끼쳐 드리지 않는다면 대시우드 부인에게 인사차 들를 뜻이 있음을 알렸다. 이에 응하여 이에 못지않게 정중한 초청이 있자 레이디는 다음 날 그들을 찾아와 인사를 나누었다.

물론 그들도 바턴에서 그들이 안락하게 지낼 수 있을지를 좌우하다시피 하게 될 이 인물이 무척 보고 싶었다. 그리고 그녀의 우아한 외모는 그들의 소망에 부응하는 것이었다. 레이디 미들턴은 스물예닐곱을 넘지 않았다. 미인이라고 할 수 있는 얼굴에 키가 크고 몸매도 멋졌으며 몸가짐도 우아했다. 그녀의 매너에는 남편에게는 없는 품격이 있었지만 남편의 소탈함과 온화함을 약간은 나누어 가졌더라면 더 나았을 것이다.

---

8) 당시 시골에서는 일간 신문 구독자가 흔치 않아서 이웃들이 돌려 보기도 했다.

그리고 방문이 길어지면서 애초의 점수를 까먹게 되었는데, 완벽할 정도로 행실이 반듯했음에도 그녀는 서먹서먹하고 차가웠으며, 아주 상투적인 질문이나 언급을 빼고 무슨 다른 말을 할 줄 몰랐다.

그렇지만 대화는 부족하지 않았다. 우선 존 경이 아주 말이 많았고, 레이디 미들턴이 현명하게도 대책 삼아 맏이를 데리고 온 덕이었다. 여섯 살 난 잘생긴 사내아이로, 이 아이 덕분에 여차하면 이 집 여자들이 매번 되돌아갈 주제가 생겼으니, 아이의 이름과 나이를 묻고 예쁘다고 경탄하고 아이에게 질문을 던지고 했다. 아이 어머니가 대신 대답을 하긴 했는데, 그동안에 아이는 어머니 곁에 달라붙어서 머리를 숙이고 있었다. 그러면 레이디는 무척 놀라면서 집에서 그렇게 시끄럽게 굴던 아이가 사람들 앞에서 이렇게 수줍어하다니 이상하다는 것이었다. 공식적인 방문에서는 언제나 일행에 아이를 하나 끼워서 이야깃거리를 제공하게 해야 한다. 이번 경우에는 이 사내아이가 아버지를 더 닮았는지 어머니를 더 닮았는지, 어느 쪽을 닮았든 특히 닮은 곳이 어디인지 정하는 데 십 분을 잡아먹었다. 당연한 일이지만 다들 생각이 달랐고, 다들 다른 사람들의 의견에 깜짝 놀랐기 때문이다.

대시우드 가족에게 그들의 나머지 아이들에 대해서도 왈가왈부할 기회가 곧 주어졌다. 존 경이 다음 날 파크에서 정찬을 들겠다는 약속을 받아 내지 않고는 집을 나서려 하지 않았기 때문이다.

7

바턴 파크는 코티지에서 반 마일 정도 떨어져 있었다. 대시 우드 집안 여자들은 골짜기를 거치는 동안 그 옆을 지나오긴 했지만 집에서는 언덕에 가려서 그 모습이 보이지 않았다. 저택은 크고 훌륭했다. 그리고 미들턴 부부는 친절을 베푸는 일과 우아하게 사는 일을 균등하게 나누어서 살고 있었다. 친절 베풀기는 존 경이 좋아하는 것이었고 우아하게 살기는 부인이 좋아하는 것이었다. 그들의 저택에는 몇몇 친지들이 머물지 않는 날이 드물었고, 이웃의 다른 어떤 가족보다도 폭넓은 교유를 맺고 있었다. 이는 부부의 행복에 필수적인 것이었다. 기질과 외적인 행동거지는 사뭇 달랐지만 재능과 취향이 전무하다는 점에서 그들은 서로 그야말로 닮은꼴이었다. 이렇다 보니 이들의 활동은 사교를 통해 생겨나는 것 말고는 극히 좁은 범위에 갇혀 있기 마련이었다. 존 경은 수렵가였고, 레이디 미들턴은 어머니였다. 그는 사냥하며 총을 쏘았고 그녀는 아이들을 달랬다. 즐길 거리라고는 이것밖에 없었다. 레이디 미들턴은 자기 아이들을 오냐오냐 하며 버릇없이 기를 수 있는 특권을 일 년 내내 누린 데 비해, 존 경의 독자적인 활동은 그 절반 정도의 시간 동안에만 가능했다.[9] 그렇지만 집 안팎에서 늘 무언가 약속을 만들어 내서 본성과 교육의 부족한 부분을 모두 메웠다. 즉 존 경 자신도 활기를 유지하고 그의 아내의

---

9) 사냥철은 가을과 겨울이다.

몸에 밴 교양을 발휘할 기회로도 삼았다.

레이디 미들턴은 식탁이나 집안 살림을 우아하게 꾸미는 것에 자부심이 컸다. 파티가 있을 때마다 이런 종류의 허영에서 가장 큰 즐거움을 얻었다. 그러나 존 경이야말로 사교를 통해서 훨씬 더 내실 있는 만족을 얻었다. 그는 저택에 다 수용하지 못할 정도로 많은 젊은이들을 주변에 끌어모으고는, 시끌벅적할수록 더 즐거워했다. 그는 인근의 젊은이들한테 고마운 존재였다. 여름이면 늘 차가운 햄과 닭고기를 먹는 야외 모임을 열었고 겨울이면 집에서 개인 무도회[10]를 자주 열어서 어떤 젊은 숙녀에게도 충분할 정도였다. 아무리 춤을 춰도 모자랄 열다섯 살짜리 아가씨가 아니라면 말이다.

새 가족이 이 지역에 들어온다는 것은 그에게는 늘 기쁜 일이었다. 특히 이번에 자기의 주선으로 바턴의 코티지에 들게 된 가족에게는 모든 면에서 매료되었다. 대시우드 집안 딸들은 젊고 예쁘고 꾸밈없었다. 그의 마음에 들기에 이것이면 충분했다. 예쁜 여성이 몸매뿐 아니라 정신도 매력적이 되는 데 필요한 것은 꾸밈없음이 전부이니 말이다. 워낙 정이 많은 성품이라 과거에 비하면 불운한 처지가 된 사람들에게 거처를 마련해 주게 되어서 그는 행복했다. 친척들한테 친절을 베풀면서 선행을 하고 있다는 만족감도 적잖았다. 또 자기 코티지에 여성만의 가족을 들이게 되어서 수렵인으로서도 대만족이었다. 수렵인이란 모름지기 자기와 같은 수렵인인 남성만을 존중하기 마련이지

---

10) 마을 공공장소에서 열리는 무도회와 달리 개인이 자택에서 여는 춤 모임.

만, 굳이 그런 사람들에게 자기 장원 안에 거처를 제공해서 취미를 살리게 하는 것은 그리 탐탁지 않았기 때문이다.

대시우드 부인과 딸들은 저택 문 앞에서 존 경의 영접을 받았는데, 그는 진심에서 우러나온 태도로 바턴 파크에 온 것을 환영했다. 응접실로 안내하면서는 처녀들한테 전날 똑같은 화제가 나왔을 때와 똑같은 걱정을 되풀이하는 것이었다. 이번에 괜찮은 젊은이들을 못 불러서 어떡하나 하는 걱정이었다. 자기 말고 신사가 딱 한 명 있긴 한데, 파크에 머물고 있는 각별한 친구이지만, 그리 젊지도 않고 재미도 없다는 것이었다. 이번 모임이 규모가 작은 것을 양해해 달라고 하면서 앞으로 다시는 이런 일이 없을 것이라고 약속했다. 그날 아침 머릿수를 좀 늘려 보려고 여러 집에 들러 보았는데, 마침 달빛이 좋은 날이라 다들 선약이 있었다는 것이다.[11] 다행히도 레이디 미들턴의 모친께서 조금 전 바턴에 도착했는데, 이분이 워낙 쾌활하고 사교성이 좋으니까 아가씨들도 생각보다는 그렇게 따분하지 않을 거라고 했다. 어머니뿐 아니라 처녀들도 모임에 전혀 모르는 사람이 둘이라는 데 아주 만족하여 더 이상은 원하지도 않았다.

레이디 미들턴의 모친인 제닝스 부인은 사람 좋고 쾌활하고 뚱뚱하고 나이 든 여성으로, 말이 무척 많았고 매우 즐거워 보였으며 조금은 천박했다. 그녀는 그저 농을 걸고 마냥 웃어 대고 했다. 정찬이 끝나기도 전에 연인과 남편이라는 주제로

---

11) 밤길을 다니기가 어려워서 저녁 약속에는 달빛이 있는 날을 선호했다.

재담을 쏟아 냈는데, 서식스에 애인을 남겨 두고 온 것은 아니 겠지 하면서 처녀들이 실제로 그랬든 안 그랬든 얼굴 붉히는 것 좀 보라고 법석이었다. 메리앤은 이 말을 듣고 언니 때문에 신경이 쓰여서 어떻게 이런 공격을 견디나 보려고 언니를 쳐다보았다. 엘리너로서는 동생의 조바심 섞인 시선이 제닝스 부인의 실없는 농담보다도 오히려 훨씬 더 힘들었다.

존 경의 친구인 브랜던 대령은 매너로만 본다면 집주인과 서로 닮은 점이 전혀 없어서 과연 두 사람이 친구 사이인가 의심이 갈 정도였다. 레이디 미들턴이 존 경의 부인이라거나 제닝스 부인이 레이디 미들턴의 모친인 것과 마찬가지의 엇박자라고나 할까. 그는 말수가 적고 근엄했다. 외모는 그렇게 보기 싫은 정도는 아니었다. 서른다섯이 넘었으므로 메리앤과 마거릿이 보기에는 영락없는 노총각이었다. 그러나 잘생긴 용모는 아니라 해도 지성미가 있었고, 몸가짐이나 말투는 그야말로 신사다웠다.

이들 가운데 대시우드 집안 여성들의 말벗이 될 만한 상대가 없긴 했지만, 레이디 미들턴이 밀뚱하게 구는 것은 특히나 못 봐줄 정도여서, 여기 비하면 근엄한 브랜던 대령이나 심지어는 왁자하니 웃어 대는 존 경과 그 장모님에게 더 관심이 갈 지경이었다. 레이디 미들턴은 정찬 후에 네 명의 시끄러운 아이들이 들어오자 겨우 기분이 풀린 듯했는데, 이 아이들은 그녀를 잡아당기고 옷을 낚아채서 자기들과는 무관한 일체의 대화에 종지부를 찍었다.

저녁에 메리앤이 음악에 재주가 있다는 것이 밝혀져 노래

신청을 받았다. 피아노 자물쇠를 풀고 모두 매혹될 채비를 했다. 노래 솜씨가 좋은 메리앤은 그들의 요청에 따라 피아노 위에 놓인 악보집에서 대표적인 곡들을 모두 불렀다. 이 악보집은 레이디 미들턴이 결혼하면서 가져온 이래 그 자리에 내내 놓여 있던 모양이었다. 레이디는, 모친 말로는 처녀 시절 노래 실력이 대단했다는 것이고, 본인 말로는 무척 좋아했다는데, 결혼을 경축하느라 음악을 접어 버린 셈이었다.

메리앤의 연주와 노래는 박수갈채를 받았다. 존 경은 노래하는 동안에는 큰 소리로 다른 사람들과 이야기를 나누다가도 곡이 끝날 때면 목청을 높여 칭찬해 댔다. 레이디 미들턴은 몇 번이고 남편에게 좀 조용하라며 도대체 어떻게 음악을 들으면서 한순간이라도 정신을 딴 데 팔 수 있느냐며 신청곡을 내놓았는데, 아뿔싸, 메리앤이 방금 끝낸 곡이었다. 브랜던 대령만이 일행 가운데 유일하게 실없이 흥분하지 않고서 노래를 들었다. 그는 오로지 주의를 기울여 음악을 들어 주는 성의를 보였던 것이다. 그녀는 노래를 경청해 준 그에게 존경심을 느꼈다. 다른 사람들은 예술적 취향이라고는 쥐꼬리만큼도 없다 보니 모처럼 얻은 기회를 팽개쳐 버렸는데 말이다. 그가 음악을 좋아해도 그녀 자신처럼 음악에 황홀한 즐거움을 느낄 정도는 아니었지만, 다른 사람들의 끔찍스러운 둔감함과 대비하면 점수를 줄 만했다. 그녀는 서른다섯 먹은 남자라면 가슴을 치는 감정과 격한 기쁨을 느끼는 힘을 상실했으리라는 것이야 능히 인정할 수 있었다. 대령의 지긋한 나이가 있으니, 참작할 수 있을 만큼은 다 참작해 주고 싶었다.

8

제닝스 부인은 미망인으로 상당한 액수의 과부 급여[12]를 받고 있었다. 부인에게는 딸만 둘 있었는데, 둘 다 괜찮은 가문으로 시집을 잘 갔다. 그래서 이제 그녀가 할 일이라고는 나머지 세상 사람들을 결혼시키는 것밖에 없었다. 이 목적을 달성하기 위해서 그녀는 능력이 닿는 한 매우 열심히 뛰었다. 그리고 자기가 아는 젊은 남녀들 사이에 결혼을 주선하는 기회를 한 번도 놓치는 법이 없었다. 그녀는 애정을 찾아내는 데 귀신이었고, 처녀들에게 모 청년의 마음을 네가 사로잡았다고 넌지시 말해서 얼굴을 붉히게 하고 괜스레 마음을 들뜨게 만드는 것을 즐겼다. 이런 눈썰미를 발휘해 그녀는 바턴에 도착한 지 얼마 지나지 않아 브랜던 대령이 메리앤 대시우드를 사랑하게 되었다는 판단을 칼같이 내렸다. 그들이 처음으로 동석했던 저녁에 그녀가 노래하는 동안 그가 경청하는 모습을 보고 그런 혐의를 두게 되었다. 그리고 답례 방문으로 미들턴 부부가 코티지에서 정찬을 들게 되었을 때, 그가 다시 귀를 기울이는 것으로 심증을 굳혔다. 내 눈은 못 속이지. 그녀는 틀림없다고 확신했다. 훌륭한 결혼이 될 터였다. 남자는 부자겠다, 여자는 예쁘겠다. 제닝스 부인은 존 경을 사위로 맞으면서 처음 브랜던 대령을 알게 되었을 때부터 그가 좋은 사람과 결혼하는 것을 보고 싶었다. 또 예쁜 처녀만 보면 좋은 신랑을

---

12) 남편 사후 부인에게 주게 되어 있는 재산이나 연금.

구해 주고 싶어서 늘 안달이었다.

그녀 자신이 누리게 되는 직접적인 혜택도 쏠쏠했다. 양쪽에 대고 끊임없이 농담을 던질 수 있었기 때문이다. 파크에서는 대령을 놀렸고 코티지에서는 메리앤을 놀렸다. 대령은 자신에 관한 한 그녀가 농담을 하든 말든 그냥 내버려 두었다. 그러나 메리앤은 처음에는 무슨 말인가 했고, 누구를 말하는지 이해하고 나서는 그런 터무니없는 소리에 웃어넘겨야 할지 무슨 실례되는 말씀이냐고 타박을 주어야 할지 헷갈릴 지경이었다. 그녀로서는 대령의 지긋한 연배라든가 노총각으로서의 그의 처량한 처지를 두고 그런 농담을 하는 것은 너무 짓궂어 보였기 때문이다.

대시우드 부인은 자기보다 다섯 살 적은 남자를 어린 딸의 눈에 비치는 것만큼 늙었다고 생각할 수 없었으므로 설마 제닝스 부인이 그분의 나이를 가지고 놀릴 생각이야 있으셨겠느냐고 찔러 보았다.

"그렇지만 적어도 엄마, 무슨 악의가 있어서 그런 것이라고 할 수는 없겠지만, 하여간 그렇게 몰아붙이는 것이 말도 안 된다는 것은 부정할 수 없잖아요. 브랜던 대령님이 제닝스 부인 보다야 나이가 적겠죠. 그렇더라도 그분은 나한테 아버지뻘이잖아요. 사랑의 열병을 앓아 본 적이 있으신지 몰라도, 그런 감정 같은 것은 오래전에 사라진 것 아니겠느냐고요. 정말 웃겨! 남자가 나이가 들고 불구가 되어도 이런 놀림을 받을 거라면 대체 놀림에서 벗어날 날이 언제람?"

"불구라니!" 엘리너가 말했다. "너 브랜던 대령님을 불구라고 하는 거니? 아무래도 네 눈에는 어머니한테보다는 그분 나이가 훨씬 더 들어 보이는 모양이네. 그렇지만 그분이 사지가 멀쩡하다는 것까지 부정하면 곤란하지!"

"류머티즘이 있다고 불평하는 소리 못 들었어? 그게 노년에 가장 흔한 불구 아냐?"

"어이구, 얘 좀 봐." 어머니가 웃으면서 말했다. "이러다간 네 엄마가 늙어 가는 것까지 무서워서 벌벌 떨겠구나. 내 나이 어언 마흔에까지 이르렀으니 너 보기엔 기적처럼 보이겠다."

"엄마, 그런 말이 아니잖아요. 브랜던 대령님이 아직은 주변에서 저 친구 곧 가겠구나 하면서 걱정할 만큼 늙은 건 아니라는 걸 잘 알아요. 이십 년은 더 사시겠지. 하지만 서른다섯이면 결혼하고는 아무 상관이 없는 연배잖아요."

"하긴 서른다섯하고 열일곱은 서로 결혼 같은 걸 안 하는 편이 좋겠지." 엘리너가 말했다. "그렇지만 혹시 스물일곱에 미혼인 여성이 있다면 브랜던 대령님이 서른다섯이라는 것이 그 여성과 결혼하는 데 아무런 장애도 안 된다고 생각해."

"스물일곱 난 여자라면……." 잠시 생각해 보다가 메리앤이 말했다. "새로 사랑을 느낀다거나 불러일으킨다거나 할 욕심은 내지 말아야지. 집에 더 있기가 불편하거나 재산이 얼마 없을 경우에는 의식주도 해결하고 안정도 얻으려고 아내 자리를 찾아 노친네와 결혼해서 간병인 노릇을 할 수는 있겠지만. 그분이 그런 여자하고 결혼한다면 뭐 어울리지 않을 것은 전혀 없지. 편의를 위한 계약이니까 세상 사람들도 그러려니 할 거야. 내 눈에는 그건 결혼도 뭣도 아니지만 말이야. 나한테는 상업적인 거래로밖에 안 보여. 각자가 서로를 이용해서 이익을 취하려는 것이지."

"너야 도저히 납득을 못 할 것 같긴 해." 엘리너가 대꾸했다. "스물일곱 난 여자가 서른다섯 살 남자에게 사랑에 가까운 감정을 느낄 수도 있고 그를 바람직한 반려자로 여길 수도 있다는 것을 말이야. 하지만 이건 도저히 받아들일 수가 없어. 브랜던 대령님은 어제 (아주 으스스하고 습한 날이었지.) 어쩌다가 어깨 한쪽이 좀 쑤신다고 했을 뿐인데 넌 그분과 부인이 늘 병실에 갇혀 지낼 거라는 식이니까 말이야."

"그렇지만 플란넬 조끼 얘기를 했잖아." 메리앤이 말했다. "나한테 플란넬 조끼는 동통, 경련, 류머티즘 같은 거, 노약자가 걸리는 온갖 질병을 떠올리게 한다고."

"심한 열병에라도 걸렸다면 넌 그 절반 정도라도 그분을 경멸하지 않았을 거야. 메리앤, 어디 한번 털어놔 봐. 열병으로 뺨이 붉어지고 눈은 퀭하고 맥박이 빨라지면 넌 매력을 느끼지?"

이 말을 하고 나서 바로 엘리너가 방을 나가자 메리앤이 말했다. "엄마, 병 이야기 나오니까 비상이 걸리네요. 엄마한테는 감출 수가 없지. 에드워드 페라스가 건강이 안 좋은 것이 분명해요. 우리가 여기 온 지 거의 보름이 지났는데, 어째 코빼기도 안 보이잖우. 어디 몸이 안 좋지 않고서는 이렇게까지 늦을 수가 없을 거야. 노어랜드에 죽치고 있을 이유가 달리 어디 있겠어요?"

"그 사람이 그렇게 곧바로 올 거라고 생각했니?" 대시우드 부인이 말했다. "엄만 그렇게 생각하지 않는다. 그 반대야. 왠지 불안하긴 하더라. 바턴에 오라고 했을 때 그 사람이 때로 내 초대를 그리 탐탁하게 여기지도 않고 선뜻 받아들이지도 않는 기색이던 것도 생각나고. 엘리너가 벌써 그 사람이 올 거라고 기다리던?"

"언니랑 그런 말 한 적은 없어요. 그렇지만 당연히 그러겠죠."

"네 착각일 거다. 어제 예비 침실에 둘 벽난로 얘기가 나왔는데, 언니가 그러더라. 당분간 그 방이 필요할 것 같지도 않은데 그렇게 서두를 것 있느냐고 말이야."

"참 이상하다니까! 그게 무슨 뜻이냐고요! 하긴 그 두 사람이 서로를 대하는 걸 보면 도무지 이해가 안 가! 마지막 헤어지는 마당에 어찌나 그 모양으로 냉랭하고 차분하던지, 글쎄! 마지막으로 함께 보낸 저녁에도 그런 맥 빠진 대화라니! 에드워드의 작별 인사는 언니하고 나를 특별히 구별하지도 않더라고요. 그저 둘 다한테 사돈으로서 인사를 건넸을 뿐이지. 마지막 날 아침나절에 두 번이나 일부러 둘만 남겨 두고 나왔는데, 그때마다 그분도 나를 따라서 방을 나와 버리니, 대체 어찌 된 셈인지, 원. 그리고 언니도 그렇지, 노어랜드와 에드워드를 떠나면서 나만큼도 울지 않았어요. 지금까지도 언니의 자제에는 변함이 없고요. 언니가 기운이 빠지거나 우울해질 때가 있을까? 언니도 사람 만나기를 피하려고 하거나 사람들 사이에서 불안과 불만을 느낄 때가 있을까?"

9

대시우드 집안 사람들은 그럭저럭 바턴에 편안하게 자리를 잡았다. 주택과 정원을 비롯한 주변의 모든 것이 이제 친숙해졌고, 노어랜드의 매력의 절반을 차지하던 일상 활동에도 열중할 수 있게 되어서 아버지가 돌아가신 후 노어랜드에 살던 때보다 훨씬 더 즐거워졌다. 존 미들턴 경은 처음 보름 동안은 날마다 찾아왔는데, 집 안에서 할 일이 그리 많다고 생각해본 적이 없던 터라 이 집 식구들이 늘 무언가 일감을 잡고 있는 것을 보고 놀라움을 감출 수 없었다.

바턴 파크 사람들을 빼놓고는 이 집을 찾는 사람이 많지 않았다. 존 경이 이웃들과 더 어울리라고 신신당부했고 언제라도 마차를 빌려드리겠다고 누누이 말했지만, 워낙 신세지기를 싫어하는 대시우드 부인은 아이들을 위해 사교가 필요했음에도 도보로 갈 수 있는 거리가 아니면 아예 방문을 하지 않기로 마음먹고 있었다. 도보가 가능한 집안이라야 몇 되지 않았는데, 그 가운데는 어울리는 것 자체가 어려운 곳도 있었다. 앞에서 묘사했다시피 바턴 골짜기로부터 알렌험 골짜기가 갈라져 나가 좁게 꾸불꾸불 이어지고 있었다. 이른 아침 산책을 즐기던 이 집 딸들은 이 골짜기를 따라 일 마일 반 정도의 거리에 고색창연한 저택이 하나 있는 것을 발견했다. 이 저택은 은연중에 노어랜드를 떠올리게 해서 그들의 상상력을 자극했고, 더 알고 싶다는 호기심이 생겼다. 그러나 알아보니 그 저택의 주인인 후덕한 노마님이 불행히도 너무 노쇠한 나머지 세상 사람들과 어울리지 못하고 집에만 틀어박혀 있다는 것을 알게 되었다.

주위에는 아름다운 산책로가 즐비했다. 코티지의 창문에서는 거의 어디서나 높은 언덕 위의 초원 지대가 보였는데, 그 언덕 목초지를 보고 있으면 꼭대기에 올라가 맑은 공기를 마음껏 마시고 싶은 마음이 저절로 일었다. 특히 아래 골짜기가 질척거려서 그 아름다움을 즐기지 못하게 되었을 때는 이 구릉지 초원 지대가 안성맞춤한 대안이 되었다. 어느 기억할 만한 아침 메리앤과 마거릿은 소나기 뿌리는 하늘 한쪽에서 비치는 햇살에 끌리기도 했고 이틀 내내 줄기차게 비가 오는 통에 집에 갇혀 지냈으므로 좀이 쑤셔 견딜 수가 없어서 이 언덕 가운데 하나로 발길을 향했다. 메리앤은 틀림없이 날이 쾌청해질 것이고 언덕 위의 먹구름도 다 걷힐 거라고 큰소리쳤다. 그러나 어머니와 언니는 연필과 책을 놓고 따라나설 만큼 끌리는 날씨가 아니라고 했다. 그래서 나머지 두 딸만 산책을 나섰다.

그들은 푸른 하늘이 얼핏얼핏 나타날 때마다 역시 보는 눈이 있었다고 좋아하면서 경사진 목초지를 즐겁게 걸어 올랐다. 그리고 상쾌한 기분을 불러일으키는 거센 남서풍을 얼굴 가득 받으면서 어머니와 엘리너 언니가 괜히 겁을 먹어 이런 즐거움을 나누지 못하게 되었다고 가여워했다.

"세상에 이런 행복이 어디 있겠니?" 메리앤이 말했다. "마거릿, 여기서 적어도 두 시간은 걷다 가자."

마거릿은 동의했고, 그들은 맞바람을 안고 계속 걸어갔다. 바람을 정면으로 받고 즐겁게 웃으며 한 이십 분 정도 더 갔을까, 갑자기 머리 위에 구름이 모이더니 비가 얼굴을 세차게 때리기 시작했다. 분하고 놀랐지만 이들은 돌아가지 않을 도리가 없었다. 인근에는 그나마 자기 집보다 가까운 피신처가 없었던 것이다. 그래도 다행인 것은 언덕의 가파른 쪽 경사면을 달려 내려가면 곧장 정원 입구라는 점이었다. 급박한 상황이니만큼 그렇게 해도 조신하지 않다는 말을 들을 염려도 별로 없었다.

그들은 출발했다. 메리앤이 처음에는 앞섰으나 발을 헛디뎌 넘어졌고, 마거릿은 언니를 돕고 싶어도 멈출 수가 없어서 별수 없이 계속 달려 언덕 아래에 무사히 도달했다.

이런 사고가 일어났을 때 메리앤에게서 몇 야드 떨어진 곳에서 포인터종 사냥개 두 마리를 거느리고 총을 든 한 신사가 언덕 위를 지나고 있었다. 그는 총을 내려놓고 도와주려고 달려왔다. 그녀는 땅에서 몸을 일으키긴 하였으나, 넘어지면서 발을 삔 탓에 제대로 서지 못했다. 신사는 도와주겠다고 했는데, 상대가 그런 처지에서도 예의를 차리느라 도움을 마다한다는 것을 알자 더 이상 지체하지 않고 그녀를 번쩍 안아 들고 언덕 아래로 내려왔다. 정원의 문은 마거릿이 열어 놓았던 터라 그는 정원을 통과해서 곧바로 집 안으로 들어갔다. 마거릿도 막 들어온 참이었다. 신사는 메리앤을 거실에 있는 의자에 앉히고 나서야 손을 놓았다.

엘리너와 어머니는 이들이 들어서자 놀라서 벌떡 일어섰다. 둘 다 그의 모습을 보고 겉으로 의아하고 속으로 경탄한 나머지 신사에게서 눈을 뗄 수 없었다. 그는 이렇게 불쑥 뛰어들어 죄송하다면서 그 이유를 설명했는데, 그 태도가 아주 솔직하고 품위가 있어서 워낙에 특출한 외모에 목소리와 표정까지 매력을 더해 주었다. 늙고 추하고 천박하다 해도 자기 아이를 보살펴 줬으니 대시우드 부인은 감사와 친절로 넘쳤을 것이다. 하물며 젊고 잘생기고 품위까지 있었으니, 그녀의 마음을 감동시킨 행동도 더욱 두드러져 보였다.

그녀는 거듭거듭 고마움을 표했다. 그리고 몸에 밴 나긋나긋한 태도로 앉으시라고 권했다. 그러나 그는 흙투성이로 젖어서 지저분하다면서 사양했다. 대시우드 부인은 고마운 분의 존함을 알고 싶다고 했다. 그가 대답했는데, 이름은 윌러비였다. 현재 거처는 알렌험인데 집으로 갔다가 허락하시면 내일 대시우드 양의 안부를 물을 겸 방문하고 싶다고 했다. 바로 허락을 받고서 그는 억수같이 쏟아지는 비를 맞으며 떠나갔고, 이렇게 되니 그는 더더욱 흥미로운 존재가 되었다.

다들 그의 남자답게 잘생긴 용모와 범상치 않은 품위에 찬사를 보냈다. 그의 신사다운 행동을 두고 메리앤을 놀릴 때에도 외모가 워낙 출중하다 보니 유난히 활기가 있었다. 정작 메리앤 자신은 그의 생김새를 제대로 보지 못했다. 그녀를 안아드는 순간 얼굴이 발갛게 달아오를 정도로 당황한 나머지 집안으로 들어와서도 그를 차마 쳐다볼 수가 없었던 것이다. 그렇지만 다른 식구들의 찬양에 일일이 동참할 수 있을 정도는 보았고, 그녀의 칭찬은 늘 그렇듯이 열정적이었다. 그의 생김새와 태도는 좋아하는 이야기의 주인공으로 그녀가 늘 마음속에서 그려 왔던 모습과 그대로 부합했다. 그리고 무슨 격식을 차리지 않고서 곧장 그녀를 집 안으로 안고 들어온 행동도 신속한 판단력을 말해 주는 것이니 더더욱 마음에 든다는 것이었다. 그와 관련된 모든 여건이 관심을 끌었다. 이름도 멋있고, 거처도 그들이 좋아하는 마을에 있었다. 곧 그녀는 남성복 가운데서는 사냥 재킷이 가장 멋있다고 생각하게 되었다. 그녀의 상상력은 바삐 움직였고, 회상은 즐거웠으며, 삔 발목의 고통 따위는 아무것도 아니었다.

존 경은 다시 날이 개어서 아침에 문밖출입을 할 수 있게 되자마자 그들을 방문했다. 그들은 메리앤의 사고 소식을 전하면서 알렌험의 윌러비라는 이름의 신사분을 아느냐는 질문을 쏟아 놓았다.

"윌러비라고!" 존 경이 외쳤다. "뭐야, 그 친구가 이 고장에 있나? 어쨌든 좋은 소식이군요. 내일 가서 목요일 정찬에 초대해야겠습니다."

"그럼 그분을 아시는군요." 대시우드 부인이 말했다.

"알고말고요! 그야 뭐, 해마다 여기로 내려오니까요."

"어떤 청년인가요?"

"그만한 친구가 없다고 내 장담하리다. 명사수에다 잉글랜드에서 그만큼 대담하게 말을 타는 인물도 없을 겁니다."

"그분에 대해서 말할 수 있는 게 그것뿐이세요?" 메리앤이 발끈하며 소리쳤다. "가까운 사람들한테는 어떻게 대하나요? 뭘 하는 분이고 무슨 재능이 있고 남다른 점은 무엇이지요?"

존 경은 좀 어리둥절한 표정이었다.

"원, 그런 걸 다 알 정도는 아니지." 그가 말했다. "하여간

60

유쾌하고 명랑한 사람이긴 해. 그 친구의 검은색 암컷 포인터는 내가 본 놈들 중에 최고야. 오늘 그 개도 같이 나왔던가?"

그러나 그가 윌러비 씨의 마음의 음영을 메리앤에게 설명해 주지 못하는 것처럼 그녀도 윌러비 씨의 사냥개의 색깔이 무엇인지 시원스럽게 답해 줄 수 없었다.

"그런데 어떤 분인지는 아시지요?" 엘리너가 말했다. "어디서 오셨죠? 알렌험에 저택을 가지고 있나요?"

이 점에 대해서는 존 경도 더 확실한 정보를 줄 수 있었다. 윌러비 씨는 이 고장에 자기 소유의 재산이 있는 것은 아니고, 친척인 알렌험 코트의 노마님을 방문하는 동안만 그곳에 거주하는데, 앞으로 노마님의 재산을 물려받을 상속자라는 것을 알려 주었다. 그리고 덧붙였다. "그래, 그래, 그 사람은 잡을 만한 가치가 있지. 그건 맞아, 대시우드 양. 게다가 서머싯셔에 자기 소유의 예쁘고 작은 영지도 있고. 그리고 내가 아가씨라면, 언덕에서 그렇게 좀 뒹굴었다고 해서 동생한테 그 사람을 넘겨주지는 않을 거야. 메리앤 양은 남자를 모두 독차지하려고 해선 못써. 조심하지 않으면 브랜던이 질투할걸."

"그럴 리가요." 대시우드 부인이 마음 좋은 미소를 띠면서 말했다. "제 두 딸 가운데 누구도 경께서 말씀하신 대로 그 사람을 잡아 보겠다고 나서서 괜히 불편을 끼치진 않을 거예요. 우리 딸들은 그렇게 배우며 자라지 않았지요. 아무리 부자인 남자분들도 우리하고 있으면 절대 안전하답니다. 그렇지만 말씀을 듣고 보니 그이가 점잖은 청년이고 알고 지내도 괜찮은 분일 것 같아서 기쁩니다."

"정말 좋은 친구요. 그만한 청년도 없어요." 존 경이 되풀이했다. "지난 크리스마스 때 기억이 나는데, 파크에서 소규모 무도회가 열렸을 때, 그 친구는 저녁 여덟 시부터 새벽 네 시까지 내리 춤을 추었다오. 한 번도 자리에 앉아 쉬지 않고서 말이오."

"정말 그랬어요?" 메리앤이 눈을 반짝이면서 소리쳤다. "자세도 흐트러뜨리지 않고, 활기도 유지하고서요?"

"그렇고말고. 그리고 여덟 시에 다시 일어나더니 말을 타고 사냥터로 나갔다네."

"그게 제가 좋아하는 거예요. 젊은 남자라면 마땅히 그래야죠. 뭘 추구하든 아주 열심히, 적당히 하는 법이 없어야 하고 지칠 줄도 몰라야 해요."

"하믄, 하믄. 어떻게 될지 훤히 보이네." 존 경이 말했다. "어떻게 될지 훤히 보여. 넌 이제 그 친구 코를 꿰려고 나설 테고, 가련한 브랜던은 생각조차 않겠지."

"그런 표현, 전 질색이에요, 존 경." 메리앤이 열을 내며 말했다. "재치를 부려 본답시고 하는 상투적인 표현은 다 싫다고요. '남자 코를 꿴다'라거나 '정복한다'라거나 하는 말이 제일 밉살스러워. 거칠고 상스럽잖아요. 처음 지어낼 때야 재치 있게 여겨졌는지 모르지만, 세월이 지나서 독창성이 깨진 지벌써 오래됐어요."

존 경은 이 비난을 제대로 이해하지 못했지만, 마치 이해한 것처럼 호탕하게 웃었다. 그러고 나서 이렇게 대답했다.

"그래, 넌 너끈히 정복할 거야. 내 장담하지, 어떤 식으로든 말이야. 브랜던이 가엾도다! 그 친군 벌써 홀딱 넘어갔으니까. 아무리 뒹굴고 발목을 삐고 했다지만, 아가씨, 그 친구야말로 정말 코를 꿸 만한 가치가 있는 사람이야."

10

마거릿이 딱히 그렇다기보다는 멋을 부려서 '메리앤 지킴이'라고 이름 붙인 윌러비가 다음 날 아침 일찍 안부를 물으려 몸소 코티지를 방문했다. 그는 대시우드 부인으로부터 극진한 예우를 받았다. 고마운 마음에 존 경의 설명까지 더해졌으니 그런 친절은 그녀로서는 당연한 것이었다. 또 그의 편에서도 비록 우연한 사고를 통해 알게 되었지만 한번 들러 본 것만으로도 이 집 사람들의 분별과 품위와 상호 애정과 가정적 화목을 엿볼 수 있었다. 그들 각자의 개인적인 매력을 알아보는 데도 한 번 만난 것으로 족했다.

대시우드 양[13]은 고운 피부에 이목구비가 반듯한 미인형의 아가씨였다. 메리앤의 미모는 훨씬 더 뛰어났다. 그녀의 몸매는 언니처럼 표준형은 아니었지만, 키가 커서 더 돋보였다. 얼굴은 너무 사랑스러워서 미인이라는 통상적인 찬사가 그냥 말로만이 아니라 진실로 해당되는 드문 경우였다. 피부는 옅은

---

13) 여기서는 엘리너를 말한다. 자매가 같이 있을 때는 맏언니를 '양'이라고 지칭한다.

갈색조이지만 투명해서 안색이 유난히 빛났다. 이목구비도 다 훌륭했다. 미소는 달콤하고 매력적이었으며, 새까만 두 눈에는 생기와 열의가 담겨 있어 보고 있노라면 절로 즐거워졌다. 그녀는 처음에는 윌러비한테 이런 눈 표정을 짓지 않았는데, 그의 도움을 받던 때가 떠올라 쑥스러워진 탓이었다. 그러나 이 순간이 지나고 기운이 되살아나자 이 신사가 완벽한 교양을 갖춘 데다 솔직함과 활기까지 겸비한 것을 보고, 또 무엇보다 음악과 춤을 열렬히 좋아한다는 소리를 듣자 그녀는 눈으로 강렬한 동감을 표했고 그 이후로는 그와의 대화를 거의 독점하다시피 했다.

그녀와 대화를 나누려면 무엇이든 좋아하는 취미 활동을 언급하기만 하면 되었다. 그녀는 일단 이런 이야기가 나오면 가만히 있지 못했고 대화에 몰두해 얌전 빼기는커녕 거침없이 자기의 생각을 표명했다. 그들이 둘 다 춤과 음악을 즐긴다는 것 그리고 춤에 대해서든 음악에 대해서든 그들의 판단이 거의 일치한다는 것은 금세 드러났다. 여기에 고무된 메리앤은 그의 의견을 더 알아보고자 책을 화제로 질문해 보았다. 자기가 좋아하는 작가를 거론하면서 마냥 황홀해하는 바람에, 스물다섯 살의 어떤 젊은 남자라도 이런 작품들의 탁월함을 즉각 수긍하지 않다가는 분별없는 인간이 되었을 것임에 틀림없었다. 이전에 그가 아무리 그 작품들을 무시했더라도 말이다. 그들의 예술적 취향은 놀랄 정도로 비슷했다. 똑같은 책들, 똑같은 구절들에 심취해 있었다. 아니, 설혹 무슨 차이를 발견했거나 무슨 이견이 있었다 해도, 그녀의 강렬한 주장과 빛나는 눈동자 앞에서는 곧바로 모래처럼 스러져 버렸다. 그는 그녀의 모든 판정에 승복했고 그녀의 온갖 열정을 수용했다. 그리고 방문이 끝나기 한참 전부터, 그들은 오래 알고 지낸 사람처럼 친밀하게 대화를 나누고 있었다.

"그런데 말이야, 메리앤." 그가 떠나자마자 엘리너가 말했다. "아침에 한 번 만났을 뿐인데 너 참 대단하더구나. 중요한 사안들 거의 대부분에 대해서 윌러비 씨의 의견이 무엇인지 벌써 확인했으니까 말이야. 쿠퍼와 스콧[14]에 대해서 어떻게 생각하는지 알았고, 이 시인들의 아름다움에 응분의 평가를 하고 있다는 확신도 얻었고, 또 포프[15]에게 너무 지나친 찬사를 바치지 않는다는 것까지 다 알게 되었지. 그러나 이렇게 모든 주제를 다 써먹어 버리면, 앞으로는 어쩔래? 길게 만나게 될 텐데 말이야. 좋아하는 화제가 곧 바닥나 버릴 테고. 다음번에 만나서는 회화적인 아름다움[16]에 대한 그분의 생각을 들어 보는 것으로 족할 테고, 그다음에 만나서는 두 번째 결혼에 대해서 묻고, 그러고 나면 더 이상 물어볼 것도 없을 거야."

"엘리너 언니, 이게 공정해? 정당해?" 메리앤이 소리쳤다. "내가 아는 것이 그렇게 빈약해? 언니 말이 무슨 뜻인지는 알겠어. 너무 편하게 대했고 너무 행복해하고 너무 솔직하게

---

14) Walter Scott(1771~1832). 스코틀랜드의 소설가, 시인. 역사 소설로 유명하나 당시에는 낭만풍의 시인으로 더 알려졌다.
15) Alexander Pope(1688~1744). 18세기 신고전주의를 대표하는 시인.
16) 풍경을 인간과 관련해서가 아니라 자연 그 자체의 미로 보는 태도로, 당시 유행했다.

굴었어. 통상적인 예의범절로 보면 잘못을 저지른 거지. 조신하고 맥 빠지고 따분하고 안 그런 척하고 있어야 하는 판에 내놓고 진지했으니. 날씨와 길 상태에 대해서만 이야기했다면, 그리고 십 분에 한 번씩만 발언했다면, 이런 비난은 받지 않았을 텐데."

"애야, 엘리너 말에 너무 속상해하지는 마라." 어머니가 말했다. "언니는 그저 농담으로 그러는 거야. 언니가 언감생심 우리 새 친구와 너 사이의 대화의 즐거움을 방해하려고 들면, 이 어미가 몸소 나설 거다." 메리앤은 바로 수그러들었다.

윌러비 편에서도 그들과의 교류에 만족하고 있음이 역력했다. 더 친하게 지내고 싶어 하는 것만 봐도 틀림없었다. 그는 매일 찾아왔다. 메리앤의 안부를 묻는다는 것이 애초의 명분이었다. 그러나 그를 늘 기꺼이 맞아들일 뿐 아니라 하루하루 더 친절해지니, 메리앤이 완전히 회복되어 그런 구실이 통하지 않게 되기 전부터 구태여 그럴 필요조차 없게 되었다. 그녀는 며칠간 집 안에 갇혀 지냈는데, 그렇게 갇혀 지내는 것이 이번만큼 지루하지 않은 적도 없었다. 윌러비는 유능하고 상상력이 빠르고 생기발랄하고 스스럼없이 다정한 청년이었다. 그는 메리앤의 마음을 사로잡기에 안성맞춤이었으니, 이 모든 것과 함께 매력적인 몸매에 열정적인 마음까지 타고났던 것이다. 이 열정적인 마음은 메리앤을 본받아 바야흐로 새로 일깨워져 더욱 커졌고, 무엇보다도 바로 이 때문에 그녀는 그에게 애정을 느끼게 되었다.

그와 함께 지내는 것이 그녀에게는 점점 더 세상 무엇과도 바꿀 수 없는 즐거움이 되었다. 그들은 함께 읽고 이야기하고 노래했다. 그의 음악적 재능은 상당했다. 그리고 낭독할 때는 에드워드에게는 불행히도 없었던 감수성과 생기가 온통 깃들어 있었다.

대시우드 부인도 메리앤과 마찬가지로 그를 흠 하나 없는 인물로 보았다. 엘리너도 그에게서 별로 비난할 점을 발견할 수 없었지만, 주위 사람이나 여건에 상관없이 매사에 자신의 생각을 서슴없이 토로하는 성향만은 좀 걸렸다. 이런 성향에서는 자기 동생을 빼닮았는데, 동생은 또 동생답게 이 점을 마음에 들어 했다. 하여간 남에 대해서 성급하게 판단하고 말했으며, 마음을 둔 사람에게 몰두한 나머지 주변 사람들에게는 예의를 지키지 못했고, 세상살이에 필요한 예의범절을 너무 쉽게 무시하는 등 그와 메리앤이 아무리 옳다고 해도 엘리너로서는 그가 그렇게 조심성 없는 것은 좋게 볼 수 없었다.

메리앤은 열여섯 살 반의 나이에 이상형의 완벽한 남자를 만나지 못할 것이라는 절망감에 사로잡혔었다니 자기가 왜 그렇게 성급했을까 했다. 윌러비는 그 불행했던 시기에도 또 더 희망적이었던 시기에도 오매불망 그리워하던 님, 자신의 마음을 꼭 붙잡아 줄 바로 그 님이었다. 그럴 만한 능력도 능력이지만 그것이 진심 어린 소망이기도 하다는 것은 그의 행동을 보면 저절로 드러났다.

어머니 편에서도, 그가 큰 재산을 물려받을 것이라는 이유로 그들의 결혼을 바란 적은 결코 없지만, 한 주가 다 지나기도 전에 결혼을 바라고 기대하게 되었다. 그리고 에드워드와 윌러비라는 두 사위를 얻게 된 것을 남몰래 자축했다.

브랜던 대령이 메리앤을 마음에 두고 있다는 것을 주변 사람들은 진작 눈치챘는데, 엘리너는 다들 여기에 더는 관심을 두지 않게 된 지금에 와서야 비로소 알아채게 되었다. 주변 사람들의 관심과 재치는 그보다 더 행운아라 할 수 있는 그의 적수에게로 옮겨 갔다. 본격적인 애정이 싹트기도 전에 그에게 던져졌던 실없는 농담은 정작 그의 감정이 정말로 놀려 댈 만할 정도로 발전되었을 때는 자취를 감추어 버렸다. 엘리너는 제닝스 부인이 대령에게 제멋대로 덮어씌웠던 그 감정이 이제 실제로도 그의 마음에 자리 잡았다는 것을 믿지 않을 수 없었다. 그리고 성향이 전반적으로 닮았다는 점이 윌러비 씨의 애정을 촉진했다 할지라도 성격이 상극이라는 점이 브랜던 대령의 애정을 방해하지 않았다는 것도 믿지 않을 수 없었다. 알고 나니 걱정이 되었다. 서른다섯의 말없는 남자가 스물다섯의 생기발랄한 남자에 맞서서 무슨 희망이 있겠는가? 그가 성공하기를 기원하기조차 어려운 상황이기에 그녀는 그가 관심을 접었으면 하고 진심으로 바랐다. 그녀는 그가 좋았다. 근엄하고 말수도 적었지만, 그녀가 보기에는 관심이 가는 인물이었다. 그의 태도는 엄숙하기는 해도 온화했으며, 말수가 적은 것도 침울한 기질을 타고나서라기보다 무언가 정신적인 억압의 결과가 아닌가 했다. 존 경이 슬쩍슬쩍 흘리는 말을 들어 보면 그는 과거에 큰 상처와 좌절을 겪었던 듯해 한이 있는 사람이 아닌가 하는 생각이 굳어졌던 것이다. 그녀는 존경과 연민으로 그를 바라보았다.

아마도 그가 윌러비와 메리앤에게 무시당했기 때문에 더 그를 동정하고 존경하게 되었는지도 몰랐다. 두 사람은 그가 활기차지도 젊지도 않다는 이유로 그에게 편견을 품고서 그의 장점을 얕잡기로 작정한 듯 보였다.

"브랜던은 말입니다." 어느 날 함께 그에 대해서 이야기를 나누고 있을 때 윌러비가 말했다. "누구나 다 좋게 말하지만 아무도 신경 안 쓰는 사람이죠. 누구나 즐거이 얼굴이야 보지만 말을 걸려는 사람은 아무도 없고 말이죠."

"제 생각을 아주 족집게처럼 집어내시네요." 메리앤이 소리 쳤다.

"그렇게 장담할 일은 아닐 텐데." 엘리너가 말했다. "두 사람 다 너무하는 것 같아요. 파크의 식구들은 모두 그분을 높이 평가하고 있어요. 나만 해도 그분을 볼 때마다 대화를 나누려고 하고."

"당신이 그분을 옹호하시니 그분으로선 확실하게 한 표 얻은 셈이네요." 윌러비가 대꾸했다. "그러나 나머지 사람들의 높은 평가라는 건 그 자체로 비난입니다. 레이디 미들턴과 제닝스 부인 같은 여성들한테 인정받는다는 것이야 창피하다면 창피하지 무에 그리 자랑거리겠어요? 기껏 남들한테서 외면이나 받게 될 텐데."

"하지만 당신이나 메리앤 같은 이들의 매도는 레이디 미들턴과 그 어머니의 존중과 상쇄될지도 모르겠네요. 그분들의 칭찬이 비난이라면, 두 사람의 비난은 칭찬일 수 있어요. 그분들이 분별력 없는 거나 두 사람이 편파적이고 불공정한 거나 피장파장이죠."

"피보호자를 옹호하실 때는 막 나가시기도 하네요."

"제 피보호자라니, 좋아요, 하여간 제 피보호자는 분별력
이 있거든요. 그리고 그 분별력은 늘 제 마음에 들고요. 그래,
메리앤, 설혹 서른에서 마흔 사이의 남자일지라도 말이야. 그
분은 세상을 많이 보았고, 해외도 다녔고, 책도 많이 읽었고
생각도 깊어. 다양한 주제에 대해서 많은 정보를 줄 만한 실력
이 있는 분이야. 내 질문에 선선히 교양 있고 친절하게 대답해
주셨어."

"무슨 소리였을지 짐작이 가." 메리앤이 경멸 어린 투로 소
리쳤다. "동인도는 기후가 덥고 모기가 극성이라고 했겠지."

"내가 그런 질문을 던졌더라면 그렇게 답하셨겠지. 그건 그
래. 그렇지만 그거야 내가 전부터 알고 있던 내용이었지."

"혹시 그분의 관찰력이 나붑, 골드 모르, 팔란퀸[17]이 있다
는 데까지 확장되었을지도 모르지요." 윌러비가 말했다.

"그분의 관찰력은 당신이 봐 주시는 것보다 훨씬 더 멀리까
지 미친다고 감히 말해 볼까 합니다만. 그런데 왜 그분을 싫어
하시죠?"

"그분을 싫어하지는 않습니다. 그 반대로 아주 점잖은 분으
로 봅니다. 모두들 좋게 말하지만 아무도 주목하지 않는 사람,
쓸 수 있는 것보다 더 많은 돈이 있고, 어떻게 써야 할지 모를

17) 각각 동인도 출신의 백인 부자, 북부 인도 지방의 금화, 동양에서 쓰이
던 들것.

정도로 시간이 많고, 매년 새 코트를 두 벌씩 맞추는 사람으로 말이죠."

"거기에 추가해서 재주도 취향도 기백도 없어." 메리앤이 소리쳤다. "반짝이는 총기도 없고, 뜨거운 감정도 없고, 목소리는 무색무취."

"네가 아주 작심하고 그분의 모자라는 점을 왕창 쏟아 내니까, 그것도 상상력을 마구 발휘해서 그러니까, 내가 할 수 있는 칭찬은 그에 비하면 냉랭하고 싱거운 꼴이네. 나로서는 그분이 분별 있고 교양 있고 유식하고 몸가짐이 점잖다는 정도만 말할 수 있으니까. 마음씨도 상냥하고 말이야."

"대시우드 양." 윌러비가 소리쳤다. "저를 아주 사정없이 몰아붙이시네요. 이성으로 제 무장을 해제시켜서 제 뜻에 어긋나는 걸 믿게 하시려나 보네요. 그러나 잘 안될 겁니다. 당신이 교묘하신 것 못지않게 저도 완강하니까요. 제가 브랜던 대령을 싫어하는 결정적인 이유가 세 가지 있습니다. 그분은 제가 날씨가 좋기를 바라면 비가 온다는 소리를 했고, 제 쌍두이륜마차의 걸쇠[18]에 흠을 잡았고, 또 제 갈색 암말을 한사코 사지 않으려 하고 있어요. 그렇지만 이 말씀이 위안이 될 수 있다면, 그런 것들 외에는 그분의 성격에 비난받을 만한 점은 없다고 믿는다고 화끈하게 고백하겠습니다. 그리고 괴로움을 무릅쓰고 이렇게 인정했으니 그 보답으로 당신도 제가 그분을 언제까지고 싫어할 특권을 부정하지 말아 주세요."

---

18) 마차와 말을 잇는 부분으로, 여기에도 유행이 있었다.

처음 데번셔에 왔을 때 대시우드 부인이나 딸들은 금세 너무 많은 약속 때문에 시간을 빼앗기고, 초대도 자주 받고 손님도 자주 맞게 되어서 진득하니 무슨 일을 할 여유가 없어질 줄은 거의 짐작도 하지 못했다. 그렇지만 일이 그렇게 돌아갔다. 메리앤이 회복되자 존 경이 진작부터 세우고 있던 계획이 실행에 옮겨진 것이다. 실내에서든 야외에서든 모여서 놀자는 것이었다. 파크에서의 개인 무도회가 시작되었고, 소나기가 많은 10월 날씨가 허용하는 한 수상 파티도 종종 있었다. 그런 여흥 모임에는 늘 윌러비가 끼어 있었다. 그리고 이런 모임에 자연스럽게 생겨나는 편하고 친숙한 분위기 덕을 톡톡히 본 결과 그는 대시우드 집안 사람들과 더 친해지고, 메리앤의 뛰어난 장점들을 두 눈으로 확인하면서 열렬한 찬미를 보낼 수 있는 기회를 얻었다. 또한 그녀의 태도로 미루어 그녀도 자기를 사랑하고 있다는 분명한 확증을 얻을 기회도 있었다.

엘리너에게는 그들의 사랑이 그리 놀랄 일이 아니었다. 바람이 있다면 너무 터놓고 그러지 말았으면 하는 정도였다. 한두 번은 메리앤더러 좀 자제하는 것이 어떠냐고 넌지시 말해 보기도 했다. 그러나 메리앤은 하늘을 우러러 거리낄 것이 없는데 뭘 숨기느냐고 했고, 나무랄 일이 전혀 아닌 그런 감정을 절제하려고 하는 것은 불필요한 노력일 뿐 아니라 상투적이고 그릇된 생각에 이성을 종속시키는 수치스러운 짓으로 여긴다는 것이었다. 윌러비 역시 생각이 같았다. 그리고 그런 생각은 늘 그들의 행동에 반영되었다.

그가 나타났다 하면 그녀는 다른 사람은 안중에도 없었다. 그가 하는 일은 모두 옳았다. 그가 하는 말은 모두 총명했다. 저녁에 파크에서 카드놀이를 할 때면 그는 속임수를 써서까지 그녀에게 좋은 패를 주었다. 밤에 여흥으로 춤이 조직되면, 두 사람이 파트너가 되는 것이 절반은 되었다. 그리고 두 번의 춤이 진행되는 동안 행여 떨어져 있기라도 하면 다음번에 짝이 되려고 기를 썼고 다른 사람한테는 거의 한마디도 하지 않았다. 물론 이런 행동은 사람들의 빈축을 샀다. 그러나 조롱받는다고 해서 창피스러워하지도 않았고 아예 모르쇠로 일관하는 듯 보였다.

대시우드 부인은 이들의 감정에 온통 동감하고 있던 터라 이처럼 과도한 감정 표현조차 막을 뜻이 전혀 없었다. 그저 젊고 열정적인 정신으로 열렬하게 사랑하게 되면 자연히 따라오기 마련인 현상으로 여겼다.

이때가 메리앤에게는 호시절이었다. 그녀는 온 마음을 윌러비에게 바쳤고, 그와 사귀는 곳이 된 지금의 집에 더 마음이 갔다. 그러다 보니 서식스 시절부터 줄곧 간직해 온 노어랜드에 대한 강한 애착도 전에는 꿈도 못 꾸었을 정도로 옅어진 것 같았다.

엘리너는 그리 행복하지 못했다. 마음이 그다지 편치 않았고, 사람들과 즐기고 어울려도 진정으로 만족스럽지는 않았다. 떠나 온 사람을 대신할 만큼 마음 맞는 사람도 없었고, 노어랜드를 조금이나마 잊게 해 줄 사람도 없었다. 레이디 미들턴도 제닝스 부인도 그녀가 잃어버린 대화를 제공해 줄 수 없었다. 비록 후자는 영원한 수다쟁이로, 처음부터 그녀를 예쁘게 보고서 주된 말 상대가 되긴 했지만 말이다. 그녀는 엘리너에게 이미 자기 인생사를 서너번 되풀이해서 들려주었다. 만약 엘리너의 기억력이 그 이야기들을 다 따라갈 정도였다면, 그녀는 서로 알게 된 초기에 벌써 제닝스 씨의 마지막 병에 대한 시시콜콜한 내용과 죽기 몇 분 전에 부인한테 했던 말이 무엇인지까지 알게 되었을 터였다. 레이디 미들턴은 모친보다 입을 닫고 있는 때가 많아서 더 대하기가 나을 뿐이었다. 엘리너는 몇 번 접하지 않고도 그녀가 침묵을 지키는 것은 워낙 조용하게 지내는 습성 때문이지 분별력과는 아무 상관이 없다는 것을 바로 알아보았던 것이다. 남편과 모친을 대할 때도 자기들을 대하는 것과 똑같았다. 그들과 더 친하게 사귀려고 애쓰지도 않고 원하지도 않았다. 모처럼 입을 열어 봤자 늘 하는 소리였다. 기분까지도 늘 같아서 한결같이 맹맹했다. 모든 것이 격식에 맞게 이루어지고 큰 아이 둘이 같이 있기만 하면 자기 남편이 주선한 모임을 마다하지는 않았지만, 집에 혼자 앉아 있는 것 이상의 무슨 즐거움을 얻는 것 같지도 않았다. 대화에 기여하는 바가 없어 그녀의 존재가 다른 사람들의 즐거움에 별로 보탬이 되지 않았기 때문에, 어쩌다 말썽꾸러기 아이들을 걱정하고 있을 때나 그녀가 같이 있구나 의식될 뿐이었다.

그녀가 새로 알게 된 사람들 중 능력을 존중할 만하고 벗이 될 만하고 함께 있으면 즐겁겠다고 느낀 사람은 브랜던 대령

뿐이었다. 윌러비는 논외였다. 그는 그녀의 찬사와 호의를 한 몸에 받았고 심지어 여기에 처형으로서의 호의까지 더해졌다. 그러나 그는 연애하는 중이었다. 그의 관심은 온통 메리앤에게 가 있어서 훨씬 마음에 안 드는 상대도 그보다는 더 나을 지경이었다. 브랜던 대령은 본인한테야 딱한 노릇이지만 오직 메리앤만 생각하면 되는 처지가 못 되다 보니 엘리너와의 대화에서 동생의 철저한 무관심에 대한 가장 큰 보상을 얻었다.

그가 이미 쓰라린 실연의 경험을 맛본 적이 있지 않나 하는 근거 있는 의심이 들면서 그에 대한 엘리너의 동정심은 더 커졌다. 어느 날 저녁 파크에서 그가 우연히 흘린 몇 마디 말에서 이런 의심이 싹텄다. 다른 사람들이 춤을 추는 동안에 그들이 상호 동의하에 춤에 끼지 않고 같이 앉아 있던 때였다. 메리앤에게서 눈을 떼지 못하던 그가 잠시 침묵을 지키더니 희미한 미소를 띠며 말했다. "동생분은 두 번째 사랑 따위는 용납하지 않는 것 같습니다만."

"그래요." 엘리너가 답했다. "쟤 생각은 정말 낭만적이에요."

"혹 두 번째 사랑 같은 것은 존재할 수 없다고 생각하는지도 모르지요."

"그렇게 생각한다고 봐요. 저희 아버지만 해도 부인이 두 분이었는데, 그런 아버지는 어쩌라고 저러는지 모르겠어요. 그렇지만 몇 년 지나면 메리앤도 상식과 관찰에 제대로 토대를 두고 생각을 정리하겠지요. 그때는 쟤 생각을 정의하고 해명하기가 지금보다는 더 쉬워지지 않을까 해요. 본인만 빼고 누가 보더라도 말이지요."

"그렇게 되기 십상이겠지요." 그가 대꾸했다. "그렇지만 젊은 시절의 편견에는 무언가 사랑스러운 것이 있어서 그걸 포기하고 좀 더 일반적인 생각을 받아들이는 것을 보면 안타깝기는 합니다."

"그 점에는 동의하지 못하겠는데요." 엘리너가 말했다. "메리앤의 것과 같은 감정에는 불편한 점들이 수반되거든요. 세상에 대한 열정과 무지가 주는 온갖 매력도 그걸 보상할 수 없어요. 쟤한테는 체질상 예의범절을 깡그리 무시해 버리는 경향이 있어요. 전 그건 안 좋다고 봐요. 세상을 더 잘 알게 되는 것이 제가 저 애한테 기대하는 바랍니다. 그게 가장 도움이 될 거예요."

잠시 뜸을 들이다가 그가 이렇게 말하면서 대화를 이어 갔다.

"동생분은 두 번째 사랑에 반대하면서 아무런 구별을 두지 않습니까? 이를테면 그건 누구한테나 똑같이 잘못인 건가요? 상대방이 변심한다거나 여건이 여의치 않아서 첫 번째 선택에서 좌절을 겪은 경우에도 남은 생애 동안 사랑을 하면 안 된다는 건가요?"

"아이, 전들 쟤 속마음을 속속들이 다 알 순 없지요. 제가 아는 거라고는 두 번째 사랑도 용납해 줄 만하다는 말은 들어 본 적이 없다는 정도예요."

"언제까지나 그럴 수만은 없겠지요." 그가 말했다. "반드시 어떤 변화가, 감정에 완전한 변화가 오면…… 아니, 아니, 그렇게 되길 바라지는 마십시오. 젊은 시절의 낭만적인 고결함이 어쩔 수 없이 꺾이고 나면, 범상하고 위험하기만 한 생각으로 치달리는 일이 얼마나 흔한지요! 전 경험에서 말씀드리는 겁니다. 기질과 정신이 동생분과 아주 흡사하고 꼭 동생분처럼 생각하고 판단하는 아가씨를 알았더랬습니다. 그런데 불행한 일들이 잇달아 터지는 바람에 불가피하게도 변할 수밖에……." 여기서 그는 갑자기 멈추었다. 말을 너무 많이 했나 하는 표정이었고, 그 표정이 엘리너의 뇌리에 이런저런 추측을 불러일으켰다. 그 아가씨에 관한 말이 입 밖에 나와서는 안 되는 것이었구나 하는 확신이 대시우드 양에게 들지 않았더라면 별 의심 없이 지나쳐 버렸을 것이다. 그런데 이렇게 되고 보니 그의 격한 감정을 과거의 애정에 대한 북받치는 추억과 연결 짓는 데는 약간의 상상력만 동원하면 되었다. 엘리너는 더 이상 추정하려 하지 않았다. 그러나 메리앤이었다면 거기서 그치지 않았을 것이다. 그녀의 활발한 상상력 아래서 신속하게 이야기가 전부 구성되었을 것이니, 비참한 사랑이 가장 슬픈 모습을 띠고 나타났을 것이다.

                              12

　다음 날 아침나절에 엘리너와 메리앤이 같이 산책하던 중 메리앤은 언니에게 새로운 소식을 한 가지 전했다. 엘리너는 동생이 신중하지 못하고 생각이 없다는 것이야 전부터 알고 있었지만 이렇게까지 철딱서니가 없는 것에 놀랐다. 메리앤이 아주 신이 나서 하는 소리가, 윌러비가 말을 한 필 주었다는 것이다. 서머싯셔 장원에서 그가 직접 키운 말로, 여성이 타기에 아주 안성맞춤이라고 했다. 말을 건사하는 것이 어머니의 계획에는 없던 일이었고, 혹 어머니가 이 선물을 기화로 마음을 바꾸는 경우에는 하인이 탈 말을 한 필 더 사야 하고 그 말을 탈 하인도 구해야 하며 말들을 들일 마구간을 지어야할 판임을 고려하지도 않고서 그녀는 덜컥 그 선물을 받아 버린 것이었다. 그리고 마음이 들뜰 대로 들떠서 언니에게 이 사실을 전했다.

"그이는 말을 데려오려고 곧바로 마부를 서머싯셔로 보내려고 해." 그녀가 덧붙였다. "그 말이 당도하면 우린 매일 말을 탈 거야. 언니도 타게 해 줄게. 엘리너 언니, 여기 넓은 풀밭을 말을 타고 달리면 얼마나 즐거울까."

이런 행복한 꿈에서 깨어나 이 일에 수반되는 갖은 악재를 받아들이기가 싫은 나머지 그녀는 한동안 수긍하려 들지 않았다. 하인 하나 더 둔다고 큰 비용이 드는 것도 아니지 않느냐, 엄마도 절대 반대하지 않을 것이고, 하인이야 무슨 말을 타든 어떠냐, 파크에서 한 마리쯤 구해서 타면 될 테고, 마구간도 그렇지, 아주 조그만 헛간 하나면 족할 거라는 거였다. 엘리너는 별로 잘 알지도 못하고 기껏해야 최근에 알게 된 사람한테 이런 선물을 받는 것이 과연 예의범절에 어울릴까 생각 좀 해 보라고 했다. 이건 참을 수 없는 말이었다.

"잘못 알고 있어, 엘리너 언니." 그녀가 발끈하며 말했다. "내가 윌러비를 잘 알지 못한다니. 알고 지낸 지 얼마 되지 않았다는 건 맞아. 그러나 언니와 엄마만 빼면 이 세상 누구보다도 내가 잘 아는 사람이야. 친해지는 데는 시간이나 기회가 문제가 아니야. 성격이 전부야. 서로 교분을 트는 데 칠 년도 부족한 경우가 있고, 칠 일이면 족한 경우도 있어. 윌러비한테가 아니라 차라리 오빠한테서 말을 받는 편이 더 예의범절에 어긋나는 잘못을 범한 꼴이 될 거야. 오래 같이 살았지만 존 오빠에 대해서 내가 뭘 알아. 그렇지만 윌러비에 대해서는 오래전에 판단이 끝났어."

엘리너는 그 부분은 더 이상 건드리지 않는 것이 현명하겠다고 생각했다. 그녀는 동생의 기질을 알았다. 그렇게 민감한 문제에 대해 이의를 제기하면 동생은 더욱더 자기 생각을 고집할 것이 뻔했다. 그러나 어머니에 대한 동생의 애정에 호소하는 방식을 택해 혹 마음 약한 어머니가 하인 수를 늘리자는 것에 동의라도 하는 경우(십중팔구 그리되기 쉬울 텐데) 감당해야 할 불편함을 알아듣게 설명해 주었더니 메리앤은 금방 수그러들었다. 그리고 괜히 그 제안을 들먹여서 어머니가 혹여 덜컥 수용할 유혹을 느끼지 않게 하겠다고, 다음번에 윌러비를 만날 때 사양한다는 뜻을 전하겠다고 약속했다.

그녀는 자기 말을 지켰다. 바로 그날 윌러비가 코티지를 방문했을 때 엘리너는 동생이 낮은 목소리로 그의 선물을 받아들이지 못하게 되어 속상하다고 말하는 것을 들었다. 이렇게 마음이 변한 이유도 같이 설명했는데, 이유가 그러니 상대편에서도 더 권하기가 불가능해졌다. 그렇지만 그의 마음은 간곡했으니, 자기 마음을 열심히 표현한 후에 똑같이 낮은 목소리로 이렇게 덧붙였다. "그렇지만, 메리앤, 지금 탈 수는 없어도 말은 여전히 그대 것이오. 달라고 할 때까지만 내가 보관하고 있을게요. 그대가 바턴을 떠나서 좀 더 항구적으로 살게 될 가정을 꾸미게 되면, 퀸 맵[19])께서 그대를 맞아들이게 하겠어요."

이런 말이 한 구절도 빠짐없이 대시우드 양의 귀에 들려왔다. 말의 내용으로나 표현 방식으로나, 또 동생을 이름만으로 부르는 것으로 보나 친밀하다는 것이 너무 확연했고 뜻하는 바도 너무 직설적이어서 그녀는 즉각적으로 둘 사이에 완벽한 합의가 이루어졌다고 느꼈다. 그 순간부터 그녀는 두 사람이 결혼을 언약했다는 것을 의심치 않았고, 그렇게 믿게 되니 불현듯 이런 생각이 들었다. 거리낌 없이 행동하는 두 사람이 그 사실을 직접 밝히지 않고 자기든 주변의 누구든 우연히 알아채도록 내버려 둔 것은 좀 의외라고 말이다.

다음 날 마거릿이 이 문제를 좀 더 분명히 밝혀 주었다. 윌러비는 전날 저녁을 그들과 함께 보냈고, 마거릿은 얼마 동안 응접실에서 그와 메리앤과 함께 셋이 있게 되어 살펴볼 기회가 있었다는 것이다. 큰언니와 둘이 있게 되자 그녀는 아주 의미심장한 낯빛으로 자기가 본 바를 전했다.

"아이! 엘리너 언니." 그녀가 소리쳤다. "메리앤 언니 말인데, 굉장한 비밀이 있어. 작은언니는 곧 윌러비 씨와 결혼하게 될 것이 확실해."

"넌 그 두 사람이 하이처치 구릉에서 처음 만난 이후로 거의

---

19) 요정의 여왕이라는 뜻으로, 여기서는 말의 이름이다.

매일 그 소리잖아." 엘리너가 대꾸했다. "두 사람이 서로 안 지 일주일도 안 돼서 넌 메리앤이 그 사람의 초상화를 목에 걸고 있다고 확신했지 아마. 그렇지만 알고 보니 고작 큰할아버지 세밀화였잖아."

"그러나 이번은 정말 달라. 곧 결혼할 게 확실해. 그분이 작은언니의 머리카락을 가지고 있거든."

"조심해야지, 마거릿. 그것도 그 사람의 큰할아버지 머리카락에 지나지 않을지도 모르지."

"그렇지만 큰언니, 정말 메리앤 언니 거야. 실은 그분이 머리칼을 잘라 내는 걸 내 눈으로 보았으니까 이건 거의 확실하지, 뭐. 어젯밤에 차를 마신 후에, 큰언니하고 엄마가 방을 나가자 둘이서 아주 빠른 말로 속삭이더라고. 그분이 작은언니한테 무언가 간청하는 것 같더니, 바로 가위를 들고서 긴 머리 타래를 잘라 냈어. 그게 작은언니 등 아래로 드리워져 있었으니까. 그분은 거기에 입을 맞추고는 흰 종이로 싸서 포켓북 안에 집어넣었어."

너무나 확실한 근거로 너무나 자세히 설명하니 엘리너는 믿지 않을 수 없었다. 믿고 말고도 없었던 것이 자신이 듣고 본 정황과 완벽하게 일치했기 때문이다.

마거릿의 총기가 늘 언니가 만족할 만한 방향으로만 발휘된 것은 아니었다. 어느 날 저녁 파크에서 제닝스 부인이 그녀에게 엘리너가 마음에 둔 청년의 이름을 대라고(부인이 전부터 캐내고 싶어 하던 문제였는데) 닦달하자, 마거릿은 언니를 쳐다보면서 이렇게 말하는 것이었다. "나 말하면 안 되는데. 말해도 돼, 엘리너 언니?"

이 말에 모두 웃음을 터뜨렸고 엘리너도 같이 웃으려고 했다. 그러나 그러기도 괴로운 노릇이었다. 마거릿이 누구를 염두에 두고 있는지 잘 알았으니, 바야흐로 그 사람의 이름이 제닝스 부인의 상투적인 농담거리가 되려는 사태에 직면하게 되어 속이 벌렁거렸다.

메리앤은 언니가 정말 안쓰러웠다. 그러나 얼굴이 벌게져서 마거릿한테 화를 내며 이렇게 말하는 바람에 도움이 되기는커녕 해를 끼쳤다.

"무슨 추측을 하는지 모르지만 그걸 입 밖에 낼 권리는 없다는 걸 명심해."

"난 추측 같은 거 한 적 없어." 마거릿이 대꾸했다. "작은언니가 얘기해 주었잖아."

이 말에 다들 아주 즐거워하면서 마거릿더러 더 말해 보라고 부추겼다.

"어허! 오냐 그래, 마거릿 양, 우리도 같이 알자꾸나." 제닝스 부인이 말했다. "그 신사분의 이름이 무어냐?"

"전 말하면 안 돼요, 아주머니. 그렇지만 누군지는 훤히 알고 있어요. 어디 사는지도 알고요."

"그래, 그래, 어디 사는지 한번 짐작해 볼 수 있겠다. 분명 노어랜드의 자기 집이겠지. 교구 부목사일걸."

"아녜요, 그렇지 않아요. 직업은 없어요."

"마거릿." 메리앤이 잔뜩 열을 내며 말했다. "이게 모두 네가 지어낸 이야기라는 거 너도 알지. 그런 사람은 존재하지도 않잖아."

"그렇다면 그분이 최근에 돌아가셨다는 말이네, 메리앤 언니. 전에 그런 사람이 있었던 것은 분명하고 이름은 F로 시작하니까."

엘리너는 이 순간 레이디 미들턴이 "비가 엄청나게 오네요." 하면서 끼어든 것이 너무나 고마웠다. 물론 그녀를 구해 주기 위해서라기보다 자기 남편과 어머니가 즐기는 고상하지 않은 농담 짓거리를 무척 싫어하기 때문이라는 것은 아는 바였지만. 처음 시작은 그녀가 했으나 어떤 상황에서나 남의 감정을 배려하는 브랜던 대령이 이 화제를 바로 이어 갔다. 비를 화제로 삼아 두 사람 사이에는 많은 대화가 오갔다. 윌러비가 피아노 뚜껑을 열더니 메리앤더러 피아노 앞에 앉으라고 청했다. 그렇게 여러 사람이 그 주제는 접어 두려고 갖은 노력을 기울인 덕분에 결국 그 이야기는 끝을 맺었다. 그러나 그 이야기가 튀어나오는 바람에 가슴이 철렁했던 엘리너는 쉽게 마음을 가라앉히지 못했다.

이날 저녁에는 다음 날 바턴에서 약 십이 마일 떨어진 곳에 있는 어떤 훌륭한 영지를 보러 가자는 모임이 조직되었다. 그 영지는 브랜던 대령의 매형이 소유한 곳으로, 당시 해외에 있던 소유주가 외부 개방에 대해서 아주 엄격한 지시를 내려 놓은 탓에 대령의 개인적인 친분이 아니라면 볼 수 없을 터였다. 그 구내는 매우 아름답다고 정평이 나 있었는데 존 경은 특히 칭찬에 침이 말랐다. 그는 지난 십 년간 여름마다 적어도 두 번씩 모임을 조직해서 이곳을 방문했기 때문에 꽤 괜찮은 평가자라고 보아도 좋을 것이다. 거기에는 멋진 호수도 있고, 호수 위에 돛단배를 띄우면 아침나절의 여흥으로 그만이며, 시원한 음식을 가지고 가야 하고, 무개 마차가 여러 대 사용되어야 할 것이었다. 그리고 만사가 이 즐거운 모임을 꾸리는 데 어울리게 착착 진행되었다.

그런데 계절도 계절인지라 일행 중 몇몇에게는 이것이 다소 무모한 일처럼 보였다. 지난 보름 동안 매일 비가 왔던 것이다. 대시우드 부인은 이미 감기가 들어서 엘리너가 설득해 집에 머무시게 했다.

13

휘트웰로 소풍을 가려던 그들의 계획은 엘리너의 예상과 전혀 딴판으로 전개되었다. 그녀는 흠뻑 젖고 지치고 깜짝깜짝 놀랄 마음의 준비까지 하고 있었다. 그러나 사태는 훨씬 더 좋지 않게 돌아갔으니, 아예 가지 못한 것이다.

열 시까지 일행이 파크에 모여서 함께 아침 식사를 하게 되어 있었다. 밤새 비가 왔지만 아침에는 제법 희망적이었다. 그때는 구름이 하늘을 가로질러 흩어지고 있었고 해도 자주 얼굴을 내밀었다. 모두 기분이 썩 좋았고 마음이 들떠서 아무리 불편하고 힘들더라도 감수하겠다는 각오를 다지고 있었다.

아침 식사를 하던 중에 편지가 여러 통 들어왔다. 그 가운데는 브랜던 대령의 편지도 있었다. 그는 그것을 집어서 주소를 보더니 안색이 변하여 즉시 방을 나가 버렸다.

"브랜던이 무슨 일이지?" 존 경이 말했다.

답할 수 있는 사람은 아무도 없었다.

"나쁜 소식이 아니었으면 좋겠군요." 레이디 미들턴이 말했다. "브랜던 대령이 우리 집에서 조찬을 들다 말고 저렇게 불쑥 자리를 뜨실 정도면 뭔가 심상치 않은 일인가 보네요."

오 분쯤 지나서 그가 돌아왔다.

"나쁜 소식이 아니길 바랍니다, 대령." 제닝스 부인이 그가 방으로 들어오자마자 말했다.

"아닙니다, 부인, 고맙습니다."

"아비뇽에서 왔어요? 누님 건강이 더 나빠졌다는 소식이 아니었으면 싶네요."

"아닙니다, 부인. 런던에서 온 겁니다. 업무 편지일 뿐입니다."

"업무 편지일 뿐이라면 필적만 보고 왜 당황하누? 자, 자, 이걸로는 안 되지요, 대령. 어쩐 일인지 좀 압시다."

"어머니, 제발 좀 가만히 계세요." 레이디 미들턴이 말했다.

"사촌 패니가 결혼했다는 통보인가 보지 아마?" 제닝스 부인이 딸의 나무람을 들은 척도 않고 말했다.

"아닙니다, 그건 아니에요."

"음, 그러면 어디서 온 건지 알겠군, 대령. 그리고 그이도 잘 있길 바라요."

"누구를 말씀하시는 건지요, 부인?" 그가 얼굴을 약간 붉히며 말했다.

"으흠! 무슨 뜻인지 잘 아실 텐데."

"정말 미안합니다, 부인." 그가 레이디 미들턴을 향해서 말했다. "오늘 이 편지를 받게 되어서 말입니다. 업무 때문에 바로 런던에 가 봐야겠군요."

"런던이라고!" 제닝스 부인이 소리쳤다. "도대체 이 계절에 런던에 무슨 볼일이 있소?"

"이렇게 유쾌한 분들을 떠날 수밖에 없게 되어서 저로선 대단히 아쉽습니다." 그가 계속했다. "더구나 휘트웰에 입장하시려면 제가 꼭 있어야 할 텐데, 참 걱정이군요."

이것은 이들 모두에게 실로 커다란 타격이었다!

"그렇지만 브랜던 씨." 메리앤이 열성적으로 말했다. "하녀장한테 쪽지를 써 주시면 그걸로 충분하지 않을까요?"

그가 머리를 가로저었다.

"꼭 가야지." 존 경이 말했다. "이렇게 막판에 연기할 수야 없지. 런던은 그냥 내일 가게, 브랜던. 그렇게 하자고."

"나도 아주 쉽게 해결되면 좋겠네. 그러나 단 하루라도 여행을 연기할 사정이 못 된다네!"

"도대체 무슨 일인지 알려 주기만 하면 여행을 연기할 만한지 어떤지 판단이 설 텐데." 제닝스 부인이 말했다.

"기껏 여섯 시간 정도 차이네요." 윌러비가 말했다. "우리가 돌아올 때까지만 여행을 연기한다 해도 말입니다."

"단 한 시간도 늦출 여유가 없습니다."

엘리너는 이때 윌러비가 낮은 목소리로 메리앤에게 하는 말을 들었다. "즐거운 모임을 참을 수 없어 하는 사람들이 있다니까요. 브랜던도 그중 하나고. 뭐, 감기가 걸릴까 봐 겁이 났나 봐요. 그래서 이런 잔꾀로 빠져나가려는 거고요. 이 편지도 자작극이라는 데 50기니 걸겠어요."

"뻔하지요, 뭐." 메리앤이 응답했다.

"자네가 뭐든 일단 결정하면, 브랜던." 존 경이 말했다. "누가 뭐래도 자네 마음을 바꿀 수는 없다는 걸 예전부터 잘 알지. 그렇지만 한번 잘 생각해 보게나. 뉴턴에서 캐리 댁 아가씨 두 분이 왔고, 대시우드 댁 따님 세 분이 코티지에서 걸어 올라왔고, 윌러비 씨도 평소보다 두 시간이나 일찍 일어났네. 휘트웰로 가려고 말이야."

브랜던 대령은 일행을 실망시켜 드려 미안하다는 말을 되풀이했다. 그러나 동시에 피치 못할 사정임도 분명히 했다.

"에 또, 그러면 언제 돌아올 건가?"

"일을 마치고 런던을 떠날 형편이 되실 때 바턴에서 뵙길 바라요." 레이디가 덧붙였다. "대령님이 돌아오실 때까지는 휘트웰 소풍을 연기해야겠네요."

"감사합니다. 그러나 언제쯤 돌아올 수 있을지 불확실해서 약속을 드릴 수는 없을 것 같군요."

"저런! 돌아와야 하고, 돌아오게 만들어야지." 존 경이 큰 소리로 말했다. "이번 주말까지 여기로 오지 않으면, 내가 찾아 나설 거야."

"그럼, 그렇게 하게나, 존 경." 제닝스 부인이 외쳤다. "그러면 대체 무슨 일인지 알 수 있게 될지도 모르니."

"남의 사정을 꼬치꼬치 들추고 싶진 않습니다. 무언가 남세스러운 일인가 보지요."

브랜던 대령의 말들이 준비되었다는 전갈이 왔다.

"말을 타고 런던까지 갈 것은 없지 않나?" 존 경이 덧붙였다.

"아니, 호니턴까지만 갈 거네. 거기서부터는 전세 역마차[20]로 갈 거고."

"자, 그럼 이왕 가기로 했으니, 여행 잘 하길 바라네. 그러나 마음을 바꾸는 게 나을 텐데."

"나도 어쩔 수 없는 일이라니까."

그런 다음 그는 일행 모두와 작별했다.

"대시우드 양, 이번 겨울에 당신과 동생분들을 런던에서 뵐 기회는 없겠습니까?"

"아쉽지만 전혀 없어요."

"그러면 아무래도 본의 아니게 오랫동안 못 뵐 것 같습니다."

그는 메리앤한테는 단지 고개만 숙였고 아무 말도 하지 않았다.

"자, 대령." 제닝스 부인이 말했다. "떠나기 전에, 무슨 일로 가는지 얘기 좀 해 봐요."

그는 그녀에게 잘 지내시기 바란다고 인사하고 방을 떠났고 존 경이 배웅차 뒤를 따랐다.

지금까지는 예의상 꾹 억눌렀던 불평불만이 이제 마구 터져 나왔다. 그리고 그들은 이런 식으로 일이 틀어지다니 정말 짜증나는 일이라고 다들 한마디씩 했다.

---

20) 원거리 여행을 위한 급행 마차로 비용이 많이 든다.

"그렇지만 무슨 일인지 짐작은 가." 제닝스 부인이 득의만만하게 말했다.

"정말이세요, 부인?" 다들 한목소리로 물었다.

"그럼. 윌리엄스 양 일일 거야. 확실해."

"그런데 윌리엄스 양이 누구예요?" 메리앤이 물었다.

"뭐라! 윌리엄스 양이 누군지 모른다고? 전에 들어 본 적이 분명 있을 텐데. 대령의 인척이란다, 얘야. 아주 가까운 인척이지. 얼마나 가까운지는 어린 아가씨들이 충격받을까 봐 말하기는 좀 그렇고." 그러더니 약간 목소리를 낮추어서 엘리너에게 말했다. "대령의 사생아 딸이지."

"정말로요!"

"아유! 그렇다니까. 아주 판박이로 닮았다고. 대령이 그 아이한테 전 재산을 물려줄 거라지 아마."

존 경이 돌아와서 이 불운한 사태를 통탄하는 목소리에 적극 동참했다. 그렇지만 끝맺는 말인즉슨, 이왕 모두 이렇게 모였으니 뭔가 행복을 느낄 만한 일을 꾸며야 하지 않나 하는 것이었다. 그리고 약간의 숙의 끝에 다들 이렇게 합의했다. 행복이란 휘트웰에 가야만 얻을 수 있지만, 주변을 드라이브라도 해서 마음을 좀 달래 보자고. 그런 다음 마차를 불렀다. 윌러비의 마차가 가장 먼저 왔는데, 메리앤은 그지없이 행복한 표정으로 그 마차에 올라탔다. 그는 파크를 쏜살같이 통과했고 그들은 곧 시야에서 사라졌다. 그리고 온종일 자취를 감추었다가, 다른 사람들이 다 돌아온 후에야 돌아왔다. 둘 다 드라이브에 만족한 기색이 역력했는데, 다른 사람들이 구릉지 초원 지대로 간 사이에 자기들은 그 아래 오솔길을 따라갔다고 얼버무리는 것이었다.

모두 하루 종일 즐겁게 지내기로 작심했으므로, 저녁에는 무도회를 열기로 했다. 캐리 댁 사람들이 정찬 자리에 몇 명 더 왔고, 그리고 보니 식탁에 앉은 사람은 거의 스무 명에 가까웠다. 존 경은 너무나 뿌듯하게 이를 지켜보았다. 윌러비는 늘 그렇듯이 대시우드 댁 맏이와 둘째 딸 사이에 자리 잡았다. 제닝스 부인은 엘리너의 오른편에 앉았다. 그런데 앉은 지 얼마 되지 않아 부인이 엘리너와 윌러비의 뒤편으로 몸을 기울여 메리앤에게, 두 사람이 들을 수 있을 만큼 큰 소리로 말했다. "아가씨가 아무리 잔꾀를 부렸어도 내 다 알아냈지. 두 사람이 낮에 어디 있었는지 말이야."

메리앤이 얼굴을 붉히며 허겁지겁 대꾸했다. "어디라니요, 무슨 말씀을?"

"우리가 이륜마차를 타고 드라이브 나갔다는 거, 모르십니까?" 윌러비가 말했다.

"그럼, 그럼, 뻔뻔남 씨. 아주 잘 알고말고. 해서 대체 어딜 갔는지 알아내야겠다고 작정했다우. 메리앤 양, 앞으로 살게 될 집이 마음에 들길 바라. 나도 알지만 아주 큰 저택이고, 내가 거기 아가씰 보러 갈 때는 새 가구로 다 개비해 놓기를 바라. 내가 육 년 전에 가서 보니 그래야겠더라고."

메리앤은 무척 당혹스러워서 얼굴을 돌렸다. 제닝스 부인은 마음껏 웃었다. 엘리너가 알고 보니 부인은 그들이 어디 갔는지 확인해 볼 목적으로 자기 몸종에게 윌러비 씨의 마부한테 물어보게 했고, 결국 그들이 알렌험에 가서 정원을 걷고 저택을 이리저리 다니면서 상당한 시간을 보냈다는 정보를 얻었던 것이다.

엘리너는 이것이 사실이라고 믿기가 어려웠다. 메리앤과는 일면식도 없는 스미스 부인이 안에 계신데 윌러비가 저택에 들어가자고 제안했을 법하지도 않았고, 메리앤이 수락했을 법하지도 않았기 때문이다.

정찬실을 나오자마자 엘리너가 동생에게 물어보았다. 그리고 너무나 놀랍게도 제닝스 부인이 말한 정황이 한 치도 틀림없는 사실임을 알게 되었다. 메리앤은 언니가 믿으려 하지 않자 도리어 화를 냈다.

"왜 그렇게 생각하지, 엘리너 언니? 우리가 거기 가지 않았거나 저택을 보지 않았다고 말이야. 언니도 그러고 싶다고 자주 말하지 않았어?"

"그래, 메리앤. 하지만 난 스미스 부인이 거기 계시는 동안에, 그것도 윌러비 씨와 단둘이서는 가지 않았을 거야."

"그렇지만 윌러비 씨는 그 저택을 보여 줄 권리를 가진 유일한 사람이야. 그리고 이인승 무개 마차를 타고 갔기 때문에 다른 사람이 탈 수도 없었고. 내 평생 그렇게 즐거운 시간을 보낸 적이 없어."

"즐거웠다고 해서 꼭 예의범절에 어긋나지 않았다는 건 아니지." 엘리너가 대꾸했다.

"그 반대야. 즐거웠다는 것보다 더 강한 증거도 없다고, 엘리너 언니. 내 행동에 정말 무슨 예의범절에 어긋나는 게 있었다면, 곧바로 그걸 알아챘을 테니까 말이야. 잘못된 행동을 할 때는 늘 알 수 있잖아. 그런 생각이 들었다면 무슨 즐거움을 느낄 리도 없지."

"그렇지만 얘, 메리앤. 벌써 남한테 무례한 소리를 몇 마디 들은 셈이잖아. 그러고도 네 행동거지에 혹 신중하지 않은 점은 없었나 하는 의심은 안 드니?"

"제닝스 부인한테 뻔뻔스러운 잔소리를 들은 게 예의범절에 어긋난 행동을 했다는 증거가 된다면, 우리 모두 순간순간 잘못을 저질러 온 셈이게. 부인의 칭찬에 조금도 솔깃하지 않듯이 비난에도 마찬가지야. 스미스 부인의 영지를 걷는다거나 저택을 둘러본다 해서 무슨 나쁜 짓을 했다고는 생각 안 해. 언젠가는 윌러비 씨의 것이 될 거고……."

"그곳이 언젠가 네 것이 된다고 해도, 메리앤, 네가 한 행동이 정당화되지는 않을 거야."

그녀는 이 언질에 얼굴을 붉혔으나 흡족해하는 기색이 완연했다. 십 분간 진지하게 생각하면서 뜸을 들인 후에 언니한테로 다시 와서 아주 기분 좋게 말했다. "엘리너 언니, 알렌험에 간 건 내가 좀 잘못 판단했던 것 같긴 해. 그렇지만 윌러비 씨가 워낙 그 영지를 보여 주고 싶어 해서 말이야. 그리고 정말이지 매력적인 저택이야. 이 층에 너무너무 예쁜 거실이 있는데, 일상적으로 사용하기에 크기도 아주 적당하더라고. 현대식 가구를 들여놓으면 정말 쾌적할 거야. 모서리 방이어서 창이 양쪽으로 나 있어. 한쪽 창으로는 집 뒤편에 볼링용 잔디밭 너머로 아름답게 우거진 경사진 숲까지 보여. 다른 쪽 창에서는 교회와 마을이 보이고, 그 너머론 우리가 틈만 나면 찬양했던 저 아름다운 민둥 언덕들이 보이지. 방 자체는 마음에 안 들었어. 가구가 그렇게 후질 수 없어서 말이야. 그러나 새로 꾸민다면……. 윌러비 말이, 한 이백 파운드 들이면 잉글랜드에서 가장 멋진 여름 방으로 만들 수 있을 거래."

다른 사람들이 끼어들었으니 망정이지 혹 엘리너가 계속 듣고 있었더라면, 그녀는 마냥 신이 나서 저택의 방 하나하나를 다 묘사했을 것이다.

14

파크에 머물던 브랜던 대령이 갑자기 떠나면서 한사코 그 이유를 숨기려 했던 까닭이 무엇일까? 며칠간 제닝스 부인의 머릿속은 이 생각으로 가득했다. 그녀는 궁금하면 못 사는 사람이었다. 오지랖이 워낙 넓어서 주변 사람들의 모든 일에 관심이 많았던 것이다. 그녀는 그 연유가 무엇일까 쉴 새 없이 궁리했다. 무언가 나쁜 일이 생겼음이 틀림없다고 확신했고 그에게 닥쳤을지도 모를 갖은 불행에 대해서 궁리하면서 그가 결코 이 불행을 빠져나가지 못할 거라고 굳게 믿어 마지않았다.

"뭔가 크게 안 좋은 일이 생긴 게 확실해." 그녀가 말했다. "얼굴에 씌어 있었어. 가엾은 사람 같으니! 형편이 나빠졌는지도 몰라. 델라퍼드의 영지도 연 수입 이천을 넘은 적이 없어. 형한테 물려받았을 때 부채가 잔뜩 붙어 있었거든. 돈 문제

때문에 불려 간 것이 틀림없어. 아니면 달리 뭐가 있겠어? 그건지 아닌지 정말 궁금하군. 어찌 된 영문인지 알 수만 있다면 뭐든 아깝지 않을 텐데. 윌리엄스 양 때문일 수도 있어. 음, 그래그래, 그거야. 내가 걔를 언급하자 흠칫했거든. 걔가 런던에서 아플 수도 있겠다. 아주아주 그럴싸해. 좀 허약 체질이라 늘 어디가 아프다지. 윌리엄스 양 문제라는 데 모두 걸겠어. 지금 현재의 재정 상황이 곤란에 처해 있다고 하기는 어렵다고 봐야지. 워낙 신중한 사람이고, 지금쯤은 그 영지에 붙은 부채를 말끔히 청산했을 테니까. 도대체 뭔지 답답하네! 아비뇽에 사는 누나의 병세가 더 나빠졌는지도 몰라. 그래서 와 달라고 했을 수도 있겠고. 그렇게 서둘러서 간 것을 보면 그것도 그럴싸해. 뭐, 하여간에 대령이 제발 그런 역경을 다 벗어나고 참한 색시감이나 하나 얻었으면 좋겠다."

호기심도 많고 말도 많은 제닝스 부인은 늘 이런 추측을 했다 저런 추측을 했다 했는데, 그 추측들은 처음에는 하나같이 그럴싸하게 보였다. 엘리너도 브랜던 대령이 잘되기를 진심으로 바라고는 있었지만 그렇다고 제닝스 부인의 장단에 맞추어 그가 갑작스럽게 떠난 일만 궁금해하고 있을 수는 없었다. 사안 자체가 이렇게 계속 황당해하며 이런저런 추측을 하고만 있을 일도 아니거니와 그녀에게는 또 다른 궁금증이 있었기 때문이다. 모두 각별한 관심을 가지고 있다는 사실을 뻔히 아는 문제에 대해서 이례적이게도 동생과 윌러비 두 사람 다 입을 다물고 있다는 것이었다. 이런 침묵이 계속 이어지자 날이 갈수록 더 이상해지고 둘의 기질과는 맞지 않아 보였다.

둘이 평소에 하는 행동을 보면 일은 이미 결론이 난 것 같은데, 도대체 왜 그들이 어머니와 자기한테 그 관계를 터놓고 밝히지 않는지 엘리너는 짐작이 가지 않았다.

그들이 당장 결혼할 능력이 없으리라는 것은 그녀도 쉽게 이해할 수 있었다. 윌러비가 경제적으로 독립한 셈이기는 해도 부유하다고 믿을 근거는 별로 없었다. 그의 영지는 존 경의 평가로는 연 수입 육칠백 파운드 정도였다. 그런데 그의 씀씀이는 그 정도의 수입으로는 거의 감당할 수 없을 수준이었고 본인도 종종 돈이 없다고 투덜댔다. 그렇다 해도 드러날 대로 드러난 판에 자기들의 약혼에 대해서 이상하게도 한사코 모르는 척 시치미를 떼는 까닭이 무엇인지 그녀로서는 설명할 수 없었다. 이런 태도는 그들의 평소 생각이나 행동과는 전혀 어울리지 않아서 때로는 그들이 정말 약혼을 했는지 의심이 들기도 했다. 그리고 이런 의심 때문에 차마 메리앤한테 물어볼 수도 없었다.

윌러비의 행동거지를 보면 그들 모두한테 애정을 가지고 있다는 것이 명백했다. 메리앤한테는 연인의 마음으로 각별한 애정을 보여 주었고 나머지 가족에게는 사위이자 형부, 제부로서의 정을 보여 주었다. 그는 코티지를 자기 집처럼 여기고 사랑하는 듯했다. 알렌험에서 지내는 시간보다는 그곳에서 훨씬 더 많은 시간을 보냈다. 파크에서 모두가 모이기로 한 경우가 아니라면, 그는 대개 아침나절에 운동 삼아 나왔다 하면 코티지에 들렀고 거기서 하루 종일 머물렀다. 그 자신은 메리앤 옆에서, 그가 총애하는 포인터 사냥개는 그녀의 발치에서 하루를 보냈던 것이다.

브랜던 대령이 이 지역을 떠난 지 일주일쯤 지났을 무렵의 일이었다. 그는 이날 저녁 여느 때보다 더 주위 사물에 대한 정다운 마음이 샘솟는 듯했다. 어쩌다 대시우드 부인이 봄이 오면 코티지를 개조할 생각이 있다고 하자, 자기한테는 사랑으로 완벽하게 여겨지게 된 곳인데 여기에 변경을 가하다니 안 된다고 펄쩍 뛰었다.

"뭐라고요!" 그가 소리를 질렀다. "이 사랑스러운 코티지를 개조한다니요! 안 됩니다. 그런 계획, 전 절대 동의 못 해요. 제 감정을 존중하신다면, 이 벽에 돌 하나 추가해서는 안 되고, 이 크기에서 한 치도 더 늘려서는 안 돼요."

"너무 놀라지 마세요." 대시우드 양이 말했다. "그런 일은 없을 거니까. 어머니한테는 그럴 만한 돈도 없으실 거예요."

"그 말씀을 들으니 정말 기쁩니다." 그가 소리쳤다. "그런 곳에 돈을 쓰시려면 차라리 늘 궁하시기를 빌겠어요."

"고맙네, 윌러비. 그러나 안심해도 좋을 거네. 아무리 멋진 개조라고 해도 그것 때문에 자네나 아니면 내가 사랑하는 누구든지 이곳에 붙인 정을 조금이라도 희생하게 해서야 쓰겠나. 봄에 정산을 해 보고 남은 돈이 좀 있다 하더라도, 내 맹세코 차라리 쓰지 않고 저축해 두고 말지 자네한테 어찌 그런 고통을 주겠나. 그런데 자넨 정말 이곳이 그렇게 결함 하나 없다고 볼 만큼 좋은가?"

"그렇습니다." 그가 말했다. "저한텐 흠 하나 없어요. 아니, 그 이상이에요. 행복을 줄 수 있는 건물 형태가 이곳이니까요.

제게 그만한 돈만 있다면 즉시 쿰의 제 집을 밀어 버리고 이 코티지의 설계와 똑같이 다시 지어 올릴 겁니다."

"계단은 좁은 데다 어둡고, 부엌 벽난로의 연기도 잘 빠져나가지 않는데요." 엘리너가 말했다.

"그럼요." 여전히 진지한 어조로 그가 소리쳤다. "여기에 속한 전부, 모든 것과 함께요. 편한 것이든 불편한 것이든, 조금도 바꾸지 않고 그대로 지을 겁니다. 그런 후, 오직 그런 다음에야 전 쿰의 지붕 아래서도 바턴에서만큼 행복할 수 있을 겁니다."

"제 바람은 이래요." 엘리너가 말을 받았다. "방도 더 근사하고 계단도 더 넓다는 그런 단점 아닌 단점이야 있겠지만, 앞으로 당신 자신의 집도 지금 이 집 못지않게 흠잡을 데 없다고 느끼시면 좋겠어요."

"물론 제 집도 소중하게 여길 만한 점이 있겠지요." 윌러비가 말했다. "그렇지만 이곳에 대한 제 애정을 대체할 만한 곳은 아마 없을 겁니다."

대시우드 부인은 메리앤을 흡족한 마음으로 바라보았다. 메리앤의 아름다운 눈은 그윽한 눈빛으로 윌러비를 응시하고 있었다. 그녀가 그의 말을 충분히 이해하고 있음이 분명했다.

"얼마나 바라고 바랐는지 모릅니다." 윌러비가 덧붙였다. "매년 이 무렵에 알렌험에 머물 때면 바턴 코티지에 사람이 들었으면 하고요! 지나면서 이 집을 볼 때마다 참 위치가 좋구나 경탄하고 아무도 안 사는 것이 안타깝곤 했답니다. 그땐 생각도 못 했지요, 다음번 시골에 내려올 때 스미스 부인한테서 듣는 첫 소식이 바턴 코티지에 사람이 살게 되었다는 것일 줄은. 전 그 소식을 듣자마자 뿌듯해지면서 흥미를 느꼈습니다. 여기서 제가 경험하게 될 행복이 무엇인지 예견하기나 한 것처럼 말입니다. 그렇지 않아요, 메리앤?" 목소리를 낮추어 그녀에게 말하고는, 원래의 어조로 계속했다. "그런데도 이 집을 망치실 작정이시라고요, 대시우드 부인? 개조해 버리면 이 집의 소박한 맛은 없어지고 말 텐데! 그리고 이 사랑스러운 거실, 우리가 처음 알게 되었고 그 이후로 그렇게 많은 시간을 함께 행복하게 보냈던 이곳은, 평범한 전실(前室)의 처지로 격하되고 말 거고요. 누구나 이 방을 그냥 통과하기에 급급하겠지요. 지금까지 이 방은 세상의 어떤 으리으리한 방과도 비교할 수 없이 정말 편안하고 쾌적했는데 말입니다."

대시우드 부인은 그런 식의 개조는 하지 않겠다고 거듭 약속했다.

"어머님은 훌륭하신 분입니다." 그가 열렬히 응답했다. "그렇게 약속을 하시니 마음이 놓입니다. 약속을 조금만 더 해 주시면, 전 행복해질 겁니다. 집만 그대로 유지하실 뿐 아니라 어머님과 따님들이 언제까지고 이 집처럼 변함없으실 거라고 말씀해 주세요. 또 앞으로도 저를 따뜻하게 대해 주실 거라고요. 어머님의 그런 친절 때문에 이곳의 모든 것이 저한테 그토록 소중해졌으니 말입니다."

그녀는 곧바로 약속했고, 그날 저녁 내내 윌러비의 행동에는 애정과 행복이 그대로 묻어났다.

"내일 정찬에서 볼 수 있겠지?" 그가 작별을 고하자 대시

우드 부인이 말했다. "아침나절에 오라고는 못 하겠네. 파크로
레이디 미들턴을 방문해야 하니까."

그는 네 시에 오겠다고 약속했다.

15

다음 날 대시우드 부인은 레이디 미들턴을 방문했다. 딸 둘
도 함께 갔다. 그러나 메리앤은 할 일이 좀 있다는 핑계로 빠
졌다. 어머니는 윌러비가 식구들이 없는 사이에 그녀를 방문
하기로 전날 밤 약속이 되어 있는 모양이라고 여기고, 메리앤
이 혼자 집에 남는 것이 흡족했다.

파크에서 돌아오자마자 그들은 윌러비의 이륜마차와 하인
이 코티지에 대기하고 있는 것을 발견했고, 대시우드 부인은
자기 추측이 맞았다고 확신했다. 거기까지는 그녀가 예상한
대로였다. 그러나 집 안으로 들어선 즉시, 그녀는 어떤 선견지
명으로도 도무지 예상할 수 없었을 광경을 보게 되었다. 그들
이 복도로 들어서자마자 메리앤이 눈가에 손수건을 댄 채 허
둥지둥 거실에서 뛰쳐나와서는 그들을 알아보지도 못한 채 계
단 위로 달려 올라가는 것이었다. 고통스러워하는 빛이 역력
했다. 다들 너무나 놀라서 바로 그녀가 방금 뛰쳐나온 방으로
들어갔더니, 거기에는 윌러비 혼자 그들을 등진 채 벽난로에
기대어 있었다. 그는 그들이 들어서자 돌아섰는데, 그의 낯빛
으로 보아 그도 메리앤을 엄습한 것과 같은 감정을 느끼고 있

음이 분명했다.

"걔한테 무슨 일이 있지?" 들어서면서 대시우드 부인이 소리쳤다. "어디 아픈가?"

"그렇지 않길 바랍니다." 밝은 표정을 지으려고 애쓰면서 그가 대답했다. 그러고는 억지로 미소를 띠며 덧붙였다. "아플 사람은 어쩌면 저일지도 모르겠습니다. 전 지금 너무 낙심하고 있으니까요!"

"낙심이라니!"

"그렇습니다. 어머님과의 약속을 지킬 수 없게 되었으니까요. 오늘 아침 스미스 부인께서 부자가 가난한 친척한테 행사하는 특권을 사용해 저를 업무차 런던으로 보내겠다고 하셨답니다. 통지를 받고서 막 알렌험에 작별을 고한 참입니다. 그리고 기운을 차려 여러분과도 작별하러 왔습니다."

"런던으로 간다고! 오늘 아침에 떠난다는 말인가?"

"지금 바로 가야 합니다."

"정말 서운한 일이군. 그렇지만 스미스 부인의 말씀은 들어야겠지. 뭐, 업무가 있다지만 그리 오래 우릴 떠나 있지는 않기를 바라네."

그가 얼굴을 붉히면서 답변했다. "친절한 말씀입니다만, 가까운 시일 내에 데번셔로 돌아올 수 있을지 모르겠습니다. 스미스 부인 댁에는 일 년에 두 번씩 머물지 않으니까요."

"그런데 스미스 부인이 자네가 아는 유일한 친지인가? 이 근처에서 자네를 받아 줄 곳이 알렌험뿐이고? 그러지 말게, 윌러비. 여기서 초대해 주길 기다릴 수 있겠나?"

그의 얼굴색은 더 붉어졌다. 그리고 눈을 땅에 박아 둔 채 이렇게만 대답했다. "과분한 말씀입니다."

대시우드 부인은 놀란 눈으로 엘리너를 바라보았다. 엘리너도 마찬가지로 놀랐다. 잠시 동안 모두 말이 없었다. 대시우드 부인이 먼저 입을 열었다.

"한마디만 더 하겠네, 윌러비 군. 바턴 코티지는 자넬 늘 환영할 걸세. 여기로 바로 돌아오라고 채근하지는 않겠네. 그것이 스미스 부인의 맘에 들지 판단할 수 있는 건 오직 자네뿐이니까. 이 점에 대해서는 자네 뜻을 의심하고 싶지 않은 것만큼이나 자네 판단력을 의심하고 싶지도 않네."

"현재 제가 맡게 된 일이 워낙 성격상, 좀……." 윌러비가 난처해하며 대꾸했다. "그래서 뭐라 말씀드리기가……."

그는 여기서 중단했다. 대시우드 부인은 너무 경악해서 말이 안 나왔고 다시 침묵이 이어졌다. 윌러비가 이 침묵을 깨고서, 희미하게 미소 지으며 말했다. "이런 식으로 머뭇거리는 것은 어리석은 짓입니다. 이제 같이 어울릴 수도 없게 된 분들 사이에서 미적거려 봐야 저만 괴로울 뿐입니다."

그러고는 그들 모두에게 후다닥 작별 인사를 하고 방을 나갔다. 이어서 그가 자기 마차 안으로 들어가는 모습이 보였고, 잠시 후 마차는 시야에서 사라졌다.

대시우드 부인은 감정이 격해 말도 안 나왔고, 이 느닷없이 당한 작별 탓에 생긴 근심과 놀람을 혼자서 삭이기 위해서 즉시 거실에서 나갔다.

엘리너도 어머니 못지않게 심란했다. 방금 일어난 일을 생각하니 불안하기도 하고 믿기지도 않았다. 그들을 떠날 때 윌러비가 허둥지둥 당황하던 모습, 억지로 즐거운 척하던 것, 그리고 무엇보다도 어머니의 초대를 선뜻 받아들이지 않던 일, 즉 정말 연인답지 않고 평소의 그답지도 않은 미온적인 태도가 그녀를 무척 혼란스럽게 했다. 한순간 그녀는 그 편에서는 애초에 진지한 의사 따위는 없었던 것이 아닌가 하다가 다음 순간에는 그와 동생 사이에 어떤 안 좋은 말다툼이 있었던 건가 하기도 했다. 메리앤이 방을 떠나며 괴로워하던 것으로 보아 심각한 말다툼이 있었다는 것이 가장 그럴듯했다. 그에 대한 메리앤의 사랑이 어떠했는지 생각해 보면 도대체 그런 말다툼 자체가 믿기지 않았지만 말이다.

그러나 그들이 헤어지게 된 구체적인 사연이 무엇이든 동생이 고통에 빠진 것은 의심의 여지가 없었다. 그녀는 동생이 빠져 있을 격한 슬픔이 너무나 안쓰러웠다. 메리앤은 분명 그 슬픔에 흠뻑 빠지는 것으로 위안을 삼을 뿐만 아니라 마치 무슨 의무처럼 그것을 키우고 부추기고 있을 터였다.

반 시간쯤 지나서 어머니가 돌아왔다. 눈은 충혈되어 있었지만 표정이 어둡지만은 않았다.

"우리 윌러비가 지금은 바턴에서 몇 마일은 갔겠지, 엘리너." 뜨개질거리를 잡고 앉으면서 그녀가 말했다. "가면서도 얼마나 마음이 무거울까?"

"정말 모든 게 이상해요. 그렇게 갑작스럽게 가 버리다니! 눈 깜짝할 사이에 벌어진 일인 것만 같아요. 어젯밤에 우리하고 있을 때, 그렇게 행복하고 즐겁고 다정했잖아요? 그런데 겨

102

우 십 분 만에 작별 통지를 하고선…… 돌아올 기약도 없이 가 버리다니! 우리한테 털어놓지 못한 뭔가가 있는 것이 분명해요. 말하는 것도 행동하는 것도 그답지 않았어요. 어머니도 그 현격한 차이를 같이 보셨잖아요. 어떻게 그럴 수 있지요? 둘이 다투기라도 했나? 그렇지 않고서야 어머니 초대를 왜 선뜻 받아들이지 않고 그렇게 미적거리겠어요?"

"그럴 마음이 없었던 것은 아니야, 엘리너. 그건 확연히 보였어. 받아들일 권한이 없었던 게지. 차근차근 생각해 보았더니 처음에는 너나 나나 이상하게 보았던 것도 죄다 납득이 되더구나."

"정말 그럴까요?"

"그럼. 내 나름으로는 다 납득이 가. 그렇지만 엘리너, 이것저것 따져 보고 의심하기를 즐겨 하는 너한테야…… 아무래도 어려울 것 같긴 하다만. 그렇더라도 나한테 이러니저러니 설득해서 내 믿음까지 없애 버릴 생각일랑 말거라. 이게 제일 그럴듯한 설명 같아. 스미스 부인이 그 사람이 메리앤을 사랑한다는 걸 눈치채고, 그걸 받아들일 수 없으니까(그 여자는 달리 생각해 둔 것이 있겠지, 아마.) 여기서 쫓아 버리려고 한 거지. 그 사람더러 처리하라고 보낸 업무도 쫓아 보내 버릴 구실로 꾸며 낸 걸 거고. 내 생각엔 이게 진상이야. 더구나 그 사람은 부인이 이 결혼을 승인하지 않을 걸 아니까 당장은 메리앤과 결혼을 약속한 사실을 고백할 엄두가 안 난 거고, 경제적으로 매인 처지다 보니 부인의 뜻에 순종해서 얼마 동안 데번셔를 떠나 있을 수밖에 없다고 느낀 거지. 그래, 그래, 네가 뭐라고 그럴지 알아. 그럴 수도 있겠지만 안 그럴 수도 있다고 하겠지. 하지만 이 사태를 이만큼이라도 이해할 만한 방법이 달리 없다면, 괜한 트집 같은 건 잡지 말거라. 자, 엘리너, 뭐라고 할 말 없니?"

"아무것도 없어요. 어머니가 제가 할 대답을 미리 하셨잖아요."

"그렇다면 넌 그랬을 수도 있고 안 그랬을 수도 있다고 말했을 테지. 이그! 엘리너, 네 마음은 도무지 알다가도 모르겠다! 넌 잘 풀리기보다 잘 안 풀리는 방향으로 생각하더라. 메리앤이 비참해지고 윌러비가 잘못을 저질렀다는 쪽으로 보려고 해. 가엾은 윌러비를 이해해 볼 생각은 없이 말이다. 넌 그 사람이 평소하고는 달리 냉랭하게 우리를 떠나 버린 걸로 봐서 그 사람이 비난받을 짓을 했다고 단정하고 있어. 경황이 없었다거나 최근의 낙심 때문에 의기소침해진 탓이라고 사정을 좀 참작해 주면 안 되니? 확실하지 않다는 이유만으로 이런저런 가능성을 받아들일 여지도 없는 거니? 사랑할 이유는 너무 많지만 나쁘게 생각할 이유라곤 하나도 없는 사람한테 그렇게도 못 해 줘? 당분간은 어쩔 수 없이 비밀에 부쳐야겠지만 워낙 반박할 수 없는 동기가 있을 가능성도 있잖아? 그래, 어디 한번 말해 봐. 그 사람이 뭐가 그리 의심스럽니?"

"저 자신도 참 설명하기 어렵네요. 그렇지만 방금 전에 그렇게 달라진 것을 눈앞에서 보고 나니 뭔가 안 좋은 일이 있지 않나 의심이 생길 수밖에 없잖아요. 어머니가 방금 말씀하신 것처럼 그 사람한테 참작해 주어야 할 게 있다는 것도 옳아요. 그리고 저도 사람을 평가할 때는 공정하게 하고 싶고요. 월러비가 그런 식으로 처신한 데에는 분명 그만한 이유가 있을 테고, 저도 그렇기를 바랄 거예요. 그렇지만 바로 이유를 밝히고 나오는 것이 더 월러비다웠을 텐데요. 비밀을 지키는 것이 현명할 수도 있겠지만, 그 사람이 그런다는 것이 왠지 찜찜하거든요."

"그렇지만 무슨 상황인지는 몰라도 성격에 어긋나게 행동할 수밖에 없는 사람한테 왜 성격과 어긋나게 구느냐고 탓해서는 안 되지. 하여간 내가 그 사람 옹호하면서 한 말이 타당하다고 인정해 주는 거지? 다행이다. 그 사람이 혐의를 벗었으니."

"아주 벗은 건 아니에요. 두 사람의 약혼을(실제로 결혼 약속이 되어 있다면 말이에요.) 스미스 부인한테 숨기는 거야 그럴 수 있다고 봐요. 만약 사실이 그렇다면, 현재로선 월러비가 데번셔를 떠나 있는 것이 상책임에 틀림없어요. 그러나 그렇다고 두 사람이 우리한테까지 숨긴 것에 대한 변명은 되지 않죠."

"우리한테 그걸 숨긴다고! 얘야, 너 월러비와 메리앤이 숨겼다고 비난하는 거냐? 정말 이상하구나. 조심성이 없다고 매일 곱지 않은 눈으로 본 게 누군데."

"두 사람이 사랑한다는 증거가 없다는 것이 아니잖아요." 엘리너가 말했다. "약혼했다는 증거가 없다는 거예요, 제 말은."

"나는 두 가지 다 충분하다고 본다."

"그렇지만 두 사람 중에 누구도 그 문제에 대해서 어머니한테 일언반구도 한 적이 없어요."

"하는 행동을 보면 뻔히 알 수 있는데 무슨 말이 굳이 필요했겠어. 적어도 지난 보름 동안에는 그 사람이 메리앤하고 우리 모두한테 대하는 것으로 봐서 메리앤을 장래의 아내로 여기고 사랑하고 있고, 우리를 가족처럼 살갑게 느끼고 있다는 것이 저절로 드러나지 않았니? 우린 서로를 완벽하게 이해한 것 아니었어? 눈빛으로, 매너로, 은근하고 다정한 존경 같은 것으로 매일 나의 허락을 청하고 있지 않았어? 엘리너, 그 둘이 결혼 약속을 했다는 걸 어떻게 의심할 수 있지? 어쩌면 그런 생각이 들 수 있니? 네 동생의 연인이라고 자타가 공인하는 윌러비가 사랑한다는 말도 전하지 않고서, 서로 믿음을 나누지도 않고서 어떻게 떠날 수 있겠어? 그것도 몇 달을 헤어져 있게 될 것이면서 말이다. 행여 그런 생각일랑 말거라."

"단 한 가지만 제외하고는 모든 정황이 두 사람의 약혼 쪽이에요. 그건 인정할게요." 엘리너가 답했다. "그런데 그 한 가지라는 것이 두 사람 다 이 문제에 대해서 입을 꼭 다물고 있다는 것이거든요. 저한테는 그 어떤 정황보다도 이게 제일 신경 쓰여요."

"참 이상하구나! 넌 윌러비를 정말 형편없는 인간으로 보는 게 틀림없어. 두 사람이 그렇게 터놓고 지내 왔는데도 무슨 관계인지 모르겠다는 의심이 든다니 말이다. 아니 그래, 그 사람이 네 동생한테 늘 무슨 연기를 하고 있었다는 거냐 뭐냐? 너 그 사람이 네 동생한테 정말 무관심하다고 생각하니?"

"아뇨, 그런 생각 안 해요. 그 사람은 동생을 사랑해야 마땅하고 사랑한다고 확신해요."

"그렇다면 그것참, 이상한 종류의 사랑이네. 네가 말하듯이 그렇게 그 사람이 무관심하고 장래는 모르겠다 하면서 네 동생을 떠날 수 있다면 말이다."

"어머니, 제가 평소에도 이 문제를 확정된 것으로 보진 않았다는 걸 염두에 두세요. 실은 죽 의심해 왔다는 거 인정할 게요. 그렇지만 과거보다는 그런 의심이 약해졌고, 곧 완전히 사라져 버릴지도 몰라요. 둘이서 서로 편지를 주고받는 걸 보게 되면[21] 제 걱정은 눈 녹듯이 사라지겠지요."

"참 많이도 양보한다! 넌 두 사람이 제단 앞에 서 있는 걸 봐야 이제 결혼하는구나 할 거다. 여자가 그리 깐깐해서야 어디! 그러나 난 말이다, 그런 증거 필요 없다. 내 생각에는 의심을 품을 만한 건덕지가 하나도 없어. 비밀로 해 두려는 시도도 없었고. 모든 것이 한결같이 공개적이고 스스럼없었어. 너도 네 동생의 소망을 의심할 수야 없지. 그러니 의심한다면 윌러비인데. 그러나 왜? 그 사람은 명예와 감정을 가진 남자잖아? 그 사람 편에서 이랬다저랬다 해서 경계심을 불러일으킨 적이 있어? 남을 속여 먹을 사람이야?"

"안 그래야지요. 안 그렇다고 믿기도 하고요." 엘리너가 말했다. "저도 윌러비를 사랑해요, 진심으로 사랑해요. 그리고 그이의 인격을 의심하는 것이 고통스럽기는 저도 어머니 못지 않아요. 제 본의와 다르기도 하니까 더는 의심을 키우지 않겠어요. 사실은 오늘 아침에 그이의 태도가 달라진 데 많이 놀랐던 거예요. 평소처럼 말하지도 않았고, 어머니가 초대해도

---

21) 결혼을 약속한 사이가 아니면 젊은 남녀가 서신을 주고받지 않았다.

공손하게 받아들이지 않았지요. 그러나 이 모든 것이 어머니 생각처럼 그 사람 사정이 그렇다 보니 생긴 일일 수도 있겠네요. 동생하고 막 헤어진 데다 동생이 격한 고통에 휩싸여서 뛰쳐나가는 것을 보기도 했겠고요. 또 스미스 부인을 거스를까 봐 여기로 곧 돌아오고 싶은 마음을 억누를 수밖에 없다고 느꼈다면, 그리고 어머니의 초대를 거절하고 당분간 떠나 있으려고 한다는 말을 했다가 우리 가족한테 배은망덕하고 의심쩍은 인간으로 낙인찍힐까 두려웠다면, 그로서는 정말이지 난처하고 심란했을 법해요. 물론 이런 경우에는 그런 난감한 처지를 분명하게 터놓고 밝히는 것이 면목도 서고 그이의 평소 성격으로 보아서도 일관성 있었을 테지만요. 그렇지만 구차하게 그런 근거를 내세워서 이의를 제기하고 싶진 않아요. 나 자신의 판단과 다르다거나 내가 옳고 일관된다고 생각하는 것과 어긋난다고 해서 말이에요."

"말 잘했다. 윌러비는 의심을 살 만한 사람은 분명 아니다. 우리가 그 사람을 안 지 오래지 않아서 그렇지, 이 동네에서는 낯선 사람도 아니고. 그리고 어디 나쁘게 말하는 사람이 있던? 그 사람이 독립적으로 행동할 수 있고 즉각 결혼할 수 있을 여건이었다면, 나한테 모든 사정을 털어놓지도 않고 우리를 떠난 것이 정말 이상했을 거야. 그러나 이번 경우는 달라. 참 여러모로 시작 단계부터 순조롭게 진행되지 않는 약혼인 셈이야. 두 사람 결혼이 언제나 이루어질지 아주 불확실하니 말이다. 그럴 수만 있다면야 비밀을 지키는 것이 지금으로선 가장 현명할 수도 있어."

마거릿이 들어오는 바람에 대화는 여기서 중단되었다. 엘리너는 이제 짬을 얻어 어머니의 설명에 대해서 곰곰 생각해 보고, 아직 많은 가능성이 남아 있다는 걸 인정했으며 그 모든 것이 사실이기를 바랐다.

메리앤은 모습을 드러내지 않다가 정찬 때가 되어서야 방으로 들어오더니 한마디 말도 없이 식탁에 자리를 잡았다. 그녀의 눈은 벌겋게 부어 있었다. 그때까지도 눈물이 쏟아지는 것을 가까스로 억제하고 있는 듯했다. 그녀는 그들 모두의 눈길을 피했고, 먹지도 말하지도 못했으며, 잠시 후에 어머니가 이 가엾은 것 하는 표정으로 말없이 그녀의 손을 지그시 누르자, 그만 감정이 북받쳐 올라서 울음을 터뜨리며 방을 나가 버렸다.

이렇게 극도로 침울한 상태가 저녁 내내 지속되었다. 자신을 추스를 생각조차 없었기 때문에 그녀는 그야말로 무력했다. 윌러비와 관련된 것을 조금이라도 언급하면, 즉각 울음을 터뜨리고 말았다. 식구들은 그녀의 심기를 건드리지 않으려고 애썼지만, 일단 입을 열었다 하면 어떤 이야기를 해도 그녀의 감정이 그에게로 달려가는 것을 완전히 막아 낼 수는 없었다.

16

메리앤은 윌러비가 떠난 후 처음 맞이한 밤에 잠깐이라도 눈을 붙일 수 있었다면 자신을 용서할 수 없었을 것이다. 또 잠자리에 들었을 때보다 일어났을 때 더 초췌해지지 않았더라면 다음 날 아침 식구들 볼 면목이 없었을 것이다. 그러나 이런 평정심을 수치스럽게 여기는 감성 덕분에 그럴 위험성은 아예 없었다. 그녀는 밤새도록 깨어 있었고, 대부분의 시간을 흐느껴 울면서 보냈다. 자리에서 일어났을 때는 머리가 지끈거리고 입도 떨어지지 않았고 음식을 입에 대고 싶은 생각도 없었다. 어머니와 자매들의 마음을 매 순간 아프게 하였고 누가 위로를 해도 아예 들으려고도 하지 않았다. 참으로 대단한 감성이로다!

아침 식사가 끝났을 때, 그녀는 혼자 산책을 나가서 알렌험 마을 주위를 배회했다. 지난날의 즐거운 추억에 푹 빠지고 백팔십도 달라진 지금의 처지를 애통해하면서 아침나절의 대부분을 보냈다.

저녁 시간도 이와 똑같이 감정에 푹 빠져서 보냈다. 윌러비에게 연주해 주곤 하던 애창곡을 하나하나 연주했고, 둘이 목소리를 합쳐 불렀던 곡도 하나하나 연주했으며, 그가 그녀를 위해 베껴 주었던 악보를 한 줄 한 줄 바라보면서 피아노 앞에 앉아 있었다. 마음이 너무나 무거워진 나머지 더 이상 슬퍼할 여지조차 없어질 지경이었다. 이런 식으로 매일 슬픔을 먹고 살았다. 그녀는 피아노 앞에서 노래하다 울다가 하면서 시간을 다 보냈다. 눈물이 나서 목소리가 완전히 잠겨 버리는 때도 자주 있었다. 책에서도 음악에서처럼 과거와 현재를 대비하다 보면 생기기 마련인 비참한 심정을 마치 꾀어내듯이 끌어냈다. 또 둘이서 함께 읽곤 했던 것 말고는 아무것도 읽지 않았다.

이렇게 격한 고통이 영원히 지속될 수는 없었다. 며칠이 지나자 진정되어 조금은 더 잔잔한 우울로 변했다. 그러나 매일 말없이 생각에 빠져 혼자서 걷곤 했는데, 이러다 보니 여전히 가끔씩은 격렬하게 슬픔을 쏟아 내기도 했다.

월러비한테서는 편지 한 장 오지 않았고, 메리앤도 기대하는 것 같지 않았다. 어머니는 놀랐고, 엘리너도 다시 불안해졌다. 그러나 대시우드 부인은 원할 때는 언제라도 그럴듯한 설명을 찾아냈고 적어도 자신은 그 설명에 만족했다.

"내 생각은 이렇구나, 엘리너." 그녀가 말했다. "존 경이 종종 우리 편지들을 우체국에서 가져오시고 거기 갖다준다는 것을 고려해야 할 것 같아. 약혼을 비밀로 해 두어야 한다는 거야 너나 나나 인정하는 것인데, 두 사람의 사신(私信)이 존 경의 손을 거치게 되면 비밀 유지가 어려울 테니 말이다."

엘리너는 이 말이 일리 있다는 것을 부정할 수 없었고, 그들이 서신 왕래를 하지 않는 동기가 거기에 있지 않나 생각하려 애썼다. 그러나 진상을 알아내는 직접적이고 간단하고 그녀의 생각에는 바람직한 방법이 하나 있었으므로, 그녀는 어머니한테 제안하지 않을 수 없었다.

"왜 메리앤한테 직접 물어보지 않으세요?" 그녀가 말했다. "월러비하고 언약을 했는지 안 했는지를요. 어머니니까, 그렇게 알뜰살뜰 챙겨 주시는 어머니니까, 그런 질문을 해도 별문제가 안 될 텐데요. 딸을 사랑하는 어머니로서는 당연한 일이기도 하겠고요. 걔는 속마음을 다 털어놓는 성격이고, 어머니한텐 특히 더 그랬잖아요."

"그런 질문은 차마 못 하겠다. 혹시 결혼 약속이 안 되어 있기라도 하면, 얼마나 속이 터지겠니! 아무튼 너무 야박한 짓이야. 지금으로선 누구한테도 밝히고 싶지 않은 고백을 억지로 하게 하면, 두 번 다시 내게 속내를 털어놓으려고 하지 않을 거야. 메리앤의 마음은 내가 잘 알아. 어미를 끔찍하게 사랑한다는 것도 알고, 밝히는 것이 좋을 사정이라면 나한테 그걸 숨기지는 않을 것도 알아. 상대가 누구라도 억지로 속을 다 털어놓게 하고 싶지 않은데, 자식한테야 더 그러면 안 되지. 거절하고 싶어도 의무감 때문에 그럴 수 없을 테니 말이다."

엘리너는 동생의 어린 나이를 고려하면 이렇게까지 노심초사 챙겨 줄 것까지는 없다고 생각해 더 설득해 보았으나, 소용없었다. 통상의 분별, 통상의 배려, 통상의 신중함은 대시우드 부인의 낭만적인 세심한 배려에 묻혀 버렸다.

사나흘이 지나기까지는 식구 중 누구도 메리앤 앞에서 윌러비의 이름을 꺼내지 못했다. 그러나 존 경과 제닝스 부인은 그렇게 삼갈 위인들이 아니었다. 안 그래도 고통스러운 터에 그들의 농담 때문에 메리앤은 더욱 힘들어했다. 그러던 어느 날 저녁 대시우드 부인이 어쩌다가 셰익스피어 한 권을 집어 들고는 큰 소리로 이렇게 말했다.

"우리가 『햄릿』을 끝내지 못했네, 메리앤. 다 읽기도 전에 우리 윌러비가 떠나 버렸어. 이건 제쳐 두었다가 그 사람이 다시 오면…… 하지만 몇 달이 걸릴지도 모를 텐데."

"몇 달이라고요!" 메리앤이 펄쩍 뛰면서 소리 질렀다. "아냐, 몇 주일도 아닐걸요."

대시우드 부인은 아차 했지만, 엘리너는 다행이다 싶었다.

메리앤의 답변에 동생이 윌러비를 믿고 있고 그의 의도를 알고 있음이 역력했기 때문이다.

윌러비가 떠난 후 일주일쯤 지난 어느 날 아침, 메리앤은 혼자서 배회하는 대신에 자매끼리 평소 하던 산책에 동행하게 되었다. 지금까지는 누구하고든 같이 걷게 되는 것을 일부러 피해서 혼자 돌아다녔던 것이다. 언니와 막내가 구릉지 초원을 산책하려고 하면, 곧바로 슬그머니 오솔길 쪽으로 가 버렸다. 그들이 골짜기 쪽을 거론하면 그녀는 언덕으로 얼른 올라가 버려서 다른 이들이 출발할 때는 모습이 보이지 않았다. 그러다가 이렇게 계속 혼자 겉도는 것을 보다 못한 엘리너가 결국 동생을 설득해서 같이 산책을 나서게 되었다. 그들은 골짜기를 통과하는 길을 따라 걸었다. 다들 말이 없었는데, 메리앤은 아직 마음이 정리되지 않았고, 엘리너도 일단 한 가지를 확보한 것에 만족해서 더 이상은 시도하려 하지 않았다. 골짜기의 초입은 여전히 울창하기는 하지만 다른 곳보다는 더 정돈되어 시야가 트여 있었는데, 그 너머로는 그들이 처음 바턴으로 들어올 때 지나온 도로가 길게 죽 뻗어 있었다. 거기에 이르자 그들은 멈추어 서서 주변을 둘러보았다. 전에는 산책을 나와도 이곳까지 온 적은 없어서 그들은 멀리 코티지에서만 보던 풍경을 찬찬히 훑어보았다.

그들은 눈에 들어오는 풍경 속에서 곧 움직이고 있는 무언가를 발견했다. 말을 탄 한 남자가 그들을 향해 달려오고 있었다. 얼마 안 가 그가 신사라는 걸 식별할 수 있었고, 그러자 메리앤은 미칠 듯이 기뻐하며 소리를 질렀다.

"그이야, 틀림없어. 내가 알아!" 그러고는 그를 맞으려 나설 태세였는데, 그때 엘리너가 소리쳤다.

"가만, 네가 잘못 본 거야, 메리앤. 저분은 윌러비가 아니야. 키가 그이만큼 크지 않아. 그리고 그 사람 풍채도 아니고."

"그이 풍채가 맞아. 맞는다고." 메리앤이 소리쳤다. "분명해. 그이의 풍채, 그이의 외투, 그이의 말. 이렇게 금방 올 줄 알았어."

그녀는 이렇게 말하면서 잰걸음으로 걸어갔다. 엘리너는 윌러비가 아니라고 거의 확신했기 때문에 동생이 엉뚱한 짓을 못 하게 말리려고 더 빨리 걸어서 그녀를 따라잡았다. 그들은 곧 그 신사와 30야드 내로 가까워졌다. 그를 다시 쳐다본 메리앤은 가슴이 무너져 내렸다. 그녀가 휙 뒤돌아서서 허겁지겁 돌아가는 사이에 언니와 막내는 목소리를 높여서 멈추라고 했다. 거기에 거의 윌러비의 목소리만큼이나 친숙한 제3의 목소리가 여기에 합세하는 바람에 그녀는 돌아섰다. 놀랍게도 에드워드 페라스가 거기 서 있었다.

그는 그 순간에 윌러비가 아니어도 용서받을 수 있을 이 세상에서 유일한 사람이었다. 그녀의 미소를 자아낼 사람은 윌러비 하나뿐이었겠지만, 그래도 그녀는 눈물을 훔치고 그에게 희미하나마 미소를 보냈다. 그리고 언니의 행복을 생각하며 잠시나마 자신의 실망을 잊었다.

그는 말에서 내려 고삐를 하인한테 넘기고는 그들과 함께 바턴으로 걸어갔다. 원래 그들을 방문하려고 그곳으로 가던 참이었다.

그는 그들 모두에게서 매우 따뜻한 환영을 받았다. 심지어 메리앤은 언니보다 더 따뜻하게 그를 맞았다. 사실 메리앤한테 에드워드와 언니의 재회는 노어랜드에서 전에 두 사람이 서로 종종 보여 주던 이해 안 가는 덤덤함의 속편 꼴이었다. 에드워드 쪽이 문제라면 더 문제였다. 이런 상황에서 연인이라면 마땅히 지어야 할 표정도 해야 할 말도 거의 제대로 해내지 못했다. 그는 허둥대면서 재회의 기쁨도 의식하지 못하는 듯했고, 더구나 가슴이 벅차다거나 너무 기분이 좋다는 표정은 전혀 아니었다. 질문을 받아서 어쩔 수 없는 경우만 빼고는 입을 거의 떼지 않았고, 엘리너한테 각별한 애정의 표시도 하지 않았다. 메리앤은 이런 모습에 그저 놀라움만 커져 갔다. 에드워드가 싫어지기 시작할 지경이었다. 그리고 그녀한테는 모든 감정의 끝이 그렇듯이 결국 윌러비에 대한 생각으로 돌아갔다. 윌러비의 태도는 동서로 낙점된 이 사람의 태도와는 현격하게 대비되니까 말이다.

뜻밖의 만남에 반가워하며 한차례 안부를 주고받자 잠시 침묵이 흘렀다. 곧 메리앤이 에드워드한테 런던에서 바로 오는 길이냐고 물었다. 아니, 그는 데번셔에서 보름간 머물렀다는 것이다.

"보름간이라고요!" 메리앤이 그 말을 되뇌었다. 엘리너하고 같은 지방에서 그렇게 오래 있었으면서도 보러 오지도 않았다니 놀라울 뿐이었다.

그는 좀 괴로운 표정으로 플리머스 근처에서 친구 몇몇과 같이 머물렀다고 덧붙였다.

"최근에 서식스에는 가 보았나요?" 엘리너가 말했다.

"한 달 전 쯤엔 노어랜드에서 지냈습니다."

"보고 싶은 우리 노어랜드, 지금은 어떤 모습인지요?" 메리앤이 소리쳤다.

"보고 싶은 우리 노어랜드는 이 계절에 늘 보던 모습 그대로겠지, 뭐. 숲이랑 산책로가 낙엽으로 수북하게 덮였겠지." 엘리너가 말했다.

"아아! 예전에 낙엽이 지는 걸 보면 얼마나 황홀했는데!" 메리앤이 소리쳤다. "산책을 하다 낙엽이 바람에 날려 내 주위에 소나기처럼 우수수 떨어져 내리면 얼마나 기뻤다고! 낙엽이랑 계절이랑 대기랑, 그 모든 것들이 감흥을 자아냈지! 지금은 낙엽을 봐 줄 사람이 아무도 없을 거야. 성가신 것으로만 보여서, 서둘러 쓸어 내 버리고, 눈에 안 띄게 아무 데로나 치워 버릴 거야."

"누구나 다 너처럼 낙엽을 좋아하는 건 아니야." 엘리너가 말했다.

"그렇지. 내 감정에 공감하는 이도 별로 없고 이해하는 이도 드물어. 하지만 때로는 그런 이도 있지." 이 말을 하면서 그녀는 잠시 몽상에 잠겼다. 그러나 다시 정신을 차리고 "자, 에드워드." 하고 주변 경치에 눈을 돌리게 하면서 이렇게 말했다. "여기가 바턴 골짜기예요. 한번 둘러보세요, 감동받지 않고는 못 배길걸요. 저 언덕들 좀 보라고요! 저기에 비할 만한 곳을 본 적이 있으세요? 저기 저 숲과 조림지 뒤편으로 왼쪽에 바턴 파크가 있어요. 잘 보면 저택의 한쪽 끝도 보일 거예요. 그리고 저기, 가장 멀리 있는 언덕 아래에, 장엄한 곡선을 그리고 있는 언덕 말이에요, 그 아래 우리 코티지가 있어요."

"아름다운 고장입니다." 그가 응답했다. "그렇지만 골짜기 아래쪽은 겨울이면 흙투성이가 될 것 같네요."

"이런 풍경을 눈앞에 두고서 어쩌면 진흙탕 같은 걸 생각하실 수 있어요?"

"그야 눈앞 풍경 가운데는 온통 흙투성이인 오솔길도 보이니까요." 그가 미소 지으며 말했다.

"참 이상한 사람이야!" 계속 걸어가면서 메리앤이 혼잣말을 했다.

"여기 이웃은 괜찮습니까? 미들턴 집안 분들은 좋은 분들인가요?"

"아니, 전혀요." 메리앤이 답했다. "이렇게 자리를 잘못 잡았을 수도 없어요."

"메리앤, 너 무슨 말을 그렇게 하니?" 언니가 소리쳤다. "어떻게 그렇게 심한 말을 해? 아주 점잖은 집안 분들이세요, 페라스 씨. 그리고 우리한테 아주 친절하게 대해 주시죠. 너 잊었어, 메리앤, 그분들 덕에 즐거운 날들이 많았던 걸?"

"잊은 건 아니지." 메리앤이 목소리를 낮추며 말했다. "괴로운 순간이 많았다는 것도 말이야."

엘리너는 이 말을 못 들은 체하고, 그들의 방문자한테로 관심을 돌려 그와 어떻게든 대화 같은 것을 해 보려고 애썼다. 현재 자기들의 거처와 그 설비 등등에 대해 말하고, 가끔씩 그의 질문과 언급을 끌어내기도 했다. 그의 냉랭하고 과묵한 태도에 그녀는 크게 상심했다. 속이 탔고 반쯤은 화가 났다.

그러나 현재보다 과거를 생각해서 그를 대해야겠다고 작정하고서, 화가 난다거나 불쾌하다는 내색은 전혀 하지 않고, 인척 관계상 할 도리를 한다는 심정으로 그를 대우했다.

17

대시우드 부인이 그를 보자 놀란 것도 잠시뿐이었다. 그녀 생각에는 그가 바턴에 오는 것보다 자연스러운 일도 없었기 때문이다. 잠깐 놀라고 나서는 반갑고 기쁜 마음을 한참이나 토로했다. 그렇게 다정한 환영도 없었을 것이다. 이런 영접을 받으니 그가 쭈뼛거리며 냉담하게 입을 다물고 있기도 어려웠다. 집에 들어가기 전부터 이미 서먹한 태도가 누그러지기 시작했고 이제 대시우드 부인의 정이 담뿍 담긴 환대에 모두 벗어 버리고 말았다. 사실상 이 집 딸과 사랑에 빠진 남성이라면 대시우드 부인을 사랑하지 않고는 배겨 내지 못했을 것이다. 엘리너는 그가 곧 본래의 모습을 찾는 것을 보고 기뻤다. 그들 모두에 대한 그의 애정이 되살아나는 것 같았고, 그들의 행복에 대한 관심도 다시 눈에 띨 정도가 되었다. 그렇지만 활기가 살아난 것은 아니었다. 집을 칭찬하고, 전망을 찬양하고, 마음을 쓰고, 친절했다. 그러나 여전히 활기차지는 않았다. 온 가족이 그걸 알아챘고, 대시우드 부인은 야박한 그의 모친 탓이라고 여기고서 모든 이기적인 부모들에게 분개하며 식탁에 앉았다.

"요즘 페라스 부인은 자네를 어떻게 생각하시나, 에드워드?" 정찬이 끝나고 그들이 난로 주변에 모였을 때 그녀가 말했다. "자넨 아직도 적성에도 맞지 않는 위대한 연설가가 되어야 하나?"

"아닙니다. 어머니도 이젠 제가 공직 생활에는 취미도 없고 재주도 없다는 걸 아실 테니까요!"

"그러면 어떻게 명성을 얻어야 하지? 가족 모두를 만족시키려면 유명해져야 할 텐데. 돈으로 어떻게 해 볼 생각도 없고, 모르는 사람과 잘 사귀지도 못하고, 직업도 없고, 자신감도 없으니 어려운 일일세."

"전 그럴 뜻이 없습니다. 남보다 더 뛰어난 인물이 되고 싶은 욕심도 없어요. 그리고 어딜 보더라도 그렇게 될 것 같지 않습니다. 하늘도 무심치 않은 거죠! 윽박지른다고 해서 천재가 되고 웅변가가 될 수 있는 것은 아니니까요."

"자넨 야망이 전혀 없다는 걸 내가 잘 알지. 자네의 소망은 정말 소박해."

"세상 사람들이 대부분 다 그렇지요. 저도 다른 사람들처럼 완벽하게 행복해지고 싶답니다. 그렇지만 다들 그런 것처럼 제 방식으로 행복해져야지요. 큰 인물이 된다고 해서 행복해질 것 같지 않습니다."

"만약 그렇다면 이상한 일이게!" 메리앤이 소리쳤다. "부나 위대함이 행복하고 무슨 관계가 있어?"

"위대함은 거의 관계가 없겠지만, 부는 관계가 많지." 엘리너가 말했다.

"엘리너 언니, 창피하게 왜 그래!" 메리앤이 말했다. "행복해질 방도가 그것밖에 없는 경우에나 돈으로 행복해질 수 있어. 부란 편히 살 수 있는 수단이야 되겠지만, 그 이상의 무슨 진정한 만족을 제공하지는 못해. 적어도 나한테는 그래."

"아마도 우린 같은 소리를 하고 있는지도 몰라." 엘리너가 웃음을 띠며 말했다. "네가 말하는 편한 생활을 위한 수단과 내가 말하는 부는 아주 닮은꼴이 아닌가 싶어. 그리고 지금 같은 세상에서는 그것 없이는 현실적으로 안락한 삶을 누릴 수 없다는 것에 우리 둘 다 동의하는 셈이고. 네 생각이 내 생각보다 더 고상한 것뿐이지. 자, 네가 말하는 편한 생활을 위한 수단이란 것이 뭔데?"

"연 수입 천팔백이나 이천 정도. 그 이상은 아니고."

엘리너는 웃었다. "연수 이천이라고! 천이 내가 말하는 부야! 내 이럴 줄 알았다니까."

"그렇지만 연수 이천은 아주 알맞은 수입이야." 메리앤이 말했다. "그보다 작아서는 가정을 제대로 꾸리기 어려워. 내 요구가 그렇게 과하다고는 절대 생각 안 해. 적당한 수의 하인에 마차 한 대 아니면 둘 정도 그리고 사냥용 말을 몇 마리 두려면 이 이하로는 불가능하지."

엘리너는 동생이 훗날 쿰 마그나에서 그들이 쓸 비용을 이렇게 정확하게 묘사하는 것을 듣고 다시 미소 지었다.

"사냥용 말이라고요!" 에드워드가 되뇌었다. "그런데 왜 사냥용 말을 가져야 하지요? 모두가 사냥을 하는 것은 아닌데."

메리앤은 이렇게 대꾸하면서 얼굴을 붉혔다. "그렇지만 대부분은 해요."

"누군가가 우리 모두한테 한 재산씩 주면 정말 좋겠다!" 마거릿이 엉뚱하게 이렇게 말하고 나섰다.

"아이, 정말 그러기라도 한다면야!" 메리앤은 눈을 반짝거리며 외쳤고, 이런 행운을 생각만 해도 즐거운지 뺨이 발갛게 달아올랐다.

"그 소망에서는 우리 모두 한마음이네." 엘리너가 말했다. "재산은 별로 없지만 말이야."

"아, 정말!" 마거릿이 소리쳤다. "얼마나 행복해질까! 그 돈으로 뭘 하게 될까!"

메리앤은 그 점에서는 망설일 여지가 없는 것 같았다.

"내 아이들이 내 도움 없이 모두 부자가 된다면 난 혼자서 돈을 써 대기도 버거울 거야." 대시우드 부인이 말했다.

"어머닌 이 집 개조 작업을 시작하셔야죠." 엘리너가 말했다. "그러면 어려워할 것도 없을 텐데요."

"그런 일이 생긴다면, 이 가족으로부터 런던으로 엄청난 주문들이 날아갈 겁니다!" 에드워드가 말했다. "서적상, 음악상, 판각화 가게들은 즐거운 비명을 지르겠지요! 대시우드 양, 당신은 뛰어난 판각화를 나오는 족족 보내 달라는 일괄 의뢰를 할 것이고……. 그리고 메리앤으로 말하면, 위대한 영혼을 가졌으니만큼, 런던에 있는 악보만으로는 성에 차지 않을 겁니다. 그리고 책 말입니다만! 톰슨,[22] 쿠퍼, 스콧…… 이 시인들의 시집을 사고 또 사고 할 겁니다. 혹 자격 없는 사람 손에 들

---

22) James Thomson(1700~1748). 낭만주의적 성향의 자연시를 쓴 시인.

어갈까 봐 나오는 대로 다 사 버려야 직성이 풀릴 겁니다. 특히 비틀린 고목을 찬양하는 법을 말해 주는 책은 모두 구입하겠지요. 그렇지 않나요, 메리앤? 제가 건방을 떨었다면 용서하세요. 하지만 예전에 우리가 했던 논쟁을 잊지 않고 있다는 걸 보여 주고 싶었답니다."

"과거를 회상시켜 주는 걸 전 좋아해요, 에드워드. 우울한 일이든 즐거운 일이든 회상하길 좋아하거든요. 그리고 지난 시절 얘기를 한다고 기분 나쁠 일은 하나도 없어요. 제가 돈을 어떻게 쓸지 추정하셨는데, 아주 정확해요. 적어도 몇몇은요. 여윳돈이 있으면 분명 악보와 책을 더 사 모을 거예요."

"그리고 뭉칫돈은 작가나 그 상속자들한테 줄 연금으로 나갈 것이고요."

"아뇨, 에드워드, 그걸로 다른 곳에 쓸 데가 있어요."

"그럼 아마도 당신이 좋아하는 금언, 아무도 인생에서 한 번 이상 사랑할 수 없다는 금언에 대한 옹호를 가장 유능하게 쓴 사람한테 상금으로 내려지겠지요. 한데 그 생각은 아직 변하지 않았겠지요?"

"물론이지요. 제 나이쯤에는 생각이란 것이 잘 바뀌지 않지요. 지금 보고 듣는 것만으로는 의견을 바꿀 이유가 없는 것 같거든요."

"메리앤은 초지일관이랍니다." 엘리너가 말했다. "한 치도 달라진 것이 없어요."

"다만 전보다 약간 심각해진 것 같군요."

"아이, 에드워드. 저더러 그러실 처지가 아닌 것 같은데요.

명랑과는 거리가 먼 분께서." 메리앤이 말했다.

"왜 꼭 그렇게 생각할까!" 그가 한숨을 쉬며 대꾸했다. "하긴 명랑이 제 성격에 속하지 않는다는 것은 분명해요."

"메리앤의 성격도 그건 마찬가지예요." 엘리너가 말했다. "전 쟤를 발랄한 소녀라고 부르지는 못하겠어요. 너무 진지하고 하는 일마다 너무 열심이고, 때로는 말도 많고 늘 생기가 있지만, 그렇다고 실제로 명랑한 적은 별로 없거든요."

"그 말이 맞을 겁니다." 그가 답했다. "그런데도 전 늘 동생분을 발랄한 소녀라고 여겨 왔거든요."

"저 역시 그런 실수를 저지르나 봐요." 엘리너가 말했다. "이런저런 식으로 성격을 완전히 잘못 이해한다거나 하는 짓 말이지요. 실제보다도 훨씬 더 명랑하다거나 진지하다거나, 아니면 똑똑하다거나 멍청하다거나 하면서 멋대로 생각한단 말이죠. 이런 착각이 왜 생기는지, 어디서 비롯된 건지 모르겠어요. 때론 각자가 하는 말을 그대로 따르기도 하고, 그보다 더 흔하게는 다른 사람들이 하는 소리를 곧이곧대로 듣는 거지요. 자기 스스로 숙고하고 판단할 여유도 없이 말이에요."

"난 다른 사람들의 의견에 전적으로 따르는 것이 옳다고 생각했는데, 엘리너 언니." 메리앤이 말했다. "각자 판단이야 있지만 이웃들의 판단에 종속되어야 한다고 말이야. 이게 늘 언니의 신조였잖아."

"아니야, 메리앤, 그런 적 없어. 이해력을 억누르라는 소리가 아니었어. 내가 바꾸려고 해 봤던 것은 몸가짐이 전부야. 내 뜻을 혼동해서는 안 되지. 아는 사람들한테 좀 더 사려 깊게 대하라고 한 적이 많았던 거, 그 죄는 인정하지. 그렇지만 언제 너더러 그 사람들의 감정을 수용하라거나 심각한 문제에서 그들의 판단에 순응하라고 충고한 적이 있었니?"

"그렇다면 예의를 지키며 살자는 구상에 동생분을 끌어들이지 못했다는 말씀인데." 에드워드가 엘리너에게 말했다. "전혀 진전이 없나요?"

"정반대지요." 엘리너가 메리앤을 의미심장하게 바라보면서 대답했다.

"이 문제에서 제 판단은 전적으로 당신 편이긴 합니다." 그가 받았다. "그렇지만 실제로 제가 하는 행동은 동생분 편에 훨씬 더 가깝지 않나 합니다. 전 무례를 저지를 생각은 추호도 없지만, 너무 바보스러울 정도로 수줍어서, 타고난 성격이 그래서 쭈뼛거렸을 뿐인데 예의를 안 지키는 것처럼 보이는 때가 종종 있습니다. 본디 신분이 낮은 사람들하고 잘 어울리게끔 태어난 것이 아닌가 하곤 했답니다. 상류층의 모르는 사람들 사이에서는 마음이 그리 편하지 않아요!"

"메리앤은 수줍음과는 거리가 머니까 그게 예의를 잘 차리지 않는 구실은 못 돼요." 엘리너가 말했다.

"동생분은 자신의 가치를 너무 잘 알아서 괜한 부끄럼을 타지 않는 거지요." 에드워드가 답했다. "수줍음은 하여간 열등감의 소산일 뿐입니다. 만약 제 매너가 완벽하게 자연스럽고 고상하다는 확신만 든다면, 수줍어할 필요가 없지요."

"그래도 여전히 의뭉할 수는 있어요." 메리앤이 말했다. "그건 더 나빠요."

에드워드는 눈이 뚱그레졌다. "의뭉하다고요! 제가 의뭉해요, 메리앤?"

"그래요, 많이요."

"이해를 못 하겠군요." 그가 얼굴을 붉히며 대답했다. "의뭉하다고요! 어떻게, 어떤 식으로요? 이거 참, 무슨 말을 해야 할까요? 대체 무슨 생각이신지?"

엘리너는 그가 욱하는 것에 놀란 표정이었으나, 그 문제를 웃어넘기려고 애쓰면서 그에게 말했다. "무슨 말을 하는지 이해하실 정도로 제 동생을 잘 아시잖아요? 쟤가 자기만큼 빨리 말하지 않고 자기가 찬양하는 것을 자기만큼 넋이 나가서 찬양하지 않으면 누구한테나 그냥 의뭉하다고 해 버리는 것, 아시잖아요?"

에드워드는 대답하지 않았다. 그는 다시 한껏 무겁고 생각에 잠긴 표정으로 돌아와 있었다. 그리고 한동안 말없이 멍하니 앉아 있었다.

18

엘리너는 자기 친구가 의기소침한 것을 보고 마음이 심히 편치 않았다. 그의 방문이 그녀에게 만족스럽지만은 않았고, 당자도 이 방문을 그리 즐기는 것 같지 않았다. 그가 불행하다는 것은 분명했다. 그녀는 그가 전과 다름없는 애정으로 자기를 각별하게 여기고 있는지도 분명히 알 수 있었으면 했다.

자기로 인해 한때 그에게 애정이 싹텄다고 믿어 의심치 않았으니까. 그러나 지금으로서는 그런 애정이 지속되고 있는지조차 불확실한 듯했다. 한순간 한결 생기 있는 표정으로 언뜻 무슨 감정을 비치다가도 다음 순간 서먹하게 굴어서 도대체 속마음이 무엇인지 혼란스러웠다.

그는 다음 날 아침 다른 사람들이 내려오기 전에 그녀와 메리앤과 같이 조찬실에 앉아 있었다. 힘닿는 대로 두 사람의 행복을 증진시키고자 하는 갸륵한 마음으로 메리앤은 곧바로 그들끼리 남겨 두고 나와 버렸다. 그러나 그녀가 계단을 반도 올라가기 전에 거실 문이 열리는 소리가 들렸고, 고개를 돌려 보니 놀랍게도 에드워드도 방을 나오고 있는 것이 아닌가.

"제 말들을 돌보러 마을로 들어가려고 합니다." 그가 말했다. "아직 아침 식사 준비가 안 되었으니까요. 곧 다시 돌아오겠습니다."

에드워드는 돌아와서 주변 시골을 새삼스럽게 찬양했다. 마을로 가는 길에 골짜기 여기저기를 더 자세히 둘러보게 되었다고 했다. 마을 자체도 코티지보다 훨씬 더 높은 곳에 위치하다 보니 한눈에 주변을 전망할 수 있었고, 그것이 큰 즐거움이었다는 것이다. 메리앤도 당연히 관심이 가는 화제라서 그녀는 자기도 그 풍경에 경탄하고 있다면서 무엇이 특히 그의 마음에 들었는지 세세하게 물어보기 시작했다. 그러자 에드워드는 그녀의 말을 가로막고 이렇게 말했다. "너무 많이 물어보려고 하지 말아요, 메리앤. 제가 회화적인 것[23]에 대해서 아는 게 없다는 걸 고려해야지요. 세세한 대목으로 들어가면 제

무지와 안목 부족이 드러나서 기분만 잡쳐 드릴 텐데. 깎아지른 언덕이라고 해야 할 자리에서 그냥 가파르다고 할 테고, 고르지 않고 울퉁불퉁한 표층이라고 해야 할 자리에서 그냥 기이하고 거칠다고만 할 테고, 안개 낀 대기의 부드러운 층을 뚫고 어렴풋하게 보인다고 해야 할 대목에서 멀어서 눈으로는 안 보이는 것들이라고 할 테니까요. 제가 소박하게 바치는 그런 찬양에 만족하도록 해요. 전 그냥 아주 멋진 시골이라고 말하겠어요. 언덕은 가파르고 숲은 훌륭한 재목감으로 가득한 듯 보이고, 골짜기는 편안하고 아늑해 보입니다. 기름진 초원과 아담한 농가 몇 채가 여기저기 흩어져 있더군요. 제가 생각하는 멋진 시골과 정확하게 일치합니다. 아름다움과 유용성이 겸비되어 있으니까요. 그리고 회화적인 곳이라고도 말할까 합니다. 당신이 그렇게 찬양하니까요. 이곳이 바위와 벼랑, 잿빛 이끼와 잔 나뭇가지로 가득 차 있다는 걸 기꺼이 믿을 수 있습니다만, 제 눈에는 들어오지 않더군요. 전 회화적인 것에 대해서는 아무것도 모릅니다."

"말씀 그대로네요." 메리앤이 말했다. "그렇다면 왜 그걸 과시하세요?"

"에드워드는 한 종류의 가식을 피하려다 또 다른 가식에 빠진 셈이야." 엘리너가 말했다. "다들 실제로 느끼는 이상으로 자연의 아름다움을 찬양하는 척한다고 생각하기 때문에, 그

---

23) 자연 상태가 아니라 그림으로 그릴 수 있는 특성을 가진 자연 풍경을 말한다.

런 가식이 싫다 보니 자신은 자연의 아름다움을 보는 데 실제보다 더 무심하고 식별력도 없는 것처럼 과장하는 거지. 까다로운 분이라 자기 나름의 가식을 부리는 거야."

"풍경에 대한 찬양이 뜻 없는 상투어가 되고 있는 것은 사실이야." 메리앤이 말했다. "누구나 회화미가 무엇인지 처음 정의했던 분[24]의 취향과 품격을 그대로 느끼는 척하고 묘사하려고 하지. 난 상투어라면 다 싫어. 어떤 때는 그냥 내 느낌을 혼자 간직하고 말거든. 닳아빠지고 너무 써먹어서 알맹이가 없는 상투어를 반복하기보다는 말이야."

"메리앤이 아름다운 경치를 보고 즐겁다고 할 때는 정말로 그렇게 느낀 거지요." 에드워드가 말했다. "그 대신에 말이죠, 제가 느낀다고 한 것 이상은 느끼지 않는다는 걸 언니분께선 인정해야 합니다. 전 멋진 경치를 좋아하지만, 회화적인 원칙에서는 아닙니다. 구부러지고 비틀리고 말라 버린 나무는 좋아하지 않습니다. 높이 쭉 벋어서 무성하게 자라는 것이 훨씬 더 낫거든요. 폐허가 되어서 다 무너진 오두막도 안 좋아합니다. 쐐기풀이나 엉겅퀴나 히스 꽃 같은 것도 좋아하지 않습니다. 망루보다는 아늑한 농가가 더 즐거움을 주고요. 이 세상에서 가장 멋진 산적들보다 깔끔하게 차려입은 행복한 마을 사람들이 더 좋습니다."

메리앤은 놀란 눈으로 에드워드를 바라보면서 언니를 딱하

24) 풍경에서 자연 상태의 아름다움과 회화적인 아름다움을 구별한 당시 저술가 윌리엄 길핀(William Gilpin)을 지칭하는 듯하다.

게 여겼다. 엘리너는 그저 웃음만 지었다.

그 화제가 거기서 멈추자 메리앤은 말없이 생각에 잠겨 있었는데, 갑자기 새로운 물건 하나가 그녀의 관심을 끌었다. 대시우드 부인에게서 찻잔을 받으려고 내민 그의 손이 자기 바로 앞으로 오는 바람에 꼰 머리카락이 가운데 박힌 반지가 손가락에 끼워져 있는 것이 에드워드 옆에 앉아 있던 그녀의 눈에 띄었다.

"전에는 반지를 끼신 걸 못 봤는데요, 에드워드." 그녀가 소리쳤다. "그거 누님의 머리카락이죠? 올케언니가 몇 올 주겠다고 약속하던 일이 기억나네. 그런데 올케언니 머리칼은 색깔이 더 검었던 것 같은데."

메리앤은 실제로 느낀 것을 앞뒤 안 재고 말해 버린 것이다. 그러나 이 말이 에드워드를 얼마나 괴롭혔는지 알게 되자, 곧 혹스러워하는 에드워드 못지않게 자기 생각이 모자랐음을 자책했다. 그는 얼굴이 벌게져서 엘리너를 흘깃 바라보고는 대답했다. "네. 누님 머리카락입니다. 세팅을 하면 늘 명암이 달라지잖아요."

그와 눈길이 마주치자 엘리너도 마찬가지로 뭔가를 눈치챈 듯 보였다. 그녀는 메리앤만큼이나 즉각적으로 그 머리카락이 자기 것이라는 감이 왔다. 차이가 있다면 메리앤은 언니가 자진해서 준 선물이라고 생각한 반면, 엘리너는 자기가 모르는 새에 슬쩍했거나 무슨 수를 써서 가져간 것이 틀림없다고 여겼다는 것이다. 그렇지만 그것을 모욕으로 느낄 기분은 아니어서, 모르는 척하면서 바로 다른 이야기를 꺼내 넘어가 버렸다. 그리고 속으로는 앞으로 꼭 기회를 잡아 그 머리카락을 직접 눈으로 살펴서 그것이 자기의 머리 색과 일치하는지 한 점의 의혹 없이 확인해야겠다고 마음먹었다.

에드워드는 한참 당황한 기색이더니 그 뒤로는 정신이 딴 데 가 있는 사람처럼 멍하니 있었다. 그는 아침나절 내내 유달리 침통했다. 메리앤은 그런 말을 내뱉은 것에 대해 스스로를 심하게 책망했다. 그러나 그 말이 언니에게 그리 상처를 주지 않았다는 것을 알았다면 훨씬 빨리 자신을 용서했을 것이다.

그날 정오가 되기 전에 존 경과 제닝스 부인이 방문했다. 코티지에 신사 한 분이 오셨다는 소식을 듣고 손님을 한번 보려고 찾아온 것이다. 존 경은 얼마 안 가 장모의 도움으로 페라스의 이름이 F로 시작한다는 것을 알자 엘리너가 이제 꼼짝없이 걸려들었다고 여기고 앞으로 농담을 터뜨릴 지뢰밭으로 써먹기로 작정했다. 에드워드와는 초면이라 바로 폭발시킬 수는 없을 것이지만. 그러나 지금으로서도 엘리너는 그들의 의미심장한 눈빛을 보기만 해도 그들의 상상력이 마거릿이 알려 준 것을 토대로 어디까지 뻗어 갔는지 알 수 있었다.

존 경은 대시우드 가족을 찾아왔다 하면 반드시 다음 날 파크에서 정찬을 하자거나 그날 저녁 차를 같이 하자고 초대하곤 했다. 이번에는 손님을 더 즐겁게 해 주기 위해서 두 가지를 다 약속해 달라고 했다. 자기도 손님이 즐겁게 지낼 수 있도록 꼭 돕고 싶다는 것이었다.

"오늘 밤에는 우리하고 차를 꼭 드셔야 합니다." 그가 말했다. "우리 식구밖에 없으니까요. 내일은 두말 마시고 우리하고 정찬을 해야 합니다. 사람들을 많이 부를 테니까요."

제닝스 부인도 꼭 그래야 한다고 못을 박았다. "당신 덕에 무도회가 열릴지 누가 알겠어요." 그녀가 말했다. "그리되면 넌 못 참을걸, 메리앤 양."

"무도회라고요!" 메리앤이 소리쳤다. "말도 안 돼요! 대체 춤출 사람이 누가 있다고?"

"누가 추냐니! 아니, 너도 있고, 캐리네 그리고 휘태커네도 있잖아. 뭐야! 이름은 내 말하지 않겠지만 누가 하나 없다고 해서 아무도 춤을 추지 않을 거라고 생각했군그래!"

"나도 진심으로 바란단다." 존 경이 큰 소리로 말했다. "윌러비가 다시 돌아오기를 말이다."

이 말과 함께 메리앤의 붉어진 얼굴이 에드워드에게 새로운 의혹을 던져 주었다. "그런데 윌러비가 누구지요?" 그는 옆에 앉아 있던 대시우드 양한테 낮은 목소리로 물었다.

그녀가 짧게 답변했다. 그러나 메리앤의 안색이 더 많은 것을 알려 주었다. 에드워드는 다른 사람들의 말뜻만이 아니라 그동안 이해가 안 가던 메리앤의 표현들을 이제야 이해할 수 있게 되었다. 그리고 그 방문자들이 떠나자 즉시 그녀에게 가서 소곤거렸다. "아까부터 생각해 보았습니다만. 제 추측을 말해도 될까요?"

"무슨 말씀이세요?"

"말해요?"

"그럼요."

"그러시다면. 윌러비 씨는 사냥을 하시는군요."

메리앤은 놀라고 당황했으나, 은근슬쩍 장난기를 발휘하는 그의 매너에 웃음 짓지 않을 수 없었다. 그리고 잠시 침묵 후에 이렇게 말했다.

"아이 참! 에드워드! 어떻게 그걸? 그렇지만 때가 되면 제 생각엔…… 당신도 그이를 좋아하게 될 거예요."

"그렇고말고요." 대답은 했지만 그녀의 진지하고 열렬한 태도에 아차 했다. 왜냐하면 윌러비 씨와 그녀 사이에 뭐가 있느니 없느니 하며 그걸 빌미로 주변 사람들이 모두 웃자고 하는 농담으로 생각하지 않았더라면, 그는 감히 그런 언급을 하지 않았을 것이기 때문이다.

19

에드워드는 코티지에 일주일 동안 머물렀다. 대시우드 부인이 더 오래 있으라고 간곡하게 붙들었으나, 그는 고행에 맛을 들이기나 한 것처럼 친구들 사이의 즐거움이 절정에 달한 때에 떠나기로 결심한 듯 보였다. 마지막 이삼 일간 그의 기분은 여전히 들쑥날쑥하긴 했지만 많이 나아졌다. 이 집과 주변을 점점 더 좋아하게 되어 떠난다는 말을 할 때마다 한숨을 지었고, 여기를 떠나서는 딱히 어디로 가야 할지도 모르겠다고 했다. 그러나 가긴 가야 한다는 것이었다. 일주일이 이렇게 빨리 지나간 적이 없었고, 벌써 이렇게 되었나 실감이 안 간다는 것이었다. 그는 이런 말을 여러 번 되풀이했다. 다른 말도 했는데, 그것은 그의 감정이 어디로 흐르는지 말해 주었으나 그가 취한 행동과는 어긋났다. 노어랜드에서 아무런 즐거움도 얻지 못했다, 런던에 있는 것은 질색이었고. 그러나 노어랜드든 런던이든 그는 가야 한다는 것이었다. 그들의 친절이 자기에게는 세상 무엇보다 귀중하고, 그의 가장 큰 행복은 그들과 함께 있는 것이라고도 했다. 그러나 그 주가 끝나면, 그들의 소망과 그의 소망에도 불구하고, 또 시간에 쫓기는 것도 아닌데, 여기를 떠나야 한다는 것이었다.

엘리너는 이렇게 납득이 안 되게 행동하는 원인이 모두 그의 어머니에게 있다고 보았다. 아들이 이상한 짓을 하면 그 탓을 대충 어머니에게 돌릴 수 있을 정도로 그의 어머니의 성격이 어떤지 별로 알지 못한다는 것이 그녀에게는 다행이었다. 하지만 자기에 대한 그의 불확실한 태도에 실망하고 속이 타고 때로 불쾌했음에도 대체로 그의 행동을 별 나쁜 감정 없이 받아들이고 그럴 수 있겠다고 넘어가고 싶은 심정이었다. 윌러비의 경우에는 어머니가 하도 두둔하는 바람에 마지못해 받아들였으면서도 말이다. 패기도 없고 화통하지도 않고 일관성도 없었지만, 그가 경제적 독립을 하지 못한 데다 페라스 부인의 성격이나 의도를 잘 알기 때문에 그러는 것이 아닐까 하고 넘어갔다. 방문을 짧게 끝내고 시종일관 떠나겠다고 하는 것도 원인은 단 한 가지, 바로 매인 처지인지라 어머니와 타협해서 시간을 벌 수밖에 없기 때문이었다. 뜻을 굽히고 의무를 지켜야 한다는, 자식이 부모에 굴복해야 한다는 저 유서 깊게 뿌리내린 쓰라린 사정에 모든 것의 원인이 있었다. 언제 이 어려움이 끝나고 이 대립이 수그러들지, 언제 페라스 부인이 마음을 고쳐먹어 아들이 마음 놓고 행복해질 수 있을지 알기만 한다면 얼마나 좋을까. 그러나 이는 헛된 기대였으니 그녀는 마음의 위안을 찾아서 에드워드의 애정을 다시 믿어 보고 그가 바턴에 있는 동안 던졌던 시선이나 했던 말에서 애정의 흔적을 하나하나 되새기고 무엇보다도 그가 손가락에 늘 끼고 있던 그 솔깃한 사랑의 증거에 기댈 수밖에 없었다.

"내 생각으로는 에드워드……." 마지막 날 아침 식사를 하면서 대시우드 부인이 말했다. "자네가 직업을 얻어서 거기에 시간을 바치고, 계획에 따라서 행동하면 더 행복해지지 않을까 하네. 자네를 아끼는 친구들한테야 좀 불편해지겠지만. 아무래도 시간을 많이 내줄 수 없을 테니 말이네. 그러나 (미소를 지으면서) 적어도 한 가지 면에서는 실질적인 도움이 되지 않겠나 싶어. 친구들하고 작별한 후에 어디로 가야 할지는 알 테니까."

"분명히 말씀드립니다만." 그가 대답했다. "염려해 주시는 것처럼 저도 그 점에 대해서 오래 생각해 왔습니다. 꼭 해야 할 일거리가 없다는 것, 몰두해야 하거나 독립을 가져다줄 직업이 없다는 것이 저한테는 큰 불운입니다. 지금까지도 그랬고 앞으로도요. 그러나 불행하게도 저 자신이 까다로운 데다 주변에서도 그래서, 저는 그만 지금처럼 할 일 없고 대책 없는 존재가 되고 말았습니다. 무슨 직업을 택해야 하느냐에 우린 합의를 못 했어요. 전 늘 성직을 선호했고 지금도 여전합니다. 그러나 제 가족한테는 그리 탐탁지 않았던 거지요. 가족들은 육군을 권했지요. 그건 저한테는 과한 곳이었어요. 법률 분야도 그만 하면 괜찮은 직종이라고 인정은 했습니다. 템플[25]에 방을 마련한 많은 청년들이 일류 사교계에 버젓하게 나타났고, 런던 거리를 아주 세련된 경마차를 몰고 다녔지요. 집에서는 법률 쪽도 괜찮겠다고 했지만, 저는 워낙 그쪽에 취미가 없어서 그리 깊은 공부가 필요 없는 이 분야에조차 끌리지 않았습니다. 해군도 괜찮은 직종이니 해군에 들어가는 것이 어떠냐는 얘기가 나왔을 때는 너무 나이가 들어 있었습니다.[26] 결국 꼭 직업을 가질 필요가 없었기 때문에, 붉은색 외투[27]를 걸치지 않고서도 걸친 사람과 마찬가지로 멋있고 돈을 펑펑 쓸 수도 있을 법했기 때문에 빈둥거리는 것이 아무래도 가장 이롭고 명예스러운 것 아니냐고 이렇게 된 것이지요. 주변 사람들이 아무것도 하지 말라고 꼬드기는데, 열여덟 살짜리 젊은이가 뭐 그리 부지런을 떨 일이 있어서 그걸 쉽게 물리치겠어요. 그래서 전 옥스퍼드에 들어갔고 이후로 공인된 한량이 된 겁니다."

"여가가 많다고 해서 더 행복해지는 건 아니라는 것을 알게 되었으니까 이제 자네는 앞으로 생길 자네 아들들한테는 콜루멜라[28]의 아이들처럼 각자가 무슨 직업을 가지거나 사업이

---

25) 법원과 법학원이 있는 런던의 한 구역.
26) 당시 프랑스와의 전쟁으로 해군이 인기 있었고, 대개 어려서 입대해 젊은 나이에 함장이 되곤 했다.
27) 영국군의 군복을 지칭한다.
28) 당시 소설가 리처드 그레이브스의 동명 소설의 주인공으로, 자식에게 여러 가지 직업 교육을 시킨다.

나 장사를 하도록 키우게 될 걸세." 대시우드 부인이 말했다.

"아이들은 될 수 있는 대로 저와는 다르게 키울까 합니다. 감정에서든 행동에서든 여건에서든 모든 면에서 말입니다." 그가 진지한 어조로 말했다.

"자, 자, 그만. 지금은 기운이 안 나니까 이러는 거지 뭘, 에드워드. 기분이 울적하다 보니 자네와 다르기만 하면 다 행복할 거라고 생각하지. 그러나 어떤 교육을 받았든 지위가 어떻든 때론 친구들과 헤어지는 고통이야 누구나 느끼는 것이고. 자넨 그래도 괜찮은 거야. 꾹 참고 기다리고 있기만 하면 되니까 말이네. 아니, 좀 더 좋게 말해서, 희망이라고 해 두세. 자네 모친께선 때가 되면 자네가 그렇게도 바라 마지않는 독립을 보장해 주실 거야. 자네가 젊은 시절을 불만에 가득 차서 송두리째 허송해 버리지 않게 하는 것이 그분의 의무이고, 머지않아 그분의 행복이 될 것이고 또 되어야 하네. 몇 달 지나면 어찌 될지 누가 아나?"

"여러 달이 지나 봤자 별로 좋은 일이 생길 것 같지 않습니다." 에드워드가 대꾸했다.

대시우드 부인은 그의 이런 의기소침을 그러려니 하고 넘겼지만, 곧 이루어진 작별 자리에서는 그것이 모두에게 가외의 고통을 주었고, 특히 엘리너는 마음이 편치 않아서 진정하는 데 상당한 노고와 시간을 들여야 했다. 그러나 마음을 진정시켜야겠다고, 그가 떠나는 것에 모든 가족이 느끼는 이상으로 고통스러워하는 꼴은 보이지 말자고 마음을 다졌다. 그래서 메리앤이 비슷한 상황에서 자기의 슬픔을 한껏 부풀려 둘 목적으로 기막히게 써먹은 수법, 즉 입을 꾹 다물고 아무것도 하지 않고 혼자 있으려고만 하는 짓은 하지 않았다. 그들이 취한 수단은 목적만큼이나 달랐고, 각각 나름의 목적을 달성하는 데도 잘 들어맞았다.

엘리너는 그가 떠나자마자 자기 그림용 책상에 앉아서 종일 바쁘게 작업했다. 일부러 그의 이름을 언급하려고도 회피하려고도 하지 않았고 여느 때와 거의 마찬가지로 가족의 통상적인 일에 신경을 쓰는 듯 보였다. 이런 처신으로 슬픔을 줄일 수는 없었다 해도 최소한 그것이 불필요하게 커지는 것은 막았다. 이러니 어머니와 동생들은 그녀 때문에 크게 걱정하지 않아도 되었다.

메리앤은 자기 행동을 잘못으로 여기지 않는 것과 마찬가지로, 자기와는 정반대인 언니의 행동도 그리 잘한다고 보지 않았다. 자제력이라는 문제를 그녀는 아주 쉽게 정리했다. 감정이 강렬하면 자제란 불가능한 것이고, 덤덤한 경우에는 자제가 무슨 미덕이냐는 것이었다. 막상 그리 생각하게 되니 얼굴이 붉어졌지만, 언니의 애정이 실제로 덤덤하다는 것을 인정하려니 얼굴이 달아올랐지만 그래도 그 사실을 부정할 수는 없었다. 반면 자신의 애정이 강렬함은 언니의 덤덤함에 속이 상하지만 그래도 여전히 언니를 사랑하고 존경하는 것만 보아도 입증된다고 여겼다.

가족과 떨어지지도 않고 가족을 피해 혼자 집을 나가 버리지도 않고, 추억에 잠겨 온밤을 깨어 있지 않고서도 엘리너는 날마다 에드워드와 그의 행동에 대해서 생각해 볼 시간을 냈다. 시기에 따라 기분 상태에 따라 만감이 교차했다. 애정과 연민과 인정과 비난과 의심이었다. 어머니와 동생들이 곁에 없을 때는 물론이지만 같이 있어도 각자 다른 일을 하고 있다 보니 대화가 안 되고 결과적으로 혼자인 셈이 되는 때도 많았다. 그러니 원하든 원하지 않든 그녀의 마음은 자유로웠고 달리 집중해야 할 생각거리도 없었다. 관심이 갈 수밖에 없는 일의 과거와 미래가 눈앞에 있으니 그녀는 몰두하지 않을 수 없고 기억과 회상과 환상을 모조리 동원하지 않을 수 없었다.

에드워드가 떠난 지 얼마 안 된 어느 날 아침 그림용 책상에 앉아 이런 상념에 빠져 있던 그녀는 누가 찾아오는 바람에 정신을 차렸다. 마침 혼자 있던 참이었다. 집 앞의 잔디밭 입구에 있는 작은 문이 닫히는 소리에 창문 쪽으로 눈을 돌려보니 한 무리의 사람들이 현관으로 걸어 올라오고 있었다. 그들 가운데는 존 경과 레이디 미들턴과 제닝스 부인이 있었지만, 그녀가 전혀 모르는 사람도 둘 있었다. 신사와 숙녀 한 명씩이었다. 그녀는 창가에 앉아 있었는데, 존 경은 그녀를 보자마자 일행에게 현관문을 노크하게 내버려 두고는 잔디를 가로질러 와서 할 이야기가 있으니 창문을 열라고 했다. 그러나 현관문과 창문 사이는 공간이 얼마 안 되어서 여기서 말하면 다 들리게 되어 있었다.

"자, 새 손님 몇 분 모시고 왔네." 그가 말했다. "어때, 마음에 들어?"

"쉿! 저분들이 듣겠어요."

"들어도 상관없어. 파머 부부인데, 뭘. 샬럿은 아주 예뻐. 이

쪽으로 보면 보일 거다."

엘리너는 그런 결례를 범하지 않고도 잠시 후면 볼 수 있을 것이므로 사양했다.

"메리앤은 어디 있지? 우리가 온다고 달아났나? 피아노가 열려 있는 것이 보이는데."

"산책 중일 거예요, 아마."

이제 제닝스 부인까지 왔다. 부인은 얼른 자기 이야기를 하고 싶어서 문이 열리기를 기다릴 만한 인내심이 없었던 것이다. 그녀가 큰 소리로 말하며 창문 쪽으로 다가왔다. "어떠니, 애야? 대시우드 부인은 어떻게 지내고? 동생들은 어디 있니? 이거 뭐야! 혼자인 모양이네! 동무해 줄 사람들이 오니 좋겠다. 내 널 소개해 주겠다고 작은딸 내외를 데리고 왔지. 아주 갑작스럽게 이곳으로 왔지 뭐냐! 어젯밤에 차를 마시고 있는데 마차 소리를 들었던 것 같았지만, 쟤들일 거라는 생각은 머리에 떠오르지도 않았어. 그저 브랜던 대령이 돌아온 것일까 생각했을 뿐이지. 그래 내 존 경한테 말했지. 마차 소리를 들은 것 같은데, 아마도 브랜던 대령이 돌아온 모양이라고."

엘리너는 그녀가 말하는 도중에 나머지 일행을 맞이하기 위해서 돌아서야 했다. 레이디 미들턴이 새 손님 둘을 소개했다. 대시우드 부인과 마거릿이 바로 그때 아래로 내려왔고 모두 마주 보고 앉았다. 제닝스 부인은 존 경과 같이 복도를 통해 거실로 들어오면서 이야기를 계속했다.

파머 부인은 레이디 미들턴보다 서너 살 아래로 모든 면에서 완전히 딴판이었다. 그녀는 키가 작고 통통하며, 예쁜 얼굴에 그렇게 사람이 좋아 보일 수 없었다. 확실히 매너는 언니만큼 우아하지 않았지만, 인상은 훨씬 더 좋았다. 그녀는 생글거리며 들어왔는데, 방문하는 내내 소리 내어 웃을 때만 빼고는 생글거렸고 떠날 때도 그저 웃는 얼굴이었다. 그녀의 남편은 근엄해 보이는 스물대여섯 정도의 청년이었고, 아내보다 상류층 티가 더 나고 사리가 더 분명해 보였지만 사근사근한 면은 별로 없었다. 그는 무게를 잡으며 방에 들어와서는 한마디 말도 없이 숙녀들한테 약간 고개만 숙였고, 그들과 방들을 휙 살펴보고는 탁자에서 신문을 집어 들어 머무는 내내 읽고 있었다.

파머 부인은 그 반대로 한결같이 곰살궂고 기분 좋은 성향을 얼마나 강하게 타고났던지 자리에 앉기도 전에 응접실과 거기 있는 모든 것에 찬사를 쏟아 놓았다.

"어머! 정말 쾌적한 방이에요! 이렇게 마음이 끌리는 방은 처음 봐! 엄마, 생각 좀 해 보세요, 글쎄. 지난번에 제가 여기 왔을 때 이후로 훨씬 나아졌어요! 늘 정말 멋진 곳이라고 생각은 해 왔습니다만, 부인,(대시우드 부인을 향해서) 이곳을 이렇게나 매력적으로 가꾸셨군요! 언니, 한번 봐, 정말 쾌적하지 않아? 나한테도 이런 집이 있으면 얼마나 좋을까! 그렇지 않아요, 여보?"

파머 씨는 대답을 하지 않았고, 신문에서 눈도 들지 않았다.

"파머 씨는 내 말이 안 들리나 봐." 그녀가 웃으면서 말했다. "때로는 아예 마이동풍이라니까요. 아이, 우스워 죽겠어!"

누군가의 무관심을 재미있다고 느끼다니 대시우드 부인에게는 정말 기발하게 여겨져서 그녀는 눈을 둥그렇게 뜨고 두 사람을 쳐다보지 않을 수 없었다.

그사이에 제닝스 부인은 목청껏 전날 저녁 딸네를 보고 놀란 얘기를 시시콜콜 했다. 파머 부인은 그들이 놀라던 장면을 떠올리고서 마음껏 웃었고, 모두 입을 모아 그건 참 유쾌한 깜짝쇼였다고 두세 번이나 말했다.

"얘들을 보고 우리 모두 얼마나 기뻤다고." 엘리너한테 몸을 기울이면서 제닝스 부인이 덧붙였다. 마치 다른 사람들이 들으면 안 된다는 듯이 목소리를 낮추었으나, 실은 두 사람은 서로 반대쪽에 앉아 있었다. "그렇지만 아무리 그래도 그렇지, 그렇게 급하게 여행을 해서도 안 되고, 그렇게 긴 여정을 소화해서도 안 되는 것인데. 볼일이 있어서 런던을 죽 돌아서 왔다잖아, 글쎄. 너도 알다시피(의미심장하게 고개를 끄덕이며 딸을 가리키면서) 쟤 몸 상태로는 좋을 리가 없지. 오늘 아침에도 집에서 쉬라고 했는데 부득부득 같이 오겠다는 거야. 이 집 식구들을 너무 만나고 싶었던 거지."

파머 부인은 웃으면서 별 탈 없을 거라고 했다.

"2월에 출산 예정이야." 제닝스 부인이 계속했다.

레이디 미들턴은 이런 대화를 더 이상 견딜 수 없던지 수고스럽게도 몸소 파머 씨에게 신문에 무슨 새로운 소식이라도 있느냐고 물어보았다.

"아니요, 전혀 없습니다." 그는 대꾸하고 나서 계속 읽었다.

"저기 메리앤이 오는군." 존 경이 소리쳤다. "자, 파머, 자네 이제 무지무지 예쁜 아가씨를 보게 될 걸세."

그는 즉시 복도로 나가서 현관문을 열고 그녀를 손수 데리고 들어왔다. 그녀가 들어오자마자 제닝스 부인은 혹시 알렌 험에 다녀오느냐고 물었다. 파머 부인은 이 질문에 마음껏 웃어 대서 뭔가를 알고 있음을 드러냈다. 파머 씨는 그녀가 방으로 들어설 때 눈을 치켜뜨고 잠시 유심히 쳐다보다가 다시 신문을 보았다. 파머 부인의 눈은 이제 방에 걸려 있는 그림들에 사로잡혔다. 그녀는 자리에서 일어나서 살펴보았다.

"어머! 세상에, 너무너무 아름다워요! 아유! 너무 멋있어! 엄마, 이거 한번 봐요, 너무 예쁘잖수! 정말 매력적이에요. 평생 봐도 질리지 않겠어." 그러고는 다시 앉았는데, 방 안에 그런 것이 있었다는 사실조차 금방 잊어버렸다.

레이디 미들턴이 가려고 일어서자 파머 씨도 일어서서 신문을 내려놓고서 기지개를 켜고는 그들 모두를 빙 둘러보았다.

"여보, 자고 있었어요?" 그의 부인이 웃으면서 말했다.

그는 이 말에는 대꾸하지 않고, 방을 다시 살펴본 후 천장이 너무 낮고 휘었다고 한마디 했다. 그러고는 고개를 꾸벅 하고서는 일행과 함께 떠났다.

존 경은 다음 날 파크에서 모두 함께 하루를 보내자고 성화였다. 대시우드 부인은 존 경 부부가 코티지에서 정찬을 드는 것만큼만 파크에서 정찬을 나눈다는 원칙을 세우고 있었기 때문에 자기는 어렵겠다고 딱 잘라 거절했다. 딸들은 좋을 대로 하라고 했다. 그러나 딸들도 파머 씨 부부가 정찬을 어떻게 먹는지 보고 싶은 마음이 전혀 없었고 모임이 별로 즐거울 것 같지도 않았다. 따라서 그들도 어머니처럼 빠지려고 해 보았다. 날씨가 어떻게 될지 모르겠고, 궂을 것 같다는 둥 하면서.

그러나 존 경에게는 통하지 않았다. 마차를 보내 줄 테니까 와야 한다는 것이었다. 레이디 미들턴도 어머니한테는 아니지만 딸들한테는 오라고 채근했다. 제닝스 부인과 파머 부인도 합세하여 간청했으니, 모두 한결같이 가족만의 모임이 되는 건 피했으면 하는 마음이 간절했기 때문이다. 아가씨들은 물러설 수밖에 없었다.

"왜 우리더러 오라는 거지?" 그들이 가자마자 메리앤이 말했다. "이 코티지의 집세가 싸기는 해. 그러나 그 집이나 우리 집에 누가 올 때마다 우리가 파크에서 정찬을 들어야 한다면 이건 아주 악조건이야."

"그분들은 그냥 예의와 친절을 베풀려는 뜻 말고는 없어." 엘리너가 말했다. "요즘 자주 초대를 하지만, 몇 주 전에도 그랬고. 같이 있는 것이 지겹고 따분해진다면 그건 그분들 쪽에서 달라졌기 때문은 아니야. 달라진 것은 다른 데 있을 테지."

20

다음 날 대시우드 집안 딸들이 파크의 응접실로 들어서자 건너편 문에서 파머 부인이 달려 나왔는데, 전날처럼 기분 좋고 즐거운 표정이었다. 그녀는 그들 모두의 손을 다정스레 꼭 잡고서 재회의 기쁨을 전했다.

"만나서 정말 반가워요!" 엘리너와 메리앤 사이에 자리 잡으면서 그녀가 말했다. "날씨가 너무 나빠서 안 오시나 걱정했는데, 그랬다면 정말 충격이었을 거야. 내일이면 또 떠나야 하니까요. 웨스턴 댁 분들이 다음 주에 방문하기로 되어 있어서 꼭 가야 해요. 여기 온 것부터가 워낙 갑작스럽기도 했고요. 마차가 문 앞에 왔을 때까지도 까맣게 모르고 있었는데, 파머 씨가 글쎄, 자기하고 바턴에 같이 가자는 거예요. 이이 너무 재미있어요! 일절 나한테 말을 안 한다니까요! 더 오래 못 있어서 참 섭섭해요. 뭐, 런던에서 곧 다시 뵙게 되겠지만요."[29]

그들은 이런 기대를 접게 할 수밖에 없었다.

"런던에 안 오신다고요!" 파머 부인이 웃으면서 소리쳤다. "안 오시면 정말 실망이 클 거예요. 세상에서 제일 멋진 집을 구해 드릴 수 있을 텐데, 하노버 스퀘어에 있는 우리 집 바로 옆에 말이에요. 정말 꼭 오셔야 해요. 내가 해산하기 전까지는 언제라도 즐겁게 샤프롱(보호자) 역할을 해 드릴게요. 대시우드 부인께서 사교계 출입을 좋아하시지 않으신다면요."

그들은 감사를 표했지만, 그녀의 청을 모두 물리치지 않을 수 없었다.

"아유! 여보." 파머 부인이 그때 막 방으로 들어서던 남편에게 소리쳤다. "당신이 대시우드 댁 아가씨들이 올겨울에 런던에 오게 같이 좀 설득해 봐요."

그녀의 여보는 대답하지 않았다. 아가씨들한테 머리를 조금 숙이고는 날씨에 대한 불평을 늘어놓기 시작했다.

"이것 참, 정말 끔찍하군그래!" 그가 말했다. "이런 날씨에

---

29) 시골 부자들은 대개 런던에 집을 마련하고 거기서 겨울을 보냈다.

는 만사가 귀찮아진다니까. 비가 오면, 안에 있으나 밖에 있으나 따분해지긴 마찬가지야. 사람들하고 서로 부딪치는 것도 지긋지긋하고. 존 경은 집에 당구실 하나 만들지 않고 도대체 뭘 한 거야? 안락이 뭔지 모르는 인간들뿐이니, 원! 존 경은 날씨만큼이나 따분한 인간이야."

다른 식구들도 이내 방으로 들어왔다.

"메리앤 양, 오늘은 여느 때처럼 알렌험으로 산책을 갈 수 없었겠네." 존 경이 말했다.

메리앤은 굳은 표정으로 아무 말도 하지 않았다.

"아이! 우리 앞에서 내숭 떨면 안 되지." 파머 부인이 말했다. "우리도 다 아니까 말이에요. 안목이 정말 높으세요. 그분은 굉장한 미남이지. 우리 시골 저택에서 그분 집이 그리 멀지 않아요. 십 마일도 채 안 될걸요."

"삼십 마일 쪽에 훨씬 더 가까울걸." 남편이 말했다.

"아! 그런가! 큰 차이 없네, 뭐. 그분 저택에는 가 보지 않았지만, 들으니 아주 예쁘장한 곳이라고 하대요."

"그렇게 시시껄렁한 곳도 없을 거야, 아마." 파머 씨가 말했다.

메리앤은 입도 뻥긋하지 않고 있었지만, 오가는 말에 관심이 쏠리는 표정이었다.

"그곳이 그렇게 흉해요?" 파머 부인이 계속했다. "그럼 아까 말한 예쁜 집은 다른 덴가 보지, 뭐."

그들이 정찬실에 자리를 잡았을 때, 존 경은 다 합쳐 여덟밖에 안 된다며 민망스러워했다.

"여보, 이렇게 인원이 적다니 쑥스럽구먼." 그가 부인한테 말했다. "길버트 댁에 오늘 오라고 하지 않았소?"

"말하지 않았나요, 여보? 아까 말씀하셨을 때 안 된다고 했을 텐데요. 지난번에 여기서 정찬을 했잖아요."

"존 경, 자네와 난 그런 격식에 얽매이지 말자고." 제닝스 부인이 말했다.

"그러면 무식쟁이가 되는 거지요." 파머 씨가 큰 소리로 말했다.

"여보, 당신은 누구하고나 다 싸우네요." 그의 아내가 늘 그러듯 웃으면서 말했다. "당신이 아주 무례하다는 건 아세요?"

"장모님더러 무식쟁이라고 했다고 누구하고나 싸우는 게 되는지 모르겠네."

"오냐 그래, 마음대로 욕해도 좋다." 사람 좋은 노마님이 말했다. "샬럿을 내 손에서 뺏어 갔고 이제 반품은 안 되지. 자, 그러니 내가 자네 귀를 꽉 잡은 셈이지."

샬럿은 이제 반품이 불가능하다는 말에 허리가 끊어져라 웃었다. 그러고는 어차피 같이 살아야 할 테니 그가 아무리 심통을 부려도 개의치 않는다고 의기양양하게 말했다. 누구라도 파머 부인만큼 물러 터지거나 마냥 행복해야겠다고 마음을 다져 먹기도 힘들 것이다. 남편의 고의적인 무관심, 무례, 불만도 그녀에게 아무런 고통을 주지 않았다. 나무라거나 욕하면 오히려 더 재미있어했다.

"파머 씨는 너무 웃겨요!" 그녀가 엘리너에게 소곤거렸다. "늘 화가 나 있다니까."

엘리너가 얼마간 관찰해 보니 파머 씨는 본성이 나쁘거나 몰상식한 사람은 아니었고 짐짓 그러는 것 같았다. 수많은 남성들이 그러듯이 그도 어쩌다 보니 미모를 우선시하는 시류를 따랐고 그 결과 자기가 매우 어리석은 여자의 남편이 되고 말았음을 뒤늦게 알게 되어 약간 시큰둥해졌을지도 몰랐다. 그러나 이런 종류의 실책은 너무 흔하기 때문에 분별 있는 남자라면 두고두고 속을 끓이지는 않는다는 것을 그녀는 알고 있었다. 그가 아무에게나 업신여기는 태도를 취한다거나 모든 일에 막말을 하는 것도 남보다 두드러져 보이고 싶어서가 아닌가 싶었다. 남보다 우월해 보이고 싶은 욕망이야 너무 흔한 동기라서 그다지 놀랄 일은 아니었다. 그러나 그런 식으로는 아무리 몰상식에서 타의 추종을 불허한다는 평판을 획득했다 하더라도 자기 아내 외에는 누구한테도 호감을 살 것 같지 않았다.

"아 참! 대시우드 양." 파머 부인이 조금 있다 말했다. "동생분하고 당신한테 특별한 청이 있어요. 이번 크리스마스 때 클리블랜드에 와서 지내다 가지 않으실래요? 그렇게 해요, 응? 웨스턴네가 와 있을 때 와요. 내가 얼마나 행복할지 상상도 못 하실 거예요! 너무 즐거울 거야! 여보, 자기." 그녀가 남편한테 동의를 청했다. "대시우드 댁 아가씨들을 클리블랜드로 초대하면 어떻겠어요?"

"물론 그러고 싶지." 그가 냉소적으로 대꾸했다. "데번셔에 온 목적이 그것밖에 뭐가 있겠소."

"그럼 됐네." 그의 부인이 말했다. "파머 씨도 오시길 바라잖아요. 그러니 거절하면 안 돼요."

그들은 둘 다 열심히 그리고 단호하게 그녀의 초대를 사양했다.

"그래도 꼭 오셔야 되고, 오시게 할 거예요. 정말 마음에 드실 거라니까요. 웨스턴 댁 분들이 같이 지내게 될 테니까 더더욱 그렇고. 클리블랜드는 정말 기분 좋은 곳이에요. 그리고 파머 씨가 여기저기 지방 선거 운동에 늘 다니시기 때문에, 지금이 한창때예요. 전에는 본 적이 없는 많은 사람들이 우리하고 정찬을 들려고 오고, 너무너무 멋져! 그러나 정말 안됐어! 저이한테는 무척 피곤한 노릇일 테니! 모든 사람이 자기를 좋아하게 만들어야 하니까 말이에요."

엘리너는 그런 의무의 어려움에 동의하면서 얼굴빛을 유지하는 데 애를 먹었다.

"저이가 의회에 나가면 얼마나 멋질까!" 샬럿이 말했다. "그렇지 않겠어요? 웃을 일이 얼마나 많을까! 저이 편지가 모두 M. P.라고 적혀서 배달되는 걸 보면 정말 우스꽝스러울 거야. 그러나 그거 아세요, 저이가 나한테는 자기 이름을 안 빌려줄 거라나?[30] 아예 선을 긋더라고요. 파머 씨, 그렇지 않아요?"

파머 씨는 못 들은 척했다.

"저이는 편지 쓰는 걸 못 견뎌 해요." 그녀가 계속했다. "아주 밥맛이래."

"그렇지 않지." 그가 말했다. "그렇게 분별없는 소리를 한 적 없소. 자기가 그저 아무렇게나 떠들어 놓고서 나한테 덮어

---

30) 당시 의원에게는 무료로 우편을 보낼 수 있는 특권이 주어졌다.

씌우기는."

"저것 봐요, 글쎄. 얼마나 재미있다고요. 항상 저런 식이에요! 어떤 때는 반나절 동안 같이 있어도 한마디도 않다가 아주 우스운 소리를 턱 하고 그런다니까요. 세상 무슨 일에나 다 저래요."

응접실로 돌아가면서 그녀는 느닷없이 엘리너에게 파머 씨가 너무 마음에 들지 않느냐고 물었다.

"물론이에요." 엘리너가 말했다. "아주 좋은 분 같아요."

"그렇다면, 전 아주 기뻐요. 그러시리라 생각했어요. 저이는 정말 쾌활해요. 파머 씨도 당신과 동생분을 너무 좋아하고. 그러니 클리블랜드에 오지 않으면 저이가 실망이 클 거예요. 한사코 마다할 이유가 어디 있는지 모르겠어요."

엘리너는 다시 그 초대를 거절할 수밖에 없었다. 그리고 화제를 바꾸어 더 이상 청하지 못하게 막았다. 그녀 생각에는 파머 부인은 윌러비와 같은 고장에 사니까 그를 그리 깊이 알지 못하는 미들턴 부부보다도 윌러비의 평판이 어떤지 더 구체적으로 말해 줄 수 있을 것 같았다. 그녀는 누구에게서든 그의 장점을 확인할 만한 이야기를 들어서 메리앤 때문에 걱정하지 않아도 되기를 진심으로 원했다. 우선 그들이 클리블랜드에서 윌러비 씨를 자주 보는지, 또 그와 친하게 지내는지 묻는 데서 시작했다.

"아유! 그럼요. 아주 잘 안답니다." 파머 부인이 대답했다. "대화를 나누어 본 적은 없지만, 런던에서 늘 보았지요. 어쩐 일인지 그분이 알렌험에 와 있을 때는 내가 바턴에 머문 적이 없었어요. 엄마는 그분을 여기서 전에 한 번 보았고. 그렇지만 나는 삼촌하고 웨이머스에 있었지요. 그래도 서머싯셔에선 그분을 자주 볼 수도 있었을 텐데, 정말 공교롭게도 같은 시기에 있었던 적이 없어서 말이에요. 쿰에는 별로 머물지 않는 것 같아요. 그러나 그 사람이 거기 자주 머문다 해도, 파머 씨가 방문할 것 같지는 않고요. 아시다시피 그 사람 야당[31]인 데다 거리도 한참 머니까요. 왜 그분에 대해서 묻는지는 나도 잘 알아요. 동생이 그분과 결혼하게 된다지요. 정말 너무 반가워요. 그렇게 되면 서로 이웃이 될 테니까 말이에요."

"좀 분명히 해 드려야겠어요." 엘리너가 대답했다. "혹 무슨 근거가 있어서 하는 말씀이라면 저보다 훨씬 더 잘 아시는 셈입니다."

"아닌 척하지 마세요. 다들 그렇게 말하고 있다는 걸 잘 아실 텐데. 런던을 거쳐 오는 길에 그런 얘기를 들었어요."

"파머 부인, 어떻게 그런!"

"맹세코 들었답니다. 월요일 아침 런던을 막 떠나려던 차에 본드가에서 브랜던 대령을 만났는데, 그분이 직접 이야기해 주었어요."

"정말 의외네요. 브랜던 대령이 부인한테 그런 얘기를 하셨다니! 분명 잘못 아신 걸 거예요. 설사 그것이 사실이더라도 별 무관한 사람한테 그런 소문을 전하다니, 브랜던 대령은 그럴 분이 아닌데요."

---

31) 당시에는 대개 토리당이 집권했으므로 휘그당을 지칭하는 듯하다.

"하지만 아무리 그래도 사실이에요. 자초지종을 말해 줄게요. 우리와 마주치자 그분은 돌아서서 우리하고 같이 걸었어요. 제 언니와 형부 이야기가 나왔고, 이런저런 이야기 끝에 제가 이렇게 말했어요. '그런데 대령님, 바턴 코티지에 새 가족이 왔다면서요. 다들 너무너무 예쁘고 그중 한 아가씨는 쿰 마그나의 윌러비 씨와 결혼하게 될 것이라고 엄마가 편지에 썼던데, 그거 사실인가요? 바로 얼마 전까지 데번셔에 계셨으니 아실 테지요.'라고 말이죠."

"대령님이 뭐라고 하시던가요?"

"음, 그게! 그분은 별말 없었어요. 그러나 표정으로 봐서 사실이란 걸 아는 듯했고, 그래서 그 순간부터 아하 확실하구나 했던 거예요. 정말 경사 아니겠어요! 날이 언제지요?"

"브랜던 씨는 건강하시죠?"

"오! 그럼요. 아주 건강해요. 그리고 당신 칭찬에 침이 말랐어요. 그 얘기밖에 안 했다고요."

"칭찬하셨다니 우쭐해지네요. 그분은 뛰어난 분이세요. 성격도 보기 드물게 좋으시고요."

"저도 그렇게 생각해요. 정말 매력 있는 분이신데, 그렇게 근엄하고 울적하게 지내시는 것이 참 안됐어요. 엄마 말로는, 그분도 동생분을 사랑했다고 하던데. 그랬다면 그건 정말 대단한 찬사로 보아도 될 거예요. 누구하고도 쉽게 사랑에 빠질 분이 아닌데."

"부인께서 사시는 서머싯셔에서 윌러비 씨는 잘 알려져 있나요?"

"아! 그럼요. 잘 알려지다마다요. 쿰 마그나가 꽤 멀기 때문에 친분 있는 사람이 많지는 않아요. 그렇지만 모두 그분을 아주 좋은 사람이라고 생각하고 있어요. 어딜 가나 윌러비 씨만큼 주위의 사랑을 받는 사람도 없어요. 동생한테 그렇게 얘기해도 좋아요. 제 명예를 걸고 말하겠는데, 그분을 얻게 된 거, 정말 크게 땡잡은 거예요. 하긴 뭐, 동생분을 얻게 된 윌러비 씨가 훨씬 더 행운아이긴 하지만요. 동생분이 그렇게 미인이고 성격도 좋으니 과분한 거지요. 그렇지만 미모로 보면 언니를 당하기는 아무래도 어렵겠지요. 두 분 다 너무 예쁘시고 파머 씨도 틀림없이 그렇게 생각할 거예요. 어젯밤에는 끝내 인정하지 않았지만 말이에요."

윌러비에 대한 파머 부인의 정보는 알맹이가 별로 없었다. 그러나 아무리 사소하더라도 그에게 유리한 증언이 나오니 반갑기는 했다.

"이렇게 알게 되어서 정말 기뻐요." 샬럿이 계속했다. "늘 좋은 친구가 되기를 바랄게요. 제가 얼마나 뵙고 싶어 했는지 상상도 못 할 거예요! 당신이 코티지에서 살게 되어서 정말 기쁘답니다! 최고예요! 그리고 동생분이 좋은 결혼을 하게 된 것도 너무 기쁘고요! 쿰 마그나에 자주 오시면 좋겠어요. 사람들 말로는 멋진 곳이라더군요."

"브랜던 대령님과는 오래 알고 지내셨죠?"

"예, 꽤 오래됐지요. 언니가 결혼한 이후 죽 알고 지냈으니까요. 그분은 존 경의 각별한 친구세요. 그리고……." 그녀가 목소리를 낮추어서 덧붙였다. "그럴 수만 있었다면, 절 어떻게

해 보려고 했을 텐데 말이에요. 존 경과 레이디 미들턴이 그랬
으면 하고 너무 바랐지요. 그런데 엄마가 나한테는 처지는 결
혼이라고 생각한 거예요. 그러지만 않았다면, 존 경이 대령님
한테 그런 얘기를 꺼냈을 것이고, 그러면 우린 곧장 결혼하게
되었을 테지요."

"존 경이 장모님께 그런 제안을 한 것을 브랜던 대령님도
아셨나요? 직접 애정을 고백하시던가요?"

"아이! 아녜요. 그렇지만 엄마만 반대하지 않았다면, 그분
은 저와 맺어지기를 원했을 것 같다는 거죠. 당시에 그분은 저
와 두 번 정도 만났을 뿐이에요. 제가 아직 학교에 다니던 때
였거든요. 그렇지만 전 지금 이대로가 훨씬 더 행복해요. 파머
씨는 딱 제 타입이거든요."

21

파머 부부는 다음 날 클리블랜드로 돌아갔고, 바턴의 두
가족은 다시 그들끼리 남겨졌다. 그러나 이 상태도 오래가지
않았다. 엘리너가 지난번 손님들을 머릿속에서 지우자마자,
까닭 없이 마냥 행복하기만 한 아내와 그 좋은 자질을 가지고
도 괜히 퉁퉁거리기만 하는 남편 사이에 종종 엿보이던 기묘
한 불협화음을 곰곰 생각해 보기를 그치자마자 사교라는 대
의를 위해 일로매진하는 존 경과 제닝스 부인은 그녀가 보고
관찰할 새 인물들 몇몇을 어느새 확보해 놓았다.

어느 날 아침 엑서터로 소풍을 나갔다가 그들은 젊은 숙녀 둘을 만나게 되었는데, 이들이 제닝스 부인의 친척이라는 것을 알게 되자 존 경은 엑서터에서 이들의 볼일이 끝나는 대로 파크로 초대하기로 했다. 엑서터에서 그들의 볼일이란 것은 이런 초대 앞에서 즉각 빛을 잃어버렸다. 그래서 레이디 미들턴은 존 경이 돌아오자마자 놀랄 만한 소식을 듣게 되었다. 곧 평생 한 번도 본 적이 없고 상류층인지 아니면 적어도 받아 줄 만한 양반층 정도는 되는지도 도무지 알 수가 없는 두 여자의 방문을 받아들이게 되었으니 말이다. 그들의 신분에 대한 남편과 어머니의 보장은 전혀 도움이 되지 않았다. 그들이 그녀의 친척이라는 것은 사태를 훨씬 더 악화시켰다. 그리고 제닝스 부인이 위로한답시고 한 소리도 번지수가 틀렸으니, 친척 사이니까 서로 용인하는 수밖에 없으니 그들이 상류층이든 아니든 너무 신경 쓰지 말라고 딸에게 충고했던 것이다. 그렇지만 이제 와서 오는 걸 막을 수는 없는 노릇인지라 레이디 미들턴은 물러서 버렸다. 교양 있게 자란 여성의 현명함을 십분 발휘해 자기 남편한테 하루에 대여섯 번 이 문제를 두고 바가지를 긁는 것으로 만족했다.

처녀들이 도착했다. 그들의 겉모습에는 품위나 상류 사회풍이 없지는 않았다. 옷차림은 아주 단정했고 예절도 발랐다. 그들은 이 저택에 감탄했고, 가구라든가 실내 장식에 열광했으며, 우연치 않게 아이들을 덮어 놓고 귀여워해서 레이디 미들턴은 그들이 파크에 온 지 한 시간도 채 되지 않아 아주 호감을 가지게 되었다. 그녀는 그들이 아주 괜찮은 여성들이라고 했는데, 그녀로서는 열렬한 찬사였다. 자신의 판단력에 대한 존 경의 자신감은 이 열띤 칭찬으로 고조되었고, 그는 바로 코티지로 행차하여 대시우드 집안 아가씨들한테 스틸 집안 아가씨들이 왔다고 알리고 이들이 세상에서 제일 멋진 여성들이라고 장담했다. 그렇지만 이런 식의 칭찬에서는 알아낼 수 있는 것이 별로 없었다. 세상에서 제일 멋진 여성은 잉글랜드의 어디서나 만날 수 있지만, 몸매나 용모나 기질이나 이해력은 그야말로 천차만별이라는 것을 엘리너는 잘 알았다. 존 경은 식구 모두 바로 파크로 걸어가서 손님들을 보자고 했다. 인정 많은 박애주의자 양반! 사돈의 팔촌이라도 자기만 알고 지내는 것이 그에게는 고통이었다.

"자, 지금 당장 가자꾸나." 그가 말했다. "자, 가자고. 가야 돼. 내가 가게 할 거다, 암. 얼마나 좋아하게 될지 상상도 못 할 거다. 루시는 기가 막히게 예쁘고, 성격도 아주 좋고 상냥하다고! 애들은 벌써 오래 알던 사람처럼 그 아가씨 주변에 매달려 있어. 그리고 두 사람 다 무엇보다도 너희를 보고 싶어 한다. 엑서터에서 너희가 절세미인이라는 말을 들었기 때문이지. 그리고 내가 그게 다 사실이고, 그 이상이라고 했어. 걔들을 보면 즐거울 거라고 확신한다. 마차에다 아이들에게 줄 장난감을 가득 싣고 왔더라. 어떻게 안 가겠다고 까탈을 부릴 수가 있어? 그래, 뭐 이럭저럭 걔들도 너희 친척이야. 너희가 내 친척이고 그 애들은 내 아내의 친척, 그러니 너희도 친척 관계지 뭐냐."

그러나 존 경도 역부족이었다. 단지 하루 이틀 후에 파크로 방문하겠다는 약속만 받아 냈을 뿐이다. 그러고는 무심하다고 혀를 끌끌 차면서 집으로 걸어가서는 스틸 양 자매가 그들에게 그런다고 이미 떠벌렸던 것과 마찬가지로 그들이 스틸 양 자매를 보고 싶어 안달이라고 흰소리를 했다.

그들은 약속대로 파크를 방문해 젊은 숙녀들과 인사를 나누게 되었다. 한 서른 가까운 연배의 언니는 생긴 것도 영 아니었고 총기도 보이지 않아서 좋게 보려도 봐 줄 수가 없었다. 그러나 동생 쪽은 스물둘이나 셋이 채 안 되어 보였는데, 상당한 미모라고 할 수 있었다. 이목구비가 예뻤고, 눈매가 날카롭고 영리해 보였다. 깔끔하게 차려입고 있어서 우아하거나 품위가 있다고는 하기 어려워도 인물은 두드러져 보였다. 그들의 매너는 그야말로 깍듯했고, 엘리너는 그들이 늘 눈치 빠르게 레이디 미들턴에게 붙임성 있게 구는 것을 보고서 나름대로 분별력이 있다는 것은 인정키로 했다. 레이디의 아이들에게 쉴 새 없이 탄복을 쏟아 놓고, 잘생겼다고 칭찬하고, 환심을 사려고 꾀고, 그들의 변덕을 죄다 받아 주었다. 이렇게 고분고분하다 보니 아이들이 자꾸만 치대서 거기에 시간을 쓰게 되었지만 그러는 사이에도 틈을 내서 마침 레이디가 손수 무언가를 하고 있으면 놓치지 않고 찬양하기에 바빴다. 그렇지 않으면 전날 마님이 걸친 모습을 보고 그들을 무한한 황홀경으로 몰아넣었던 우아한 새 드레스의 본을 떴다. 약한 구석을 파고들어 아양을 떠는 인간들에게는 다행스러운 것이, 무릇 자식 사랑에 눈이 먼 어머니는 자식들이 칭찬받기를 바라는 욕심에 늘 굶주려 있는 족속이고 그런 만큼이나 쉽게 속아 넘어가기 마련이다. 그런 어머니라면 터무니없이 많은 것을 요구해 놓고도 나오는 족족 다 삼켜 버릴 것이다. 그리하여 자기 새끼들을 스틸 양 자매가 과도할 정도로 좋아하고 참아 주는 것을 보고도 레이디 미들턴은 손톱만큼도 놀라거나 이상하게 여기지 않았다. 자기 친척들이 버릇없는 집적거림과 짓궂은 장난을 당하고 있는 것을 보면서 어미로서 그저 흐뭇했다. 그녀는 아이들이 사촌들의 허리띠를 푸는 것을 보았고, 귀밑으로 머리카락을 잡아당기는 것을 보았고, 바느질 그릇을 뒤지는 것을 보았고, 칼과 가위를 훔쳐 가는 것을 보고도 서로 즐겁게 놀고 있는 것이라고 믿어 마지않았다. 그녀 생각에는 옆에 있는 엘리너와 메리앤이 여기에 끼려고 하지 않고 아주 침착하게 앉아 있는 것이 차라리 놀라우면 놀라웠다.

"존이 오늘 기분이 펄펄 나는가 봐!" 아이가 스틸 양의 손수건을 꺼내서 창문 밖으로 휙 던지자 그녀가 말했다. "장난이 무척 심하네."

얼마 안 있어 둘째 아이가 바로 그 숙녀의 손가락 하나를 세게 꼬집자 귀엽다는 듯이 한마디 했다. "윌리엄은 장난꾸러기야!"

"내 귀염둥이 애너마리아 좀 봐." 세살배기 여자아이를 살살 쓰다듬으면서 그녀가 덧붙였다. "늘 이렇게 얌전하고 조용하다니까. 이렇게 음전한 아이는 어디에도 없지." 이 아이는 간신히 이 분 동안 시끄럽게 굴지 않았던 것이다.

그러나 불행하게도 이렇게 포옹을 베푸시는 사이 레이디의 머리핀 하나가 그 아이의 목을 살짝 긁는 바람에 이 얌전함의 전형은 내놓고 시끄럽게 구는 어떤 생물도 내기 어려울 정도로 귀청 찢어지는 비명을 질러 댔다. 어머니는 소스라치게 놀랐다. 그러나 스틸 양 자매가 펄쩍 놀라는 것은 이것을 능가하고도 남았다. 이처럼 아슬아슬한 위기 상황에서 이 세 사람은 그 작은 수난자의 고통을 경감시키기 위해서 애정을 기울여 할 수 있을 모든 것을 일심으로 행했다. 아이는 어머니의 무릎에 앉아 키스 세례를 받았고, 상처는 아이의 곁에 꿇어앉은 자매 가운데 하나에 의해서 라벤더수로 목욕을 하고 있으며, 입은 다른 자매에 의해서 설탕 과자로 꼭 채워졌다. 한 번 울어서 이런 보상을 받게 되니 아이는 영악스럽게도 울기를 멈추지 않았다. 여자아이는 여전히 엄청난 소리를 지르며 흐느꼈고, 자기를 만지려고 한다고 오빠 둘한테 발길질을 했으며, 모두 나서서 한꺼번에 달래도 아무 소용이 없었다. 마침내 레이디 미들턴이 다행히도 지난주에 유사한 불행이 벌어졌을 때 상처 난 관자놀이에 살구 마멀레이드를 발라서 성공했던 것이 기억나서, 똑같은 치료제를 이 불행하게 긁힌 자리에 발라 보자고 열심히 나섰더니, 꼬마 숙녀 쪽에서 이 말을 듣고 소리를 좀 띄엄띄엄 지르는 것으로 보아 이것은 거부당하지 않겠구나 하는 희망을 가지게 되었다. 따라서 그 아이는 이 약을 찾으러 어머니의 품에 안겨 방 밖으로 나갔고, 두 소년도 어머니가 제발 남아 있으라고 빌었음에도 따라가기를 택해서 네 명의 숙녀들은 몇 시간 동안 이 방에 깃든 적이 없었던 정적 속에 남겨졌다.

"너무너무 가엾어요!" 그들이 나가자마자 스틸 양이 말했다. "정말 큰일 날 뻔했어요."

"꼭 그렇다고까지 할 수 없지요." 메리앤이 목소리를 높여 말했다. "그런 상황도 아니었고요. 흔히들 그러듯이 이번에도 별로 놀랄 일도 아닌 걸 괜히 호들갑을 떤 거예요."

"레이디 미들턴은 정말 좋은 분이세요!" 루시 스틸이 말했다.

메리앤은 입을 다물었다. 아무리 사소한 일이라도 그녀는 마음에 없는 말은 못 하는 성격이었다. 그래서 예의상 거짓말을 해야 하는 역할은 늘 엘리너의 몫이었다. 이번에도 사태가 이렇게 되자 그녀는 할 만큼은 그 역할을 했다. 루시 양의 찬사에는 훨씬 못 미치지만, 속마음 이상으로 레이디 미들턴에 대해서 좋게 말했다.

"그리고 존 경도요!" 언니 쪽이 말했다. "정말 매력적인 분이세요!"

여기서도 대시우드 양의 칭찬은 할 만한 얘기만 간결하게 했고, 빈말을 덧붙이지 않았다. 그녀는 그가 호인이고 친절하다고만 말했을 뿐이다.

"그리고 자제분들도 너무너무 매력이 넘쳐요! 제 평생 이렇게 멋있는 아이들은 처음 봐요. 벌써 전 아이들한테 홀딱 반했어요. 워낙 제가 아이들이라면 무턱대고 좋아하긴 해요."

"오늘 아침에 보니 그러시겠더군요." 엘리너가 미소를 지으며 말했다.

"미들턴 댁 아이들이 좀 응석받이가 아닌가 생각하시는 거 저도 알아요. 약간 지나친 데는 있겠지요. 그러나 레이디 미들턴으로선 너무 당연한 일이지요. 그리고 저도 아이들이 활기차고 생기 넘치는 걸 보면 좋아요. 너무 얌전하고 조용하면 도리어 못 참아요."

"솔직히 말씀드려서……." 엘리너가 대꾸했다. "제가 바턴 파크에 있는 동안에는 얌전하고 조용한 아이들이 싫다는 생각은 안 드네요."

이 말 뒤로 잠시 침묵이 따랐는데, 이를 가장 먼저 깬 사람은 대화하고 싶어 안달하는 듯 보이는 스틸 양이었다. 이렇게 툭 던지는 것이었다. "그런데 데번셔는 마음에 드세요, 대시우드 양? 서식스 떠나기를 무척 섭섭해하셨다고 알고 있는데요."

질문이 워낙 허물이 없어서, 아니면 말을 거는 태도가 허물이 없어서 엘리너는 다소 놀라면서도 그렇다고 대답했다.

"노어랜드는 기막히게 아름다운 곳이지요, 그렇지 않아요?" 스틸 양이 덧붙였다.

"존 경이 그곳을 무척 찬양하시는 걸 들었답니다." 루시가 자기 언니가 너무 격의 없이 말한 것에 뭔가 변명을 해야겠다고 생각했는지 거들었다.

"그곳을 본 분이면 누구라도 찬사가 절로 나올 거예요." 엘리너가 대답했다. "그 아름다움을 우리만큼 제대로 평가할 수 있을 사람은 없겠지만요."

"그리고 거기엔 멋쟁이 미남들이 참 많았지요? 이 부근에서는 별로 볼 수가 없어요. 전요, 주변에 미남들이 득실거리는 것이 참 좋거든요."

"그렇지만 왜 그렇게 생각해야 해?" 언니가 남부끄럽다는 표정으로 루시가 말했다. "데번셔에 서식스만큼 집안 좋고 괜찮은 청년들이 없다고 말이야."

"아니, 얘, 글쎄 없다는 말이 아니래도. 엑서터에도 멋쟁이 미남들이야 철철 넘치지, 암. 그렇지만 노어랜드에 어떤 멋쟁이들이 있을지 내가 어찌 아누. 예전보다 멋쟁이가 별로 눈에 띄지 않으면 대시우드 아가씨들에게 바턴이 따분해질까 봐 걱정되어서 하는 소리지. 하긴 너희 젊은 축들은 멋쟁이에게 별 신경을 안 쓸지도 모르고, 없어도 그만, 있어도 그만일 테지, 뭐. 나로서는 그들이 근사하게 차려입고 예의 바르게 구는 거, 참 괜찮다고 생각한다. 그러나 지저분하고 구질구질한 건 질색이야. 엑서터에 로즈 씨 있잖니, 왜. 굉장히 똑똑한 청년이고 그야말로 멋쟁이 아니니. 심슨 씨의 서기 말이야. 그런데 아침에 한번 마주쳐 보라고. 그야말로 꼴불견이지. 당신 오빠도 결혼 전에는 아주 멋쟁이였겠지요, 대시우드 양? 엄청난 부자셨다니까."

"글쎄요, 뭐라고 해야 할지 모르겠군요." 엘리너가 말했다. "멋쟁이라는 말을 무슨 뜻으로 쓰시는지 다 이해가 안 가서요. 그렇지만 이렇게는 말할 수 있겠어요. 오빠가 결혼 전에 멋쟁이였다면 지금도 멋쟁이세요. 전혀 달라진 점이 없으니까요."

"아이고! 원, 세상에! 기혼자를 멋쟁이로 생각하는 사람은 아무도 없지요. 기혼자들이야 따로 할 일이 있으니까."

"제발! 앤 언니, 언닌 멋쟁이 얘기밖에 할 줄 몰라." 그녀의 동생이 말했다. "대시우드 양이 언니가 딴 생각은 아무것도 할 줄 모른다고 여길 텐데." 그러고 나서 화제를 돌려 저택과 가구를 찬양하기 시작했다.

스틸 양 자매는 이 정도 접해 본 것으로 충분했다. 언니 편의 천방지축 천박하고 어리석게 구는 태도에 사 줄 만한 점은 약에 쓰려 해도 찾을 수 없었고, 동생 편의 미모나 영민한 표정에 깜박해서 진정한 품위와 꾸밈없음이 결핍된 것을 모르지도 않았기 때문에, 엘리너는 그들을 더 사귀었으면 하는 생각이 전혀 없이 저택을 떠났다.

스틸 양 자매들한테는 그렇지 않았다. 그들은 엑서터에서부터 존 미들턴 경, 가족 그리고 친척 모두에게 적재적소에 써먹을 찬사를 충분히 준비해 가지고 왔다. 그의 아름다운 친척들한테 인색하게 굴 것은 없었기 때문에 지금까지 자기들이 본 여성들 중에서 가장 아름답고 우아하고 교양 있고 상냥하다는 것이고, 특히 그들과 더 사귀고 싶은 마음이 간절하다는 것이었다. 따라서 엘리너는 더 친해지는 것이 그들의 불가피한 운명이 되었음을 곧 알게 되었다. 존 경이 전적으로 스틸 양 자매와 같은 편이었으므로 안 그러겠다고 버티기가 버거웠기 때문이다. 결국 거의 매일 한두 시간 같은 방에 앉아 있는 처지가 된 셈이고 그 정도는 감수할 수밖에 없었다. 존 경이 더 이상 어떻게 해 볼 여지도 없었거니와 더 필요한 것이 있다는 생각조차 못 했다. 그의 견해로는 같이 있으면 됐지 뭐가 더 필요하냐는 것이었고, 그의 주선으로 계속 만날 수 있기만 하면 친구가 된다는 것에 한 점 의심도 없었다.

말이야 바른 말이지, 그로서도 그들이 속을 털어놓는 사이가 되게 하기 위해서 갖은 힘을 쏟긴 했다. 자기 친척들의 상황에 대해서 조심스럽게 다루어야 할 세세한 사항까지 자기가 알고 있거나 추측하는 것은 모두 스틸 양 자매한테 알려

주었으니까. 그 덕분에 엘리너가 그들을 두 번 이상도 채 보지 않았는데, 언니 쪽이 동생 메리앤이 바턴에 온 이후 맵시 만점인 어떤 멋쟁이의 마음을 사로잡는 행운을 잡았음을 축하하는 것이었다.

"그렇게 어린 나이에 결혼하게 된 것은 정말 멋진 일이에요." 그녀가 말했다. "그리고 듣건대 대단한 멋쟁이고 놀랄 만한 미남이라고요. 대시우드 양도 곧 그만한 운이 따르기를 바랍니다만, 벌써 어디 숨겨 둔 사람이 있다지요, 아마."

엘리너는 존 경이 그녀가 에드워드를 좋아한다는 식의 이야기를 떠벌리면서 메리앤의 경우를 말할 때보다 더 조심했을 것이라고 생각할 수 없었다. 사실 둘 가운데서 차라리 자기의 사례가 조금은 더 새롭고 추측의 여지도 더 많았기 때문에 그가 선호하는 농담거리였다. 그리고 에드워드가 다녀간 이후로, 그들이 정찬을 같이 할 때마다 그는 모두의 관심을 끌 정도로 의미심장하게 고개를 끄덕이고 눈을 깜빡이면서 그녀의 애정을 위하여 건배하지 않은 적이 없었다. F라는 문자가 꼭 들먹여지고, 셀 수도 없이 많은 농담을 만들어 낸 터라 엘리너 덕분에 이 문자는 알파벳 가운데서 재치 만점이라는 지위를 확보하게 되었다.

그녀의 예상대로 스틸 양 자매는 이 농담을 십분 이용했고, 언니 쪽은 그 신사의 이름이 무엇인지 알고 싶은 호기심이 컸다. 대시우드 가족에 관한 것들을 이것저것 물어보는 가운데서도 꼭 이 호기심이 발동되곤 했는데, 대개 노골적이고 주제넘는 식이었다. 그런데 존 경은 호기심을 불러일으키는 것도 좋아하긴 했지만 그 상태를 오래 즐기지는 않았다. 스틸 양이 그 이름을 들을 때 못지않게 그도 그것을 말해 주는 데서 적어도 그만한 쾌감을 맛보았던 까닭이다.

"그 사람 성은 페라스야." 그가 귓속말치고는 또렷한 목소리로 말했다. "그렇지만 말은 말도록 해요, 절대 비밀이니까."

"페라스라고요!" 스틸 양이 되뇌었다. "페라스 씨가 바로 그 행복한 분이에요? 이런! 올케의 동생 아닌가요, 대시우드 양? 아주 괜찮은 청년임이 분명해요. 저도 그분을 잘 안답니다."

"어떻게 그렇게 말할 수 있어, 앤 언니?" 언니의 주장을 꼭 교정하곤 했던 루시가 소리쳤다. "그분을 아저씨 댁에서 한두 번 뵙긴 했지만, 잘 안다고 하기에는 아무래도 무리지."

엘리너는 놀라서 귀를 쫑긋하며 이 모든 이야기를 들었다. '그런데 이 아저씨란 분은 누구지? 어디 사는 분이야? 어떻게 그들이 알게 되었지?' 그녀는 직접 거기에 끼어들지는 않았지만, 이 화제가 계속되었으면 하는 마음은 굴뚝같았다. 그러나 더 이상 말이 나오지 않았고, 그녀는 난생처음으로 제닝스 부인이 사소한 정보를 캐는 호기심이 부족하거나 아니면 수다를 떠는 기질이 부족한 것 아닌가 하는 생각까지 들었다. 스틸 양이 에드워드에 대해 말하는 태도도 그녀의 궁금증을 키웠다. 좀 짓궂어 보이기도 했고, 무언가 그의 약점을 잡고 있거나 그렇다고 착각하고 있지 않나 하는 냄새를 풍겼던 것이다. 그러나 그녀의 호기심이 충족되지는 못했다. 막상 존 경이 페라스 씨의 이름을 넌지시 알려 주어도, 심지어 대놓고 말해도 스틸 양이 더 이상 응대하지 않았던 것이다.

22

메리앤은 워낙 뻔뻔스럽거나 천박하거나 재주가 뒤떨어지는 것, 심지어 자신과 취향이 다른 것조차 용납하는 성품이 아닌 데다 지금은 기분도 좋지 않아서 스틸 양 자매들과 잘 지내거나 그들이 접근하도록 부추길 뜻이 전혀 없었다. 그녀가 시종일관 쌀쌀하게 구니까 그들 편에서도 친하게 지내려고 들기가 어려웠다. 엘리너는 두 사람의 태도에서 자기를 더 좋아하는 낌새가 역력해진 까닭은 주로 이 때문이라고 생각했다. 특히 루시가 더 그래서 기회만 있으면 그녀와 대화하려고 하거나 자기의 감정을 스스럼없이 솔직히 털어놓아서 친해지려고 노력했다.

루시는 천성이 영리했다. 하는 말을 듣다 보면 그렇구나 하는 대목도 많고 재미도 있었다. 반 시간 정도 동무하기에는 그런대로 괜찮은 사람이라고 여겨지기도 했다. 그러나 타고난 능력은 있었으나 교육을 받지 못해서 그녀는 무식하고 교양도 없었다. 잘나 보이려고 늘 애씀에도 불구하고 정신적 발전의 미비라든가 누구나 알 만한 것들을 모른다는 것이 대시우드 양의 눈을 벗어날 수 없었다. 교육을 받았더라면 훨씬 버젓해졌을 그런 능력이 이렇게 묻혀 버리고 만 것은 엘리너도 안타깝긴 했다. 그러나 파크에서 그녀가 눈치를 보면서 빠릿빠릿하게 아부를 하는 데서도 드러나다시피 정신의 세심함, 올곧음, 고결성은 조금도 없다는 것이 그리 탐탁할 리 없었다. 그녀는 무지한 데다 불성실하기까지 한 사람과 교제하는 것에서 지속적인 만족감을 느낄 수 없었다. 아는 것이 없다 보니 만나도 동등한 입장에서 대화할 수 없고, 다른 사람에 대한 행실로 보면 자기에 대한 관심과 존중도 가식이지 아무 가치가 없다는 것이 드러났던 까닭이다.

어느 날 파크에서 코티지로 함께 걸어가면서 루시가 그녀에게 말했다.

"제 질문이 이상하다고 여기실지도 모르지만요, 혹 올케 되는 분의 어머니인 페라스 부인과 개인적으로 아는 사이세요?"

엘리너도 사실 이 질문이 매우 이상하다고 생각해서 부인을 뵌 적이 없다고 대답하면서 의아하다는 눈빛을 보냈다.

"그렇군요!" 루시가 대꾸했다. "뜻밖이네요. 노어랜드에서 가끔씩 뵈었을 거라고 생각했는데. 그렇다면 그분이 어떤 분인지 저한테 말해 줄 수 없겠네요."

"그래요." 엘리너가 대꾸했다. 에드워드의 어머니에 대한 그녀의 속마음이 드러나지 않도록 조심하기도 했고, 주제넘어 보이는 호기심을 채워 주고 싶지도 않았다. "그분에 대해서는 별로 아는 바가 없어요."

"이런 식으로 묻다니 참 이상하게 여기실 수도 있겠네요." 루시가 엘리너를 찬찬히 살피면서 말했다. "그럴 만한 이유가 있긴 한데…… 그렇다고 툭 털어놓을 수도 없네요. 하지만 제가 괜히 주제넘게 굴 뜻은 아니라는 걸 믿어 주셨으면 해요."

엘리너는 예의 바르게 답변했고, 그들은 잠시 말없이 계속 걸었다. 침묵을 깬 것은 루시였는데, 그녀가 좀 머뭇거리면서 다시 그 이야기를 꺼냈다.

"절 주제넘게 호기심이 많은 인간이라고 여기실까 봐 견딜 수가 없군요. 저한테는 당신의 호의가 정말 소중한데, 그런 분한테 정말이지 좋지 않은 인상을 주고 싶지 않습니다. 당신은 그 누구보다도 아무 거리낌도 없이 신뢰할 수 있는 분이라고 확신해요. 제가 처한 것 같은 난감한 상황을 어떻게 헤쳐 나가는 것이 좋을지 조언해 주신다면 정말 바랄 것이 없겠어요. 하지만 당신을 성가시게 할 일이 아닌 셈이네요. 페라스 부인을 모르신다니 저로선 아쉽습니다."

"그분을 몰라서 오히려 제가 미안합니다." 크게 놀라서 엘리너가 말했다. "그분에 대한 제 의견을 안다 해서 무슨 도움이 되었을까 합니다만, 그래도 당신이 그 가족하고 도대체 무슨 관계가 있는지 이해가 안 갔고, 그래서 그분의 성격을 진지하게 물으니 좀 뜻밖인 것은 사실이에요."

"왜 안 그렇겠어요, 조금도 놀랄 일이 아니지요. 하지만 제가 다 말씀드리고 나면, 그렇게까지 뜻밖이지는 않을 것 같아요. 페라스 부인은 현재로선 저하고 아무 관계도 아닙니다만, 언젠가 때가 되면……. 얼마나 빨리 올지는 그분 자신에게 달려 있어요. 우리가 아주 친밀한 관계가 될 날이 말이죠."

그녀는 이 말과 함께 좀 부끄러운 듯 살짝 얼굴을 붉히면서 눈을 아래로 떨구었다. 동시에 슬쩍 곁눈질로 상대가 어떻게 반응하는지 살폈다.

"어머나!" 엘리너가 소리쳤다. "무슨 뜻이죠? 로버트 페라스 씨를 아세요? 당신이 혹……?" 그녀는 이런 여자와 동서가 된다는 것이 별로 탐탁지 않았다.

"아니요." 루시가 대답했다. "로버트 페라스 씨하고가 아니에요. 그분은 생전 한 번도 본 적이 없어요. 그게 아니라……." 그녀가 엘리너에게 눈길을 꽂으면서 말했다. "그분의 형하고예요."

엘리너는 그 순간 무엇을 느꼈던가? 소스라치게 놀랐다. 믿지 못하겠다는 마음이 즉시 따라오지 않았더라면, 소스라친 만큼이나 고통스러웠을 것이다. 대체 이런 말을 하고 나오는 이유나 목적을 가늠할 수가 없어 그녀는 놀란 가운데서도 조용히 루시를 향해 돌아섰다. 안색이 변하긴 했지만 사실일 리가 없다고 믿었으므로 히스테리 발작을 일으킨다거나 기절할 위험은 없다고 느꼈다.

"놀라시는 것도 당연해요." 루시가 계속했다. "짐작조차 하기 힘들었을 테니까요. 그분은 당신이든 가족 중 누구에게든 무슨 내색조차 하지 않았을 거예요. 세상없어도 지키기로 한 비밀이기 때문이고, 지금 이 시간까지도 저 또한 그 비밀을 충실히 지켰답니다. 앤 언니 빼고는 제 친척 가운데서도 아는 사람이 아무도 없어요. 당신이 이 비밀을 꼭 지켜 주실 거라고 철석같이 믿지 않는다면, 당신한테도 털어놓지 않았을 겁니다. 게다가 페라스 부인에 대해서 그렇게 여러 번 질문했으니 그런 언동을 너무 이상하게 생각하실 것 같아서 설명은 드려야 하지 않나 하는 마음이었어요. 그리고 페라스 씨도 제가 당신에게 털어놓은 것을 알더라도 불쾌해하지 않을 것이라고 생각해요. 그이는 당신의 가족을 세상 어느 누구보다도 높이 평가하고 당신을 비롯한 자매들을 그야말로 친누이처럼 여기고 있다는 걸 아니까요." 그녀가 말을 멈추었다.

엘리너는 잠시 침묵을 지켰다. 너무나 놀라운 이야기라 처음에는 말이 나오지 않았다. 그러나 마침내 간신히, 그리고 조심스럽게 입을 열어 놀람과 근심을 감추고 침착한 태도로 말했다. "약혼한 지 얼마나 되었는지 물어봐도 될까요?"

"약혼한 지 사 년 되었어요."

"사 년이라고요!"

"네."

엘리너는 큰 충격을 받았지만 여전히 믿을 수 없었다.

"며칠 전까지는 서로 알고 계신 것조차 몰랐습니다." 그녀가 말했다.

"그렇지만 우리가 알고 지낸 지 여러 해예요. 그이가 꽤 오랫동안 제 삼촌 집에서 지냈거든요."[32]

"삼촌이라고요!"

"네. 프랫 씨 말인데요. 그이가 프랫 씨 얘기를 하는 것을 들어 본 적 없나요?"

"들어 본 것 같아요." 엘리너는 기운을 내서 대꾸했는데, 기운을 내니 그와 함께 감정의 동요도 커졌다.

"그이는 플리머스 근처의 롱스테이플에 사는 제 삼촌 아래서 사 년을 지냈습니다. 거기서 우리가 처음 알게 되었는데, 언니하고 지는[33] 자주 아저씨 집에서 지냈거든요. 그이가 개인 교습을 그만둔 지 일 년이 지나서긴 하지만, 거기서 우리 언약

---

32) 개인 교습을 받았다는 뜻이다.
33) 루시는 표준말을 안 쓸 때가 가끔 있다.

이 이루어졌어요. 그러나 그 후로도 그이는 늘 우리와 함께 있었어요. 짐작하시겠지만 저는 그이 어머니의 허락도 받지 않고 결혼 약속을 하기는 싫었어요. 하지만 전 너무 어렸고 그이를 너무 사랑해서, 충분히 신중하지 못했던 거지요. 당신은 지만큼 그이를 잘 알지는 못하겠지만, 대시우드 양, 그래도 보실 만큼은 보셨으니 그이가 여성의 진실한 사랑을 불러일으킬 만한 분이라는 걸 아실 테지요."

"물론이지요." 엘리너는 무슨 말을 하는지도 모르면서 대꾸했다. 그러나 잠시 생각한 후에, 에드워드의 명예와 사랑을 확고하게 믿는 마음이 살아나면서 그리고 상대가 거짓말을 하고 있다는 확고한 믿음이 생겨나면서, 이렇게 덧붙였다. "에드워드 페라스 씨와 언약한 사이라고요! 그런 말씀에 정말 놀라지 않을 수 없어요. 정말이지…… 아, 미안합니다만 분명 사람이나 이름에 무슨 실수가 있는 게 틀림없어요. 우리가 똑같은 페라스 씨 이야기를 하고 있는 건지도 모르겠고요."

"다른 사람일 수가 없어요." 루시가 미소 지으며 목소리를 높였다. "파크가의 페라스 부인의 장남이자 당신의 올케인 존 대시우드 부인의 동생인 에드워드 페라스 씨, 제가 말하는 분은 바로 그분입니다. 아무려면 제가 제 모든 행복이 달려 있는 남자의 이름을 잘못 알고 있기야 하겠어요."

"이상하군요." 혼란에 빠져 괴로워하며 엘리너가 대답했다. "그분이 당신의 이름을 언급하는 것조차 듣지 못했으니 말이에요."

"아뇨, 저희 처지를 생각하면 이상할 것 없어요. 저희는 이 비밀을 지키는 것에 온갖 주의를 기울였어요. 당신은 저에 대해서든 제 가족에 대해서든 몰랐기 때문에 구태여 제 이름을 언급할 필요가 없었던 거지요. 또 그이는 늘 자기 누나가 의심할까 봐 각별히 우려했기 때문에 그렇게 처신하지 않을 수 없었을 거예요."

그녀는 입을 다물었다. 엘리너의 확고한 믿음은 무너졌다. 그러나 그녀의 자제력은 무너지지 않았다.

"사 년 동안이나 약혼 상태로 지냈군요." 흔들림 없는 목소리로 그녀가 말했다.

"그래요. 그리고 얼마나 더 기다려야 할지는 하느님만 아시죠. 가엾은 에드워드! 그 때문에 얼마나 낙담하고 있는지 몰라요." 그러고선 주머니에서 작은 세밀화를 하나 꺼내고는 이렇게 덧붙였다. "만에 하나 오해가 있을까 봐 그러는데, 부디 이 얼굴을 한 번만 봐 주세요. 그이 모습을 제대로 그린 것은 아니지만, 누구인지 못 알아보지는 않을 거 같아요. 이걸 지니고 다닌 지 어언 삼 년이 지나갔군요."

이렇게 말하면서 그녀는 그 그림을 엘리너의 손에 쥐여 주었다. 그림을 본 엘리너는 너무 성급하게 결론짓는 것이 아닌가 두렵기도 하고 거짓을 찾아내고 싶기도 해서 무언가 의혹이 뇌리를 떠나지 않았을지언정 그것이 에드워드의 얼굴이라는 것을 의심할 수는 없었다. 그녀는 닮았다는 것을 시인하면서 거의 즉시 그것을 돌려주었다.

"제 초상화를 답례로 줄 수 없었어요." 루시가 계속했다. "참 속상한 것이, 그이는 늘 제 초상화를 무척 가지고 싶어 했거든요! 저도 이제 기회가 오기만 하면 화가 앞에 앉기로 작정했답니다."

"아주 잘 생각하셨네요." 엘리너가 침착하게 대꾸했다. 그러고는 몇 걸음을 말없이 걸었다. 루시가 먼저 입을 열었다.

"당신이 이 비밀을 꼭 지켜 주실 것을 믿어 의심치 않습니다." 그녀가 말했다. "그 일이 우리한테 얼마나 중요한지, 그이의 어머니 귀에 들어가지 않는 것이 얼마나 중요한지 아실 테니까요. 그분은 약혼을 인정 안 하실 게 분명해요. 저한텐 재산이 생길 전망도 없고 짐작기로는 그분은 자부심이 대단한 분일 것 같으니까요."

"제가 그 비밀을 말해 달라고 하지는 않았어요." 엘리너가 말했다. "그렇지만 절 믿으셔도 돼요. 비밀은 꼭 지켜 드리겠습니다. 그런데 왜 이렇게 쓸데없이 그런 이야기를 하셨는지 그건 아무래도 의외라고 해야겠네요. 제가 알게 되는 것이 비밀 유지에는 하등 도움이 되지 않을 거잖아요."

이 말을 하면서 그녀의 얼굴빛에서 뭔가 찾아낼 수 있지 않을까 하는 희망으로 루시를 찬찬히 살폈다. 지금까지의 이야기가 거짓이었다는 어떤 기미라도 찾고 싶었는지 몰랐다. 그러나 루시의 안색은 전혀 변하지 않았다.

"제가 이런 이야기를 털어놓으면 당신한테 너무 허물없이 군다고 여기실까 봐 걱정했답니다." 그녀가 말했다. "알게 된 지도 얼마 되지 않았잖아요. 그건 그래요, 직접 뵙기로는 말이지만요. 그렇지만 전 오래전부터 많이 들어 온 터라 당신과 당신 가족 모두를 알고 있었던 셈이에요. 그래서 뵙자마자 꼭 오래전부터 알던 것처럼 느꼈답니다. 게다가 이번 경우에는 제가 에드워드의 어머니에 대해서 그런 상세한 질문까지 한 터라서 무언가 설명이 있어야 하지 않나 하는 생각이 들었고, 불운하게도 저한테 조언을 청할 사람이 따로 있는 것도 아니고요. 그걸 아는 사람은 앤 언니밖에 없는데, 언닌 판단력이 전혀 없어요. 언니가 들통을 내 버리면 어떡하나 늘 걱정하는 처지니까 실상 언닌 덕보다 해를 끼치고 있어요. 보셔서 아시겠지만, 언니는 입을 다물고 있을 줄을 몰라요. 지난번에는 놀라서 세상에, 간이 떨어지는 줄 알았답니다. 존 경이 에드워드의 이름을 언급했을 때 말인데, 언니가 다 토설해 버리면 어쩌나 해서요. 그 약혼 일로 제 마음이 얼마나 조마조마한지 상상도 못 하실 거예요. 지난 사 년간 에드워드 문제로 갖은 고생을 하고도 제가 살아 있다는 것이 신기할 뿐이랍니다. 모든 것이 어정쩡하고 불확실하니까요. 그리고 그이를 거의 만날 수도 없고요. 일 년에 두세 번 볼까 말까 한답니다. 제가 아주 상심해 버리지 않은 것이 놀랍다니까요, 글쎄."

여기서 그녀는 손수건을 꺼냈다. 그러나 엘리너는 그다지 동정심이 생기지 않았다. 루시는 눈가를 훔친 후 말을 이었다.

"가끔은 그냥 파기해 버리는 것이 우리 둘 다를 위해서 더 낫지 않을까 하는 생각도 들어요." 이 말을 하면서 그녀는 자기 동행을 똑바로 바라보았다. "그러나 막상 결단을 내리지는 못해요. 그이를 불행에 빠뜨린다는 생각에 견딜 수 없거든요. 그런 말을 꺼내는 것만으로도 그이는 불행해질 테니까요. 그리고 저 자신도 그렇고요. 그이는 제게 너무 소중해서…… 헤어진다고 생각하면 너무 막막하기만 하고. 이런 경우에 저보고 어떻게 하라고 조언해 줄 수 있나요, 대시우드 양? 당신이 이런 처지라면 어떻게 하실 건가요?"

이 질문에 엘리너는 화들짝 놀랐으나 곧 대답했다. "미안합니다만 그런 상황이라면 무슨 조언을 하기도 어렵네요. 본인의 판단에 따라야지요."

양측에서 몇 분간 침묵이 이어진 후 루시가 계속했다. "그이 어머니가 언젠가는 그이한테 재산을 물려주긴 하겠지요. 그렇지만 에드워드는 딱하게도 아주 낙담하고 있어요! 그이가 바턴에 왔을 때 너무 의기소침해 있다고 느끼지 않으셨는지요? 우리하고 롱스테이플에 있다가 당신을 보러 간다며 헤어졌을 때 그이가 워낙 힘들어했거든요. 혹여나 그이가 병이 난 걸로 생각할까 봐 얼마나 걱정이 되던지요."

"그러면 당신의 삼촌 댁에서 오신 거예요, 그이가? 우리를 방문했을 때?"

"아유! 그럼요. 그인 우리하고 보름을 지냈어요. 그이가 런던에서 바로 온 걸로 생각하셨나요?"

"아닙니다." 새로운 상황이 드러날 때마다 루시의 말에 신빙성이 실리는 것을 절감하면서 엘리너가 대답했다. "친구들과 플리머스 근처에서 보름간 머물렀다고 한 말이 기억나는군요." 또 당시에 그가 그 친구들에 대해 더 이상 언급하지 않았고, 심지어 이름조차 함구해서 의아스러웠던 것도 기억났다.

"그이가 몹시 기운이 없다는 생각이 들지 않았나요?" 루시가 되풀이했다.

"그랬죠, 특히 처음 도착했을 때 그랬어요."

"전 제발 힘 좀 내시라고 당부했더랬어요. 그러다가 여러분이 그이한테 무슨 문제가 있나 의심할까 봐 걱정이 되었던 거예요. 그러나 오죽하면 그렇게 울적한 기분에 빠졌겠어요. 우리하고 고작 보름밖에 같이 지내지 못하기도 했고, 제가 얼마나 힘들어하는지 봤으니까요. 너무 안됐어요! 지금도 꼭 마찬가지가 아닌가 해요. 편지에 그런 비참한 심정이 묻어나니까요. 엑서터를 떠나기 직전에 소식이 왔는데……." 그녀가 주머니에서 편지 한 장을 꺼내서 주소를 엘리너한테 슬쩍 보이고는 말했다. "그이의 필체를 아실 거예요. 아주 매력적이지요, 그렇죠? 그렇지만 평소만큼 잘 쓰진 못했어요. 피곤했던 거지요, 암요, 저를 위해서 그 편지지를 꽉꽉 채운 참이었으니까요."

엘리너는 그것이 그의 필체임을 알아보았다. 이제 더는 의심할 수 없었다. 구태여 의심하자면 세밀화는 우연히 얻은 것일 수도 있고 에드워드가 준 선물이 아닐 수도 있을 것이다. 그러나 서로 편지를 주고받는다는 것은 확실한 약혼 상태에서나 있을 수 있는 일이 아닌가 말이다. 잠시긴 하지만, 그녀는 거의 쓰러질 뻔했다. 억장이 무너지면서 서 있을 수조차 없을 지경이었다. 그러나 힘을 짜낼 수밖에 없었고, 우울한 감정에 휩쓸리지 않으려고 꿋꿋하게 버텼다. 그 노력이 성공을 거두어 그녀는 곧 마음을 다스릴 수 있었다.

"서로 편지를 주고받는 것만이 그렇게 오래 떨어져 있으면서 우리가 누리는 유일한 위안이랍니다." 그 편지를 주머니에 다시 집어넣으면서 루시가 말했다. "그래요, 전 그래도 그이의 초상화가 있으니 한 가지 위안이 더 있는 셈이지요. 그러나 불쌍한 에드워드한테는 그것조차 없다고요. 제 초상화만 있다면 더 견디기 쉬워지지 않을까 하더군요. 전번에 그이가 롱스테이플에서 묵을 때, 제 머리카락을 끼운 반지를 주었지요. 그게 좀 위안은 되지만 초상화만큼 하겠느냐고 그러더라고요. 그이를 만났을 때 반지를 보셨을 수도 있을 텐데요."

"봤습니다." 엘리너가 말했다. 목소리는 침착했지만 그 이면에는 그녀가 이전에 느꼈던 어떤 것보다도 더 격한 고통이 감추어져 있었다. 속상하고 충격을 받고 혼란에 빠졌다.

그녀에게는 다행스럽게도 그들은 이제 코티지에 당도했고 대화는 더 이상 진행될 수 없었다. 스틸 양 자매는 그들과 잠시 앉아 있다가 파크로 돌아갔다. 그리고 엘리너는 이제야 마음대로 생각도 하고 슬픔에도 빠질 수 있는 여유를 얻었다.

2부

1

엘리너가 워낙 루시의 진실성에 그다지 신뢰를 두고 있지 않다 하더라도, 아무리 생각해도 이번 경우에는 의심하기가 어려웠다. 아무리 그러고 싶어도 이런 설명을 거짓으로 지어낼 정도로 어리석을 수는 없을 터였다. 따라서 루시가 사실이라고 주장한 것을 엘리너는 더 이상 의심할 수 없었고 감히 그러지도 않았다. 너무나 그럴듯하고 증거까지 확실해서 모든 면에서 사실이 그러함을 뒷받침했고, 거기에 반하는 것은 그녀 자신의 소망뿐이었다. 프랫 씨의 집에서 그들이 서로 알게된 것이 바탕이 되어 그 모든 일이 이루어졌던 것이니, 무어라고 다투어 볼 여지도 없었다. 그리고 에드워드가 플리머스 근처를 방문했다는 사실, 그의 우울한 정신 상태, 자신의 앞날에 대한 불만, 그녀 자신에 대한 불확실한 태도, 스틸 양 자매가 노어랜드와 자기들의 가족 관계에 대해서 종종 놀랄 정도로 속속들이 알고 있던 것, 초상화, 편지, 반지 등등이 한꺼번에 증거로 터져 나오는 바람에, 혹 그를 부당하게 비난하게 되면 어떡하나 하는 걱정을 압도해 버렸고, 아무리 좋게 보려고 해도 그가 자기에게 못할 짓을 했다는 확고한 사실을 외면할 수 없게 했다. 이런 행위가 원망스럽고 거기에 희생되고 말았다는 분노 때문에 그녀는 잠시 혼자 치를 떨었지만, 다른 생각, 다른 고려가 곧 떠올랐다. 에드워드가 고의로 자기를 속이고 있었던가? 느끼지도 않은 호의를 가장했던가? 루시와의 결혼 약속은 마음에서 우러나온 것이었나? 아닐 것이다. 한때는 어떠했는지 몰라도 현재는 그렇지 않다고 믿었다. 그의 애정은 오로지 그녀 자신에게 바쳐졌다. 그 점에서는 잘못 안 것일 수 없었다. 그녀의 어머니, 동생들, 올케언니 등 모두가 노어랜드에서 자기에 대한 그의 호의를 알아채고 있었다. 그것은 자신의 허영심이 낳은 착각은 아니었다. 그는 분명 그녀를 사랑했다. 이렇게 믿으니 얼마나 가슴이 따스해졌는지! 이런 믿음이 어찌 용서하고자 하는 유혹을 불러일으키지 않겠는가! 실로 대단한 유혹이었다. 그녀에 대한 감정이 일정 단계를 넘어섰다는 것을 처음 느낀 후에도 그가 노어랜드에 계속 머물렀다는 것은 그가 책임질 일이었고 실로 책임이 크다 할 수 있었다. 그 점에서 그는 변명의 여지가 없었다. 그러나 그가 그녀에게 상처를 주었다고는 해도, 스스로 입은 상처는 얼마나 더 컸을까? 그녀의 경우가 딱했다면, 그의 경우는 대책이 없었다. 그의 신중하지 않았던 처신 때문에 그녀가 한동안 슬픔에 빠지게 되었지만, 그 자신은 도대체 달리 될 기회를 송두리째 박탈당한 꼴이었다. 그녀는 때가 되면 평정을 되찾게 될 것이다. 그러나 그는, 그는 무엇을 기대할 수 있을까? 그가 도대체 루시 스틸과 웬만큼이라도 행복할 수 있기라도 할까? 자기에 대한 그의 사랑을 차치하고라도, 그렇게 고결하고 섬세하고 교양 있는 정신을 가진 사람이 그녀처럼 무식하고 교활하고 이기적인 아내에게 만족할 수 있을 것인가?

열아홉 어린 나이에 열정에 휩싸이다 보니 그녀의 미모와 싹싹함밖에는 아무것도 눈에 보이지 않았던 것도 당연했을 법하다. 그러나 이후 사 년이라는 세월, 제대로 썼다면 이해력이 크게 증진되었을 세월이 흐르자, 그는 그녀의 교육에 하자가 많다는 것을 간파하게 되었음이 틀림없고, 반면 그녀 편에서는 같은 기간 동안 그보다 열등한 사람들과 사귀고 시시껄렁한 짓거리나 하면서 보내다 보니 한때 그녀의 미모를 돋보이게 만든 저 소박함마저 아마 잃어버리고 말았을 터였다.

그가 그녀 자신과 결혼하려 한다고 가정하는 경우라도 그의 어머니 때문에 어려움이 큰 듯 보였는데, 하물며 그의 약혼녀가 자기보다 가문이 없는 것은 확실하고 재산도 달리는 것이 거의 분명해 보이니 그 어려움이 오죽할 것인가. 루시에게서 벌써 마음이 멀어져 있으니 이런 어려움은 차라리 견디기 어렵지 않을지도 몰랐다. 오히려 항상 우울한 기분이다 보니 가족이 딱딱거리면서 반대할 것이라는 예상이 차라리 위안으로 느껴졌을 만했다!

이런 생각들이 고통스럽게도 줄줄이 이어지는 바람에 그녀는 자신보다는 그를 위해서 울었다. 자신이 현재의 불행을 당해 마땅한 짓을 한 적이 전혀 없다는 확신에 힘입어, 그리고 에드워드가 자신의 애정을 상실할 짓을 전혀 한 적이 없다는 믿음에 위무되어, 그녀는 심각한 타격으로 휘청거리고 있는 지금조차 마음을 추슬러서 그녀의 어머니와 동생들이 아무런 낌새도 느끼지 못하게 할 수 있다고 여겼다. 그녀는 자신의 기대에 너무나 잘 부응할 수 있었기 때문에 그녀의 모든 소중한 희망이 꺼져 버린 지 불과 두 시간 후 정찬에서 식구들과 합류했을 때는 두 자매의 겉모습을 보고는 아무도 짐작조차 못했을 것이다. 엘리너가 사랑하는 사람에게서 영원히 자기를 떼어 놓는 장애물 때문에 남모르는 슬픔에 빠져 있고, 메리앤은 속속들이 마음을 사로잡았다고 느끼고 집 근처로 마차가 올 때마다 기다리고 기다리는 그 님이 얼마나 완벽한가 하는 생각을 하고 또 하고 있다는 것을.

자기에게만 털어놓은 비밀이라 어머니와 메리앤에게 감추어야만 했고 그러다 보니 늘 정신을 바짝 차려야 했지만 그것 때문에 엘리너의 슬픔이 더 커진 것은 아니었다. 그 반대로 차라리 위안이 되었다. 그들이 들으면 무척 괴로워할 이야기를 전하지 않아도 된 데다 에드워드에 대한 비난도 듣지 않아도 되었던 것이다. 그들의 애정이 자신에게로 쏠려 있으니 그런 비난을 쏟아 낼 것이 거의 분명한데, 그녀는 그것을 감당할 자신이 없었다.

그들이 조언이나 대화를 통해서 무슨 도움을 줄 것이라고는 생각지 않았다. 그들은 사랑과 슬픔으로 그녀의 고통을 가

중시킬지언정 그녀가 자제하는 데는 전혀 도움이 되지 않을 터였다. 그들 스스로가 자제할 줄 모르거니와 그런 자제를 좋다고 여기지도 않을 것이니 말이다. 그녀는 혼자 있을 때 더 강했다. 그리고 뛰어난 분별력이 튼튼한 뒷받침이 되고 있어서 그토록 가슴 아리고 그토록 새록새록 돋아나는 회한 가운데서도 가능한 한 꿋꿋하고 흔들림 없이 한결같은 명랑한 모습을 유지할 수 있었다.

이 문제로 루시와 처음 대화를 나눈 후 많은 고통을 겪었지만 곧 그녀는 대화를 이어 가고 싶은 마음이 간절해졌다. 이유는 여러 가지였다. 그들의 약혼에 대한 세세한 내용을 다시 한번 듣고 싶었고, 에드워드에 대한 루시의 감정이 정말 어떤 것인지, 그를 사랑한다고 공언은 하지만 과연 거기에 무슨 진정성이 담겨 있는지 알고 싶었다. 무엇보다 그 문제를 거리낌 없이 다시 꺼내고 담담하게 이야기 나눌 수 있다는 것을 보여 줌으로써 자기는 단지 친구로서 관심 있을 뿐임을 루시한테 주지시키고 싶었다. 아침에 대화를 나누면서 자기도 모르게 감정의 동요를 보인 것이 적어도 일말의 의심을 던져 주었을까 두려워서였다. 루시가 시샘하고 있었을 가능성은 매우 높아 보였다. 에드워드가 늘 그녀를 칭찬해 마지않았다는 것은 분명했다. 루시 스스로 확인해 준 바이기도 하거니와 서로 알게 된 지 얼마 되지 않았음에도 그렇게 중요한 비밀을 털어놓기까지 했으니 말이다. 그리고 존 경이 농담 삼아 던진 정보도 어느 정도 영향을 미쳤을 터였다. 그러나 더 확실한 것이 있었다. 엘리너가 마음속으로 자기가 진정으로 에드워드의 사랑을 얻고 있다고 확신하고 있는 한, 루시가 자기를 질투할 만한 다른 이유를 찾을 필요조차 없었던 것이다. 비밀을 털어놓은 것 자체가 그녀가 시샘하고 있다는 증거였다. 에드워드에 대한 기득권이 있음을 밝혀서 엘리너가 앞으로 그를 피하게 해야겠다는 생각이 아니라면, 그 내막을 까발릴 이유를 어디서 찾을 수 있겠는가? 그녀는 별로 어렵지 않게 자기 경쟁자의 의도가 무엇인지 이해하게 되었고, 명예와 정직의 원칙에 따라 행동할 것이며 에드워드에 대한 애정을 억누르고 될 수 있는 대로 그를 보지 않겠다고 굳게 다짐했다. 그렇다고 루시한테 자기가 상처 입지 않았음을 주지시켜 놓아야 그나마 마음이 편할 것 같다는 점까지 부정할 수는 없었다. 그리고 전에 들은 것보다 더 고통스러운 이야기는 나올 수 없을 것이기 때문에, 세세한 대목을 다시 듣더라도 마음을 평온하게 유지할 능력 정도는 있다고 믿었다.

하기는 루시도 자기만큼이나 이야기를 나눌 기회를 노리고 있었겠지만 그 기회가 바로 오지는 않았다. 같이 산책 정도는 해야 다른 사람들을 떨어뜨리고 둘이서만 있기 편할 텐데, 산책할 만큼 갠 날이 드물었다. 주로 파크에서 그리고 코티지에서 적어도 이틀에 한 번꼴로는 저녁마다 만나긴 했으나, 대화를 나누려고 모인 것은 아니었다. 그런 생각은 존 경이나 레이디 미들턴의 머리에 떠오른 적이 없었다. 따라서 다 같이 잡담할 기회조차 거의 주어지지 않은 판국에 하물며 특정한 대화를 위한 시간은 아예 없었다. 그들은 함께 먹고 마시고 웃기 위해서, 그리고 카드놀이나 이야기 이어 가기 놀이나 하여간 시끌벅적한 무슨 게임 같은 것을 하기 위해서 만났다.

한두 번 이런 모임이 있었지만 엘리너가 루시와 개인적으로 이야기를 나눌 기회를 잡지 못하던 차에 어느 날 아침 존 경이 코티지로 찾아와서 그날 모두 같이 와서 레이디 미들턴과 정찬을 해 주시면 어떠냐고 간청하다시피 했다. 자기가 엑서터의 클럽에 참석해야 하는 터라 집에는 장모님과 스틸 양 자매뿐이니 아내가 적적해할 거라는 것이었다. 엘리너는 레이디 미들턴이 조용하고 교양 있게 진행하는 모임이 그녀의 남편의 주도로 왁자지껄한 모임보다 더 자유로울 것이기 때문에 내심 바라던 기회가 오지 않을까 하여 즉각 그 초대를 받아들였다. 마거릿은 어머니의 허락을 얻어 가기로 했고, 늘 그쪽 사람들과 어울리기 싫어하던 메리앤도 어머니가 설득해 가게 되었다. 어머니는 메리앤이 즐겁게 지낼 기회라면 무엇이든 놓치려 하지 않았다.

젊은 아가씨들이 찾아 준 덕에 레이디 미들턴은 하마터면 끔찍스럽게 고적할 뻔했던 지경에서 다행히 벗어났다. 모임이 심심하기 짝이 없는 것은 엘리너가 예상하던 그대로였다. 참신한 생각이나 표현은 일절 나오지 않았고, 식당이나 응접실 어디서든 그들이 나눈 대화에서 재미란 것은 그야말로 찾아볼 수가 없었다. 응접실에는 아이들도 들어왔는데 아이들이 있는 동안에는 루시의 관심을 끌기가 불가능하다는 것을 너무 잘 알았으므로 그녀는 그럴 엄두조차 내지 않았다. 찻잔 등을 치우고 나서야 아이들이 나갔다. 그러자 카드 탁자가 펼쳐졌으니 엘리너는 도대체 내가 어쩌다가 파크에서 대화할 시간이 있을 거라는 희망을 품게 되었을까 한심하다는 생각이 들었다. 그들은 모두 일어나 원탁 게임[34]을 준비했다.

"오늘 저녁에 우리 딸아이 애너마리아의 바구니를 마무리 짓지 않을 거라니 다행이군요." 레이디 미들턴이 루시에게 말했다. "촛불 아래서 그런 섬세한 종이 세공을 하면 눈을 버리게 될 테니까 말이에요. 내일 우리 귀염둥이가 실망하면 달랠 만한 걸 좀 준비하면 되겠네요. 그러면 그 애도 크게 개의치 않겠지요."

이 암시로 충분했으니, 루시는 정신이 번쩍 들어서 대답했다. "레이디 미들턴, 정말 오해세요. 전 저 없이도 인원이 충분할지 보려고 기다리고 있을 뿐이에요. 아니면 종이 세공을 벌써 시작했을 텐데. 세상없어도 그 어린 천사를 실망시키고 싶진 않아요. 혹 제가 지금 카드 탁자에 필요하시다면, 저녁 식사 후에 바구니를 마무리해야겠다 마음먹고 있답니다."

"정말 마음씨가 곱군요. 눈이 아프지는 않아야 될 텐데. 작업용 촛불을 몇 개 가져오게 벨을 울려 줄래요? 우리 귀염둥이가 내일 바구니가 안 되어 있으면 실망이 아주 클 테니까요. 분명 안 될 거라고 일러두긴 했지만, 되겠거니 하고 있을 거예요."

루시는 바로 그녀의 작업용 탁자를 근처로 끌어당겨서 신속하고도 명랑하게 다시 자리를 잡았는데, 응석받이 아이를 위해 종이 세공 바구니를 만드는 것보다 더 즐거운 일이 어디

---

34) 조를 짜지 않고 원탁에 둘러앉아 하는 게임.

있겠느냐는 듯한 태도였다.

레이디 미들턴은 다른 사람들에게 세 판 카지노를 제안했다. 아무도 반대하지 않았지만, 메리앤만 평소대로 통상의 예의 형식에 별로 구애받지 않고 큰 소리로 말했다. "저는 좀 빼 주세요. 카드 싫어하는 것 아시잖아요. 피아노를 치러 갈게요. 조율된 후로 만져 본 적이 없거든요." 그리고 더 이상 예의도 차리지 않고 휙 돌아서서는 악기 쪽으로 걸어갔다.

레이디 미들턴은 자신은 도대체 저런 무례한 언사를 구사한 적이 없음을 천만다행으로 여기는 표정이었다.

"메리앤은 저 피아노에서 오래 떨어지고는 못 배긴답니다, 부인." 엘리너가 그런 무례한 행동을 무마해 볼까 해서 말했다. "놀라운 일도 아니지요. 저렇게 음색이 고운 피아노는 저도 처음이거든요."

나머지 다섯 명은 이제 카드를 뽑을 참이었는데, 엘리너가 말을 이었다.

"혹 제가 판에서 빠질 수 있으면 루시 스틸 양한테 약간 도움이 될지도 모르겠네요. 종이를 말아 준다거나 해서요. 바구니가 되려면 남은 일이 아직 많은데 아무래도 혼자 해서는 오늘 저녁 안에 끝내기 어렵겠네요. 루시 양이 같이 하자고만 한다면 저는 아주 좋답니다."

"도와주시면야 정말 너무너무 고맙지요." 루시가 소리쳤다. "생각보다는 아직 일이 많이 남았네요. 귀여운 애너마리아를 실망시키는 일은 절대 있을 수 없잖아요."

"아유! 끔찍한 일이고말고." 스틸 양이 말했다. "너무너무 예쁘고 사랑스러워 죽겠어!"

"마음씨가 곱기도 하네요." 레이디 미들턴이 엘리너에게 말했다. "저 일을 좋아한다고 하니 이번 세 판에는 아예 빠지겠어요? 아니면 이번 판에 끼고 나중에 빠지든가."

엘리너는 이 가운데 첫 번째 제안이 더 낫다고 보고 메리앤이라면 손사래 쳤을 교묘한 말솜씨를 발휘해 자신의 목적을 달성하는 동시에 레이디 미들턴도 흡족하게 했다. 루시는 얼른 자리를 내주었고, 두 연적은 같은 탁자에 나란히 앉아서 너무나 사이좋게 같은 일에 착수했다. 자신만의 음악과 생각에 파묻힌 메리앤은 피아노 앞에서 자기 외에 이 방에 누가 있다는 것조차 망각할 지경이었는데, 바로 그 피아노가 다행히도 그들 가까이에 있었다. 대시우드 양은 그 음악소리를 방패 삼아 카드 탁자에 들릴 위험 없이 마음에 담아 둔 화제를 안심하고 다시 꺼내도 될 것이라고 판단했다.

2

엘리너가 조심스럽지만 확고한 어조로 입을 열었다.

"저를 믿고 속마음을 다 털어놓으셨는데 그런 믿음이 지속되었으면 하는 바람이 없다거나 그 일에 더 이상 호기심이 없다면 신뢰를 받을 자격도 없는 셈이지요. 그러니 그 얘기를 다시 꺼내는 것을 구태여 변명하진 않겠습니다."

"말을 꺼내 주어 고맙습니다." 루시가 반색을 하고 나섰다.

"이제야 마음이 놓이는군요. 지난 월요일에 드린 말씀 때문에 혹 기분이라도 상하셨으면 어떡하나 걱정했거든요."

"기분이 상했다니요! 어떻게 그런 생각을 다 하세요?" 그리고 엘리너는 진지하기 이를 데 없는 태도로 이렇게 말했다. "그런 생각이 들게 했다면 그건 제 본의와는 동떨어진 것이에요. 저를 믿어 주신 건데 저야 명예스럽고 뿌듯한 일이지요. 그런 신뢰를 보여 준 것에 무슨 동기가 있으셨던 것은 아니잖아요?"

"그렇지만 이건 분명히 말씀드릴 수 있어요." 작고 날카로운 눈에 의미심장한 표정을 띠면서 루시가 대답했다. "당신의 태도에 냉정하고 불쾌한 기색이 엿보인 것 같아서 아주 불편했답니다. 나한테 화나신 게 확실하구나 했고, 그 이후로 많이 부대꼈습니다. 괜히 주제넘게 제 일로 당신을 괴롭힌 게 아닌가 해서요. 하지만 그게 혼자 생각에 불과했구나, 정말 날 탓하고 계신 건 아니구나 하는 걸 알게 되어 기쁩니다. 살아가면서 한시도 마음에서 떠나지 않던 것을 털어놓아서 얼마나 후련한지요. 그것이 저한테 얼마나 위안이 되는지 아신다면, 불쌍해서라도 나머지 일은 모두 눈감아 주시리라 믿어요."

"저한테 당신의 처지를 털어놓은 것이 큰 위안이 되었다는 걸 알겠네요. 또 그랬다는 걸 후회할 까닭도 없으시다는 것도요. 사정이 아주 딱하시긴 하군요. 도처에 난관이 도사리고 있는 것 같은데, 그걸 견뎌 내려면 서로 간의 애정이 꼭 필요하겠지요. 페라스 씨는 어머니에게 전적으로 의존하고 계시는 처지잖아요."

"그분 자신의 재산은 이천 파운드가 고작이에요. 그걸 밑

천으로 결혼한다는 것은 미친 짓이겠지요. 뭐, 저라면 아무리 더 큰 재산이 생길 전망이 있다 해도 아무 미련 없이 포기해 버릴 수 있지만요. 지금까지 워낙 작은 수입으로도 그럭저럭 살아온 셈이고 그분을 위해서라면 어떤 가난도 헤쳐 나갈 수 있어요. 그렇지만 그이가 어머니의 마음에 드는 결혼을 하기만 하면 큰 재산을 얻을 수 있는데, 그 모든 것을 저 때문에 잃어버리게 되는 꼴이잖아요. 전 그이를 너무 사랑하기 때문에 차마 그렇게 이기적인 짓은 못 해요. 기다려야지요. 몇 년이 걸릴지 모르지만요. 세상 남자들 누구라도 상황이 그렇다면 기가 턱 막힐 테지요. 하지만 전 알아요. 그 어떤 것도 저에 대한 에드워드의 한결같은 사랑을 빼앗을 수 없다는 것을요."

"그런 믿음이 당신한텐 가장 소중하겠군요. 그리고 그분도 당신의 한결같은 사랑을 믿고 힘을 얻겠고요. 사 년간 약혼 상태에 있다 보면 이런저런 사정이 생겨서 서로 간의 사랑이 약해지는 일도 다반사인데, 혹 두 분 사이가 그렇게 되었다면 당신의 처지는 정말 딱해졌을 테지요."

루시는 이 대목에 이르자 눈길을 그녀에게 돌렸다. 엘리너는 자기 말에 수상한 낌새가 엿보이게 할 표정을 짓지 않도록 시치미를 뗐다. 루시가 말했다.

"저에 대한 에드워드의 사랑은 우리가 처음 언약한 이래 오랫동안, 아주 오랫동안 떨어져 있었기 때문에 워낙 시험에 들어 있었던 셈이지요. 그리고 그 시련을 아주 잘 견뎌 냈고요. 지금 와서 그걸 의심한다면 전 용서받을 수 없을 거예요. 그이는 처음부터 그 점에 대해서는 한순간도 걱정을 끼친 적이 없다고 해도 무방하답니다."

엘리너는 이러한 확신에 웃음을 지어야 할지 한숨을 쉬어야 할지 몰랐다.

루시가 계속 말을 이었다. "제가 워낙 타고나기를 샘이 좀 많아요. 사는 형편이 서로 다르고 그이가 나보다 훨씬 더 사교계에서 사람들과 어울리고 우린 늘 떨어져 있다 보니까 아무래도 무슨 일이 생기진 않을까 의심하게 되곤 해요. 그래서 만나는 동안에 그이의 행동에 손톱만큼의 변화가 있었다거나, 제가 이해할 수 없을 이유로 우울해한다거나, 유독 특정한 여자에 대해 이야기를 많이 한다거나, 어떤 면에서건 평소보다 롱스테이플에서 지내는 것이 시들해졌다면, 그 즉시 전 알아챘을 거예요. 뭐, 제가 원래 관찰력이 남다르다거나 눈치가 빠르다는 말이 아니라, 그런 경우라면 제가 못 보고 넘어갈 리 없다는 거지요."

'참 그럴싸하게도 그런다.' 엘리너는 생각했다. '그렇지만 저도 나도 믿지는 않는 얘기지.'

"그러면 당신의 계획은 무엇인가요?" 잠시 침묵한 후에 그녀가 말했다. "페라스 부인도 언젠가는 돌아가실 텐데, 그건 우울하고 충격적인 일이겠지만 혹 그때까지 기다리는 것밖에는 달리 도리가 없나요? 그분 아드님도 그걸 감수하기로 하셨나요? 차라리 사실대로 말해서 일시적인 노여움을 사는 편이 나을 수도 있는데, 그렇게 어떻게 될지 모르는 채 지루한 세월을 견디기로요? 당신도 그런 애매한 상태를 견뎌야 할 텐데요?"

"일시적일 뿐이라는 걸 확신할 수만 있다면야! 하지만 페라스 부인은 아주 고집불통에 거만한 분이어서 그 말을 듣자마자 벌컥 화를 내면서 모든 것을 동생인 로버트한테 몽땅 물려주기 십상이에요. 그런 생각이 드니까 겁이 나서 서두르고 싶은 제 마음을 억누르게 된답니다. 그게 에드워드를 위하는 길이 아닌가 해서요."

"당신 자신을 위한 길이기도 하지요. 그게 아니라면 유별나게 재산 문제에 초연한 셈이 되는 것이고요."

루시는 다시 엘리너를 바라보더니 입을 다물었다.

"로버트 페라스 씨를 아세요?" 엘리너가 물었다.

"전혀요. 본 적도 없어요. 그렇지만 자기 형하고는 무척 다르지 않나 해요. 멍청하고 멋만 잔뜩 부리고."

"멋만 잔뜩 부린다!" 스틸 양이 되풀이했다. 메리앤의 음악이 갑자기 멈추는 사이에 그 말들이 귀에 들어왔던 것이다. "아하! 서로 좋아하는 멋쟁이들 이야기를 하고 있군. 내 장담하지."

"아니야, 언니." 루시가 소리쳤다. "뭘 잘못 알고 있나 본데, 우리가 좋아하는 남자는 멋만 부리는 인간이 아니지."

"대시우드 양이 좋아하는 남자가 그렇지 않다는 건 내 잘알지." 마음껏 웃으면서 제닝스 부인이 말했다. "그 사람은 내가 본 청년 가운데 가장 겸손하고 예쁘게 처신하는 사람이니 말이야. 그러나 루시로 말하면 아주 내숭덩어리라서 지가 누굴 좋아하는지 알 길이 없지."

"아, 그건요!" 그들을 의미심장하게 둘러보면서 스틸 양이 소리쳤다. "루시의 멋쟁이도 꼭 대시우드 양의 멋쟁이만큼 겸손하고 예쁘게 처신하는 걸로 아는데요."

엘리너는 자기도 모르게 얼굴이 달아올랐다. 루시는 입술을 깨물고 화가 난 눈빛으로 언니를 바라보았다. 둘 사이에 얼마간 침묵이 있었다. 메리앤이 매우 장엄한 콘체르토로 강력하게 엄호해 주고 있었음에도 루시가 목소리를 더 낮추어서 이렇게 말함으로써 그 침묵을 먼저 깼다.

"최근에 문제를 해결할 수 있을 방안이 하나 머리에 떠올랐는데 솔직히 말씀드릴게요. 실은 당신도 관련되어 있어서 비밀을 알려 드릴 수밖에 없었답니다. 에드워드를 알 만큼 아시니까 그이가 다른 무슨 직업보다 교회 쪽을 선호하신다는 거 아실 거예요. 제 계획은요, 그이가 가능한 한 빨리 서품을 받아야겠고, 그런 후에 당신이 나서서 설득해 주시면 당신 오빠가 그이한테 노어랜드 목사직을 맡길 수도 있지 않나 해요. 제가 알기로도 참 좋은 자리고 현직에 계신 분이 오래 살지 못할 거라고 하더라고요. 그분과의 우정에서, 또 바라건대 저를 봐서라도 나서 주시리라 믿어요. 그 정도 자리면 우리가 결혼하기에는 충분할 거고, 나머지는 시간과 운에 맡겨야겠지요."

"페라스 씨한테 제 존경과 우정을 보여 줄 수 있는 일이라면 저야 늘 기꺼이 그러고 싶습니다." 엘리너가 답했다. "그러나 이번 경우에는 제 연줄이란 것이 아예 불필요하다는 걸 모르시겠어요? 그이는 존 대시우드 부인의 동생이에요. 그분 남편한테는 그것이면 충분한 추천이 될 테지요."

"그렇지만 존 대시우드 부인은 에드워드가 성직으로 들어서는 걸 별로 탐탁하게 여기지 않거든요."

"그러면 제 연줄이란 것도 별로 통할 것 같지 않습니다만."

그들은 다시 수분간 침묵을 지켰다. 마침내 루시가 한숨을 푹 쉬면서 말했다.

"아무래도 약혼을 취소해서 이 문제를 당장 끝장내 버리는 편이 가장 현명할 것 같아요. 모든 면에서 어려운 일들이 너무 겹쳐 있으니, 얼마 동안이야 힘들겠지만 결국에는 더 낫지 않겠나 싶어요. 저한테 조언하실 말씀이 없나요, 대시우드 양?"

"네, 없어요." 착잡한 심정을 미소로 감추면서 엘리너가 답했다. "그런 문제에 대해선 절대 조언드리지 않겠습니다. 당신의 소망과 같지 않다면 제 의견이야 어떻든 별 상관이 없으실 테니까요."

"정말이지 저를 잘못 알고 계세요." 루시가 정색하고 대꾸했다. "세상 누구의 판단보다도 당신의 판단을 존중하고 있어요. 전 정말 이렇게 생각해요. 당신이 혹 '더 따질 것 없이 에드워드 페라스와 약혼을 파해 버리세요. 그러면 두 분 모두한테 더 행복한 일이 될 겁니다.'라고 충고하신다면, 전 바로 그렇게 해 버릴까 한답니다."

엘리너는 장래 에드워드의 부인이 될 사람의 이러한 불성실에 얼굴이 붉어졌고 이렇게 대답했다. "그렇게까지 잘 봐 주시니, 설혹 무슨 의견이 있더라도 더더구나 겁이 나서 말씀드리지 못하겠군요. 제 영향력이 너무 커지는 거니까요. 그렇게 서로 사랑하는 두 사람을 갈라놓는 힘을 행사한다는 건 무관한 사람한테는 너무 벅찬 것이지요."

"무관한 분이기 때문에 더더욱 그렇다는 거죠." 약간 짜증 섞인 표정으로, 그리고 '무관한 분'이라는 말에 특히 강세를 주면서, 루시가 말했다. "오히려 저한테는 당신의 판단이 무게를 가진다는 거예요. 어떤 면에서건 무슨 감정 때문에 편향되어 있다면 당신의 의견도 그만한 가치를 가지지 못할 테니까요."

엘리너는 여기에는 답변을 하지 않는 것이 상책이라고 생각했다. 괜히 어쭙잖게 서로 다 터놓고 이야기하는 판국이 되어 버릴 수도 있는 일이니까. 그리고 다시는 이 주제에 대해서 언급하지 말아야지 속다짐을 하기도 했다. 그러다 보니 이 말을 끝으로 몇 분간 침묵이 지속되었다. 루시가 이번에도 그 침묵을 먼저 깼다.

"올겨울에 런던에서 지내실 건가요, 대시우드 양?" 평소의 싹싹한 태도로 돌아와서 루시가 말했다.

"아닙니다."

"참 아쉬워요." 이런 소식에 두 눈을 반짝이면서 상대는 이렇게 대꾸했다. "거기서 뵙게 되면 정말 기쁠 텐데요! 그렇지만 하여간 가긴 가실 거 같은데. 분명 오빠와 올케께서 와 있으라고 할 테지요."

"그분들이 그러시더라도 제 마음대로 초청을 받아들일 일은 아니에요."

"정말 섭섭하군요. 거기서 만날 수 있지 않나 했는데. 앤 언니하고 지는 1월 말에 거기 친척 댁에 가기로 했는데, 저희더러 와 달라고 최근 몇 년간 조르셨거든요! 그러나 전 에드워드를 보려는 목적뿐이에요. 그이가 2월이면 거기 있을 텐데, 그렇지 않다면 런던은 저한테는 아무런 매력이 없을 겁니다. 그리 좋아하진 않거든요."

엘리너는 곧 첫 세 판 승부가 끝날 무렵에 카드 탁자로 불려갔고 따라서 두 숙녀만의 대화는 끝이 났다. 둘 다 순순히 이야기를 끝냈는데, 그 전보다 서로를 덜 싫어하게 될 말은 어느 쪽에서건 전혀 나오지 않았던 것이다. 엘리너는 카드 탁자에 앉으면서 이런 우울한 결론에 이르지 않을 수 없었다. 에드워드는 그의 부인이 될 사람한테 애정이 전혀 없을 뿐 아니라 결혼을 통해 웬만큼 행복해질 가능성조차 없다고. 여자 쪽의 진실한 애정이 있어야 그런 가능성이라도 있을 것인데, 이 경우에는 여자가 남자 쪽이 약혼에 지쳐 있다는 것을 똑똑히 알면서도 오직 자기 이해관계를 따져서 남자를 그 약속에 붙들어 두고 있는 형국이니 말이다.

이 이후로는 엘리너 편에서는 이 화제를 다시 꺼내지 않았다. 루시가 기회만 왔다 하면 꺼내려 하고 에드워드한테 편지를 받을 때마다 자기가 얼마나 행복한지 자기 친구에게 전하려고 안달했지만, 엘리너는 침착하고 조심스럽게 대응하다가 예의를 벗어난다 싶으면 끊어 버렸다. 이런 대화는 루시가 마음대로 떠벌리게 내버려 둘 일도 아니거니와 그녀 자신한테도 위험한 것이라고 느꼈기 때문이다.

스틸 양 자매가 바턴 파크에 머무는 기간은 처음 초대할 때 제안했던 것보다 훨씬 길어졌다. 갈수록 더 호감을 사서 이제 둘을 보내려 하지 않았기 때문이다. 존 경은 그들이 떠나겠다는 소리를 들으려고 하지도 않았다. 그리고 엑서터에서 오래

전부터의 선약이 수두룩하고 그 약속들을 지키기 위해서 만사 제치고 바로 돌아가야 할 사정이라고 유독 주말만 되면 노래를 하면서도 그들은 파크에 두 달 가까이 눌러앉게 되었다. 그러다 보니 개인 무도회와 대규모 정찬을 치르는 것보다 더 손이 많이 가는 크리스마스 파티까지 거들게 되었다.

3

제닝스 부인은 한 해의 대부분을 자식들과 친지들의 집에서 보내곤 했지만, 자신의 거주지가 따로 없는 것은 아니었다. 런던의 좀 격이 떨어지는 지역에서 장사로 성공한 남편이 죽은 이후로 그녀는 포트먼 스퀘어에 가까운 거리에 있는 집에서 매년 겨울을 났다. 1월이 다가오자 그녀는 이 집 생각이 났고 어느 날 예상조차 하지 못하게 불쑥 대시우드 집안의 첫째와 둘째 딸에게 같이 가자고 청했다. 엘리너는 동생이 안색이 변하고 표정에 생기가 돌면서 그 계획에 솔깃해한다는 것을 눈치채지 못하고서, 감사하지만 둘 다 갈 수 없을 거라고 즉시 잘랐다. 동생도 같은 생각일 거라고 믿고서 한 말이었다. 그만한 이유가 있었으니, 연중 그 시기에는 어머니 곁을 떠나지 않기로 굳게 다짐했기 때문이다. 제닝스 부인은 그 거절이 다소 의외여서 초청을 즉각 되풀이했다.

"아니, 세상에! 어머니도 보내 주실 거라고 믿는다. 그리고 같이 가 달라고 내가 너희한테 빌겠다. 꼭 그러고 싶으니까 말이야. 행여 나한테 무슨 폐를 끼칠 것이란 생각일랑 말고. 너희를 위해서 굳이 뭘 하지도 않을 거니까. 베티를 역마차로 보내는 정도일 텐데, 내 그 정도는 댈 수 있지. 우리 셋은 내 사륜마차로 편히 갈 수 있을 거다. 그리고 런던에 있을 때 내가 가는 곳마다 따라다니고 싶지 않으면, 얼마든지 그래도 좋아. 내 딸들 가운데 하나하고 늘 다닐 수 있으니까. 너희 모친도 여기엔 반대 안 하실 거야, 암. 내가 딸자식들을 치우는 데 운이 따라붙는 사람이니까 너희를 맡아 주기에 아주 적절한 사람으로 생각하실 거야. 그리고 너희하고 헤어지기 전까지 너희 가운데 적어도 하나를 결혼시키지 못한다 해도, 그건 내 잘못은 아닐 거야. 모든 청년들한테 잘 말해 놓을 테니 그거 하나는 믿어도 된다고."

"보아하니……." 존 경이 말했다. "언니만 괜찮을 것 같으면 메리앤 양은 이런 계획에 반대하지 않을 듯한데. 대시우드 양이 원하지 않는다는 이유로 메리앤 양이 작은 즐거움을 누리지 못하게 된다면 그건 너무하지. 그러니 두 분, 바턴이 지겨워지면 런던으로 그냥 떠나 버려요. 대시우드 양한테 말할 것 없이."

"글쎄 말이다." 제닝스 부인이 소리쳤다. "대시우드 양이 가든 말든, 나야 메리앤 양하고 같이 가는 것이 너무 좋지. 뭐, 더 많을수록 더 즐겁겠지만 말이야. 그리고 얘들로서도 같이 있는 것이 더 편할 거고. 나한테 싫증 나면 지들끼리 어쩌고 하면서 등 뒤에서 내 흉을 볼 수도 있을 테니까. 하지만 둘 다 데려갈 수 없다면 어느 쪽이든 하나는 데리고 가야겠어. 하느님, 살펴 주소서! 올겨울까지만 해도 샬럿을 옆에 끼고 살았는데, 혼자서 할 일 없이 빈둥빈둥 어떻게 지내라고. 자, 메리앤 양, 우리끼리 타협을 보자고. 그리고 대시우드 양이 언제라도 마음을 바꾸면 더 좋겠고."

"고마워요, 아주머님, 정말 고마워요." 메리앤이 열렬히 말 했다. "초청해 주신 것 두고두고 감사드릴 거고요, 받아들일 수만 있다면 저한텐 너무 행복, 아니 거의 최고로 행복할 거예요. 그러나 어머니가, 너무너무 소중하고 인자하신 어머니가 계시니……. 엘리너 언니 말에 하나 그릇된 것이 없어요. 우리 가 없어서 어머니가 행여 덜 행복하고 덜 즐거우시다면……. 오! 안 돼요, 무슨 일이 있어도 어머니를 떠나면 안 돼. 이렇게 갈등해서는 안 되는데, 절대로 안 되는데."

제닝스 부인은 대시우드 부인이 자매를 보내고도 잘 지내실 거라고 거듭 장담했다. 엘리너는 이제야 동생의 생각을 알았 다. 동생이 다른 일에는 거의 일절 무관심해도 윌러비와 다시 만나고 싶다는 열망만은 간직하고 있다는 것을 알자 그 계획 에 대해 더 이상 직접적인 반대는 하지 않고 어머니의 결정에 맡기겠다는 말만 했다. 메리앤을 위해서도 찬성할 수 없었고 그녀 자신을 위해서도 피하고 싶은 특별한 사정이 있는 그런 방문을 막고 싶은 마음이었지만, 어머니가 자기 생각에 동조 할 것이라고는 보지 않았다. 메리앤이 무얼 하고 싶어 하든지 어머니는 열심히 장려하곤 했던 것이다. 그녀는 조심해서 처신 해야 한다고 어머니를 설득할 수 있으리라는 기대는 접고 있 었다. 아무리 동생과 윌러비의 관계가 미심쩍다고 해도 꿈쩍도 안 하시던 어머니였으니 말이다. 또 자기가 런던에 가고 싶지 않은 이유는 감히 설명할 수도 없었다. 까다롭기 짝이 없는 데다 제닝스 부인의 매너를 속속들이 알고서 그저 늘 넌더리만 내던 메리앤이 그런 불편함을 송두리째 무시해 버렸다는 것, 까탈스러운 성미로는 참아 낼 수 없을 그런 일조차 모두 도외시해 버렸다는 것은 동생한테 그 목적이 너무도 강하고 엄청난 비중을 차지하고 있다는 증거였다. 그럴 만한 저간의 사정은 있었다 해도 엘리너는 그 정도까지일 줄은 미처 몰랐다.

대시우드 부인은 초청 이야기를 듣자 이번 여행이 두 딸에게 무척 즐거운 기회가 될 것이라고 생각하고, 메리앤이 자기를 챙기려고 무척 애쓰고 있기는 하지만 딸의 온 마음은 거기가 있는 것을 간파하고서 자기 때문에 그 제안을 거절하겠다는 그들의 말을 들으려고도 하지 않았다. 한사코 둘 다 그것을 당장 받아들여야 한다고 하고서 여느 때처럼 쾌활하게 그런 이별의 좋은 점을 이것저것 열거하기 시작했다.

"참 좋은 계획이야." 그녀가 큰 소리로 말했다. "엄마가 바라던 그대로야. 마거릿과 나도 이 일로 너희만큼이나 득이 많을 거다. 너희하고 미들턴 가족이 가고 나면, 우리는 책과 음악을 벗하며 조용하고 행복하게 같이 지낼 수 있을 거고! 너희가 다시 돌아올 때면 마거릿이 많이 발전해 있을 거야! 그리고 너희 침실을 좀 개조할까 하고 있는데, 마침 별 불편을 끼치지 않고서 그럴 수 있겠고. 런던에는 꼭 가야지. 엄만 너희 같은 생활 조건에 있는 젊은 여성이면 누구한테나 런던의 매너와 여흥에 익숙해지라고 하고 싶다. 너흰 어머니같이 자애로운 분한테 보살핌을 받을 것이고, 그분이 잘해 주실 것을 믿어 의심치 않아. 그리고 너희 오라비도 만나게 될 테지만, 하여간 너희 오빠나 올케의 잘못이 뭐든지 간에 그래도 엄연히 같은 아버지의 자식이 아니냐 말이야. 너희가 서로 아주 남남처럼 지내는 것은 못 보겠다."

"늘 우리가 행복했으면 하고 노심초사하시니까 지금 계획에 장애가 될 만한 것은 다 넘어가 버리시는데, 그래도 자꾸 걸리는 것이 여전히 하나 있어요." 엘리너가 말했다.

메리앤의 안색이 어두워졌다.

"그럼 우리 신중파 엘리너가 하고 싶은 말이 뭐지?" 대시우드 부인이 말했다. "무슨 어마어마한 장애물을 턱 내놓겠다는 거지? 비용 얘기는 한마디도 듣지 않으려던만."

"제 반대는 이거예요. 전 제닝스 부인이 좋은 분이라는 건 알지만요, 그분과 함께해서 우리가 즐거워진다거나 그분의 후견을 받는다고 우리가 돋보일 것 같진 않아요."

"그건 맞아." 어머니가 말했다. "그렇지만 다른 사람들이 없는 경우에는 몰라도 너희가 꼭 그분하고만 있게 될 건 아니지. 또 공식적인 자리에서는 거의 늘 레이디 미들턴과 같이 나가게 될 테고."

"저는 엘리너 언니와 생각이 달라요." 메리앤이 말했다. "언니가 제닝스 부인이 싫어서 빠진다 해도 저까지 그 초청을 받아들이지 않을 필요는 없잖아요. 마음에 걸릴 일이 별로 없어요. 그럼요. 그런 불쾌함 정도는 별 힘 안 들이고 견뎌 낼 수 있을 테니까요."

지금까지 메리앤에게 제발 그분 앞에서 예절을 지키라고 신신당부를 해야 했는데, 정작 동생이 그분의 태도 자체를 대수롭지 않게 넘겨 버리는 걸 보니 엘리너는 웃음을 금할 수 없었다. 그리고 마음속으로 결정을 내렸다. 만약 동생이 한사코 가겠다고 하면 자기도 가야겠다고. 메리앤을 스스로의 판단력에 전적으로 맡겨 놓는 것도, 제닝스 부인의 집에서 둘만 지내게 하는 것도 그리 바람직하지 않다고 생각했기 때문이다. 에드워드 페라스가 2월 전에는 런던에 오지 않을 것이라는 루시의 말을 떠올리자 이 결정을 받아들이기가 좀 더 수월했다. 일정을 무리하게 단축하지 않더라도 그들의 방문은 그 전에 끝날 터였다.

"꼭 너희 둘 다 보내야겠다." 대시우드 부인이 말했다. "반대한다는 게 도대체 말이 안 돼. 런던에서 지내는 것이 아주 즐거울 거고, 게다가 둘이 같이할 테니 더 그렇지. 엘리너도 마음먹고 즐거운 일을 찾자고 들면 도처에 널려 있을 거다. 올케 언니 가족하고 더 친해지는 것도 약간은 기대할 만하고."

엘리너는 지금으로서는 에드워드와 자기 사이의 애정에 거는 어머니의 기대를 약화시킬 기회가 오기를 바라고 있던 참이었다. 사실이 모두 드러나게 되었을 때의 충격을 줄이고 싶어서였다. 마침 어머니가 이렇게 치고 나오자, 성공을 거의 기대하지는 않았지만, 자기 생각대로 밀고 나가기 시작했다. 그녀는 될 수 있는 대로 침착한 목소리로 말했다. "저도 에드워드 페라스는 무척 좋아하고, 보게 되면 반갑겠지요. 하지만 나머지 식구들이야 저를 아는 척하든 말든 아무 관심 없어요."

대시우드 부인은 아무 말 없이 미소만 지었다. 메리앤이 놀라서 눈을 치켜뜨는 바람에 엘리너는 입을 다물고 있을 걸 그랬나 했다.

길게 논의할 것도 없이 초청을 전폭적으로 수락하기로 결정되었다. 제닝스 부인은 그 소식을 듣고 뛸 듯이 기뻐하면서 잘 보살펴 주겠다고 거듭 다짐했다. 그녀에게만 기쁜 일이 아니었다. 존 경도 기뻐했다. 혼자 있게 되면 어쩌나 하는 것이 유일한 걱정거리인 사람에게, 런던에 묵을 인원으로 둘을 확보한 것은 대단한 일이었다. 레이디 미들턴조차 수고스럽게도 기쁨을 표해 주었으니, 매우 드문 일이 아닐 수 없었다. 스틸 양 자매, 특히 루시로 말하면, 평생에 이 소식을 들은 때만큼 행복한 적은 없었다는 것이다.

엘리너는 자기 의사에 반해 일이 추진되는데도 예상했던 것보다는 받아들이기가 수월했다. 자기가 런던에 가고 안 가고가 이제는 별로 중요한 문제가 아니었다. 어머니가 이 계획을 그렇게 좋아하실 수 없는 데다 동생은 한껏 들떠서 표정, 목소리, 태도가 다시 생기를 찾았고 평소보다 더 명랑해졌다. 이런 동생의 모습을 보자 변화의 원인이 된 런던 방문에 불만을 품을 수 없었고 앞으로의 결과에 대해서도 불신하기 어려워졌던 것이다.

메리앤은 행복이란 말로는 모자랄 지경으로 기뻐서 어쩔 줄 몰랐고 마음이 싱숭생숭하여 얼른 가고 싶어서 미칠 정도였다. 어머니 곁을 떠나고 싶지 않은 마음이 한구석에 있다 보니, 그 마음을 진정제 삼아 겨우 평정을 찾았을 뿐이다. 또 막상 헤어질 때가 되자 그 슬픔은 극에 달했다. 어머니의 슬픔도 그에 못지않았고, 엘리너만 셋 중 유일하게 그 이별이 영원한 것이 아니라고 생각하는 듯했다.

그들의 출발은 1월 첫 주에 있었다. 미들턴 집안 사람들은 일주일 더 있다가 따라오기로 했다. 스틸 양 자매는 파크에 더 머물다 나머지 가족이 집을 떠날 때 함께 나올 예정이었다.

4

제닝스 부인과 마차를 타고 그녀의 보호 아래 손님으로서 런던으로 여행을 떠나면서 엘리너는 자신이 처한 상황에 새삼 놀라움을 느꼈다. 이 부인과 알고 지낸 기간도 얼마 되지 않을뿐더러 나이나 성향도 전혀 어울리지 않거니와 자기는 불과 며칠 전만 해도 이런 계획에 대해서 여러 가지 이유를 들어 반대하지 않았던가 말이다! 그러나 이런 반대들은 메리앤과 어머니가 공유하고 있던 저 행복한 젊음의 열정으로 모두 극복되거나 무시되고 말았다. 엘리너는 윌러비의 마음이 변했을 것이라는 의심을 문득문득 하면서도 메리앤의 온 영혼을 가득 채우고 두 눈을 반짝이게 만드는 즐겁고도 황홀한 기대감을 마주할 때마다 그녀 자신의 전망은 얼마나 휑하니 비어 있는지, 자신의 마음 상태는 그에 비해 얼마나 암울한지, 그리고 자기에게도 그와 마찬가지로 생기를 주는 대상이, 희망을 품을 가능성이 있다면 메리앤의 처지에서 빚어지는 근심조차 얼마나 기꺼이 받아들였을지 느끼지 않을 수 없었다. 그렇지만 조금만, 정말 조금만 더 있으면 윌러비의 의도가 무엇이었는지 바야흐로 밝혀질 터였다. 그가 런던에 이미 와 있을 것임은 분명했다. 메리앤이 그토록 가고 싶어 안달한 것도 그곳에서 그를 볼 수 있다고 여겼기 때문일 것이다. 엘리너는 직접 관찰도 하고 다른 사람의 이야기도 들어서 그의 성격을 새로 밝혀낼 수 있을 뿐만 아니라 동생을 대하는 그의 행동을 면밀하게 살펴서 그가 어떤 인간이고 무슨 의도인지를 만남이 여러 번 이루어지기 전에 확인해야겠다고 다짐했다. 관찰의 결과가 부정적이라면 무슨 일이 있어도 동생이 진실에 눈뜨도록 해 주어야겠다는 생각이었다. 하지만 결과가 좋게 나오면 그녀의 노력은 다른 성격을 띠게 될 것이다. 그런 경우 그녀는 배워야 할 것이다. 자기 위주로 비교하기를 그치고 메리앤의 행복에서 느끼는 만족감을 줄일지도 모를 회한 같은 것을 모조리 추방하는 방법을 말이다.

여행은 사흘간 지속되었다. 그 여정 내내 메리앤이 보여 준 태도는 그녀가 앞으로 제닝스 부인한테 얼마나 곰살궂고 다정스레 굴 것인지를 예상하게 해 주는 안성맞춤의 본보기였다. 그녀는 여행하는 동안 혼자만의 생각에 빠져서 입을 꼭 다물고 앉아 있었다. 어쩌다 마치 그림같이 아름다운 풍경이라도 시야에 들어와서 언니한테만 들릴 정도로 조그맣게 탄성을 발하는 때를 제외하고는 스스로 입을 여는 법이 없었다. 따라서 이런 행실을 보상하기 위해서 엘리너는 자기 몫이라고 생각했던 예절 지키기를 즉각 실행했으니, 제닝스 부인을 극진히 모시며 같이 대화하고 같이 웃고 성의껏 귀를 기울였다. 제닝스 부인 편에서도 그들 둘에게 최대한의 친절로 응대했고, 그들이 편하고 즐겁게 지내도록 모든 배려를 아끼지 않았으니, 여관에서 정찬을 직접 고르게 만들지도 못했거니와 고등어보다 연어 혹은 송아지 고기보다 삶은 닭을 더 좋아한다는 자백을 끌어내지 못한 정도가 애석할 뿐이었다. 그들은 사흘째 되는 날 세 시경에 런던에 도착했다. 고된 여정 끝에 마차에 갇혀 있다가 풀려나니 기뻤고 얼른 활활 타오르는 벽난로 앞으로 가서 몸을 녹였다.

집은 훌륭했고 살림도 잘 갖추어져 있었다. 그리고 젊은 숙녀들은 즉시 아주 안락한 방에 자리를 잡게 되었다. 그 방은 이전에 샬럿이 쓰던 방이었다. 지금도 벽난로 선반 위로는 그녀가 채색 비단실로 수를 놓은 풍경화가 걸려 있었는데, 런던의 명문 학교를 칠 년간 다닌 것이 아주 헛되지는 않았다는 증거였다.

그들이 도착하고 정찬이 준비되려면 아직 두 시간은 기다려야 했으므로 엘리너는 그동안 어머니에게 편지를 쓰기로 하고 자리에 앉았다. 잠시 후에 메리앤도 똑같이 했다. "내가 집에 보낼 편지를 쓸 테니, 메리앤, 너는 하루 이틀 뒤에 쓰는 게 어때?" 엘리너가 말했다.

"어머니한테 편지를 쓰려는 게 아니야." 메리앤이 더 이상 묻지 말라는 투로 서둘러 대꾸했다. 엘리너는 더 이상 말하지 않았다. 윌러비한테 편지를 쓰는구나 하는 생각이 즉시 떠올랐고, 잇달아서 결론도 바로 나왔다. 두 사람 사이가 어떻게 돌아가는지 도무지 알 수 없긴 해도 약혼한 것은 틀림없겠다는 것이었다. 이렇게 믿고 나니 썩 만족스럽지는 않았지만 기분이 좋아졌고, 한결 시원시원하게 편지를 써 나갈 수 있었다. 메리앤의 편지는 몇 분 만에 끝났는데, 길이로 보아 쪽지 수준이었다. 메리앤은 편지를 재빨리 접고 봉한 다음 주소를 적었다. 엘리너는 주소란에서 대문자 W를 얼핏 본 것 같았다. 주소를 다 쓰자마자 메리앤은 벨을 울려서 하인을 불러 그 편지를 이 페니 우편 취급소[35)에 가서 부치게 했다. 이로써 이 문제는 확실해졌다.

메리앤은 여전히 들떠 있었지만 어딘가 초조한 기색이어서 언니로서는 선뜻 기뻐할 수 없었다. 저녁이 다가올수록 이 마음의 동요는 더 커졌다. 그녀는 정찬을 거의 들지 못했고 응접실로 돌아와서도 마차 소리가 날 때마다 귀를 쫑긋거리는 눈치였다.

엘리너로서는 제닝스 부인이 마침 자기 방에서 할 일이 많아 지금 벌어지는 일에 깜깜하다는 것이 큰 다행이었다. 다기(茶器)들이 들어왔다. 메리앤은 이웃집 문 두드리는 소리에 벌써 한두 차례 실망한 터였는데, 이번에는 갑자기 다른 집이라고는 착각할 수 없는 큰 노크 소리가 났다. 엘리너는 윌러비가 온 것이 분명하다고 느꼈고 메리앤은 벌떡 일어나서 방문을 향했다. 사방이 조용했다. 뜸 들일 여유도 없이 그녀는 문을 열고 계단 쪽으로 몇 걸음 나아갔고, 삼십 초 정도 귀를 기울이다가 방으로 되돌아왔는데, 그의 목소리를 들었다는 확신

---

35) 당시 런던 시내 우편 배달을 맡던 곳.

이 있었다면 저절로 터져 나올 법한 홍분으로 온통 들떠 있었다. 그 순간 그저 감정이 북받쳐 올라서 이렇게 탄성을 지르지 않을 수 없었다. "아이! 엘리너 언니, 윌러비야, 윌러비라고!" 그러고는 거의 그의 품으로 몸을 던질 기세였는데, 정작 나타난 사람은 브랜던 대령이었다.

너무나 큰 충격이라 평온을 유지하기 어려워 그녀는 곧장 방을 나가 버렸다. 엘리너도 실망했다. 그러나 동시에 브랜던 대령을 좋게 생각하는 그녀로서는 반갑게 맞아들였고, 동생에게 그렇게 호감을 가진 사람이 자기가 나타난 것이 상대에게 슬픔과 실망밖에 주지 않았음을 알게 되었다는 사실이 너무 가슴 아팠다. 엘리너는 그가 눈치챘다는 것을 한눈에 알았다. 그는 메리앤이 방을 나갈 때 몹시 놀라 걱정스럽게 지켜보느라 그녀 자신에게 응당 해야 할 인사조차 잊어버릴 지경이었던 것이다.

"동생분이 편찮으신가요?" 그가 말했다.

엘리너는 좀 괴로운 심정으로 그렇다고 대답하고서 머리가 아프고, 기운이 떨어져 있고, 많이 피곤하다는 등 둘러댔다. 하여간 동생의 행동을 설명할 수 있는 그럴듯한 구실을 죄다 동원했다.

그는 진지하게 주의를 기울여 그녀의 말을 들었으나, 정신을 가다듬은 듯 그 일은 더 이상 거론하지 않고 바로 런던에서 여러분을 뵙게 되어 반갑다면서 여행이라든가 두고 온 분들의 안부 따위의 늘 하는 질문을 던졌다.

이처럼 차분하게 대화가 이어졌지만 어느 편도 크게 열의는 없었다. 둘 다 기운이 나지 않았고 생각은 다른 곳에 가 있었다. 엘리너는 윌러비가 지금 런던에 와 있는지 묻고 싶은 마음이 굴뚝같았으나 그의 경쟁자의 이름을 들먹이는 것이 그에게 고통을 줄까 봐 두려웠다. 결국 무언가 말은 해야 했으므로, 지난번 만난 이후로 죽 런던에 계셨느냐고 물어보았다. "그렇습니다." 약간 곤혹스러워하면서 그가 대답했다. "거의 계속 있었지요. 델라퍼드에는 며칠씩 두어 번 다녀왔지만, 바턴으로 돌아갈 여력은 없었습니다."

이 말이나 이 말을 하는 태도를 보니 그가 그곳을 떠날 때의 정황이라든가 제닝스 부인이 미심쩍어하던 일들이 새삼 떠올랐고, 그녀는 자기 질문이 본의 아니게 과도한 호기심을 드러낸 것으로 여겨지지 않을까 꺼림칙했다.

곧 제닝스 부인이 들어왔다. "아유! 대령!" 여느 때처럼 호들갑을 떨면서 그녀가 말했다. "이렇게 보게 돼서 무척 기쁘다오. 아까는 못 나와 봐서 미안해요. 여기저기 정리도 좀 하고 일 처리도 해야 해서 말이우. 이해하구려. 집을 비운 지도 오래되었고, 얼마간이든 나가 있은 다음에는 자질구레한 일들이 쌓여 있기 마련이니까. 그러고 나서는 카트라이트[36]하고 처리할 일도 있었고요. 세상에, 정찬을 한 이후로는 일벌처럼 바삐 돌아다녔네그려! 그런데, 에 또, 대령, 오늘 내가 런던에 왔다는 걸 무슨 수로 알아냈수?"

"파머 씨 댁에서 정찬을 했는데, 거기서 들었습니다."

---

36) 가정부 이름인 듯하다.

"아하! 그랬군. 근데 그 댁 식구들은 다들 어떻던가요? 샬럿은 어떻고? 지금쯤은 몸이 장난 아닐 텐데."

"파머 부인께선 아주 좋아 보였습니다. 내일 꼭 찾아뵙겠다는 말씀 전해 달라고 하더군요."

"암, 그럼그럼. 나도 그렇게 생각했지. 에 또, 대령, 내가 두 아가씨를 모셔왔는데, 보다시피 말이우. 그게, 지금은 한 사람만 보이지만 어딘가에 또 하나가 있다우. 당신 친구인 메리앤 양도 왔거든요. 그 아가씨 얘기 들어 두어서 대령한테 나쁠 것 없지, 뭐. 윌러비 씨하고 둘이서 그 아이를 어떻게 할지는 내 모르겠다만. 아무렴, 젊고 예쁘다는 게 좋은 거지. 좋다고! 나도 한때는 젊었지만, 예쁘진 않았어요. 지지리도 복이 없었지 뭐야. 그렇지만 남편 하나는 잘 얻었어요. 한 미모 한다 해도 그 이상 잘되기는 어려울걸요. 아! 딱한 양반! 세상 떠난 지 팔 년도 더 되었으니. 그런데 대령, 우리가 헤어진 후로 어디에 있었수? 그리고 일은 어떻게 되고 있고? 자, 자, 친구 사이에 비밀은 없기요, 응."

그는 이 모든 질문에 몸에 밴 부드러운 태도로 답했지만, 무엇 하나 부인에게 속시원한 답변은 나오지 않았다. 엘리너가 이제 차를 만들기 시작해서 메리앤도 다시 나올 수밖에 없었다.

메리앤이 들어온 후 브랜던 대령은 전보다 더 생각에 잠겨 입을 다물었다. 그리고 제닝스 부인이 더 있으라고 붙들었으나 그리 오래 머물지 않았다. 그날 저녁에는 방문하기로 한 손님이 없어서 아가씨들은 일찍 자리에 들기로 했다.

다음 날 아침 일어났을 때 메리앤은 기운을 차렸고 표정도 밝았다. 전날 저녁의 실망은 그날 일어날 일을 기대하는 마음에 잊힌 듯했다. 그들이 아침 식사를 마친 지 얼마 되지 않아 파머 부인의 사륜마차가 문 앞에 멈추었고, 곧 그녀가 깔깔거리며 방 안으로 들어왔다. 그들 모두를 보게 된 것이 너무 반가운데, 어머니를 만난 것이 더 즐거운지 대시우드 양 자매를 다시 만난 것이 더 즐거운지 모르겠다고 했다. 예상은 하고 있었지만 막상 런던에 오다니 너무 놀랍다는 것이었다. 자기 초대를 거절한 후에 어머니의 초대를 받아들였다는 것이 너무 화가 난다면서도, 오지 않았다면 절대 용서하지 못했을 거라고 엄포를 놓는 것이었다!

"파머 씨가 두 아가씨를 보면 너무 좋아할 거예요." 그녀가 말했다. "아가씨들이 엄마하고 같이 왔다는 말을 듣고 그이가 뭐라고 그랬는지 알아요? 지금은 생각이 안 나지만, 하여간 아주 재미난 소리였어!"

그녀의 어머니의 말마따나 편안한 잡담으로 한두 시간을 보낸 후, 다시 말해 제닝스 부인 쪽에서는 아는 이들 모두에 대해서 시시콜콜 물어보고 파머 부인 쪽에서는 아무 이유도 없이 웃고 하면서 한두 시간을 보낸 후, 파머 부인이 그날 낮에 상점 몇 군데에 볼일이 있는데 다들 같이 가는 것이 어떠냐고 제안했다. 마침 살 물건이 좀 있던 제닝스 부인과 엘리너가 여기에 선선히 동의했다. 메리앤은 처음에는 거절했지만 결국 같이 가기로 했다.

일행이 어디로 가든 그녀가 늘 주위를 살펴보는 것은 분명했다. 특히 볼일이 많은 본드가에서 그녀의 눈은 쉴 새 없이 두리번거리느라 바빴다. 또 일행이 어떤 상점에 들어가든지 그녀의 마음은 딴 곳에 가 있어서 그들 앞에 엄연히 놓인 물건들, 다른 이들의 관심을 끌고 있는 물건들에는 그저 무관심했다. 어딜 가나 좌불안석이고 못마땅한 표정이어서 언니는 두 사람이 같이 사용할 물품이라도 그녀의 의견을 들을 수 없었다. 그녀는 어떤 것에서도 즐거움을 느끼지 못했다. 그저 얼른 집으로 돌아가고 싶어 안달이었고, 파머 부인이 꾸물거리는 것에 짜증이 나는 것을 겨우 참을 정도였다. 파머 부인의 눈길은 예쁘거나 비싸거나 새로운 것이면 무엇에나 사로잡혔고, 몽땅 다 사겠다고 법석을 떨다가도 막상 아무것도 결정 못하고 넋을 잃고 미적거리면서 마냥 시간을 흘려보냈다.

낮이 느지막해서야 그들은 집으로 돌아왔다. 집에 들어서자마자 메리앤은 날아가다시피 재빠르게 계단을 올라갔고, 뒤따라간 엘리너는 동생이 슬픈 얼굴로 탁자에서 돌아서는 것을 보았다. 윌러비가 다녀가지 않았던 것이다.

"우리가 나간 후로 나한테 무슨 편지 온 것 없어?" 메리앤이 마침 짐꾸러미를 들고 들어온 하인한테 말했다. 없다는 대답이었다. "정말 확실한 거야?" 그녀가 다시 확인했다. "하인이나 짐꾼이 무슨 편지나 쪽지를 남기지 않은 게 확실해?"

하인은 아무도 남기지 않았다고 했다.

"참 이상하네!" 그녀는 실의에 찬 낮은 목소리로 말하면서 창문 쪽으로 몸을 돌렸다.

'참 이상하긴 해!' 엘리너는 동생을 편치 않은 심정으로 바라보면서 마음속으로 되뇌었다. '윌러비가 런던에 있는 줄 몰랐다면 쟤가 편지를 보냈을 리 없을 텐데. 몰랐다면 쿰 마그나로 편지를 썼을 테니까. 그런데 그 사람이 실제로 런던에 있다면, 오지도 않고 편지도 안 쓰다니 정말 이상하단 말이야! 아휴! 어머니도 참, 저리 어린 딸이 잘 알지도 못하는 남자하고 약혼인지 뭔지 저리 수상쩍고 저리 야릇하게 굴게 내버려 두진 마셨어야지! 나라도 나서서 물어보고 싶어 죽겠네. 하지만 내가 끼어드는 걸 어떻게 받아들일지 모르지!'

조금 생각해 본 후 그녀는 며칠 더 지나도 상황이 호전되지 않으면 어머니한테 약혼 여부를 진지하게 확인해 볼 필요가 있다고 강력하게 말씀드리리라 마음먹었다.

제닝스 부인이 낮에 친하게 지내는 노부인 두 명을 만나 초대한 터라 그들과 파머 부인이 정찬 자리에 동석했다. 파머 부인은 다과를 마치자 저녁 약속이 있어서 바로 자리를 떴고, 엘리너는 다른 사람들이 휘스트 놀이를 할 수 있게 탁자를 펼치는 것을 도왔다. 메리앤은 카드놀이를 하나도 배우지 않아서 이런 일에 별 도움이 되지 않았다. 덕분에 저녁 시간을 마음대로 쓸 수 있었지만 엘리너보다 딱히 더 즐겁지도 않았다. 기대에 몸이 달고 실망으로 괴로워하며 보냈기 때문이다. 그녀는 때때로 몇 분이라도 독서를 하려고 애썼다. 그러나 곧 책을 던지고는 더 마음을 끄는 일로 되돌아갔으니, 방을 가로질러 왔다 갔다 하면서 창문에 닿을 때마다 행여 고대하던 노크 소리가 들릴까 잠시 멈추어 서곤 하는 것이었다.

5

다음 날 아침 식사 때 제닝스 부인이 말했다. "이렇게 서리 없는 날씨가 자꾸 길어지면, 존 경은 다음 주엔 바턴을 떠나고 싶지 않을 거야. 수렵가는 하루라도 즐거움을 놓치면 땅을 치지. 참 딱한 사람들이야! 그럴 때마다 늘 안됐어. 정말 애통해하는 것 같아."

"그건 그래요." 메리앤이 쾌활한 목소리로 외치고는, 날씨를 살펴보기 위해 창문으로 걸어가면서 말했다. "그건 미처 생각 못 했네. 이런 날씨라면 수렵가가 시골을 벗어나기는 어려울 거야."

기가 막히게 솔깃한 생각이었던지라 그녀는 다시 생기를 찾았다. "그분들한테는 멋진 날씨예요." 행복한 얼굴로 조찬 식탁에 앉으면서 그녀가 말을 이었다. "정말 너무들 그걸 즐기니까! 그러나 (다시 불안한 표정이 되면서) 오래 지속되지는 않겠지요. 계절이 계절이고 비도 줄기차게 내린 후니까, 기껏해야 며칠 더 이러다 말 것이 분명해요. 서리가 곧 내릴 거고, 왔다 하면 혹독해지기 마련이지, 뭐. 이런 이상 온난 현상은 고작 하루 이틀 정도나 끌까 몰라. 아니, 오늘 밤부터 추워질 수도 있고요!"

"어쨌든 다음 주말에는 존 경과 레이디 미들턴을 런던에서 뵙겠네요." 엘리너가 말했다. 제닝스 부인이 동생의 생각을 자기만큼 분명하게 알아채지 못하게 하고 싶었던 것이다.

"그래, 애야, 내 보장하지. 메리는 늘 자기가 마음먹은 대로 하니까."

'그럼 이제, 쟤는 오늘 자 우편으로 쿰에 편지를 보내겠네.' 속으로 엘리너는 추측했다.

그러나 동생이 편지를 실제로 보냈는지는 확인하지 못했다. 주의를 기울인다고 기울였으나 부쳤다 하더라도 남의 눈에 띄지 않게 편지를 쓴 모양이었다. 진상이 무엇이든 엘리너로서는 그리 만족스럽지 않았지만, 메리앤이 기운을 차린 것을 보니 자신도 크게 걱정되지는 않았다. 하여간 메리앤은 활기를 찾았고, 날씨가 좋은 것에 행복해했고, 서리가 오리라는 예상으로 더더욱 행복해했다.

그날 낮 시간은 주로 제닝스 부인이 런던에 온 것을 알리기 위해 친지들 집을 돌며 명함을 남기는 일로 보냈다. 그동안 메리앤은 바람의 방향을 관찰하고 하늘의 변화를 지켜보고 대기의 동태를 추정하느라 내내 바빴다.

"아침나절보다는 더 차가워졌지, 언니? 나한테는 차이가 뚜렷이 느껴지는데. 토시를 꼈는데도 손이 따뜻하지 않아. 어제는 안 그랬거든. 구름도 흩어지는 것 같고, 금방 해가 나오겠어. 그러면 오후에는 청명해지겠지."

엘리너는 마음이 풀리다가 아프다가 했다. 그러나 메리앤은 참고 견디면서 밤이면 환한 불빛에서, 아침이면 대기의 상태에서 서리가 다가오고 있다는 확실한 징후를 찾아냈다.

대시우드 양 자매는 제닝스 부인의 변함없는 친절에 불만을 가질 이유가 없었듯이 부인의 생활 방식이나 어울리는 사람들에 대해서도 불만을 가질 이유가 별로 없었다. 그녀의 집

안일은 계획성이 없는 것은 아니지만 융통성이 많았다. 또 레이디 미들턴이 못마땅하게 여기는데도 불구하고 친분을 계속 유지하고 있던 구시가[37]의 몇몇 친구들을 제외하면, 괜히 소개해서 그녀의 젊은 친구들의 심사를 어지럽힐 만한 사람은 일절 방문하지 않았다. 그 점에서는 예상보다 더 편안하게 지내게 된 것이 마냥 기뻐서 엘리너는 저녁 모임에서 참된 즐거움이란 찾아보기 어렵다는 사실을 눈감아 주기로 했다. 이 집에서든 다른 집에서든 저녁 모임이라면 으레 카드놀이여서 그녀는 전혀 재미를 느끼지 못했다.

브랜던 대령은 이 집에 늘 초대를 받았고 거의 매일 그들과 함께 지냈다. 와서는 메리앤은 지켜보기만 하고 엘리너와 대화를 나누었다. 엘리너는 매일 하는 어떤 일보다도 그와 대화를 나누면서 얻는 만족감이 더 컸지만, 그와 동시에 그가 동생을 계속 흠모하고 있는 것이 몹시 걱정되기도 했다. 그녀는 그 사랑이 점점 깊어지는 것이 아닌가 했다. 메리앤을 바라볼 때 그의 애타는 눈빛을 보면 마음이 아팠다. 그가 바턴에 있을 때보다 더 기분이 좋지 않은 것도 분명했다.

그들이 온 지 일주일쯤 지난 무렵 윌러비 또한 그곳에 도착한 것이 드러났다. 아침에 마차로 바람을 쐬다 돌아왔을 때 그의 명함이 테이블에 놓여 있었던 것이다.

"어머나!" 메리앤이 소리쳤다. "우리가 나간 사이에 그이가 다녀갔네." 엘리너는 그가 런던에 있다는 것을 확인한 것이 반

---

37) 상업 지구인 런던 시티를 말한다.

가워서 내친김에 이런 말까지 건네 보았다. "틀림없이 내일 또 찾아올 것이라고 봐야겠지." 그러나 메리앤은 그녀의 말을 듣는 둥 마는 둥 했고, 제닝스 부인이 들어오자 그 소중한 명함을 들고 자리를 피했다.

이 일로 엘리너의 기분은 한결 좋아진 반면 동생에게는 예전의 동요가 온통 되살아났다. 아니, 심하기로는 그 이상이었다. 이 순간부터 그녀의 마음은 들뜨기 시작했다. 언제 어느 순간에 그를 만날지 모른다는 기대 때문에 아예 아무 일도 할 수 없었다. 다음 날 아침 다른 사람들이 외출할 때도 한사코 집에 남아 있겠다고 했다.

바깥에서도 엘리너는 그들이 집을 비운 사이에 버클리가에서 무슨 일이 있을지 하는 생각뿐이었다. 그러나 돌아와서 동생을 흘낏 보는 것만으로도 윌러비가 다시 방문하지 않았다는 것을 알기에 충분했다. 바로 그때 하인이 쪽지 하나를 들고 들어와 탁자 위에 놓았다.

"나한테 온 거야?" 성급하게 앞으로 나서며 메리앤이 소리쳤다.

"아닙니다, 아가씨. 주인마님께 온 것입니다."

그러나 메리앤은 긴가민가하면서 즉시 그것을 집어 들었다. "정말 제닝스 부인께 왔네. 아이, 짜증 나!"

"너 그럼 편지를 기다리고 있어?" 더 이상 가만히 있을 수가 없어서 엘리너가 말했다.

"응, 약간. 많이는 아니고."

짧은 침묵 후에 그녀가 말했다. "너 나한테 숨기는 게 있구나, 메리앤."

"체, 엘리너 언니, 언니한테서 이런 비난을 듣다니. 언닌 아무도 안 믿으면서!"

"내가!" 좀 어리둥절해서 엘리너가 받았다. "메리앤, 난 숨기고 말고 할 게 없어."

"나도 그래." 메리앤이 힘주어 대답했다. "그러니 우린 처지가 비슷해. 우리 둘 다 말할 게 없는 거지. 언닌 아예 말을 하지 않고, 난 숨길 것이 아무것도 없고."

엘리너는 마음대로 털어놓을 수도 없는 처지라 자기가 과묵하다는 이런 비난이 괴로웠고, 이런 상황에서 메리앤에게 더 마음을 털어놓으라고 채근하기도 어려웠다.

제닝스 부인이 곧 들어와서 쪽지를 받아 들고 소리 내어 읽었다. 그것은 레이디 미들턴한테 온 것으로 전날 밤에 자기들이 콘듀이트가에 도착했음을 알리고, 오는 저녁에 어머니와 친척 아가씨들이 거기로 왔으면 한다는 내용이었다. 존 경에게 처리해야 할 일이 있고, 자신은 심한 감기에 걸려서 버클리가를 방문하지 못했다는 것이다. 그 초대는 받아들여졌다. 그러나 약속 시간이 가까워 오자 이런 방문에는 두 자매가 제닝스 부인과 동행하는 것이 예의에 부합함에도 불구하고 엘리너는 같이 가자고 동생을 설득하느라 애를 먹었다. 여전히 메리앤이 윌러비의 그림자조차 보지 못했기 때문이다. 그리고 밖에서 오락거리를 찾고 싶지도 않았거니와 자기가 없는 사이에 그가 다시 방문하게 될까 봐 걸렸던 것이다.

그날 저녁 시간이 마무리되었을 때, 엘리너는 사람의 타고

난 성격이 장소가 바뀐다고 해서 크게 달라지지 않는다는 것을 알게 되었다. 존 경이 런던에 오기가 무섭게 주변에 스무 명에 가까운 젊은이들을 모아서 무도회를 열어 주었던 것이다. 하지만 레이디 미들턴은 못마땅해했다. 시골에서야 미리 계획되지 않은 춤 모임도 허용될 수 있었다. 그러나 런던이 어떤 곳인가 말이다. 격조가 있다는 평판이 훨씬 중요한데 그런 평판을 얻어 내기는 정말 어려운 곳이어서, 아가씨들 몇몇을 만족시키자고 레이디 미들턴이 고작 바이올린 두 대와 찬장 간식 정도만 마련해 여덟 내지 아홉 정도의 쌍을 모아 놓고 춤판을 열었다는 것이 주위에 알려질 판국이니 기가 막힐 노릇이었다.

파머 씨와 부인도 그 자리에 있었다. 그들은 런던에 온 후로는 파머 씨를 본 적이 없었다. 그는 장모를 챙기는 것처럼 보이지 않으려고 조심했고 그러다 보니 아예 근처에 오지를 않았다. 그들이 들어왔을 때도 알아보았다는 내색을 전혀 하지 않았다. 마치 모르는 사람을 대하는 것처럼 흘낏 쳐다보고는 방의 반대편에서 제닝스 부인한테만 고개를 까닥했을 뿐이다. 메리앤은 들어서면서 방을 한번 휙 둘러보았다. 그것으로 충분했으니, 그이는 거기 없었다. 그리고 다른 사람들과 무슨 즐거움을 나눌 기분이 아닌 채로 자리에 앉아 있었다. 이렇게 모인 지 한 시간 정도 지나서야 파머 씨가 대시우드 집안 자매한테 느릿느릿 걸어와서 런던에서 보게 되어 뜻밖이라고 했다. 브랜던 대령이 그들이 온 소식을 처음 들은 곳이 그의 집이었고 본인도 그들이 왔다는 이야기를 듣고 뭔가 재미있는 말을 했다던데 말이다.

"두 분 다 데번셔에 있다고 생각했는데요." 그가 말했다.

"그러셨나요?" 엘리너가 대꾸했다.

"언제 다시 돌아가십니까?"

"모르겠습니다." 이것으로 대화가 끝났다.

메리앤은 평생토록 그날 저녁만큼 춤을 추기 싫었던 적도 없었고, 춤추기가 그렇게 피곤한 적도 없었다. 그녀는 버클리 가로 돌아오자 그런 불평을 했다.

"오냐, 그래." 제닝스 부인이 말했다. "일이 어떻게 돌아가는지는 훤하다. 굳이 이름을 대지는 않겠지만 그 누군가가 그 자리에 있었다면, 넌 조금도 피곤하지 않았을 거야. 말이야 바른 말이지, 초대를 받고도 널 만나러 오지 않다니, 그 사람도 하는 짓이 참."

"초대를 받았다고요!" 메리앤이 소리쳤다.

"내 딸 미들턴이 그리 말했다. 존 경이 오늘 아침 어디 길거리에서 그 사람을 만났나 보더라." 메리앤은 더 이상 말은 하지 않았지만 크게 상처받은 듯 보였다. 이런 상황에서 동생의 고통을 덜어 줄 수 있는 일이라면 무엇이라도 해야지 하는 마음에 엘리너는 다음 날 아침 어머니한테 편지를 쓰기로 작정했다. 메리앤의 건강에 대한 어머니의 걱정을 일깨워서 그렇게 자꾸만 미루어 온 질문을 하도록 할 심산이었다. 그리고 다음 날 아침 식사를 마치고서 메리앤이 편지를 쓰고 있는 것을 보고 그래야겠다는 생각을 더욱 굳혔다. 편지의 대상이 윌러비가 아닌 다른 사람일 리 없었으니 말이다.

정오 무렵에 제닝스 부인은 볼일이 있어 혼자 외출했고, 엘리너는 바로 편지를 쓰기 시작했다. 그사이에 메리앤은 아무일도 손에 안 잡히고 대화를 나눌 심정도 아니어서 이쪽 창문에서 저쪽 창문으로 왔다 갔다 하거나 우울한 생각에 빠져 벽난롯가에 앉아 있었다. 엘리너는 그간 있었던 일을 모두 적고, 윌러비가 마음이 변한 것 같다는 의심을 전하면서, 부디 어머니로서의 의무와 애정으로 윌러비와의 관계가 대체 어떤 것인지 메리앤이 직접 밝히도록 하라고 간곡히 청했다.

그녀가 편지를 끝내고 펜을 내려놓자마자 노크 소리가 들리더니 브랜던 대령이 오셨다는 전갈이 왔다. 메리앤은 이미 창문을 통해 누군지 알았고 아무도 만나고 싶지 않은 심정인지라 그가 들어오기 전에 방을 나갔다. 그는 보통 때보다 더 근엄해 보였는데, 마치 뭔가 특별히 할 말이라도 있는 듯이 대시우드 양이 혼자 있어서 다행이라는 말까지 하고 나서도 한동안 입을 꾹 다물고 앉아 있었다. 엘리너는 동생과 관련해서 할 이야기가 있을 것이라 여기고 이제나저제나 하면서 기다렸다. 사실 확신이 든 것은 이번이 처음은 아니었다. 전에도 한 번 이상 "동생분이 오늘 안 좋아 보이는군요." 하거나 "동생분이 기운 없어 보입니다." 같은 관찰로 시작해, 그녀에 관련된 무언가를 밝히거나 물어보려고 한다는 인상을 받은 적이 있었던 것이다. 말없이 몇 분이 지난 후 그가 침묵을 깼으니, 약간 흥분된 목소리로 언제면 제부를 얻게 되신 것을 축하드려도 되느냐고 묻는 것이었다. 엘리너는 이런 질문이 나올 줄은 짐작도 못 했고, 답변할 준비가 전혀 되어 있지 않았으므로 간단하고 통상적인 대응을 택하지 않을 수 없었다. "무슨 말씀이세요?"라고. 그는 대답하면서 미소를 지으려고 애썼다. "동생분이 윌러비 씨와 약혼한 것은 누구나 알고 있습니다."

"누구나 알 일이 아닌데요." 엘리너가 되받았다. "가족들도 모르는 일이니까요."

그가 놀란 표정으로 이렇게 말했다. "이런, 그렇다면 제가 너무 주제넘은 소리를 했나 봅니다. 그렇지만 그 두 분이 내놓고 편지 교환을 하기 때문에 전 비밀로 하고 있다고는 생각지도 못했습니다. 또 여기저기서 두 사람이 결혼한다는 말도 들었고요."

"어떻게 그럴 수 있지요? 누구한테 그런 소리를 들으셨는지요?"

"다들 그러더군요. 당신이 전혀 모를 사람들도 있지만 잘 아는 분들로는 제닝스 부인, 파머 부인 그리고 미들턴 부부가 있습니다. 하지만 믿고 싶지 않으면 미심쩍어지는 법이라고, 저로서는 오늘 저를 안으로 안내한 하인의 손에 들린 편지를 우연히 보지 않았다면, 아직도 믿지 않았을지 모르겠습니다. 동생분의 필치로 윌러비 씨한테 가는 편지더군요. 물어보러 왔다가 질문도 하기 전에 알게 된 셈입니다. 모든 것이 최종 확정된 겁니까? 지금이라도 어떻게 달리는…… 안 될까요? 하기야 저한테는 권리가 없고, 성공할 가능성도 없겠지요. 죄송합니다, 대시우드 양. 제가 이렇게 많은 말을 늘어놓을 일도 아니고 그럴 자격도 없겠습니다만, 저로선 어떻게 해야 할지 모르겠고, 당신의 신중함에 의존할 뿐입니다. 이제 제게 남은 것이라고는 노력하는 것, 한마디로 감추려고 노력하는 것밖에 없다고 말씀해 주십시오. 그렇게 감추는 것이 가능하다면 말입니다만."

그가 동생을 사랑하는 마음을 공언하다시피 한 이 말을 듣고 엘리너는 큰 감동을 받았다. 당장은 어떤 말도 나오지 않았고, 마음을 가다듬고 나서도 어떻게 대답해야 옳을지 잠시 고심했다. 그녀 자신부터 윌러비와 동생의 진짜 관계를 모르다시피 하기 때문에, 설명하려고 하다 보면 너무 줄이거나 너무 부풀리거나 하기 쉬울 듯했다. 그렇지만 윌러비에 대한 메리앤의 사랑이 어떻게 귀결되든 간에, 브랜던 대령에게는 성공의 여지가 없다고 확신하고 있었고, 동시에 동생의 처신은 처신대로 비난에서 막아 주고 싶었기 때문에 그녀는 잠시 생각을 정리한 후 자기가 실제로 알거나 믿고 있던 이상을 말해 주는 것이 더 신중하고 친절한 처신이라고 판단했다. 그래서 그들이 현재 어떤 관계인지 당사자들한테 직접 듣지는 못했지만, 서로 사랑하고 있다는 데는 추호도 의심의 여지가 없기 때문에 편지를 주고받는 것도 그리 놀라운 일이 아니라고 했다.

그는 말없이 주의를 기울여 그녀의 말을 들었고, 이야기가 끝나자 바로 자리에서 일어나 감정이 북받치는 목소리로 "동생분께 부디 행복하시라고 전해 주십시오. 윌러비에게는 동생분의 기대를 저버리지 말라고 해 주시고요."라고 말한 후 작별 인사를 하고 방을 나갔다.

엘리너는 이 대화로 한시름 덜었다는 편안한 느낌을 얻지 못했다. 그 반대로 브랜던 대령의 불행이 마음을 무겁게 했다.

그렇다고 그의 불행이 해소되기를 바랄 처지도 아니었다. 그의 불행을 공식화할 사안 자체가 그녀를 불안하게 하고 있었기 때문이다.

6

그로부터 사나흘 동안 엘리너가 어머니한테 드린 부탁을 후회하게 만들 일은 일어나지 않았다. 윌러비는 나타나지 않았고 편지도 없었다. 나흘째 되는 날 그들은 레이디 미들턴을 수행해서 어떤 파티에 가기로 되어 있었다. 제닝스 부인은 작은딸의 몸 상태가 좋지 않아서 빠졌다. 메리앤은 이 파티에 갈 준비를 했으나 맥이 쭉 빠져서 외모에 신경도 안 쓰고 가든 남든 마찬가지라는 듯 무관심해 보였고 기대의 눈빛도, 즐거운 표정도 일절 없었다. 그녀는 다과가 끝난 후 레이디 미들턴이 도착할 때까지 응접실 벽난로 옆의 의자에 꼼짝하지 않고 앉아서 자세조차 바꾸지 않았고, 언니의 존재조차 잊어버리고 혼자만의 생각에 빠져 있었다. 마침내 레이디 미들턴이 문간에서 기다린다는 전갈을 듣자 그녀는 누가 오기를 기다린 사실조차 잊어버린 사람처럼 흠칫 놀랐다.

그들은 목적지에 제시간에 도착했다. 그리고 그들보다 먼저 온 마차의 행렬이 빠져나가자 바로 내려서 층계를 올라갔고, 한 층계참에서 다른 층계참까지 들릴 만큼 큰 소리로 그들의 이름이 호명되는 것을 들으며 방으로 들어섰다. 방은 불빛으로 휘황찬란했고 사람들로 가득했으며 견딜 수 없을 정도로 후덥지근했다. 저택의 안주인한테 허리 굽혀 예를 차린 후 그들은 무리와 섞여 그들의 도착으로 필시 추가되었을 그 열기와 불편에 끼어들었다. 레이디 미들턴은 말도 거의 하지 않고 몸도 별로 움직이지 않으면서 한동안 시간을 보내더니 카지노 놀이를 하려고 앉았다. 메리앤이 여기저기 돌아다닐 기분이 아니어서 두 자매는 때마침 나온 빈 의자를 차지해 탁자에서 그리 멀리 떨어지지 않은 곳에 자리 잡았다.

이로부터 얼마 지나지 않아 엘리너가 윌러비를 발견했다. 그는 그들에게서 몇 야드 정도 떨어져 서서 아주 세련된 차림의 젊은 여자와 대화에 열중하고 있었다. 그녀는 곧 그와 눈이 마주쳤고 그는 즉시 고개를 숙여 인사했으나, 그녀에게 말을 건네지도 않았고 메리앤을 보지 못했을 리 없건만 다가오려고도 하지 않았다. 그냥 그 숙녀와 얘기를 계속하는 것이었다. 엘리너는 동생도 보고 있나 해서 자기도 모르게 메리앤에게 몸을 돌렸다. 바로 그 순간 메리앤은 처음으로 그를 알아보았고, 뜻밖의 기쁨으로 얼굴이 활짝 피어올랐다. 언니가 붙잡지 않았더라면 그녀는 즉시 그를 향해 나아갔을 것이다.

"에그머니나!" 그녀가 탄성을 질렀다. "그이가 저기 있네. 저기 있어. 아이! 왜 내 쪽을 안 보지? 그이한테 내가 먼저 말을 걸면 왜 안 돼?"

"제발, 얘, 진정해." 엘리너가 말렸다. "여기 있는 모든 사람한테 네 감정을 폭로할 작정이야? 아직 널 못 봤을 수도 있잖아."

그렇지만 이것은 그녀 자신조차 믿지 못할 소리였다. 그리고 이런 순간에 침착을 유지한다는 것은 메리앤의 역량을 넘어설 뿐 아니라 원하는 바도 아니었다. 그녀는 못 견디게 초조해하며 앉아 있었고 그것이 그대로 겉으로 드러났다.

마침내 그가 다시 몸을 돌렸고 두 사람을 보았다. 그녀는 풀쩍 놀라면서 애정이 가득 담긴 목소리로 그의 이름을 부르며 그를 향해 손을 내밀었다. 그는 그들에게 다가왔지만 메리앤이 아니라 엘리너를 상대로 말을 했다. 마치 메리앤의 눈을 피하고 싶은 듯이 그리고 그녀의 몸짓을 보지 않기로 작정이나 한 듯이. 그는 서두르는 기색으로 대시우드 부인의 안부를 묻고 런던에 온 지 얼마나 되느냐고 물었다. 엘리너는 이런 말과 태도 앞에서 평정심을 잃고서 한마디도 입을 뗄 수 없었다. 그러나 동생은 즉각 감정을 표출했다. 그녀는 얼굴이 벌겋게 달아오른 채 감정이 격해질 대로 격해진 목소리로 소리쳤다. "세상에! 윌러비, 이게 뭐예요? 내 편지 못 받았어요? 나하고 악수도 안 할 거예요?"

그쯤 되니 그도 악수를 피할 수 없었으나, 그녀의 손을 잡는 것이 고통스러운 듯 금세 놓아 버렸다. 그러는 내내 그는 평정을 회복하려고 무던히 애썼다. 엘리너는 그의 표정이 점점 평온해지는 것을 지켜보았다. 잠시 침묵한 후 그가 차분하게 말했다.

"지난 화요일에 버클리가를 방문했더랬습니다만, 두 분과 제닝스 부인께서 마침 댁에 계시지 않더군요. 제가 운이 없었지요. 제 명함을 남겼는데, 보셨겠지요."

"제 쪽지를 못 받았어요?" 메리앤이 너무 속이 타서 소리쳤다. "뭔가 착오가 있는 것이 틀림없어. 끔찍스러운 착오 말이야. 도대체 이게 어찌 된 셈이에요? 말해 줘요, 윌러비, 제발 말 좀 해 봐요, 무슨 일이에요?"

그는 대답하지 않았다. 안색이 바뀌었고 당황스러워하는 표정이 되돌아왔다. 그러나 전에 대화를 나누고 있던 젊은 숙녀의 눈길을 받자 이대로는 안 되겠다고 느끼거나 한 듯이 얼른 정신을 가다듬고는 "예, 런던에 오셨다는 소식 잘 받았습니다. 알려 주셔서 감사합니다." 하고 말한 후 고개를 약간 숙여 인사하고는 서둘러 몸을 돌려 그 숙녀에게 가 버렸다.

메리앤은 이제 얼굴이 백지장처럼 창백해지고 서 있을 힘도 없어서 의자에 털썩 주저앉았다. 엘리너는 동생이 언제 기절할지 몰라 다른 사람들의 시선을 막으려고 애를 쓰는 한편, 라벤더수로 기운을 차리게 했다.

"그이한테 가 봐, 엘리너 언니." 입을 열 수 있게 되자마자 그녀가 소리쳤다. "그리고 나한테로 좀 끌고 와. 다시 봐야겠다고 전해. 지금 당장 이야기해야겠다고 말이야. 가만히 있을 수 없어. 해명을 듣지 않고는 한순간도 마음 편하지 못할 거야. 무언가 끔찍한 오해 같은 게······. 아, 당장 가 보라고."

"어떻게 그렇게 하니? 아니야, 얘 메리앤, 기다려야 해. 여긴 해명할 만한 장소가 아니야. 내일까지만 기다리자고."

그녀는 메리앤이 직접 그를 쫓아가려고 나서는 것은 겨우 막을 수 있었다. 그러나 남이 없는 곳에서 제대로 이야기할 수 있을 때까지 부디 흥분하지 말고 적어도 겉으로라도 침착하게 기다리라고 설득하는 데는 실패했다. 메리앤이 끊임없이 자신의 비참한 심정을 나지막하지만 애절한 목소리로 쏟아 놓았기 때문이다. 얼마 안 있어 엘리너는 윌러비가 계단 쪽 문을 통해 방을 나가는 것을 보았고, 메리앤한테 그가 갔으니 그날 저녁에는 다시 그 사람과 이야기할 수 없지 않느냐고, 그러니 이제 제발 좀 진정하라고 욱대겼다. 그러자 그녀는 너무 비참한 기분이어서 단 일 분도 더는 여기 있을 수 없다며 레이디 미들턴한테 집으로 데려다 달라고 부탁하자고 했다.

레이디 미들턴은 세 판 게임을 하는 중임에도 메리앤이 몸이 불편해서 돌아갔으면 한다는 말을 듣자마자 예절을 높이 섬기는 사람답게 한마디도 토를 달지 않고 자기 카드들을 친구한테 넘겼다. 그들은 마차가 준비되자 바로 떠났다. 버클리 가로 돌아오는 동안 거의 한마디도 나오지 않았다. 메리앤은 말없이 괴로움에 빠져 있었고 너무 기가 막혀 눈물도 나오지 않았다. 그러나 다행히도 제닝스 부인이 아직 집에 오지 않아서 그들은 바로 자기들 방으로 갈 수 있었고 그녀는 탄산암모니아수로 좀 정신을 차렸다. 그녀는 곧 옷을 벗고 잠자리에 들었으며, 동생이 혼자 있고 싶어 하는 듯해서 언니는 방을 나왔다. 그리고 제닝스 부인이 돌아오길 기다리면서 지난 일을 이것저것 생각하며 시간을 보냈다.

모종의 언약이 윌러비와 메리앤 사이에 존재했다는 것을 그녀는 의심할 수 없었다. 그리고 윌러비가 거기에 싫증이 난 것도 명백해 보였다. 왜냐하면 아무리 메리앤이 아직도 자신의 소망을 키우고 있다 할지라도, 그녀로서는 그런 행동이 무슨 실수나 오해 탓이라고 돌릴 수 없었기 때문이다. 완전한 변심만으로 그것을 설명할 수 있었다. 혹 당황스러워하던 표정을 목격하지 않았다면, 그녀의 분노는 지금보다 훨씬 더 커졌을 것이다. 그렇게 당황했다는 것은 자신의 못된 짓을 의식하고 있다는 말이 되겠고, 이렇다 할 무슨 계획도 없이 처음부터 동생의 애정을 농락할 정도의 파렴치한이라고까지는 할 수 없게 된 것이다. 가까이에 없다 보니 사랑이 약해졌거나 편의를 좇아 그 사랑을 억누르기로 했을지도 모르나, 예전에 그런 사랑이 존재했다는 것은 그녀도 의심할 수 없었다.

메리앤의 처지를 생각하면 정말 딱하고 걱정스러웠다. 그렇게 불행한 만남으로 이미 고통을 겪고 있거니와 앞으로 더 가혹한 고통이 닥칠 것이 뻔하지 않은가 말이다. 그에 비하면 자신의 처지는 나았다. 아무리 장차 갈라설 수 있다 하더라도 그녀가 에드워드를 변함없이 존중할 수 있다면, 그녀의 마음이 무너질 일은 없을 터였다. 그러나 메리앤의 경우는 그렇지 않았다. 윌러비와의 최종적인 이별, 즉각적이고 돌이킬 수 없는 결별이 일어나면서, 그런 악연을 더욱 쓰라린 것으로 만들 만한 온갖 정황들이 연합하여 그녀의 슬픔을 가중시키는 듯 보였다.

7

다음 날 하녀가 불을 지피기도 전에, 혹은 태양이 1월의 차갑고 음울한 아침을 뚫고 고개를 내밀기도 전에 메리앤은 옷을 반만 걸치고 희미한 빛이나마 다 받으려고 창문가의 의자에 기대어 꿇어앉아서 하염없이 흘러내리는 눈물을 닦아 가며 편지를 쓰고 있었다. 동생이 뒤척거리면서 흐느끼는 바람에 잠에서 깨어난 엘리너의 눈에 이런 동생의 모습이 먼저 들어왔다. 그녀가 잠시 말없이 걱정스레 동생을 지켜보다가 정이 담뿍 담긴 부드러운 목소리로 말했다.

"메리앤, 좀 물어봐도 되니?"

"안 돼, 엘리너 언니." 그녀가 대답했다. "아무것도 묻지 마. 곧 모든 걸 알게 될 거야."

메리앤은 갖은 힘을 짜내 이 말만은 침착하게 했으나, 말을 마치자마자 전과 마찬가지로 격렬한 고통 속에 빠져 버렸다. 몇 분이 지나서야 편지를 다시 시작할 수 있었는데, 사이사이에 여전히 펜을 멈추어야 할 정도로 울음을 터트렸다. 이것은 그녀가 윌러비한테 마지막 편지를 쓰고 있다는 것을 보여 주고도 남는 증거였다.

엘리너는 방해하지 않고 말없이 찬찬히 지켜보기로 했다. 메리앤이 애가 닳고 신경이 곤두서서 제발 자기한테 말을 걸지 말아 달라고 애원하지 않았더라면 그녀를 달래서 진정시켜 보려고 훨씬 더 애썼을 것이다. 이런 상황에서는 되도록 서로 같이 있지 않는 것이 상책이었다. 메리앤은 마음을 진정하지 못해 옷을 다 입고 나서는 한순간도 방에 머물지 못했다. 혼자 있고 싶기도 하고 한군데 진득하게 있을 수 없어서 아침 식사 때까지 사람들을 피해서 집 주위를 배회했다.

아침 식사 때 그녀는 먹지 않았고 먹어 보려는 시늉조차 하지 않았다. 엘리너는 동생에게 먹으라고 종용한다거나 안쓰럽게 여기거나 챙기는 모습을 보이기보다 제닝스 부인의 관심이 자기한테 쏠리게 하는 데만 신경을 썼다.

제닝스 부인은 하루 식사 중에 조찬을 제일 좋아해서 꽤 오래 걸렸다. 식사가 끝난 후 다들 일감을 들고 공용 작업 탁자 주위에 빙 둘러앉던 참이었는데, 메리앤에게 편지가 한 통 배달되었다. 그녀는 하인에게서 그것을 휙 낚아채더니 백지장처럼 창백해지면서 바로 방에서 달려 나갔다. 이 모양을 보고 엘리너는 주소를 보기나 한 것처럼 그것이 윌러비한테 온 것이 분명하다는 것을 알았다. 이내 가슴이 너무 울렁거려서 머리를 가누기도 어려울 지경이었고 온몸이 후들후들 떨리는 바람에 제닝스 부인의 주목을 피하기가 어렵지 않을까 걱정되었다. 그렇지만 이 마나님께서는 메리앤이 윌러비한테서 편지를 받았다는 것만 알았을 뿐이다. 그녀한테는 좋은 농담거리여서, 아니나 다를까, 편지가 마음에 들어야 할 텐데 하면서 웃음을 흘렸다. 엘리너의 노심초사에 대해서는 양탄자에 쓸 소모사의 길이를 재는 데 너무 열중하고 있던 차라 전혀 눈치채지 못했다. 그리고 메리앤이 방을 나가자마자 차분한 목소리로 말을 이었다.

"원 세상에, 내 평생 젊은 여자가 저렇게 필사적으로 사랑에 빠진 것은 본 적이 없어! 내 딸들은 저 아이에 대면 아무것도 아닌 셈이야. 그래도 꽤나 바보처럼 굴긴 했지. 그러나 메리앤 양은 아주 딴사람이 된 것 같아. 농이 아니라 정말 이제 그 사람은 저 아이를 더 이상 기다리게 해선 안 되지. 저렇게 초췌하고 쓸쓸해 보이니 너무 안쓰러워. 자, 자, 두 사람 식은 언제 올릴 거지?"

엘리너는 그 순간보다 더 말하기가 내키지 않은 적도 없었지만 이렇게 대놓고 나오는데야 그냥 넘어갈 수 없었다. 그래서 애써 미소를 지어 보이며 이렇게 대답했다. "그런데 아주머님, 정말 제 동생이 윌러비 씨와 약혼했다고 생각하고 하시는 말씀이세요? 전 그저 농담일 뿐이라고 생각했는데 그렇게 진지하게 물으시니 무슨 오해가 있으신가 싶네요. 더는 그런 오해를 하지 않으시길 부탁드릴게요. 저로선 두 사람이 결혼 준비를 하고 있다는 소리보다 더 뜻밖인 경우는 없답니다."

"아이고, 이런, 이런, 대시우드 양! 그런 식으로 말하면 쓰나? 천생연분이란 거 모르는 사람이 어디 있어? 둘이서 만나던 첫 순간부터 서로 죽자 사자 사랑에 빠진 것도 그렇고. 데번셔에서 날이면 날마다 그것도 하루 종일을 붙어서 지내는 것을 이 두 눈으로 봤는데도? 그리고 네 동생이 혼례용 옷을 살 생각으로 나를 따라서 런던에 온 것도 내 모를 줄 알고? 자, 자, 그래 봤자 소용없을 거야. 네가 그렇게 모르쇠를 잡는다고 세상 다른 사람이 다 눈이 먼 줄 알면 안 되지. 세상일이 그런 게 아니다, 얘야. 벌써 런던 시내에 소문이 쫙 퍼진 지 오래야. 만나는 사람들마다 나도 다 얘기하고, 샬럿도 그렇게 하고 있어."

"정말로 잘못 알고 계세요." 엘리너가 정색을 하고 말했다. "정말이지 그런 소문을 퍼뜨리시다니 못 할 짓을 하시는 거예요. 지금은 믿지 않으시겠지만 잘못 아셨다는 걸 알게 되실 거예요."

제닝스 부인이 다시 소리 내어 웃었다. 그러나 엘리너는 더 말할 기분이 아닌 데다 윌러비가 무슨 말을 써 보냈는지 알고 싶은 마음이 솟구쳐서 서둘러 자기네 방으로 갔다. 문을 열자마자 그녀는 메리앤이 침대 위에 널브러져 있는 것을 보았다. 숨이 멎을 지경으로 비통하게 흐느끼고 있었고 편지 하나는 손에, 나머지 두세 통은 그녀 옆에 놓여 있었다. 엘리너는 가까이 다가갔으나, 말은 한마디도 하지 않았다. 자기도 침대에 앉아서 그녀의 손을 잡고 다정스레 여러 번 입을 맞추다가 급기야 울음을 터트리고 말았는데, 처음에는 메리앤의 울음보다 격렬함이 못하지 않았다. 메리앤은 말은 못 했지만 이런 다정한 행동에 감격하는 듯했고, 얼마 동안 같이 울고 나서 편지를 전부 엘리너의 손에 쥐여 주었다. 그러고는 손수건으로 얼굴을 덮고서 고통스러운 비명을 지르는 것이었다. 엘리너는 이런 슬픔을 현장에서 본다는 것이 괴롭기는 하지만 한 번은 거쳐야 할 과정임을 알았으므로 그 극한의 고통이 좀 잦아들 때까지 옆에서 지켜보다가 윌러비의 편지로 얼른 눈을 돌렸다. 다음과 같은 내용이었다.

본드가, 1월

메리앤 양께

방금 당신의 편지를 받았으며 편지를 주신 데 대해 저의 심심한 감사의 말씀을 전하는 바입니다. 어젯밤의 저의 행동에 당신의 책망을 받아 마땅한 것이 혹 있었는지 심히 걱정스럽습니다. 안타깝게도 당신의 기분을 상하게 해 드린 점이 있다니 너무나 당혹스러우며 본의가 아니었음을 고려하셔서 널리 용서해 주시기 바랍니다. 데번셔에서 당신의 가족과 알고 지내던 것을 생각하면 늘 감사하고 기쁠 따름이며, 그것은 설혹 제가 무슨 실수나 오해를 저지르더라도 깨지지 않을 거라고 자위하는 바입니다. 당신의 가족에 대한 제 존경은 정말 진지한 것이었습니다. 그러나 불행히도 제가 느끼던 이상의, 혹은 표현하고자 했던 것 이상의 어떤 믿음을 불러일으키게 되었다면, 그런 존경을 표현함에 있어 좀 더 조심했어야 하지 않았나 자책해야겠습니다. 그 이상을 의미한다는 것 자체가 불가능하다는 점은, 저의 사랑이 오래전부터 다른 곳에 가 있었고 이제 몇 주 지나지 않아서 이 언약이 실현될 것임을 아시면 충분히 이해되실 것입니다. 무척 서운하지만 저한테 영예스럽게도 보내 주신 편지들을 돌려 달라는 명령에 복종하는 바이며, 아울러 저한테 그토록 고맙게도 베풀어 주신 머리카락도 돌려드리는 바입니다.

당신의 가장 보잘것없는 종복

존 윌러비 드림

이 따위의 편지를 읽고 대시우드 양이 얼마나 큰 분노에 사로잡혔는지는 상상에 맡겨도 좋을 것이다. 읽기 전부터 마음이 변했음을 고백하고 영원히 헤어지자는 내용이 담겨 있을 줄은 알고 있었지만, 이런 언어를 동원해 막 나가는 식으로 표현할 수 있을 줄은 몰랐다. 윌러비가 이 정도로 명예와 배려를 팽개치고 나올 수 있을 줄도 짐작하지 못했다. 신사라면 지켜야 할 예의범절과도 완전히 담을 쌓고 이렇게 뻔뻔스러우리만치 잔인한 편지를 보내다니. 놓여나고 싶다는 소망을 피력하며 미안하다는 말 한마디 입에 담기는커녕 신의도 전혀 깬 적이 없고 어떤 종류든 특별한 애정도 일절 없었다는 것이다. 한 줄 한 줄마다 모욕이었고, 쓴 사람이 아주 개망나니 악당이라는 것을 만천하에 드러내고 있었다.

그녀는 화가 치밀고 기도 막혀서 편지를 앞에 두고 얼마 동안 멍하니 있다가 다시 읽고 또 읽어 보았다. 그러나 숙독할 때마다 그 인간에 대한 혐오감만 커질 뿐이었다. 또 악감이 너무 크다 보니 약혼 파기가 메리앤한테 무언가 좋은 일을 놓친 것이 아니라 오히려 나쁜 일 가운데서도 최악이고 회복하기도 불가능한 일, 즉 줏대 없는 인간과 평생 맺어지는 처지에서 벗어난 것이며, 그러니 그 이상 가는 해방이 어디 있고 축복이 어디 있느냐고 하고 싶은 마음까지 들었다. 메리앤에게 훨씬 더 깊은 상처를 줄까 봐 차마 입이 떨어지지는 않았지만.

그 편지의 내용에 대해서, 그런 편지를 받아쓰게 할 수 있었던 그 비열한 마음에 대해서 골똘히 생각하고, 이 일과는 아무런 관계가 없지만 사태가 전개될 때마다 자기가 떠올리게 되었던 전혀 다른 사람의 전혀 다른 인품[38]에 대해서 골똘히 생각하다 보니 엘리너는 동생이 겪는 현재의 슬픔을 잊어버렸고, 자기 무릎 위에 아직 읽지 않은 세 통의 편지가 있다는 것도 잊었고, 자기가 그 방에서 얼마나 오래 있었는지도 새

---

38) 에드워드 페라스를 말한다.

까맣게 잊어버리고 있었다. 그래서 마차가 문으로 올라오는 소리가 들리자 누가 이렇게 경우 없이 이른 시각에 찾아오나 싶어 창가로 갔다가 제닝스 부인의 사륜 경마차를 보고서야 아차 했다. 벌써 마차가 오기로 한 한 시가 훌쩍 넘었다는 말이었다. 지금으로서는 메리앤을 달랠 가망성은 없다지만 곁에서 떠나지 말아야겠다고 결심하고서 그녀는 부리나케 나가서 동생이 몸이 좀 좋지 않아서 제닝스 부인을 수행하지 못하게 되었다고 양해를 구했다. 제닝스 부인은 그것 참 걱정이라고 혀를 차면서 사람 좋게 선선히 받아들였고, 엘리너는 그녀를 잠시 배웅한 후 메리앤에게 돌아왔다. 메리앤이 막 침대에서 일어나려다가 오랫동안 제대로 쉬지도 먹지도 못한 탓에 머리가 핑 돌면서 바닥으로 떨어질 뻔한 찰나에 가까스로 부축할 수 있었다. 식욕을 잃어버린 지도 어언 여러 날이요, 제대로 잠을 자지 못한 지도 여러 날이었다. 그동안 팽팽한 긴장감으로 겨우 버텨 왔는데, 이제 그 긴장이 풀리자 머리는 아프고 속은 허전하고 온몸이 현기증으로 어질어질했다. 엘리너가 얼른 가져다준 포도주 한 잔을 마시고 한결 마음이 가라앉자 그녀는 비로소 언니가 마음 써 준 것에 대한 고마움을 말로 전할 수 있었다.

"불쌍한 엘리너 언니! 나 때문에 얼마나 힘들까!"

"너한테 위안이 되는 일이라면 뭐라도 하고 싶어." 언니가 대꾸했다.

무슨 말을 해도 그랬겠지만 이 말에도 메리앤의 억장은 무너져 내렸다. 가슴이 찢어지는 듯한 고통 속에서 "아! 엘리너 언니, 난 정말 비참해." 하는 말을 토해 내더니, 이내 그녀의 목소리는 흐느낌 속에 묻혀 버렸다.

엘리너는 이렇게 마구 쏟아 내는 슬픔의 격랑을 더는 말없이 지켜보고 있을 수 없었다.

"힘내, 메리앤 이것아." 그녀가 소리쳤다. "너 자신과 널 사랑하는 사람을 모두 죽이고 싶지 않다면 말이야. 어머니를 생각해 봐. 네가 괴로워하는 동안에 어머닌 또 어떤 심정일지 말이야. 어머닐 위해서라도 힘을 내야지."

"그럴 수 없어, 없다고." 메리앤이 울부짖었다. "날 그냥 둬, 그냥 두라고, 나 때문에 괴롭다면 말이야. 내버려 두고 미워하고 잊어버려! 그렇지만 날 그렇게 고문하진 말아 줘. 아아! 슬픔이라고는 없는 사람들은 힘내라고 말을 쉽게도 하지! 행복한, 행복한 엘리너 언니, 언닌 내 고통이 어떤지 알 수 없을 거야."

"나더러 행복하다고 하니, 메리앤? 아! 네가 알기라도 한다면! 그리고 네가 이렇게 비참해하는데, 언니가 어떻게 행복할 수 있겠니!"

"용서해 줘, 용서해 줘." 그녀가 언니의 목에 팔을 두르면서 말했다. "언니가 나를 안쓰러워하는 거 알아. 언니 마음이 어떤지도 알고. 그렇지만 언닌…… 행복할 것이 틀림없어. 에드워드가 언닐 사랑하고…… 오! 그런 행복을 무엇이 앗아 갈 수 있어?"

"여건에 따라서 얼마든지 그럴 수 있지." 엘리너가 숙연하게 말했다.

"아냐, 아냐, 아냐." 메리앤이 열렬하게 소리쳤다. "그분은 언

널 사랑해, 오직 언니만을. 언니에겐 슬픔이 있을 수 없어."

"네가 이런 지경인데 내게 무슨 낙이 있겠니."

"이제 언닌 다른 모습의 나를 보지 못할 거야. 내 슬픔은 아무것도 앗아 갈 수 없으니까."

"그런 식으로 말하지 마, 메리앤. 좋은 일이 전혀 없니? 친구들도 없고? 실연했다 해서 위로든 뭐든 다 팽개쳐 버릴래? 지금은 이렇게 힘들어하지만, 그 사람의 성격이 더 나중에야 알려졌다면 네가 당했을 고통을 생각해 보라고. 혹여 몇 달이고 약혼 기간을 질질 끌다가 그 사람이 파혼하자고 했다면 말이야. 네 편에서 그렇게 멋도 모르고 믿고 있던 하루하루가 더욱 끔찍한 타격이 되었을 거야."

"약혼이라고!" 메리앤이 소리쳤다. "약혼 같은 건 없었어."

"약혼이 없었다고!"

"없었어. 언니가 생각하듯이 그렇게 몹쓸 사람은 아니야, 그이가. 나하고의 신의를 깨뜨린 것은 아니야."

"그렇지만 널 사랑한다고는 했지?"

"그래…… 아냐…… 절대 그런 적 없어. 매일같이 암시는 있었지만, 명백하게 말로 한 적은 없어. 그런 말을 들었다고 여긴 적도 있긴 한데…… 그건 아니었어."

"그렇지만 네가 그 사람한테 편지를 썼잖니?"

"그랬지. 그런 사이로 지내 왔는데 그게 뭐가 잘못됐어? 아, 말을 못 하겠어."

엘리너는 더 이상 말하지 않고, 이제 전보다 훨씬 더 호기심을 불러일으키는 세 통의 편지를 집어 들고 차례로 읽어 보았다. 첫 번째 편지는 런던에 도착하자마자 동생이 보낸 것으로 이런 내용이었다.

버클리가, 1월

윌러비, 이 편지를 받고 무척 놀라겠지요. 그리고 내가 런던에 있다는 걸 알면 그냥 놀라는 정도가 아닐 거라고 생각해요. 제닝스 부인과 함께이긴 하지만 이쪽으로 올 기회는 저항할 수 없는 유혹이었어요. 이 편지가 제때 도착해서 오늘 밤 여기로 왔으면 하지만, 꼭 그래야 한다는 건 아니고요. 하여간 내일은 기대할게요. 우선 아듀.

M.D.

미들턴가에서 무도회가 있던 다음 날 아침에 쓴 그녀의 두 번째 쪽지에는 이렇게 적혀 있었다.

그저께 당신을 못 만나게 된 것이 얼마나 실망스러운지, 또 일주일 전쯤에 보낸 쪽지에 대한 답변을 받지 못했다는 것이 얼마나 당혹스러운지 말로는 다 못 하겠어요. 기별이 오기를 이제나저제나 기다려 왔고, 그보다는 매 순간 더욱더 보고 싶을 뿐이에요. 되도록 빨리 다시 방문해 왜 기다려도 응답이 없었는지 설명해 주세요. 다음번에는 좀 더 일찍 오세요. 우린 대개 한 시면 나가니까요. 어젯밤에 우린 레이디 미들턴 댁에 갔는데 거기서 무도회가 열렸어요. 당신도 그 모임에 초청받았다는 이야기를 들었는데 아니겠죠? 만약 그게 사실이고 그런데도 당신이 거기 안 왔다면, 당신은 우리가 헤어진 이후 정말 많이 변했음에 틀림없어요. 그러나 전 그럴 리가 없다고 생각하고요. 곧 그게 아니라고 당신이 직접 확인해 주기를 바라고 있어요.

M.D.

그녀의 마지막 쪽지의 내용은 이랬다.

어젯밤 당신의 행동을 보고 제가 무슨 상상을 해야 하나요, 윌러비? 다시 한번 해명을 요구해요. 그동안 헤어져 있었으니 당신을 만나면 당연히 반가울 거라고 여겼고, 바턴에서 친밀하게 지냈으니 마땅히 스스럼없이 대할 수 있을 줄 알았어요. 그런데 그렇게 외면당하다니요! 모욕이라고밖에 보기 어려운 그런 처신을 어떻게든 납득해 보려고 무던히 애쓰면서 비참한 밤을 보냈습니다. 그러나 당신이 왜 그런 행동을 했는지 저로선 아직 그럴 만한 이유를 찾지 못했지만 당신이 해명하겠다면 기꺼이 들어 드리겠어요. 혹 무언가 나에 대한 잘못된 이야기나 모함하는 소리를 듣고서 절 안 좋게 보게 된 건지도 모르겠네요. 그게 무엇인지 말해 주시고, 당신이 그런 행동을 하게 된 근거를 설명해 주세요. 그러면 오해가 풀리실 것이고, 저도 납득이 될 거예요. 당신을 나쁘게 생각해야 한다면 정말 가슴이 아플 겁니다. 그러나 그럴 수밖에 없다면, 당신이 지금까지 우리가 믿어 왔던 사람이 아니고 우리 모두에 대한 당신의 호의는 진지한 것이 아니었고 나에 대한 당신의 태도도 기만적이었다는 걸 제가 알아야만 한다면, 가능한 한 빨리 그리 말씀해 주

세요. 이도 저도 아니니, 제 마음은 지금 지옥이에요. 당신에게
잘못이 없다고 믿고 싶지만, 어느 쪽으로든 판가름 나는 것이
지금 겪고 있는 고통보다는 낫겠지요. 당신의 감정이 더 이상
예전과 같지 않다면, 제 쪽지들을 돌려주시고, 당신이 가지고
있는 제 머리카락도 돌려주시겠지요.

M.D.

이토록 애정과 믿음으로 가득 차 있는 편지들에 그런 답장
을 했다니, 엘리너는 윌러비를 위해서라도 차마 믿고 싶지 않
을 지경이었다. 그러나 그를 비난하는 마음 한편으로 도대체
이런 편지들을 썼다는 것 자체가 경우 없는 짓임을 눈감을 수
는 없었다. 말은 하지 않았지만 그녀는 동생의 신중하지 못한
처신이 못내 안타까웠다. 상대가 요청하지도 않은 사랑의 증
표를 함부로 내주었다가 무슨 보장을 받기는커녕 이번 일로
호되게 당한 것이 아닌가 말이다. 그녀가 편지를 다 읽은 것을
보고서 메리앤은 누구라도 그런 처지에서는 썼을 만한 내용
밖에 없다고 말했다.

"난 엄숙한 언약을 한 것이라고 느꼈어." 그녀가 덧붙였다.
"그야말로 엄격한 법적인 계약이 서로 간에 맺어진 것처럼
말이야."

"나도 그랬을 거라고 생각해." 엘리너가 말했다. "그렇지만
불행히도 그 사람은 그렇게 느끼지 않았던 거지."

"그이도 그렇게 느꼈다고. 정말이야, 엘리너 언니. 몇 주일
동안이나 그렇게 느꼈어. 내가 알아. 지금 그이의 마음이 왜

변했는지 몰라도,(나를 해코지하라는 사악한 마법에 걸리지 않았다면 그리될 리 없어.) 한때 그이한테 나는 너무나 소중한 존재였어. 내 영혼을 다 바쳐도 여한이 없을 정도야. 이 머리 타래, 지금은 이렇게 선선하게 내놓는 이것도, 그이가 그야말로 읍소를 해서 얻어 간 거야. 언니도 그 순간 그이의 눈빛이라든가 태도를 보았더라면, 그이의 목소리를 들었더라면! 우리가 바턴에서 함께 있던 마지막 저녁을 언닌 잊었어? 우리가 헤어지던 아침도! 그이가 우리가 다시 만나려면 몇 주일이 걸릴지 모르겠다고 말했을 때…… 그 비통해하던 모습…… 그이의 비통함을 난 결코 잊을 수 없어!"

잠시 동안 그녀는 말을 잇지 못했다. 그러나 이 격정이 잦아들자 좀 더 꿋꿋한 어조로 이렇게 덧붙였다.

"엘리너 언니, 난 잔인하게 당했어. 그렇지만 윌러비한테서가 아니야."

"얘, 메리앤, 그 사람이 아니면 누구겠니? 누가 그 사람을 부추기기라도 했단 말이니?"

"그이의 마음이 아니라 온 세상에 의해서지. 그이의 본성이 나빠서 이런 잔인한 짓을 저질렀다고 믿기보다는 차라리 내가 아는 모든 인간이 작당을 해서 나를 아주 형편없어 보이게 만든 거라고 믿겠어. 그이가 편지에서 말한 이 여자든 아니면 어느 누구라도, 간단히 말해서, 언니, 엄마, 에드워드만 제외하고는 누구라도 얼마든지 잔인하게 나를 모함할 수 있었을 거야. 셋을 제외하면 나쁜 짓을 저지를 거라고 의심이 안 가는 사람이 윌러비 말고 어디 이 세상에 하나라도 있어? 내가 그이의 마음을 훤히 알고 있는데?"

엘리너는 왈가왈부하고 싶지 않았고, 다만 이렇게 대답했다. "그렇게 혐오스러운 적(敵)이 누구든 간에, 얘 메리앤, 그 자들의 악의에 찬 승리를 헛것으로 만들어 버리자고. 너 자신이 그야말로 떳떳하고 착한 심성을 가지고 있는데 하등 기죽을 것 없어. 그런 악의에 맞설 수 있는 것은 바로 그런 제대로 된 자존감이야."

"아냐, 아냐." 메리앤이 소리쳤다. "나만큼 비참해지면 자존감도 뭐도 사라져. 내가 비참하다는 걸 누가 알든 무슨 상관이야. 이런 내 모습을 보고 세상 모든 사람이 승리감을 만끽하라지. 언니, 언니. 별로 고통을 겪지 않는 사람들이야 얼마든지 자존감을 지키고 독립심도 있겠지. 모욕에 맞서기도 하고 치욕을 갚아 주기도 하고. 하지만 난 못 해. 난 느껴야 해…… 비참해야 해……. 나처럼 고통이 심하지 않은 사람들은 얼마든지 그러라지, 뭐."

"하지만 어머니와 나를 위해서라도……."

"나야 어찌 되었든 어머니와 언니를 생각하면 그러고 싶지. 하지만 이렇게 비참한데 행복한 체해야 하다니……. 아! 누군들 그런 요구를 할 수 있겠어?"

다시 한번 두 사람 다 침묵에 빠졌다. 엘리너는 생각에 잠겨 벽난로에서 창문으로, 창문에서 벽난로로 왔다 갔다 했는데, 벽난로에서는 열기를 받는 것도 몰랐고 창문을 통한 풍경도 식별하지 못했다. 그리고 메리앤은 침대 발치에 앉아서 침대 기둥 가운데 하나에 머리를 기댄 채 다시 윌러비의 편지를 집어 들더니 문장 하나하나마다 몸서리를 치면서 외쳤다.

"이건 너무해! 오! 윌러비, 이게 당신 편지일 수 있다니! 잔인해, 잔인해. 무엇으로도 용서가 안 돼. 무엇으로도, 엘리너언니. 무슨 험담을 들었더라도 우선은 나를 믿어야 하지 않아? 그것에 대해서 나한테 말하고, 나한테 해명할 기회를 주었어야 하지 않아? '저한테 그토록 고맙게도 베풀어 주신 머리카락',(편지에서 그 구절을 되풀이하면서) 이건 용서할 수가 없어. 윌러비, 이런 말을 쓰다니, 도대체 당신에겐 심장도 없나요? 오! 이렇게 무지막지하게 무례하다니! 엘리너 언니, 변명의 여지가 있는 거야?"

"없지, 메리앤, 바늘구멍만큼도."

"그런데, 이 여자…… 무슨 교묘한 수를 썼는지 누가 알아…… 얼마나 오래전부터 미리 계획하고 얼마나 깊이 모략을 꾸민 건지! 누구야? 도대체 누구란 말이야? 그이가 아는 여자들 가운데 젊고 매력적이라고 한 사람이 누구 있었던가? 흥! 아무도 없어, 없다고. 그이는 오직 내 얘기밖에 하지 않았다고."

또 한 번 침묵이 이어졌다. 메리앤은 무척 흥분해 있었고, 이렇게 끝이 났다.

"엘리너 언니, 집에 가야겠어. 가서 어머니를 위로해 드려야겠어. 내일 갈 수 없겠어?"

"내일이라니, 메리앤?"

"그래. 내가 왜 여기 머물러 있어야 해? 난 오직 윌러비 때문에 왔는데…… 이제 나를 좋아하는 사람이 누가 있다고? 나를 아끼는 사람이 있어?"

"내일 출발하는 것은 불가능할 거야. 신세진 것 생각하면 제닝스 부인께는 예의를 다 지켜도 모자랄 판이야. 통상적인 예의만 차리더라도 그렇게 서둘러 떠날 수는 없는 일이고."

"좋아, 그러면 그다음 날이나 다음다음 날이라도. 그렇지만 오래는 절대 못 있어. 오래 있다간 온갖 사람들이 묻고 한마디 씩 할 텐데 그걸 어떻게 견뎌. 미들턴 부부와 파머 부부…… 그 사람들의 동정을 어떻게 견디겠어? 레이디 미들턴 같은 여자한테 동정을 받게 생겼으니! 오! 그이라면 이 사태를 두고 뭐라고 할지!"

엘리너는 다시 한번 누우라고 권했고, 메리앤도 잠깐 동안은 그 말에 따랐다. 그러나 어떤 자세를 취해도 편해지지 않았다. 몸과 마음이 다 갈피를 못 잡고 아파서 그녀는 이리 뒤척 저리 뒤척 했고 마침내 히스테리가 점점 더 심해져서 침대에 붙잡아 두는 데도 애를 먹을 지경이었다. 잠시 엘리너는 도움을 청할 수밖에 없겠다고까지 생각했다. 그렇지만 간신히 구슬려서 라벤더수 몇 방울을 마시게 했더니 효험이 있었다. 그때부터 제닝스 부인이 돌아올 때까지 그녀는 꼼짝하지 않고 침대에 누워 있었다.

8

제닝스 부인은 돌아오자마자 곧장 그들의 방에 들렀다. 들어오시라는 말을 기다릴 새도 없이 문을 열고 들어섰는데 진심으로 걱정하는 표정이 역력했다.

"좀 어떠니, 애야?" 동정이 가득 어린 목소리였는데, 메리앤은 대꾸하려고도 않고 얼굴을 돌려 버렸다.

"동생은 좀 어때, 대시우드 양? 딱하기도 하지! 얼굴이 영 말이 아니네. 놀랄 일도 아니지. 아니, 그게 사실이라니, 글쎄. 그 사람이 곧 결혼하게 된다더구나. 아무짝에도 쓸모없는 녀석 같으니! 그런 녀석은 참아 줄 수가 없네. 테일러 부인이 반시간 전에 말해 주었는데, 장본인인 그레이 양의 각별한 친구한테서 들은 모양이야. 그렇지 않다면 나도 그걸 믿을 수 없었을 거야, 암. 하마터면 정말이지 거의 주저앉을 뻔했지. 그렇다면 이렇게 말해 주고 싶다고 내 말했지. 그것이 사실이라면 그 사람은 내가 아는 한 젊은 숙녀한테 정말 못 할 짓을 한 것이고, 내 그 녀석이 부인 때문에 속을 엄청 썩으라고 고사라도 지내고 싶다고 말이야. 앞으로도 늘 그리 말하고 다닐 거야, 애야, 믿어도 좋아. 난 남자들이 이런 식으로 노는 건 이해 못해. 그리고 내가 행여 그 녀석을 보기라도 한다면, 아주 호되게 닦아세울 거야. 앗, 뜨거라 할 정도로 말이야. 그래도 한 가지 위안이 있긴 있어, 메리앤 양. 세상에 괜찮은 남자가 그 녀석뿐은 아니라는 거지. 얼굴도 예쁘겠다, 따르는 남자들이 줄을 설 거야. 쯧, 불쌍한 것! 더 이상 귀찮게 말아야겠네, 지금 실컷 울고 끝내 버리는 것이 상책이야. 마침 일이 되려는지 오늘 밤에 패리 댁하고 샌더슨 댁 분들이 오기로 했으니까, 그게 기분 전환은 될 게다."

그녀는 발뒤꿈치를 들고 방을 나갔다. 소리를 내면 이 젊은 친구의 아픔이 더 키지기라도 할까 우려하는 듯이.

메리앤은 그들과 정찬을 들기로 마음먹어서 언니를 놀라게 했다. 엘리너는 그러지 말라고 충고까지 했다. 그러나 "아니야, 내려갈 거고, 잘 견뎌 낼 수 있으며, 그래야 나를 두고 난리법석을 덜 떨게 될 것"이라는 거였다. 엘리너는 그녀가 과연 정찬 자리를 끝까지 지킬 수 있을까 믿기 어려웠지만, 이것을 기화로 잠시나마 감정을 추스른 것이 반가워서 더 이상 말을 삼갔다. 그리고 메리앤이 여전히 침대에 있는 동안 옷매무새를 이리저리 살펴 주며 호출이 오기만 하면 바로 정찬실로 데리고 갈 준비를 갖추었다.

정찬실에서 메리앤은 죽을상을 짓기는 했지만 언니의 우려보다는 더 잘 먹고 더 침착했다. 그녀가 말을 하려고 들었거나 제닝스 부인이 악의는 없지만 그렇다고 사려도 없이 자기를 노골적으로 챙긴다는 것을 반이라도 의식했더라면, 이처럼 침착한 태도를 유지하기 어려웠을 것이다. 그러나 그녀의 입에서 단 한 마디도 나오지 않았고, 멍하니 생각에 잠겨서 바로 눈앞에서 벌어지는 일도 모르고 넘어갔다.

엘리너는 제닝스 부인이 친절 세례를 퍼붓는 것이 곤혹스러울 때가 많았고 때로는 거의 우스꽝스럽기도 했지만, 좋은 뜻이라는 것을 알았으므로, 동생에게 고맙다는 인사도 하고 사의도 표하게 했다. 동생에게만 맡겨 두었으면 도저히 그런 인사도 응대도 하지 못했을 것이다. 그들의 선량한 친구인 부인은 메리앤이 불행하다는 것을 알고서 그것을 조금이라도 덜어 주는 것이 자기의 책임이라고 느꼈다. 그래서 그녀는 휴일 마지막 날[39]에 총애하는 아이가 무슨 짓을 해도 오냐오냐 하며 넘어가는 양친 같은 태도로 그녀를 대했다. 메리앤은 벽난로 곁의 가장 좋은 자리를 차지해야 했고, 집 안의 온갖 맛있는 것을 다 먹어 봐야 했으며, 기분을 살리기 위해서 그날 있었던 일을 다 전해 들어야 했다. 동생의 슬픈 안색에서 이 모든 시도가 전혀 통하지 않는다는 것을 보지 않았다면, 엘리너는 각종 사탕 과자와 올리브 및 활활 타는 난로로 실연의 아픔을 치유하고자 하는 제닝스 부인의 노력이 가상했을 것이다. 그렇지만 이런 식으로 반복되다 보니 메리앤도 이를 의식하지 않을 수 없게 되자 그대로 앉아 있는 것이 불가능했다. 참담한 외마디 비명과 함께 언니한테는 따라오지 말라는 손짓을 한 후 바로 일어나 서둘러 방을 빠져나갔다.

"너무 가엾구나!" 그녀가 나가자마자 제닝스 부인이 소리쳤다. "보고 있자니 정말 안됐어! 포도주도 다 마시지 않고 나가 버렸네! 말린 체리도 말이야! 하느님 맙소사! 아무것도 당기는 것이 없는 모양이야. 내 저 아이가 뭘 좋아하는지 알기만 하면 런던을 다 뒤져서라도 가져오라고 할 텐데. 그건 그렇고, 저렇게 예쁜 여자아이에게 물을 먹이는 남자가 있다니 내가 보기엔 참 별일이야! 그러나 한쪽은 돈이 엄청 많고, 다른 쪽은 거의 무일푼인 경우에는, 예쁘고 말고는 상관하지 않지! 하느님 맙소사지, 뭐!"

"그 숙녀는, 그레이 양이라고 하셨던 것 같은데, 대단한 부

---

39) 당시 기숙 학교에 다니는 아이들은 긴 휴일 동안 집에 다녀가곤 했다.

자인 모양이지요?"

"오만 파운드라는구나, 얘야. 본 적이 있니? 똑똑하고 멋진 여성이라는데, 미인은 아니라더구나. 그 여자의 이모를 내가 잘 알지. 비디 헨쇼라고 말이야. 그 여잔 거부하고 결혼했지. 그러나 원래 집안이 다 잘살긴 해. 오만 파운드라! 하여간 궁즉통(窮卽通)이란 말이 빈말이 아니네. 다들 그 사람이 아주 파산했다고 하니깐. 놀랄 것도 없지! 쌍두 이륜마차랑 사냥개랑 몰고 쏘다니더니만! 뭐, 말하기도 구차하긴 하지만, 젊은 남자라면 말이야, 나중에야 어찌 되더라도 예쁜 여자애를 만나서 사랑을 고백하고 결혼을 약속할 때는, 자기가 가난해지고 더 부자인 여자가 받아 준다고 오리발을 내밀어서는 안 되지. 그런 경우엔 말을 팔아 치우고, 집도 세를 주고, 하인들도 내보내 버리고, 아예 확 뜯어고쳐야 되는 것 아니야? 내 보증이라도 하겠는데, 메리앤 양은 일이 풀릴 때까지 기다릴 준비가 되어 있었을 거야. 하지만 요즈음에는 그게 안 통하지. 요새 청년들은 입에 달면 도무지 포기하는 법이 없거든."

"그레이 양이 어떤 여자인지 아시나요? 상냥한 성격이라고들 하는지요?"

"나쁜 소리는 못 들었지. 뭐, 하기야 그 여자 얘긴 들어 본 적이 별로 없어. 테일러 부인이 오늘 아침에 해 준 말 말고는 말이야. 언젠가 워크 양이 슬쩍 하는 말이, 엘리슨 씨 내외는 그레이 양을 결혼시키는 데 이의가 없을 거라더군. 그레이 양이랑 엘리슨 부인은 늘 아웅다웅이니까."

"그런데 엘리슨 부부는 누군데요?"

"그레이 양 후견인이란다. 뭐, 이제 그 아가씨도 성년이 되었으니 저 혼자서 선택할 수도 있는 거지. 참 잘도 선택한 거지만 말이다! 아, 그런데……." 잠시 말을 멈추었다가 계속했다. "네 불쌍한 동생은 방에 들어박혀 혼자 울고 있나 본데. 뭐 좀 위안이 될 만한 것이 어디 없을까? 가련한 것 같으니, 혼자 있게 내버려 두는 건 너무 무정한 것 같아. 아 그래, 좀 있으면 손님들이 몇 명 오기로 했으니 그래도 재미가 있겠지. 우리 무슨 게임을 할까? 휘스트를 그 아이가 싫어한다는 건 아는데. 그 아이가 좋아하는 라운드 게임 뭐 없어?"

"마음 써 주셔서 감사합니다만, 이렇게까지 친절을 베푸실 필요는 없어요. 메리앤은 오늘 저녁 방에서 나오지 않을 것 같아요. 일찍 잠자리에 들라고 제가 한번 설득해 볼게요. 좀 쉴 필요가 있으니까요."

"그래, 걔한테는 그게 제일 좋겠구나. 저녁은 알아서 간단히 들게 하고 재우는 것이 낫겠어. 세상에! 지난 한두 주 사이에 안색이 핼쑥하고 풀이 죽어 있었던 것도 놀랄 일은 아니었어. 이 문제가 머리에서 뱅뱅 돌고 있었던 거야. 그러다가 오늘 온 편지가 모든 것을 끝장내 버렸고! 정말 가여워! 내 그런 사정을 알기만 했더라면 천금을 주더라도 그걸 가지고 농담을 하진 않았을 게다. 그러나 그때야 어찌 짐작이라도 했겠니? 나야 뭐, 흔한 연애편지 정도인 줄 알았지. 그리고 너도 알다시피 젊은 사람들이란 그런 일로 놀림당하는 걸 좋아하잖니. 세상에! 존 경과 내 딸들이 이 소식을 들으면 얼마나 걱정을 할까! 내가 정신이 좀 있었더라면, 집에 오는 길에 콘듀이가에 들러서 전해 줄 수도 있었을 텐데. 그렇지만 내일은 보게 되겠지."

"파머 부인과 존 경한테 제 동생 앞에서 윌러비 씨 이름을 들먹이지 못하게 하거나 지난 일은 암시조차 하지 말라고 주의를 주실 필요는 없으실 거라고 봐요. 성품이 좋은 분들이시니 그 애가 있는 자리에서 아는 척하는 것이 정말 잔인한 짓이라는 걸 아실 테니까요. 저 자신도 그런 이야기는 적게 들을수록 시름을 덜게 될 거고요. 구태여 말씀 안 드려도 잘 아실 테지만요."

"아이고! 세상에! 그럼, 알고말고. 그런 말이 오가는 걸 듣는 게 너한테야 당연히 끔찍할 테지. 그것에 대해선 세상없어도 그 아이한테 한마디도 하지 않겠다고 약속하마. 너도 봤지, 정찬 드는 내내 일언반구도 하지 않았잖아. 존 경과 내 딸들도 안 할 거다. 모두 사려 깊고 생각 있는 사람들이니. 특히 내가 슬쩍 일러두면 말이야. 내 반드시 그리하지. 나로 말하면, 이런 일은 떠들어 대지 않을수록 더 낫고, 더 빨리 날려가 버리고 잊혀 버린다고 생각한다. 이러쿵저러쿵 해 봐야 무슨 득 될 것이 있겠니?"

"이런 일에서는 해만 끼칠 거예요. 비슷한 경우도 많겠지만 이번에는 유독 더 그럴 것 같고요. 각 당사자의 사정을 보더라도 공개적으로 입에 오르내리는 것이 그리 적절치 않았던 셈이니까요. 이 점에서는 윌러비 씨 편을 좀 들어야겠어요. 그이가 제 동생과의 확실한 언약을 깬 적은 없어요."

"세상에, 애야! 그 사람을 두둔하는 척은 마라. 확실한 언약이 없었다고! 알렌험 하우스에 그 아이를 데려가서는 장차 자기들이 들어가 살 방까지 정해 놓고서!"

엘리너는 동생을 생각해서 이 문제는 이 정도에서 그치기로 했다. 또 윌러비를 위해서도 굳이 더 따지고 들 필요가 없지 않나 했다. 진상이 밝혀지면 메리앤도 손실이 크겠지만 그도 얻을 것이 거의 없을 터였기 때문이다. 양쪽에서 짧은 침묵이 있은 후, 제닝스 부인은 웃고 떠들어 대는 타고난 기질을 발휘해 다시 이렇게 터트렸다.

"그건 그렇고, 얘야, 비 오면 우산 장수가 신난다는 말이 하나 그르지 않구나. 브랜던 대령한테는 아주 잘된 셈일 테니 말이다. 결국에는 대령이 그 아이를 차지하겠지. 암, 그럴 거야. 두 사람이 한여름까지 결혼하지 않는지 어디 한번 보자고. 세상에! 이 소식을 들으면 그가 얼마나 껄껄댈까! 오늘 밤에 오면 좋겠다. 네 동생한텐 백번 더 나은 결혼일 거야. 빚이나 환부금도 일절 없이 연수 이천이라고. 뭐, 사생아가 하나 있긴 하지. 그래, 그 여자아일 잊고 있었군. 그러나 걔는 큰 비용 안 들이고 어디 기숙 학교 급비생 정도로 보내도 될 테고, 큰 문제야 어디 있겠어? 델라퍼드는 멋진 곳이야, 내 잘 알지. 고색창연하다는 말이 딱 어울리는 곳이지. 아늑하고 편리한 것들로 가득 차 있고. 그 시골에서 최고인 과실나무가 꽉 들어차 있는 넓은 정원이 담장인 셈인데, 한구석에는 정말 멋있는 뽕나무가 있어! 세상에! 샬럿과 난 딱 한 번 거기 갔지만, 얼마나 먹어 댔는지 몰라! 그리고 비둘기 집도 하나 있고, 멋진 양어장도 몇 개 있고, 아주 예쁜 운하도 있어. 한마디로 해서, 원하는 건 뭐든지 있지. 더구나 교회가 가깝고 유료 도로에서 불과 사분의 일 마일이라, 이게 전혀 따분하지가 않아. 저택 뒤에 주목으로 만든 정자에 올라가서 앉아 있기만 하면, 지나가는 마차들을 죄다 볼 수 있지. 아유! 정말 멋진 곳이야! 마을 푸줏간은 아예 마빡을 치고 있고, 목사관은 엎어지면 코 닿을 데 있지. 내 생각으로는 바턴 파크보다 천배는 더 예뻐. 바턴 파크에서는 고기를 사려면 삼 마일이나 가야 되고, 너희 어머니보다 더 가까운 이웃도 없잖아. 자, 내 요량껏 대령을 부추겨야겠다. 고기도 먹던 사람이 잘 먹는다지 않아. 윌러비를 그 아이의 머리에서 몰아낼 수만 있다면 좋겠는데!"

"네, 그렇게만 할 수 있다면요, 아주머님, 브랜던 대령이 있건 없건 좋을 텐데요." 엘리너가 말하고는 일어나 메리앤을 보려고 나갔다. 메리앤은 짐작대로 자기 방에 있었는데, 조금 남은 벽난로 숯불 위로 몸을 굽히고 말없이 슬픔에 빠져 있었다. 엘리너가 들어갈 때까지는 따로 촛불도 켜지 않았다.

"날 그냥 내버려 둬." 언니더러 한다는 소리는 그것이 전부였다.

"내버려 둘 거야." 엘리너가 말했다. "네가 잠자리에 들면 말이야." 그러나 처음에는 도저히 마음이 잡히지 않는지 일단 고집을 부리며 말을 듣지 않으려 했다. 그렇지만 언니가 부드러우면서도 간곡하게 설득하자 곧 수그러들었고 엘리너는 동생이 아픈 머리를 베개에 눕히고 자기의 바람처럼 그런대로 조용히 쉬고 있는 것을 보고 방을 나왔다.

그녀가 다시 돌아간 곳은 응접실이었는데, 얼마 안 있으니 무언가가 채워진 잔을 손에 든 제닝스 부인이 들어왔다.

"얘야." 들어오면서 그녀가 말했다. "이 집에 지금까지 맛본 것 가운데 최상급의 오래 묵은 콘스탄티아 포도주가 좀 있다는 게 방금 생각났구나. 그래 내 너의 동생에게 주려고 한 잔 가지고 왔다. 불쌍한 내 남편! 이걸 얼마나 좋아했는데! 그이는 고질적인 위장성 통풍이 도질 때마다 세상 다른 어떤 것보다 이것이 잘 듣는다고 말했지. 동생한테 갖다주려무나."

"아주머님." 잘 듣는다고 하면서 들먹이는 증상이 엉뚱해서 미소를 지으며 엘리너가 대답했다. "너무 친절하세요! 하지만 방금 메리앤이 잠자리에 들었고 거의 잠드는 걸 보고 나왔거든요. 그리고 쉬는 것보다 동생한테 도움이 되는 것이 없을 것 같으니 괜찮으시다면 포도주는 제가 마실게요."

제닝스 부인은 오 분 더 일찍 오지 못한 것을 아쉬워했지만 이 타협안에 만족했다. 그리고 엘리너는 포도주를 죽 들이켜면서 그것이 위장성 통풍에 효험이 있는 것이야 지금의 자기한테 별로 중요치 않지만, 마음의 병을 다스리는 힘이 있는지는 동생한테뿐 아니라 자기한테도 한번 시험해 볼 만하겠다고 생각했다.

일행이 차를 마시고 있을 때 브랜던 대령이 들어왔다. 메리앤이 있는지 방 안을 둘러보는 품으로 보아 엘리너는 그가 동생이 있을 것이라고는 예상하지 않았고 볼 생각도 아니었다는 것을 바로 알 수 있었다. 동생이 자리에 없는 사연을 알고 있는 모양이었다. 제닝스 부인에게는 같은 생각이 나지 않았는지 그가 들어온 후 곧 방을 가로질러 엘리너가 주재하고 있는 차 탁자로 걸어와서 속삭이는 것이었다. "대령의 표정이 여느 때처럼 근엄하군. 아직 아무것도 모르는 모양이야. 얘, 어서 가서 말해 주렴."

그는 잠시 후 그녀의 의자 쪽으로 자기 의자를 당기고는 동생의 안부를 물었는데, 알 만큼 안다는 표정이 역력했다.

"메리앤은 몸이 안 좋아요." 그녀가 말했다. "하루 종일 몸이 불편해서 자리에 들라고 설득했답니다."

"그렇군요." 그가 머뭇거리면서 대답했다. "그렇다면 아마도 제가 오늘 아침 들은 이야기가…… 처음에는 설마 했는데 사실이긴 한가 보군요."

"무슨 말을 들으셨는데요?"

"어떤 신사분이, 저도 알 만한…… 요컨대 약혼한 것으로 제가 알던 남자 말입니다……. 하지만 이런 말씀을 어떻게 드려야 할지요? 틀림없이 그러시겠지만 이미 알고 계신다면 굳이 꺼내지 않는 편이 낫겠습니다."

"말씀하실 것이……." 엘리너가 애써 침착한 태도로 대답했다. "윌러비 씨가 그레이 양과 결혼한다는 것이라면, 네, 저희도 다 알고 있답니다. 오늘은 모든 것이 밝혀진 날인 것 같네요. 우리도 바로 오늘 아침에 처음으로 알게 되었으니까요. 윌러비 씨는 속을 알 수 없는 사람이죠! 그 이야기를 어디서 들으셨어요?"

"팰맬에 있는 문방구점에서입니다. 거기서 볼일이 있었거든요. 두 숙녀분이 마차가 오길 기다리고 있었는데, 그중 한 분이 별로 감추려는 기색도 없이 예정된 결혼에 대해서 말하더군요. 그래서 안 들을 수가 없었던 겁니다. 처음에는 윌러비,

존 윌러비라는 이름이 자주 되풀이되는 바람에 제 주의를 끌었는데, 뒤따라 나온 이야기는 그 사람과 그레이 양의 결혼이 확정되었다는 것이고, 더 이상 비밀도 아니라더군요. 몇 주 안에 결혼식이 있을 거라면서, 여러 가지 구체적인 준비 등등에 대해서 말했습니다. 한 가지가 특히 기억나는데, 그것으로 당사자가 누구인지 더 확연하게 알 수 있었기 때문입니다. 예식이 끝나자마자 그들은 서머싯에 있는 그의 저택인 쿰 마그나로 갈 것이라는 겁니다. 깜짝 놀랐습니다! 그렇지만 당시의 제 심정을 설명드리기란 불가능할 겁니다. 그분들이 나갈 때까지 가게에 있다가 물어보니, 그런 말을 한 부인은 엘리슨 부인이라고 하고, 나중에 들은 바로는 그 부인이 그레이 양의 후견인이더군요.”

“그래요. 그런데 그레이 양이 오만 파운드를 가지고 있다는 말도 들으셨나요? 굳이 이유를 대자면 거기서 찾을 수도 있지 않나 해요.”

“그럴 수도 있겠지요. 그러나 윌러비가 그런 짓을…… 적어도 제 생각에는.” 그는 잠시 멈추었다. 그러고 나서 좀 자신 없는 목소리로 이렇게 덧붙였다. “그리고 당신의 동생분은…… 어떤 상태인지…….”

“극심한 고통을 겪었어요. 오래 끌지나 말았으면 하고 바랄 뿐이고요. 아주 가슴이 미어지게 아파했고 지금도 그래요. 제 생각으론 어제까지 걔는 그이의 애정을 전혀 의심치 않았고, 심지어 지금조차 그럴지 몰라요. 그러나 저는 그렇게 생각하지 않습니다. 그 사람이 동생을 진정으로 사랑했다고 할 수 없어요. 아주 기만적이었어요! 그리고 어떤 점에서는 아주 무정한 것 같기도 하고요."

"아, 네!" 브랜던 대령이 말했다. "그건 정말 그렇습니다! 하지만 동생분은 그렇게 생각하지 않는다고…… 그리 말씀하신 것 같은데."

"그 애의 기질을 아시잖아요. 할 수만 있다면 그 사람을 변호해 보려고 무진 애를 쓰리라는 것, 짐작 되실 겁니다."

그는 대답하지 않았다. 그리고 얼마 안 있어 찻잔 등이 치워지고 카드 팀들이 꾸려지자 그 화제는 막을 내릴 수밖에 없었다. 제닝스 부인은 그들이 대화를 나누는 것을 즐겁게 지켜보았고, 대시우드 양의 말을 듣고 나면 곧바로 브랜던 대령이 희망과 행복으로 활짝 피어나는 젊은이처럼 명랑해질 것이라고 기대했는데, 놀랍게도 그가 저녁 내내 여느 때보다 더 심각한 생각에 빠져 있는 것을 보게 되었다.

9

메리앤은 다음 날 아침 생각보다 많이 자긴 했지만 잠자리에 들 때와 똑같이 비참한 심정으로 눈을 떴다.

엘리너는 동생에게 될 수 있는 대로 자신의 감정을 토로해 보라고 부추겼다. 아침 식사가 준비되기 전에 몇 번이고 되풀이해 이 이야기를 나누었는데, 엘리너 편에서는 역시 꾸준한 믿음을 가지고 다정한 충고를 했으며 메리앤 편에서는 역시 격렬한 감정을 엿보이고 생각이 오락가락했다. 메리앤은 때로는 윌러비가 자신만큼 불운하고 결백하다고 믿다가도 다음 순간에는 그가 면죄받을 수 없다는 생각에 우울해졌다. 세상의 이목이 무슨 상관이냐고 하다가도 어느 순간에는 그것을 피해 숨어 버리고 싶어 했고 다음 순간에는 힘을 내서 거기에 맞서려고 들었다. 그렇지만 한 가지 점에서는 변함없었는데, 막상 제닝스 부인이 있는 자리는 가능하면 피하려고 했고 어쩔 수 없이 동석하는 경우에는 입을 꾹 다물었다. 제닝스 부인이 연민을 가지고 자기 슬픔에 개입하고 있다는 생각이 들면 마음을 굳게 닫아 버렸다.

"아냐, 아냐, 아냐, 그럴 수 없어." 그녀가 소리쳤다. "부인은 느낄 줄 몰라. 친절하다지만 공감은 아니고, 살갑게 대하지만 따뜻하진 않아. 원하는 건 가십거리가 전분데 지금은 내가 그걸 제공해 주니까 날 좋아하는 거지, 딴 게 없어."

꼭 이 경우가 아니더라도 엘리너는 동생이 다른 사람들을 종종 부당하게 평가한다는 것을 익히 알고 있었다. 워낙 과민할 정도로 고결한 성품을 가진 데다 강한 감수성에서 나오는 섬세함이라든가 세련된 매너의 우아함에 너무 큰 비중을 두었기 때문이다. 세상 사람 가운데 똑똑하고 성격 좋은 사람이 반이 넘는다면, 메리앤도 그 가운데 하나로 뛰어난 능력과 성품을 겸비하고 있지만, 분별도 없고 공정성도 없었다. 다른 사람들한테서 자기와 똑같은 의견과 감정을 기대했고, 그들의 행동이 자기에게 곧바로 어떤 영향을 미치는지에 따라서 그들의 동기를 판단했다. 그래서 두 자매가 아침 식사 후 자기

네 방에 함께 있을 때 메리앤이 제닝스 부인의 마음씨를 한참 평가절하하는 사건이 일어났다. 제닝스 부인은 순전히 선의로 한 행동인데 메리앤에게 워낙 이런 약점이 있다 보니 우연찮게도 새로운 고통의 원인이 되고 말았다.

편지 한 장 든 손을 앞으로 쭉 내밀고서 위안이 되겠다는 생각에 만면에 환한 미소를 띤 채 제닝스 부인이 그들의 방으로 들어오면서 말했다.

"자, 얘야, 너한테 참 좋은 걸 가져왔다."

메리앤은 반색을 했다. 한순간에 그녀의 상상력은 윌러비한테 온 편지를 눈앞에 펼쳐 놓는 것이었다. 애정과 회한으로 가득 차 있고 지난 일들을 만족스럽고도 설득력 있게 설명하는 그 편지를. 곧이어 윌러비 본인이 나타났으니 방으로 뛰어 들어와서 그녀의 발치에 엎어져서는 간절한 눈빛으로 자기 편지의 내용을 웅변적으로 확인해 주는 것이었다. 이 한순간의 작품은 다음 순간 파괴되었다. 그때까지는 반갑지 않은 적이 없었던 어머니의 필체가 눈앞에 있었다. 그리고 이처럼 희망 이상의 황홀경에 이어서 극도의 실망을 겪은 나머지 그녀는 그 순간까지 자기가 겪은 고통은 고통도 아니라고 느낄 정도였다.

제닝스 부인의 잔인함으로 말하면 설령 말이 술술 나오는 때라고 해도 도저히 필설로는 표현할 수 없었을 것이다. 그러니 이제 두 눈에서 펑펑 흘러내리는 눈물로만 그녀를 비난할 수 있을 뿐이었다. 그렇지만 그 비난은 완전히 표적을 상실했으니, 부인은 여전히 그 편지를 위문품으로 삼고서 구구절절 동정의 말을 늘어놓은 후 물러났다. 그러나 메리앤이 마음을 가라앉히고 읽어 보니 그 편지는 전혀 위안이 되지 못했다. 윌러비라는 이름이 페이지마다 꽉 차 있었던 것이다. 어머니는 여전히 그들이 결혼 약속이 되어 있다고 확신했고 그의 마음이 변치 않았음을 철석같이 믿었다. 다만 엘리너가 부탁하니까 메리앤더러 이제 좀 자기들에게 공개해 달라고 했던 것이다. 이런 부탁을 하는 가운데 그녀에 대한 다정한 마음과 윌러비에 대한 깊은 애정 그리고 앞으로 그들이 행복하리라는 믿음이 담겨 있어서 그녀는 편지를 읽는 내내 괴로움에 울었다.

어서 빨리 집으로 가고 싶은 마음이 솟구쳤다. 어머니가 어느 때보다도 더 소중하게 여겨진 것이다. 윌러비를 지나치리만큼 믿어 마지않는다는 바로 그 점 때문에 더욱 그랬다. 그녀는 가고 싶어서 미칠 지경이었다. 엘리너는 메리앤이 런던에 있는 것이 나을지 바턴에 있는 것이 나을지 판단을 내릴 수 없어서 어머니의 의사를 알 때까지 기다려 보자는 말밖에 해 줄 수 없었다. 그리고 마침내 그러겠다는 동의를 얻었다.

제닝스 부인은 여느 때보다 더 일찍 외출했다. 미들턴 부부와 파머 부부가 그녀 자신만큼 통탄할 수 있을 때까지는 마음이 편치 않기 때문이다. 모시고 가겠다는 엘리너의 제안을 한마디로 거절하고서 그날 정찬 시간까지 혼자 돌아다녔다. 엘리너는 편지를 쓰려고 앉았는데, 자기가 지금 쓰려고 하는 내용이 어머니에게 어떤 고통을 줄지 생각하면 마음이 무거웠고, 메리앤이 받은 편지로 미루어 어머니한테 자기가 왜 그러는지 근거를 제대로 대지 못했다는 것을 절감했다. 하여간 지난 일을 설명하고 앞으로 어떻게 하면 좋을지 여쭈어보기로 했다. 그 사이에 제닝스 부인이 나가자마자 응접실로 들어온 메리앤은 엘리너가 편지를 쓰고 있는 탁자에 꼭 붙어서 언니의 펜이 움직이는 것을 지켜보면서 이런 일을 하기가 참 어려울 텐데 하며 걱정하고 그 편지가 어머니한테 미칠 영향을 생각하며 못내 슬퍼했다.

이런 식으로 십오 분 정도 보냈을까, 신경이 예민해져 있어서 갑작스럽게 나는 소리를 못 견뎌 하던 메리앤이 누가 문을 두드리자 화들짝 놀랐다.

"도대체 누구야?" 엘리너가 소리쳤다. "그것도 이렇게 일찍! 우리끼리 있게 되었구나 생각했는데."

메리앤이 창문으로 다가갔다.

"브랜던 대령이야!" 그녀가 짜증을 내며 말했다. "저이는 아무 때나 들이닥친다니까."

"안 들어오실 거야, 제닝스 부인이 출타 중이시니."

"난 그건 장담 못 해." 그녀가 자기 방으로 물러나면서 말했다. "하는 일 없이 시간이 남아도는 사람은 남의 시간 귀한 줄을 모른다니까."

비록 그 근거가 부실하다고 해도 이번에는 그녀의 추측이 옳다는 것이 드러났다. 브랜던 대령이 들어왔던 것이다. 엘리너는 그가 메리앤이 걱정되어서 왔다고 확신했고 그의 불안하고 우울한 표정과 짧지만 걱정스럽게 동생의 안부를 묻는 데서 그런 걱정을 읽었으므로, 동생이 그를 그렇게 업신여기는 것을 용서할 수 없었다.

"본드가에서 제닝스 부인을 만났습니다." 첫 인사가 끝난 후 그가 말했다. "부인께서 가 보라고 권하시더군요. 한결 쉽게 그래 볼까 하는 생각이 든 것은 필시 당신이 혼자 있지 않겠나 해서였는데, 제가 원하는 것이 바로 그것이었지요. 제 목적은…… 제 소망은…… 둘이서만 봤으면 하는 소망은…… 그게 유일한 이유라고 전 믿는데…… 어떻게든 위로를 드리고자 했던 거지요. 아니, 위로라고 해서는 안 되겠지요. 당장의 위로가 아니라…… 믿음이랄까, 동생분의 마음에 지속적인 믿음을 드릴까 해서. 동생분, 당신, 두 분의 어머니에 대한 저의 호의…… 어떤 상황을 말씀드려서 그 호의를 입증해 드리고 싶습니다만…… 그런 말씀을 드리는 것은 진심 어린 호의 말고는 딴 뜻이 없습니다만…… 도움이 되어 드리고 싶은 열망 말고는 말이지요. 제 행동이 잘못이라고는 생각하지 않고, 제가 옳다는 것을 스스로에게 납득시키는 데 참 많은 시간을 보냈습니다만, 혹 제가 틀렸을지도 모른다고 우려할 만한 이유가 없지는 않겠지요?" 그가 말을 멈추었다.

"이해합니다." 엘리너가 말했다. "저한테 윌러비 씨에 대해 뭔가 말해 주시려는 거지요. 그분의 성격을 더 밝혀 줄 얘기요. 그걸 말씀해 주시면 메리앤한테는 최상의 우정을 베푸시는 거예요. 그런 목적으로 주시는 어떤 정보도 즉시 저의 감사를 받을 것이고, 때가 되면 그 애의 감사도 받을 것이 분명해요. 아무 걱정 마시고 들려주세요."

"그러지요. 저, 간단히 말해서, 제가 지난 10월에 바턴을 떠났을 때, 아니 이거로는 부족하겠군요, 더 과거로 소급해야겠습니다. 제 말솜씨가 형편없다고 여기시겠습니다만, 대시우드 양. 어디서 시작해야 할지 잘 모르겠군요. 저 자신에 대해서 간략하게 설명드리는 것이 필요할 텐데, 짧게 하겠습니다. 이런 이야기를……." 그가 깊은 한숨을 쉬었다. "장황하게 늘어놓을 생각은 별로 없습니다."

그는 마음을 가다듬는 듯 잠시 멈추었다 한 번 더 한숨을 쉬고서 계속했다.

"당신은 까맣게 잊어버리고 계실 것이 분명합니다만, 바턴 파크에서 우리 사이에 오간 대화 말인데요.(인상에 남을 정도의 대화는 아니었지 않나 해서요.) ……무도회가 있던 저녁이었는데, 그때 제가 한때 알고 지내던 여자분이 동생인 메리앤을 상당히 닮았다고 한 적이 있지요."

"그래요." 엘리너가 대답했다. "저도 잊지는 않았어요." 기억한다는 말에 그의 표정이 밝아졌고 이렇게 덧붙였다.

"애틋한 추억 때문에 확실치 않고 생각이 그렇게 돌아갔는지는 모르겠습니다만, 두 사람은 몸매나 정신이나 너무 많이 닮았습니다. 똑같이 뜨거운 가슴을 가졌고, 똑같이 상상력과 기가 펄펄 살아 있지요. 이 숙녀는 저의 아주 가까운 친척이었는데, 어린 시절부터 고아였고, 제 부친의 보호를 받고 있었답니다. 우리는 나이가 비슷해서 아주 어릴 때부터 놀이 동무이고 친구였어요. 일라이자를 사랑하지 않았던 때를 전 기억 못 합니다. 자라면서 저는 그녀를 너무나 사랑하게 되었는데, 쓸쓸하고 생기도 없이 근엄하기만 한 지금 저의 모습으로 보아서는 과연 저 사람이 그런 사랑을 느끼기나 했을까 의심이 갈 정도였을 겁니다. 제 생각이지만, 그녀의 저에 대한 사랑도 윌러비 씨에 대한 동생분의 애정만큼이나 열렬했어요. 그리고 원인은 다르지만 동생분에 못지않게 불운하기도 했습니다. 열일곱이 되자 그녀는 나를 영원히 잃고 말았습니다. 결혼을 하게 된 거지요. 자기 뜻과는 어긋나게 제 형과 말이에요. 그녀는 재산이 많았고, 우리 가족의 토지는 저당이 잡혀 있었어요. 그리고 유감스럽게도 그녀의 아저씨이자 후견인이었던 사람이 베풀어 준 일이라고는 이것이 전부가 아닌가 합니다. 제형은 그녀를 맞아들일 자격이 없었습니다. 사랑하지도 않았지요. 저는 그녀가 저를 사랑하는 마음으로 어떤 어려움이라도 꿋꿋하게 견뎌 주기를 바랐고 얼마 동안은 그랬습니다. 그러나 그녀가 혹독한 짓을 당하고 비참한 처지가 되자 그만 애초의 각오도 꺾이고 말았습니다. 비록 저하고 약속하기로는 절대……. 정말 두서없이 말하고 있군요! 일이 어떻게 이리 되었는지 말씀드린 적이 없는데. 우린 몇 시간 안으로 스코틀랜드로 같이 도망가기로 되어 있었어요.[40] 제 사촌의 하녀가 배신한 건지 어리석었기 때문인지 어쨌든 우린 들켜 버렸습니다. 나는 아주 먼 친척 집으로 쫓겨났고, 그녀는 제 부친의 뜻이 관철될 때까지는 자유도, 교제도, 오락도 금지당했습니다. 그녀가 의연하게 버틸 것이라고 철석같이 믿었기 때문에, 저는 심각한 타격을 받았습니다. 그러나 그녀의 결혼 생활이 행복하기만 했어도, 그때 전 어렸기 때문에 몇 달이 지나면 그럭저

---

40) 당시 스코틀랜드에서는 스물한 살이 안 돼도 부모나 후견인의 동의 없이 결혼할 수 있었다.

럭 받아들였을 것이고 아니면 적어도 지금 와서 애통해할 필
요도 없었겠지요. 그러나 사태가 그리되진 않았어요. 형에겐
그녀에 대한 사랑이 전혀 없었습니다. 마땅히 찾아야 할 곳이
아니라 다른 데서 즐거움을 찾고, 처음부터 그녀를 함부로 대
했지요. 제 형수처럼 그렇게 어리고, 발랄하고, 세상모르는 사
람한테 그 결과는 너무나 뻔했지요. 처음에는 자기의 비참한
처지에 마냥 체념해 버리더군요. 저와의 추억이 불러일으킨 그
회한을 이겨 내고 그렇게 살아 내느니 차라리 죽는 것이 나았
을지도 모릅니다. 그러니 그녀가 타락한 것이 어찌 놀랄 일이
겠습니까? 남편이라는 작자는 마음이 떠날 수밖에 없이 만들
고, 충고하거나 붙들어 줄 친구도 하나 없었으니 말이지요.(제
부친은 그들이 결혼한 지 불과 몇 달 후에 돌아가셨고 저는 동인도
제도의 연대에서 복무 중이었어요.) 제가 잉글랜드에 머물러 있
었더라면 혹시⋯⋯. 그러나 저로서는 몇 년간 떨어져 있는 것
이 서로의 행복에 도움이 되겠다는 생각으로, 그 목적으로 전
출을 간 것입니다. 그녀의 결혼으로 받은 충격은⋯⋯." 목소리
가 크게 흔들리면서 그가 계속했다. "약 이 년 후의 이혼 소식
에 받았던 충격에 비하면 그리 대단치 않았습니다⋯⋯. 아무
것도 아니었지요⋯⋯. 이렇게 암울해진 것도 바로 그것 때문입
니다⋯⋯. 지금도 내가 겪었던 일을 떠올리면⋯⋯."

그는 더 이상 말을 잇지 못하고 일어나서 몇 분간 초조하게
방안을 서성댔다. 엘리너는 그의 이야기에, 무엇보다 그의 슬
픔에 감명을 받아서 입을 뗄 수 없었다. 그는 그녀의 심려를
알고는 다가와서 손을 꼭 잡고 감사와 존경의 마음을 담아 손

에 입술을 댔다. 몇 분 더 침묵을 지킨 끝에야 그는 담담하게 다시 시작할 수 있었다.

"이 불행한 일이 있은 후 거의 삼 년이 지나서야 전 잉글랜드로 돌아왔습니다. 이윽고 도착하자 제가 가장 먼저 한 일은 물론 그녀를 찾는 것이었지요. 그러나 그 추적은 우울하기도 했고 성과도 없었답니다. 그녀를 처음 유혹한 사람은 찾았으나 그 이상은 종적이 묘연했고, 아무리 보아도 그 이후로 오히려 타락한 생활로 더 깊이 빠져든 것이 확실한 것 같았지요. 그녀의 법적 이혼 수당41)은 신분에 맞게 살기에는 어림도 없었고 안락한 생활을 보장할 만큼도 충분치 않았지요. 그리고 형한테 들으니 그 연금을 받을 권한이 그 몇 달 전쯤에 다른 사람한테 넘어간 모양입니다. 형은 그녀의 낭비벽과 그에 따른 당장의 곤경을 벗어나기 위해서 목돈을 받고 그 권한을 넘긴 것이 아닌가 하더군요. 아주 냉정하게 그러더군요. 그렇지만 마침내, 잉글랜드로 돌아온 지 여섯 달 만에 전 그녀를 찾아냈습니다. 전에 제 하인이었다가 이후로 불행을 겪게 된 사람이 있었는데 이 사람이 빚 때문에 한 채무자 예비 수용소에 갇혀 있어서 면회를 갔다가, 제 불행한 형수를 만나게 된 것입니다. 그곳에, 같은 수용소에 그 하인처럼 갇혀 있더군요. 너무 변했고…… 너무 시들었고…… 고통이 얼마나 심했던지 지칠 대로 지쳐 있더군요! 제 눈앞에 있는 그 서글피 병든 모습이 한때 제가 애지중지 아끼던 그 활짝 피어난 꽃처럼 사랑스럽

---

41) 이혼 시 대개 연금 형태로 받는 보상금.

고 건강하던 소녀라니, 정말 믿을 수 없었어요. 그녀를 바라보는 제 심정이 어떠했는지는……. 그렇지만 그러지 않아도 힘드실 텐데 군이 그 이야기까지 해서 당신의 마음을 아프게 해서는 안 되겠지요. 폐병 말기에 이른 것이 확실하다는 것이, 네, 그런 상황에서는 그것이 가장 커다란 위안이었답니다. 남은 삶이라고 해 봐야 죽음을 더 잘 맞이하도록 준비할 시간 정도밖에 없었습니다. 그렇게 했습니다. 편안한 거처로 옮기고, 시중꾼들을 붙여서 보살피게 했습니다. 짧은 생애의 마지막 남은 그 시간 동안 제가 매일 방문했지요. 임종도 지켜보았답니다."

다시 한번 그는 말을 멈추고 마음을 가다듬었다. 엘리너의 입에서는 그의 불행한 친구의 운명을 안타까워하는 탄성이 새어 나왔다.

"제 불쌍하고 타락한 친척이 동생분과 비슷한 점이 있다고 생각한다 해서 동생분의 마음이 상하지 않았으면 합니다." 그가 말했다. "두 사람의 운명이 같을 수는 없습니다. 제 친척의 타고난 상냥한 성품을 좀 더 단단한 정신이 지켜 주었거나 그것이 더 행복한 결혼을 통해서 보호되었더라면, 당신도 지켜보실 테지만 동생분이 앞으로 될 사람이 될 수도 있었을 겁니다. 그러나 어쩌자고 제가 이런 이야기를 할까요? 공연히 당신을 괴롭혀 드린 것 같군요. 아! 대시우드 양, 이런 이야기는…… 십사 년간이나 묻어 둔 것인데…… 새삼 꺼내서 어쩌겠다는 건지! 이제 좀 정신을 차리고…… 좀 더 간결하게 말해 보겠습니다. 그녀는 자기의 유일한 아이, 어린 딸을 저한테 맡겼지요. 첫 번째 불륜의 소생인데, 당시 세 살 정도 되었고요. 그녀는 그 애를 사랑해서 늘 데리고 다녔지요. 그 소중한 아이를 저한테 의탁한 겁니다. 만약 우리 여건만 허락했다면 저는 그야말로 기꺼이 책임을 떠맡아서 아이의 교육을 손수 챙겼을 겁니다. 그러나 저한텐 가족도 집도 없었지요. 그래서 우리 일라이자를 학교에 보낸 겁니다. 기회가 닿을 때마다 거기서 개를 만났고, 형이 죽은 이후에(오 년 전쯤 일이었고 가족의 재산이 저한테 넘어왔지요.) 그 아이는 델라퍼드로 나를 종종 방문했습니다. 먼 친척이라고 했는데, 주변에서는 다들 훨씬 더 가까운 관계가 아닌가 의심하고 있다는 걸 저도 잘 압니다. 이제 삼 년이 지난 일이 되었습니다만,(그 아이가 막 열네 살이 되었을 때였지요.) 전 개를 학교에서 데리고 나와서 도싯셔에 사는 매우 평판 좋은 여성의 보호 아래 맡겼답니다. 그분은 비슷한 또래의 소녀들을 네댓 명 데리고 있었지요. 그리고 이태 동안 그 아이의 상황은 아주 만족스러웠습니다. 그러나 지난 2월, 거의 열두 달 전 일입니다만, 그 아이가 갑자기 사라졌어요. 그 아이의 친구 하나가 아버지를 간병하기 위해 바스로 가게 되었는데,[42] 전 아이가 워낙 조르기에 같이 가는 것을 허락했습니다.(이후 이것이 경솔한 짓이었다는 것이 드러났습니다만.) 부친 되는 이가 아주 좋은 분이라고 알고 있었고, 딸도 좋게 생각했습니다. 그런데 그 친구가 기대와 달랐던 거지요. 모든 것을 알고 있음이 분명한데도 막무가내로 비밀을 지킨답시고 입을 닫고서 아무런 단서조차 주지 않으려 했습니다. 또 그 부친도

---

42) 바스는 온천으로 유명한 휴양 도시로 치료 목적으로 가기도 했다.

사람은 좋으나 눈치가 없으신지 별로 아는 것이 없었고요. 아이들이 온 시내를 돌아다니며 마음껏 남자를 사귀고 다니는 동안에 그 부친은 집에서 요양하며 지냈던 것이지요. 그저 자기 딸은 그 일과 아무 상관이 없다고 저를 납득시키려고만 했고, 그 자신도 그렇다고 철석같이 믿고 있었던 겁니다. 한마디로 전 그 아이가 사라졌다는 것밖에 아무것도 알 수 없었습니다. 그 후 여덟 달이라는 긴 시간 동안 나머지 일은 추측에만 맡겨졌더랬습니다. 제가 무슨 생각을 했는지, 무슨 걱정을 했는지, 상상이 되실 겁니다. 또 어떤 고통을 겪었는지도요."

"어머나!" 엘리너가 소리쳤다. "그것이 설마…… 윌러비였을 리야!"

"그 아이 소식이 처음 제 손에 들어온 것은 지난 10월, 그 아이가 보낸 편지를 통해서였지요." 그가 말을 이어 갔다. "델라퍼드에 배달된 그 편지가 저한테 전달되었는데, 휘트웰에서 우리가 모임을 가지기로 한 바로 그날 아침이었습니다. 이것이 제가 그렇게 갑자기 바턴을 떠난 이유입니다. 당시에는 모든 분들이 이상하게 여겼을 것이 틀림없고 몇몇 분한테는 큰 실례가 되었을 것입니다. 모임을 망치는 무례를 저질렀다는 비난의 눈길을 보낸 윌러비 씨야 상상도 하지 못했겠지요. 자기가 불쌍하고 비참하게 만들어 버린 사람을 구하기 위해서 제가 불려 가는 것이라고는 말이지요. 그러나 설혹 알았다 한들 무슨 소용이 있었겠습니까? 그 사람이 동생분의 미소를 받으며 즐기는 마음이 줄어들기라도 했을까요? 아닙니다. 다른 이를 동정하는 마음이 조금이라도 있는 사람이라면 차마 못 할 짓

을 이미 했던 겁니다. 그 사람은 어리고 순결한 한 소녀를 농
락하고는 극도로 비참한 채로 버려 둔 것이지요. 마땅하게 갈
곳도 없고, 도움을 받을 데도 없고, 친구도 없고, 자기 연락처
도 모르는 채로 말입니다! 돌아온다는 약속을 남기긴 했다더
군요. 그렇지만 돌아오지 않았고 편지도 주지 않았고 구해 주
지도 않았어요."

"어떻게 이런 일이 다 있나요!" 엘리너가 소리쳤다.

"이제 그 사람이 어떤 인간인지 다 아신 겁니다. 낭비벽이
심하고 방탕한 데다 그 이상으로 나쁩니다. 지난 몇 주 동안
그걸 알면서도 동생분이 그 사람을 여전히 좋아하고 결혼까
지 할 것이라는 확신이 들었을 때 제 심정이 어땠을지 짐작해
보세요. 여러분이 얼마나 걱정되었을지 짐작해 보세요. 지난
주에 여기 와서 당신이 혼자 있는 것을 보고 사실을 알아야
겠다고 결심했지요. 알고 나서 뭘 어떻게 해야겠다고 정하지
는 않았지만 말입니다. 당시에 제 행동이 이상하게 보였을 것
이 틀림없어요. 그러나 이제 이해가 갈 겁니다. 여러분 모두가
그렇게 속아 넘어가는 걸 그냥 두고 보아야 하다니. 동생분이
그런 꼴을……. 그러나 제가 무얼 어쩔 수 있었겠습니까? 제
가 개입해도 성공할 희망이 보이지 않았습니다. 그리고 때로
는 동생분의 영향력으로 그 사람이 개심을 했을 수도 있겠다
생각했어요. 그러나 이제 이렇게 비열한 짓을 한 판이니, 동생
분에게 그가 무슨 흉계를 꾸몄는지 누가 알겠습니까? 그렇지
만 그 흉계가 무엇이었든지 간에 동생분은 향후로는 틀림없이
자신의 처지를 고맙게 여기게 될 겁니다. 사실 지금도 그럴 수

있겠고요. 제 불쌍한 일라이자의 처지와 비교하면, 이 불쌍한 아이의 비참하고 절망적인 처지를 생각하고 그 아이의 모습을 한번 떠올려 보면 말입니다. 그 아인 동생분만큼이나 그에게 미련이 많고 일생 동안 따라다닐 것이 틀림없는 자책감으로 괴로워하고 있어요. 분명히 이런 비교가 동생분한테 도움이 될 겁니다. 자기의 고통은 아무것도 아니라고 느낄 겁니다. 동생분의 경우는 품행이 나빠서 당한 일도 아니니 욕될 것도 없습니다. 그 반대로 모든 주변 친구가 그 고통 때문에 훨씬 더 따뜻하게 대해 줄 것이 틀림없습니다. 그 불행을 걱정하는 마음에, 또 불행을 겪고도 꿋꿋하게 견디는 모습에 애정이 더 강해질 것이 틀림없습니다. 그렇지만 이런 얘기를 동생분한테 전하실 때에는 부디 신중하게 해 주십시오. 어떤 효과를 낳을지는 당신이 가장 잘 아실 테니까요. 그러나 정말 마음속 깊이 이것이 도움이 될 것이라고, 동생분의 회한을 경감시킬 수 있을 것이라고 믿지 않았다면, 굳이 당신을 붙들고 제 가족의 아픈 사연을 이렇게 길게 늘어놓지는 않았을 겁니다. 저 좋자고 남들을 희생물로 삼은 것처럼 보일지도 모르는 소리를 말입니다."

이 말에 진정한 고마움에서 우러난 엘리너의 감사가 따랐다. 방금 들은 이야기를 전하면 메리앤한테 실질적인 도움이 될 것을 확신한다고도 덧붙였다.

"사실 동생이 그 사람에게 죄가 없다고 생각하려고 애쓰는 것을 보면 가슴이 아픕니다." 그녀가 말했다. "그냥 형편없는 인간이라고 치부해 버리면 그만일 텐데 그렇게 속을 끓이니까요. 처음에는 개도 힘들겠지만, 이젠 마음이 한결 편해질 거라고 믿습니다." 그녀는 잠시 멈추었다가 물었다. "바턴을 떠난 이래 윌러비 씨를 보신 적이 있어요?"

"네." 그가 무거운 어조로 대답했다. "한 번 봤습니다. 한 번은 만나지 않을 수 없었지요."

엘리너가 그의 태도에 깜짝 놀라서 초조한 마음으로 그를 바라보며 말했다.

"뭐라고요? 만나셨다니 무슨 일로……."

"만날 용건이야 하나뿐이었지요. 일라이자가 아주 마지못해하면서 애인의 이름을 제게 고백했습니다. 그래서 그 사람이 런던에 돌아왔을 때, 그때가 제가 온 지 보름 후였는데, 결투 약속을 하고 만났습니다. 그쪽에선 자기 처신을 방어하고 나는 벌하려고 말이지요. 둘 다 부상을 입지 않고 돌아왔던 터라 그 결투는 바깥에 알려지지 않았지요."

엘리너는 꼭 그럴 필요가 있었을까 한숨이 나왔지만, 남자이자 군인인 사람한테 그걸 감히 탓할 엄두가 안 났다. 잠시 침묵하던 브랜던 대령이 말을 이었다.

"이렇게 해서 어머니와 딸의 운명은 불행하게도 닮은꼴이 되고 말았습니다! 전 위탁받은 소임을 제대로 수행하지 못한 거지요!"

"그분은 아직 런던에 계세요?"

"아닙니다. 찾아냈을 때는 산달을 앞두고 있었는데, 산후조리 후에 바로 산모와 아기를 시골로 보내서 거기에 머무르고 있습니다."

얼마 안 있어 그는 자기가 엘리너를 동생과 떼어 놓고 있다는 생각이 들었는지 자리에서 일어났다. 그녀는 다시 한번 감사 인사를 했고 그는 그녀의 연민과 존경을 뒤로하고 떠났다.

10

대시우드 양은 곧 이 대화의 구체적인 내용을 동생에게 그대로 전해 주었는데, 동생의 반응은 언니가 예상하던 것과 똑같지는 않았다. 메리앤은 어느 부분에 대해서도 사실을 의심하지는 않는 듯했다. 한결같이 침착한 태도로 모든 이야기를 주의 깊게 들었고, 이의를 제기하거나 토를 달지도 않았으며, 윌러비를 변호하려 들지도 않았다. 눈물을 흘리는 것으로 보아 그런 변호가 불가능하다는 것을 느끼고 있는 듯했다. 이런 태도로 미루어 엘리너는 그가 죄를 저질렀다는 확신이 동생의 마음에 굳게 자리 잡았음을 알 수 있었다. 또 브랜던 대령이 방문했을 때 더 이상 피하지 않고 말을 걸었으며 심지어 연민 어린 존경심을 가지고 솔선하여 말을 걸기도 하는 것이 반갑기는 했다. 또 안달복달도 전보다는 덜해졌다. 그러나 그녀가 보기에 덜 비참해진 것 같지는 않았다. 마음을 정리하긴 했지만, 어두운 실의에 빠져 있었던 것이다. 그녀에게는 윌러비의 사랑을 상실해 버린 것보다 그의 인격을 상실해 버린 것이 더 애통한 일로 느껴졌다. 그가 윌리엄스 양을 유혹하고 버린 것, 그 불쌍한 소녀의 비참한 처지 그리고 한때 그녀 자신에게도 그런 흉계를 숨기고 있었던 것이 아닌가 하는 의심이 한꺼번에 닥쳐 정신을 심하게 갉아먹어서 자기가 느낀 바를 엘리너에게조차 토로할 수 없었다. 말없이 자신의 슬픔을 부둥켜안고 있는 바람에 걸핏하면 털어놓고 하소연하던 때보다 언니로서는 더 괴로웠다.

엘리너의 편지를 받고 보낸 답장에서 대시우드 부인이 표출한 감정이나 언어를 전달하는 것은 그녀의 딸들이 이미 느끼고 말했던 것의 되풀이에 불과할 것이다. 실망으로 말하면 메리앤의 실망에 못지않았고, 분노로 말하면 엘리너의 분노보다 훨씬 더 컸다. 잇달아 써 보낸 부인의 장문의 편지들에는 자기가 어떤 고통을 겪고 있는지 어떤 생각을 하고 있는지 구구절절 적혀 있었다. 메리앤을 염려하는 애틋한 심정을 전하면서 이런 불운에도 의연하게 버티라고 간곡히 당부했다. 그녀의 어머니가 의연함을 입에 담을 정도이니, 미상불 메리앤의 고통이 지독한 것이기는 한가 보다! 이런 고통을 겪게 된 기원을 생각하면 원통하고 굴욕적이긴 하지만 제발 거기에 너무 빠져 있지는 않기를 바란다는 것이다!

어서 데려오고 싶은 마음이야 굴뚝같았지만 대시우드 부인은 메리앤이 지금은 바턴이 아닌 어디 다른 곳에 있는 편이 나을 것이라고 판단했다. 바턴에서는 눈에 띄는 것마다 예전 윌러비의 모습을 떠올리게 할 테니 지난날이 더없이 강렬하고 고통스럽게 되살아날 터였기 때문이다. 따라서 그녀는 딸들에게 제닝스 부인 댁에 머무는 기간을 절대 줄이지 말라고 일렀다. 확정된 것은 아니지만, 다들 체류 기간을 적어도 대여섯

주 정도로 보고 있었다. 바턴에서와 달리 그곳에서는 다양한 활동, 볼거리, 모임 따위를 피할 수 없을 것이며, 메리앤이 지금은 일축하고 있지만 가끔씩은 자기도 모르게 흥미를 가지게 되거나 심지어 여흥에 빠질 수도 있기 때문이다. 어머니는 그렇게 기대했다.

런던에 있어도 딸이 윌러비와 마주칠 위험은 적어도 시골에 있는 것과 마찬가지거나 오히려 적을 것이라는 것이 어머니의 생각이었다. 딸의 친구를 자임하는 사람들은 지금부터 모두 그와의 교제를 끊을 터였기 때문이다. 고의로 서로 마주치게 꾸미는 일도 없을 것이고, 느닷없이 부딪치게 아무렇게나 내버려 두지도 않을 터였다. 우연히 만나게 될 가능성도 바턴에 한갓지게 있는 것보다 차라리 북적거리는 런던에서 더 낮았다. 바턴에 있으면 그가 결혼해서 알렌험에 와 있는 동안에 딸의 눈에 띌 수도 있었다. 대시우드 부인은 처음에는 이것을 일어날 수 있는 일 정도로만 여겼다가 틀림없이 그렇게 될 것이라고 생각을 돌렸다.

그렇지만 딸들이 지금 있는 곳에 더 머물기를 원한 데에는 다른 이유도 있었다. 의붓아들이 보낸 편지를 보면 그와 그의 부인이 2월 중순 전에 런던에 가 있게 될 모양인데 그녀는 아이들이 가끔 오라비를 만나는 것이 옳다고 판단했다.

메리앤은 어머니의 의견에 따르겠다고 약속했으므로 고분고분 거기에 따랐다. 자기가 원하고 기대했던 것과는 결국 딴판으로 일이 풀리고 말았고 어머니의 의견 자체가 틀린 것으로 근거가 별로 없다고 느끼긴 했지만. 게다가 런던에 더 오래 있으라니, 자기의 비참한 심정을 완화해 줄 수 있는 유일한 것인 살가운 어머니의 정을 누리지 못하게 되었고, 어울려 보았자 한순간도 마음 편할 리 없을 모임 자리에 꼼짝없이 붙잡히게 생긴 것이다.

그러나 한 가지 큰 위안이 있었으니, 자기한테는 악재이지만 언니한테는 잘된 일이라는 점이었다. 엘리너가 위안으로 삼은 것은 달랐다. 에드워드를 완전히 피하기는 어려울 테지만 설혹 런던에 더 오래 머물러서 자신의 행복이 위협당할지라도 메리앤한테는 당장 데번셔로 돌아가는 것보다 나을 것이라고 생각했던 것이다.

엘리너는 동생이 윌러비의 이름을 듣는 일이 없도록 신경을 썼는데, 그 노력은 보답을 받았다. 메리앤 본인은 그런 사실을 모르고 있었지만 그 덕은 톡톡히 보았다. 제닝스 부인도 존 경도 심지어 파머 부인도 그녀 앞에서는 윌러비라는 이름조차 입에 담지 않았던 것이다. 엘리너는 그렇게 자제하는 김에 자기 앞에서도 그래 주었으면 하고 바랐지만, 그것까지는 불가능했다. 그녀는 매일같이 그들이 쏟아 놓는 분노의 함성을 들어 주지 않으면 안 되었다.

존 경은 있을 수 없는 일이라고 못을 박았다. "늘 좋게 생각해 왔던 바로 그 사람이! 그렇게 성격 좋은 친구가! 잉글랜드에서 그 정도로 대담하게 말을 모는 사람도 없을 텐데! 도대체 모슨 영문인지 모르겠네. 지옥에나 가라고 해라. 온 세상을 다 주어도 그 녀석하곤 말도 섞지 않을 거다, 만날 일도 없겠지만! 말을 안 섞지, 암, 바턴 사냥터에서 숨은 짐승이 나타나길

두 시간 동안 같이 기다리고 있다 해도 말이다. 이런 순 불한 당 같은 놈! 이런 사기꾼 개 같은 놈! 지난번에 만났을 땐 폴리의 새끼 한 마리를 주겠다고 했는데. 그것도 이젠 끝이야!"

파머 부인도 자기 식대로 마찬가지로 화가 나 있었다. "그 사람하고 안면을 틀 생각을 즉시 버리기로 작심했어요. 인사한 적이 없었던 것이 천만다행이고. 쿰 마그나가 클리블랜드에서 그리 가깝지 않기를 바라 마지않아요. 뭐, 어차피 상관없겠네요. 방문하기에는 너무 거리가 머니까요. 너무 미워서 다시는 이름을 입에 담지도 않기로 결심했어요. 뭐, 만나는 사람마다 말하고 다녀야지. 아무짝에도 쓸모없는 인간이라고."

파머 부인의 나머지 동정심은 다가오는 결혼의 세세한 내용을 모두 힘닿는 대로 확보해서 엘리너한테 전하는 일에 할애되었다. 그녀는 어떤 마차 제조공의 작업장에서 새 마차가 만들어지고 있는지, 어떤 화가가 윌러비 씨의 초상화를 그리고 있는지, 그리고 어떤 가게에 가면 그레이 양의 옷들을 볼 수 있을지 곧장 말해 줄 수 있었다.

다른 사람들이 떠들어 대며 친절을 베푸는 것이 엘리너의 가슴을 종종 답답하게 만들었다면, 이 일에 대한 레이디 미들턴의 태평하고 예절 바른 무관심은 오히려 해방감을 주었다. 친지들 사이에서 아무 관심 없는 사람이 적어도 한 명은 있다는 것이 그녀에게는 큰 위안이었다. 레이디 미들턴만은 다른 사람들과 달리 보기만 하면 호기심에 차서 꼬치꼬치 물어본다거나 동생의 건강이 염려된다는 의례적인 소리를 하지 않았던 것이다.

어떤 자질이든 때로는 그때그때의 상황에 따라 본래의 가치 이상으로 치켜세워지기도 하는 법이다. 가끔씩 그녀는 쓸데없는 애도에 질릴 대로 질려서, 좋은 품성보다는 좋은 예절이 사람을 편하게 하는 데 더 필요하지 않나 생각했다.

레이디 미들턴은 매일 한 번씩 혹은 이 화제가 자꾸 불거지는 경우엔 두 번씩 이렇게 말함으로써 이 일에 대한 본인의 생각을 밝혔다. "정말 충격적이에요!" 그리고 이렇게 부드럽고도 변함없이 툭 한마디 던짐으로써, 처음부터 손톱만큼의 감정도 없이 대시우드 양 자매를 대할 수 있었을 뿐 아니라 얼마 안 가서는 이들을 만나도 이 문제는 떠올리지 않았다. 그렇게 자신의 성(여성)의 품위를 살렸으며, 다른 성(남성)의 잘못된 점을 단호하게 비판한 셈이므로, 그녀는 이제 마음 놓고 자신의 사교 모임을 위해 정성을 쏟아도 되겠다고 생각했고, 따라서 (존 경의 의견과는 다소 어긋나지만) 윌러비 부인이 품위와 재산을 겸비한 여성일 테니까 그녀가 결혼하자마자 명함을 남겨야겠다고 마음먹었다.

대시우드 양이 언제라도 기꺼이 들어 줄 수 있었던 것은 브랜던 대령의 세심하면서도 주제넘지 않은 질문들이었다. 그는 동생의 실망을 완화시키려고 우정 어린 노력을 했는데, 그런 노력 덕에 그 실망감에 대해서 친밀하게 토론할 특권을 획득하고도 남았으므로 그들은 늘 마음을 터놓고 대화를 나누었다. 과거의 슬픔과 현재의 치부를 까발리는 고통을 감수한 결과 그는 나름대로 보상을 얻었다. 메리앤이 때때로 동정 어린 시선으로 그를 바라보았고, 그에게 말해야 할 처지일 때라거나 말할 마음을 가까스로 낼 때마다(자주 있는 일은 아니지만)

목소리가 부드러워졌던 것이다. 이로 인해 그는 자기의 행동이 상대방의 선의를 키웠다고 확신하게 되었고, 엘리너는 이 선의가 앞으로 더 확대될 수 있다는 희망을 품게 되었다. 그러나 이것을 까맣게 모르는 제닝스 부인은 대령이 여느 때와 마찬가지로 근엄하기만 하다는 것 그리고 아무리 압력을 넣어도 대령 스스로 청혼을 하지는 않을 것이고 자기에게 중신을 부탁하지도 않을 것이라고만 알았다. 따라서 이틀이 채 지나기도 전에 한여름이 아니라 성 미카엘 축일[43]이나 되어야 결혼하지 않겠나 생각하기 시작했고, 한 주가 끝날 무렵에는 결혼 자체가 아예 없을 거라고 생각하기 시작했다. 오히려 대령과 대시우드 양 사이의 이해가 돈독해지는 것을 보니 뽕나무, 운하, 주목 정자의 영예는 언니한테 온통 넘겨진 것이 아닌가 하게 되면서 제닝스 부인은 얼마 동안은 페라스 씨에 대해 생각조차 하지 않게 되었다.

월러비의 편지를 받은 지 보름이 지난 2월 초, 엘리너는 동생에게 그가 결혼했음을 알리는 괴로운 임무를 수행했다. 식이 끝난 것이 알려지는 대로 그 소식을 전해 주려고 신경을 쓴 터였다. 메리앤이 매일 아침 대중 신문들을 열심히 훑고 있다는 것을 알기 때문에, 신문을 통해서 그 소식을 먼저 접하게 될까 염려되었던 것이다.

그녀는 마음을 다잡고 침착하게 그 소식을 받아들였다. 한마디도 토를 달지 않았고, 처음에는 눈물도 흘리지 않았다. 그

---

43) 9월 28일로, 대개 가을이라는 뜻이다.

러나 조금 지나자 눈물이 쏟아져 나왔으며, 그날 내내 결혼이 예정되었다는 것을 처음 알았을 때만큼이나 처량해져 있었다.

월러비 부부는 결혼하자마자 런던을 떠났다. 이제 엘리너는 그들 부부 가운데 어느 쪽도 만날 위험이 없어졌으므로, 동생에게 차츰 외출을 다시 시작하자고 설득해 볼 참이었다. 동생은 처음 타격을 받았을 때 이후로 아예 집 밖으로 나가지 않았던 것이다.

이 무렵, 홀본의 바틀릿츠 빌딩스에 있는 사촌 집에 최근 도착한 두 스틸 양 자매가 콘듀이트가와 버클리가에 사는 그들의 더 대단한 친척들을 알현했으니, 그들 모두로부터 아주 따뜻한 환영을 받았다.

엘리너만은 그들을 만난 것이 달갑지 않았다. 그들의 모습을 보면 언제나 괴로울 뿐이었다. 그녀는 자기가 아직까지 런던에 있는 것을 보고 루시가 기뻐서 어쩔 줄 몰라 하는 바람에 여기에 어떻게 응대해야 예에 어긋나지 않는지 모를 지경이었다.

"당신이 아직 여기 있는 걸 보지 못했다면 전 너무 실망했을 거예요." 아직이라는 단어에 잔뜩 힘을 주면서 그녀가 되풀이해 말했다. "그러나 전 보게 될 거라고 늘 생각했답니다. 얼마 동안은 런던을 떠나지 않을 것이라고 거의 확신했어요. 바턴에서 저한테 한 말 기억하시겠지만 한 달 이상은 머물지 않을 거라고 했지만 말이에요. 하지만 당시에도 전 생각했지요, 막상 때가 오면 생각을 바꾸지 않을까 하고요. 오빠와 올케언니가 오시기 전에 가 버린다는 것[44]은 참 딱한 일일 테니까요. 이제는 정말 서둘러 떠날 일은 없겠지요. 분명하게 말씀해 놓고도 지키지 않으셨는데 저는 그게 너무너무 반갑답니다."

엘리너는 그녀의 속셈이 빤히 들여다보였으나 그렇게 보이지 않기 위해서 자제심을 총동원하다시피 했다.

"그런데, 아가씨들, 여행은 어떻게 했어?" 제닝스 부인이 말했다.

"역마차로는 아니었어요. 정말요." 스틸 양이 얼른 만면에 웃음을 띠면서 대답했다. "내내 삼 인용 전세 마차로 왔어요. 그리고 아주 멋진 남자가 우리하고 동행했어요. 데이비스 박사라고, 런던으로 가신다기에 같은 전세 마차에 타면 되겠구나 생각했지요. 아주 신사다운 분이셨어요. 십 실링인가 십이 실링인가 냈는데, 우리보다 더 많이 내신 거지요."

"저런! 저런!" 제닝스 부인이 소리쳤다. "기가 막히네, 정말이야! 그런데 그 박사님은 총각이지, 아무렴."

"바로 그건데요." 스틸 양이 가식적인 억지웃음을 지으면서 말했다. "모든 사람이 그 박사님을 두고 저를 놀리는데, 전 그이유를 모르겠어요. 제 사촌들은 제가 그 사람 마음을 사로잡았다나 뭐라나. 그렇지만 저는 한 시간도 그 사람 생각을 한 적이 없답니다. '세상에! 여기 네 멋쟁이가 오시네, 낸시.' 제 사촌이 어느 날 그분이 길거리를 가로질러서 집으로 오는 것을 보고서 말했어요. '내 멋쟁이라니, 무슨 말을!' 제가 말했지요. '누굴 말하는지 모르겠네. 박사는 내 멋쟁이가 절대 아니라고.'"

"그래, 그래, 참 그럴싸하게 둘러댄다. 그래 봤자 안 통하지.

---

44) 루시는 문법에 맞지 않는 표현을 가끔 쓴다.

박사가 바로 그 남자야, 내가 알지."

"아니에요, 정말!" 짐짓 펄쩍 뛰는 척하면서 스틸 양이 대꾸했다. "혹 그런 말이 들리면 부디 아니라고 해 주세요."

제닝스 부인이 무슨 소리냐, 그렇다고 하겠다고 즉각 받았으니, 듣고 싶던 대답인지라 스틸 양은 완벽한 행복을 누렸다.

"오빠 내외가 런던에 오시면 그분들 댁에 머물게 되겠네요, 대시우드 양." 적대적인 암시를 잠시 멈추는가 했더니 다시 공격이었다.

"아니요, 그러지 않을 겁니다."

"아이, 뭘 그러세요, 가실 거면서."

엘리너는 더 이상 반박해서 그녀의 비위를 맞춰 주고 싶지는 않았다.

"이렇게 오랫동안 두 분 다 집을 비웠는데도 대시우드 부인이 잘 지내신다니 참 대단하세요!"

"오랫동안이라고, 응!" 제닝스 부인이 끼어들었다. "무슨 소리냐, 얘들 방문은 이제 막 시작인데!"

루시의 입이 다물어졌다.

"동생을 못 봐서 섭섭하네요, 대시우드 양." 스틸 양이 말했다. "몸이 편찮다니 안됐어요." 메리앤은 그들이 도착하자마자 방을 나갔던 것이다.

"친절하시군요. 동생도 두 분을 볼 수 없게 되어서 무척 아쉬울 거예요. 그렇지만 최근에 신경성 두통이 너무 심해져서 같이 어울리거나 대화를 나누기가 어려워요."

"아유, 참 안됐어요! 그래도 루시와 저 같은 오랜 친구들이야 어떻겠어요! 우리라면 만날지도 몰라요. 우린 한마디도 안 하고 있을게요."

엘리너는 아주 예의 바르게 그 제안을 거절했다. 동생은 아 마도 침대에 누워 있거나 잠옷 차림이라 그들에게 올 수 없을 거라고 했다.

"아유, 그게 전부라면 우리가 가서 동생을 봐도 되는데." 스 틸 양이 소리쳤다.

엘리너는 이렇게 경우 없이 구는 것이 거의 참기 힘들어지 는 참이었는데, 마침 루시가 대놓고 언니를 쥐어박는 바람에 그럭저럭 넘어갈 수 있었다. 이런 행동은 자매 중 하나의 매 너가 그리 좋지 못하다는 것을 말해 주었지만, 많은 경우에 서 그렇듯이 지금은 다른 한 자매의 매너를 통제하는 효과 는 있었다.

11

메리앤은 얼마간은 버티다가 결국 언니의 간청에 따라서 어 느 날 아침 삼십 분 정도 언니와 제닝스 부인과 함께 외출하 기로 했다. 그렇지만 누구를 방문하는 일은 절대 하지 않겠다 고 분명히 선을 그었고, 색빌가에 있는 그레이 보석상까지만 같이 가겠다는 것이었다. 보석상에서 엘리너는 어머니의 구식 보석 몇 점을 교환해 볼까 했다.

그들이 보석상 문 앞에 이르렀을 때, 제닝스 부인은 그 거리 끝 부근에 사는 한 숙녀를 떠올리며 한번 찾아가 보고자 했다. 부인은 보석상에서 볼일이 없었으므로, 젊은 친구들이 일을 보는 사이에 방문을 끝내고 돌아오기로 했다.

대시우드 양 자매가 계단을 올라갔을 때 실내에는 벌써 사람들이 가득해서 따로 주문을 받아 줄 직원도 없었다. 그들은 별 도리 없이 기다렸다. 그래도 가장 빨리 차례가 돌아올 것 같은 창구 맨 끝 자리에 앉아 있기로 했다. 거기는 신사 한 사람만 서 있어서 엘리너는 그가 신사도를 발휘해서 되도록 빨리 마쳐 줄 것을 기대하는 마음도 없지 않았다. 그러나 그 사람은 정확한 안목을 보여 주고 섬세한 취향을 살리느라 기사도를 발휘할 기색이 전혀 없었다. 그는 자신이 쓸 이쑤시개 갑을 주문하고 있었는데, 가게에 있는 이쑤시개 갑 하나마다 십오 분씩 샅샅이 뜯어보며 점원과 말을 주고받는 것이었다. 그러고는 마침내 자기의 창의적인 생각에 따라 크기, 형태, 장식 등을 결정할 때까지 두 숙녀에 대해서는 별 고려를 할 여유가 없었고 그저 서너 번 조심성 없는 눈길로 훑어보기만 했다. 이런 대접을 받으니 엘리너는 차림새는 번지르르하게 최고급으로 갖추었지만 워낙 근본 없이 천하게 태어난 사람의 풍채라고 또렷이 기억하게 되었다.

메리앤은 워낙 눈앞에서 벌어지는 일에 무관심했기 때문에 자기들의 용모를 이렇게 무례하게 살펴본다거나 한번 보라고 내놓은 이쑤시개 갑마다 제각각 온갖 흠을 잡아내는 건방 떠는 태도를 실은 의식조차 하지 않아서 굳이 경멸할 것도 분개할 것도 없었다. 자기 침실에서와 같이 그레이 보석상에서도 자기만의 생각에 폭 빠져서 주변에서 일어나는 일을 모르고 넘길 수 있었던 것이다.

마침내 주문이 끝났다. 상아, 금, 진주가 모두 정해졌고, 신사는 자기가 이쑤시개 갑 없이도 살아갈 수 있는 시한을 밝힌 후 여유를 부리며 꼼꼼하게 장갑을 꼈다. 그러고는 대시우드 양 자매에게 찬미를 표명한다기보다 차라리 요구하는 것 같아 보이는 일별을 휘익 던지고는 짐짓 무관심한 척하면서 으쓱으쓱 희색이 만면하여 걸어 나갔다.

엘리너는 지체 없이 용무를 보기 시작했고 일이 막 끝나려는 차에 다른 신사 하나가 옆에 섰다. 그녀는 그의 얼굴로 눈길을 돌렸다가 오빠라는 것을 알아보고 좀 놀랐다.

그들이 서로 만나 반가워하는 모습은 그레이 씨의 가게에서 남 보기에 아주 적절한 정도였다. 존 대시우드는 누이동생들을 다시 만난 것이 싫지 않은 기색이었고 오히려 서로 잘됐다고 여겼다. 그는 어머니에 대해서도 존경과 배려를 담은 말로 안부를 물었다.

엘리너는 오빠와 올케가 런던에 온 지 이틀 되었다는 것을 알았다.

"너희를 어제 방문했으면 했는데 그건 불가능했지." 그가 말했다. "해리를 데리고 엑서터 익스체인지[45])에 가서 야생 동물들을 보여 주어야 했으니까. 또 나머지 시간에는 장모님하고 같이 보냈고. 해리는 아주 즐거워했지. 오늘 아침에 삼십

---

45) 오래된 쇼핑몰의 이름.

분만 낼 수 있으면 너희를 꼭 찾아보아야겠다 마음먹었는데, 런던에 오면 처음에는 어찌 그리 할 일이 많은지 모르겠다. 여기는 패니의 도장을 주문하려고 들렀단다. 그러나 내일은 틀림없이 버클리가를 방문할 수 있을 거고, 너희 친구인 제닝스 부인께도 인사를 드릴 거다. 듣자 하니 아주 재산이 많은 분이라던데. 그리고 미들턴 내외도 소개해 다오. 새어머니 친척 되시는 분들이라니 나도 기꺼이 최상의 예의를 갖추도록 하마. 너희가 사는 시골에서 그분들이 훌륭한 이웃이 되어 주신다고 들었어."

"정말 그래요. 우리가 편히 지내는지 늘 신경 써 주시고 온갖 세세한 일까지 얼마나 친절하게 보살피시는지 말로는 다 표현 못 해요."

"그 말을 들으니 무척 기쁘다. 정말이지 너무 기뻐. 하지만 마땅히 그래야지. 그분들은 재산이 많은 데다 너희하고는 친척 관계이니, 너희가 쾌적하게 살 수 있게 친절도 베풀고 살 곳도 마련해 주고 할 만하지. 그래, 너희야 작은 코티지에 편안하게 잘 자리를 잡았으니 더 바랄 것이 뭐가 있겠니! 에드워드가 그곳을 아주 멋지게 설명해 주더구나. 처남 말로는 그런 코티지 종류 가운데서는 가장 완벽하고 너희도 너무 좋아하고 있다더라. 그 말을 듣고 정말 우린 잘됐다 싶었다."

엘리너는 오빠가 좀 남부끄러웠다. 마침 제닝스 부인의 하인이 주인께서 가게 문에서 기다리신다고 전해 주러 와서 대답할 필요가 없게 된 것이 하나도 아쉽지 않았다.

대시우드 씨는 아래층으로 그들과 함께 내려가 마차 문에서 제닝스 부인을 소개받았고, 다음 날 방문하고 싶다는 말을 되풀이한 후 떠났다.

그의 방문은 예정대로 진행되었다. 그는 자매의 올케가 함께 오지 못한 것을 변명했다. "그렇지만 너희 언니는 장모님을 모시느라 어디든지 가려야 갈 수가 없다."라는 것이었다. 그러자 제닝스 부인은 다 친척지간이거나 그 비슷하기 때문에 굳이 격식을 차려야 하느냐고 바로 안심을 시키고서, 곧 존 대시우드 부인을 방문할 테니 그때 시누이들을 데리고 가겠다고 했다. 누이들을 대하는 그의 태도는 친절하기 짝이 없었지만 정은 별로 느껴지지 않았다. 제닝스 부인한테는 아주 깍듯한 예절을 차렸다. 그리고 자기가 온 직후 브랜던 대령이 들어서자 호기심에 찬 눈으로 그를 보았는데, 마치 그가 부자인지, 그에게도 마찬가지로 예절을 차려야 하는지 가늠해 보는 눈빛이었다.

삼십 분을 머문 후에 그는 엘리너에게 그와 같이 콘듀이트 가로 걸어가서 존 경과 레이디 미들턴을 소개해 달라고 했다. 날씨가 아주 좋았으므로 그녀는 기꺼이 승낙했다. 그들이 집 밖으로 나오자마자 그의 질문이 시작되었다.

"브랜던 대령이 누구냐? 재산가야?"

"네, 도싯셔에 상당한 재산을 가지고 있어요."

"반갑군그래. 아주 신사다운 분으로 보여. 그리고 엘리너, 아주 괜찮게 정착할 전망이 보이니 축하해도 되지 않을까 한다만."

"저한테요? 오빠! 무슨 말씀이세요?"

"그 사람은 널 좋아해. 눈여겨보고서 확신을 가지게 되었다. 재산이 얼마나 된다던?"

"연 이천 파운드 정도가 아닌가 해요."

"연 이천 파운드라." 그러고서는 크게 선심이라도 쓰는 듯이 이렇게 덧붙였다. "엘리너, 솔직하게 말하면 널 위해서도 그게 두 배 정도는 되었으면 좋겠다."

"그렇긴 하겠네요." 엘리너가 대꾸했다. "하지만 브랜던 대령님은 저하고 결혼하실 생각은 추호도 없으세요."

"네가 잘못 알고 있어, 엘리너. 아주 잘못 알고 있다고. 네편에서 아주 조금만 신경을 쓰면 그 사람을 잡을 수 있어. 아마도 지금 당장은 마음을 정하지 못하고 있을지도 몰라. 네 재산이 얼마 안 된다는 것이 좀 걸릴 수도 있겠지. 친구들도 모두 말릴지 모르고. 그렇지만 그 왜 여자들이 잘하는 수법 있지, 조금만 관심을 두어 주고 부추기면 자기도 모르는 사이에 넘어오게 되어 있는 거야. 네가 그런 수를 쓰지 말아야 한다는 법은 없어. 네 편에서 예전에 품었던 그 무슨 애정에 연연하지는 말아야지…… 음, 내 말은 그런 종류의 애정 같은 것은 생각도 말거라. 반대가 오죽 심해야. 너도 철이 들 만큼 들었으니 그런 정도는 다 알 거다. 브랜던 대령이 바로 그 사람이 되어야 해. 그리고 나도 그 사람이 너와 네 식구에게 호감을 가질 수 있도록 깍듯이 예절을 차릴 것이고. 누구한테나 두루두루 만족을 줄 것이 분명한 혼사야. 한마디로……." 그가 중요한 말을 속삭이듯이 목소리를 낮추었다. "모든 당사자들이 쌍수를 들고 환영할 만하지." 그렇지만 정신을 가다듬고서 이렇게 덧붙였다. "그게, 내 말은…… 네 친지들이 모두 네가 잘 정착하는 것을 진심으로 바라 마지않는다는 거야. 패니가 특히 그래. 네가 잘되기를 학수고대하고 있지. 암, 그렇고말고. 그리고 후덕하신 우리 장모님도 틀림없이 아주 기뻐하실 거다. 언젠가 그렇게 말씀하시기도 했고."

엘리너는 어떤 답변도 하고 싶지 않았다.

"아주 굉장한 일일 거다." 그가 계속했다. "재미있는 일이기도 하고. 같은 시기에 패니는 남동생을 결혼시키고 나는 누이동생을 결혼시키게 될 테니까 말이다. 하여간 그렇게 되지 말란 법도 없지."

"에드워드 페라스 씨가 결혼하나요?" 엘리너가 마음을 다잡고 말했다. "결혼할 건가요?"

"아직 정해진 것은 아니다만, 혼담이 오가고 있어. 처남한테는 아주 훌륭한 어머니가 계시지. 페라스 부인은 그 결혼만 성사되면 크게 내놓으실 모양이야. 처남한테 연 천 파운드를 넘겨서 자리를 잡게 하신다는군. 상대는 고 모턴 경의 외동딸인 모턴 양인데, 삼만 파운드의 재산을 가지고 있어. 어느 편에서 보나 아주 바람직한 혼사이고, 성사되는 것은 시간문제라고 해야겠지. 연 천 파운드는 장모님으로서도 아주 넘겨 버리기에는 대단히 큰 몫이다만, 페라스 부인께선 워낙 고매한 분이니까 말이다. 그분이 통이 크시다는 예를 또 하나 들 수 있어. 그 전날에 우리가 런던에 오자마자 우리에게 당장은 여유가 없다는 것을 아시고는 이백 파운드나 되는 은행 수표를 패니의 손에 쥐여 주신 거야. 우리야 그저 고맙고말고지. 여기 있을 때는 씀씀이가 아주 커지니까 말이다."

그가 동의와 동감을 구하느라 잠시 말을 멈추어서 그녀는 하는 수 없이 이렇게 받았다.

"런던에서나 시골에서나 오빠 씀씀이는 분명 상당하겠지요. 그렇지만 수입도 많으시니까."

"사람들이 생각하는 것만큼 그렇게 많진 않지. 그렇지만 우는소리 할 생각은 없다. 그만하면 편히 살 만한 데다 때가 되면 더 좋아질 거라고 기대하고 있고. 노어랜드 공유지에 울타리 치기가 지금 진행 중인데,[46] 거기에 들어가는 돈이 장난이 아니지. 그리고 요 반년 사이에 내가 땅을 좀 사들였어. 이스트 킹엄 농장인데, 너도 기억할 거다, 왜 깁슨 노인이 살던 곳 말이다. 여러모로 탐이 나는 땅인 데다 내 땅하고 바로 인접해 있어서 내가 사야지 누가 사겠나 하는 생각이었어. 그걸 다른 누군가의 손에 떨어지게 방치했다면 양심에 찔렸을 거야. 남자라면 편의를 위해 쓸 때는 써야지. 하기는 그게 엄청난 돈을 잡아먹긴 했어."

"오빠가 실제의 가치라고, 원래 가치라고 치는 것보다 더 들었다는 말씀인가요?"

"아니, 뭐 그렇지는 않겠지. 그다음 날이라도 내가 들인 돈보다 더 많이 받고 다시 팔아넘길 수도 있었으니까. 그러나 구입비를 마련하다가 큰 손해가 생길 뻔했구나. 당시에 주식 가격

---

46) 울타리 치기(enclosure)는 소작농에게는 타격이지만 대시우드 씨 같은 지주한테는 이득이었고, 땅을 늘릴 기회를 주었다.

이 너무 낮아서, 마침 내 은행 구좌에 필요한 현금이 없었더라면, 아주 헐값에 매각했어야 했을 테니 말이다."

엘리너는 그저 미소를 머금을 수밖에 없었다.

"또 노어랜드에 처음 입주했을 때 경비도 꽤 많이 들었어. 왜 너도 알다시피, 돌아가신 아버님께서 노어랜드에 남아 있던 스탠힐 물건들을(아주 값나가는 것들이었지.) 전부 너희 어머니께 남겨 주셨지. 그분이 그리하신 일을 가타부타 하자는 것은 절대 아니다. 당신 소유의 재산을 마음대로 처분할 권리가 엄연히 있으니까. 그렇지만 그리되니 우린 그 빠져나간 자리를 채우기 위해서 리넨, 자기 그릇 등등을 대량 구입하지 않으면 안 되었거든. 이렇게 펑펑 돈을 썼으니 부자 소리를 들을 처지가 전혀 아닌 거지, 뭘. 페라스 부인의 선심이 얼마나 감지덕지했는지 너도 짐작할 수 있겠지."

"그럼요." 엘리너가 말했다. "그분이 넉넉히 도와주시는 덕분에 형편이 좀 피시기를 바랄게요."

"한두 해 더 있으면 그리될 듯하다만……." 그가 진지하게 대꾸했다. "아직 할 일이 너무 많아서 말이야. 패니의 온실에는 돌 하나 쌓지 못했고, 화원은 계획만 세워 두었어."

"온실은 어디다 지을 건데요?"

"집 뒤에 있는 둥그스름한 언덕에. 온실 자리를 마련하느라고 오래된 호두나무들을 모두 쳐 내야 하게 생겼어. 장원 어디서 보더라도 아주 멋진 볼거리가 될 거다. 화원은 온실 바로 앞에 경사지게 가꾸려고 한다. 기가 막히게 예쁠 거야. 언덕마루에 여기저기 무더기로 자라던 오래된 산사나무도 다 베어 버렸고."

엘리너는 걱정과 비난을 속으로 삭였다. 그나마 메리앤이
그 자리에 없어서 함께 분개하지 않게 된 것이 다행이었다.

그는 이제 그만하면 자기의 가난을 알아듣게 명료하게 설
명하여 다음번에 그레이 상점에 들르더라도 자기 동생들에게
귀고리 한 쌍씩이라도 사 주어야 할 필요가 없게 된지라 한결
밝은 쪽으로 생각이 돌아서 엘리너에게 제닝스 부인과 같은
친구가 있다는 것을 축하하기 시작했다.

"정말 대단히 소중한 분인 듯하구나. 그분의 저택이며, 생활
방식 등 모든 것이 수입이 굉장하다는 걸 말해 주지. 지금까
지도 너한테 많은 도움이 되었을뿐더러 결국에는 물질적으로
큰 덕을 볼 수도 있을 지인이야. 그분이 널 런던으로 초대한
건 너를 무척 좋아한다는 것인데. 그리고 사실 말이지, 너를
너무 좋게 생각하고 있기 때문에 임종할 때에 분명 너를 잊지
는 않으실 거야. 남겨 줄 재산도 상당할 거고."

"별로 없지 않나 하는데요. 과부 급여밖에 없어요. 그건 그
분 자식이 상속받게 정해져 있을 텐데요."[47]

"하지만 자기 수입을 있는 대로 다 쓰면서 산다고 생각해서
는 안 되지. 웬만큼 신중한 사람이라면 아무도 그렇게 하진 않
을 거야. 얼마를 저축했든 간에 그건 마음대로 처분할 수 있지."

"그래도 우리보다는 그분의 따님들한테 물려주시지 않을

---

47) 엘리너가 잘 모르고 하는 말이다. 미망인이 연금 형태로 받는 급여는
사후 자식에게 상속되는 것이 일반적이기는 하나 제닝스 부인의 경우에는
본인이 마음대로 처분할 수 있었다.

까요?"

"따님들은 둘 다 아주 좋은 자리에 시집을 갔지. 더 챙겨 줄 필요가 있는지 모르겠구나. 반면에 내 생각에 너희를 이렇게 배려하고 이런 식으로 대접하는 것으로 봐서, 장차 너희가 뭘 기대해도 좋다는 암시를 해 준 셈이야. 양심 있는 여성이라면 그런 걸 허투루 하지는 않는 법이다. 그렇게 친절하기가 그리 쉽지 않지. 그런 처신을 했을 때야 뭔가 물려주시려는가 보다 하는 기대를 불러일으킨다는 걸 모르실 리 없지."

"그렇지만 정작 당사자인 저희는 그런 기대를 전혀 하고 있지 않아요. 정말이지 오빠, 저희가 잘되었으면 하는 마음에 너무 나가신 게 아닌가 해요."

"그래, 뭐 어쩌겠니." 정신을 가다듬는 듯하면서 그가 말했다. "원래 사람이란 자기 힘으로 할 수 있는 것이 많지 않아. 아니, 거의 없다고 봐야지. 그런데 애 엘리너, 메리앤은 무슨 일이냐? 아주 안 좋아 보이고 안색도 나쁘고, 홀쭉하게 야위었던데. 어디 아프니?"

"좋지 않아요. 몇 주 동안 골머리를 좀 앓았어요."

"그것 참 안됐구나. 걔 또래에는 어디 아팠다 하면 한창때가 영영 가 버리고 말지! 메리앤의 한창때는 너무 짧았어! 지난 9월만 해도 누구 못지않게 예뻤는데. 남자들이 끌릴 만했어. 특히 그 아이 미모에는 남자라면 다 좋아할 매력이 있었어. 아, 패니도 그러곤 했지, 걔가 너보다 시집을 더 빨리 가고 더 좋은 곳에 갈 거라고 말이야. 그 사람이 너를 너무너무 좋아하기는 하지만 그런 생각이 불현듯 나더라는 거야. 그렇지만 그 말대로 안 될 것 같아. 지금의 메리앤이라면 기껏해야 연 수입 오륙백 정도 이상 가는 남자와 결혼할 수 있을지도 의문이다. 네가 더 낮게 풀리는 쪽에 단연코 더 가능성을 두겠어. 도싯셔라고! 도싯셔에 대해서는 별로 아는 바가 없어. 그렇지만 얘 엘리너, 그곳을 더 잘 알게 되면 정말 기쁠 거야. 패니와 나도 누구보다 기뻐하면서 가장 먼저 방문할 사람들 중에 들 게다."

엘리너는 정색을 하고 자기가 브랜던 대령과 결혼하게 되는 일은 없을 것이라고 했으나, 그로서는 그런 기대가 너무 즐거운지라 버릴 수 없었다. 그래서 그 신사와 더 친하게 지내 보려고 작정했으며 이 결혼을 성사시키기 위해서 최대한 배려하겠다는 것이었다. 그는 자신이 누이동생들한테 해 준 것이 아무것도 없다는 가책을 떨치지 못한 터라 누구라도 다른 사람이 크게 베풀어 주기를 바라마지 않았다. 브랜던 대령의 청혼이나 제닝스 부인의 유산은 자기의 방치를 보상할 가장 손쉬운 수단이었다.

마침 운 좋게도 레이디 미들턴이 집에 있었고, 방문을 끝내기 전에 존 경도 들어왔다. 예의를 차린 말들이 서로 간에 풍성하게 오갔다. 존 경은 누구라도 좋아할 태세가 된 사람이라 대시우드 씨가 말[馬]에 대해서는 별로 아는 것이 없는 듯했지만 그래도 그를 아주 좋은 사람 정도로 여기게 되었다. 한편 레이디 미들턴은 그의 차림새가 상류층 티가 나는 걸 보고서 그와 친분을 가질 만하다고 생각했다. 대시우드 씨도 두 사람에 대해 아주 좋게 생각하며 떠났다.

"패니한테 낭보를 전할 수 있겠어." 누이동생과 걸어서 돌아오는 길에 그가 말했다. "레이디 미들턴은 정말 너무 우아한 여성이야! 이런 여성은 패니도 만나고 싶어 할 거라고 확신한다. 그리고 제닝스 부인도 따님만큼 고상하지는 않아도 몸가짐이 반듯하기 짝이 없더라. 너희 올케가 스스럼없이 방문할 수 있겠어. 솔직히 좀 긴가민가했거든. 제닝스 부인이 비천한 방식으로 돈을 번 남자의 미망인이라고만 알았으니까. 그래서 패니와 페라스 부인은 그분이든 그 딸이든 패니가 어울릴 부류는 못 된다고 접어 두고 있었지. 그렇지만 이제 두 분에 대해서 흡족한 이야기를 전해 줄 수 있겠어."

12

존 대시우드 부인은 남편의 판단을 믿어 마지않았으므로 바로 다음 날 제닝스 부인과 그 딸을 방문했다. 그녀의 신뢰는 보상을 받았으니, 시누이들을 데리고 있는 그 여성도 알고 지낼 가치가 있는 사람임을 확인했던 것이다. 레이디 미들턴으로 말하면, 세상에서 가장 매력적인 여성 가운데 하나라고 여길 정도였다!

레이디 미들턴도 대시우드 부인과 똑같이 만족했다. 그 두 사람은 일종의 냉정한 이기심 같은 것을 공유하고 있어서 그 점에 서로 끌린 것이다. 그들은 하품이 날 정도로 괜히 티를 내며 예절을 차리는 점이라든가 지성이라고는 눈을 씻고 찾아도 없다는 점에서 서로에게 공감했다.

그렇지만 레이디 미들턴의 호감을 사게 된 바로 그 매너 때문에 제닝스 부인에게는 존 대시우드 부인이 못마땅했다. 제닝스 부인이 보기에 대시우드 부인은 교만해 보이는 표정에 말투가 쌀쌀맞은 자그마한 여자였다. 시누이들을 만나서도 살갑게 대하기는커녕 말조차 거의 붙이지 않았던 것이다. 실지로 버클리가에 할애된 십오 분간의 방문 동안 그녀는 적어도 칠 분 삼십 초는 입을 꾹 다물고 앉아 있었다.

엘리너는 물어보지는 않았지만 에드워드가 지금 런던에 있는지 무척 알고 싶었다. 그러나 그녀 앞에서 패니가 자발적으로 그의 이름을 입에 올릴 리는 없었다. 그와 모턴 양의 결혼이 확정되었다고 말할 수 있거나 브랜던 대령에 대한 자기 남편의 기대가 이루어진다면 또 모르겠지만 말이다. 그녀는 두 사람이 여전히 서로 깊이 사랑하고 있다고 믿고 있어서, 둘을 떼어놓을 수 있다면 말이든 행동이든 매사에 공을 들일 작정이었던 것이다. 그렇지만 그녀가 주고 싶어 하지 않은 그 정보는 곧 다른 쪽에서 흘러나왔다. 얼마 안 있어 루시가 찾아와서는 에드워드가 대시우드 부부와 함께 런던에 와 있는데도 볼 수 없다며 엘리너의 동정을 구했던 것이다. 그는 행여 들킬까 봐 바틀릿츠 빌딩스로 찾아오지도 못한다면서, 서로 만나고 싶은 마음이야 이루 말할 수 없지만 현재는 편지밖에 쓸 수 없는 처지라고 했다.

그로부터 얼마 후 에드워드 자신이 두 번 버클리가를 방문해서 자기가 런던에 있음을 스스로 알렸다. 그들이 오전 약속에서 돌아왔을 때 탁자 위에 그의 명함이 두 장 놓여 있었다. 엘리너는 그가 방문했다는 것이 기뻤고 만나지 않게 된 것은 더욱 기뻤다.

대시우드 부부는 미들턴 부부가 아주 마음에 들긴 한 모양이었다. 워낙 무언가 베푸는 습관이 되어 있지 않았지만 그들에게는 베풀기로 했으니, 바로 정찬이었다. 서로 인사를 나누고 안면을 트자마자 바로 그들을 할리가의 정찬에 초대했다. 할리가의 어느 훌륭한 저택을 석 달간 빌려서 지내고 있었던 것이다. 시누이들도 제닝스 부인과 함께 초대를 받았는데, 존 대시우드는 용의주도하게 브랜던 대령도 챙겼다. 대령은 대시우드 양 자매가 가는 곳이면 어디든 그리고 언제든 사양할 생각이 아니었으므로, 다소 의외긴 했지만 아주 반가운 마음으로 부디 왕림해 달라는 그의 초청을 받아들였다. 그들은 거기서 페라스 부인을 만나게 될 터였다. 엘리너는 부인의 아들들도 이 파티에 참석할지 알 수 없었지만 부인과의 만남에 대한 기대만으로도 이 약속에 흥미를 느꼈다. 한때는 에드워드의 모친을 만나는 자리가 무척 긴장되었겠지만 지금은 그렇지 않았고 자기를 어떻게 생각하건 완전히 무관심할 수 있었다. 그러나 페라스 부인과 만나고 싶다는 소망, 그녀가 어떤 사람인지 알고 싶다는 호기심은 여전히 살아 있었다.

그렇게 이 파티에 생겨난 흥미는 스틸 양 자매도 그 자리에 올 것이라는 소식에 더 커졌다. 즐거움이 배가되었다기보다는 흥미진진해진 것이다.

그들은 워낙 레이디 미들턴한테 잘 보였고 눈치 빠르게 구는 것이 마음에 들었던지라, 루시는 상류층 수준이 아니었고 그 언니는 중간층에도 미달이었지만, 레이디는 남편만큼이나 선뜻 이들을 콘듀이트가로 초청해 한두 주 지내게 했다. 시기도 기가 막혔던 것이 대시우드 부부의 정찬 초대가 알려지자 스틸 양 자매는 그 파티가 열리기 며칠 전에 콘듀이트가로 들어왔다.

존 대시우드 부인으로서는 수년간 자기 동생을 맡아 준 신사의 조카라는 자격으로서야 그들을 자기 식탁에 앉힐 용의가 별로 없었겠지만, 레이디 미들턴의 손님이니 환영받아 마땅했다. 루시는 오래전부터 이 가족과 알고 싶었고, 당사자들을 직접 만나 보고 자신이 앞으로 겪을 어려움을 가늠하고 싶었다. 또 어떻게든 그들의 눈에 들 기회를 노리던 참이라 평생 존 대시우드 부인의 초청장을 받았을 때만큼 기뻤던 때도 드물었다.

엘리너에게 초청장이 준 효과는 아주 달랐다. 에드워드가 어머니와 같이 살고 있으니 당연히 누나가 여는 파티에 초청받았을 것이라고 여겼다. 그 모든 일이 있고 나서 처음으로 루시와 같이 있는 자리에서 그를 보게 되다니! 그녀는 그 자리를 어떻게 견딜 수 있을지 막막한 심정이었다!

이 두려움은 이성에만 근거했던 것은 아니고, 사실에 근거한 것도 아니었다. 그렇지만 그 두려움이 해소된 것은 그녀 자신이 냉정을 되찾아서가 아니라 루시가 선의를 베푼 덕이었다. 루시는 그녀에게 에드워드가 화요일에 할리가에 오지 않을 것이라고 알려 주었다. 루시로서는 이 소식을 전해서 엘리너한테 큰 실망을 안겨 주고자 했고, 나아가서 그녀의 고통을 더 키울 요량으로 에드워드가 안 오게 된 것은 자기와 같이 있으면 지극한 사랑을 감출 수 없기 때문이라고도 했다.

두 젊은 숙녀가 이 막강한 시어머니에게 소개될 운명의 화요일이 왔다.

"절 불쌍히 여겨 줘요, 대시우드 양." 같이 계단을 오르면서 루시가 말했다. 미들턴 부부가 제닝스 부인 다음에 바로 도착해 그들은 함께 하인을 따라가게 되었던 것이다. "여기서 제 심정을 알아 줄 사람은 당신밖에 없어요. 다리가 떨려서 있기도 힘들어. 어쩜 좋아! 이제 곧 제 모든 행복이 달려 있는 분을 만나게 되겠지요. 시어머니가 되실 분 말이에요!"

엘리너는 그들이 보게 될 사람이 루시가 아니라 모턴 양의 시어머니가 될 가능성이 있음을 암시해 즉시 한시름 덜게 할 수도 있었을 것이다. 그러나 그렇게 하는 대신 참 딱하게 되셨다고 분명하고도 진지한 어조로 말했다. 정말로 불안해 죽을 지경이었지만 적어도 엘리너한테는 억누를 수 없는 부러움의 대상이고 싶었던 루시는 이런 반응에 눈이 휘둥그레졌다.

페라스 부인은 자그맣고 야윈 여성이었다. 몸매는 꼿꼿하다 못해 딱딱해 보일 정도였고, 얼굴 표정은 진지하다 못해 심통스러워 보일 정도였다. 안색은 누렇게 떠 있었고, 이목구비는 작았고, 미인도 아니었고, 당연히 무표정 자체였다. 그러나 천만다행으로 이마가 찌푸려져 있어서 따분한 용모가 되는 불명예는 가까스로 피했다. 그것이 교만과 심술이라는 강한 성격을 거기에 부여한 덕분이다. 그녀는 말이 많은 여성은 아니었다. 대개의 사람들과는 달리 딱 자기 생각을 나타낼 정도의 말만 했는데, 그녀의 입에서 나온 몇 마디 안 되는 말 가운데 대시우드 양의 몫으로 떨어진 것은 단 한 마디도 없었다. 무슨 일이 있더라도 싫어하기로 작심을 한 눈으로 대시우드 양을 바라보는 것이었다.

엘리너는 이제 와서 이런 행동 때문에 불행해할 까닭이 없었다. 몇 달 전이라면 마음에 큰 상처를 받았을 테지만, 이제는 그런 식으로 그녀를 괴롭힐 힘이 페라스 부인한테 없었다. 그리고 스틸 양 자매에 대한 태도가 다르다는 것, 자기를 깔아뭉개기 위해서 의도적으로 차별 대우를 하는 것도 그녀에겐 재미있을 뿐이었다. 루시는 그야말로 환대를 받았다. 모녀가 자기가 아는 만큼 알았다면 다른 누구보다도 창피를 주고 싶어 환장했을 바로 그 사람에게 하해 같은 친절을 베푸는 것을 보고 엘리너는 고소를 금할 수 없었다. 반면 자기는 상대적으로 그들에게 상처 입힐 힘이 전혀 없음에도 두 사람 다 무시의 표적으로 삼고 있었다. 그러나 그렇게 헛짚고 엉뚱한 사람에게 친절을 베푸는 것에 웃음이 나면서도, 그 친절이 야비한 어리석음에서 비롯된 것 아니냐는 생각이 들고 그 친절을 지속시켜 보겠다고 스틸 양 자매가 약삭빠르게 알랑거리는 꼴을 지켜보노라니 그 네 사람을 모두 철저하게 경멸하지 않을 수 없었다.

루시는 영광스럽기 짝이 없는 특별 대접을 받고 좋아서 죽을 지경이었다. 그리고 스틸 양은 데이비스 박사 이야기로 좀 집적거려 주기만 하면 더 이상 바랄 수 없이 행복할 터였다.

정찬은 거창했고 하인들도 많았다. 모든 것이 안주인의 과시욕을 말해 주었고, 그것을 받쳐 주는 바깥양반의 능력을 말해 주었다. 노어랜드 영지의 개량과 확장이 이루어지고 있었음에도 불구하고, 또 그 소유자가 한때 몇천 파운드나 손실을 감수하고 주식을 팔 뻔했음에도 불구하고, 그런 죽는 소리를 통해 넌지시 비치려고 했던 빈곤의 징후는 눈 씻고 찾으려야 찾을 수 없었다. 대화가 혹 그랬다면 모를까 그 외에는 어떤 종류의 빈곤도 엿보이지 않았다. 실제로 대화 면에서는 결핍이 심각했다. 존 대시우드는 들을 가치가 있는 말은 별로 하지 못했고, 그의 부인은 훨씬 더 심했다. 그러나 이런 점이 유달리 창피스럽지도 않았던 것이, 방문자들의 대다수가 도토리 키 재기 꼴이었기 때문이다. 더불어 사귀고 싶기에는 저마다 한두 가지 결격 사유를 안고 있었다. 그렇게 타고났든 교육을 잘못 받았든 그들은 분별력이 결핍되거나, 우아함이 결핍되거나, 생기가 결핍되거나, 평정심이 결핍되어 있었다.

숙녀들이 정찬을 마치고 응접실로 물러났을 때 이런 빈곤은 더 심각해졌다. 그래도 신사들이 이런저런 정치 이야기, 공유지의 울타리 치기, 말 훈련시키기 등 어느 정도 다양한 이야깃거리를 제공했는데, 그것이 이제 끝난 것이다. 커피가 들어올 때까지 숙녀들은 한 가지 주제에만 매달렸으니, 거의 동갑내기인 해리 대시우드와 레이디 미들턴의 둘째아들 윌리엄 중에 누구 키가 크냐는 것이었다.

두 아이가 한자리에 있었다면 둘의 키를 한꺼번에 재 보아서 아주 쉽게 결론이 났을지도 몰랐다. 그러나 해리만 그 자리에 있었기 때문에 양쪽 편을 드는 추측성 주장이 난무했고, 자기 말이 옳다고 한사코 내세우고 나올 권리는 누구에게나 있었다.

이렇게 패가 맞섰다.

두 어머니는, 속으로야 자기 아들이 더 크다고 각자 확신했지만, 예의를 차려서 다른 쪽 편을 들기로 했다.

두 할머니는 편애가 덜하지도 않았지만 더 진지하다 보니 각자 똑같이 자기네 손자를 열심히 밀었다.

루시는 어느 한쪽 부모에게만 더 비위를 맞추어 주기가 곤란했으므로, 두 소년 다 나이치고는 훤칠하게 키가 크다고 생각하고, 둘 사이에 세상없어도 손톱만큼의 차이도 있을 수 없을 것이라고 했다. 그리고 스틸 양은 더욱 교묘한 언변을 구사해 재빨리 양쪽 편을 다 들어 주었다.

엘리너는 윌리엄 편을 한 번 들었다가 페라스 부인의 심사를 긁어 놓았고 패니한테는 훨씬 더 그랬던 셈인데, 굳이 자꾸 말해서 화를 더 돋우어 놓을 필요까지는 없다고 생각했다. 메리앤은 의견을 물어 오자 자기는 그것에 대해선 생각해 본 적이 없기 때문에 견해란 것이 없다고 잘라 말해서 그들 모두를 기분 상하게 했다.

노어랜드를 떠나기 전에 엘리너는 올케언니를 위해서 아주 예쁜 화열 가리개[48] 한 쌍에 그림을 그려 주었는데, 얼마 전 표구가 끝나서 이제 응접실을 장식하고 있었다. 이 화열 가리

---

48) 난로 열기를 막기 위해 얼굴을 가리는 작은 스크린.

개가 다른 신사들을 따라 방으로 들어온 존 대시우드의 눈에
띄자, 그는 친절하게도 브랜던 대령에게 한번 보시라고 하면서
건네주었다.

"제 바로 아래 누이동생이 그린 겁니다." 그가 말했다. "안
목이 있으시니까 틀림없이 마음에 드실 겁니다. 제 누이의 솜
씨를 전에 혹 보셨는지는 모르겠습니다만, 그림이 좋다는 이
야기를 듣고 있지요."

대령은 전문가 연하는 티는 일절 내지 않았지만 이 화열 가
리개를 열렬하게 칭찬했다. 물론 그는 대시우드 양이 그린 것
이라면 무엇이건 칭찬할 사람이긴 했다. 그러자 자연히 다른
사람들도 호기심이 동해 모두들 한 번씩 이 화열 가리개를 볼
수 있도록 돌려졌다. 페라스 부인은 그것이 엘리너의 작품인
줄은 모르고 유난히 꼭 봐야겠다고 들었다. 괜찮은 작품이라
는 레이디 미들턴의 만족스러운 평가가 나온 후, 패니는 그것
을 자기 어머니에게 건네면서 사려 깊게도 대시우드 양이 그
린 것이라는 점을 주지시켰다.

"흐음." 페라스 부인이 말했다. "아주 예쁘군." 그러고는 가
리개를 거들떠보지도 않고 자기 딸에게 돌려주었다.

패니마저 잠시 동안 자기 어머니가 너무 무례하다고 생각했
던지 얼굴을 살짝 붉히면서 곧장 이렇게 말했다.

"정말 예쁘지요, 엄마, 그렇지 않아요?" 그러나 이번에는 자
기가 너무 친절을 베풀었나 하는, 너무 추켜세웠나 하는 걱정
이 문득 들었던지 바로 이렇게 덧붙였다.

"모턴 양의 그림 스타일에는 무언가가 있다고 생각지 않으

세요, 엄마? 그 아가씬 정말 기가 막히게 잘 그려요! 지난번 풍경화도 얼마나 멋지게 그려졌는지!"

"멋지지, 암! 하긴 모턴 양은 못하는 게 없지."

메리앤은 이런 수작을 그냥 넘길 수 없었다. 그렇잖아도 페라스 부인이 마음에 안 들어서 죽을 지경이었다. 내막이야 몰랐지만 이렇게 턱도 없이 엘리너를 뭉개고 엉뚱한 사람을 칭찬하는 것이 거슬려서 발끈하며 곧장 이렇게 쏘아붙였다.

"참 별난 칭찬도 다 있네요! 우리한테 모턴 양이 대체 뭐죠? 누가 안다고, 아니 누가 상관이라도 한대요? 지금 우린 엘리너 언니 이야기를 하고 있다고요."

이렇게 말하면서 올케의 손에서 화열 가리개를 낚아채서 그것이 받아 마땅한 찬양을 직접 하겠다고 나섰다.

페라스 부인은 극도로 화가 난 듯 보였고, 원래 딱딱하던 자세를 더 딱딱하게 세우더니 비꼬듯이 나름대로 독설을 내뱉었다. "모턴 양은 모턴 경의 딸이지."

패니 역시 몹시 화가 난 표정이었고, 그녀의 남편은 누이동생의 방자한 태도에 경기를 일으키고 있었다. 엘리너는 메리앤이 그렇게 발끈한 것에 마음이 아파서 애초에 그런 분노를 초래한 상황은 뒷전이었다. 그러나 메리앤에게 못 박혀 있던 브랜던 대령의 눈에는 그렇게 발끈하는 모습이 그저 귀여울 뿐이고 아무리 사소하더라도 언니가 무시당하는 것은 참지 못하는 다정한 마음만 보일 뿐임이 역력했다.

메리앤의 감정은 여기서 멈추지 않았다. 페라스 부인이 엘리너를 대하는 냉담하고 무례한 태도는 언니가 갖은 어려움과 슬픔을 겪을 것임을 예고하는 듯 보였으니, 자신도 마음의 상처를 입으며 그것이 얼마나 두려운 일인지 알았던 터였다. 다정다감한 감성이 북받쳐 올라서 그녀는 잠시 후 언니의 의자로 가 한 팔을 언니의 목에 두르고 한쪽 뺨을 언니의 뺨에 가져다 대며 낮지만 간절한 목소리로 말했다.

"엘리너 언니, 언니, 저 사람들 신경 쓰지 마. 저 사람들 저런다고 언니가 불행해하진 마."

그녀는 더는 말을 잇지 못했다. 정신 줄을 놓아 버린 것처럼 엘리너의 어깨에 얼굴을 묻고서 울음을 터뜨렸다. 모든 사람의 주의가 몰렸고, 거의 모든 사람이 걱정했다. 브랜던 대령은 자기도 모르게 일어나 그들한테 갔다. 제닝스 부인은 다 안다는 듯이 "아유! 불쌍한 것." 하면서 즉시 자기의 방향 소금49)을 건넸다. 그리고 존 경은 이 신경 발작을 불러일으킨 장본인한테 너무나 화가 치받은 나머지 즉각 루시 스틸 옆으로 자리를 옮겨 앉아서는 속살속살 이 충격적인 일의 전말을 짤막하게 설명해 주었다.

몇 분이 지나자 메리앤은 좀 정신을 차리고 이 법석에 종언을 고하고는 사람들 사이에 앉았다. 그렇지만 그녀는 저녁 내내 방금 있었던 일을 마음에서 떨쳐 내지 못했다.

"메리앤도 참 안됐습니다!" 그녀의 오빠가 브랜던 대령의 주의를 확보할 수 있게 되자마자 목소리를 죽여서 이렇게 말했다. "저 아인 언니만큼 건강하지 못합니다. 아주 신경이 예

---

49) 냄새로 각성 효과를 내게 만든 소금.

민해요. 체질도 언니만 못하고. 한때는 미인이었다가 매력을 잃어버리고 나면 아무래도 허탈하고 힘들겠지요. 그리 생각이 안 드시겠지만, 메리앤은 몇 달 전만 해도 눈에 확 띌 만한 미인이었습니다. 엘리너에 못지않았지요. 지금은 보시다시피 한물 간 셈입니다만."

13

페라스 부인을 만나 보고 싶었던 엘리너의 호기심은 충족되었다. 그녀를 보니 두 가족이 더 이상 인연을 맺는 것은 바람직하지 않을 것이라는 점이 분명해졌다. 그녀의 교만과 야비함 그리고 자신에 대한 철통같은 편견을 볼 만큼 보아서 에드워드가 달리 매인 곳이 없었다 하더라도 자기와 그 사이의 약혼을 뒤흔들고 결혼을 연기시킬 것이 분명한 갖은 난관이 도사리고 있음을 알게 되었다. 그녀는 자신을 위해서는 차라리 거의 고마운 일이 아닌가 했다. 더 커다란 장애가 생기는 통에 페라스 부인이 만들어 낼 또 다른 장애로 고통받는 일에서, 그녀의 변덕에 휘둘리거나 그녀에게 잘 보이기 위해서 노심초사하는 일에서 면제되었으니 말이다. 아니, 적어도 에드워드가 루시한테 발목을 잡힌 것이 그다지 즐거워할 일은 아니라 하더라도 루시가 좀 더 좋은 사람이었다면 자기로서는 마땅히 기뻐했어야 하지 않나 하는 마음이었다.

그녀는 페라스 부인의 친절로 루시의 기가 크게 살아난 것이 어이없었다. 사리사욕에 얽힌 데다 허영심에 눈먼 나머지 엘리너가 아니라는 이유만으로 베풀어졌을 것이 분명한 배려를 자신에 대한 찬사로 받아들였거나 그녀의 진짜 정체가 알려지지 않았기 때문에 주어졌을 뿐인 호의에서 모든 것이 잘 풀릴 것이라는 기대를 끌어낸 셈이었다. 그런데 실제로 그랬다는 것은 당시의 루시의 눈이 생생하게 말해 주었을 뿐 아니라 다음 날 아침 아예 드러내 놓고 자기 입으로 말하기도 했다. 혹 엘리너를 따로 볼 수 있을까 하여 레이디 미들턴에게 부탁해서 버클리가에서 마차를 내린 그녀는 자기가 얼마나 행복한지 토로할 수 있게 되었다.

마침 기회가 되려니까 운 좋게도 그녀가 도착한 직후 파머 부인에게 전갈이 와서 제닝스 부인이 자리를 비우게 되었다. 두 사람만 있게 되자 루시는 목소리를 높여 이렇게 말했다.

"대시우드 양, 제가 얼마나 행복한지 말하고 싶어서 왔답니다. 어제 페라스 부인이 저를 대하시던 그 태도만큼 기분 좋은 게 어디 있을 수 있을까요? 정말 너무너무 하해 같은 마음씨를 가진 분이셨어요! 제가 그분 뵙기를 얼마나 두려워했는지 알잖아요. 그런데 처음 인사를 드리던 바로 그 순간에 그분의 태도가 너무 살가워서 저를 참 좋게 생각하신다는 말씀과 진배없는 듯했어요. 그렇지 않았나요, 네? 당신도 다 보셨잖아요. 그런 생각이 드시지 않던가요?"

"그분이 아주 친절했던 건 분명해요."

"친절이라고요! 친절밖에 못 보셨어요? 전 훨씬 더 많은 걸 봤는데. 그런 친절은 저 말고 다른 사람은 아무도 나눠 가지지 못했지요! 고고하게 구시지도 거드름을 부리시지도 않았고, 당신의 올케언니도 꼭 마찬가지셨고. 너무 상냥하고 살갑게 대해 주셨어요!"

엘리너는 무언가 다른 대화를 하고 싶었으나, 루시는 자기가 행복해할 만한 이유가 있다는 것을 인정받고 싶어서 그 주제를 물고 늘어졌다. 엘리너는 계속할 수밖에 없었다.

"그분들이 당신의 약혼을 알고 있었다면, 말할 것도 없이 그런 대접을 받은 것보다 더 기분 좋을 일은 없겠지요. 그렇지만 경우가 그렇지 않아서."

"그렇게 말할 줄 알았답니다." 루시가 재빨리 대꾸했다. "하지만 페라스 부인이 나를 좋아하지도 않으면서 그러는 척할 리는 만무해요. 그분이 저를 좋아한다는 사실이 제일 중요하지요. 무슨 말을 하셔도 제 흡족한 기분은 변함없어요. 모든 일이 잘 풀릴 것이 틀림없고, 그동안 걱정했던 어려움도 전혀 없을 거예요. 페라스 부인은 멋진 분이고, 당신의 올케언니도 그래요. 두 분은 정말 좋은 분들이세요! 그동안 대시우드 부인이 얼마나 상냥한 분인지 말해 주신 적이 없다는 게 놀라워요!"

엘리너는 무어라 대꾸할 말이 없었고 대꾸할 생각도 없었다.

"어디 편찮으세요, 대시우드 양? 기운이 좀 없으신 듯한데…… 말씀도 별로 없으시고. 저런, 몸이 안 좋으시군요."

"이렇게 건강한 적도 없어요."

"그 말을 들으니 진심으로 반가워요. 하지만 정말 좋지 않아 보여서. 어디 안 좋으시기라도 하다면 정말 마음이 아플 거예요. 세상에서 가장 큰 위안을 주신 분인데! 당신의 우정이 없었으면 제가 어떻게 되었을지 하느님만 아실 거예요."

엘리너는 친절히 답하려고 애썼지만 제대로 되었는지는 의문이었다. 그러나 루시는 만족했는지 바로 이렇게 대답했다.

"정말이지 당신이 저를 좋아한다고 철석같이 믿고 있답니다. 그건 에드워드의 사랑 다음으로 저한테 가장 큰 위안이지요. 가련한 에드워드! 그렇지만 이제 한 가지 좋은 일이 생겼어요. 서로 만날 수 있을 거고, 그것도 꽤 자주일 테니까요. 레이디 미들턴이 대시우드 부인을 아주 마음에 들어 하셔서 할리가에 자주 들를 것 같은데, 에드워드는 자기 시간의 반은 누님하고 보내니까요. 게다가 레이디 미들턴과 페라스 부인도 이제 서로 왕래할 테니까요. 친절하게도 페라스 부인과 당신의 올케언니가 몇 번이나 말씀하셨답니다. 나를 언제라도 환영하겠다고 말이에요. 정말 멋진 분들이세요! 혹 올케언니분한테 제 이야기를 하실 거라면 하늘같이 우러러본다고 전해도 지나치지 않을 겁니다."

그러나 엘리너는 올케한테 그런 얘기를 전할 거라는 기대감을 주는 말은 일절 하지 않았다. 루시가 계속했다.

"페라스 부인이 절 싫어하는 기색이 있었다면, 바로 알아챘겠지요. 이를테면 말 한마디 없이 그냥 형식적인 인사만 차리고, 그 후로 본 척도 하지 않거나 보더라도 데면데면했다면…… 무슨 말인지 아시겠지요…… 그렇게 곁을 안 주는 식의 대접을 받았다면, 전 절망에 빠져서 모든 것을 포기했을 거예요. 그분은 한번 싫었다 하면, 그냥 그만이라는 것을 아니까요."

엘리너는 겸손을 가장한 이 승리감에 대답을 하려야 할 수 없게 되었다. 문이 열리면서 하인이 페라스 씨가 오셨다는 것을 알렸고 에드워드가 곧바로 들어왔던 것이다.

어색하기 짝이 없는 순간이었다. 각자의 안색이 그렇다는 것을 말해 주었다. 그들 모두 극도로 멍해진 듯 보였다. 에드워드는 방으로 들어오고 싶은 마음 못지않게 도로 걸어 나가고 싶기도 한 것처럼 보였다. 제각각 너무도 피하고 싶어 해 온 바로 그 상황이 가장 불쾌한 형태로 그들에게 닥친 것이었다. 다른 사람도 같이 있는 자리라면 피할 구석이라도 있었으련만, 아무도 없이 딱 셋이서 한자리에 모인 것이다. 숙녀들이 먼저 정신을 차렸다. 비밀이 지켜지는 것처럼 보여야 했으므로 루시가 나설 일은 아니었다. 따라서 그녀는 눈으로만 애정을 표시할 수 있을 뿐이었고, 가벼운 인사만 차린 후 더 이상 아무 말도 하지 않았다.

그러나 엘리너는 할 일이 더 있었다. 그를 위해서나 자신을 위해서나 잘 처신해야겠다는 생각이 간절해서 잠시 마음을 가다듬은 후 힘을 짜내 어서 오시라는 인사를 했다. 편안하고 거의 스스럼없는 표정과 매너였다. 그리고 한 번 더 애쓰고 한 번 더 노력하니 더 나아졌다. 그녀는 루시가 있는 것에 개의치 않고, 자신이 받았다고 느낀 부당한 대접도 의식하지 않고, 만나서 반갑고 지난번 버클리가를 방문했을 때 집에 없어서 무척 아쉬웠다고 말했다. 그녀는 루시가 빈틈없는 눈길로 자기의 일거수일투족을 지켜보고 있다는 것을 곧 눈치챘지만, 그에 위축되어 친구이자 친척과 진배없는 그가 받아 마땅한 대우를 못 베풀 사람은 아니었다.

그녀의 매너가 에드워드에게 약간의 자신감을 불러일으켜 주어 그는 용기를 내서 앉았다. 그러나 그의 어쩔 줄 몰라 하는 태도는 숙녀들보다 상대적으로 더 심했는데, 남성으로서야 드물겠지만, 경우로 보면 그럴 만했다. 그의 마음은 루시처럼 무심할 수 없었고, 그의 양심은 엘리너처럼 편하지 않았던 까닭이다.

루시는 새침하고 차분한 태도로 일관하면서, 다른 사람들을 편하게 해 주는 데 일조하지 않기로 작심이라도 한 듯 입도 벙긋하지 않으려 했다. 거의 모든 말을 엘리너가 도맡아 하게 되었으니, 자기 어머니의 건강, 그들이 런던에 오게 된 것 등등 모든 소식을 자진해서 전하는 수밖에 없었다. 에드워드가 물어 주어야 마땅할 텐데 그러지 않았기 때문이다.

그녀의 노력은 여기서 멈추지 않았다. 바로 얼마 후 그녀는 메리앤을 데리러 간다는 핑계로 두 사람만 남겨 두고 나가는 영웅적인 용기를 발휘할 마음이 생겼고, 실제로 그렇게 했다. 그것도 아주 멋지게 해냈으니, 동생한테 가기 전에 아주 고결하고도 의연하게 계단참에서 몇 분간이나 어슬렁거렸던 것이다. 하지만 일단 동생에게 알리자, 에드워드의 환희의 시간도 그것으로 끝장이었다. 메리앤이 기쁨에 겨워하며 즉시 응접실로 서둘러 갔기 때문이다. 워낙 감정이 강렬한 아이인지라 그를 보자 반가운 마음이 그야말로 폭발적으로 솟아났고 입도 그냥 있지 않았다. 만나자마자 손을 내밀어 잡게 만들었고 목소리에는 벌써 처제로서의 애정이 실려 있었다.

"아이, 에드워드!" 그녀가 소리쳤다. "세상에, 이렇게 반가울 수가 없네요! 온갖 시름이 다 날아가 버리는 것 같아!"

에드워드는 그녀의 친절에 걸맞은 답변을 하려고 애썼으나, 다른 두 사람이 눈을 시퍼렇게 뜨고 지켜보고 있으니 진짜 느낀 것의 반도 감히 표현하지 못했다. 모두들 다시 자리에 앉았고, 잠시 동안 침묵이 흘렀다. 메리앤은 할 말이 가득 담긴 눈으로 에드워드를 봤다 엘리너를 봤다 했다. 루시라는 불청객 때문에 서로 기쁨을 마음껏 표현하지 못하고 있는 것이 애석할 뿐이었다. 에드워드가 먼저 입을 열었는데, 메리앤의 모습이 변했다면서 런던 생활이 잘 맞지 않는지 걱정된다고 했다.

"아이! 저에 대해선 신경 쓰지 마세요!" 씩씩하게 대답했지만, 말하는 동안 두 눈에 눈물이 가득 고였다. "제 건강에 대해선 신경 쓰지 마세요. 엘리너 언니는 좋아요, 보시다시피. 우리 두 사람한테야 그것으로 족하지요, 뭐."

이 마지막 말은 에드워드나 엘리너의 마음을 편하게 해 주지 못했고 루시의 호감을 사지도 못했다. 루시는 그다지 곱지 않은 표정으로 메리앤을 올려다보았다.

"런던이 마음에 드십니까?" 에드워드가 화제를 돌렸으면 해서 말했다.

"전혀요. 뭔가 즐거울 거라 기대했는데, 하나도 즐겁지 않아요. 에드워드, 당신을 만난 것이 런던에서 얻은 유일한 위안이에요. 하늘도 무심치 않지! 당신은 늘 그대로시니!"

그녀가 말을 멈추었고, 아무도 입을 열지 않았다.

"내 생각엔, 엘리너 언니." 이윽고 그녀가 덧붙였다. "우리가

312

바턴으로 돌아갈 때 에드워드더러 바래다 달라고 해야겠어.[50] 한두 주 지나면 가게 되지 않을까 싶어. 에드워드도 그런 임무를 마다하지 않을 거거든."

가련한 에드워드는 뭐라고 웅얼댔으나 무슨 소리인지 아무도 몰랐고, 그 자신조차 몰랐다. 그러나 메리앤은 그가 혼란스러워하는 것을 보고도 제멋대로 해석하고는 기분이 좋아져서 곧 다른 이야기를 꺼냈다.

"에드워드, 어제 할리가에서 굉장한 하루를 보냈어요! 엄청 따분했어, 괴로울 정도로 말이에요! 거기 대해서 할 말도 많지만 지금은 안 되겠네."

이렇게 그들끼리 있을 때까지로 이야기를 미루어 둔 것은 다행이었다. 양쪽 모두에게 친척 관계인 사람들이 불쾌한 인간들이란 사실을 예전보다 더 잘 알게 되었고 특히 그의 어머니한테 혐오감을 느꼈다는 소리를 할 작정이었던 것이다.

"그런데 거기 왜 없었어요, 에드워드? 왜 오지 않았지요?"

"다른 곳에 약속이 되어 있었습니다."

"약속이라고요! 아니, 우리 같은 친구들을 보기로 되어 있는데, 약속은 무슨 약속?"

"글쎄, 메리앤 양." 무언가 복수를 하고 싶어 안달이 난 루시가 소리쳤다. "젊은 남자들이 내키지 않으면 약속 따위는 개의치 않는다고 여기나 보군요. 그 약속이 크든 작든 말이지요."

엘리너는 매우 화가 났으나, 메리앤이 차분하게 대답하는

---

50) 젊은 미혼 여성들끼리는 장거리 여행을 하지 않는 것이 당시의 관례였다.

것으로 보아 말 속에 뼈가 있다는 것을 눈치채지 못한 모양이었다.

"아뇨, 그렇지 않다고 생각해요. 에드워드가 할리가에 오지 않은 것은 오직 양심 때문일 거라고 확신하거든요. 이 세상에서 가장 섬세한 양심을 가진 분이 아닌가 해요. 아무리 사소하더라도, 그리고 아무리 본인의 이해관계나 즐거움과는 위배된다 할지라도 약속은 무슨 일이 있어도 꼭 지키는 분이시지요. 세상 어느 누구보다도 남에게 상처를 준다거나 신의를 저버리는 것을 두려워하고, 그러니 절대 이기적이 될 수 없는 분이세요. 에드워드, 그게 사실이니 전 사실대로 말할 거예요. 뭐라고요? 칭찬은 듣지 않겠다니! 그렇다면 제 친구가 아닌가 보네요. 제 사랑과 존경을 받아 줄 사람은 저의 공개적인 찬사에도 승복해야 하니까요."

하지만 지금의 경우에는 그 칭찬이 성격상 듣고 있는 세 사람 가운데 둘의 감정과는 전혀 맞지 않았고, 에드워드에게도 그다지 기운 나는 소리가 아니었다. 그는 곧바로 자리에서 일어섰다.

"이렇게 빨리 가시다니!" 메리앤이 말했다. "아이, 에드워드, 이러면 안 되지요."

그리고 그를 살짝 옆으로 끌면서 루시가 그리 오래 있지는 못할 거라고 속삭였다. 그러나 이런 부추김조차 효과가 없었으니, 그는 한사코 가겠다는 것이었다. 그리고 설령 그가 두 시간 넘게 머물렀더라도 그보다 더 오래 버티고 있었을 루시도 그가 떠나자 곧 가 버렸다.

"저 여자가 여기 뭣 땜에 이렇게 자주 와!" 그녀가 떠나자마자 메리앤이 말했다. "제발 가 주었으면 한다는 걸 눈치도 못 채나 봐! 에드워드에게 얼마나 성가셨겠어!"

"왜 그렇겠어? 우리 모두 그이의 친구고, 루시가 제일 오래 그이를 알았어. 우리뿐 아니라 그녀를 보고 싶은 게 당연하지, 뭘."

메리앤은 그녀를 지그시 쳐다보더니 말했다. "언니도 알겠지만, 이런 식의 대화는 나 못 참아 줘. 언니는 언니의 주장과 반대되는 소리를 해 주길 바라는 모양인데, 내가 그럴 사람이 아니라는 걸 아셔야지. 나더러 뭐라고 해도 확신을 버릴 수야 없지. 사실 굳이 내 말이 필요한 것도 아니잖아."

그러고 나서 그녀는 방을 나갔다. 엘리너는 감히 동생을 따라가 더 이야기해 줄 수 없었다. 비밀을 지키겠다고 루시에게 약속한 처지여서 메리앤을 납득시킬 만한 정보를 줄 수 없었던 것이다. 이런 오해 때문에 당하는 고통이 아무리 크다고 할지라도 감수할 수밖에 없었다. 메리앤은 잘못 알고 신나 하지만 에드워드나 그녀가 듣기에는 괴로운 소리였다. 부디 앞으로 에드워드가 이런 고초를 자주 겪지 않게 해 주고 방금 전의 만남과 같은 고역을 반복하지 않게 해 주었으면 하고 바랄 뿐이었다. 그것이 본인에게도 좋을 터였다. 그리고 그녀로서는 충분히 그러리라 기대할 만한 일이었다.

14

  이 만남이 있은 지 며칠 안 가 신문 소식란에는 토머스 파머 향사의 레이디께서 아들이자 상속자를 순산했다는 기사가 실렸다. 적어도 이 사실을 전부터 알고 있던 모든 친지들에게는 매우 흥미롭고 흡족한 내용이었다.

  이 사건은 제닝스 부인의 행복에 큰 영향을 미쳤으니 하루 시간표가 일시적인 변화를 겪었고, 그녀의 젊은 친구들의 시간 활용도 그에 부응해 변하게 되었다. 그녀는 될수록 샬럿과 지내고자 하여 매일 아침 옷을 차려입자마자 딸네 집으로 갔다가 저녁 늦어서야 돌아왔다. 그리고 대시우드 양 자매는 미들턴 부부가 각별히 청함에 따라 매일 콘듀이트가에서 종일을 보냈다. 적어도 정찬 때까지는 제닝스 부인의 집에 머물면서 편히 지내고 싶은 마음이 컸지만, 다들 원하는데야 어쩔 수 없었다. 따라서 그들의 시간은 레이디 미들턴과 스틸 양 자매에게 할애되었는데, 그렇게 공공연하게 원하던 셈치고 그 세 사람은 그들과 함께 지내는 것을 그리 탐탁해하지 않았다.

  그들은 레이디의 바람직한 벗이 되기에는 너무 분별이 있었고, 스틸 양 자매는 그들대로 자기들 영역을 침범해서 그들이 독점하고 싶던 친절을 나누어 가진다고 시샘이었다. 엘리너와 메리앤에 대한 레이디 미들턴의 태도보다 더 예의 바른 것도 없겠지만, 그녀는 그들을 전혀 좋아하지 않았다. 그들이 그녀 자신에게도 그녀의 아이들에게도 아부하지 않았기 때문에 성품이 착한지도 믿을 수 없었다. 그리고 그들이 책 읽기를 좋아했기 때문에 풍자적일 것이라고 생각했다. 실은 풍자적이란 말이 무슨 뜻인지도 정확히 알지 못하는 것 같지만, 그건 그리 중요치 않았다. 흔히들 남을 비난할 때 손쉽게 쓰는 통상적인 말이었다.

그들의 존재는 그녀와 루시 두 사람에게 속박이었다. 한 사람은 빈둥거리기 어려워졌고 다른 쪽은 작업하기가 어려워졌다. 레이디 미들턴은 그들 앞에서 아무 일도 하지 않고 있는 것이 창피했고, 루시는 다른 때라면 떳떳하게 여기고 행했던 아부를 한다고 그들이 자기를 경멸할까 봐 두려웠다. 셋 중에는 그래도 스틸 양이 그들이 있다 해서 그리 불편해하지 않는 축이었다. 또 그들이 하기에 따라 그녀와는 아주 잘 맞을 수조차 있었다. 그들 중에 누구라도 메리앤과 윌러비 씨 사이의 연애 사건 전모를 상세하게 설명해 주기만 했더라면, 그녀는 그들이 도착한 후에 감수해야 했던 희생, 즉 정찬 후에 벽난롯가의 명당을 양보해야 했던 희생을 충분히 보상받았다고 생각했을 것이다. 그러나 그런 정도의 타협은 성사되지 않았다. 엘리너한테 그녀의 동생에 대한 동정의 말을 자주 던졌음에도, 그리고 메리앤 앞에서 멋쟁이들의 지조 없음에 대해서 한 번도 아니고 여러 번 퉁겨 보았음에도 아무런 효과가 없었다. 전자에게는 무관심의 표정이, 후자에게는 혐오감의 표정이 스쳤을 뿐이다. 실은 이보다 힘을 훨씬 덜 들이고도 그녀를 친구로 만들 수 있었다. 그들이 박사를 두고 자기를 놀려 대기라도 했더라면! 그러나 다른 사람들도 그렇듯이 그들도 그녀의 소원에 부응할 뜻이 별로 없었기 때문에, 혹 존 경이라도 집 밖에서 정찬을 하러 나가 버린다면, 그녀 자신이 몸소 자기한테 던진 것 말고는 이 화제에 대한 농담을 한마디도 듣지 못한 채 온종일을 보낼지도 몰랐다.

그러나 이렇게 질시와 불만이 들끓고 있다는 것을 제닝스 부인은 꿈에도 생각지 못하고, 젊은 여성들이 같이 지내게 되어서 참 잘되었다고 여겼다. 자기의 젊은 친구들이 어리석은 노파하고만 죽치고 있는 것을 피하게 되었으니 얼마나 좋은 일이냐며 매일 밤마다 축하를 보내는 것이었다. 그녀는 때로는 존 경의 집에서, 때로는 자기 집에서 그들과 합류했다. 그러나 어디든 간에 그녀는 늘 활달한 태도로 즐겁게 우쭐대면서 들어왔고 샬럿이 빨리 회복하는 것이 다 자기가 보살펴 준 결과라며 딸의 상태를 정확하고 시시콜콜히 전할 태세가 되어 있었는데, 그런 화제를 솔깃해하며 듣고 싶어 하는 사람은 스틸 양뿐이었다. 그런데 제닝스 부인에게도 골칫거리가 딱 한 가지 있긴 했다. 그녀는 날마다 그것에 대해서 불평을 늘어놓았다. 파머 씨가 아기는 모두 비슷하게 생겼다는 견해를 굽히지 않고 있다는 것이었다. 남자들이야 원래 흔히 그런다지만 아버지 된 사람이 할 소리는 아니었다. 그녀는 언제 봐도 아기가 양가 친척들을 하나같이 빼닮았다는 것을 한눈에 알아보겠는데, 정작 제 아버지한테 그것을 인정하게 할 수가 없었다. 아무리 누누이 이야기해도 사위는 아기가 같은 또래 다른 아기들하고 다를 바가 뭐냐고 한다는 것이었다. 심지어 아기가 세상에서 제일 잘생겼다는 명명백백한 사실조차 인정하지 않는다고 했다.

이제 나는 이 무렵 존 대시우드 부인에게 닥친 한 가지 불운에 대해서 이야기하고자 한다. 사연은 이랬다. 그녀의 두 시누이가 제닝스 부인과 함께 할리가로 그녀를 처음 방문하던 중에 그녀의 다른 지인이 들렀더랬다. 이 상황 자체는 그녀에게 별로 해가 될 것 같지 않았다. 그러나 사람들이 상상력을 발휘해 우리의 행실을 그릇 판단하고 사소한 겉모습만 보고 재단해 버리면, 행복이란 어느 정도는 운수소관이 되어 버린다. 이번 경우에는 이 나중 도착한 숙녀분이 진실과 개연성을 추월할 정도로 상상력에 박차를 가하다 보니, 대시우드 양 자매라는 이름만 듣고 대시우드 씨의 누이동생이라고 이해하자마자 그것만으로 그들이 할리가에서 지내고 있다고 대뜸 결론지어 버렸다. 그리고 이런 착각의 결과 하루인가 이틀 후에 이들에 대한 초청장이 오빠 내외의 것과 함께 날아오게 되었다. 자기 집에서 열리는 작은 음악 모임에 와 달라는 것이었다. 그리하여 존 대시우드 부인은 대시우드 양 자매를 데리러 자기의 마차를 보내는 엄청나게 큰 불편을 감수할 수밖에 없었다. 그뿐 아니라 설상가상으로 그들을 살뜰하게 보살피는 척하는 불쾌하기 짝이 없는 일을 수행해야 했던 것이다. 더구나 그들이 언감생심 다음번에도 그녀와 같이 외출하기를 기대하지 않는다는 법이 있을쏜가? 물론 그들을 실망시킬 힘이야 늘 그녀의 손아귀에 있긴 할 터. 그러나 그것으로 충분치 않았다. 사람이란 스스로 알면서도 잘못된 행동 양식을 고수하다 보면, 더 나은 처신을 바라는 남들의 기대 자체가 못마땅할 테니까 말이다.

메리앤은 이제 날마다 외출하는 일에 점차 익숙해져서 나가느냐 마느냐 하는 것은 문제가 아니었다. 그리고 매일 저녁 약속을 위해서 말없이 기계적으로 준비를 했다. 어떤 약속이든 별로 즐거울 것을 기대하지 않았고, 마지막 순간까지 어디서 열리는지도 모를 때도 허다했다.

옷차림과 외모에도 철저하게 무관심해져서 몸단장하는 동안 기울인 관심은 단장이 끝난 뒤 스틸 양과 만난 처음 오 분 사이에 받은 관심의 절반도 채 되지 않을 정도였다. 스틸 양은 무엇 하나 빼지 않고 세세하게 관찰했으며 오지랖 넓게 궁금해했다. 그녀는 모든 것을 살폈고 모든 것에 대해 물었다. 메리앤의 옷차림을 구성하는 개별 품목의 가격을 알아내기까지는 만족하지 않았고, 메리앤의 드레스가 모두 몇 벌인지 본인보다 더 잘 어림짐작했다. 그리고 헤어지기 전에 매주 세탁비가 얼마인지, 매년 얼마나 몸치장에 쓰고 있는지 알아낼 수 있을 거라는 희망조차 버리지 않았다. 더구나 이렇게 주제넘게 꼬치꼬치 캐묻다가 대개 찬사로 끝맺음을 하는데, 자기로서야 그것으로 넘어가 버리려는 뜻이겠지만, 메리앤에게는 그것이 가장 무례한 짓으로 여겨졌다. 드레스의 가격과 제조원, 신발의 색깔, 머리 모양에 대한 조사를 마치면 이런 말을 듣게 될 것이 거의 확실했기 때문이다. "정말 너무너무 멋져 보여요. 남자들이 우르르 몰려들겠어요, 그렇죠."

이번에도 이런 격려의 말을 들으면서 그녀는 오빠의 마차 쪽으로 갔다. 마차가 현관 앞에 멈춘 지 오 분 만에 그들은 올라탈 준비가 되어 있었는데 이렇게 시간을 엄수하는 것도 올케언니한테는 그리 마뜩지 않았다. 그녀는 지인의 집에 그들보다 먼저 도착해 있었는데 시누이들이 좀 꾸물거리느라 자기나 자기의 마부에게 폐를 끼치기를 바랐던 것이다.

이날 저녁 모임은 이렇다 할 것이 없었다. 다른 음악 모임들과 마찬가지로 연주를 감상할 진정한 안목이 있는 사람도 많았지만 전혀 안목이 없는 사람이 더 많았다. 그리고 늘 하는 소리지만 연주자들 스스로도 그렇고 가까운 친구들의 평으로도 비전문 연주가로서는 잉글랜드에서 최고 수준이라고 했다.

엘리너는 음악에 별로 밝지 않았고 그런 척하지도 않았으므로 서슴없이 그랜드 피아노에서 다른 곳으로 눈길을 돌렸고, 심지어 하프나 첼로가 나와도 아무 거리낌 없이 방 안의 무언가 다른 흥미로운 대상에 눈길을 돌리곤 했다. 이렇게 이리저리 눈길을 보내다가 일군의 청년들 사이에서 그레이 보석상에서 이쑤시개 갑에 대해 일장연설을 한 장본인이 눈에 들어왔다. 바로 얼마 후에는 그도 자기를 쳐다보고서 오빠와 친숙한 태도로 이야기를 나누는 것을 보았다. 그래서 오빠한테 누군지 물어보아야겠다고 생각한 순간 그들이 함께 그녀 쪽으로 다가왔다. 대시우드 씨는 그가 로버트 페라스 씨라고 소개했다.

그는 몸에 밴 정중한 태도로 그녀에게 인사하면서 고개를 한쪽으로 삐딱하게 숙였다. 굳이 하는 말을 들어 보지 않고 그것만 봐도 그가 바로 루시가 묘사한 적이 있는 그 맵시꾼이라는 것을 분명히 알 수 있었다. 에드워드를 좋아하게 된 것이 당사자의 미덕이 아니라 그의 근친들의 미덕에 의존하고 있었다면 얼마나 다행스러웠겠는가! 그때 그의 동생이 절을 하는 모양을 보니 그의 어머니와 누나의 성깔머리가 시작해 놓았을 그림에 마지막 필치를 가하는 것일 법했으니 말이다. 형제가 그렇게 다른 것이 의아하면서도 그녀는 든 것 없이 자만심만 가득한 한 사람 때문에 다른 사람의 겸손과 가치까지 몰라라 할 수는 없다는 것을 알았다. 왜 그들이 그렇게 다른지는 로버트 본인이 한 십오 분간 대화하는 사이에 제 입으로 설명해 주었다. 그의 형에 대해 말하면서 형이 물에 기름을 탄 것처럼 겉도는 바람에 상류층 사람들과 잘 섞이지 못한다고 한탄했다. 그러면서 화통하게 선심을 쓰듯이 한다는 말이, 그것이 무슨 타고난 결함이라기보다 불운하게도 사설 교육을 받은 탓이라는 거였다. 반면 그 자신은 딱히 이렇다 할 탁월한 재주를 타고나지는 못했지만 일류 사립 학교를 다닌 덕에 어느 누구 못지않게 상류 사교계에 잘 섞이게 되었다는 것이다.

"맹세코 그 이상은 아니라고 생각해요." 그가 덧붙였다. "그래서 어머니가 그 문제로 속상해하시면, 종종 그렇게 말씀드리곤 하지요. 늘 이렇게 말씀드려요. '어머니, 맘 편히 먹으세요. 이왕 엎질러진 물이잖아요. 그리고 누굴 탓할 일이 아니라 어머니가 자초하신 일이고. 왜 생각대로 하시지 로버트 경 아저씨 말을 따라서 에드워드 형을 그렇게 아주 결정적인 시기에 개인 교수에게 맡기셨어요? 프랫 씨 댁에 보내는 대신에 나처럼 웨스트민스터 학교[51]에 보냈더라면 이런 일이 일어나

---

51) 런던 웨스터민스터 대사원에 딸린 유명한 사립 학교.

진 않았겠지요.' 전 이 문제를 늘 이런 식으로 보고, 어머니도 본인 잘못을 십분 인정하십니다."

엘리너는 그의 의견에 반대하고 싶지는 않았다. 일류 사립 학교의 이점을 어떻게 보는지와 무관하게 에드워드가 프랫씨 집에서 살게 된 것을 좋게 생각할 수 없었기 때문이다.

"데번셔에서 돌리시[52] 근처 코티지에 사신다면서요." 그다음 말이었다.

엘리너가 위치를 바로잡아 주었더니, 도대체 데번셔에 살면서도 돌리시 근처가 아니라는 것이 좀 놀랍다는 표정이었다. 그렇지만 그들이 사는 집의 유형에 대해서는 찬사가 늘어졌다.

"저는 코티지를 무척 좋아합니다. 거기엔 늘 편안함과 우아함이 넘치지요. 그리고 저한테 여윳돈이 있다면, 단연코 런던 가까운 곳에 땅을 좀 사서 한 채를 직접 지을 겁니다. 언제라도 마차를 타고 내려갈 수도 있고, 주변에 몇몇 친구를 모아서 재미있게 지낼 거고요. 집을 지을 사람이라면 누구에게도 코티지를 지으라고 조언한답니다. 제 친구 코틀랜드 경이 일전에 제 조언을 구하러 와서는 보노미[53]가 그린 세 가지 다른 설계 도면을 제 앞에 펼쳐 놓았어요. 저보고 가장 나은 것을 골라 달라는 거였죠. '여보게, 코틀랜드.' 즉시 몽땅 난로 속으로 집어 던지면서 제가 말했지요. '이런 따위 가운데서 고르려고 하

___
52) 남쪽 해변의 부유한 휴양 마을.
53) 당시 건축가의 이름.

지 말고 무조건 코티지를 짓게나.' 그리고 제 생각이지만 결국 그렇게 될 겁니다.

더러 코티지는 좁고 불편하다고만 생각하는데, 그건 잘 모르고 하는 소립니다. 지난달 다트퍼드 근처에 사는 제 친구 엘리엇의 집에 들렀을 때 일입니다. 레이디 엘리엇이 무도회를 열고 싶어 하시더군요. '그렇지만 그럴 수가 있겠어요?' 하고 그녀가 말하더라고요. '보세요, 페라스, 어떻게 하면 될지 말해 주세요. 이 코티지에는 열 쌍이 들어설 방이 없는데, 저녁 식사는 어디서 하고요?' 저는 아무 문제 없을 거라는 걸 바로 알고서 그렇게 말했지요. '레이디 엘리엇, 어려워 마세요. 정찬실에 열여덟 쌍은 너끈히 들어갈 겁니다. 카드 탁자들은 응접실에 두면 되겠고, 서재를 개방해서 차와 다과를 갖추어 두고, 저녁 식사는 홀을 이용하면 되지요.' 레이디 엘리엇은 이 생각을 마음에 들어 했어요. 정찬실 크기를 재어 봤더니 딱 열여덟 쌍을 수용할 만하다는 걸 알았고, 그 일은 제 계획에 따라 그대로 정리되었지요. 사실 뭐, 아시다시피, 일을 처리하는 방법만 알면 넓은 저택 못지않게 코티지에서도 온갖 편안함을 누릴 수 있습니다."

엘리너는 다 맞는 말씀이라고 했는데, 굳이 따져 가면서 반대할 만한 상대도 못 된다고 생각했던 까닭이다.

존 대시우드는 누이동생만큼이나 음악에는 별 재미를 못 느끼는지라 그의 마음도 이리저리 자유롭게 돌아다녔다. 그러다 보니 저녁 동안에 한 가지 생각이 머리를 스쳐서 집에 돌아가자 부인에게 동의를 얻으려고 말을 꺼냈다. 이왕 데니스 부인도 누이동생들을 그들의 손님이라고 잘못 알고 있는 데다 제닝스 부인도 일이 많아 집을 자주 비우는 모양이니 이참에 누이동생들을 손님으로 초대하는 것이 옳지 않겠나 하는 이야기였다. 비용이 별로 들지도 않을 것이고 불편해 봤자 얼마나 불편하겠느냐는 것이었다. 그리고 그의 양심의 소리를 들어 보아도 부친에게 한 약속에서 완전히 해방되려면 그 정도는 챙겨 주어야 하지 않겠느냐고 했다. 패니는 이 제안에 화들짝 놀라서 이렇게 말했다.

"그렇게 하게 되면 레이디 미들턴한테 예가 아닐 것 같단 생각이 드네요. 시누이들이 레이디와 날마다 시간을 보내잖아요. 그것만 아니라면 저도 얼마든지 당신 생각대로 하고 싶어요. 오늘 저녁에 같이 외출한 것도 그렇고 저도 늘 힘닿는 데까지 아가씨들을 챙겨 줄 준비가 되어 있어요. 하지만 아가씨들은 레이디 미들턴의 손님이잖아요. 그분한테서 아가씨들을 빼내 오는 꼴이 되지 않겠어요?"

남편은 한풀 죽긴 했지만 반대 논리에 선뜻 승복하지는 않았다. "누이들은 콘듀이트가에서 그런 식으로 벌써 일주일을 보냈다오. 그러니 그 아이들이 그 정도 기간을 더 가까운 친척하고 지낸다 해서 레이디 미들턴이 기분 나빠 하지는 않을 것 같소."

패니는 잠깐 뜸을 들이더니 새로 기운이 솟는지 이렇게 말했다.

"여보, 그럴 수만 있다면 아가씨들을 부르고 싶은 마음이야 저도 굴뚝같아요. 그렇지만 막 스틸 양 자매한테 우리하고 며칠 지내자고 청해야겠다 마음먹은 참이에요. 행실도 됐고, 괜찮은 아가씨들이에요. 그리고 그이들 아저씨한테 에드워드가 신세를 졌는데, 챙겨 주기도 해야지요. 시누이들이야 올해가 아니더라도 초청할 수 있지만, 스틸 양 자매는 런던에 올 일이 없을지도 모르고. 당신도 그 아가씨들을 좋아할 거로 생각해요. 뭐, 사실 벌써 무척 마음에 들어 하고 있잖아요. 제 어머니도 그러시고. 게다가 해리가 그이들을 얼마나 따르는데요!"

대시우드 씨는 수긍했다. 스틸 양 자매를 즉각 초청해야 할 필요성이 있다고 보았고, 누이동생들은 다음 해에 초청하기로 결심해 양심도 달랠 수 있었다. 그렇지만 그와 동시에 내년이면 초청이 불필요해질 수도 있겠다는 교활한 생각도 끼어들었다. 엘리너가 브랜던 대령의 부인이 되어 런던에 오게 되면 메리앤은 그들의 손님이 될 수 있을 테니까.

패니는 궁지에서 탈출한 것이 기뻤고, 그런 탈출을 가능하게 해 준 임기응변을 자랑스러워하면서 다음 날 아침 루시한테 편지를 써서 레이디 미들턴의 허락을 받는 대로 언니와 함께 할리가에 와서 며칠 지내 달라고 청했다. 이런 제안에 루시는 진정으로 행복했는데 당연한 일이었다. 대시우드 부인이 몸소 자기를 위해서 뛰고 있는 것만 같았다. 그녀의 온갖 소망을 보듬어 주고 그녀의 온갖 계획을 부추겨 주시는 것 아닌가 말이다! 에드워드와 그의 가족과 함께 지낼 수 있는 이런 기회는 무엇보다도 그녀에게 실질적인 이득일 수밖에 없으니, 이 초대를 받고 그녀의 마음은 날아갈 것만 같았다! 너무 좋은 기회라 아무리 고마워해도 모자랄 지경이었고 아무리 빨리 활용

해도 느릴 지경이었다. 레이디 미들턴 댁에 언제까지 머물지 딱히 기한을 정한 것은 아니었지만 상황이 이렇게 되니 느닷없이 원래 이틀 후면 끝나기로 되어 있지 않았나 하는 것이었다.

그 쪽지는 받은 지 채 십 분도 지나지 않아 엘리너에게 건네졌다. 그것을 읽고 그녀는 처음으로 루시의 기대가 이루어질지도 모른다는 생각을 하게 되었다. 알게 된 지 얼마 되지도 않았는데 이렇게 유난히 친절을 베푸는 것은, 그녀에 대한 선의가 단순히 자신에 대한 악의 때문만이 아니라 그와는 다른 동기에서 비롯된 것임을 말해 주는 듯했기 때문이다. 시간이 지나고 요령 있게 대처하면 루시가 원하던 모든 것이 이루어질지도 몰랐다. 그녀의 아부는 레이디 미들턴의 오만을 이미 정복했고, 존 대시우드 부인의 틈새 하나 없는 마음을 파고들어갔다. 이런 결과로 보건대, 더 커다란 가능성도 열려 있는 셈이었다.

스틸 양 자매는 할리가로 옮겼고, 그들이 거기서 잘하고 있다는 이야기가 엘리너의 귀에 들어오면서 그녀의 이런 예상은 더 굳어졌다. 그들을 한 번 이상 방문한 존 경이 그들이 얼마나 환대받고 있는지 상세히 설명해 주었는데, 누가 들어도 놀랄 만한 것이었다. 대시우드 부인은 평생 어떤 젊은 여성하고 지내면서 이번처럼 즐거운 적이 없었다는 것이며, 그들에게 어느 망명객이 만든 바늘겨레를 하나씩 주었으며, 루시를 이름만으로 부른다고 했다. 그리고 장차 그들과 헤어질 것을 생각하니 막막하다는 것이었다.

3부

1

파머 부인은 보름이 지나자 아주 좋아져서 그녀의 어머니
는 이제 딸에게 온 시간을 바칠 필요가 없다고 느꼈다. 그래
서 하루에 한두 번 딸네 집을 들러 보는 정도로 만족하고 그
때부터는 자기의 집과 일상적인 생활로 되돌아왔다. 대시우드
양 자매도 예전의 생활로 돌아가는 데 아무런 문제가 없었다.

이렇게 버클리가에 다시 자리를 잡은 지 사나흘 지난 어느
아침나절에 평소처럼 파머 부인을 방문하고 돌아온 제닝스
부인이 부리나케 엘리너 혼자 앉아 있던 응접실에 들이닥쳤
다. 중요한 일이라도 있는 듯 서두르는 기색이어서 무언가 놀
라운 소식이 있겠구나 예상했는데, 아니나 다를까, 부인은 들
어서기 무섭게 이렇게 말해 그 예상을 확인해 주었다.

"원, 세상에! 대시우드 양! 그 소식 들었겠네!"

"아니요, 아주머니. 무슨 일인데요?"

"참 기가 막힌 일이야! 하여간 내 죄다 이야기해 주마. 아유, 글쎄, 파머 씨 집에 갔더니, 샬럿이 아기 때문에 아주 난리도 아닌 거야. 아기가 큰 병이 난 게 틀림없다면서 말이야. 울고, 보채고, 온몸에 붉은 반점이 돋았으니 그럴 만도 하지. 그래서 바로 아기를 살펴보고서 내 말했지. '이런! 얘, 이건 세상없어도 이가 나느라 생기는 잇몸 발진일 뿐이야.' 보모도 똑같은 말을 했고. 그런데도 샬럿이 말이다, 그걸로는 안심이 안 되는지, 도너번 선생을 부르러 보냈어. 다행히도 선생은 마침 할리가에서 막 돌아온 참이라 바로 건너왔고, 아기를 보자마자 우리하고 같은 말을 했지, 세상없어도 잇몸 발진일 뿐이라고 말이야. 그제야 샬럿도 마음을 놓았어. 한데 선생이 다시 방을 나가려는 참에 문득 어떤 생각이 머리를 스치는 거야. 어떻게 그럴 맘이 생겼는지 나도 모르겠다만, 무슨 새로운 소식이 없느냐고 물어볼 생각이 났던 게지. 그러자 선생이 괜히 능글능글 억지웃음을 짓더니 심각해지더라고. 뭔가를 알고 있다는 분위기더니 마침내 귓속말을 하는 거야. '실은 부인께서 데리고 계시는 아가씨들 귀에 올케 되는 분이 몸이 불편하다는 좋지 않은 소문이 들어갈까 봐 말씀드리는 게 좋을 것 같군요. 크게 놀랄 일은 아니고, 대시우드 부인은 별 탈 없을 겁니다.'"

"뭐라고요! 올케언니가 아파요?"

"나도 꼭 그렇게 물었어, 얘. '저런! 대시우드 부인이 아파요?' 그랬더니 모든 것이 드러난 게지. 내가 알게 된 바로는, 이게 그 일의 전말인가 보더라. 에드워드 페라스 씨, 내가 너

를 두고 농담하곤 했던 바로 그 젊은이 말이야.(그러나 지금이
니 말인데 그런 관계가 아니었다는 것이 엄청 다행이구나.) 그 에드
워드 페라스 씨가 요 근래 열두 달 넘게 내 친척 아가씨 루시
하고 약혼을 이어 오고 있었다는구나, 글쎄! 애, 놀랄 노 자지
뭐냐! 그런데 언니인 낸시 외에는 아무도 까맣게 모른다는군!
이런 일이 도대체 가능하기나 한 일이야? 둘이 서로 좋아한다
는 거야 그리 놀랄 일이 아니지. 그렇지만 둘 사이에 일이 그
리되었는데도 아무도 눈치조차 못 채고 있었다니 말이다! 그
게 어디 말이나 돼! 내가 둘이 같이 있는 걸 본 적도 없어서
그렇지 봤더라면 바로 알아챘을 텐데 말이야. 음, 그래, 페라
스 부인이 두려워서 둘이 꼭꼭 비밀로 해 두었던 거지. 그러니
페라스 부인이든 너희 오빠 내외든 요만큼의 의심도 안 했던
거지. 바로 오늘 아침까지는 말이다만. 그러다 낸시가 말이야,
그 불쌍한 것이, 원래 악의는 없는 아이지만 머리는 좀 떨어
지잖니, 그만 모두 터트리고 만 거야. 걔 혼자 생각에는 '그렇
지! 다들 루시를 너무 좋아하고 있으니까, 무슨 문제가 있을라
고.' 하고는 글쎄, 혼자 앉아 침대보를 짜고 있는 네 올케한테
로 갔구나. 앞으로 무슨 일이 닥칠지 전혀 모르고서 말이다.
네 올케는 올케대로 불과 오 분 전에 너희 오빠하고 에드워드
를 누군지는 잊었지만 어떤 귀족 딸이랑 맺어 주는 일을 의논
하고 있었다더라고. 그러니 네 올케의 허영심과 자만심에 얼
마나 큰 타격이었을지 짐작이 갈 거야. 네 올케는 즉각 격렬한
히스테리 발작을 일으켰고, 소리를 엄청 질러 대는 바람에 너
희 오빠의 귀에까지 들렸지. 그때 네 오빠는 시골에 있는 집사

한테 편지를 쓰려고 아래층 드레스 룸에 앉아 있었다는구나. 그래서 바로 위로 뛰어 올라갔는데, 끔찍한 장면이 펼쳐진 거지. 바로 그때 루시가 무슨 일이 벌어지고 있는지 꿈에도 생각 못 하고서 들어서던 참이었으니까 말이야. 아유, 불쌍해! 난 개가 참 안됐다. 그리고 내 말하지만, 너무 심하게 당했어. 너희 올케가 불같이 화를 내며 야단을 쳤고, 개는 곧 기절해서 뒤로 넘어가는 지경이었어. 낸시는 무릎 꿇고 엎어져서 비통하게 울었고. 그리고 네 오빠가 방 안을 서성대면서 어떻게 해야 할지 모르겠다고 했더니 대시우드 부인이 자매를 당장 내쫓아야 한다고 딱 자르는 통에, 이번에는 자기가 무릎을 꿇고서 제발 옷가지를 챙길 시간은 주자고 사정을 했다더라. 그러자 너희 올케가 다시 히스테리 발작을 일으키니, 오빠가 겁이 나서 도너번 선생을 부르러 보냈고, 그래서 선생이 온 집안이 이렇게 난리법석이 난 걸 본 거지. 내 불쌍한 친척들을 데려가려고 문간에 마차가 대기하고 있었고, 도너번 씨가 내릴 때 보니 그 애들은 막 올라타고 있었다는군. 이런 상황에서 가련한 루시는 잘 걷지도 못했고, 낸시도 다를 것이 없었다는군. 내 분명히 말하지만, 너희 올케를 참고 봐줄 수가 없다. 그 여자가 아무리 난리 쳐도 결혼이 이루어졌으면 좋겠어. 아이고! 가련한 에드워드 씨가 이 소릴 들으면 얼마나 열불이 날까! 자기 애인이 이렇게 갖은 모욕을 당하다니! 듣자니 개를 엄청 좋아하는가 보던데. 아무리 불같이 화를 낸다고 해도 난 놀라지 않을 게다! 하여간 도너번 선생 생각도 똑같아. 선생과 난 이 일을 두고 많은 대화를 나누었지. 그래서 도달한 결론은 선생이 할리가로 돌아가는 것이 최상책이겠다는 거였어. 페라스 부인이 이 난리굿이 난 것을 알게 될 때 바로 달려갈 수 있도록 말이야. 자매를 집 밖으로 내쫓자마자 페라스 부인더러 와 달라고 했다던데, 네 올케 말마따나 어머니도 히스테리 발작을 일으킬 테니 말이다. 그러거나 말거나 내 알 바 아니다만. 네 올케고 그 어머니고 어느 쪽에도 동정이 가지 않아. 돈과 지위를 두고 이렇게 난리법석을 떠는 건 도무지 이해할 수 없어. 에드워드 씨와 루시가 결혼 못 할 이유는 세상에 없어. 페라스 부인이야 아들한테 넉넉하게 도움을 줄 재정적 여유가 있고, 루시는 무일푼이나 다름없긴 하지만 알뜰하게 살림을 할 줄 아니까 말이다. 그리고 내 장담하는데, 페라스 부인이 아들한테 연 오백 정도만 대 주어도 그 아인 다른 사람이 팔백 가지고 사는 것만큼 번듯하게 살아 낼 거야. 아 참! 너희 집 같은 코티지만 어디 있으면 둘이서 오손도손 살 수 있을 텐데! 아니면 조금 더 커도 되겠고. 하녀 둘과 하인 둘을 데리고 말이다. 식모 구하는 데는 나도 도움이 될 거야. 우리 베티한테 놀고 있는 동생이 하나 있는데, 그이들한테는 아주 안성맞춤일 테지."

여기서 제닝스 부인은 말을 멈추었다. 엘리너는 그사이 생각을 정리할 시간을 벌었기 때문에 이 이야기를 듣고서 으레 나올 만한 대답과 의견을 내놓을 수 있었다. 자기가 이 문제를 유념하고 있다는 의심을 사고 있지 않다는 것이 다행스러웠고, 제닝스 부인이 (최근 그런 희망을 자주 비쳤듯이) 자기를 에드워드와 엮어서 생각하지 않게 된 것이 다행스러웠다.

더구나 메리앤이 그 자리에 없었기 때문에 이 문제를 이야기하면서 조금도 마음이 흔들리지 않았고 당사자 어느 누구의 행동에 대해서도 사심 없이 판단할 수 있었던 것이 다행스러웠다.

자신이 이 일이 어떻게 귀결되기를 내심 기대하고 있는지도 판단이 잘 서지 않았다. 그렇지만 에드워드와 루시 두 사람의 관계가 결혼이 아닌 다른 식으로 매듭지어질 수도 있다는 생각은 마음속에서 몰아내려고 애를 썼다. 어떤 방향으로 갈지 짐작이야 가지만 그래도 페라스 부인이 뭐라고 말하고 어떻게 행동할지 무척 듣고 싶었다. 더욱 궁금했던 것은 에드워드의 처신이었다. 그에게는 동정을 금할 수 없었다. 루시에게는 그러려고 꽤나 애를 쓴 끝에야 약간의 동정을 느낄 수 있었다. 나머지 사람들에게는 전혀 동정이 가지 않았다.

제닝스 부인이 줄곧 이 이야기만 하고 다닐 것이 눈에 보였으므로 엘리너는 그에 대비해서 메리앤에게 사전에 일러둘 필요가 있겠다고 느꼈다. 한시라도 빨리 착각을 벗어나 사실을 사실대로 알게 해서, 남들이 하는 얘기를 들어도 언니 때문에 속이 상한다거나 에드워드에게 분개하는 일이 없도록 단속해야 했다.

엘리너로서는 괴로운 일이었다. 동생이 그래도 큰 위안으로 삼고 있는 것을 지워 없애야 할 판이었고, 에드워드에 대한 호의를 영영 잃어버리게 할지도 모르는 이야기를 세세하게 전해야 할 판이었다. 그리고 그들의 상황이 비슷하고 메리앤에게는 그야말로 닮은꼴로 여겨질 수도 있기 때문에 자신의 낙심을 온통 되씹게 될 수도 있었다. 그렇지만 아무리 내키지 않아도 피할 수는 없는 일이어서 엘리너는 서둘러 이 문제를 매듭지으려고 했다.

그녀는 자신의 감정을 장황하게 늘어놓거나 큰 고통을 겪고 있다고 넋두리할 생각은 전혀 없었다. 오히려 에드워드의 약혼 사실을 알고 나서도 아무렇지 않은 듯이 자제해 온 것을 내세워서 메리앤에게도 그렇게 해 주기를 넌지시 권할 심산이었다. 그녀의 이야기는 군더더기 없이 명료했다. 감정이 실리지 않을 수는 없었지만, 심한 동요라거나 격한 슬픔 같은 것은 보이지 않았다. 차라리 듣는 쪽에서 그런 반응을 보였으니, 메리앤은 겁에 질린 표정으로 들으며 눈물범벅이 되었다. 엘리너는 남의 슬픔만이 아니라 이렇게 자신이 겪은 슬픔 때문에도 남을 위로하는 처지가 되었다. 자신은 아무렇지도 않다고 거듭 확인해 주고 에드워드는 신중치 않았던 것뿐이지 아무 잘못도 없다고 변호해 될수록 마음 편히 가지라고 오히려 동생을 위로했다.

그러나 메리앤은 한동안 어느 쪽도 믿으려 들지 않았다. 에드워드는 제2의 윌러비처럼 보였다. 그리고 엘리너가 본인 말대로 그를 진심으로 사랑했던 것이 사실이라면, 어떻게 자기보다 감정이 덜 격할 수 있느냐는 거였다! 루시 스틸로 말하면, 성격도 너무 안 좋고 분별 있는 남성의 사랑을 받을 여자가 아니기 때문에, 에드워드가 과거에 그녀한테 애정을 가졌다는 것부터 처음에는 믿으려 들지 않았고 나중에는 용서하려 들지 않았다. 심지어 그런 애정이 자연스럽다는 것부터 인정하지 않으려 했다. 엘리너는 동생이 인간에 대해 더 잘 알게 되면 납득하겠지 하며 그냥 넘어가기로 했다.

처음 얘기를 꺼냈을 때는 약혼 사실과 그 기간을 밝히는 정도밖에 진척되지 않았다. 메리앤의 감정이 북받치는 바람에 일목요연하게 상세한 사연을 말해 주기가 어려워진 것이다. 그리고 한동안은 그녀의 비통을 달래고 충격을 완화하고 분노를 가라앉히는 일밖에 할 수 없었다. 동생 편에서 첫 질문을 하고서야 더 구체적인 이야기로 나아갈 수 있었다.

"언제부터 알게 되었어, 엘리너 언니? 그이가 언니한테 편지를 썼어?"

"넉 달 됐어. 지난 11월에 루시가 처음 바턴 파크에 왔을 때, 비밀로 하라면서 약혼 사실을 말해 주었어."

이 말에 메리앤은 눈이 휘둥그레져서 입을 다물어 버렸다. 놀란 나머지 잠시 할 말을 잊더니 이렇게 외치는 것이었다.

"넉 달이라고! 넉 달 전부터 알고 있었어?"

엘리너는 그렇다고 했다.

"뭐라고! 슬픔에 빠져 있던 나를 챙겨 주던 동안에도 가슴속에 꽁꽁 묻어 두고 있었단 말이야? 그런데 난 언니가 행복하다고 닦아세웠고!"

"내가 행복하지 않다는 걸 그때 네가 알아서 좋을 게 뭐가 있었겠니!"

"넉 달이나!" 메리앤이 다시 소리쳤다. "그렇게 태연하게! 그렇게 즐겁게! 언니, 도대체 어떻게 견뎌 냈어?"

"도리를 다하고 있다는 생각으로 그랬던 거지. 루시한테 약속했으니, 비밀은 지켜야 했어. 루시 입장을 생각하면 그런 사실을 안다는 시늉조차 할 수 없었어. 또 가족과 친구들을 생각해도 별수 없으면서 공연히 걱정을 끼칠 수는 없었고."

메리앤은 큰 충격을 받은 것 같았다.

"너하고 어머니한테는 사실을 밝힐까 했어." 엘리너가 덧붙였다. "두어 번 그런 시도도 했고. 하지만 약속을 저버리지 않고서야 어떻게 납득을 시켰겠니."

"넉 달이나! 그렇지만 언닌 그일 사랑했잖아!"

"그래. 하지만 내가 사랑한 사람이 그분만은 아니지. 나한테는 지켜 주고 싶은 소중한 사람들도 있으니까 내가 힘든 일을 겪고 있어도 알리지 않았던 거야. 그러는 편이 더 마음 편했으니까. 지금은 그 생각을 하고 그 일에 대해서 말을 해도 그냥 덤덤해. 나 때문에 네가 힘들어하지는 말았으면 좋겠어. 내가 말하잖니, 나부터가 더 이상 별로 괴롭지 않다고 말이야. 내게 힘이 되는 것들도 많아. 나 자신이 신중치 못하게 처신해서 실연을 당한 것은 아닌 셈이고, 실망감을 더 키우지 않고 버틸 만큼 버틴 거지. 에드워드가 본질적으로 그릇된 처신을 한 건 아니야. 나는 그이가 아주 행복하길 바라. 그리고 그이는 도리를 다하는 사람이니까 지금으로서야 회한도 없지 않겠지만 결국에는 잘될 것이 틀림없어. 루시도 분별력이 없지 않으니까 그걸 바탕으로 해서 만사가 형통할 거라고 봐. 그리고 메리앤, 사랑은 일편단심이라는 생각이 매력적이긴 해도, 행복이 어떤 특정한 사람한테 전적으로 달려 있다는 말도 일리가 있긴 해도 꼭 그래야 한다는 건, 글쎄, 맞지도 않고 가능하지도 않아.

에드워드는 루시하고 결혼하겠지. 그인 인물로나 이해력에서
나 그래도 절반 수준은 넘는 여성하고 결혼하는 셈인데, 세월
이 가고 그럭저럭 살다 보면 더 나은 사람을 좋아했다는 사실
도 슬슬 잊어버리게 되겠지."

"언니 말을 들으니까 이런 생각이 들어." 메리앤이 말했다.
"정말 소중한 걸 상실하고도 쉽게 다른 무엇으로 메워 버리는
셈인데, 그렇다면 언니의 결단력이라거나 자제력 같은 것이 어
쩌면 놀랄 만한 것이 아닐지도 몰라. 그 정도라면 나라도 이해
하고도 남겠는걸."

"무슨 말인지 알겠어. 내가 그리 괴로워한 적도 없다고 생각
하는 거지. 넉 달 동안을, 메리앤, 이 마음속의 응어리를 누구
한 사람에게도 털어놓을 수 없었어. 언젠가는 터져 나오고 말
테고 그러면 너나 어머니나 불행해질 것은 뻔한데, 그런데도
무슨 마음의 준비를 시킬 수도 없는 노릇이었어. 내가 그 이야
길 들은 건 바로 그 장본인한테서야. 먼저 약혼해서 내 장래
를 온통 망쳐 버린 그 장본인이 윽박지르듯이 억지로 듣게 한
거지. 의기양양한 말투더구나. 혹여 무슨 의심을 살까 봐 나
한테 정말 중요한 일에 무관심한 척 보이려고 애썼던 거야. 그
런 일이 한 번에 그친 것이 아니었어. 그녀의 희망과 환희를 듣
고 또 들을 수밖에 없었어. 이제 에드워드와 영원히 헤어지게
되었다는 것을 알았으니, 그와의 인연을 더는 갈망하지 못하
게 해 줄 근거라도 접할 수 있었으면 차라리 속 시원했을 거
야. 그런데 그런 것은 아무것도 없었어. 그이가 형편없는 인간
이란 증거도 전혀 없었고, 그이가 나한테 무관심하다는 것이

분명해진 적도 전혀 없었어. 난 그이 누나의 냉담함에, 그리고 그이 모친의 무례에 맞서야 했어. 애정에 따를 혜택은커녕 징벌만 받았던 거야. 그리고 그런 일이 일어나던 시기에 나만 불행을 겪고 있지 않았다는 거, 너도 알잖아. 내가 아픔을 느낄 수 있는 인간이라고 생각한다면 지금까지 그래 왔다고 생각해 줘. 그 일을 생각하면서도 차분할 수 있고 마음도 편하다고 선뜻 인정할 수 있게 된 것도 꾸준히 힘들게 노력해 온 결과였어. 저절로 그렇게 된 게 아니야. 처음부터 생겨나서 내 마음을 달래 준 것은 아니었다고……. 아냐, 메리앤. 그땐, 입을 다물겠다는 약속만 하지 않았더라면, 아마도 아무것도 나를 막을 수 없었을 거야. 가장 사랑하는 사람들에게 빚진 게 아무리 많아도 내가 너무 불행하다는 걸 털어놓고 말았을 거야."

메리앤은 압도되고 말았다.

"아아! 엘리너 언니." 그녀가 소리쳤다. "언니 말을 들으니 나 자신이 한없이 미워져. 언니한테 그렇게 못되게 굴었다니! 언니가 누군데! 나한테 유일한 위안이었고, 내가 비참할 때엔 늘 옆에 있어 주었고, 나 때문에 힘들게만 보였던 언니한테! 이게 내가 보여 준 감사라니! 언니한테 한 유일한 보답이 고작 이거야? 언니의 미덕이 홍수처럼 밀려오니까 그저 한사코 벗어나 보려고 했나 봐."

이 고백에 이어 뜨겁디뜨거운 포옹이 있었다. 동생이 이런 마음가짐이었기 때문에 엘리너는 자기가 원하는 모든 약속을 어렵지 않게 얻어 낼 수 있었다. 메리앤은 이 일에 대해 누구와 이야기하더라도 기분 상한 표정을 조금도 짓지 않겠다고 했고, 루시를 만나서도 더 싫어진 티를 내지 않겠다고 했으며, 에드워드 본인을 만나더라도 평상시처럼 살갑게 대하겠다고 했다. 이는 대단한 양보였다. 그러나 메리앤은 자기가 누군가에게 상처를 입혔다고 느끼는 경우에는 어떤 보상을 해도 모자란다고 생각하는 사람이었다.

그녀는 신중하게 처신하겠다는 약속을 놀라우리만큼 잘 지켰다. 그녀는 제닝스 부인이 또 그 이야기를 꼬치꼬치 했지만 안색 하나 변하지 않고 듣고 있었고 토 한마디 달지 않았으며, 세 번이나 "그럼요, 아주머니." 하고 말했다. 부인이 루시를 칭찬하는 소리를 들으면서도 다른 의자로 옮겨 갔을 뿐이고, 에드워드의 애정에 대해서 말할 때는 목이 격격 막혔을 뿐이다. 동생이 이렇게 의연한 태도를 보여 주자 엘리너 자신도 무엇이든 견딜 수 있다고 느끼게 되었다.

다음 날 아침에는 시련이 더해졌다. 그들의 오빠가 방문하여 그 끔찍한 사건에 대해서 아주 심각한 표정으로 말하면서 자기 아내의 소식을 전해 준 것이다. 자리에 앉자마자 아주 엄숙한 얼굴로 그가 말했다.

"너희도 들었을 거로 안다만 어제 내 지붕 아래서 아주 충격적인 사실이 드러났어."

모두들 들었다는 표정만 지었다. 입을 떼기도 난감한 순간인 듯했다.

"너희 올케는 끔찍한 고통을 당하고 있어." 그가 말을 이었다. "장모님도 그렇고. 한마디로 말해서 황당하고 비통한 소동이 한바탕 있었던 거지. 그렇지만 우리 가운데 누구도 거기 휩쓸리지 않고 이 폭풍을 헤쳐 나갈 수 있기를 희망하련다. 불쌍한 패니! 어제 종일 히스테리 상태였어. 그렇다고 너무 놀랄 필요는 없어. 도너번 선생 말로는, 신체적으로는 걱정할 것이 아무것도 없다니까. 체질이 아주 좋고 강단도 있단다. 그 사람은 천사처럼 꿋꿋하게 이 모든 걸 견뎌 냈지! 다시는 누구도 좋게 생각하지 않겠다고 하는구나. 그렇게 속았으니 놀랄 일도 아니지! 그렇게 친절을 베풀고 그렇게 믿었는데, 배은망덕도 유분수지! 그 사람이 그 자매를 집으로 초청했던 것은 순전히 자비로운 마음에서였어. 대접을 받을 만하고, 해가 될 일 없는 아주 참한 여자들이고 같이 있으면 즐거울 거라고 생각했기 때문이지 달리 이유가 없었어. 그러지 않았다면 우리 둘 다 너와 메리앤에게 같이 지내자고 무척이나 초청하고 싶었거든. 저기 계신 너희의 친절한 친구분이 따님을 챙기고 계실 동안에 말이다. 그런데 이게 그 보답이로구나! 딱하게도 패니가 다정하게 이렇게 말하더구나. '그것들 대신에 아가씨들을 초대했다면 좋았을걸. 후회막급이네요.'"

여기서 그는 감사 인사를 들으려고 말을 멈추었다. 인사를 받은 후 그가 계속했다.

"패니가 처음 그 얘기를 전했을 때 불쌍한 페라스 부인이 겪은 고통은 형언하기 어려울 정도야. 장모님이 자애로운 마음으로 자식을 위해서 더없이 바람직한 혼사를 계획하고 계셨는데, 그사이에 본인이 다른 사람하고 죽 비밀리에 약혼을 한 상태였다니 어찌 짐작이라도 했겠느냐! 장모님의 머릿속에 그런 의심은 추호도 없었던 거지! 혹 어디 다른 곳에 의심을 품으셨더라도 그쪽은 절대 의심하지 않았던 거지. 장모님이 그러시더라고. '내 분명 말하지만, 거긴 걱정조차 하지 않았는데.' 장모님이 얼마나 고통스러워하시던지. 그렇지만 이 일을 어떻게 처리할지 같이 의논을 했고, 마침내 장모님은 에드워드를 불러야겠다고 결심하셨지. 처남이 왔어. 그러나 그다음에 전개된 일을 말하려니 참 마음이 안 좋다. 페라스 부인이 그 약혼을 없던 일로 하려고 갖은 말을 했고, 너도 짐작이 가겠지만 나도 주장하고 패니도 간청하면서 거들었지만, 아무 소용이 없었어. 도리, 애정, 모든 것이 무시되었지. 난 에드워드가 그렇게 고집이 세고 매몰찬지 전에는 생각도 못 했다. 장모님은 모턴 양하고 결혼하는 경우에 자기가 크게 베풀어 줄 계획을 밝히셨어. 노퍽 영지를 처남한테 물려주겠다고 말이야. 토지세 제하고 일 년에 천 파운드는 족히 나올 거야. 심지어 설득이 여의치 않자 천이백을 만들어 주겠다고까지 제안하셨지. 그러면서 만약 한사코 이 기우는 결혼을 고집하겠다면, 지독한 가난에 시달릴 각오를 해야 할 것이라고 다그치셨어. 현재 가지고 있는 이천 파운드가 전부일 거라고 잘라 말씀하시더라고. 다시는 얼굴도 보지 않을 것이고. 도움이 되는 일을 일절 하지 않을뿐더러 돈을 벌어 보겠다고 무슨 전문직이라도 들어가겠다면, 그것이 성사되지 않게 있는 힘을 다해 막겠다는 거야."

이 대목에서 메리앤은 너무 화가 치밀어 올라서, 손뼉을 탁 치고는 이렇게 소리쳤다. "어머나, 세상에! 그게 말이나 되는 소리예요!"

"놀랄 만도 해, 메리앤." 그녀의 오빠가 대꾸했다. "알아들을 만도 한데 그렇게 고집을 부리니 말이다. 네가 기막혀하는 것도 당연하다."

메리앤은 반박하고 싶었으나 약속을 기억하고는 참았다.

"그렇지만 소귀에 경 읽기 꼴이었지." 그가 계속했다. "입을 꾹 다물고 있더니, 자기 할 말은 아주 단호하게 하더구나. 무슨 소리를 해도 약혼을 포기하지 않을 거라더군. 무슨 대가를 치르고라도 지키고 말겠다고 말이다."

제닝스 부인이 더 이상 입을 다물고 있을 수 없었던지 정색을 하고 불쑥 끼어들었다. "그렇다면 정직한 사람으로 행동한 거구먼! 실례지만 대시우드 씨, 난 말이에요, 그 사람이 달리 처신했더라면 몹쓸 인간이라고 생각했을 거예요. 나도 이 일에 대시우드 씨와 좀 관련이 있어요. 루시 스틸과는 친척 관계니까 말이우. 나는 세상에 루시만큼 참한 여자도 없고, 루시만큼 좋은 남편을 얻을 자격을 갖춘 여자도 드물다고 봐요."

존 대시우드는 흠칫 놀랐다. 그러나 워낙 성격이 차분하고 쉽게 성을 내는 사람이 아니었다. 또 평소 남의 기분을 거스르는 일은 피하려는 성격으로, 특히 상당한 재산을 가진 사람한테는 더 그랬다. 따라서 그는 조금도 불쾌한 기색 없이 이렇게 대답했다.

"부인의 친척을 함부로 말하려던 것은 절대 아닙니다. 루시 스틸 양은 아주 괜찮은 여성이라고 저도 봅니다만, 아시다시피 이 경우에는 불가능한 인연이 아닌가 합니다. 자기의 아저씨에게 의탁하고 있던 청년, 특히나 페라스 부인처럼 정말 엄청난 재산을 가진 여성의 아들과 비밀 약혼을 했다는 것은 아무래도 좀 특이한 일로 봐야겠습니다. 에, 한마디로, 제닝스 부인, 부인께서 좋게 보시는 사람의 처신을 두고 이러쿵저러쿵하고 싶지는 않습니다. 우리 모두 그 여성이 정말 행복하기를 바라고 있습니다. 페라스 부인의 처신도 비슷한 상황에서 생각 있는 훌륭한 어머니라면 누구나 그랬을 범위를 벗어나지 않았습니다. 고결하고 너그러우셨지요. 에드워드는 제비를 뽑은 셈인데 안타깝게도 결과가 좋지 않았던 겁니다."

메리앤도 그것이 걱정되는지 한숨을 내쉬었다. 엘리너는 그럴 가치도 없는 여성을 위해서 자기 어머니의 협박에 용감하게 맞서고 있는 에드워드의 심정을 생각하니 가슴이 찢어질 듯했다.

"그건 그렇고 어떻게 결말이 났습니까?" 제닝스 부인이 물었다.

"말씀드리기조차 민망합니다만, 부인, 최악의 결렬이 되고 말았습니다. 에드워드는 영원히 장모님 눈 밖에 난 겁니다. 그 사람은 어제 장모님 집을 떠났는데, 어디로 갔는지, 아직 런던에 있는지 전 모릅니다. 저희가 물어볼 수 있는 일도 아니니까요."

"참 딱도 하지! 그래, 그 사람이 어떻게 될 것 같습니까?"

"정말이지 부인, 뭐라고 말씀드려야 할지요! 서글퍼도 그렇게 서글플 수가 없을 겁니다. 얼마든지 떵떵거리면서 잘살 수 있었는데! 그보다 더 비통한 상황은 생각할 수도 없습니다. 이천 파운드의 이자…… 그것으로 어떻게 살겠습니까! 게다가 그렇게 어리석게 굴지만 않았어도 석 달 내에 연수 이천하고도 오백을(모턴 양이 삼만 파운드는 가지고 있으니 말입니다.) 더 확보하게 되었을 생각까지 하면, 저로선 더 이상 가는 서글픈 상황은 꿈도 못 꾸겠습니다. 다들 처남을 불쌍하게 여겨야겠지요. 저희가 도울 여력이 있는 것도 아니고 하니 더더욱 그렇지요."

"불쌍한 젊은이야!" 제닝스 부인이 소리쳤다. "내 집에서 숙식을 하겠다면 나로선 정말 환영이다만. 만날 수만 있다면 내 그렇게 전할 작정이야. 지금 상황에서는 하숙이든 여관이든 자기 돈으로 생활하는 건 적절치 않지."

엘리너는 에드워드에 대한 이런 친절에 고마운 마음이었다. 그 친절의 방식에 대해서는 미소를 금치 못했지만 말이다.

"만약 처남이 가족들의 선의에 부응해 처신을 잘하기만 했더라면, 지금은 제자리를 버젓이 차지하고 있었을 겁니다. 아무것도 아쉬울 것이 없었을 테고요. 그러나 막상 이렇게 되고 보니, 아무도 그 사람을 도와줄 수 없게 되고 말았습니다. 그리고 엎친 데 덮친 격이랄까 처남한테 불리한 최악의 상황이 일어날 것 같습니다. 장모님이 오냐, 어디 한번 해 보자는 식으로 그 영지를 로버트한테 즉시 넘겨 버리기로 작정하신 모양입니다. 오늘 아침에 집을 나오면서 보니 장모님이 변호사하고 그 일을 상의하고 계셨습니다."

"저런!" 제닝스 부인이 말했다. "모친이 그런 식으로 분풀이를 하다니. 세상에 별별 사람이 다 있고 별별 일이 다 벌어지기는 하지. 그렇다고 아들 하나가 속 썩인다고 다른 아들한테 몽땅 넘겨 버리다니, 나라면 어림도 없지."

메리앤은 일어나서 방을 왔다 갔다 걸었다.

"이보다 속 터지는 일이 어디 있겠습니까?" 존이 계속했다. "형이 되어 가지고 자기 몫이었던 것이 동생 수중에 몽땅 넘어가는 걸 보게 되었으니 말입니다. 불쌍한 에드워드! 정말 안됐어."

몇 분을 더 이런 식으로 타령을 하더니, 그는 방문을 끝냈다. 그리고 누이동생들한테 패니가 안 좋기는 해도 건강이 위험한 것은 아니니 그리 걱정할 필요는 없다고 거듭 안심시킨 뒤 떠났다. 남겨진 세 숙녀들은 이 사태에 대해서, 적어도 페라스 부인, 대시우드 부부, 에드워드의 처신에 대해서는 똑같은 심정이었다.

그가 방을 나가자마자 메리앤의 분노가 폭발했다. 그녀가 격분하니 엘리너도 가만있기가 어려웠고 제닝스 부인은 가만 있을 필요도 없었기 때문에 셋은 입을 모아 그 패거리를 한바탕 타작했다.

2

제닝스 부인은 에드워드의 처신을 침이 마르게 칭찬했지만, 그 진정한 미덕을 알고 있는 사람은 엘리너와 메리앤뿐이었다. 오직 그들만이 그가 그렇게 꼭 어머니의 뜻을 거역할 이유가 없었다는 것을 알았고, 친지들과 재산을 잃고 나서 얻을 수 있을 위안이란 옳은 일을 한다는 의식 말고는 보잘것없다는 것을 알았다. 엘리너는 그의 고결함을 높이 보았고, 메리앤은 그가 받은 벌을 동정해 그의 잘못을 모두 용서했다. 이렇게 모든 것이 백일하에 밝혀짐에 따라 자매는 다시 터놓고 속내 이야기를 주고받는 사이가 되었지만, 이 일은 그들끼리만 있을 때 어느 쪽에서도 길게 이야기하고 싶은 화제가 아니었다. 엘리너는 말하자면 원칙에 입각해 피했다. 메리앤이 너무 열렬하게, 너무 적극적으로 확신하는 바람에 에드워드가 여전히 자기를 사랑하고 있다는 믿음, 자기로서는 지워 버리고 싶은 그 믿음이 더욱더 마음 깊이 자리 잡았기 때문이다. 메리앤의 기세도 곧 꺾였다. 그 이야기를 하다 보면 엘리너와 자신의 처신이 비교되지 않을 수 없고 그러니 늘 자신에 대한 불만을 키우게 되었기 때문이다.

그 비교는 그녀의 마음 깊은 곳까지 파고들었다. 그러나 언니의 바람과는 달리 지금의 시점에서 더 노력하게끔 고무하는 식이 아니었다. 오히려 끊임없는 자책으로 괴로워했고 예전에 노력을 기울인 적이 없다는 것을 뼈저리게 후회했다. 그러니 참회의 고통만을 줄 뿐 나아질 기미는 없어 보였다. 그녀의 마음은 너무 약해져 있어서 지금 와서 노력을 경주하는 것이 여전히 불가능하다고 여겼고, 그러니 더욱 위축될 뿐이었다.

이후 하루 이틀 사이에 할리가나 바틀릿츠 빌딩스에서 일어난 일에 대한 새로운 소식은 그들의 귀에 들려오지 않았다. 그러나 이미 그들로서는 매우 많은 것을 안 셈이라 제닝스 부인은 그만하면 더 알아볼 것 없이 얼마든지 주변에 퍼트릴 수 있었을 터였지만, 처음부터 될수록 빨리 친척 아가씨들부터 방문해 위로도 하고 자세히 물어보기도 하리라 작정했다. 평상시보다 손님이 많이 찾아오는 바람에 여의치 않았을 뿐이다.

상세한 내막을 알게 된 지 사흘째 되던 날은 3월의 둘째 주에 불과한데도 너무 날씨가 좋고 아름다운 일요일이어서 많은 사람들이 켄싱턴 가든[54]에 몰렸다. 제닝스 부인과 엘리너도 거기에 끼었으나, 메리앤은 윌러비 내외가 런던으로 돌아왔다는 소식을 듣고서 그들을 만나게 될까 봐 두려워 그런 공공장소에 모습을 드러내기보다는 집에 머물겠다고 했다.

가든에 들어서자마자 제닝스 부인과 절친한 친구가 곧 합류했다. 엘리너는 그 친구분이 함께하면서 제닝스 부인과의 대화를 독점한 덕분에 혼자서 조용히 생각에 잠길 수 있게 된 것이 오히려 다행스러웠다. 윌러비 부부든 에드워드든 옷자락도 보지 못했고, 한동안은 좋든 싫든 그녀에게 무슨 관심이 갈 만한 사람이라고는 아무도 보지 못했다. 그러나 조금은 뜻밖에도 어느 틈에 스틸 양이 따라붙어 있었다. 그녀는 왠지 쭈뼛거리는 태도이긴 했지만, 만나게 되어 반갑다는 인사를 했다. 제닝스 부인이 반색하며 반겨 주자 용기를 내서 잠시 자기 일행을 떠나서 그들에게 합류했다. 제닝스 부인은 즉시 엘리너에게 귓속말을 했다.

"몽땅 다 끌어내라고, 응. 물어보기만 하면 무엇이든 말해 줄 게다. 보다시피 난 클라크 부인 곁을 떠날 수가 없으니까."

---

54) 켄싱턴궁에 딸린 넓은 정원으로, 일요일에 공원으로 개방했다.

그렇지만 스틸 양은 묻지 않아도 죄다 말해 주고 싶어 하였으니, 제닝스 부인의 호기심을 위해서나 자기 자신의 호기심을 위해서 다행한 일이었다. 그렇지 않았다면 아무것도 알아내지 못했을 테니 말이다.

"만나서 무척 반가워요." 스틸 양이 친숙하게 팔을 끼면서 말했다. "세상 무엇보다도 당신을 만나고 싶었답니다." 그러고 나서 목소리를 낮추었다. "제닝스 부인도 그 이야기를 전부 들으셨을 것 같은데. 화가 나 계신가요?"

"스틸 양께 화가 나신 건 전혀 아니에요."

"다행이군요. 레이디 미들턴은요? 화가 나 계세요?"

"그분이야 화를 내실 분이 아닌 것 같은데요."

"천만다행입니다. 내 원, 세상에! 그런 일을 다 겪다니! 루시가 그렇게 화내는 걸 평생 본 적이 없답니다. 처음에는 앞으로 다시는 나한테 새 보닛 장식도 안 해 주고, 아무것도 안 해 주겠다고 앙앙거렸어요. 하지만 지금은 거의 진정되어서 예전처럼 사이좋게 지내고 있어요. 보세요, 제 모자의 이 활도 동생이 만들어 줬고 어젯밤엔 깃을 달아 주었답니다. 그것 보세요, 절 놀리려고 하시잖아요. 그렇지만 저라고 분홍 리본을 못 달 이유가 어디 있답니까? 이게 박사님이 좋아하는 색깔이라도 전 상관치 않아요. 그분이 어쩌다 그런 말씀을 하시지 않았다면 이 색깔을 다른 어떤 색깔보다 좋아하는지 제가 어떻게 알았겠어요. 친척들이 절 얼마나 못살게 구는지 몰라요! 가끔은 눈을 어디 두어야 할지 모를 지경이라니까요."

그녀는 잠시 옆길로 샜다가 엘리너가 별 반응이 없자 곧 원래의 화제로 돌아오는 것이 낫겠다고 판단했다.

"그런데, 대시우드 양." 의기양양한 투였다. "세간에서는 페라스 씨가 루시를 버릴 것이라는 둥 마음대로들 떠들 수 있어요. 얼마든지 그러라지요. 전 그게 아니라는 걸 아니까요. 그런 악성 소문이 퍼지고 있다니 정말 수치스러운 일이에요. 아니, 루시 본인이야 무슨 생각을 하든 간에 남들이 중뿔나게 그렇다고 단정해 버릴 일은 아니잖아요."

"지금까지 그런 소리를 들은 적이 없는데요, 한 번도요."

"어머나! 그랬어요? 하지만 실제로는 그런 말이 나오고 있고 한 사람만도 아니거든요. 고드비 양이 스파크스 양한테 그랬다는 거예요. 제정신이 있는 사람이라면 페라스 씨가 무일 푼인 루시 스틸 때문에 삼만 파운드 재산이 있는 모턴 양 같은 여자를 포기할 리 없다는 거지요. 스파크스 양 본인한테 직접 들은 말이에요. 거기다 제 사촌인 리처드도 하는 소리가 막상 때가 되면 페라스 씨가 달아나 버릴 것 같다는 거지요. 저 자신부터가 사흘간 에드워드가 우리 근처에도 오지 않는 걸 보고 어떻게 생각해야 할지 모르겠더군요. 루시가 이제 다 끝난 일로 포기해 버렸다고 전 속으로 생각했거든요. 그도 그럴 것이 당신의 오빠 댁을 우리가 수요일에 나왔는데, 목요일 금요일 토요일 내내 그 사람은 코빼기도 볼 수 없었고, 어떻게 되었는지도 알 길이 없었으니까요. 한번은 루시가 그 사람한테 편지를 쓸까 했다가, 오기가 났는지 말더라고요. 그런데 오늘 아침에 우리가 교회에서 막 집에 오자마자 그 사람이 왔더라고요. 그래서 다 밝혀지게 되었지요. 그 사람이 수요일에 할리가로 불려 가서, 어머니를 비롯한 모든 사람들에게 설득을 받았고, 그들 앞에서 자기는 루시밖에 사랑하지 않고 루시밖에는 원하지 않는다고 공표를 했다더군요. 그리고 긴급 사태가 벌어진지라 자기 어머니의 집에서 나오자마자 말에 올라타고 어딘가 시골로 달려갔다는군요. 한 여관에서 목요일 금요일 내내 머물면서 어떻게 사태를 수습해야 할지 고민했답니다. 그리고 그 문제에 대해서 생각을 거듭한 끝에, 그 사람의 말로는, 이제 자기한테는 재산도 없고 아무것도 없기 때문에 제 동생을 약혼에 묶어 두는 것은 너무하지 않을까 여겨졌답니다. 자기한테는 이천 파운드밖에 없고 달리 더 생겨날 희망이 있는 것도 아니니까 제 동생한테는 분명 손실이 아니냐는 겁니다. 그리고 설령 자기 뜻대로 성직에 들어간다 하더라도 목사보밖에 못 될 테니 그걸로 어떻게 살아가겠느냐는 것이지요. 그 사람은 제 동생이 그런 정도로밖에 못 살게 된다는 것을 견딜 수 없다고, 그래서 애원을 하더라고요. 조금이라도 그런 마음이 있으면 이 문제를 바로 매듭지어 버리자고, 자기는 그냥 내버려 두면 된다고 말이지요. 이런 이야기를 아주 담담하고 분명하게 말하는 걸 죄다 들었어요. 떠나 버리겠다는 말은 전적으로 동생을 위해서고 동생을 생각해서지 자신 때문은 아니라는 겁니다. 그 사람이 동생한테 싫증이 났다거나 모턴 양하고 결혼하길 원한다거나 하는 이야기는 일언반구도 없었다는 걸 맹세할 수 있답니다. 그런데 루시가 이런 말을 들으려고도 하지 않았어요. 그 자리에서 바로 말하더라고요.(정말 애정이 담뿍 담긴 말인데, 뭐 아시잖아요, 왜. 아이, 기똥차던데!

그런 말을 그대로 옮길 수야 없고요.) 바로 말했지요. 세상없어도 헤어질 생각은 조금도 없다, 쥐꼬리만큼 가지고도 당신하고는 살 수 있다, 그리고 아무리 가진 것이 없다고 해도 자기는 그걸로 만족하겠다, 뭐 이런 것 말이에요. 그러자 그 사람은 아주 행복해했고, 어떻게 할 것인지 얼마 동안 얘기하더라고요. 그 사람이 바로 서품부터 받기로 하고 목사 자리를 얻을 때까지 결혼을 늦추기로 한 것이지요. 바로 그다음부터는 듣지를 못했는데, 사촌이 아래에서 부르면서 리처드슨 부인이 자기 마차로 와서 우리 중 하나를 켄싱턴 가든으로 데려가고 싶어 한다고 하더라고요. 두 사람 대화에 끼어든 꼴이지만 할 수 없이 방으로 들어가 루시의 의사를 물었더니 에드워드와 같이 있고 싶다고 하더군요. 그래서 저는 바로 이 층으로 뛰어 올라가서 실크스타킹을 신고 리처드슨 부부와 함께 나온 거랍니다."

"끼어든 꼴이라니 무슨 뜻인지 모르겠네요." 엘리너가 말했다. "방에 같이 있지 않았나요?"

"아니요, 그럴 리가요. 아이코나! 대시우드 양, 누군들 딴 사람이 옆에 있는데 어떻게 사랑을 속삭여요? 아유, 남부끄럽게시리! 그 정도야 알고도 남으실 텐데.(가식적으로 웃으면서) 아뇨, 아뇨, 두 사람은 문을 닫고 둘이서만 같이 있었어요. 그리고 제가 들은 건 모두 문가에서 엿들은 것이고."

"어쩌면!" 엘리너가 소리쳤다. "아니, 문에서 엿들어서 알게 된 것을 저한테 되풀이하신 거예요? 진작 몰랐던 것이 유감이에요. 그런 줄 알았다면 원래 들어서는 안 되는 그런 대화를 저한테 그대로 옮기시도록 하지는 않았을 텐데요. 어쩌면 동생분한테 그렇게 부당한 짓을 할 수 있어요?"

"아유, 뭘 또! 그건 아무것도 아닌데. 전 다만 문에 서서 들리는 걸 들었을 뿐인걸요. 루시라도 똑같이 했을 것이 뻔해요. 일이 년 전에 마사 샤프랑 제가 둘만의 비밀이 많았는데, 제 동생은 우리 이야기를 엿들으려고 옷장 안이나 벽난로 굴뚝 가리개 뒤에 서슴없이 숨는 거예요."

엘리너는 뭔가 다른 이야기를 하고자 했으나, 스틸 양은 채 이 분을 넘기지 못하고 지금 자기 마음을 차지하고 있는 화제로 돌아갔다.

"에드워드는 곧 옥스퍼드로 갈 거라고 하더군요. 그러나 지금은 팰맬가 ○○번지에서 하숙을 하고 있어요. 그 사람의 어머니, 참 모질지 않아요? 그리고 당신의 오빠 내외도 그리 좋은 사람들은 아닌 것 같고요! 당신 앞에서 그분들 험담이야 하지 않겠지만. 뭐, 기대도 안 했는데 자기네 사륜 경마차로 우릴 집으로 보내 준 것도 사실이고. 올케분이 하루 이틀 전에 우리한테 준 바늘겨레를 내놓으라고 할까 봐 조마조마했는데, 아무 말도 없더라고요. 내 건 눈에 안 띄게 챙겨 두긴 했지만요. 에드워드는 옥스퍼드에서 무슨 볼일이 있다고 하더라고요. 얼마 동안 거기 머물게 될 것이고 어떤 주교라도 언어걸리면, 서품을 받을 거라고 하네요. 대체 어디서 목사보 자리를 얻을지 궁금해요! 원, 세상에! (낄낄거리며) 내 사촌들이 그 이야기를 들으면 뭐라고 할지 알고 싶어 미치겠네. 사촌들은 박사님이 새로 맡게 된 교구에 에드워드를 부목사로 써 달라고 편지를 쓰라고 할 거야. 그럴 걸 내 알지요. 하지만 세상없어도 전 그런 짓은 안 할 겁니다. '뭔 소리!' 바로 받아칠 거예요. '어떻게 그런 생각을 다 하세요. 내가 박사님한테 편지를 쓴다니, 아이고!'"

"글쎄요." 엘리너가 말했다. "최악의 경우[55]에 대비하고 있는 것이 좋겠네요. 답변도 마련해 놓으셨을 텐데요."

스틸 양은 여기에 대꾸하려고 했으나, 자신의 일행이 다가오는 바람에 다른 이야기를 더 해야 했다.

"아이, 이런! 리처드슨 부부가 오네. 아직 할 얘기가 많이 남았는데 저분들과 더 이상 떨어져 있을 수 없네요. 저분들은 아주 점잖은 분들이랍니다. 남편은 엄청 돈을 잘 벌고, 저분들 소유의 대형 사륜마차도 있어요. 제닝스 부인께는 직접 말씀드릴 시간이 없으니, 우리한테 화가 나 있지 않으시다는 말을 들어 아주 행복하다고 전해 주시고, 레이디 미들턴께도 똑같이 전해 주세요. 그리고 혹 당신과 동생분이 떠나게 되고 제닝스 부인이 동무가 필요하시다면 저희가 기꺼이 달려가서 얼마든지 머물 수 있답니다. 레이디 미들턴은 이번 겨울에는 다시 우릴 부르시지 않을 테니까요. 잘 가세요. 메리앤 양을 못 보아서 섭섭해요. 안부 전해 주세요. 아이코! 제일 좋은 물방울무늬 모슬린 옷을 쪽 빼입으셨네! 찢어질까 봐 겁도 안 나시나 봐."

이것이 헤어지는 말이었으니, 제닝스 부인한테는 멀찍이서 작별 인사만 급히 올린 후 바로 리처드슨 부인 일행에 다시 끼

---

55) 박사가 편지에 답장을 하는 사태를 돌려서 한 말.

었기 때문이다. 엘리너는 이미 마음속으로 예상하던 것 이상을 안 것은 없었지만, 장차 더 깊이 생각해 볼 수 있을 만한 몇 가지 사실은 확보한 셈이었다. 에드워드가 루시와 결혼하게 된다는 것이 확인되었지만 그것이 언제 이루어질지는 그야말로 불확실했던 것이니, 모두 자기가 짐작한 그대로였다. 모든 것이 그가 목사직을 얻을지 여부에 달려 있었는데, 지금으로서는 요원한 일인 듯 보였다.

그들이 마차로 돌아오자마자 제닝스 부인은 스틸 양이 해준 얘기를 듣고 싶어 안달이었다. 그러나 애초에 그렇게 부당하게 얻은 정보를 함부로 퍼트리고 싶지 않았던 엘리너는 루시의 입장에서도 알리고 싶어 하리라고 생각되는 몇 가지 구체적인 사실만 간단히 되풀이하고 말았다. 그들의 약혼이 깨지지 않고 지속되었고, 그 목적을 이루기 위해서 어떤 수단을 택하기로 했는지가 그녀가 전한 전부였다. 이 말을 듣자 제닝스 부인은 으레 그러듯이 이렇게 한마디 했다.

"그 사람이 목사 자리를 얻기를 기다린다고! 그래, 그게 어떻게 끝날지 앞날이 훤하지. 그 둘이서 한 열두 달 기다리겠지. 그러곤 별게 없다는 것을 알게 되면 연 오십 파운드짜리 목사보직에 그의 이천 파운드 이자와 스틸 씨와 프랫 씨가 내놓을 수 있는 병아리 눈물만 한 돈으로 자리를 잡게 되겠지. 그리고 나서 해마다 애가 하나씩 나올 거고! 하느님, 맙소사지! 찢어지게 가난해질 테지! 살림살이 장만하는 데 내가 해줄 게 없나 봐야겠다만. 하녀 둘에 하인 둘이라고 내가 언젠가 그랬지! 아냐, 아냐, 이런저런 일을 도맡아 하는 튼튼한 여

자아이 하나면 되겠어. 베티의 여동생은 이제 이들한테는 맞
지 않겠군."

다음 날 아침 루시 본인이 이 페니 우편으로 엘리너한테 편
지를 보냈다. 그것은 다음과 같았다.

바틀릿츠 빌딩스, 3월

제 마음대로 대시우드 양에게 편지를 쓰는 것을 부디 양해
해 주길 바랍니다. 그렇지만 저에 대한 당신의 우정으로 미루
어 최근 갖은 신고를 겪은 저 자신과 내 사랑 에드워드에 대한
상세한 소식을 듣고 싶어 할 것으로 압니다. 해서 더 이상 변명
하지 않고 바로 말하겠습니다. 우린 아주 끔찍한 일을 겪었지
만, 하느님이 도우사, 둘 다 지금은 아주 잘 지내며 서로의 사
랑 속에서 늘 그렇듯이 행복하답니다. 우리는 큰 시련과 큰 박
해를 받아 왔습니다만, 동시에 고맙게도 많은 친구들을 알게
되었습니다. 당신은 그 가운데서 뺄 수 없는 분이니, 저는 당신
의 크나큰 친절을 늘 기억할 것이며 에드워드도 제 말을 들으
면 분명 그럴 것입니다. 당신이 들으면 틀림없이 기뻐할 것이고
제닝스 부인께서도 마찬가지시리라 믿습니다만 어제 오후 우리
는 행복한 두 시간을 보냈습니다. 그이는 헤어지자는 말을 들으
려고 하지 않았어요. 전 그것이 제 의무라고 여겨 신중히 생각
해서 제발 그렇게 하자고 열심히 몰아세웠고, 그이가 동의하기
만 하면 그 자리에서 영원히 갈라설 작정이었습니다. 그러나 그
이는 절대 그럴 수 없다, 당신의 사랑을 얻을 수 있으면 어머니
의 진노는 아무것도 아니다, 이렇게 말했어요. 우리의 앞으로

의 전망은 그리 밝지 않아요. 그건 분명하지만, 우린 기다려야 하고 최선의 결과가 있기를 희망합니다. 그이는 곧 서품을 받게 될 것인데, 혹 그이를 추천할 만한 목사 자리를 소유하고 계신 분을 아신다면, 당신이 우리를 잊지 않으시리라 믿는답니다. 또 우리 제닝스 부인께서도 존 경이나 파머 씨나 하여간 우리를 도울 만한 친구분에게 우리를 위해 좋은 말을 해 주시리라고 믿어요. 불쌍한 앤 언니는 한 짓이 괘씸하기는 하지만, 잘하자고 한 일이었으니 어쩌겠어요, 그냥 지나가야지요. 제닝스 부인이 혹 언제라도 아침나절에 이쪽으로 나오실 일이 있으면 귀찮으시더라도 한번 왕림해 주시면 너무나 고마울 것이고, 제 사촌들도 그분을 알게 되는 것이 자랑스러울 겁니다. 종이가 다 되어 마쳐야겠군요. 그분께 무척 감사하고 존경을 드린다고 전해 주시고, 혹 기회가 되시면 존 경과 레이디 미들턴한테도, 그리고 사랑스러운 아이들한테도 인사 전해 주시고, 메리앤 양한테도 사랑을 보냅니다.

이만 총총.

엘리너는 다 읽자마자 편지 쓴 이의 진짜 의중이라고 짐작되는 일을 수행했으니, 제닝스 부인의 손에 그것을 넘겨주었다. 부인은 소리 내어 읽으면서 흐뭇해하며 칭찬을 늘어놓았다.

"정말 좋구나! 아주 예쁘게도 쓰네! 그래, 그 사람이 원하면 보내는 것이 백번 맞지. 루시다운 태도였어. 참 안됐군! 내가 목사 자리를 마련해 줄 능력이 있으면 정말 좋으련만. 이것 봐, 나를 우리 제닝스 부인이라고 부르네. 정말 착한 아이로구

나. 정말이지 아주 좋아. 저 문장은 아주 멋들어지네. 그럼, 그
럼, 가서 봐야지, 암. 모든 사람을 다 챙기고, 세심하기도 하지!
고맙다, 애야, 이걸 나한테 보여 주어서. 내가 여태 본 것 가운
데 제일 예쁜 편지고, 루시가 머리도 좋고 마음씨도 따뜻하다
는 걸 믿게 되는구나."

3

대시우드 양 자매는 런던에서 어느새 두 달 이상 지낸 셈
이라, 메리앤은 집으로 돌아가고 싶어 그야말로 일각이 여삼
추 같았다. 그녀는 한숨지으며 시골의 공기와 자유와 조용함
을 그리워했다. 자기가 마음을 달랠 만한 곳이 어딘가 있다면,
그건 바로 바턴이라는 것이었다. 엘리너도 그녀 못지않게 떠나
고 싶은 마음은 컸으나 즉시 떠나자는 말에는 그다지 호응하
지 않았다. 메리앤은 동의하지 않았지만 긴 여행을 하자면 어
려움이 많다는 것을 알기 때문이었다. 하지만 돌아가자는 쪽
으로 마음을 정리하게 되어 그들의 친절한 집주인에게 뜻을
전했다. 부인은 잘해 주고자 하는 의도에서 갖은 말로 만류했
는데 그러는 가운데 한 가지 대안이 나왔다. 그 계획에 따르
면 집에 가는 것이 두세 주 지체되기는 해도, 엘리너가 보기에
는 다른 어떤 것보다 적절한 방안이었다. 파머 씨 부부가 부활
절 휴일을 지내려고 3월 말경에 클리블랜드로 돌아가게 되어
있었다. 이를 계기로 샬럿이 제닝스 부인과 부인의 두 친구에

게 같이 가지고 열심히 권유했던 것이다. 샬럿의 초청 자체로
는 대시우드 양의 세심한 마음을 충족시키기에 부족함이 있
을 수도 있었다. 그러나 동생의 불행이 알려진 이후 그들을 대
하는 태도가 꽤 달라진 파머 씨 본인이 나서서 너무나 정중하
게 청하는 바람에 결국 쾌히 받아들이게 되었다.

하지만 그녀가 메리앤에게 이 이야기를 전하자, 그녀의 첫
반응은 그리 탐탁지 않았다.

"클리블랜드라고!" 그녀가 아주 심란해하면서 소리쳤다.
"안 돼, 클리블랜드엔 못 가."

"이걸 생각해야지." 엘리너가 부드럽게 말했다. "지리상으로
그렇게…… 인접해 있는 곳은 아니라는 거 말이야."

"그렇지만 서머싯셔에 있잖아. 그 지역으로는 안 가. 그렇게
가기를 고대하던 곳이었는데……. 안 돼, 엘리너 언니, 거기로
날 데려갈 생각은 마."

엘리너는 이런 감정을 극복하는 것이 옳지 않느냐고 설득
하지는 않았다. 다른 이유를 내세워 그 감정에 맞서는 수단으
로 삼았다. 그렇게 하는 것이 그녀가 무척 보고 싶은 사랑하
는 어머니에게 돌아가는 시간을 어떤 다른 계획보다 더 바람
직하고 더 편하게, 그리고 아마도 더 연기시키는 일도 없이 확
정할 수 있을 것이라는 점을 주지시켰다. 브리스톨에서 몇 마
일 정도밖에 떨어져 있지 않은 클리블랜드부터 바턴까지는
꼬박 가야 하긴 하지만 하루 여행길이 아닌가. 그리고 그곳으
로는 어머니의 하인이 그들을 데리러 오기도 쉽겠고. 또 클리
블랜드에서 일주일 이상 머물 일은 없을 것이기 때문에 넉넉

잡아 석 주 정도만 지나면 집에 가 있게 될 거라고 했다. 어머니에 대한 메리앤의 애정이 절절했으므로, 솥뚜껑 보고 놀란 격이었던 그녀의 걱정을 물리치는 데는 별 어려움이 없었다.

제닝스 부인은 자기 손님들이 마음에 꼭 들었으므로 클리블랜드에 갔다가 다시 같이 돌아오자고 성화였다. 엘리너는 그런 배려에 감사했지만, 그렇다고 계획을 바꿀 수는 없었다. 어머니의 허락도 쉽게 얻어서, 집으로 돌아갈 준비가 착착 이루어졌다. 그리고 메리앤은 바턴에 돌아갈 날을 손꼽아 세어 볼 수 있게 된 것이 위안이라면 위안이었다.

"아! 대령, 대시우드 양 자매 없이 당신이나 나나 어떻게 살지 모르겠네." 그들이 떠나기로 결정된 후 그가 처음 방문했을 때, 제닝스 부인이 한 말이었다. "파머 내외 집에서 바로 자기네 집으로 가겠다고 아주 마음을 먹었다니까. 그러니 집에 돌아오면 얼마나 허전할까! 아이고! 두 마리 고양이처럼 앉아서 서로 하품이나 하고 있겠지."

아마도 제닝스 부인은 그들에게 앞으로 닥칠 권태를 이렇게 생생하게 그려서 그가 탈출구를 찾기 위해 뭔가를 제안하게 만들려는 속셈이었는지도 모른다. 만약 그렇다면 그녀는 곧바로 자기의 목적이 이루어졌다고 여길 만한 충분한 근거를 얻게 되었다. 왜냐하면 엘리너가 부인을 위해 찍어 주려던 판화의 치수를 좀 더 신속하게 재기 위해 창문으로 옮겨 가자마자 그가 의미심장한 표정으로 그녀를 뒤따랐고 수 분간 거기서 대화를 나누었기 때문이다. 이 대화가 숙녀한테 준 효과 또한 그녀의 관찰을 벗어날 수 없었다. 비록 그녀는 명예를 아는 여성인지라 남의 말을 엿들을 사람이 아니었고 듣지 않으려고 메리앤이 연주하고 있던 피아노 가까운 쪽으로 의자를 옮겨 앉기까지 했지만, 엘리너의 안색이 변하고 동요하는 빛이 역력하고 그의 말에 집중하느라 하던 일마저 중단하는 것마저 보지 않을 수는 없었다. 자기의 희망이 실현된 것이 분명하다고 여기게 된 것은 메리앤이 한 연습곡에서 다른 연습곡으로 넘어가는 막간에 대령의 말 가운데 몇 마디가 불가피하게 그녀의 귀에 와 닿았기 때문이다. 그는 자기 집의 누추함에 대해서 양해를 구하고 있는 듯 보였다. 이것으로 의심의 여지가 없었다. 굳이 그런 말까지 할 필요가 있을지 의아했지만, 예법상 그러려니 했다. 엘리너가 무어라고 답변하는지는 분명치 않았으나, 입술의 움직임으로 보건대 그것을 그리 큰 장애로 여기지는 않는 모양이었다. 그래서 제닝스 부인은 마음속으로 참하기도 하다며 그녀를 칭찬했다. 그들은 그러고서 이삼 분 더 얘기했는데 그녀는 한마디도 듣지 못했지만, 마침 메리앤의 연주가 한 번 더 멈춘 덕분에 대령이 차분한 목소리로 다음과 같이 말하는 것이 귀에 닿았다.

"그다지 속히 이루어질 것 같진 않습니다만."

그렇게 연인답지 않은 말에 깜짝 놀라서, 그녀는 이렇게 소리 지를 뻔했다. "맙소사! 뭐가 문제라고 저래?" 그러나 꾹 참고서 이렇게 속으로만 구시렁거렸다.

"이거 참 이상한 일이로다! 더 나이 들길 기다릴 필요가 뭐 있다고."

그렇지만 대령 편에서 이렇게 연기를 해도 적어도 그의 여성 상대자는 도무지 언짢아하는 기색이 없었다. 곧이어 둘이 대화를 끝내고 각기 다른 쪽으로 발길을 옮기면서 제닝스 부인은 엘리너가 진심을 담은 목소리로 이렇게 말하는 것을 분명히 들었다.

"늘 고맙게 생각할게요."

제닝스 부인은 그녀의 감사 인사에 반색하면서도 다만 이런 말을 듣고 나서 대령이 즉각 그들과 작별하고 떠나 버릴 수 있다는 것이 의아스러울 뿐이었다. 더구나 차분한 낯빛으로 그녀의 말에는 대꾸도 없이 가 버리는 것이 아닌가! 그녀는 자기의 오랜 친구가 그렇게 무덤덤한 구애자가 될 수 있을 줄은 생각지도 못했다.

그들 사이에 실제로 오간 말은 다음과 같았다.

"제가 듣기로는 당신의 친구인 페라스 씨가 가족으로부터 못 당할 일을 겪었다더군요." 그가 동정심 가득한 표정으로 말했다. "제가 제대로 알고 있다면, 그분은 아주 괜찮은 젊은 숙녀분과 약혼을 고수하겠다고 했다가 가족한테 내침을 당했다더군요. 제가 제대로 알고 있는 건지요? 그런가요?"

엘리너는 그렇다고 말해 주었다.

"오랫동안 서로 사랑해 온 두 사람을 갈라놓는, 아니 갈라놓으려고 하는 그런 행동은 끔찍할 정도로 잔인하고 무분별한 짓입니다." 그가 열의를 보이면서 말했다. "페라스 부인은 자기가 무슨 짓을 하고 있는지, 아들을 어디로 몰아가고 있는지 모르고 있습니다. 전 할리가에서 페라스 씨를 두세 번 보았는데, 썩 마음에 들었습니다. 그분은 짧은 시간에 친해질 수 있는 젊은이는 아니지만, 제가 본 것만으로도 잘 풀렸으면 싶었답니다. 당신의 친구이기 때문에 더 그렇습니다. 제가 알기론 그분이 성직을 얻으려고 한다던데요. 제가 오늘 우편으로 통보받기로는 델라퍼드의 목사 자리가 현재 비어 있는데, 그분이 혹 받아들일 만하다고 생각한다면 드릴 의향이 있다고 좀 전해 주시겠습니까? 뭐, 그분이 처한 상황이 상황인 만큼 의사 자체가 없지는 않으리라는 걸 모르겠습니까만, 더 수입이 좋은 자리였으면 좋았겠다 싶어서 드리는 말씀입니다. 목사 자리긴 하지만 규모가 작습니다. 전임 목사도 내 생각엔 연이백 파운드를 넘기진 못했을 겁니다. 앞으로 더 나아질 여지는 분명히 있지만, 그분이 안락하게 살 정도로 충분한 수입까지는 아닐 것입니다. 그렇긴 하지만 그분을 모시는 것이 저한테는 큰 기쁨일 것입니다. 이 점을 잘 말씀드려 주세요."

대령이 자기한테 실제로 청혼의 손을 내밀었다 하더라도 이 부탁을 듣고 놀란 것보다 더 놀라기는 어려웠을 것이다. 불과 이틀 전만 해도 에드워드한테 가망 없는 일로 여겨졌던 그 목사 자리가 벌써 제공되어 결혼이 가능하게 되었으니 말이다. 그리고 세상의 하고많은 사람 중에 자기가 그것을 베푸는 역을 맡게 되다니! 그녀의 감정의 동요는 여기서 생긴 것인데, 제닝스 부인은 아주 엉뚱하게 생각했던 것이다. 그러나 그 감정의 동요 속에 아무래도 덜 순수하고 덜 기분 좋은 소소한 감정들이 섞여 있다고 하더라도, 브랜던 대령의 관대한 마음과 각별한 우정이 없었다면 이런 행동이 나오지 않았을 터였다. 엘리너는 그 마음에 대한 존경심과 그 우정에 대한 고마움을 절실하게 느끼고 표현했다. 그녀는 충심으로 그에게 감사했고, 에드워드의 원칙과 성품이 받아 마땅한 칭찬을 했다. 그리고 그가 정말로 그렇게 기분 좋은 일을 남에게 해 달라고 맡기고 싶다면, 기꺼이 그 부탁을 들어드리겠다고 약속했다. 그러나 동시에 대령 본인만큼 그 일을 잘할 수 있을 사람이 없을 것이라는 생각도 하지 않을 수 없었다. 한마디로 자신은 빠지고 싶었다. 에드워드가 자기에게서 그 직무를 받게 되는 괴로운 처지에 빠지는 것이 난처했던 것이다. 그러나 브랜던 대령도 그와 마찬가지의 세심한 이유로 그 일을 마다하면서, 그녀를 통해서 전달되기를 앙망하는 듯했으므로, 무슨 이유로건 더 이상 반대하지 않기로 했다. 에드워드는 아직 런던에 있다고 알고 있었고, 다행히 스틸 양으로부터 그의 주소를 들었더랬다. 따라서 그녀는 그날 중에 이 제안을 그에게 알려 줄 수 있을 것 같았다. 이렇게 일이 정해진 후, 브랜던 대령은 자기로서도 그렇게 반듯한 좋은 이웃을 가지게 되어 잘되었다고 말했고, 바로 그때 유감스럽다는 투로 그 목사관이 작고 보잘것없다고 언급했던 것이다. 제닝스 부인의 추정처럼 엘리너는 그런 결점은 적어도 그 크기에 관한 한 별로 문제 될 것이 없다고 했던 것이다. 그녀가 말했다.

"집이 작다지만 그분들한텐 그리 불편할 것 같진 않군요. 식구나 수입 규모에 알맞을 테니까요."

이 말에 대령은 페라스 씨가 이 자리를 얻으면 당연히 결혼할 것으로 그녀가 생각하는 것을 알고 좀 놀랐다. 왜냐하면 델라퍼드 목사 자리의 수입으로는 자기 식의 생활 방식을 가진 사람이 결혼해서 정착할 만하다고는 생각하지 않았기 때문이다. 그래서 그는 그렇게 말했다.

"이 작은 목사관은 페라스 씨가 독신으로 편안하게 살 정도 이상은 못 됩니다. 결혼해서 살 만큼은 안 된다는 거지요. 유감이긴 하지만, 제 후원은 고작 이 정도입니다. 그리고 제가 그리 큰 영향력이 있는 것도 아니고요. 그렇지만 혹시 기회가 닿아서 그분을 더 도와드릴 힘이 생긴다면, 제가 그분을 달리 생각하게 된다면 모를까, 지금처럼 기꺼이 돕겠습니다. 지금으로선 제가 해 드리는 것은 아무것도 아닌 것 같습니다. 결국 그분의 행복의 유일무이한 목적이라고 여겨지는 것에는 별로 소용이 닿지 못하니까요. 그분의 결혼은 아직 먼 앞날의 일이겠군요. 아무튼 그다지 속히 이루어질 것 같진 않습니다만."

바로 이 마지막 말이 오해되어 제닝스 부인의 섬세한 감정에 거슬렸던 것이다. 그러나 브랜던 대령과 엘리너가 창가에 서서 실제로 나눈 이야기가 이러했으므로 서로 헤어지면서 그녀가 나타낸 감사는 대개 청혼을 받을 때 하는 말 못지않아 보일 수 있었을 것이다. 어느 정도 흥분한 모습이라든가 반듯한 말투로 보아서 말이다.

4

"자, 대시우드 양." 신사가 물러나자마자 제닝스 부인이 다 안다는 듯한 미소를 지으면서 말했다. "대령이 무슨 이야기를 했는지 묻지는 않겠어. 내 명예를 걸고 안 들으려고 애는 썼지만, 그 사람이 뭘 하자는 것인지는 알 만큼 귀에 들어오고 말았어. 내 평생 이보다 기쁜 적이 없었어. 진심으로 축하하고 싶구나."

"고맙습니다, 아주머니." 엘리너가 말했다. "저도 너무너무 기뻐요. 브랜던 대령이 정말 좋은 분인 걸 느끼고 있답니다. 그분처럼 처신하실 분은 많지 않아요. 그런 동정심을 품고 있는 사람도 거의 없고요! 제 평생 그보다 놀란 적은 없었어요."

"원, 세상에! 참 겸손하기도 하지! 난 세상없어도 조금도 놀란 것 없다. 요즘 들어 그런 생각이 자주 들었어. 분명히 이렇게 될 거라고 말이다."

"대령의 너그러우심을 알고 계시니까 그런 판단을 하신 것인데, 그렇지만 적어도 그런 기회가 이렇게 빨리 찾아오리라고는 예상 못 하셨을 거예요."

"기회라고!" 제닝스 부인이 되뇌었다. "아하! 그거라면, 모름지기 남자란 이런 일에 일단 마음을 정하고 나면 여하튼 곧 기회를 찾게 되지. 자, 얘야, 축하 또 축하한다. 이 세상에 행복한 짝이 어디 있누 하면 나는 재깍 찾을 수 있겠지."

"그런 짝을 찾아서 델라퍼드로 가신다는 말씀이군요." 엘리너가 보일락말락 미소를 지으며 말했다.

"그럼, 얘야, 그렇고말고. 그리고 집이 누추하다는 소리가 들리던데, 대령이 무슨 생각으로 그러는지 모르겠네. 내가 본 집 가운데 그만한 집도 없으니까."

"수리가 제대로 안 되어 있다고 하시더군요."

"으응, 그럼 그게 누구 탓이겠어? 왜 수리를 안 하고 있지? 자기 아니면 누가 한다고?"

그때 하인이 문에 마차가 와 있다고 말하러 들어와서 대화가 중단되었다. 제닝스 부인은 바로 나갈 준비를 하면서 이렇게 말했다.

"그런데 얘, 반도 다 말하지 않았는데 가야 하는구나. 그렇지만 저녁에 죄다 얘기할 수 있을 게다. 우리끼리 있을 테니까 말이다. 너하고 같이 가자고 하진 않겠는데, 그 일로 네 마음이 꽉 차 있을 테니, 따라나서고 싶지 않을 거야. 게다가 동생한테도 얼른 얘기해 주고 싶을 테고."

메리앤은 그 대화가 시작되기 전에 방을 나간 터였다.

"그럼요, 아주머니. 메리앤한테 얘기할 거예요. 그렇지만 아직은 그 외에 다른 사람한테는 발설하지 않을 거예요."

"오호! 그래, 그래." 제닝스 부인이 다소 실망해서 말했다. "그러면 루시한테도 얘기하지 말았으면 하겠구나. 오늘 홀본까지 나가 볼까 하는데."

"그래요, 아주머니, 괜찮으시면 루시한테도요. 하루 늦어진다고 별로 큰일은 아니겠고요. 제가 페라스 씨한테 편지를 쓸 때까지는 어느 누구한테도 발설을 하지 말아야 한다고 생각해요. 그건 바로 쓸 겁니다. 그분한텐 한시도 지체하지 않고 알리는 것이 중요해요. 서품을 받는 일과 관련해서 할 일이 당연히 많을 테니까요."

이 말은 처음에는 제닝스 부인을 어리둥절하게 만들었다. 페라스 씨한테 왜 그렇게 서둘러 편지로 이 일을 알려야 하는 건지 그녀는 금방 이해할 수 없었다. 그렇지만 잠시 생각한 끝에 이거구나 했는지 이렇게 외쳤다.

"오호! 알겠다. 페라스 씨가 낙점을 받으셨구먼. 아암, 그래, 그 사람한테도 아주 잘된 일이지. 아무렴, 그건 그렇지. 그이가 서품을 받는 것이 급선무겠군. 어느새 일이 이렇게 진척되었다니 무척 기쁘구나. 그런데, 얘야, 이건 좀 경우가 아니지 않느냐? 대령 자신이 편지를 내야 하지 않겠어? 그럼그럼, 자기가 직접 부탁해야지."

엘리너는 제닝스 부인의 발언의 앞부분은 도무지 이해가 안 되었고 굳이 물어볼 일도 아니라고 생각했다. 따라서 마무리 짓는 말에 대해서만 이렇게 답했다.

"브랜던 대령은 세심하신 분이어서, 자기 의중을 누가 대신 전해 주었으면 하고 바란답니다."

"그래서 네가 하게 되었구나. 흠, 그것 참 이상한 세심함이네! 그렇지만 널 방해하진 않으련다. (그녀가 편지 쓸 준비를 하는 것을 보면서) 네 일은 네가 제일 잘 알 테니. 그럼 다녀올 테니 잘 있어, 얘야. 샬럿이 출산한 이후로는 이렇게 기쁜 소식을 들은 적이 없어."

그리고 그녀는 나가 버렸다. 그러나 바로 다시 돌아와서는 말했다.

"베티의 동생 말이다. 지금 막 생각났는데, 얘, 그 아이한테 좋은 여주인이 생기면 정말 좋겠구나. 그 아이가 몸종으로는 어떨지 모르긴 해. 식모로는 훌륭하고 바느질은 아주 잘하지. 그렇지만 그런 거야 나중에 시간 날 때 천천히 생각하려무나."

"그럼요, 아주머니." 엘리너는 듣는 둥 마는 둥 하면서 대답했다. 여주인이니 뭐니 이야기를 일일이 따라가기보다는 혼자 있고 싶다는 생각에 더 정신이 팔렸던 것이다.

어떻게 시작해야 할까. 에드워드에게 보내는 쪽지에 뭐라고 써야 할지가 지금은 그녀의 관심사의 전부였다. 다른 사람이라면 식은 죽 먹기로 해치웠을 일이지만 둘 사이의 특별한 사정이 있다 보니 괜스레 어려웠다. 그녀는 별 이야기를 안 하기도, 장황하게 늘어놓기도 꺼려져서 종이를 앞에 두고 펜을 손에 들고 고민스럽게 앉아 있는데, 장본인인 에드워드가 불쑥 들어오는 것이었다.

그는 작별 카드를 남기려고 왔다가 문 앞에서 마차로 가던 제닝스 부인을 만났는데, 그녀는 집 안으로 되돌아가지 못해 미안하다면서 대시우드 양이 위에 있는데 그에게 긴한 일로 할 말이 있는 모양이니 들어가 보라고 했던 것이다.

엘리너는 편지로 자기 뜻을 제대로 표현하는 일이 아무리 어렵다고 해도 최소한 직접 입으로 이 소식을 전하는 것보다야 낫지 하는 생각으로 심란한 마음을 달래던 참이었다. 한번 졎 먹던 힘이라도 내서 써 보아야지 하는데, 마침 방문자가 들어온 것이다. 그가 그렇게 갑자기 나타나자 그녀는 깜짝 놀랐고 무척 당황스러웠다. 그의 약혼이 공개적으로 알려진 이후로는 그를 본 적이 없었으니 그녀가 알고 있다는 것을 그가 안 이래로 서로 못 본 셈이었다. 그런 데다 자기가 무슨 생각을 해 왔고 무슨 이야기를 해야 하는지 의식하게 되자 수분 동안 그녀는 심히 마음이 불편했다. 그 또한 무척 난처했고 둘은 어쩔 줄 몰라 황망해하면서 자리에 앉았다. 그는 처음 들어올 때 자기가 불쑥 들어오게 된 것을 용서해 달란 말을 했는지도 기억나지 않았다. 그러나 돌다리도 두드려 본다는 심정으로, 자리를 잡은 후에 무언가를 말할 수 있게 되자마자 정식으로 사과부터 했다.

"제닝스 부인의 말씀이 제게 용무가 있다고 하시더군요." 그가 말했다. "적어도 제가 듣기로는 그랬습니다. 그렇지 않았다면 절대로 이런 식으로 불쑥 들어오진 않았을 겁니다. 하지만 당신과 동생분을 보지 않고 런던을 떠나게 되었다면 또 너무 아쉬웠겠지요. 더구나 그게 얼마간이 될지 모르는 터라…… 당신을 곧 다시 뵐 것 같지는 않군요. 전 내일 옥스퍼드로 떠납니다."

엘리너는 정신을 차리고 무척 두려워하던 일을 가능한 한 빨리 해치우기로 결심하고서 말했다. "그렇지만 저희의 인사를 받지 않고는 떠나시지 못했을 겁니다. 비록 직접 만나 뵙고 인사드릴 수는 없었을지 몰라도요. 제닝스 부인이 하신 말씀 그대로입니다. 당신에게 꼭 전해 드릴 중대사가 있어서 막 지면으로 전하려던 참이었습니다. 전 아주 기분 좋은 일을 맡았는데, (이 대목에서 평소보다 숨이 좀 가빠지면서) 브랜던 대령께서, 불과 십 분 전에 여기 계셨는데, 제가 전해 드리기를 원하셨습니다. 당신이 성직을 얻으려 한다는 걸 아시고, 델라퍼드의 목사 자리를 기꺼이 제공하시겠답니다. 지금 막 공석이 되었다면서 다만 수입이 더 좋은 자리가 못 되어서 미안하다고 하시더군요. 그토록 점잖고 판단력도 뛰어난 친구를 두시게 된 걸 축하드리고 싶습니다. 그 자리는 연수 이백 정도라고 하던데, 수입이 훨씬 더 나았으면 하고 바라시더군요. 저도 그렇고요. 수입이 더 늘어서 혼자서 일시적으로 거처하는 곳이 아니라 더 나아가서…… 한마디로, 지금 원하고 계시는 행복이 실현될 수 있기를 바랍니다."

에드워드의 심정은 스스로도 무어라고 표현할 수 없을 터이기에 누가 대신 말해 줄 수도 없을 것이다. 그는 경악한 표정이었는데, 이렇게 기대하지 않았던, 생각조차 하지 않았던 소식이니 사실 그럴 만도 한 일이었다. 그러나 그의 입에서 나온 말은 단 두 마디였다.

"브랜던 대령!"

"그렇답니다." 최악의 순간이 어느 정도 지나가자 마음을 더 다잡으면서 엘리너가 계속했다. "브랜던 대령님도 최근에 벌어진 일에 마음을 쓰고 계시다는 걸 보여 주신 거지요……. 식구분들이 도리에 어긋난 행동을 저질러서 당신이 처하게 된 그 혹독한 처지 말이에요……. 저도 그렇고 메리앤도 그렇고 당신의 친구분 모두가 그런 우려를 같이 하고 있답니다. 그와 함께 그분은 당신의 성품을 높이 사시고 특히 이번 일에서 당신의 처신을 지지한다는 것을 보여 주신 셈이고요."

"브랜던 대령이 저한테 목사 자리를요! 그게 있을 수 있는 일인가요?"

"식구들이 무정하게 군 탓에 어디서건 우정을 얻는 것이 놀라우시군요."

"아닙니다." 문득 정신을 차리고 그가 대답했다. "당신의 우정이라면 놀랄 것 없습니다. 모든 것이 당신 덕분이라는 것, 당신의 선의 덕분이라는 것을 모르지 않으니까요. 마음으로 느낀답니다. 그럴 수만 있다면 말로 표현하고 싶습니다만…… 아시다시피 전 말주변이 없어서요."

"아주 잘못 아신 거예요. 분명히 말씀드리지만, 그것은 순전히, 적어도 거의 순전히, 당신 자신의 미덕 덕분이고, 브랜던 대령님이 그걸 알아보신 덕분입니다. 전 거든 것이 전혀 없어요. 그분의 의도를 듣기 전까지는 목사 자리가 비어 있는지조차 몰랐어요. 또 그분이 목사 자리를 부여하실 수 있는 분이라는 생각도 해 본 적이 없고요. 저와 저의 가족의 친구이시니 그걸 내주면서 훨씬 더 기쁜 마음일 수는…… 아니, 실제로 그런 마음이라는 것을 알긴 하지만요. 하지만 맹세컨대 제가 청을 드려서 그렇게 된 것은 아닙니다."

사실을 밝히다 보니 그런 행동에 자기도 작은 역할을 했다는 것을 인정하긴 했지만, 에드워드에게 시혜를 베푸는 처지가 되는 것이 내키지 않아서 인정은 하면서도 머뭇거렸던 것이다. 이런 태도는 그가 최근에 품게 된 어떤 의혹을 강화했을지도 모른다. 엘리너가 말을 마친 후, 잠시 동안 그는 깊은 생각에 잠겨서 앉아 있었다. 마침내 마치 용이라도 쓰는 것처럼 그가 말했다.

"브랜던 대령은 매우 훌륭하고 점잖은 분 같습니다. 그렇다는 평판을 늘 들어 왔고, 당신의 오빠도 그분을 높이 평가하고 있다고 압니다. 그분은 의심할 여지없이 분별 있는 분이시고, 매너로 보아 완벽한 신사이신 듯합니다."

"사실이에요." 엘리너가 대답했다. "좀 더 사귀게 되면 그런 평판이 다 사실이라는 것을 알게 될 거라고 믿어요. 그리고 그분과 아주 가까운 이웃이 되실 테니,(제가 알기로 목사관은 저택하고 거의 붙어 있다고 하니까요.) 그분이 평판대로라는 것이 특히 중요하지요."

에드워드는 대답하지 않았다. 그러나 그녀가 고개를 다른 쪽으로 돌리자 너무나 심각하고 진지하고 어두운 눈빛으로 그녀를 바라보아서 혹시 목사관과 저택 사이의 거리가 훨씬 더 멀기를 바라는 것이 아닌가 하는 생각이 들 정도였다.

"브랜던 대령이 세인트제임스가에 묵고 계신 걸로 압니다만." 얼마 안 있어 바로 의자에서 일어서면서 그가 말했다.

엘리너는 그 집의 번지수를 말해 주었다.

"그러면 서둘러 가서 당신이 받아 주려 하시지 않는 감사를 그분께 드려야겠습니다. 저를 아주…… 너무 행복한 사람으로 만들어 주셨다는 말씀을 드려야지요."

엘리너는 붙들지 않았고, 그들은 헤어졌다. 그녀 편에서는 앞으로 무슨 일이 있어 상황이 변하더라도 늘 행복하시기를 빌겠다는 인사를 정성껏 던졌고, 그 편에서도 똑같은 뜻을 담은 답례를 하려 했으나 잘되지는 않았다. 그가 나가고 문이 닫히자 엘리너는 혼잣말을 했다.

"저분을 다시 보게 될 때는 루시의 남편으로 보게 되겠지."

퍽이나 즐겁기도 한 이런 예상을 하면서 그녀는 자리에 앉았다. 앉아서 과거를 다시 생각하고 오간 말들을 되새기고 에드워드의 모든 감정을 이해해 보려고 했다. 물론 자신의 감정에 대해서도 생각했는데 못마땅한 심정이었다.

제닝스 부인은 전에는 본 적이 없던 사람들을 만나고 돌아왔으므로 그에 대해 할 말이 쌓였을 것이 분명했지만, 자기가 알고 있는 중요한 비밀에 온 마음이 가 있어서 엘리너가 눈에 띄자마자 다시 그 이야기로 돌아갔다.

"자, 애야." 그녀가 소리쳤다. "내 그 청년을 올려 보냈지. 내가 제대로 했던 거지? 그리 어려울 것 없었을 테지. 너의 제안을 마다했을 리는 없을 테고?"

"그렇지요, 아주머니. 싫다지는 않았어요."

"그래, 그러면 그 사람 언제 준비가 되나? 그게 다 거기에 달려 있을 텐데."

"실은 저도 그 방면의 절차 같은 것을 별로 알지 못해서 시간이라든가 필요한 준비라든가 짐작조차 못 하겠어요. 하지만 두세 달 정도면 서품을 받을 수 있지 않을까 해요."

"두세 달씩이나!" 제닝스 부인이 소리쳤다. "원, 세상에! 그걸 그렇게 차분하게 말하다니. 그리고 대령이 두세 달씩이나 기다릴 수 있다니! 하느님, 맙소사! 나 같으면 못 견디지, 못 견뎌. 가련한 페라스 씨가 해도 좋긴 하겠지만, 그 사람 때문에 두세 달이나 기다릴 수야 없지. 누군가 좋은 분을 따로 구해도 될 것 같은데. 이미 성직에 있는 분 중에서 말이다."

"아주머니, 대체 무슨 생각을 하고 계세요?" 엘리너가 말했다. "아니, 브랜던 대령님의 유일한 목적은 페라스 씨한테 도움을 주려는 것인데요."

"하느님, 맙소사다, 애! 대령이 페라스 씨한테 십 기니를 주기 위해 너하고 결혼하는 것이라는 얘기냐 뭐냐!"

이 말 이후에 착각은 계속될 수 없었다. 설명이 즉각적으로 따랐다. 양쪽 다 잠시 동안 상당히 재미있어할 수 있었고, 어느 쪽도 별다른 행복의 손실을 겪지 않았다. 제닝스 부인은 기쁨의 방향을 다른 쪽으로 바꾸기만 하면 되었고, 원래의 기대는 그것대로 여전히 간직할 수 있었기 때문이다.

"암, 암, 목사관이 작기는 하지." 놀라면서도 잘됐다고 한차례 법석을 떨더니, 그녀가 말했다. "그리고 수리가 안 되어 있을 법도 하고. 하여간 내가 그런 생각을 다 했군. 내가 알기로는 일 층에 거실만 다섯 개에 하녀장 말로는 침대를 열다섯 개나 놓을 수 있다는 그런 저택을 두고 미안해한다는 소리로 들었으니, 나 참! 하물며 바턴 코티지에서 사는 데 익숙해진 너한테 했다고 말이다! 이상하긴 하더라니까. 그러나 얘야, 우리 대령을 살살 꼬드겨서 루시가 거기 가기 전에 목사관을 손봐서 둘을 위해 편안한 거처를 만들라고 해 보자."

"그렇지만 대령님은 그 목사 자리로는 두 사람이 결혼할 수 있을 정도가 안 된다고 생각하시는 것 같아요."

"대령은 얼간이야, 얘. 자기가 연 수입 이천이니까, 그보다 적게 가지고는 아무도 결혼할 수 없다고 생각하는 거지. 내 장담하지만, 내가 그때까지 살아 있다면 성 미카엘 축일 전에 델라퍼드 목사관을 방문하게 될 거야. 루시가 거기 없으면 가지도 않지, 암."

엘리너는 그들이 무언가 더 수입이 생길 때까지 기다리지는 않을 것 같다는 데 생각을 같이했다.

5

에드워드는 브랜던 대령에게 감사 인사를 전한 후 행복한 마음으로 루시에게 갔다는 것이고 그가 바틀릿츠 빌딩스에 닿았을 때는 그 행복이 절정에 이르렀던지라 루시는 그다음 날 축하차 그녀를 다시 방문한 제닝스 부인에게 단언하기를 자기 평생 그가 그렇게 활기차 보인 적은 없었다고 했다.

적어도 그녀 자신이 행복하고 활기에 찬 것은 누가 봐도 확실했다. 그녀는 제닝스 부인이 성 미카엘 축일 전에 모두들 델라퍼드 목사관에 편히 모일 수 있지 않을까 하는 예상을 해도 선뜻 동의했다. 동시에 그녀는 에드워드가 엘리너에게 돌리고 싶어 했을 공을 쉬쉬할 사람이 아니었으므로, 자기들 둘에 대한 그녀의 우정에 뜨거운 감사를 표하고, 그녀에게 큰 신세를 졌다는 걸 기꺼이 인정하고, 현재든 장차든 대시우드 양 편에서 자기들을 위해 어떤 애를 쓰더라도 자기는 놀라지 않을 것인데, 진정으로 소중하게 여기는 사람들에게 대시우드 양은 무슨 일도 마다 않고 해 줄 것을 믿기 때문이라고 내놓고 말했다. 브랜던 대령에 대해, 그녀는 그를 성인으로 숭배할 태세가 되어 있을 뿐 아니라 나아가 모든 세속적 문제에서도 그런 대우를 받으시기를 진심으로 바란다고 했다. 그의 십일조가 최대한 걷히기를 바라 마지않는다는 것이며,[56] 델라퍼드에서

---

56) 십일조는 원래 목사의 수입원인데, 루시는 지주 겸 후원자인 대령의 수입원으로 잘못 알고 있다.

되도록이면 그의 하인과 마차와 소와 가금을 활용할 작정을 속으로 하고 있었다.

존 대시우드가 버클리가를 방문한 지 어언 한 주가 넘었고, 그때 이후로 그의 부인의 건강 상태에 대해서 한 번 물어본 것 말고는 별로 관심을 표한 적이 없었기 때문에, 엘리너는 올케를 방문할 필요가 있다고 느끼게 되었다. 그렇지만 이 의무는 그녀 자신도 별로 내키지 않은 것이었거니와 주변 사람들로부터도 전혀 지지를 받지 못했다. 메리앤은 딱 잘라서 자기는 안 가겠다고 하는 데 그치지 않고 언니가 가는 것도 어떻게든 막아 보려고 했다. 제닝스 부인은 엘리너가 쓰겠다면 언제라도 마차는 내주겠다고 했지만, 존 대시우드 부인을 너무도 싫어하는 나머지 최근에 사태가 밝혀진 후 어떤 꼴골인지 보고 싶은 호기심이나 에드워드의 편을 들어서 약을 올려 주고 싶은 강한 욕망도 다시는 어울리고 싶지 않은 마음을 이겨 내지 못했다. 그 결과 엘리너 혼자서 출발하게 되었다. 그 방문이야 알고 보면 자기만큼 내키지 않은 사람도 없었고, 그런 여자와 머리를 맞대기 싫기로는 동생도 제닝스 부인도 자기를 당할 수 없음에도 말이다.

대시우드 부인은 손님을 받지 않고 있었다. 그러나 마차가 집으로부터 돌아 나오기 전에 그녀의 남편이 우연히 밖으로 나왔다. 그는 엘리너를 만나게 되어 반갑다면서 자기가 막 버클리가로 찾아가려던 참이고 패니가 매우 반가워할 것이라며 안으로 들어오라고 청했다.

그들은 이 층으로 올라가 응접실로 들어갔다. 거기에는 아무도 없었다.

"패니가 자기 방에 있는가 보네." 그가 말했다. "내가 바로 가 보아야겠어. 너를 만나는 거야 세상없어도 마다하지 않을 거야, 암. 마다하지 않고말고. 이제 특별히 그럴 이유가…… 그렇지만 뭐, 너와 메리앤을 늘 좋아하긴 했지. 메리앤은 왜 오지 않았지?"

엘리너는 동생을 위해 적당한 변명을 했다.

"너하고만 만나게 된 것도 나쁠 것이 없어." 그가 대꾸했다. "너한테 할 이야기가 많으니까. 브랜던 대령의 목사 자리 말인데……. 거 사실이냐? 실제로 에드워드한테 주기로 했어? 어제 우연히 들었는데, 더 물어볼까 해서 너한테 가려던 거였지."

"확실한 사실이에요. 브랜던 대령이 델라퍼드의 목사 자리를 에드워드한테 주었어요."

"정말이로군! 그렇다면 이건 놀라운 일이야! 아무 연고도 없는데 말이다! 그들 사이에 무슨 연결 고리가 있는 것도 아니고! 목사 자리는 꽤 비싸게 내놓을 수 있을 텐데! 어느 정도 가치가 있는 자리지?"

"연수 이백 정도랍니다."

"아주 괜찮군. 그 정도 가치가 있는 목사 자리라면 후임 추천권을 행사하면서, 음, 전임자가 늙고 병들어서 곧 그 자리를 비우게 될 것이라고 본다면, 모르긴 몰라도 대령은 천사백 파운드는 받았을 거야, 아마. 그런데 대령은 어쩌다 전임자가 죽기 전에 이 문제를 정리해 두지 않았을까? 이제야 사실 그걸 팔기에는 너무 늦은지 모르지만, 브랜던 대령처럼 지각 있는 사람이 말이야! 이렇게 일상적인, 이렇게 당연한 일을 처리하면서 그렇게 마련이 없었다는 게 놀랍군! 뭐, 대개 사람들 성격이란 앞뒤가 안 맞는 경우가 많은 법이니까. 그렇지만 생각해 보니, 십중팔구 이렇게 된 것이 아닐까 싶다. 대령은 실제로 돈을 받고 그 자리를 팔았고 그 사람이 나이가 차서 그걸 넘겨받을 수 있을 때까지만 에드워드한테 자리를 맡긴 것 같아. 그래, 그래, 그렇게 된 거지. 틀림없어."

그렇지만 엘리너는 그것이 아님을 분명히 했다. 자기가 브랜던 대령의 제의를 에드워드에게 전하는 역할을 맡았으니 어떤 조건이었는지 알 것 아니냐고 했더니, 그제야 그는 받아들였다.

"정말 놀랄 일이군!" 그가 그녀의 말을 듣고 소리쳤다. "대체 대령의 동기가 무얼까?"

"아주 단순해요. 페라스 씨를 돕자는 거지요."

"그래, 그래. 브랜던 대령이 무슨 생각이었든, 에드워드는 운 좋은 사람이야! 하지만 패니한테는 이런 얘기 하지 마라. 내가 꺼내기는 했고 그럭저럭 참아 넘기는 모양이다만, 그걸 가지고 와자지껄하면 기분이야 좋겠니."

엘리너는 이 대목에서 이렇게 말하고 싶은 마음을 억지로 참았다. 올케언니야 자기나 자기 아이가 손해 보는 일이 없는데 동생이 재산을 얻든 말든 무덤덤하게 받아들이지 않을 이유가 어디 있느냐고 말이다. 무슨 긴한 이야기나 하는 듯이 목소리를 낮추어서 그가 덧붙였다.

"페라스 부인은 아직 모르고 계셔. 그러니 장모님한테는 될

수록 감추어 두는 것이 최선이라고 난 생각한다. 결혼을 하면 다 듣게 될 테지만 말이다."

"그런데 왜 그걸 조심해야 해요? 페라스 부인이 당신 아드님이 먹고살 만한 돈이 생긴다는 걸 안대서 손톱만큼도 좋아할 것 같지는 않지만요. 그럴 리야 없겠지요. 하지만 도대체 바로 얼마 전에 그런 행동을 하고서도 무슨 감정이란 것이 남아 있을 수 있나요? 아들하고는 인연을 끊었고 영원히 내쳤잖아요. 자기 영향 아래 있는 사람들한테도 내치도록 만들었고. 그렇게 해 놓고 아드님 때문에 무슨 슬픔을 느끼며 무슨 기쁨을 느낄 수 있다는 건지 상상이 안 가요, 정말. 아드님에게 무슨 일이 닥치든 관심이 없을 텐데요. 자식에게 위안이 될 수 있을 것을 팽개쳐 버리고서도 부모로서의 걱정은 걱정대로 할 만큼 약한 분이 아니겠지요!"

"쯧! 엘리너, 너 사리는 분명하다만, 인간의 본성을 모르고 하는 소리야." 존이 말했다. "막상 에드워드의 불행한 결혼이 성사되면 장모님은 자기가 아들을 버린 적이 없었던 것처럼 흥분할 거야, 내 장담하지. 그러니 그런 끔찍한 혼사를 촉진시킬 수도 있을 정황이라면 그분한테는 되도록 숨겨야 해. 페라스 부인은 에드워드가 당신의 아들이란 것을 결코 잊을 수 없어."

"뜻밖의 말씀이네요. 그런 사실이야 지금쯤은 그분의 기억에서 사라진 거나 다름없다고 생각되는데요."

"넌 그분을 아주 잘못 알고 있어. 세상에서 페라스 부인만큼 자애로운 어머니도 없으실 거다."

엘리너는 입을 다물었다. 잠시 숨을 돌린 후 대시우드 씨가 말했다.

"우린 이제 로버트를 모턴 양과 결혼시키는 쪽으로 생각하고 있어."

엘리너는 오빠의 진중한 어조에 쓴웃음이 났지만, 차분하게 대답했다.

"여자분은 이 문제에서 선택권이 없나 보군요."

"선택권이라고! 무슨 말이냐?"

"제 말은 다만, 오빠가 말씀하시는 투로는 모턴 양에게는 에드워드와 결혼하든 로버트와 결혼하든 마찬가지가 아니냐는 거죠."

"물론이야. 아무런 차이가 있을 수 없지. 어느 모로 보나 로버트가 곧 장남으로 간주될 테니까. 다른 면으로 보자면 둘 다 아주 괜찮은 젊은이들이라 오십보백보라고 해야겠지."

엘리너는 입을 다물었고, 존도 잠시 침묵을 지켰다. 그가 생각에 빠져 있더니 이렇게 말하는 것이었다.

"한 가지 일에 대해서는, 얘야." 다정하게 그녀의 손을 잡고서 귓속말로 소곤대듯이 말했다. "너한테 말해 주는 게 좋겠는데. 아니, 그렇게 해야겠다, 너도 들으면 좋아할 테니 말이다. 음, 이런 생각을 하게 된 데는 다 이유가 있는데…… 사실 아주 믿을 만한 쪽에서 들은 이야기지. 그게 아니라면 그런 말을 옮기진 않을 거다. 그에 대해 무슨 말을 하는 것 자체가 잘못일 테니까. 그렇지만 아주 믿을 만한 쪽에서 들은 이야기고 하니. 뭐, 딱히 페라스 부인이 그런 말을 하는 걸 내 이 두 귀로 들었다는 말은 아니고, 에, 그분 딸이 직접 들었고 나는 또 그 사람한테 들은 거지. 한마디로 해서, 으흠, 어떤 모종의…… 어떤 모종의 혼사, 무슨 얘긴지 알겠지? 그 모종의 혼사가 문제가 많기야 했지만 차라리 그편이 당신한테 훨씬 더 나았을 거라는 거야. 이번의 반만큼도 분노하지 않았을 거라는 얘기지. 페라스 부인이 그 문제를 그런 식으로 본다는 것을 듣고 나는 너무 기뻤단다. 너도 알다시피 우리 모두한테 잘된 일이지 뭐냐. '비교해 볼 여지도 없이 둘 가운데서는 그래도 그게 불행 중 다행이었을 게다. 지금이라면 그 차악에라도 만족할 텐데.' 이러셨다는군. 그렇지만 그 모든 것이 논외의 것이 되고 말았으니. 뭐, 연정이 있긴 있었지. 그에 대해선…… 생각해 볼 수도 없고 언급될 수도 없게…… 절대 안 되게 된 거지. 모든 것이 끝난 거야. 그렇지만 그 이야기만은 너한테 해 주어야겠다고 생각했단다. 네게 얼마나 뿌듯한 일일지 알기 때문이야. 네가 뭐, 미련을 가질 이유가 있다는 말은 아니다만, 엘리너. 넌 아주 잘하고 있으니까. 이것저것 다 따져 보면 저번 못지않게 잘, 아니 더 잘되고 있는 거지. 브랜던 대령하고는 최근에 좀 만났니?"

이런 말을 듣고 있으니 엘리너는 허영심이 충족되고 자부심이 높아지는 것이 아니라 신경이 곤두서고 머리가 뻑뻑해졌다. 따라서 마침 로버트 페라스 씨가 들어와서, 별로 대답할 필요가 없게 되고 오빠의 말을 더 들어야 할 곤경에서 벗어나게 되어서 반가웠다. 잠시 몇 마디 주고받은 후 존 대시우드는 시누이가 이 집에 와 있다는 이야기를 아내에게 아직 전해 주지 못했다는 생각이 떠올라 패니를 찾아 방을 나갔다. 그래서 엘리너는 뒤에 남아 로버트를 좀 더 잘 알 수 있는 기회를 가졌는데, 그는 오직 자신의 허랑한 생활 방식과 형의 고결한 처신 덕분에 추방된 형을 제치고 어머니의 사랑과 관대함을 지극히 불공정하게도 한 몸에 누리면서도 그저 쾌활한 무관심과 슬렁슬렁 자기만족적인 태도로 일관함으로써 머리와 가슴이 모두 형편없다는 평소 그녀의 생각을 확인시켜 주었다.

그들끼리 있은 지 이 분도 채 지나지 않아서 그는 에드워드에 대해서 말하기 시작했다. 그 또한 목사 자리에 대해서 들었고 그 일에 대해서 물어볼 것이 많았던 것이다. 엘리너는 오빠한테 말한 그대로 상세한 내용을 전했다. 그 이야기가 로버트에게 준 영향은 그의 경우와는 아주 달랐지만 유별나기는 못지않았다. 그는 무턱대고 웃어 댔다. 에드워드가 목사가 되어 작은 목사관에서 살게 되었다는 생각이 그를 한도 없이 즐겁게 했다. 게다가 에드워드가 중백의를 입고 기도문을 봉송하고 존 스미스와 메리 브라운 사이의 결혼 공지를 하는 기똥찬 장면이 떠오르자 그보다 더 우스운 것은 생각할 수도 없었다.

그런 어리석은 짓거리가 끝나기를 웃음기 하나 없이 잠자코 기다리던 엘리너는 경멸을 금할 수 없어 이런 인간이 다 있느냐는 표정으로 그를 쏘아보지 않을 수 없었다. 하지만 표정 자체는 워낙 잘 다듬어진 것이라 본인의 기분만 풀리게 했지 상대에게는 전혀 눈치를 보이지 않았다. 그는 재치를 부리다가 이제는 지혜를 발휘하기로 했는데, 그녀의 질책을 알아채서가 아니라 자기의 감성에 따라서였다.

"이 문제를 우스개로 삼을 수는 있지요." 꽤 장시간 그저 좋다고 짐짓 터트리던 웃음을 진정시키더니 그가 이윽고 말했다. "그러나 맹세컨대 이건 대단히 심각한 일입니다. 불쌍한 에드워드 형! 형은 영원히 망했어요. 전 정말 마음이 아파요. 형이 정말 마음씨 고운 사람이란 걸 아니까요. 모름지기 그런 호인은 세상 어디에도 없을 겁니다. 대시우드 양, 당신이 조금 아는 것으로 형을 판단하면 안 됩니다. 불쌍한 에드워드 형! 형은 확실히 좋은 매너를 타고나지는 않았어요. 그러나 아시다시피 우리 모두가 똑같은 능력, 똑같은 언변을 가지고 태어나는 것은 아니니까요. 참 딱하기도 하지! 낯선 사람들 사이에 있는 형을 보게 되면 말입니다! 정말이지 그렇게 안됐을 수가 없어요! 그러나 맹세코 말하건대, 선량한 심성 하나만은 이 나라 누구 못지않을 거라고 믿어요. 그리고 이것만은 분명히 밝히지만, 그 일이 마구 터져 나올 때만큼 충격을 받은 적이 제 평생 없었습니다. 믿을 수가 없었어요. 가장 먼저 거기에 대해서 말해 주신 분이 제 어머닌데, 전 단호하게 처신해야 할 때라고 느끼고서 즉각 어머니한테 말했지요. '어머니, 이 일을 두고 어떻게 하실 작정인지 모르겠지만, 저로 말할 것 같으면, 에드워드 형이 이 젊은 여자와 결혼하면 전 다시는 형을 보지 않을 겁니다.' 그게 제가 즉각 한 말이었어요. 전 정말이지 보통 충격을 받은 것이 아니었어요! 불쌍한 에드워드 형! 형은 완전히 자살 행위를 했어요. 상류 사회와는 아주 담을 쌓아 버린 거지요! 그렇지만 어머니한테도 바로 말했다시피, 저한텐 그게 조금도 의외의 일이 아니었어요. 형이 받은 교육의 형태로 보아 늘 예상되던 일이지요. 제 불쌍한 어머니는 반은 정신이 나가셨더군요."

"숙녀분을 보신 적은 있는지요?"

"예, 한 번 보았습니다. 그분이 이 집에 머물고 있을 때 제가 십 분간 들른 적이 있거든요. 그것으로 충분했습니다. 어리바리한 시골 여자일 뿐인데, 스타일이나 품격도 없고 미모조차 별것이 없어요. 아주 잘 기억하고 있어요. 딱 가련한 에드워드나 사로잡을 것 같은 부류의 여자지요. 어머니가 그 일을 나한테 얘기하자마자, 즉각 내가 직접 형하고 말해서 결혼을 못하게 설득하겠다고 했지요. 그러나 그때는 무얼 하기에는 이미 너무 늦었던 것이, 불행하게도 전 처음에는 그 자리에 없었고 결별이 이루어진 후까지 그 일에 대해서 까맣게 몰랐으니까요. 아시다시피 그때는 제가 끼어들 여지가 없었습니다. 그러나 몇 시간 일찍이라도 그 얘기를 들었다면, 무슨 수가 있지 않았겠나…… 전 거의 틀림없이 그랬을 거라고 생각합니다. 그저 여지없이 에드워드 형을 강력하게 밀어붙였을 겁니다. 제가 말했을 겁니다. '이것 봐, 형. 형이 무슨 짓을 하고 있는지 생각해 봐. 형은 아주 수치스러운 관계를 맺으려 하고 있어. 그리고 그건 식구들이 한목소리로 반대하는 거야.' 한마디로 수단을 찾을 수도 있지 않았겠나 하는 생각이 나지 않을 수 없었어요. 그러나 이젠 너무 늦고 말았지요. 당신도 아시겠지만, 형은 배를 곯게 될 겁니다. 그건 확실해요. 절대로 배를 곯게 되어 있어요."

그가 태연자약한 표정으로 이 점을 강조하던 중에 존 대시우드 부인이 들어와서 이 이야기는 끝났다. 그녀가 자기 식구

외에 다른 사람들과 이 일에 대해서 말한 적은 없었지만, 그녀의 마음에 끼친 영향은 엿볼 수 있었다. 들어올 때 보니 얼굴에 혼란스러워하는 표정 같은 것이 어려 있었고 자기를 상냥하게 대하려고 애쓰고 있었던 것이다. 심지어 엘리너와 그녀의 동생이 그렇게 빨리 런던을 떠나게 되었다는 것을 알고 너무 서운하다면서 더 자주 만날 걸 그랬다는 소리까지 했다. 그녀를 수행해 방으로 들어와서 그녀의 어조에 취해 얼쩡거리던 남편은 아내의 그런 언동에서 다정함과 우아함의 결정체를 보는 듯 보였다.

6

엘리너가 한 번 더 할리가를 잠깐 방문해서 그들이 돈 한 푼 안 들이고 바턴 방향으로 꽤 가까이 갈 수 있게 된 것과 브랜던 대령이 하루 이틀 후에 클리블랜드로 그들을 뒤따라가게 된 것에 대해 오빠의 축하를 받는 것으로 런던에서 남매간의 교류는 끝났다. 그리고 패니가 근처를 지날 일이 있으면 언제라도 노어랜드에 들러 달라는 초대인지 아닌지도 애매한 인사치레를 했는데, 그런 일은 도무지 일어날 것 같지 않았다. 존은 다 듣는 자리에서는 아니지만 아내보다 더 열의를 보이면서 조만간 그녀를 보러 델라퍼드로 달려가겠다고 다짐했는데, 시골에서 그들이 만날 일이라고는 그 정도가 전부였다.

보아하니 주변 사람들이 하나같이 자기를 델라퍼드로 보내기로 작심하고 있는 듯해서 그녀는 우스웠다. 그곳은 다른 어디보다도 지금으로선 그녀가 방문하고 싶지도 머물고 싶지도 않은 곳이었다. 그런데도 자기 오빠와 제닝스 부인은 그 집을 그녀의 미래의 가정이라고 간주하고 있었을 뿐 아니라 루시조차 헤어지는 자리에서 꼭 방문해 달라고 신신당부를 했다.

아주 이른 4월 어느 날 꽤나 일찍 하노버 스퀘어와 버클리가의 두 일행은 각자의 집을 나서서 약속에 따라 한길에서 만나게 되었다. 샬럿과 아기의 편의를 위해서 그들은 여행 일정을 이틀 이상으로 잡게 되었고 파머 씨는 브랜던 대령과 더 신속하게 여행해 그들이 도착한 직후 클리블랜드에서 합류하게 되어 있었다.

메리앤은 런던에서 마음 편한 적이 별로 없었고 그곳을 진작부터 떠나고 싶은 마음뿐이었지만, 막상 떠날 시점이 되자 그 집에 작별을 고하면서 괴로운 마음을 떨칠 수 없었다. 지금은 영원히 사라져 버렸지만 윌러비에 대한 희망과 믿음을 마지막으로 품었던 곳이 바로 이 집이었다. 윌러비가 새로운 약속과 새로운 계획으로 바쁘게 지내고 있을 런던을 떠나려 하자 눈물이 앞을 가렸다. 이제 그녀는 그 약속이나 계획과는 무관한 존재가 된 것이다.

떠나는 순간에 엘리너의 만족감은 한결 컸다. 그녀는 미련을 둘 대상도 없었고, 영원히 헤어져 한순간 회한에 떨게 할 사람을 남겨 두고 떠나는 것도 아니었다. 루시의 우정이라는 지긋지긋한 고문에서 벗어나게 되어 기뻤고, 남의 남편이 된 윌러비가 눈에 안 띄는 곳으로 동생을 데려가는 것이 고마웠다. 바턴에서 몇 개월 조용히 지내다 보면 메리앤의 마음의 평화도 회복되고 자신의 마음의 평화도 확고해질 것이라는 희망 섞인 기대를 하기도 했다.

그들의 여행은 별 탈 없이 진행되었다. 이틀째에 그들은 서머싯으로 들어섰는데, 메리앤의 상상 속에서는 소중한 곳이었다가 이제는 금지 구역이 된 지방이었다. 그리고 셋째 날 오전에 그들은 클리블랜드로 마차를 몰았다.

클리블랜드는 현대식으로 지어진 넓은 저택으로, 경사진 잔디 위에 자리 잡고 있었다. 장원57)은 없었지만 정원은 꽤 널찍하게 펼쳐져 있었다. 같은 급의 웅장한 다른 저택들이 다 그렇듯이 탁 트인 관목 숲과 좁은 숲길이 있고, 경작지를 구불구불 휘도는 부드러운 자갈길이 현관까지 이어지고, 잔디밭에는 큰 나무들이 여기저기 서 있고, 저택 자체는 전나무, 마가목, 아카시아로 둘러싸여서 이것들이 함께 빽빽하게 장막을 치고 있는 데다 간간이 키 큰 롬바르디 포플러가 드문드문 서서 마굿간이나 곳간 등을 가려 주었다.

메리앤은 저택으로 들어서면서 여기가 바턴에서 불과 팔십 마일, 쿰 마그나로부터는 삼십 마일밖에 떨어져 있지 않다는 생각에 가슴이 벅차올랐다. 그리고 안으로 들어선 지 오 분도 채 되지 않아서, 샬럿이 하녀장에게 아기를 보여 주는 걸 돕느라 모두 바쁜 틈에 그곳을 되돌아 나와서 이제 막 아름다움을 과시하기 시작하는 구불구불한 관목 숲 사이로 빠져나가

---

57) 사냥터로 쓰는 숲도 있는 큰 영지를 총칭한다.

멀찍이 있는 언덕배기에 올라갔다. 거기 있는 그리스풍 사원에서 그녀의 눈길은 남동쪽으로 광활하게 펼쳐진 그 지방의 지형을 여기저기 굽어보면서 지평선을 이루는 언덕들의 능선에 다정하게 가 닿았고, 그 꼭대기에서는 쿰 마그나가 보일 수도 있겠지 생각했다.

소중하기 이를 데 없는 이런 슬픔의 순간에 그녀는 아픈 눈물을 흘리면서도 클리블랜드에 있게 된 것이 기뻤다. 마음 내키는 대로 혼자 이곳저곳 돌아다닐 수 있는 시골의 자유스러움이라는 행복한 특권을 온통 맛보며 다른 길로 돌아 집으로 오면서 그녀는 파머 씨 댁에 머무는 동안에는 이렇게 혼자 돌아다니는 재미에 푹 빠져서 거의 대부분의 시간을 보내리라 마음먹었다.

그녀는 다른 사람들이 구내에 딸린 곳들을 좀 더 둘러보려고 집을 나서려고 하는 찰나에 때맞추어 합류했다. 아침나절의 나머지는 채마밭을 한가로이 거닐면서 담장에 핀 꽃을 살피고 진디가 많아 골치라는 정원사의 푸념을 들어 주면서 설렁설렁 흘려보냈다. 온실을 한가롭게 거닐면서 샬럿은 자기가 아끼는 식물이 주의 부족으로 늦서리를 맞아서 얼어 죽은 것을 보고 웃음을 터뜨렸고, 양계장에 들렀을 때는 암탉들이 둥지를 버리거나 여우에게 물려 갔다고 우유 짜는 하녀가 낙담을 하는 것이나 잘 자라던 병아리가 갑작스레 죽어 버린 것이 또 재미있다고 깔깔거렸다.

아침나절이 맑고 건조하여 메리앤은 밖에서 시간을 보낼 계획을 세우면서 클리블랜드에 머무는 동안 날씨가 바뀔 것이라는 점은 염두에 두지 않았다. 그런데 아주 뜻밖에도 비가 주룩주룩 내리는 바람에 정찬 후에는 다시 밖으로 나가지 못하게 됐다. 그녀는 황혼 녘에 그리스풍 사원과 정원 여기저기를 산책할 수 있겠지 생각했다. 저녁이 차갑고 습한 정도에 그치기만 했더라도 이 산책을 단념하지는 않았을 것이다. 그러나 심한 비가 줄기차게 오는 판이니 아무리 우겨도 걷기에 적절한 건조하거나 상쾌한 날씨라고 여길 수는 없었다.

일행이 모두 합쳐야 몇 안 되고 시간도 조용히 지나갔다. 파머 부인은 아기를 돌보고 있었고 제닝스 부인은 양탄자 일을 잡고 있었다. 그들은 남기고 떠나온 친구들 이야기를 했고 레이디 미들턴이 어떻게 지내는지 점쳐 보았으며 파머 씨와 브랜던 대령이 그날 밤 레딩을 넘어설 것인지 궁금해하였다. 엘리너는 별로 관심은 없었지만 그들의 대화에 끼었고, 메리앤은 어느 집을 가나, 아무리 그 집 식구들이 다들 기피하는 곳이라 할지라도, 서재를 찾아내는 남다른 재주가 있어서 곧 책을 한 권 챙겨 들었다.

파머 부인이 베푸는 한결같고 살가운 태도는 그들이 환영받고 있다고 느끼기에 부족함이 없었다. 차분하거나 우아하지는 않아서 격식을 차린 예절은 보여 주지 못했지만 그녀의 화통하고 푸근한 매너는 이 결핍을 보상하고도 남았다. 그녀의 친절은 아주 예쁜 얼굴이 받쳐 주는 덕에 애교만점이었다. 어리석음이 눈에 띄기는 했으나 자만에서 나온 것이 아니었기 때문에 거슬리지 않았다. 엘리너는 시도 때도 없는 그녀의 웃음만 아니었다면 모든 것을 용서할 수 있었을 것이다.

두 신사가 다음 날 매우 늦은 정찬에 맞추어 도착해 일행이 늘기도 했거니와 아침나절과 낮 시간 내내 줄곧 비가 오는 바람에 화젯거리가 바닥난 그들의 대화에 활기를 불어넣었다.

엘리너는 워낙 파머 씨를 본 적이 별로 없는 데다 그나마 동생과 자기를 대하는 태도가 변화무쌍해서 가족들 사이에서는 그가 어떻게 처신하는지 짐작도 되지 않았다. 그렇지만 그가 손님들한테는 완벽하게 신사다운 태도를 보이고, 단지 아내와 장모한테만 가끔씩 무례하게 군다는 것을 알았다. 그는 유쾌한 상대가 될 능력이 있으면서도 늘 그러지는 못했는데, 제닝스 부인과 샬럿에게 우월감을 느끼는 것까지는 좋으나 여기서 더 나아가 대개의 사람들보다 월등하다고 크게 착각하고 있기 때문이었다. 그의 나머지 성격과 습관은 엘리너가 파악하기에는 동년배의 남성과 특별히 다른 점은 없었다. 그는 음식에 까다로웠고 시간을 규모 있게 사용할 줄 몰랐다. 안 그러는 척했지만 아이를 좋아했다. 그리고 업무에 쏟아야 할 시간인 아침나절을 당구로 허비해 버렸다. 그렇지만 그녀는 대체로 예상했던 것보다는 훨씬 더 그를 좋아했으되, 더 좋아할 마음이 안 생겨도 서운하지 않았다. 그의 쾌락주의, 이기심, 자만심을 지켜보다가 아무 미련도 없이 훌쩍 에드워드에 대한 기억으로 날아가 그의 너그러운 기질과 소박한 취향 그리고 수줍은 마음씨를 새삼 새기는 것이었다.

에드워드에 대해서는, 아니 최소한 그의 몇 가지 근황에 대해서는, 최근 도싯셔에 다녀온 브랜던 대령에게 정보를 얻었다. 그는 그녀를 페라스 씨의 사심 없는 친구이자 자기와도 허물없는 사이로 대우해 델라퍼드의 목사관에 대해 미주알고 주알 이야기하면서 이러저러한 결함이 있는데 그것을 개선해 볼 생각이라고 했다. 모든 점에서 그랬지만 이런 이야기를 하면서 그녀를 대하는 태도라든가, 불과 열흘 떨어져 있었을 뿐인데도 그녀를 만나자 내놓고 기뻐하는 모습이라든가, 그녀와 언제라도 대화하고 싶어 하고 그녀의 의견을 존중해 준다든가 하는 것들을 보면 그가 사랑에 빠져 있다는 제닝스 부인의 믿음도 무리는 아니었다. 그가 진짜 사랑하는 이는 처음부터 지금까지 오직 메리앤이란 사실을 알지 못했다면 엘리너조차 혹 그렇지 않을까 하고 충분히 의심할 만했다. 그러나 지금으로서는 제닝스 부인이 넘겨짚지만 않았더라도 이런 생각부터가 그녀의 머릿속에 들어오기 어려웠을 것이다. 그녀는 자기가 두 사람 가운데 더 식별력 있는 관찰자라고 생각하지 않을 수 없었다. 제닝스 부인은 그의 거동만 고려했지만 그녀는 그의 눈을 보았다. 메리앤이 머리와 목이 아프다며 독감 징후를 보이자 그의 얼굴에는 수심이 가득했는데, 제닝스 부인은 그의 걱정이 말로 표현되지 않았기 때문에 그냥 지나쳐 버린 반면, 그녀만은 그 표정에서 민감하게 지레 놀라 안쓰러워하는 연인의 마음을 엿볼 수 있었다.

메리앤은 이곳에 온 지 사흘째와 나흘째 저녁에 두 번의 즐거운 황혼 녘 산책을 나가서 관목 숲의 마른 자갈길만이 아니라 온 정원을 돌아다녔고 특히 아직 조경이 덜 되어 야생대로 남아 있는 먼 곳까지 가 수령이 가장 높은 나무와 젖어 있는 긴 풀 사이로 걸어 다닌 통에, 거기에 이보다도 훨씬 더 조심성 없게도 젖은 신과 스타킹을 그냥 신고 앉아 있었던 탓도 더해 급기야 급성 감기에 걸렸다. 하루 이틀은 아무것도 아니라고 넘어가려 했지만 점점 더 증세가 심해져 다들 걱정했고 그녀 자신도 인정하게 되었다. 사방에서 처방이 쏟아졌지만, 늘 그러 듯이 그녀는 모두 마다했다. 심하게 열이 오르면서 사지에 통증이 있고 기침이 나고 목이 아팠지만, 하룻밤 쉬고 나면 말끔히 나을 거라고 했다. 엘리너는 그녀가 잠자리에 들 때 간신히 설득해서 가장 간단한 치료책 한두 가지만 써 보기로 했다.

7

다음 날 아침 메리앤은 평상시와 같은 시간에 일어났고, 묻는 말에는 나아졌다고 대답하고서 그것을 입증하기 위해 늘 하던 일을 해 보려고 했다. 그러나 읽지도 못하는 책을 손에 들고 종일 난로 옆에서 덜덜 떨며 앉아 있거나, 소파 위에 축 늘어져 누워 있는 것이 좋아진 증거라고 하기는 어려웠다. 점점 더 몸이 안 좋아져서 마침내 일찍 잠자리에 들었는데도 언니라는 사람이 아무렇지도 않아 해서 브랜던 대령은 놀람을 금치 못했다. 그녀는 메리앤이 말리는데도 하루 종일 붙어서 간호했고 밤에는 억지로 약을 먹이기는 했지만, 동생과 마찬가지로 잠이 가장 확실한 처방이라고 한숨 푹 자고 나면 좋아질 것이라고 믿었고 전혀 심각하게 생각하지 않았던 것이다.

그러나 밤새 열이 펄펄 올라서 잠을 설치고 나서 두 사람의 기대는 무너졌다. 메리앤이 일어나 보려고 기를 쓰다가 못 일어나 앉겠다고 토로하고서 자발적으로 침대로 돌아가자 엘리너도 파머 집안의 약제사[58]를 부르러 보내라는 제닝스 부인의 충고를 바로 받아들였다.

그가 와서 환자를 진찰하고는 대시우드 양에게 며칠 지나면 동생이 건강을 회복할 것으로 기대해도 좋다고 격려하긴 했지만 그녀의 병에 발진의 낌새가 있다는 소리를 하고 '감염'이라는 단어를 입에 올리는 바람에 파머 부인은 소스라치게 놀라 아기 걱정부터 했다. 처음부터 엘리너보다 메리앤의 증세를 더 심각하게 보던 제닝스 부인은 해리스 씨의 진단을 듣자 아주 심란해하면서 샬럿의 걱정과 주의에 동참해 그녀를 즉각 아기한테서 격리해야 한다고 주장했다. 파머 씨는 그들이 괜히 겁을 집어먹고 있다고 생각했지만, 아내가 너무 불안해하고 졸라 대서 버틸 수 없다는 것을 알았다. 결국 그녀를 다른 곳으로 보내기로 결정이 났다. 해리스 씨가 온 지 한 시간이 채 되지 않아 그녀는 아이와 보모를 데리고 파머 씨의 가까운 친척 집을 향해 출발했는데, 그 친척은 바스의 반대쪽 수 마일 거리에 살고 있었다. 그녀의 간청에 따라 남편도 하루 이틀 후에 거기서 합류하기로 약속했다. 또 그녀는 자기 어머니한테도 같이 가자고 거의 마찬가지로 채근했다. 그러나 제닝스 부인은 자기는 메리앤이 아픈 한 클리블랜드에서 한 발짝도 움직이지 않을 것이며 자기가 데려왔으니 안 계신 어머

---

58) 시골에서는 의사 역할을 겸하기도 했다.

니를 대신해 알뜰히 보살펴 주겠다는 각오를 밝혔고, 엘리너는 그 따뜻한 마음씨에 그녀를 진정으로 사랑하게 되었다. 엘리너는 그녀가 매사에 선뜻 나서서 솔선수범하고, 궂은일을 도맡아 하려고 할 뿐만 아니라 간호해 본 경험이 많아서 실질적인 도움이 될 때가 많다는 것을 알게 되었다.

가련한 메리앤은 병 때문에 기력을 잃고 축 처진 채 온몸이 쿡쿡 쑤시며 아팠으므로 다음 날이면 회복될 것이라는 희망을 더 이상 품을 수 없었다. 재수 없게 병에만 걸리지 않았다면 다음 날 어떤 일이 벌어졌을지 생각하니 더 심하게 아파 오는 것 같았다. 그날 그들은 집으로 출발하게 되어 있었고, 제닝스 부인의 하인이 내내 수행해 그다음 날 오전에 어머니를 깜짝 놀라게 해 줄 작정이었던 것이다. 그녀는 거의 말을 하지 않았지만, 입을 열기만 하면 이렇게 불가피하게 지연된 것을 애통해해 마지않았다. 엘리너는 기운을 차리라고 하면서 늦어져 봤자 오래가진 않을 것이라고 했고, 사실 그때는 그녀 자신도 그렇게 믿었다.

다음 날 환자에게는 별 차도가 없었다. 더 나아진 것은 분명히 아니지만, 차도가 없다는 것만 제하면 더 악화되는 것 같지는 않았다. 사람 수가 이제 더욱 줄어들게 되었다. 아내 말만 듣고 겁이 나서 달아나 버리는 것처럼 보이기도 싫거니와 인정과 선의도 있어서 심히 내켜 하지 않던 파머 씨가 브랜던 대령의 설득으로 마침내 약속대로 아내를 따라가게 되었던 것이다. 그가 갈 준비를 하는 동안, 브랜던 대령도 차마 입이 떨어지지는 않는 듯했지만, 자기도 가야겠다는 이야기를 꺼냈다.[59] 그렇지만 여기에 제닝스 부인의 친절이 시의적절하게 끼어들었다. 그의 연인이 동생의 병 때문에 힘들어하는 시기에 대령을 보내 버린다면 두 사람 모두한테 위안을 모두 앗아 가 버리는 꼴이라는 것이 부인의 생각이었다. 그래서 당장 그에게 자기를 위해서라도 클리블랜드에 꼭 머물러 주어야겠다고, 저녁에 대시우드 양이 동생에게 매달려 있는 동안에 자기하고 피켓 놀이[60]나 하자 등등 말하면서 하도 강력하게 머물러 있기를 종용하는 바람에 고분고분 말을 듣는 것이 자기의 첫째가는 소망을 실현하는 셈인 그로서는 더 오래 사양하고 자시고 할 것도 없었다. 특히 파머 씨가 제닝스 부인의 간청을 열렬히 제청하고 나서는 통에 더 그랬는데, 그로서는 대시우드 양이 혹 무슨 응급 상황이라도 당하게 되면 도와주거나 충고해 줄 능력이 있는 사람을 남기고 가는 것이 그나마 위안이었을 것이다.

메리앤은 물론 일이 어떻게 돌아가는지 전혀 알지 못했다. 그들이 이곳에 온 지 약 이레 만에 자기가 클리블랜드의 주인들을 내보낸 셈이 되었다는 것을 몰랐다. 그녀로서는 파머 부인이 코빼기도 보이지 않는 것이 전혀 놀라운 일이 아니었다. 또 걱정거리도 전혀 아니었으므로, 그녀의 이름을 입에 올리지도 않았다.

파머 씨가 떠난 지 이틀이 지났지만 그녀의 병세는 거의 변함없이 같은 상태로 유지되었다. 해리스 씨는 매일 와서 그녀

---

59) 초청한 주인 내외가 집을 떠나므로 손님으로서는 합당한 처신이라고 여긴 것이다.
60) 둘이서 하는 카드 게임.

를 살피면서 여전히 빠른 회복을 장담했고, 대시우드 양도 마찬가지로 낙관적이었다. 그러나 다른 두 사람의 예상은 결코 그렇게 밝지 않았다. 제닝스 부인은 발병 초기부터 메리앤이 이겨 내지 못할지 모른다는 생각에서 벗어나지 못했고, 브랜던 대령은 제닝스 부인의 불길한 예감을 주로 들어 주는 상대였지만 그것이 터무니없다고 물리칠 마음의 여유가 없었다. 그는 약제사가 달리 판단하고 있는데 말이 되느냐며 두려움을 떨쳐 버리려 애썼지만, 종일 혼자만 있을 때가 많다 보니 우울한 생각이 밀려와 다시는 메리앤을 볼 수 없으리라는 생각을 마음속에서 지워 버릴 수 없었다.

그렇지만 사흘째 오전에 두 사람의 어두운 예상은 거의 끝나게 되었다. 해리스 씨가 도착해 환자가 이제는 나아 가고 있다고 선언했기 때문이다. 맥박도 훨씬 더 강해졌고, 그 전에 방문했을 때보다는 모든 증상이 호전되었다고 했다. 엘리너는 이제 됐구나 하는 생각에 아주 즐거워졌다. 어머니한테 보낸 편지에서 제닝스 부인이나 대령의 판단보다 자신의 판단에 따라 감기로 클리블랜드에서 지체하게 되었지만 별것 아니라고 전한 것 역시 잘했다고 여겼고, 이제 메리앤이 여행할 시기를 아예 정해 버릴까 생각하기도 했다.

그러나 그날은 시작만큼 상서롭게 끝나지 않았다. 저녁이 다가오자 메리앤은 다시 아프기 시작해 전보다 더 몸이 무거웠고 뒤척거리면서 불편해했다. 하지만 그녀의 언니는 여전히 낙관하고서 침대를 정리하는 사이에 앉아 있느라 피곤했던가 보다고 쉽게 생각했다. 그리고 처방된 강심제를 조심스럽게 복

용시키자 동생이 마침내 잠에 떨어지는 것을 흡족하게 지켜보았고 한숨 자고 나면 좋은 결과가 있을 것으로 기대했다. 그녀는 엘리너의 희망만큼 곤하게는 아니었지만 상당한 시간 동안 잠을 잤다. 엘리너는 직접 결과를 확인하고 싶어서 동생이 자는 동안 내내 지켜보기로 결심했다. 제닝스 부인은 환자에게 무슨 변화가 있다는 것도 전혀 모르고 평소와 달리 일찍 잠자리에 들었고, 간호를 주로 담당하던 그녀의 몸종은 하녀장의 방에서 아마도 수다를 떨며 쉬는 모양이었고, 엘리너는 메리앤과 둘이서만 있었다.

메리앤은 가만있지 못하고 점점 더 뒤척거렸고 그녀의 언니는 동생이 계속 자세를 바꾸는 것을 줄곧 주의 깊게 지켜보다가 무슨 말인지 모를 헛소리가 자주 입에서 새어 나오는 것을 듣고서, 이렇게 고통스러운 잠이라면 차라리 깨우는 것이 낫지 않겠나 하는 참인데, 메리앤이 집 안 어디에선가 나는 소음에 소스라치듯 깨어나 허둥지둥 벌떡 일어나서는 열에 들떠 정신없이 소리 질렀다.

"엄마가 오는 거야?"

"아직 아니야." 엘리너는 겁이 덜컥 났지만 태연한 척 대답하며 메리앤을 다시 눕혔다. "그러나 이리로 오실 거야, 오래지 않아서. 바턴까지 먼 길이라는 거 너도 알잖아."

"그렇지만 런던을 거쳐 돌아서 오면 안 되는데." 여전히 마음이 급한 듯 메리앤이 소리쳤다. "런던을 거쳐 오면 난 엄마를 못 보게 될 거야."

엘리너는 그녀가 제정신이 아니라는 것을 알고 아차 했고,

진정시키려고 애쓰면서 열심히 맥박을 짚어 보았다. 그 어느 때보다 약하고 빨랐다! 메리앤은 여전히 흥분한 채 어머니 이야기를 하고 있었기 때문에 그녀의 경각심은 급속히 커져 즉시 해리스 씨를 부르고 바턴으로 사람을 보내 어머니를 모셔 오기로 결심했다. 이어서 어머니를 모셔 오기 위한 최상의 수단이 무엇인지 브랜던 대령과 상의해 봐야겠다고 생각했다. 그리고 벨을 울려 하녀를 불러 올려 대신 동생의 옆자리를 지키게 하고서 자기는 응접실로 서둘러 내려갔는데, 그는 지금보다 훨씬 더 늦은 시간까지 대개 거기 있었기 때문이다.

머뭇거릴 시간이 없었다. 그녀는 이 두려움과 어려움을 바로 그 앞에서 토로했다. 그로서는 그녀의 두려움을 없애려고 나설 용기도 자신도 없었다. 그는 낙담한 심정으로 잠자코 듣고 있었다. 그러나 어려움은 즉각적으로 덜어졌다. 상황이 절박하니 기꺼이 그리고 미리 마음의 준비를 하고 있었던 것처럼 그가 대시우드 부인을 모시고 올 전령이 되겠다고 자청했던 것이다. 엘리너는 굳이 말리지 않았다. 그녀는 짧지만 뜨거운 감사 인사를 했고, 그가 서둘러 하인을 시켜 해리스 씨한테 전갈을 보내고 역마[61]를 바로 신청하게 하는 사이에 그녀는 어머니한테 몇 자 적었다.

그런 순간에 브랜던 대령 같은 친구가 있다는 것이, 어머니가 이런 분과 동행하게 된 것이 얼마나 고맙고 위안이 되었던

---

61) 빌려주는 말로, 중간에 갈기도 하면서 자기 마차를 끌게 하여 신속히 여행했다.

지! 판단력으로 안내하고, 보살핌으로 안심시키고, 우정으로 위로할 동행이 아닌가 말이다! 이런 소환을 받은 충격을 어머니가 조금이라도 누그러뜨릴 수 있다면, 바로 그의 존재, 그의 매너, 그의 도움이 그렇게 했을 것이다.

한편 그 편에서는 심정이야 어떠했든 침착한 마음으로 단호하게 행동했고, 신속하게 필요한 조치를 모두 취했으며, 그가 돌아올 것으로 예상되는 시간을 정확하게 계산했다. 지체하지 않고 일이 착착 진행되어 한순간도 허비되지 않았다. 예상보다 더 빨리 말들이 도착했고, 브랜던 대령은 엄숙한 표정으로 그녀의 손을 꼭 쥐기만 하고서 몇 마디 했지만, 너무 낮아서 그녀의 귀에는 닿지 않았다. 그는 서둘러 마차 안으로 들어갔다. 그때가 자정이었다. 그녀는 동생의 방으로 돌아와 약제사가 오기를 기다리면서 밤이 새도록 옆에서 지켜보았다. 두 사람 모두에게 거의 똑같이 괴로운 밤이었다. 약제사가 나타나기까지 메리앤 편에서는 잠 못 이루는 고통과 혼수상태로, 엘리너 편에서는 잔인하기 그지없는 불안감으로 시간이 흘러갔다. 한번 걱정이 시작되자 이전의 안심은 다 어디로 갔는지 극단으로 치달았다. 제닝스 부인을 불러오지 말라고 했기 때문에 함께 앉아 있던 몸종은 자기의 주인마님이 늘 우려하던 바를 넌지시 비쳐 그녀를 더욱 괴롭힐 뿐이었다.

간간이 표출되긴 했지만, 메리앤의 생각은 여전히 어머니 주변에서 종작없이 맴돌고 있었다. 동생이 어머니의 이름을 입에 올릴 때마다 엘리너의 가슴은 에는 듯했다. 그렇게 여러 날 앓아 왔는데도 어영부영하고 있던 것을 자책하면서 당장 치료되는 수가 어디 없나 애를 끓였다. 이제 곧 백약이 무효가 될지도 모르고 모든 것이 너무 지체되지 않았나 하는 걱정이 몰려왔고, 속이 타는 어머니가 너무 늦게 도착해 이 사랑하는 자식을 보지도 못하거나 정신을 놓아 버린 모습을 보게 되는 광경만 눈에 어른댔다.

그녀가 해리스 씨를 다시 한번 부르러 보내거나 그가 올 수 없다면 누군가 다른 사람을 부르러 보내려는 순간, 해리스 씨가 도착했다. 그때는 벌써 다섯 시가 넘어 있었다. 그렇지만 늦게 오긴 했어도 그의 의견은 별로 바뀐 것이 없었다. 환자에게 아주 예기치 않은 증세 악화가 있긴 하지만 실질적인 위험이 닥쳐온 것이라고는 보지 않는다는 것이고 새로 치료를 했으니 꼭 호전될 것이라고 말했다. 확신을 가지고 말해서 비록 곧 이곧대로는 아니지만 엘리너로서는 믿지 않을 수 없었다. 그는 서너 시간 지난 후에 다시 방문하겠다고 약속했고 환자와 그녀의 극진한 간호인 모두를 처음보다는 더 진정시키고서 떠났다.

아침이 되어 제닝스 부인은 간밤의 일을 전해 듣고는 매우 걱정하면서 왜 자기한테 도움을 청하지 않았느냐고 야단야단했다. 이전부터 우려했지만 이제 근거가 더 확실해졌으니, 그녀는 큰 사달이 일어날 것을 조금도 의심하지 않았다. 엘리너에게 위로의 말을 건네려 했으나, 그녀의 동생이 위독하다고 확신하고 있다 보니 희망을 품으라는 소리도 나오지 않았다. 그녀는 정말로 마음 아팠다. 메리앤같이 어리고 사랑스러운 처녀가 이렇게 빨리 목숨이 사그러들어 요절하게 되는 것은 아무 관련 없는 사람조차 통탄할 노릇일 것이다. 하물며 제닝스 부인의 동정을 살 만한 다른 이유가 있음에랴. 메리앤은 지난 석 달간 부인의 벗이었고 지금도 부인의 보호를 받고 있으며, 마음에 큰 상처를 입고 내내 불행하게 지냈다. 특히 자기가 총애하는 그녀의 언니도 자기 눈앞에서 괴로움을 겪고 있었다. 그리고 그들의 어머니로 말하자면, 메리앤과 그녀의 관계가 샬럿과 자기의 관계와 같다는 데 생각이 미치자, 제닝스 부인은 그녀가 겪을 고통이 더더욱 안타까울 뿐이었다.

해리스 씨는 두 번째 방문 때는 정확히 시간을 지켰다. 그러나 지난 방문에서 예상했던 차도의 희망은 버릴 수밖에 없게 되었다. 그의 약은 듣지 않았다. 열이 내리지 않았던 것이다. 메리앤이 더 조용해지긴 했지만, 제정신이 들어서가 아니라 심한 인사불성 상태이기 때문이었다. 엘리너는 이 모든 것을 파악하고, 아니 그보다도 순간적으로 그가 우려한다는 것을 알아채고, 달리 도움을 요청해 보자고 제안했다. 그러나 그는 그럴 필요가 없다는 것이었다. 아직 더 해 볼 만한 새 처방이 있는데, 전번과 거의 마찬가지로 그것이 성공할 것이라고 확신했다. 그는 잘될 것이니 믿고 기다리라며 방문을 끝냈으나, 그 말은 대시우드 양의 귀에는 닿았으되 마음에는 들어오지 않았다. 그녀는 어머니를 생각할 때를 제외하고는 침착했지만, 거의 희망을 접고 있었다. 이런 상태로 정오까지 꼬박 거의 꼼짝도 않고 동생의 침대맡에 붙어 앉아서 비통해할 식구와 친지들을 하나하나 떠올리고 있었다. 또 제닝스 부인과의 대화로 그녀는 풀이 죽어 버렸다. 부인은 메리앤이 실연을 당하고 나서 몇 주 동안 몸이 좋지 않더니 그 탓에 이렇게 지독하고 위독한 지경이 되고 말았다고 주저하지 않고 말했다. 이 생각이 일리가 있다는 느낌이 들어 그녀의 상념에는 새로운 슬픔이 더해졌다.

그렇지만 정오 무렵에, 그녀는 동생의 맥박이 약간 호전되는 기미가 있다는 희망을 품게 되었다. 조심스럽기도 하고 실망할까 봐 두려워서 제닝스 부인에게조차 당분간 비밀로 하기로 했지만, 그녀는 시간을 두고 살피면서 거듭 맥을 짚어 보았다. 이윽고 이전에 우려하던 때보다도 마음이 크게 요동쳐서 겉으로도 침착을 유지하기 어려워지자 자기의 희망을 전해 볼 마음이 생겼다. 제닝스 부인은 맥을 짚어 보고는 일시적으로 회복되었다는 것을 마지못해 인정했지만, 자기의 젊은 친구가 회복세가 지속될 것이라는 기대에 휩쓸리지 않게 하려고 애썼다. 그리고 엘리너도 과신은 금물이라는 말을 곰곰이 새기면서 섣부른 희망은 품지 말자고 스스로 다짐했다. 그러나 너무 늦었다. 희망이 이미 들어서 버린 것이다. 이제 희망의 깃발이 나부끼는 것을 느끼면서, 그녀는 동생에게 몸을 굽혀 지켜보았다. 무얼 보겠다는 것인지도 모르면서. 반 시간이 지나갔고 호전의 기미가 여전히 축복처럼 맴돌았다. 그것을 확인해 주는 다른 징후까지 생겨났다. 동생의 숨결, 피부, 입술, 모든 것이 회복의 징조들로 엘리너를 기대에 부풀게 했고, 자기에게 붙박인 메리앤의 눈길은 흐릿한 대로 초점이 돌아오고 있었다. 불안과 희망이 이제 똑같이 거세게 밀려들었고, 네시에 해리스 씨가 도착할 때까지 한순간도 안절부절 마음을 놓지 못했다. 그가 확인해 주고, 자기 예상을 넘어설 정도까지 동생이 회복된 것을 축하한다고 하는 말을 듣고서야 그녀는 자신감과 위안을 얻고 기쁨의 눈물을 흘렸다.

메리앤은 모든 면에서 실질적으로 회복되었고, 그는 그녀가 위험에서 완전히 벗어났다고 선언했다. 제닝스 부인은 자신의 불길한 예감이 바로 얼마 전에 적색 신호가 켜진 것에서 부분적으로 들어맞은 것에 만족해서인지 순순히 그의 판단을 믿는다고 나왔고, 마냥 기뻐하고 곧 그지없이 명랑해져서 완전한 회복이 목전에 다가왔다는 것을 인정했다.

엘리너는 명랑해질 수 없었다. 그녀의 기쁨은 종류가 달랐고, 명랑과는 무언가 다른 쪽이었다. 메리앤이 생명과 건강을 되찾고 식구를 비롯한 주변 사람들, 특히 너무나 사랑하는 어머니에게 다시 돌아온 것을 생각하면 지극한 위안이 마음을 가득 채웠고, 열렬한 감사로 가슴이 부풀었다. 그러나 겉으로 기쁨을 표현하지는 않았다. 말도 없었고, 미소조차 짓지 않았다. 단지 엘리너의 가슴 깊은 곳에 조용하고 강한 만족감이 있을 뿐이었다.

그녀는 오후 내내 거의 잠시도 쉬지 않고 동생 곁에 꼭 붙어서, 기가 허한 나머지 두려워하면 달래 주고 물어보면 대답해 주었으며, 온갖 수발을 다 들면서 시선 하나 숨결 하나까지 놓치지 않고 지켜보았다. 물론 이전 상태로 되돌아갈 가능성도 있었으므로 때로는 그녀도 불안해졌지만, 자주 그리고 세세하게 살펴보고서 모든 회복의 징후가 이어지고 있다는 것을 알았고 여섯 시에 메리앤이 겉보기에도 편안하게 새근새근 잠으로 빠져드는 것을 보자 모든 의심을 접었다.

브랜던 대령이 돌아오리라 예상되는 시간이 이제 다가오고 있었다. 열 시에, 아니면 적어도 그보다 많이 늦지 않게, 그녀의 어머니도 그들을 향해 여행하면서 분명 빠져 있을 끔찍한 긴장에서 해방될 수 있을 것이었다. 대령도 그랬다! 어머니에 못지않은 동정의 대상이라고 하면 어떨까! 오! 그들이 아무것도 모르는 상태로 어쩌면 이리 시간이 느리게 가는지!

일곱 시에 여전히 달콤한 잠에 빠져 있는 메리앤을 남겨 두고 그녀는 거실에서 제닝스 부인과 함께 차를 마셨다. 아침 식사는 걱정하느라고 별로 먹지 못했고, 정찬은 갑작스럽게 사태가 바뀌는 바람에 별로 먹지 못했다. 따라서 지금의 다과는 홀가분한 마음으로 들 수 있어서 특히 반가웠다. 제닝스 부인은 차 시간이 끝날 즈음 그녀의 어머니가 도착할 때까지 좀 쉬어야 할 테니 자기가 메리앤을 지키고 있게 해 달라고 설득해 보긴 했다. 그러나 엘리너는 피곤한 줄을 몰랐고, 그 순간에는 잠이 올 것 같지도 않았으며, 한시라도 동생에게서 떨어져 있으려 하지 않았다. 그래서 제닝스 부인은 그녀를 따라 병실로 올라가서 메리앤이 정말 괜찮은지 직접 확인하고서야 엘리너가 동생을 돌보며 이런저런 생각을 하게 둔 채 자기 방으로 돌아와 편지를 쓰고 잠이 들었다.

그날 밤은 춥고 폭풍이 불었다. 바람이 집 주위를 으르렁거렸고, 비가 창문을 때렸다. 그러나 엘리너는 너무나 행복해 아랑곳하지 않았다. 메리앤은 매서운 바람이 아무리 불어 대도 깨지 않았다. 그리고 이곳으로 여행하는 사람들, 그들에게는 당장의 갖은 불편에 대한 풍성한 보상이 기다리고 있었다.

시계가 여덟 번을 쳤다. 열 시였다면 엘리너는 그 순간 마차가 집을 향해 올라오는 소리를 들었다고 믿었을 것이다. 그런데 그들이 벌써 도착하기란 거의 불가능한데도 분명히 마차 소리를 들은 것만 같아서 방 옆의 작은 드레스 룸으로 들어가 창문 차양을 열고 사실을 확인해 보았다. 그녀는 즉시 자기의 귀가 자기를 속인 것이 아님을 알았다. 마차의 번쩍번쩍하는 등불들이 즉시 눈에 들어온 것이다. 일렁이는 불빛 속에서 확실하지는 않았으나 네 필의 말이 끄는 마차라는 것을 얼핏 알아볼 수 있었다. 이것으로 어머니가 굉장히 놀랐다는 것이 드러난 한편, 이렇게 예상 밖으로 빨리 도착한 것도 이해가 되었다.[62]

엘리너는 평생 그 순간만큼 침착하기 어려운 적도 없었다. 문 앞에 마차가 멈추었을 때 어머니가 틀림없이 느꼈을 기분, 즉 의심과 두려움과 아마도 절망! 그리고 자기가 해야 할 말! 이런 것들이 한꺼번에 떠오르니 침착하기란 불가능했다. 이제 남은 일은 재빨리 움직이는 것밖에 없었다. 따라서 제닝스 부인의 몸종에게 동생을 지키게 하고는 서둘러 아래층으로 내려갔다.

입구 쪽 복도 방을 지날 때 현관이 어수선한 것이 그들이 이미 집 안에 와 있는 것이 분명했다. 그녀는 응접실 쪽으로 뛰다시피 걸어갔다. 응접실에 들어갔더니 다만 윌러비가 눈에 들어올 뿐이었다.

---

62) 대개 역마는 두 필의 말이 끄는데, 네 필은 위급한 경우에 쓰였다.

8

엘리너는 그를 보자 새파랗게 질려서 화들짝 물러나 본능적으로 즉각 돌아서서 그 방을 나가려고 했다. 그녀의 손은 이미 걸쇠를 잡았는데, 그 순간 그가 허겁지겁 다가와서 애원이라기보다는 명령에 가까운 어조로 이렇게 말하는 바람에 그녀는 주춤했다.

"대시우드 양, 삼십 분만, 아니 십 분만이라도 제발 시간을 내 주세요."

"아니요." 그녀가 단호하게 대답했다. "그럴 수 없어요. 저하고 무슨 볼일이 있을 리 없으세요. 하인들이 파머 씨가 집에 없다고 이야기하는 걸 잊었나 보지요."

"설혹 하인들이 파머 씨와 그 일가친척들이 모두 지옥에 가 버렸다고 했을지라도 저를 문에서 돌아서게 하지 못했을 겁니다. 저는 당신과, 오직 당신과 볼일이 있습니다." 그가 격하게 소리쳤다.

"저하고라고요!" 그녀는 너무나 놀랐다. "그렇다면 빨리, 그리고 가능하면…… 너무 흥분하지 마시고요."

"앉으세요. 그러면 말씀대로 하겠습니다."

그녀는 망설였다. 어떻게 해야 할지 몰랐다. 브랜던 대령이 도착해 거기서 그와 마주칠 수도 있다는 생각이 머리를 스치고 지나갔다. 그러나 들어 보겠다는 약속을 한 셈이고, 신의 못지않게 호기심도 작동했다. 따라서 잠시 생각해 본 후 사려 깊게 처리하자면 일이 빨리 끝나야 하고 승낙하는 것이 최선의 길이라는 결론을 짓고서 그녀는 말없이 탁자로 걸어가 앉았다. 그는 맞은편 의자에 자리를 잡았고 삼십 초 동안은 어느 쪽에서도 입을 열지 않았다.

"빨리 말씀하시지요." 엘리너가 참지 못하고 말했다. "저는 시간이 별로 없습니다."

그는 깊은 명상에 빠진 듯 잠자코 앉아서 그녀의 말을 듣지도 않는 듯했다. 잠시 후에 불쑥 그가 말했다.

"동생분은 고비를 넘기셨다지요. 하인한테 들었습니다. 천만다행이군요! 그렇지만 사실인가요? 정말 사실인가요?"

엘리너는 말하고 싶지 않았다. 그는 더욱 열심히 그 질문을 되풀이했다.

"제발 말씀해 주십시오. 동생분이 고비를 넘겼나요, 넘기지 못했나요?"

"넘긴 것이 아닌가 해요."

그는 일어나서는 방을 가로질러 걸었다.

"그런 줄 반 시간 전에만 알았더라도……. 그러나 이미 여기와 있으니……." 그가 자리로 돌아가며 짐짓 쾌활해지려고 하면서 말했다. "그게 무슨 상관이겠습니까? 이게 아마 마지막일 겁니다만, 대시우드 양, 이번 한 번만은 함께 즐거워하십시다. 전 참 기분이 좋습니다. 솔직하게 말씀해 주세요." 더욱 짙은 홍조가 뺨에 퍼졌다. "절 악당이라고 보세요, 바보로 보세요?"

엘리너는 전보다 더 놀라서 그를 쳐다보았다. 그가 술에 취한 것이 틀림없다는 생각이 들었다. 이렇게 괴이한 방문에다 태도까지 그러니 달리는 이해할 수 없었다. 이런 인상을 받자 그녀는 즉시 일어나 말했다.

"윌러비 씨, 지금 바로 쿰으로 돌아가시는 것이 좋겠습니다. 당신과 이러고 있을 정도로 한가하지 않습니다. 저하고 무슨 볼일이 있으시든 내일 좀 더 생각을 정리하셔서 이야기하는 것이 낫겠습니다."

"무슨 말씀인지 압니다." 의미심장한 미소를 띠고, 침착한 목소리로 그가 대꾸했다. "그렇습니다, 저 많이 취했습니다. 말버러에서 냉육에 포터 한 파인트[63] 했더니 이렇게 정신이 오락가락하는군요."

"말버러라고요!" 그가 무얼 어쩌려는 것인지 점점 더 갈피를 못 잡고 엘리너가 소리쳤다.

"그렇습니다. 전 오늘 아침 여덟 시에 런던을 떠났고, 그 시각 이후로 제 경마차 밖으로 나온 것은 불과 십 분 정도, 그때 말버러에서 가벼운 요기를 했던 거지요."

말하는 동안에 태도가 흐트러지지 않았고 눈빛도 초롱초롱해서 무슨 용서할 수 없는 다른 어리석은 생각으로 클리블랜드에 오게 되었는지는 몰라도 취한 기분에 찾아온 것은 아니라고 확신하고서 엘리너는 잠시 마음을 가다듬은 후 이렇게 말했다.

"윌러비 씨, 그런 일이 있은 후에…… 이런 식으로 여기로 오시고 이렇게 저를 찾는 데는 그만큼 특별한 용건이 있어야 한다는 것, 당신도 당연히 아실 테고, 저도 알고 있어요. 도대

---

63) 포터는 흑맥주의 일종이고 한 파인트는 500밀리리터 정도이다.

체 무슨 생각으로 이러시지요?"

"단도직입적으로 말씀드리지요." 그가 진지하고 열성적으로 말했다. "제 힘이 닿는 데까지 대시우드 양께서 절 조금이라도 덜 미워하게 하고 싶습니다. 과거 일을 어떤 식으로든 설명, 아니 변명하고 싶습니다. 제 마음을 다 까발려서 비록 제가 늘 얼간이였기는 하지만 늘 파렴치한은 아니었다는 걸 납득하게 해 드리고 메리…… 아니, 동생분한테 용서 같은 것을 얻고자 하는 겁니다."

"그것이 여기 온 진짜 이유인가요?"

"맹세코 그렇습니다." 그의 대답이었다. 과거의 윌러비를 온통 상기시키는 열의를 담은 말이라 그녀는 자신도 모르게 그가 진지하다고 믿게 되었다.

"그게 전부라면, 이미 뜻을 이루셨네요. 메리앤은 지금…… 아니 오래전부터 당신을 용서했으니까요."

"그랬다고요!" 여전히 열의 어린 어조로 그가 소리쳤다. "그렇다면 동생분은 꼭 그래야 하기도 전에 절 용서했군요. 하지만 전 동생분이 저를 다시 용서해 주게 하고 말겠습니다. 이번엔 더 합당한 근거로요. 이제 제 말을 들어 주시겠습니까?"

엘리너는 고개를 숙여 동의를 표했다. 자기로서는 생각을 가다듬고 그녀 편에서는 무슨 말이 나올지 기대할 만한 시간을 잠시 두고 나서 그가 말했다.

"동생분에 대한 제 행동을 어떻게 받아들이고 계시는지, 무슨 사악한 동기가 있었던 것으로 여기고 계시는지 전 모릅니다. 또 제 말을 듣고 저를 더 좋게 생각하실 것 같지도 않습니다. 그렇지만 한번 들어 보시는 것도 나쁘지는 않고, 저도 모두 털어놓겠습니다. 처음 당신 가족과 친해졌을 때, 그 친교에는 제가 어쩔 수 없이 데번셔에서 지내게 된 동안에 즐겁게 지내 보자는, 전보다는 더 즐겁게 지내 보자는 의도 외에는, 그런 목적 외에는 아무것도 없었습니다. 동생분의 사랑스러운 모습과 매력적인 태도가 즐거울 수밖에 없었습니다. 그리고 저에 대한 동생분의 태도는 처음부터 뭐랄까…… 그것이 어떠했고 동생분이 어떤 사람이었는지 돌이켜 보면 제가 그렇게 무감각했다는 것이 놀라울 뿐입니다! 그러나 먼저 고백부터 해야겠습니다만, 그 때문에 제 허영심만 우쭐했을 뿐이지요. 그이의 행복에는 아무 관심 없으면서 즐길 생각만 하면서, 습관처럼 빠져들곤 하던 감정에 사로잡힌 채 힘닿는 대로 갖은 수단을 발휘해 좋게 보이려고만 했고, 그이의 애정에 보답해야 한다는 생각은 추호도 없었습니다."

대시우드 양은 이 대목에서 분노와 경멸의 시선을 던지며 말을 막고 나섰다.

"윌러비 씨, 더 말씀하실 것도 더 들을 것도 별로 없군요. 하나를 보면 열을 안다고, 무슨 신통한 이야기가 나올지 모르겠어요. 이야기를 더 들어 봤자 저한테는 고역일 뿐입니다. 그만두시지요."

"제발 다 들어 주십시오, 꼭 부탁입니다." 그가 대꾸했다. "재산은 많지 않았지만, 전 늘 사치스러웠고 늘 저보다는 수입이 나은 사람들과 사귀는 버릇이 있었습니다. 성년이 된 이래, 아니 제 생각에는 그 이전부터도 매년 빚이 늘어났습니다. 연로하신 친척 스미스 부인이 돌아가시면 전 빚에서 해방될 수 있을 것이었습니다만, 그게 언제일지는 확실치 않았고, 아주 먼 훗날 일이 될 수도 있었기 때문에, 재산이 많은 여자와 결혼해서 이 처지에서 벗어나 보자고 마음먹고 있었습니다. 그러니 동생분과 각별한 사이가 된다는 것은 생각하지도 못할 일이었어요. 야비하고 이기적이고 잔인했지요. 아무리 분노 어린, 경멸 어린 시선도, 대시우드 양 당신의 시선조차 그걸 다 매도하기에는 모자랍니다. 전 이런 식으로 처신하면서, 동생분의 환심을 사려고만 하고 그 사랑에 부응할 생각은 하지도 않았던 겁니다. 그러나 그렇게 끔찍하게 이기적인 허영심에 사로잡혀 있던 가운데조차 한 가지 변명거리가 있을 수 있다면, 전 제가 준 그 상처가 얼마나 큰 것인지 몰랐다는 겁니다. 사랑한다는 것이 무엇인지 그때는 몰랐으니까요. 그러나 언제는 그걸 안 적이 있었던가요? 의심을 받아도 쌀 것입니다. 제가 진정으로 사랑했다면 허영심에, 탐욕에 제 감정을 희생시킬 수 있었겠습니까? 아니, 더 나아가 그분의 감정을 희생시킬 수 있었겠습니까? 그러나 전 희생시키고 말았지요. 전 상대적인 가난을 피하자고 부자로 사는 길을 택함으로써, 그 가난이 축복이 되게 해 주었을 모든 것을 잃은 겁니다. 동생분의 사랑을 얻고 함께 있게 되면 가난의 공포는 모두 사라지고 말았을 텐데요."

"그렇다면 당시에는 제 동생을 사랑한다고 믿었군요." 마음이 조금 풀린 엘리너가 말했다.

"그런 매력에 저항하고, 그런 정다움에 맞서 버틴다니요! 세상에 어떤 남자가 그럴 수 있었을까요! 그렇습니다. 전 비에 젖듯이 저도 모르게 진심으로 좋아하게 되었습니다. 제 인생에서 가장 행복했던 때는 동생분과 함께 지내면서 제 의도에 한 점 부끄럼도 없고 제 감정에 오점 하나 없다고 느꼈던 시간들이었습니다. 하지만 청혼을 하자고 굳게 결심한 그때조차 이러면 안 되는데 하면서 하루 또 하루 그 순간을 미적미적 미루었던 것입니다. 제 형편이 몹시 어려운 처지에 덜컥 약혼 상태로 들어가기 싫었던 겁니다. 이 자리에서 구차하게 변명하지 않겠습니다. 제 명예가 그 신의를 지키느냐에 달려 있었던 판에 그것을 끝내 저버린 것이 말이 안 된다고, 아니 그보다 더 나쁜 짓 아니냐고 당신이 따지실 기회도 드리지 않겠습니다. 그 일로 저는 속으로 온갖 것을 재면서 영원히 경멸받아 마땅하고 형편없는 인간이 되어 버릴 기회를 냉큼 받아들인, 교활한 바보라는 것이 입증된 셈이니까요. 그렇지만 마침내 저는 결단을 내렸고, 동생분과 단둘이 있을 기회가 오는 대로 제가 그렇게 변함없이 바치던 관심을 현실화하기로, 이미 적잖은 수고를 기울여 보여 주던 애정을 공개적으로 확인시켜 주기로 결심했습니다. 그러나 그사이에, 제가 동생분과 단둘이서 이야기할 기회를 잡기 채 몇 시간 전에…… 어떤 상황이 전개되었던 거지요. 정말 불행한 상황이었어요. 제 결심을 온통 망가뜨리고, 그와 함께 제 안락도 온통 망가뜨렸지요. 어떤 일이 밝혀지고 만 것입니다." 여기서 그는 머뭇거리더니 눈을 내리깔았다. "스미스 부인이 아시게 된 것입니다. 무슨 연애 사건이, 무슨 불미스러운 관계가 있다는 걸 말입니다. 부인한테 저를 밉보이게 하고 싶어 한 어떤 먼 친척의 짓이 아닌가 생각합니다만…… 더 이상 설명드릴 필요는 없겠습니다." 그가 얼굴이 벌겋게 달아오른 채 묻는 듯한 눈길로 그녀를 바라보면서 덧붙였다. "당신과는 각별한 사이이신 분한테…… 오래전에 모든 이야기를 들으셨을 테지요."

"다 들었습니다." 마찬가지로 얼굴을 붉히면서, 동정심이 생기려다 다시 마음이 굳어지면서 엘리너가 대답했다. "솔직히 말씀드리지만, 그 끔찍스러운 일에서 당신이 지은 죄의 일부라도 어떻게 해명하실 수 있을는지 도저히 상상이 안 갑니다."

"기억해 주십시오." 윌러비가 소리쳤다. "누구한테서 들었는지를요. 불편부당한 설명일 수 있을까요? 제가 의당 그녀의 상황과 성격을 존중해야 했다는 것은 인정합니다. 저 자신을 정당화하자는 뜻은 아닙니다만, 그렇다고 할 말이 전혀 없다고 생각하시게 할 수도 없습니다. 그녀는 상처를 받았으니까 잘못이 없고, 제가 난봉꾼이니까 그녀는 틀림없이 성녀라는 식 말입니다. 그녀의 격한 정열, 나약한 지력이 만약……. 하지만 저 자신을 변명하자는 것은 아닙니다. 저에 대한 애정을 그렇게 대우해선 안 되었겠지요. 그 애정은 짧은 동안이지만 저를 사로잡는 힘이 있었습니다. 그 애정을 돌아보면서 자주 자책하곤 합니다. 제가 바라는 것은, 진심으로 바라는 것은, 그러지 않았더라면 하는 것입니다. 그러나 그녀만 상처를 입은 것이 아니게 되었습니다. 한 사람에게, 저에 대한 사랑이(이렇게 말해도 될까요?) 그녀의 사랑 못지않게 뜨겁고, 마음에서는…… 아아! 한없이 우월한 사람에게 상처를 입히고 말았어요!"

"그렇지만 그 불행한 소녀에게 별 관심이 없었다는 것이,(이런 이야기를 왈가왈부하는 것부터 불쾌합니다만, 이 말은 꼭 해야겠어요.) 그렇게 관심이 없었다는 것이 그런 잔인한 방치를 변명해 줄 수는 없어요. 원래 이해력이 빈약하고 결함투성이였다 해서, 그렇다고 당신이 저지른 짓이, 누가 봐도 방종하고 잔인한 짓이 용납된다고는 생각 마세요. 당신이 데번셔에서 새로운 계획을 추구하느라 늘 명랑하고 늘 행복하게 즐기는 동안에 상대는 자기 몸 하나 건사할 수 없는 가난에 시달린다는 것을 틀림없이 알았을 텐데요."

"아니요, 맹세컨대 전 그걸 알지 못했습니다." 그가 열을 내며 대꾸했다. "주소를 주지 않았다는 생각도 나지 않았습니다. 하나 상식만 있어도 주소는 찾을 수 있었을 겁니다."

"그건 그렇다 치고요, 스미스 부인이 뭐라고 하셨나요?"

"부인은 당장 그 일로 저를 책망했고, 제가 난감해졌다는 것은 짐작이 가실 겁니다. 부인은 평생 깨끗하게만 살아오셨고, 상례에 어긋난 생각은 추호도 하지 않았으며, 세상 물정에는 깜깜하셨습니다. 모든 것이 저하고는 상극이었지요. 그런 적 없다고 잡아뗄 수도 없는 일이어서 무마해 보려고 갖은 애를 썼지만 허사였습니다. 부인은 전부터 제 행실 전반의 도덕성을 의심하고 계시지 않았나 합니다. 더구나 거기 머물던 동안 그분께 큰 관심 없이 쥐꼬리만 한 시간만 할애해 주는 것도 불만이셨고요. 한마디로 결과를 말씀드리면 완전히 연이 끊기고 말았습니다. 제가 구제받을 수 있을 방도가 딱 하나 있긴 했습니다. 도덕성이 드높으신, 훌륭한 분이시니! 제가 일라이자와 결혼하면 과거를 용서하시겠다는 겁니다. 그럴 수는 없었지요. 그래서 전 상속받을 전망도 잃어버린 채 그분의 집에서도 정식으로 쫓겨난 겁니다. 이런 사달이 있었던 날 밤,(전 다음 날 아침 나가기로 되어 있었습니다.) 장차 어떻게 처신해야 할지 곰곰 생각해 보았습니다. 갈등이 컸습니다만, 결론은 쉽게 났습니다. 제가 메리앤을 사랑하고 있고 메리앤도 나를 사랑한다는 철석같은 믿음…… 이것만으로는 가난에 대한 저 모든 두려움을 넘어서기에는, 아니 재산이 꼭 필요하다는 저 그릇된 생각들을 바로잡기에는 역부족이었습니다. 본래 그런 잘못된 생각을 타고나기도 했고, 사치스러운 사교 생활을 하다 보니 그런 생각이 더 커진 것이지요. 지금 제 아내가 된 사람한테는 청혼만 하면 일이 성사될 것이라고 믿을 만한 이유가 있었고, 상식적으로도 저한테 달리 남은 길이 없다는 생각에 이른 것입니다. 하지만 데번셔를 떠나기 전에 감당하기 어려운 일이 절 기다리고 있었지요. 바로 그날 당신 가족과 정찬을 들기로 약속되어 있었어요. 약속을 취소하려면 무언가 구실이 있어야 했고요. 그러나 편지로 사과를 해야 할지 아니면 직접 만나서 전해야 할지 한참 망설였습니다. 메리앤을 만나기가 두려웠고, 다시 만나고서도 결심을 지킬 수 있을지조차 의문이었습니다. 하지만 결과가 말해 주듯이, 그 점에서는 저 자신의 배포를 제가 과소평가했던 거지요. 전 가서 동생분을 만났고 동생분이 비참해지는 모습을 목격했고, 그걸 번연히 보고도 그대로 떠났으니까요. 다시는 만나게 되지 않기를 희망하면서 말입니다."

"왜 구태여 찾아오셨던 건가요, 윌러비 씨?" 엘리너가 힐난

조로 말했다. "쪽지 하나면 목적을 달성하고도 남았을 텐데. 왜 꼭 방문해야 했지요?"

"제 자존심을 위해서 꼭 필요했습니다. 그렇게 그 지역을 떠나 버리면 당신이나 다른 이웃이 스미스 부인과 저 사이에 일어난 일을 일부나마 눈치챌 수도 있다는 점이 견딜 수 없었습니다. 그래서 호니턴으로 가는 길에 코티지를 방문하기로 마음먹었던 것입니다. 하지만 당신의 사랑하는 동생분을 보는 것은 정말 두려웠습니다. 엎친 데 덮친다고 동생분이 혼자 있더군요. 다른 분들은 어디로 가셨는지 안 계셨고요. 고작 바로 전날 저녁에, 할 일을 하자고 그다지도 마음속 다짐을 하고 또 하면서 헤어졌습니다만! 몇 시간만 지나면 저는 영원히 그녀와 맺어지게 되어 있었지요. 코티지에서 알렌험으로 걸어오면서 제 기분이 얼마나 날아갈 듯했는지 기억합니다. 뿌듯한 마음이 들었고 모든 사람이 정겨워 보였습니다! 그러나 이 자리, 우리의 우정이 끝나는 마지막 대면의 자리에서, 전 죄의식 때문에 시치미를 뗄 힘을 거의 모두 상실하고 말았습니다. 데번셔를 그렇게 즉각 떠나야 한다는 말을 했을 때, 동생분의 슬픔, 낙담, 깊은 회한…… 전 결코 그것을 잊지 못할 것입니다. 저를 그렇게 신뢰하고 있었는데! 오! 하느님! 저야말로 비정한 파렴치한이었어요!"

그들은 둘 다 잠시 침묵을 지켰다. 엘리너가 먼저 입을 열었다.

"곧 돌아올 거라고 했나요?"

"제가 뭐라고 말했는지 모르겠습니다." 그가 쫓기는 듯이 대꾸했다. "지난 일을 생각하면 빈약한 말이었을 테고 앞으로 일어날 일을 생각하면 허황된 말이었을 테지요. 그 생각이 나지 않아요…… 도저히 안 되는군요……. 그때 모친께서 오셔서 온갖 친절과 신뢰를 베푸시는 바람에 저는 더욱 고통스러웠습니다. 하느님, 맙소사! 그야말로 저한테는 고문이었습니다. 전 비참했습니다. 대시우드 양, 그 비참했던 처지를 되돌아보면서 제가 얼마나 위안을 얻는지 당신은 모를 겁니다. 멍청하고 놈팡이 같은 어리석은 짓을 저지른 저 자신이 너무나 원망스럽다 보니 그 때문에 과거에 겪은 고통은 모두 지금의 저한테는 승리이자 환희일 따름입니다. 하여간 전 갔습니다. 제가 사랑한 모든 것을 떠나서 기껏해야 저로선 무관심할 뿐인 사람들한테 갔습니다. 런던으로 가는 여행길…… 제 마차용 말로 가다 보니 아주 더디게 진행되었는데,[64] 누구 하나 말 붙일 사람 없고…… 떠오르는 생각들은 왜 그리 즐거운 것뿐인지요. 앞길은 전도양양, 하 좋은 일이 기다리고 있고! 바턴 쪽을 뒤돌아보니 그리도 위안을 주는 광경이 떠오르고! 오! 축복받은 여행이었어요, 그것은!"

그는 멈추었다. 동정이 가긴 했지만 그가 이제 가 주었으면 하는 마음에 초조해진 엘리너가 말했다.

"그러면 저, 이것이 전부인가요?"

"전부라고요! 아닙니다. 런던에서 있었던 일을 잊으셨나요?

---

64) 말을 바꾸는 역마와 달리 도중에 말을 쉬게 해야 하므로 오래 걸린 것이다.

그 파렴치한 편지, 그걸 당신한테 보여 주던가요?"

"그래요, 오고 간 쪽지를 다 보았어요."

"동생분의 첫 편지가 저한테 닿았을 때(제가 죽 런던에 있었기 때문에 바로 받았습니다만) 제가 느낀 것은…… 흔히 쓰는 표현으로, 형언할 수조차 없는 것이었습니다. 아주 단순화해서 말하자면, 아마도 너무 단순해서 어떤 감정도 불러일으키지 못할 말이겠지만, 저는 너무너무 고통스러웠습니다. 행 하나하나, 단어 하나하나가, 지금 그것을 쓴 사람이 이 자리에 있다면 용납하지 않았을 진부한 비유를 쓰자면, 단검이 되어 폐부를 푹푹 찔렀습니다. 메리앤이 런던에 와 있다는 것을 알고는 벼락을 맞은 것 같았습니다. 벼락과 단검이라! 그게 뭐냐고 저를 무지 탓했을 텐데! 동생분의 취향, 의견들……. 전 그것들을 저 자신의 것보다 더 잘 알고 있다고 생각합니다. 그리고 더 소중하다고 확신합니다."

엘리너의 마음은 이 뜻밖의 대화가 진행되는 동안 여러 번 변했는데, 이제 다시 부드러워졌다. 그렇지만 그녀는 방금 한 말과 같은 것은 하지 못하게 막는 것이 자기의 의무라고 느꼈다.

"이건 옳지 않아요, 윌러비 씨. 결혼하셨다는 걸 기억해야지요. 양심에 비추어 꼭 들려줄 만한 것만 말씀해 주세요."

"메리앤의 쪽지를 보고 가책이 온통 되살아났습니다. 제가 예전과 마찬가지로 동생분에게 여전히 소중하다는 것, 실로 여러 주 동안 우리가 헤어져 있었는데도 불구하고 동생분의 마음이 전혀 변하지 않았고 제 마음도 변치 않았다는 한결

같은 믿음을 가지고 있다는 것을 알게 되었으니까요. 되살아 났다고 제가 그랬는데, 시간과 런던, 업무와 도락이 어느 정도 그것을 잠재웠기 때문입니다. 그렇게 멋진 비정한 악당이 되어 가고 있던 터라 저 자신도 동생분한테 무관심하다고 생각하고 동생분 또한 틀림없이 저한테 무관심해졌을 것이라고 제멋 대로 생각했던 거지요. 우리의 과거의 애정은 한갓 덧없고 시시한 일에 불과했다고 치부해 버리고, 그렇다는 표시로 어깨를 움찔하고, 가끔씩 혼잣말로 '시집 잘 갔다는 소식을 들으면 진심으로 기쁠 거야.' 하고 중얼거림으로써 모든 비난을 잠재우고 모든 가책을 물리친 거지요. 그런데 이 쪽지가 저 자신을 더 잘 일깨워 주었습니다. 동생분이 세상의 어떤 다른 여자보다 더 제게 한없이 소중하다는 걸, 제가 동생분에게 파렴치하게 굴었다는 걸 느낀 거지요. 그러나 그때는 그레이 양과 저 사이에 모든 일이 막 정해진 때였습니다. 물린다는 것은 불가능했습니다. 제가 할 일은 당신들을 피하는 것뿐이었습니다. 전 메리앤한테 답장을 보내지 않았고, 그렇게 하여 더 이상의 관심에서 벗어나고자 했습니다. 그리고 당분간 버클리가를 방문하지 않기로 마음먹기까지 했습니다. 그러나 결국 냉정하고 통상적인 교분이라는 분위기를 풍기는 것이 가장 현명하겠다는 판단이 들어, 어느 날 아침 여러분 모두가 외출하는 것을 눈으로 확인하고서 명함을 남겼던 것입니다."

"우리가 외출하는 것을 지켜보았다고요!"

"그렇습니다. 제가 얼마나 자주 당신들을 지켜보았는지, 얼마나 자주 당신들과 부딪칠 뻔했는지 들으면 놀라실 겁니다.

마차가 옆을 지날 때 눈에 띄지 않으려고 가게로 들어간 적이 수도 없었습니다. 본드가에 거주하고 있었기 때문에, 당신들 가운데 한 분도 눈에 띄지 않았던 날은 거의 하루도 없었지요.[65] 제 편에서 항상 경계를 게을리하지 않았던 것, 늘 당신들의 시야에서 벗어나고 싶어 했다는 것, 오직 그 덕분에 그렇게 오랫동안 서로 못 보고 지낼 수 있었답니다. 미들턴 내외도 가능한 한 피했고, 우리가 같이 알 만한 다른 모든 사람들도 마찬가지였습니다. 하지만 그 내외가 런던에 와 있다는 걸 모르는 상태에서 존 경을 우연히 맞닥뜨렸는데, 아마 그날이 그분이 도착한 첫날이었고 제가 제닝스 부인 댁을 방문한 다음 날이었을 겁니다. 그분이 저를 파티에, 그날 저녁에 자기 집에서 열리는 무도회에 초청했습니다. 설령 그분이 권유차 그런 이야기를 해 주지 않았더라도, 당신과 동생분이 그 자리에 올 것은 너무나 뻔했기 때문에, 저는 갈 수 없었지요. 그다음 날 아침 메리앤한테서 또 짧은 쪽지가 왔습니다. 여전히 다정하고 솔직하고 꾸밈없고 마음을 터놓고 있었지요. 모두가 제 처신이 얼마나 가증스러운지 말해 주었습니다. 전 답장을 할 수 없었습니다. 쓰려고는 해 보았습니다만…… 한 문장도 쓸 수 없었지요. 그러나 그날 하루 종일 동생분 생각뿐이었습니다. 단 한순간도 빼지 않고요. 저를 조금이라도 동정하신다면, 대시우드 양, 당시의 제 처지를 동정해 주세요. 머리와 가슴이 온통 동생분에게 가 있으면서, 다른 여성의 행복한 연인 노릇

---

65) 본드가는 상점들이 밀집한 런던의 번화가이다.

을 할 수밖에 없었던 겁니다! 그 서너 주는 최악이었습니다. 하여간 마침내, 구태여 말씀드릴 필요도 없겠지만, 당신들과 부딪치게 되었지요. 제 꼴은 참 가관이 아니었나 합니다! 얼마나 고통스러운 저녁이었는지! 한편에서는 천사처럼 아름다운 메리앤이 다정하기 그지없는 어조로 '윌러비' 하며 저를 부르고! ……오! 하느님! ……제게로 손을 뻗치며 그 매혹적인 눈으로 제 얼굴을 간절하게 바라보면서 설명을 요구하고 있고! 다른 한편에서는 악마처럼 질투심에 사로잡힌 소피아가 이 모든 것을 보고 있었지요. 뭐, 그건 그리 중요치 않습니다. 이제 다 끝난 일이지요……. 그런 저녁이었다니! ……전 당신들 모두를 피해 가능한 한 빨리 달아났습니다. 그러나 메리앤의 어여쁜 얼굴이 죽은 듯이 하얗게 질리는 것을 본 후였지요. 그것이 제가 본 동생분의 최후의, 최후의 모습이었어요……. 그게 마지막이었어요. 차마 못 볼 광경이었습니다! 그래도 오늘 동생분이 실제로 죽어 가고 있다고 생각했을 때, 지켜보는 분들에게 세상을 뜨는 동생분의 모습이 어떠할지 정확하게 알고 있다고 생각하니 왠지 위안이 되더군요. 제가 이리로 오는 중에도, 동생분은 똑같은 표정과 얼굴빛으로 제 앞에, 끊임없이 제 앞에 나타났습니다."

두 사람 다 생각에 잠겨서 잠시 침묵이 이어졌다. 윌러비가 퍼뜩 정신을 차리고 침묵을 깼다.

"그러면 서둘러 떠나겠습니다. 동생분은 분명히 나아진 거지요? 위험에서는 분명 벗어났지요?"

"그렇다고 믿어요."

"당신의 가련한 어머니께서도! 메리앤을 그리도 아끼시
는데."

"그런데 그 편지 말인데요, 윌러비 씨, 당신이 쓴 그 편지 말
이에요. 그것에 대해서 무슨 하실 말씀이 있나요?"

"네, 네, 특히 그것에 대해선 있습니다. 아시다시피 동생분
이 바로 그다음 날 저한테 다시 편지를 썼습니다. 당신도 무슨
내용인지 보셨지요. 저는 엘리슨 댁에서 아침 식사를 하고 있
었는데, 동생분 편지도 다른 편지들과 함께 제 숙소에서 그곳
으로 전달되었지요. 제가 그 편지를 보기 전에 우연히 그것이
소피아의 눈에 띄었어요. 편지의 크기라든가 고급스러운 종이
라거나 필체 등 모든 것이 즉각 그 사람의 의심을 불러일으켰
습니다. 전에 제가 데번셔의 어떤 젊은 여성과 사랑하는 사이
였다는 소문을 어렴풋하게나마 듣고 있다가, 그 전날 저녁에
면전에서 일어난 일로 상대가 누구인지 밝혀진 셈이라 그 사
람은 전보다 더 질투에 사로잡혀 있었던 거지요. 그래서 사랑
하는 여자가 그런다면 귀여울 장난기를 가장하면서 그 편지
를 바로 열고는 내용을 읽었지요. 그 사람은 그렇게 무례를 저
지른 대가를 호되게 치렀습니다. 읽고서 비참한 꼴이 되었으
니까요. 그 사람의 비참함이야 견딜 수 있었지만, 격분이라든
가…… 적개심은…… 하여간에 진정을 시켜야 했습니다. 한마
디로, 제 아내의 편지 스타일을 어떻게 생각하십니까? 섬세하
고, 부드럽고, 정말 여성스럽고…… 그렇지 않았나요?"

"부인이라고요! 그 편지는 당신의 필체였어요."

"그렇습니다. 하지만 다만 전 비굴하게도 서명하기조차 수

치스러운 그런 문장을 베끼는 짓을 했을 뿐입니다. 원본은 모두 그 사람이 쓴 것이지요. 그녀 나름대로의 멋진 생각과 부드러운 어법이었지요. 그러나 제가 무얼 할 수 있었겠습니까? 우리는 약혼을 했고, 모든 준비가 진행 중이었고, 거의 날짜까지 잡혀 있었습니다. 아니, 이게 대체 무슨 바보 같은 소린지. 준비라니요! 날짜라니요! 까놓고 말해서, 저한테 그 사람의 돈은 필수였고 제 처지에서는 일이 틀어지는 것을 막기 위해서는 무슨 짓이든 해야 했습니다. 그리고 따지고 보면, 어떤 표현으로 답장을 썼든 제 사람됨에 대한 메리앤과 주변 분들의 의견이 달라지면 얼마나 달라지겠습니까? 그 답장은 한 가지 목표만 가지고 있었습니다. 제가 할 일은 스스로를 불한당이라고 선언하는 것이었고, 그 짓을 점잖게 하든 거칠게 하든 별로 중요치 않았던 겁니다. 이렇게 혼잣말을 했어요. '난 그분들의 눈엔 영원히 끝장났어. 다시는 그분들과 같이 어울리지 못하게 되었어. 이미 나를 줏대 없는 녀석이라고 보고 있는데, 이 편지가 가면 고작 악당밖에 더 될 것이 없겠지.' 될 대로 되라는 자포자기의 심정으로 제 아내의 말을 베껴 쓰고 메리앤의 마지막 기념품을 내놓으면서, 전 이런 논리를 끌어댔던 것이지요. 동생분이 보낸 세 통의 쪽지도 다 내주어야 했고, 거기에 입조차 맞추지 못했습니다. 불행히도 그 모두가 제 포켓북 속에 있었던 것이지요. 그렇지만 않았다면 전 없다고 잡아떼고 영원히 간직했을 겁니다. 그리고 머리 타래, 그것도 같은 포켓북에 넣어 가지고 다녔는데, 그 귀부인께선 짐짓 애교를 떨어 대며 악에 받쳐서 뒤지더니 찾아냈지요. 그 사랑스러운 머리 타래……. 추억거리가 될 만한 것은 모조리 빼앗겨 버린 겁니다."

"당신 잘못이에요, 윌러비 씨, 그러시면 안 되지요." 자기도 모르게 목소리에 연민이 가득해서 엘리너가 말했다. "윌러비 부인에 대해서든 제 동생에 대해서든 이런 식으로 말해서는 안 되지요. 스스로 하신 선택이잖아요. 강요한 사람은 아무도 없었어요. 부인 되시는 분은 적어도 당신이 예절을 지키고 존중해 주기를 요구할 자격이 있어요. 그분이 당신을 사랑하는 것은 틀림없습니다. 그렇지 않다면 당신과 결혼하지 않았을 테니까요. 그분을 모질게 대하는 것이, 그분을 얕잡아 말하는 것이 메리앤에게 보상이 되지는 않아요. 당신 자신의 양심에 위안이 된다고도 보지 않고요."

"제 아내에 대해서는 말씀하지 말아 주십시오." 그가 무거운 한숨을 쉬며 말했다. "그 사람은 당신의 동정을 받을 가치도 없습니다. 결혼할 때부터 제게 아무런 애정이 없다는 걸 알고 있었어요. 하여간 우린 결혼했고, 행복하게 살아 보려고 쿰 마그나로 내려왔다가, 후에 즐거움을 찾아서 런던으로 다시 돌아갔지요. 자, 그러면 이제 절 동정하시나요, 대시우드 양? 아니면 제가 공연히 이런 이야기를 한 셈인가요? 제가 조금이라도 덜…… 당신이 보기에 저의 죄가 전보다는 조금이라도 덜한 것 같은가요? 제 의도가 늘 나빴던 것은 아닙니다. 이 해명으로 제가 저지른 죄를 조금이라도 벗은 셈인가요?"

"그래요, 분명 무언가를 없애긴 했어요, 조금은요. 전체적으로 봐서 제가 생각했던 것보다는 잘못이 덜하다는 것이 드러났군요. 당신의 마음이 덜 악하다는 것, 아주 덜 악하다는 것도 입증했고요. 하지만 전 잘 모르겠어요. 당신이 빠뜨린 그 고통…… 그걸 더 악화시켜 놓았을 만한 것이 무엇인지 모르겠군요."

"동생분이 회복되면 제가 말씀드린 것을 그대로 전해 주시겠지요? 당신한테처럼 동생분께도 제 죄가 약간은 경감받게 해 주십시오. 동생분이 절 벌써 용서했다고 말씀하셨지요. 제 마음을, 지금의 제 심정을 더 잘 알게 되면, 좀 더 자발적이고 자연스럽고 부드럽게, 그리고 좀 더 마음 편하게 용서하실 수 있게 되기만을 바랄 뿐입니다. 저의 비참한 마음과 참회에 대해서 말해 주십시오. 제 마음이 변한 적이 없다는 것, 그리고 괜찮으시다면, 이 순간 저한테 어느 때보다도 더 소중한 분이라고 말씀해 주십시오."

"당신의 행위를 정당화하는 데 필요하다 싶은 것이면 모두 말해 주겠습니다. 그런데 지금 여기를 찾게 된 연유라거나 동생이 병이 난 것은 어떻게 알게 되었는지는 설명하지 않았군요."

"어젯밤에 드루리레인 로비[66]에서 존 미들턴 경과 마주쳤는데, 저를 못 본 체하지 않고 말을 건넸습니다. 최근 두 달 동안에는 처음이었지요. 제가 결혼한 이래로 그분은 저하고는 상종을 하지 않았는데 그런다고 전 뜻밖이라거나 놀라거나 부아가 난다거나 하진 않았습니다. 하지만 워낙 선량하고 솔

---

66) 드루리레인에 있는 왕립 극장의 대기실.

직하고 단순한 사람인지라 저에 대해서 화가 잔뜩 나 있고 당신의 동생을 너무 걱정하고 있던 김에 자기 나름으로는 제가 들으면 매우 괴로워할 만한 이야기를 해 주고 싶은 유혹을 견딜 수 없었던 겁니다. 실은 속으로는 제가 그렇게 괴로워하지도 않을 거라고 치부했겠지만 말입니다. 하여간 그래서 불쑥한다는 말이, 메리앤 대시우드가 클리블랜드에서 지독한 열병으로 죽어 가고 있다는 겁니다. 그날 아침 제닝스 부인한테서 편지를 받았는데 생명이 위독하며, 파머 씨 가족이 모두 겁을 집어먹고 떠나 버렸다는 것 등등이었습니다. 전 너무나 충격을 받아서 둔감한 존 경의 눈에조차 띄게 되었습니다. 제가 괴로워하는 것을 보고서 그분의 마음도 누그러지더군요. 그리고 저에 대한 나쁜 감정도 대부분 사라져서 우리가 헤어질 때는 거의 악수를 하다시피 하면서 포인터종 강아지를 주겠다고 한 옛 약속을 환기시키더군요. 동생분이 죽어 가고 있다는 말을 들었을 때의 제 심정은…… 더구나 죽어 가면서 제가 이 지상에서 가장 지독한 악당이라고 믿으며 마지막 가는 순간에 저를 경멸하고 증오하리라고 생각하니…… 제가 어떤 끔찍한 모습으로 마음에 새겨져 있을지 어떻게 알겠습니까? 무슨 짓이든 저지를 수 있는 인간이라고 낙인찍을 사람이 하나 있다는 걸 제가 분명 아니까요. 그야말로 참혹한 심정이었습니다! 저는 곧 결심을 했고, 오늘 아침 여덟 시에는 제 마차에 타고 있었습니다. 이제 다 말씀드렸군요."

엘리너는 아무 대답도 하지 않았다. 그녀는 말없이 생각에 잠겼다. 인물과 재능을 겸비한 데다 활달하고 정직한 성품까지 타고났고 다정다감한 기질을 가지고 있던 한 남자가 너무 이른 독립과 뒤따른 게으름, 방탕, 사치의 습관으로 말미암아 그 정신, 성격, 행복에 돌이킬 수 없는 상처를 입게 된 것이다. 세상이 그를 낭비벽에 빠뜨리고 허영에 물들게 했으며, 낭비벽과 허영이 그를 냉혹하고 이기적인 인간으로 만들었다. 허영심이 죄 많은 승리를 구가하는 와중에 진정한 사랑에 빠지게 되었다면, 낭비벽 혹은 그 소산인 궁핍이 나서서 그 사랑을 희생하라고 요구했던 것이다. 그를 죄로 이끈 이 두 성향은 또한 그를 벌로 이끌었다. 그는 명예를 저버리고, 감정을 저버리고, 모든 더 나은 관계를 저버리고 표면상으로는 떨쳐 버린 그 사랑이 이제 허용되지 않는 상황에서 오히려 그의 모든 생각을 지배하게 되었다. 그리고 거의 아무런 가책도 없이 자기 동생을 비참한 상태에 빠트리고 떠나 얻어 낸 그 관계는 이제 그에게 도저히 치유할 수 없는 불행의 근원이 되어 버리고 만 꼴이었다. 수 분간 이런 상념에 빠져 있다가 퍼뜩 정신이 들었는데, 그녀와 마찬가지의 고통스러운 상념에서 깨어난 윌러비가 갈 준비를 하려고 벌떡 일어서면서 이렇게 말했다.

"이제 여기 있을 필요가 없군요. 전 가야겠습니다."

"런던으로 돌아가시나요?"

"아닙니다. 쿰 마그나로 갑니다. 거기서 볼일이 있어서요. 하루 이틀 후에 다시 런던으로 갈 겁니다. 그럼 이만."

그는 손을 내밀었다. 그녀는 손을 내주지 않을 수 없었다. 그는 그 손을 다정하게 꼭 잡았다.

"그런데 전보다는 정말 저를 어딘가 낫게 생각하시는 거지요?" 손을 놓아 주고 마치 떠나기를 잊어버리기나 한 듯 벽난로 선반에 기대면서 그가 말했다.

엘리너는 그렇다고 확인해 주었다. 그를 용서하고 동정하며 잘되기를 빈다고 했다. 그의 행복에조차 관심 있다고 했고, 그런 행복을 가장 잘 증진할 만한 행동에 대해서 몇 마디 고언을 보탰다. 그의 답변은 그다지 고무적인 것은 아니었다.

"저야 뭐, 할 수 있는 한 그럭저럭 살아가야겠지요. 가정의 행복은 논외가 되었습니다. 하지만 여러분이 제 운명과 행동에 관심 있다고 생각해도 좋다면, 그게 저한테 수단일 수…… 저를 지켜 줄 수 있겠지요. 적어도 무언가 제가 의지해서 살 만한 근거는 될 것입니다. 메리앤은 분명 영원히 저하고는 끝났습니다. 제가 무슨 복을 받아 다시 자유롭게 된다 할지라도."

엘리너는 책망하며 말을 막았다. 그가 대꾸했다.

"그러면 다시 한번 작별 인사를 해야겠군요. 이제 갈 텐데, 한 가지 사건만 두려워하며 살 것입니다."

"무슨 말씀이시지요?"

"동생분의 결혼 말입니다."

"크게 잘못 생각하고 계시네요. 동생은 그쪽하고야 더 나빠질 것도 없어요."

"그렇지만 누군가 다른 사람의 차지가 될 테지요. 혹 그 누군가가 제가 제일 못 견뎌 하는 바로 그 사람이기라도 하다면……. 하지만 이렇게 꾸물거리다간 상처를 줄 대로 준 인간이 도리어 속 좁게 구는 꼴을 보여서 애써 얻은 당신의 동정 어린 호의까지 잃어버리고 말겠군요. 안녕히 계십시오. 신의 가호가 있기를!"

이 말과 더불어 그는 방을 달려 나가다시피 했다.

9

엘리너는 그가 떠난 후 얼마 동안, 심지어 그의 마차 소리
가 사라진 후에도 얼마 동안 이런저런 생각이 거세게 밀려와
동생 생각조차 잊어버릴 정도였다. 착잡한 심정을 금할 수 없
이 마음이 아팠던 것이다.

윌러비, 불과 반 시간 전만 해도 인간 말종이라고 혐오했던
그 윌러비가 갖은 잘못을 저질렀지만 그 잘못으로 고통을 겪
는 것을 보니 일말의 동정심이 일었다. 가여운 생각이 드니까
그가 이제 자신의 가족과는 영원히 연을 끊게 된 것도 어떤
애틋함과 회한으로 다가왔다. 물론 곧 속으로 시인했다시피
그가 그만한 가치를 가져서라기보다 그의 간절한 소망을 고려
해서였다. 그녀는 사실은 큰 비중을 두어서는 곤란한 정황들
때문에 그가 그녀의 마음에 더 영향을 미친다는 것을 느꼈다.
남다른 매력을 가진 사람 됨됨이, 활달하고 다정하고 생기 있
는 매너, 이것들을 소유하고 있다는 것이 이제 그에게는 미덕
도 아니었다. 메리앤에 대한 저 변함없이 열렬한 사랑, 여기에
몰두한다는 것은 허물이기조차 했다. 그러나 이 정황들이 그
녀의 마음에 영향을 미쳤고, 그 영향력이 줄어들려면 길고 긴
시간이 지나야 할 것이라고 느꼈다.

마침내 그녀가 아무것도 모르는 메리앤한테 돌아갔을 때 동생은 막 깨어난 참이었고 아주 길고 달콤한 잠을 잔 덕분에 원하던 정도까지 회복되어 있었다. 엘리너는 만감이 교차했다. 과거, 현재, 미래, 윌러비의 방문, 메리앤의 회복 그리고 어머니의 임박한 도착 등이 한꺼번에 밀어닥쳐 마음을 뒤흔들어서 피곤의 기색조차 말끔히 가셔 버렸고 다만 동생이 무슨 낌새라도 챌까 걱정될 뿐이었다. 하지만 길게 그런 걱정에 사로잡혀 있을 시간조차 별로 없었다. 윌러비가 집을 떠난 지 반 시간도 채 되지 않아 다른 마차 소리가 들려 다시 계단 아래로 내려가야 했던 것이다. 한순간도 어머니가 불필요하게 마음 졸이게 하고 싶지 않아서 그녀는 즉각 홀로 달려 들어갔고 때맞추어 바깥문에 다가가 어머니를 맞아들였다.

대시우드 부인은 집에 가까워질수록 공포에 휩싸여 거의 메리앤이 이 세상 사람이 아니라고까지 확신할 지경이 되어서 딸의 안위를 묻기는 고사하고 엘리너에게 인사를 차릴 목소리도 나오지 않았다. 그러나 맏딸 편에서 인사도 질문도 기다리지 않고서 곧장 기쁜 소식을 선사했다. 그녀의 어머니는 늘 그러듯이 열렬한 태도로 받아들이면서 전에 공포에 압도되었던 만큼이나 순식간에 행복에 압도되었다. 그녀는 딸과 친구 사이에서 부축을 받으며 응접실로 들어갔다. 그리고 아직도 입은 떼지 못했지만 기쁨의 눈물을 쏟으면서 엘리너를 껴안고 또 껴안았다. 틈틈이 딸에게서 몸을 돌려 브랜던 대령의 손을 꼭 쥐었는데, 그 시선에는 감사와 함께 그가 자기와 같이 그 순간의 행복을 나누고 있다는 확신이 담겨 있었다. 하지만 그가 행복을 나눈 것은 사실이나, 그녀 자신보다 훨씬 더 무거운 침묵을 지키고 있었다.

대시우드 부인은 정신을 가다듬자마자 가장 먼저 메리앤을 보고 싶어 했다. 그리고 이 분 후에 그녀는 자기의 사랑하는 아이와 함께 있었다. 부재와 불행과 위험을 겪은 탓에 어느 때보다도 더 소중해진 터였다. 그들이 만나 감격하는 것을 보고 엘리너도 기뻤지만, 다만 메리앤이 잠을 더 자지 못할까 봐 걱정되었다. 그러나 대시우드 부인은 자식의 생명이 달려 있는 경우에는 침착할 줄 알았고 신중해질 수조차 있었으며, 메리앤은 어머니가 가까이 있는 것을 알고서 만족했고 너무 허약해서 대화가 곤란하다는 것을 의식하고서 주위에서 간호하는 사람들이 권하는 대로 기꺼이 조용히 안정을 취했다. 대시우드 부인은 한사코 둘째 딸 곁에서 밤을 새우겠다고 했고, 엘리너는 어머니의 간청을 받아들여 자러 갔다. 그녀는 하룻밤을 뜬눈으로 새웠고, 진 빠지게 하는 불안으로 몇 시간을 보냈으므로 휴식이 꼭 필요했다. 그러나 정신이 산란해 제대로 쉴 수 없었다. 윌러비가, 지금은 '불쌍한 윌러비'라고 부르게 된 그 윌러비가 그녀의 머릿속에서 떠나지 않았다. 그녀는 그를 변호하는 말은 그 어느 것도 듣고 싶은 심정이 아니었는데 이제는 그를 너무 가혹하게 평가했던 것을 자책했다가 그럴 만도 했다고 여겼다가 갈피를 잡지 못했다. 그러나 동생에게 그 이야기를 하겠다는 약속이 괴로운 것만은 마찬가지였다. 그녀는 이야기를 전하기도 두려웠고 메리앤에게 미칠 영향도 두려웠다. 이런 해명을 듣고 나서도 과연 그녀가 다른 사람과 행복할 수 있을까 걱정된 나머지 잠시나마 윌러비가 홀아비가 되었으면 하는 생각조차 스치고 지나갔다. 그러다가 브랜던 대령을 떠올리고서 스스로를 책망했다. 메리앤이 보답하자면 대령의 적수인 윌러비가 아니라 대령의 고통과 일편단심일 것이라는 데 생각이 미치자 윌러비 부인의 죽음을 바라는 마음은 흔적 없이 사라졌다.

대시우드 부인은 진작부터 걱정하고 있던 차여서 바턴에 온 브랜던 대령의 전갈을 받고 크게 충격을 받지 않았다. 메리앤이 몹시 걱정되어 더 이상의 정보를 기다리지 않고서 바로 그날 클리블랜드로 떠날 결심을 굳히고 있었던 것이다. 그가 도착하기 전에 여행 계획을 짜 놓았기 때문에 캐리 부부가 마거릿을 데려가 주기를 이제나저제나 기다리던 중이었다. 전염이 될 수도 있는 곳으로 막내를 데리고 가고 싶지 않았기 때문이다.

메리앤은 하루하루 좋아졌고, 대시우드 부인은 표정도 밝고 기분도 좋아서 그녀 자신이 몇 번이고 밝힌 대로 세상에서 가장 행복한 여자 중의 하나가 된 셈이었다. 엘리너는 그런 소리를 들을 때면 그리고 그 증거를 목격할 때면 가끔씩 자기 어머니가 도대체 에드워드를 기억이라도 하고 있는지 궁금하지 않을 수 없었다. 그러나 대시우드 부인은 엘리너가 자신의 실망감을 완화해서 전한 편지 내용을 곧이곧대로 받아들인 데다 주체할 수 없는 기쁨에 휩쓸린 나머지 더욱 기뻐할 일에만 골몰하고 있었다. 지금에 와서야 느끼기 시작했지만, 자기의 잘못된 판단으로 윌러비와의 그 불행한 애정을 부추겼으니, 메리앤이 위험에 처한 것에는 자기 탓도 있었다. 그런데 이제 그 딸이 위험에서 벗어나 다시 품 안으로 돌아온 것이다. 그리고 딸이 회복되면서 그녀에게는 기뻐할 이유가 또 있었다. 엘리너는 미처 생각지도 못했는데, 두 사람이 따로 대화할 기회가 생기자마자 이런 말을 듣게 되었다.

"마침내 우리끼리 있게 되었구나. 얘, 엘리너, 넌 아직 내가 왜 이리 행복한지 다는 몰라. 브랜던 대령이 메리앤을 사랑한 단다. 그 사람이 직접 나한테 말해 주었어."

딸은 반갑다가 괴롭기도 하고 놀랍기도 하다가 아무렇지도 않기도 해서 입을 꾹 다물고 귀를 기울였다.

"넌 엄마와는 참 다르긴 달라, 엘리너. 그렇지 않다면 지금 그렇게 담담한 것이 이상하게 여겨졌을 거다. 우리 가족에게 좋은 일 있기를 이 엄마가 기도했다면 그 첫째가는 소원은 브랜던 대령이 너희 가운데 하나를 배필로 삼아 결혼하는 거였을 거야. 너희 둘 중에는 메리앤이 그 사람과 아주 행복할 것 같고."

엘리너는 왜 그렇게 생각하는지 이유를 물어보고 싶은 마음이 반쯤 일기도 했는데, 나이나 성격이나 감정을 사심 없이 고려해 보면 그다지 타당한 근거가 없을 것이기 때문이었다. 그러나 무슨 흥미 있는 주제만 나오면 늘 자기의 상상력에 휘둘리고 마는 어머니의 성향을 아는지라 물어보는 대신에 그냥 슬며시 웃어넘겼다.

"어제 여행을 하면서 대령이 자기 마음을 다 털어놓더구나. 자기도 모르는 사이에 불쑥 튀어나왔대. 너도 짐작하겠지만,

난 내 자식 이야기밖에 할 것이 없었고, 그 사람은 자기의 아픈 마음을 감출 수 없었지. 난 그 사람이 나와 똑같이 괴로워한다는 것을 알았어. 아마도 그렇게 뜨거운 동감이 보통 말하는 우정으로만은 설명될 수 없다고 생각했는지, 아니면 아무 생각도 안 났을 수도 있지만, 하여간 주체할 수 없는 감정에 휘말려서 메리앤을 사랑하는 진실하고 뜨거운 일편단심을 털어놓았단다. 글쎄, 얘 엘리너, 걔를 처음 본 순간부터 쭉 사랑하고 있었다는구나."

그렇지만 이 대목에서 엘리너는 간파했다. 브랜던 대령이 직접 이런 말로 고백한 것이 아니라, 모든 것을 자기 좋을 대로 구성하는 어머니의 활발한 상상력이 자연스레 빚어낸 수사라는 것을.

"그 아이를 사랑하는 그 사람의 마음은 윌러비가 느꼈거나 느끼는 척했던 따위보다 한없이 훌륭한 것이야. 훨씬 더 뜨겁고 문자 그대로 일편단심이란 말이 딱 들어맞을 게다. 글쎄, 메리앤이 딱하게도 저 형편없는 인간한테 빠져 있는 것을 다 알면서도 그런 마음이 변함없었다는구나! 무슨 득을 보겠다는 생각도 없이…… 희망이 별로 없다는 것을 알면서도 말이야! 그 사람은 걔가 다른 사람과 행복을 누리는 것도 지켜볼 수 있었을 게다. 얼마나 고귀한 마음이니! 그렇게 넓은 아량에, 그렇게 진실하다니! 그 사람한테 배신을 당할 사람은 있을 수 없어."

"브랜던 대령님의 인품이 훌륭하다는 것은 정평이 나 있어요." 엘리너가 말했다.

"나도 안다." 어머니가 진지하게 받았다. "그렇지 않다면 그렇게 혼이 난 터에 나부터가 절대 그런 애정을 부추길 리 없고 기뻐할 리도 없지. 하지만 그 사람은 말이다, 그리 적극적이고 흔쾌한 우정으로 나를 데리러 온 것이니, 그만하면 정말 인품이 훌륭한 사람이란 걸 입증하고도 남지."

"우선 인정(人情)도 인정이겠고요." 엘리너가 답했다. "메리앤을 사랑하는 마음에서 그런 친절을 베풀었겠지만, 그분의 성품을 알려 주는 것은 그 친절한 행동 한 가지만이 아니지요. 그분은 제닝스 부인이나 미들턴 부부하고는 오래 알고 지내는 친구 사이예요. 그분들은 하나같이 그분을 사랑하고 존경해요. 저도 최근에야 그리되었지만, 그분을 잘 알게 되었고요. 저도 그분을 매우 훌륭하다고 평가하기 때문에, 메리앤이 그분과 행복할 수 있다면 어머니와 마찬가지로 이 인연이 이 세상에서 가장 큰 축복이라고 기꺼이 생각할래요. 그분한테 무슨 답변을 주셨어요? 희망을 품을 수 있게 했어요?"

"아유! 얘야, 그때는 그 사람한테도 그렇고 나 자신한테도 희망은 무슨 희망이 있었겠냐. 그 순간에 메리앤이 죽어 가고 있을지도 몰랐는데. 그렇지만 그 사람은 희망이나 격려를 바란 것은 아니었어. 모친이니까 그런 말을 한 것이 아니라 위안이 되는 친구한테 저도 모르게 억누를 수도 없이 속내를 털어놓고 만 거지. 처음에는 나도 경황이 없었지만 시간이 좀 지나고 나서는 그런 이야기를 했어. 딸아이가 반드시 살아남을 것을 믿고, 그렇게 되면 두 사람의 결혼을 추진하는 것이 나한테는 가장 큰 행복일 거라고 말이야. 도착해서 무사하다는 걸 확인하고서는 다시 수차례 오금을 박다시피 했고 잘해 보라고 격려를 아끼지 않았단다. 조금만 더, 아주 조금만 더 기다리면 만사가 형통일 거라고 말이야. 아무렴 메리앤의 마음이 윌러비 같은 인간에게 언제까지고 쓸데없이 매달려 있을 리 없어. 대령의 미덕이 곧 그 아이의 마음을 사로잡을 것이라고 했지."

"그런데 대령님의 기분은 좀 그렇지 않아 보여요. 어머니만큼 낙관적인 것 같진 않아요."

"그건 그래. 그 사람은 메리앤의 애정이 너무 깊었기 때문에 긴 세월이 흘러도 쉽게 바뀌지 않을 거라고 여기고 있고, 설령 그 아이의 마음이 거기서 풀려나더라도 자기가 너무 수줍고 나이 차도 있고 성향도 다르고 해서 어떻게 언감생심 그 아이의 애정을 얻을 수 있겠느냐고 생각하는 거지. 하지만 그건 그 사람이 잘못 알고 있어. 나이가 많긴 하지만 그 정도쯤이야 도리어 좋은 점이 될 수도 있어. 안정된 성격이라든가 사고방식을 말해 주니까. 그리고 성향이라니 하는 말인데, 그 사람 성향은 네 동생을 행복하게 만들어 주기에 그만이야, 암. 또 외모라든가 매너도 아주 나무랄 데 없고. 내 마음이 끌린 탓에 눈까지 멀어 버린 것은 아니다. 윌러비보다 미남이 아니라는 것은 분명해. 그렇긴 하지만 그 사람 용모를 보면 왠지 훨씬 더 기분이 좋아져. 가만있자, 너도 기억하지 왜. 가끔씩 보면 윌러비의 눈에는 뭔가 꺼림칙한 것이 있었지."

엘리너는 기억해 낼 수 없었다. 하지만 어머니는 동의를 기다리지 않고 계속했다.

"그리고 나한테는 그 사람의 매너, 대령의 매너가 윌러비의 매너보다 더 마음에 들 뿐 아니라 메리앤하고는 그야말로 찰떡궁합이야. 내 잘 알지. 그 부드러움, 타인을 배려하는 진솔한 태도, 남성답고 꾸밈없는 소박성, 이런 것이 종종 인위적이고 종종 생뚱맞기도 한 윌러비의 발랄함보다 훨씬 더 걔의 진짜 성정에 잘 맞아. 설혹 윌러비가 드러난 것과 달리 진짜 괜찮은 사람이었다 해도 메리앤이 과연 더 행복했을까 싶어. 브랜던 대령하고 함께할 때의 행복하고는 비교가 안 되었을 거야."

그녀는 말을 멈추었다. 딸은 꼭 동의하는 것은 아니었으나 마음에만 담아 두었기 때문에 어머니가 속상할 일은 없었다.

"델라퍼드에 살게 되면 나하고는 지척지간에 살게 되는 거지." 대시우드 부인이 덧붙였다. "내가 바턴에 그냥 눌러 산다 해도 말이다. 꽤 큰 마을이라고 하니 분명 그 근방에도 지금 우리 집만큼이나 살기에 딱 좋을 작은 집이나 코티지가 반드시 있을 거야."

가련한 엘리너! 그녀를 델라퍼드로 데려갈 새로운 계획이 여기 있도다! 그러나 기가 꺾이지는 않았다.

"그 사람의 재산도 재산이고! 너도 알다시피 내 나이쯤 되면 누구나 그런 데 관심을 갖지. 실제 재산이 얼마인지도 모르고 알고 싶지도 않다만, 상당할 것임에 틀림없어."

여기서 제삼자가 들어오는 바람에 그들의 대화는 중단되고 엘리너는 물러나 혼자서 이 문제를 곰곰이 생각해 보았다. 자기 친구인 대령이 성공하기를 기원했지만, 그러는 와중에도 윌러비를 생각하니 마음이 아프기도 했다.

메리앤의 병은 환자의 기력을 약하게 만들긴 했지만 회복이 늦어질 만큼 오래 끌지는 않았다. 젊은 데다 타고난 건강체에 어머니가 늘 옆에서 도와준 덕에 아주 순조롭게 회복되어, 어머니가 도착한 지 나흘 만에 파머 부인의 드레스 룸으로 옮길 수 있었다. 그녀가 거기에 있을 때 브랜든 대령이 찾아왔다. 그녀가 어머니를 모셔다 준 일에 대해서 하루속히 감사를 표하고 싶어서 특별히 청한 것이었다.

방으로 들어서서 달라진 그녀의 모습을 보고 자기에게 내밀어진 창백한 손을 잡을 때 그의 표정에는 착잡한 감정이 어려 있었다. 그 착잡함은 메리앤에 대한 그의 애정이나 그 애정을 다른 사람들도 알겠거니 하는 의식 이상의 무엇에서 생겨난 것이 틀림없다고 엘리너는 추정했다. 그리고 그녀는 곧 그가 동생을 바라볼 때의 우울한 시선과 흔들리는 얼굴빛에서 그의 마음에 과거의 슬픈 장면들이 주마등처럼 스쳐 지나가고 있다는 것을 알았다. 본인이 이미 털어놓은 메리앤과 일라이자 사이의 유사성이 지나간 슬픈 추억을 되살렸고 이제 퀭한 눈, 병색이 완연한 피부, 힘없이 기대어 있는 자세 그리고 특별한 신세를 졌다고 뜨거운 감사를 전하는 모습 등이 더욱 절실하게 그 슬픈 추억을 떠올리게 했던 것이다.

대시우드 부인은 이 장면을 자기 딸 못지않게 눈여겨보았지만 아주 판이한 쪽으로 마음이 돌아서 판이한 결과를 낳았으니, 대령의 행동에서는 가장 단순하고 자명한 감정에서 나온 것 외에는 아무것도 보지 못했고 한편 메리앤의 행동 과 말에서는 감사 이상의 무언가가 이미 싹트고 있다고 생각 해 버렸다.

하루 이틀이 더 지나자 메리앤은 오전 오후가 다를 정도 로 눈에 띄게 건강해져서 대시우드 부인은 자신의 뜻도 그렇 고 딸도 원하는 대로 바턴으로 옮겨 가야겠다는 이야기를 꺼 냈다. 그녀의 결정 여부에 따라 두 친구의 거취도 정해질 터였 다. 제닝스 부인은 대시우드 가족이 머물고 있는 동안은 클리 블랜드를 떠날 수 없었고, 브랜던 대령은 두 부인이 입을 모아 요청하는 바람에 제닝스 부인만큼 불가피한 것은 아니나 곧 자기가 머무는 것을 당연하게 여기게 되었다. 이번에는 그와 제닝스 부인이 입을 모아 권하는 바람에 대시우드 부인은 귀 갓길에 아픈 딸을 잘 보살피기 위해서 그의 마차를 사용하기 로 했다. 그리고 대령은 대시우드 부인과 제닝스 부인의 공동 초청을 받아들여 몇 주 안에 코티지를 한번 방문해 마차를 찾아가겠다고 기꺼이 약속했다. 선량하고 오지랖도 넓은 제닝 스 부인은 자기 집뿐 아니라 남의 집도 손님을 치를 수 있도 록 발 벗고 나선 것이다.

헤어지고 떠날 날이 왔다. 메리앤은 제닝스 부인과 각별히 긴 작별 인사를 했다. 진심 어린 감사와 존경과 친절한 안부 로 가득한 인사였으니 과거에 무심했다는 것을 남몰래 인정 한 데서 그런 마음이 우러나온 듯했다. 브랜던 대령에게는 우 정 어린 태도로 작별했고 그의 조심스러운 부축을 받아 마차 안으로 들어갔는데 그는 그녀가 적어도 실내의 반은 차지하도록 신경을 쓰는 눈치였다. 대시우드 부인과 엘리너가 그 뒤를 따랐고, 다른 사람들은 그들끼리 남아서 길 떠난 사람들에 대한 이야기를 나누다 지루해지던 차에 마침 제닝스 부인의 이륜 경마차가 도착했다. 부인은 두 젊은 친구를 잃게 된 손실을 자기 몸종과의 수다로 벌충했고, 브랜던 대령은 그 후 곧바로 혼자서 델라퍼드로 길을 떠났다.

대시우드 모녀는 이틀을 길 위에 있었는데 메리앤은 피곤을 별로 느끼지 않고 그 이틀간의 여행을 견뎠다. 그녀를 알뜰살뜰 보살피고 편안하게 해 주는 것이 두 동행의 몫이었는데, 옆에서 지켜 주던 이들은 그녀가 육체적으로 편하고 정신적으로 평온하다는 데서 보답을 받았다. 엘리너에게는 그녀의 정신적 평정이 각별히 고마웠다. 동생이 자기 상처를 터놓고 말할 용기도 없고 그렇다고 감출 배짱도 없이 여러 주에 걸쳐 늘 괴로워하는 것을 지켜보았으므로, 이제 확연하게 마음이 평온한 모습에 그 누구도 느낄 수 없을 기쁨을 느꼈다. 그 평온은 진지한 생각 끝에 나온 결과이기에 결국 동생을 만족과 즐거움으로 인도할 것이 틀림없다고 그녀는 믿었다.

막상 바턴이 그들의 눈앞에 다가오자, 들판 하나하나 나무 하나하나가 어떤 특별한, 어떤 고통스러운 회상을 불러일으키는 풍경 속으로 들어서자 메리앤은 다시 말이 없어지고 생각에 빠졌으며 그들에게서 얼굴을 돌린 채 창문 밖을 골똘히 내다보며 앉아 있었다. 그러나 엘리너는 이것이 뜻밖이지 않았고 탓할 수도 없었다. 그리고 메리앤을 마차에서 부축해서 내릴 때 그녀가 울고 있었다는 것을 알고서 그런 감정 자체가 워낙 자연스러워서 딱하다는 생각이 들었고, 남의 눈에 띄지 않게 삭인 점이 대견스러울 따름이었다. 그녀의 이후의 태도를 보더라도 마음을 제대로 잡은 징조를 엿볼 수 있었다. 그들이 같이 쓰는 거실로 들어서자마자 메리앤은 마치 윌러비의 추억과 이어질 수도 있는 사물들을 보는 일에 당장 익숙해지기로 작심한 듯이 결연하고 굳은 시선으로 방을 둘러보았다. 그녀는 별로 말이 없었으나 입을 열었다 하면 즐겁게 이야기하려 했고, 가끔 한숨을 쉬기도 했으나 그때마다 미소를 지어 상쇄시켰다. 정찬 후에는 피아노를 쳐 보려고 했다. 그녀는 피아노로 갔다. 그러나 그녀의 눈길이 먼저 닿은 음악은 오페라였는데, 윌러비가 그녀를 위해 선곡해 놓았던 것으로 그들이 즐겨 부르던 이중창 몇 곡이 포함되어 있었고 겉표지에는 그의 글씨로 그녀 자신의 이름이 적혀 있었다. 이건 아니야. 그녀는 머리를 흔들고 악보를 옆으로 밀어 놓고는 잠시 건반 위를 달려 본 후에 손가락에 힘이 없다면서 악기를 다시 닫았다. 그렇지만 역시 단호한 목소리로 앞으로 연습을 많이 하겠다는 것이었다.

다음 날 아침에도 이런 길조는 약화되지 않았다. 오히려 그 반대로, 휴식을 통해 심신이 건강해져서 시선이나 어조가 다 기운찼다. 마거릿이 돌아올 것을 예상하며 즐거워하고 이제 가족 모임이 다시 시작될 테니 이것저것 같이 하면서 즐겁게 지내기만 바랄 뿐이라고도 했다.

"날씨도 잡히고 기력도 회복되면 매일 함께 멀리까지 산책 나가." 그녀가 말했다. "목초지 끝에 있는 농장까지 걸어가서 아이들이 어떻게 지내는지 봐야지. 우리 바턴크로스에 있는 존 경의 새 경작지로, 그리고 애비랜드로 걸어가자고. 그리고 오래된 수도원 폐허에도 자주 가서 터가 어디까지였는지 한번 답사해 보자. 우린 정말 행복해질 거야. 여름을 행복하게 날 거야. 여섯 시 넘어서 일어나는 일은 절대 없을 거고, 그때부터 정찬[67] 때까지 시간을 쪼개서 음악과 독서에만 바칠 거야. 계획을 다 짜 놓았고 정말 열심히 공부하기로 마음먹었어. 우리 집 서재는 내가 샅샅이 알고 있기 때문에 소일거리 정도밖에 안 되기는 해. 그렇지만 파크에는 읽을 만한 작품이 많아. 그리고 좀 더 최근에 나온 작품은 브랜던 대령한테 빌릴 수 있겠고. 하루 여섯 시간만 독서하면, 열두 달이면 내가 지금 부족하다고 느끼는 지식을 많이 쌓게 되겠지."

엘리너는 참 멋진 계획이라고 치켜세워 주었으나, 그녀 특유의 열렬한 상상이 언제는 게으르게 축 늘어져서 이기적인 불평을 일삼게 하더니, 이번에는 이성적인 숙제와 훌륭한 자제심이 겸비된 계획을 극단적으로 밀고 나가게 한 것을 보고 웃음이 나왔다. 하지만 윌러비에게 한 약속을 아직 못 지키고 있다는 생각이 들자 미소는 한숨으로 바뀌었다. 괜히 이 이야기를 꺼내서 메리앤의 마음을 다시 뒤흔들어 놓고 적어도 한동안은 이런 망중한의 멋진 전망을 망쳐 놓을지도 모르는 일이었다. 따라서 그 달갑지 않은 시간을 연기하고자 하여, 동생의 건강이 더 확실해질 때까지 일단 기다리기로 작정했다. 그

---

67) 대개 오후 네 시.

러나 그런 결심은 깨지고 말았다.

메리앤이 자기 같은 환자도 한번 나가 볼까 할 만큼 날씨가 풀리기까지 집에서 이삼 일은 더 지내야 했다. 마침내 부드럽고 온화한 아침이 왔다. 딸도 원할 만하고 어머니가 나가도 좋겠다고 판단할 만한 날이었다. 메리앤은 엘리너의 팔에 기대어 피곤하지만 않으면 집 앞 오솔길로 갈 수 있는 데까지 걸어도 좋다는 허락을 받았다.

메리앤이 앓은 후 지금까지 한 번도 운동을 하지 않은 터라 자매는 메리앤의 몸 상태에 맞추어 느린 보조로 출발했다. 그리고 그들이 집을 벗어나 집 뒤의 그 언덕다운 언덕이 다 보이는 곳까지밖에 가지 않았는데, 메리앤이 발을 멈추고 그 언덕을 향해 눈길을 돌리면서 조용히 말했다.

"저기, 바로 저기야." 그녀가 한 손으로 가리켰다. "저기 튀어나온 둔덕에서…… 저기서 넘어졌지. 그리고 저기서 처음 윌러비를 보았어."

윌러비라는 말과 더불어 목소리가 가라앉았지만, 바로 기운을 차리고서 덧붙였다.

"저 장소를 봐도 별로 고통을 느끼지 않을 수 있어서 고마워! 그 일에 대해서 어디 한번 이야기해 볼까 우리, 엘리너 언니?" 그녀가 머뭇거리면서 말했다. "아니면 잘못일까? 이젠 이야기할 수 있지 않나 해, 하긴 해야 하니까."

엘리너는 부드러운 말로 동생에게 시작해 보라고 했다. 메리앤이 말했다.

"미련에 대해서라면 난 그이에 관한 한 전혀 없어. 전에 그

446

사람에 대한 내 감정이 어떠했는지가 아니라 지금 그게 어떤지 말하고 싶어. 현재로선 한 가지만 납득된다면 좋겠어. 그 사람이 늘 연극을 한 것은 아니라고, 늘 나를 속인 것은 아니라고 생각할 수 있었으면 하는 것. 그러나 무엇보다도 그이가 그렇게 극악한 사람은 아니라고 믿을 수 있으면 좋겠어. 그 불행한 소녀 이야기를 들은 후에는 때때로 혹 그런가 두려울 때가 있거든."

그녀가 말을 멈추었다. 엘리너는 동생의 말에 속으로 쾌재를 부르며 대답했다.

"그걸 확신할 수 있으면 정말 마음이 편해지겠어?"

"그럼. 내 마음의 평화는 이중으로 그것에 관련되어 있어. 나한테 그런 존재였던 사람이 그런 흉계를 꾸몄다고 의심한다는 건 끔찍한 일 아냐? 그뿐 아니라 그렇다면 나는 또 무슨 꼴이 되겠어? 나 같은 상황이란 것이, 정말 창피하게도 앞뒤 재지 않고 사랑에 빠졌다가 된통 당한……."

"그렇다면 어떻게 그의 행동을 설명할 거니?" 그녀의 언니가 물었다.

"난 그 사람이……. 아! 그 사람이 단지 변덕스럽다고, 아주 아주 변덕스럽다고 여길 수만 있으면 정말 좋겠어."

엘리너는 더 이상 아무 말도 하지 않았다. 그녀는 할 이야기를 바로 시작하는 것이 좋을지, 아니면 메리앤이 더 건강해질 때까지 기다리는 것이 좋을지 속으로 가늠하고 있었다. 그들은 얼마 동안 느릿느릿 말없이 걸었다.

"너무 봐주는 것도 아니지, 뭘." 마침내 한숨을 쉬면서 메리앤이 말했다. "그이가 지난 일을 돌이켜 보는 것이 그리 불쾌하지 않기를 바란다고 해서. 지금 내가 그렇듯이 말이야. 그이도 속으로는 힘들 만큼 힘들 거야."

"너, 너의 처신을 그 사람의 처신과 비교하니?"

"아니야. 마땅히 했어야 했던 처신에 비추어 보는 거야. 언니의 처신과 비교하는 거지."

"우리 처지는 별로 비슷한 점이 없었어."

"처신보다야 처지가 더 비슷하지. 엘리너 언니, 판단력에 따르면 비난해야 하는 일을 괜히 나를 생각해 준다고 옹호하려 하진 마. 아프니까 깊이 생각하게 되더라. 병 때문에 진지하게 한번 사색해 볼 여유도 생기고 침착도 찾게 되었어. 말을 할 수 있을 정도로 회복되기 오래전부터, 사색은 얼마든지 할 수 있었지. 과거를 생각해 보았어. 지난 가을 그이하고 우리가 처음 알게 된 이래로 내가 한 행동을 돌이켜 보니, 나 자신에 대해서는 경솔한 짓의 연속이었고 남에 대해서는 야박한 짓의 연속이었어. 나 자신의 감정이 내 고통을 예비했던 것이고 그런 고통을 겪으며 꿋꿋하지 못했던 탓에 거의 무덤으로 갈 뻔했던 거야. 내 병은 나 자신이 자초했다는 걸 나도 잘 알았지. 건강을 너무 소홀히 해서 당시에도 이건 아니지 하고 느꼈다니까. 내가 죽었다면…… 그건 자살 행위가 되었을 거야. 난 내가 얼마나 위험한 지경에 처해 있는지 몰랐어, 그 고비를 넘겼을 때까지 말이야. 그러나 이런 사색이 선사한 감정을 간직한 채 내가 회복된 것에 난 경이를 느껴. 너무나 살고 싶고, 내 하느님한테 보속할 시간을 얻고 싶다는 간절함이 당장은

448

나를 죽이지 않았구나 하는 경이 말이야. 내가 죽었다면, 나를 간병해 준 둘도 없는 친구인 언니를 얼마나 비참하게 만들었을까! 최근에 내가 얼마나 내 생각만 하면서 안달복달했고, 마음속에 어떤 불평불만이 가득 차 있었는지 언니는 다 알고 있지 않느냐 말이야! 언니의 기억 속에는 내가 어떤 모습으로 남게 되었을까! 어머니도 그렇지! 언니가 어떻게 어머니를 위로할 수 있었을까! 나 자신이 얼마나 혐오스러운지 표현도 못하겠어. 과거를 돌아볼 때마다 의무를 소홀히 하거나 잘못을 저지른 일이 떠올랐어. 모두가 나 때문에 상처를 입은 것 같았어. 제닝스 부인의 친절, 끊임없는 친절을 나는 배은망덕한 경멸로 갚아 주었지. 미들턴 부부, 파머 부부, 스틸 양 자매, 그냥 아는 모든 사람한테도 난 무례하고 부당했지. 그들의 미덕에 대해서는 마음을 닫아걸고, 그들의 관심에 대해서는 짜증을 내면서 말이야. 존 오빠한테든, 올케한테든……. 그래, 그 사람들한테조차, 자격이야 없는 사람들이지만, 그들이 받을 만한 대접조차 해 주지 않았어. 그러나 언니…… 누구보다도 언니가, 어머니보다도 더, 나 때문에 쓰라림을 겪었지. 내가, 오직 나만이 언니의 마음과 슬픔을 알았는데. 그렇지만 그게 나한테 어떤 영향을 주었지? 언니나 나한테 도움이 될 만한 연민이라고는 없었던 거야. 언니의 모범이 내 앞에 있었어. 그런데 그게 무슨 소용이 있었어? 내가 언니와 언니의 평안에 대해서 더 생각하기라도 했어? 내가 언니의 인내를 흉내 내거나 지금까지 언니 혼자서 처리하게 팽개쳐 둔 정중한 예의라거나 특별한 감사라거나 하는 일거리들을 분담해서 언니의 부담을

덜어 주었어? 아니지……. 언니가 불행하다는 것을 안 다음에
도 언니 마음이 편하다고 믿었던 때보다 조금도 덜지 않았
지, 의무라거나 우정을 발휘해야 할 때마다 달아나 버리기로
는 말이야. 세상에서 혼자만 슬픔을 짊어진 사람처럼 굴면서,
나를 저버리고 부당하게 취급한 그 마음만 아쉬워하고, 언니
를 나 때문에 비참한 상태로 내버려 두었던 거지. 말로는 한없
는 사랑 어쩌고 하면서 말이야."

여기서 청산유수처럼 쏟아지던 그녀의 자책이 멈추었다. 엘
리너는 입에 발린 소리는 하고 싶지 않았지만 달래 주고 싶은
마음에 동생의 솔직함과 참회가 받아 마땅한 칭찬과 지지를
즉각 던졌다. 메리앤이 언니의 손을 꼭 잡으며 대답했다.

"언니는 너무 착해. 앞으로 꼭 내 말대로 할 테니 지켜봐
줘. 계획이 다 서 있어. 내게 그걸 지킬 힘만 있다면…… 난 감
정을 절제하고 성격도 고칠 거야. 더 이상 내 감정으로 다른
사람들을 걱정시키고 나 자신을 괴롭히지 않을 거야. 이제 우
리 가족을 위해서만 살래. 언니, 어머니 그리고 마거릿이 이
제부터는 나의 전 세계가 될 거야. 내 사랑은 우리끼리만 나
눌 거고. 식구들이나 우리 가정을 떠나서 다른 데로 갈 생각
은 이제 손톱만큼도 품지 않을 거야. 만약 내가 다른 사람들
하고 섞인다면, 달라진 모습을 보여 주기 위해서야. 겸손하고
착해졌고, 예절을 지킨다거나 하는 인생의 작은 의무들을 다
소곳하고 참을성 있게 해낼 수 있다고 말이야. 윌러비에 대해
선…… 곧, 아니 아주 그이를 잊어버린다고 말하는 것은 부질
없을 테지. 그이에 대한 추억은 아무리 여건이 바뀌고 생각이

달라져도 지울 수 없어. 그러나 다스려지긴 할 거야. 종교에 의해서, 이성에 의해서, 늘 무언가를 함으로써 통제되겠지."

그녀는 멈추었다. 그리고 더 낮은 목소리로 덧붙였다. "그이의 마음을 알 수만 있다면, 모든 것이 편해질 텐데."

엘리너는 그사이 묵혀 둔 이야기를 빨리 해 버리는 것이 현명하지 않을까 한동안 생각해 왔는데, 아직도 별 뾰족한 결론을 내리지 못했다. 그러나 이 말을 듣자 생각으로 안 되는 일이면 결단하는 도리밖에 없음을 직감하고 바로 털어놓기 시작했다.

그녀는 자기가 희망했던 대로 솜씨 있게 그 이야기를 해냈다. 우선 너무 조급해하지 말라고 마음의 준비를 시켰고, 윌러비가 내세운 자기변호의 요점을 간단하고 솔직하게 말해 주었으며, 그의 참회를 가감 없이 전했고, 현재의 애정을 피력한 대목만 완화시켰다. 메리앤은 한마디도 하지 않았다. 그녀는 몸을 떨었고, 눈은 땅에 못 박혀 있었으며, 입술은 병들었을 때보다 더 파리해졌다. 마음속에서 천 가지 질문이 솟아올랐지만, 단 하나도 입에 올리지 못했다. 음절 하나하나마다 가슴을 두근대면서 들었고, 자기도 모르는 사이에 언니의 손을 꼭 쥐고 있었고, 눈물이 두 뺨을 적셨다.

엘리너는 동생이 피곤해질까 걱정되어 집으로 데리고 갔다. 그리고 코티지 문에 닿을 때까지, 감히 물어보지는 못해도 얼마나 궁금할지는 충분히 짐작이 갔으므로 윌러비에 대해서만, 그리고 같이 나눈 대화에 대해서만 말했다. 상세한 이야기를 해도 괜찮은 대목에서는 말과 표정의 아주 세세한 부분까지 조심스럽게 전했다. 집으로 들어가자마자, 메리앤은 감사의 키스와 함께 눈물을 줄줄 흘리면서 "엄마한테 말해."라는 두 마디만 겨우 내놓고, 언니를 뒤로하고 천천히 계단을 올라갔다. 엘리너는 지금은 동생이 혼자 있는 것이 좋다고 여겼으므로 굳이 방해할 뜻이 없었다. 그리고 그 결과를 미리 짐작해 보며 초조한 마음으로, 또 메리앤이 스스로 못 한다면 자기가 그 화제를 다시 꺼내겠다고 각오하며, 헤어질 때 동생이 부탁한 대로 어머니에게 전해 주기 위해 거실로 들어갔다.

11

대시우드 부인은 전에 예뻐하던 사람을 변호하는 말을 듣고 무덤덤할 수가 없었다. 그에게 씌워진 일부 죄에서 그가 혐의를 벗은 것이 기뻤다. 그가 불쌍하게 여겨졌고, 행복하기를 바랐다. 그러나 과거의 감정이 되살아날 수는 없다고 했다. 신의를 저버리지 않은 사람으로, 흠 없는 성격으로 그가 메리앤에게 되돌아오는 일은 절대 있을 수 없다는 것이었다. 메리앤이 그로 인해 받은 고통에 대한 기억은 지워질 수 없고, 그가 일라이자에게 저지른 죄가 없어질 수도 없다는 것이었다. 따라서 그를 절대로 전처럼 예쁘게 여길 수 없고 브랜던 대령의 지위에 손상을 줄 수 없다는 것이었다.

대시우드 부인이 자기 딸처럼 윌러비의 이야기를 직접 들었다면, 그의 고통을 목격하고 그의 표정과 태도에 영향을 받았다면, 분명 그녀의 동정심은 더 커졌을 것이다. 그러나 들은 이야기를 옮기면서 애초에 자기 마음속에서 일어난 감정을 다른 사람에게 불러일으키는 것은 엘리너의 힘에 닿지도 않았고 원하는 바도 아니었다. 곰곰이 생각해 본 결과 차분하게 판단을 내릴 수 있었고, 윌러비가 받은 응분의 벌에 대해서도 담담하게 여길 수 있었다. 따라서 그녀는 단지 있는 그대로의 사실만 말해 주고자, 감정에 무슨 치장을 해서 상상이 나래를 펴게 하지 않고 그의 성격과 실제로 부합하는 사실만을 알려 주고자 했다.

저녁에 셋이 함께 모였을 때, 메리앤이 자진해 그에 대한 이야기를 다시 꺼냈다. 그러나 거기에는 노력이 없지 않았으니, 자리에 앉을 때부터 마음이 잡히지 않는 듯 불안하게 생각에 빠져 있었고, 말하면서는 얼굴이 달아올랐으며, 목소리가 떨리는 것이 그것을 분명히 보여 주었다.

"엄마하고 언니한테 꼭 말해 주고 싶어요." 그녀가 말했다. "나도 이제…… 두 분이 바라는 대로 보게 되었다고요."

엘리너가 동생의 허심탄회한 토로를 정말 들어 보고 싶어서 가만있어 보라고 연신 눈짓하지 않았더라면, 대시우드 부인은 바로 끼어들어 따뜻한 위로의 말을 하고 나왔을 것이다. 메리앤이 천천히 말을 이었다.

"오늘 아침에 엘리너 언니가 말해 준 것 말인데…… 나한테는 큰 위안이 됐어. 이제 내가 듣고 싶어 하던 바로 그 말을 들은 셈이야." 얼마 동안 그녀의 목소리가 잠겼다. 그러나 마음을 추스르고는 전보다 더 차분하게 덧붙였다. "이제 정말 마음이 편해졌어요. 이 모든 걸 안 다음에야, 어차피 조만간 알게 되었을 테니까 말이지만, 난 절대 그이하고 행복할 수 없었을 거야. 아무런 신뢰도 아무런 존경심도 지닐 수 없었을 테니까. 아무리 해도 그 사실을 마음에서 떨쳐 내지 못했겠지."

"안다, 알아." 어머니가 소리쳤다. "난봉질을 하는 인간하고 행복하다니! 우리한테 가장 소중한 사람, 가장 훌륭한 사람의 평화를 그렇게 짓밟아 놓은 인간하고 말이다! 아니야……. 우리 메리앤 같은 마음을 가지고 어떻게 그런 인간하고 행복해질 수 있겠어! 양심이 그토록 예민하니, 자기 남편의 양심이 느꼈어야 옳을 것을 자기가 느꼈을 게야."

메리앤은 한숨을 짓고서 되풀이했다. "나, 달리 되기를 바라지 않아요."

"훌륭한 정신과 건전한 이해력이 있는 이라면 마땅히 너처럼 이 문제를 생각해야겠지." 엘리너가 말했다. "굳이 말하자면, 너도 이 문제만이 아니라 그 밖의 많은 상황에 대해서도 나랑 마찬가지로 제대로 알게 된 것 같구나. 네가 그와 결혼했다면 틀림없이 이런저런 많은 분란과 실망에 부딪히게 되었을 텐데, 막상 상대편에서의 사랑이 단단하지 않으니 별다른 도움이 되었을 것 같지 않다는 것 말이야. 결혼했다면 넌 늘 가난했을 것이 틀림없어. 낭비벽이 있다는 것은 스스로도 시인하는 것이고, 처신하는 걸 보면 자기 극복이란 단어는 그 사람의 사전에 없는 것이 분명해. 얼마 안 되는, 그야말로 쥐꼬리만 한 수입에 그 사람은 펑펑 써 대고 넌 경험이라곤 없으니 괴로운 상황에 직면했을 것이 불 보듯이 뻔한데, 전에는 알지도 생각지도 못했을 테니 너한테는 적잖이 힘들었을 거고. 너야 남 신세 안 지고 떳떳하게 살고 싶으니까 처지를 알고 나면 최대한 절약해 보려고 안간힘을 쓰고, 혹 네 용처를 줄여 나가서 되는 일이라면 고생은 되겠지만 한번 꾸려 보려 했을 테지. 하지만 그 이상이니 어쩌겠어……. 아니, 네가 아무리 혼자서 알뜰살뜰 그래 봐야 결혼 전에 시작된 파산을 도대체 어떻게 버텨 낼 수 있겠니? 그것만이 아니야. 너는 당연히 그 사람의 유흥비를 줄이려고 들 텐데, 그러면 그렇게 이기적인 인간이 고분고분 네 말을 들을 리 없고 너한테서 마음이 멀어지고 말 테고, 그리되면 자기를 그런 곤경에 빠뜨린 결혼을 후회하게 되지 않았을까?"

메리앤의 입술이 바르르 떨렸고, 그녀는 "이기적이라고?" 하고 되풀이했는데, 그 어조가 마치 "정말 그 사람이 이기적이라고 생각해?" 하고 묻는 듯했다. 엘리너가 대답했다.

"이번 일에서 그 사람의 행동은 처음부터 끝까지 이기심에 바탕했어. 처음에 너의 애정을 가지고 논 것도, 후에 그 편에서 애정이 생겼을 때 고백하기를 미룬 것도, 마지막으로 바턴을 떠나 버린 것도 다 이기심 탓이지. 자기 일신이 즐거운 것, 자기 일신이 편한 것이 무슨 일에서건 그 사람의 지배 원칙이었어."

"정말 그래. 내 행복은 절대 그 사람의 목표가 아니었어."

"지금 와서 그 사람은 자기가 한 짓을 후회하지." 엘리너가 말을 이었다. "그런데 왜 후회할까? 그렇게 해서도 뭔가 채워지지 않는 거지. 행복해지지 않았던 거야. 그 사람의 경제적 여건은 지금 어렵지 않아. 그런 어려움은 겪지 않거든. 그러니 자기가 결혼한 여자가 너보다 상냥한 성품이 아니라는 생각만 드는 거지. 그러나 그렇다고 해서, 그 사람이 너하고 결혼했더라면 행복해졌을 거라는 결론이 나올 수 있을까? 다른 불편한 일들이 생겼을 테지. 그랬다면 지금은 해소되었으니 아무렇지도 않게 여기게 된 재정적 곤경에 처했을 테지. 그 사람은 성품이야 나무랄 데 없는 아내와 살게 되었겠지만, 늘 쪼들리고 늘 가난했겠지. 그리고 십중팔구 곧 알게 되었겠지. 한낱 아내의 성품보다는 온전한 부동산과 상당한 수입에서 얻을 수 있는 무수한 안락이 가정의 행복을 위해서도 훨씬 더 중요하다는 것을 말이야."

"틀림없는 사실이야." 메리앤이 말했다. "그리고 하나도 애석하지 않아. 내가 어리석었다는 것 빼고는 말이야."

"너희 어미의 경솔함은 어떻고, 얘야." 대시우드 부인이 말했다. "그 어미란 것도 당해 싸지."

메리앤은 어머니가 더 푸념하지 못하게 막았다. 엘리너는 각자가 자기 잘못을 느끼고 있다는 데 만족해 동생의 기를 죽일 수도 있을 과거 이야기는 이제 피하고 싶었다. 따라서 처음 하던 이야기를 이어 가면서 즉시 이렇게 계속했다.

"이번 일을 돌이켜 보면 한 가지는 확실해진 것 같아. 윌러비가 겪는 문제는 모두 애초에 저지른 몹쓸 짓, 일라이자 윌리엄스에게 한 짓에서 나왔다는 거 말이야. 그 죄가 그 뒤의 이런저런 사소한 죄라든가 현재의 갖은 우환의 단초였던 거지."

메리앤은 이 지적에 충심으로 동의했다. 그리고 어머니는 이 지적을 기화로 브랜던 대령이 입은 상처와 그의 미덕을, 우정도 우정이지만 다른 뜻이 있어서 열렬한 말로 나열했다. 그렇지만 딸은 그런 말에 솔깃해하는 것 같지는 않았다.

엘리너의 예상대로 이후 이삼 일은 메리앤이 예전만큼 기운이 솟는 것 같지 않았다. 그러나 동생의 결심은 꺾이지 않았고 여전히 즐겁고 느긋해지려고 하는 뜻이 역력해서 언니는 그녀의 건강이 이제 시간 문제라고 안심했다.

마거릿이 돌아왔고, 가족은 옛날로 돌아가 코티지에 다시 조용히 자리 잡았다. 그리고 그들이 처음 바턴에 왔을 때만큼 평소에 공부를 열성적으로 하지는 않았지만 적어도 앞으로 그렇게 할 계획은 세워 두고 있었다.

엘리너는 에드워드의 소식을 알고 싶은 마음이 커졌다. 런던을 떠난 후로 그에 대해서 아무것도 듣지 못했고, 그의 계획이 어떻게 되어 가는지, 심지어는 그의 현재 거처가 어딘지도 확실히 몰랐다. 메리앤의 병 때문에 그녀와 그녀의 오빠 사이에 편지가 몇 번 오간 적이 있었다. 존의 첫 편지에는 이런 문장이 있었다. "우리는 우리의 불운한 에드워드에 대해서 아무것도 아는 것이 없고, 그런 금지된 주제에 대해서 뭘 물어볼수도 없지만, 아직은 옥스퍼드에 있지 않나 한다." 이것이 편지를 통해 그녀가 에드워드에 대해서 알게 된 전부였다. 왜냐하면 그 이후의 어떤 편지에서도 그의 이름은 언급조차 되지 않았기 때문이다. 그렇지만 그녀는 그의 동향을 오래 모르고 지나칠 팔자는 아니었다.

어느 날 아침 일을 보러 엑서터에 다녀온 하인이 식탁 시중을 들다가 심부름 간 일이 어떻게 되었는지 하는 주인마님의 질문에 답하면서 자진해 이런 말을 한 것이다.

"마님, 아시겠지만서도, 페라스 씨가 결혼했습니다요."

메리앤은 흠칫 놀랐고 엘리너에게 눈을 박았는데, 언니가 창백해지는 것을 보고는 히스테리 증세를 보이며 의자 뒤로 몸이 넘어갔다. 대시우드 부인은 하인의 질문에 답하면서 눈길은 직감적으로 메리앤과 같은 방향을 향했고, 엘리너의 얼굴빛으로 그녀가 얼마나 괴로워하고 있는지 알고 충격을 받았다. 그 직후에는 메리앤의 상태에 또 기겁을 해서 어느 아이를 먼저 보살펴야 할지 갈피를 잡지 못했다.

하인은 메리앤 양이 아픈 것만 보고서 얼른 하녀를 하나 불렀고, 그 하녀가 대시우드 부인의 도움을 받아 그녀를 다른 방으로 옮겼다. 그사이 메리앤이 좀 나아졌으므로 어머니는 마거릿과 하녀에게 돌보라고 하고 엘리너에게 돌아갔는데, 맏딸은 아직 마음이 산란한 상태였지만 정신을 차렸고 목소리도 나와서 토머스한테 대체 그 소식을 누구한테 들었는지 물어보려던 찰나였다. 대시우드 부인이 즉각 그 일을 떠맡아서 엘리너는 힘들게 묻지 않고도 자초지종을 듣게 되었다.

"페라스 씨가 결혼했다고 누가 그러던, 토머스?"

"지가 직접 페라스 씨를 오늘 아침 엑서터에서 봤는디요, 마님, 또 그분의 부인도 봤는디, 스틸 양이더구먼요. 지가 파크에 있는 샐리가 마차 모는 동생한테 보내는 전갈을 가지고 거기로 갔을 때, 그분들은 뉴 런던 인 여관 문 앞에 마차를 타고 멈추어 있었시요. 마차 옆으로 지나다가 우연찮게 올려다봤더니만, 아 글쎄, 거기에 작은 스틸 양 아가씨가 있었습니다요. 그래서 지가 모자를 벗었더니, 그분이 알아보고서 불러 가지고는 마님 안부를 묻고, 두 아가씨들, 특히 메리앤 양에 대해서 묻고, 지더러 자기하고 페라스 씨의 감사 인사를 전해 달라고, 충심으로 감사한다고 해 달라고 하더구먼요. 또 시간이 없어서 마님을 못 찾아뵈야서 미안하다고 하고, 그렇지만 좀 더 내려가야 하기 땜시 아주 서둘러서 더 가야 된다 하고, 허지만서도, 돌아오면 꼭 와서 뵙겠다고 하더구먼요."

"그런데 자기가 결혼했다고 하더란 말이지, 토머스?"

"그럼입죠, 마님. 그분은 미소를 지으시더니만, 이 고장에 온 후로 자기가 이름을 바꾸었다고 했습니다요. 그분은 늘 싹싹하고 터놓고 말씀하는 숙녀분이셨는디, 아주 예절도 바르더먼요. 그래서 지도 마 축하드린다고 했습니다요."

"페라스 씨도 마차에 같이 있었어?"

"예, 마님. 뒤로 기대신 모습은 봤는디, 얼굴을 들지 않으시는 통에…… 말을 별로 안 허는 신사분이었습니다요."

엘리너는 속으로 그가 왜 나서지 않았는지 쉽게 알 수 있었고, 대시우드 부인도 그렇게 이해한 것이 거의 분명했다.

"마차 안에 다른 사람은 없었고?"

"없었습니다요, 마님. 두 사람뿐이었는디요."

"그분들이 어디서 온지 알아?"

"그분들은 런던에서 바로 왔다고, 루시 양…… 아니, 페라스 부인이 말해 주었지요."

"서쪽으로 더 내려간다는 거고?"

"그렇습니다요, 마님. 그러나 먼 길은 아니래요. 곧 다시 돌아와서는 여길 찾아오겠다는 거니께."

대시우드 부인은 그제야 딸을 쳐다보았다. 그러나 엘리너는 그들이 올 리 없다는 정도는 알고도 남았다. 그녀는 이 전갈에서 루시의 속셈을 환히 알 수 있었고, 에드워드가 그들 근처에도 오지 않을 것이라고 확신했다. 그녀는 낮은 목소리로 어머니한테 그들이 플리머스 근처의 프랫 씨 집으로 내려가고 있는 모양이라고 했다.

토머스가 전할 이야기는 끝난 듯했다. 엘리너는 더 들었으면 하는 표정이었다.

"전송해 드리고 왔던가?"

"아닙니다요, 마님. 말들이 막 나오고 있긴 했는데, 더 있을 수가 없었습니다요. 늦을까 봐서요."

"페라스 부인은 좋아 보였어?"

"예, 마님, 아주 좋다고 하셨습니다요. 그리고 지 생각에 그분은 언제 봐도 아주 고운 숙녀분이셨지우……. 글고 아주 만족하고 계신 듯했습니다요."

대시우드 부인은 더 물어볼 말이 없었고, 토머스나 식탁보나 이제 다 필요가 없어져서 얼마 안 있어 바로 토머스를 내보내고 식탁보도 치워 버렸다.[68] 메리앤은 이미 아무것도 더 먹을 생각이 없다는 말을 전해 왔고, 대시우드 부인과 엘리너도 마찬가지로 식욕을 잃었던 것이다. 마거릿은 두 언니가 최

---

68) 정찬의 주요리가 끝나면 식탁보를 치운 후 후식을 들었다.

근에 무척 힘든 일들을 겪었고 자주 식사를 소홀히 할 만한 이유가 많았음에도 이때까지 자기가 정찬을 거르지 않고 지낼 수 있었던 것만도 참 다행스럽다고 여겼을 것이다.

후식과 포도주가 차려지고 대시우드 부인과 엘리너만 남게 되자, 그들은 비슷하게 생각에 잠겨 침묵에 빠져 있었다. 대시우드 부인은 한마디라도 꺼내 놓기가 두려웠고 위로의 말을 건넬 엄두도 나지 않았다. 그녀는 엘리너가 괜찮다고 한 말을 곧이곧대로 믿은 것이 잘못이었음을 이제야 알았다. 그리고 당시에 자기가 메리앤 일로 고통을 겪고 있었기 때문에 맏딸이 엎친 데 덮친 꼴이 될까 봐 일부러 모든 것을 완화해 말했으리라는 것도 비로소 깨달았다. 딸의 세심하고 속 깊은 배려를 몰라보고 자기가 한때 잘 안다고 여겼던 그 애정을 예전의 믿음이나 지금 드러난 것보다 훨씬 약한 것으로 오해했던 것이다. 이런 생각이 드니 자기가 엘리너에게 부당하고 무심했던 것이 아닌가, 아니 거의 매정하기까지 했던 것이 아닌가 두려웠다. 메리앤이 겪는 고통은 다들 알고 있었고 바로 눈앞에 닥쳐 있었기 때문에 그녀의 모정이 그쪽으로 쏠렸던 셈이며, 다른 딸인 엘리너가 그 못지않게 고통을 겪으면서 펄펄 뛰지도 않고 꿋꿋하게 견뎌 온 것은 간과하고 말았던 것이다.

12

엘리너는 아무리 확실시되었더라도 불쾌한 사건이 일어

날 것이라는 예상과 실제로 그것이 일어난 것은 다르다는 것을 이제 알게 되었다. 에드워드가 독신으로 있는 동안에는 루시와의 결혼이 틀어질 수도 있다는 희망을 자기도 모르게 품고 있던 모양이었다. 에드워드 자신이 무슨 결단을 내리거나, 친구들이 중재해 주거나, 여자 쪽에서 어딘가 더 나은 혼처가 나선다거나 하면 모두의 행복에 도움이 될 거라는 희망 말이다. 그러나 이제 그는 결혼한 몸이 되었고, 엘리너는 몰래 헛된 희망을 품었던 자신의 마음을 탓했다. 그런 희망 때문에 이 소식을 듣자 그 고통이 더 컸던 것이다.

그가 그렇게 빨리, (자기 생각으로는) 서품을 받기도 전에, 그러니까 그 목사 자리를 얻을 수 있기도 전에 결혼했다는 것에 그녀는 처음에는 약간 놀랐다. 그러나 곧 얼마든지 그럴 수 있겠다고 여기게 되었다. 루시는 요모조모 재 보고 그를 확실히 잡아 두는 데 급급해 결혼이 늦어지는 위험 말고는 모든 것을 무시해 버렸을 터였다. 그들은 결혼했고, 런던에서 결혼하고는 지금 그녀의 아저씨 집으로 서둘러 내려가고 있는 것이다. 바턴에서 사 마일도 안 떨어진 곳에서 어머니의 하인을 보고 루시가 안부를 전하는 소리를 들은 그의 심정이 어떠했을까!

그들은 곧 델라퍼드에 자리를 잡을 것이라고 그녀는 생각했다. 델라퍼드…… 어쩌다 보니 그녀가 관심을 가지게 되었고, 알고 싶은 마음도 있었지만 피하고 싶기도 했던 그곳에. 그녀는 한순간 그들이 목사관에 있는 것을 보았다. 요령 있는 살림 꾼인 루시가 말쑥하게 보이고 싶은 욕망과 극도의 검약을 결합해 가면서, 자기가 절약하는 것을 반이라도 눈치채지 않게 하려고 애쓰는 것을 보았다. 갖은 잔머리를 굴려서 이득을 추구하면서, 브랜던 대령과 제닝스 부인과 모든 부자 친구들의 환심을 사려고 아양을 떠는 것을 보았다. 에드워드에 대해서는, 무슨 모습을 상상하고 있는지 몰랐고 어떤 모습을 보고 싶은지도 몰랐다. 행복하건 불행하건…… 어느 쪽도 마음에 들지 않았다. 그녀는 그의 모습을 일일이 그려 보기를 피해 버렸다.

엘리너는 런던에 있는 친지들 가운데 누군가가 편지로 이 사건을 알려 주고 더 자세한 내용을 전해 주겠지 하며 마음을 달랬다. 그러나 날이 지나가도 편지도 없고 소식도 들려오지 않았다. 누구를 탓해야 할지 확실치는 않았지만, 그녀는 여기에 없는 모든 친지가 원망스러웠다. 하나같이 생각도 없고 게으르다는 것이었다.

"브랜던 대령한테 언제 편지를 쓸 거예요, 어머니?" 도대체 어떻게 되어 가고 있는지 알고 싶어 안달이 난 나머지 튀어나온 질문이었다.

"지난주에 그 사람한테 편지를 썼다, 얘. 다시 무슨 답장을 받기보다는 직접 보게 될 것 같구나. 와 달라고 아예 간청을 했으니까, 오늘이건 내일이건 언제가 되었건 그 사람이 문득 들어선다 해도 놀라지 않을 거다."

이것은 상당한 소득이었다. 충분히 기대할 만했다. 브랜던 대령은 무언가 전해 줄 소식이 있을 것임에 틀림없었다.

그녀가 이렇게 생각을 정리하기 무섭게 말을 탄 어떤 남자의 모습에 눈길이 창문 쪽으로 끌렸다. 그는 정문에 멈추어 섰다. 신사였는데, 브랜던 대령 본인이었다. 이제 소식을 더 듣게 되었구나. 그녀는 기대로 몸이 떨렸다. 그러나…… 저건 브랜던 대령이 아니야……. 그분의 몸가짐도 아니고……. 키도 달라. 도대체 있을 법이나 한 일인지, 그것은 에드워드가 틀림없었다. 그녀는 다시 보았다. 그가 막 말에서 내렸다. 잘못 본 것이 아니었다. 에드워드였다. 그녀는 창문에서 벗어나서 자리에 앉았다. '프랫 씨 댁에서 일부러 우릴 보러 오신 거야. 침착해야지. 아주 의젓하게 있어야지.'

다른 사람들도 곧바로 착오를 깨달은 모양이었다. 그녀는 어머니와 메리앤의 얼굴빛이 변하는 것을 보았다. 그들이 자기를 보면서 서로 귓속말로 몇 마디 주고받는 것을 보았다. 그녀는 그를 냉대하거나 푸대접하지 말아 달라는 말만 할 수 있다면 온 세상이라도 내주었을 것이다. 그러나 입이 떨어지지 않았고, 그들 자신의 분별력에 모든 것을 맡길 수밖에 없었다.

단 한 마디도 오가지 않았다. 그들은 방문자가 나타나기를 말없이 기다렸다. 자갈길을 따라서 발소리가 들렸다. 한순간 그는 복도에 들어섰고, 다음 순간 그들 앞에 서 있었다.

방에 들어설 때 그의 표정은 엘리너가 보기에도 그다지 밝지 않았다. 하얗게 질려서 동요하는 빛이 역력했고, 어떻게 받아들여질지 두려워하고 환대받을 자격이 없다고 생각하는 듯한 표정이었다. 하지만 대시우드 부인은 무엇이든 충심으로 딸이 하자는 대로 하기로 마음먹고 딸의 생각이라고 믿는 바를 따랐으니, 억지로이지만 기쁘다는 눈빛으로 그를 맞았고 손을 내밀며 축하한다고 했다.

그는 얼굴을 붉혔고, 무슨 말인지 알아들을 수 없는 답변을 우물우물했다. 엘리너의 입술도 어머니의 입술과 함께 달싹거렸고, 그런 인사가 끝나자, 자기도 그와 악수를 했으면 싶었다. 그러나 이미 늦었으므로 스스럼없는 듯한 표정을 짓고 다시 자리에 앉아서 날씨 이야기를 했다.

메리앤은 될 수 있는 대로 눈에 안 띄는 곳으로 물러나서 불편한 심기를 감추었다. 마거릿은 다는 아니지만 일이 어떻게 돌아가는지 얼마간은 이해하고 있어서 나설 상황이 아니라고 생각했고, 따라서 그에게서 될수록 먼 자리를 차지하고 입을 꾹 다물고 있었다.

엘리너가 요즘 날씨가 맑아서 정말 다행이라는 말을 마치자 적막강산이 되어 버렸다. 대시우드 부인이 침묵을 깼는데, 페라스 부인의 안부를 물어야겠다고 생각했던 것이다. 머뭇거리는 태도로 그는 잘 있다고 대답했다.

또다시 침묵.

엘리너는 목소리가 어떻게 나올지 자신이 없었지만, 힘을 내기로 마음먹고서 이렇게 말했다.

"페라스 부인은 롱스테이플에 계시나요?"

"롱스테이플이라고요!" 그가 뜻밖이라는 투로 말을 받았다. "아닙니다. 제 모친은 런던에 계십니다."

"제 말은……." 탁자에서 뜨개질거리를 집으면서 엘리너가 말했다. "에드워드 페라스 부인의 안부를 묻는 것인데요."

그녀는 감히 올려다볼 수 없었다. 그러나 어머니와 메리앤은 둘 다 그에게 눈길을 돌렸다. 그는 얼굴을 붉혔고, 당혹스러운 듯했고, 무슨 말인가 하는 표정이었고, 잠시 머뭇거리다가 말했다.

"아마도…… 제 동생 말씀이신가 본데…… 로버트 페라스 부인 말이지요."

"로버트 페라스 부인이라고요!" 메리앤과 어머니가 아연실색한 목소리로 되뇌었다. 엘리너는 입은 떨어지지 않았지만, 그녀의 눈부터 마찬가지로 초조한 궁금증에 가득 차서 그를 뚫어져라 보고 있었다. 그는 자리에서 일어나 창문으로 걸어갔는데 어찌할 바를 몰라서 그러는 것이 분명했다. 서두르는 목소리로 다음과 같이 말했는데, 말을 하면서 거기 놓여 있던 가위를 집어 들어 가위 집을 조각조각 자르는 통에 가위와 가위 집 둘 다 망가뜨리고 있었다.

"혹 모르시는지도……. 아직 못 들으셨나 보군요. 최근에 제 동생이 스틸 양 자매 중 동생과…… 루시 스틸 양과 결혼했습니다."

엘리너를 빼고 모두가 형언할 수 없이 경악하며 그가 말한 이름을 되뇌었다. 엘리너는 뜨개질거리 위로 머리를 숙이고 앉아 있었는데, 너무 마음이 흔들려서 자기가 어디에 있는지도 모를 지경이었다.

"그렇습니다." 그가 말했다. "두 사람은 지난주에 결혼했고, 지금은 돌리시에 있습니다."

엘리너는 더 이상 앉아 있을 수 없었다. 그녀는 방 바깥으로 거의 뛰어나가다시피 했고, 문이 닫히자마자 기쁨의 눈물을 터트렸는데, 처음에는 결코 멈추지 않을 것만 같았다. 에드워드는 그때까지는 그녀 쪽이 아닌 어딘가로 눈길을 두고 있다가 그녀가 허둥지둥 나가는 것을 보았고, 아마도 그녀의 감정이 격해진 것을 보았거나 우는 소리를 들었을 수조차 있었을 것이다. 왜냐하면 이후 그는 즉각 백일몽에 빠져들어 대시우드 부인이 몇 마디 하면서 물어보고 다정하게 말을 걸어도 도저히 깨어나지 않았고, 마침내 한마디도 하지 않고서 방을 나가 마을 쪽으로 걸어가 버렸기 때문이다. 그의 처지가 이렇게 놀랍게, 이렇게 갑작스럽게 바뀌어 버린 것에 다들 어안이 벙벙하고 어리둥절하게 내버려 둔 채. 그리고 그들로서는 추측을 통해서밖에 그 어리둥절함을 해소할 수 없게 내버려 둔 채.

13

하지만 놓여난 정황이 모든 식구에게 도저히 이해가 안 되어 보여도 에드워드가 자유로워진 것만은 분명했다. 그리고 그 자유를 그가 어떤 목적으로 사용할지는 다들 쉽게 짚어 낼 수 있었다. 왜냐하면 이미 사 년 이상이나 지속된, 자기 어머니의 허락 없이 맺어진 경솔한 약혼의 축복을 일차로 경험한 후이니, 그것이 무효화된 마당에 또 다른 약혼을 곧장 맺는 것 외에 뭘 더 기대하겠는가 말이다.

사실 그가 바턴에 온 목적은 단순했다. 엘리너에게 자기와 결혼해 달라는 요청을 하는 것 오직 한 가지였다. 그리고 청혼 경험이 아주 없지도 않은 사람이 이리도 쑥스러워하면서 부추김도 받아야 하고 신선한 공기도 필요했는지는 좀 의아하게 여겨질 수도 있겠다.

하지만 그가 걸어 다니며 얼마나 빨리 적절한 결심을 하게 되었는지, 그 결심을 행사할 기회가 얼마나 빨리 왔는지, 어떤 식으로 자신의 마음을 표현했는지, 어떻게 받아들여졌는지, 세세한 부분을 이야기할 필요는 없을 것이다. 다만 이런 말은 해 두어야겠다. 그가 도착한 지 세 시간가량 지난 네 시에 모두 식탁에 앉았을 때, 그는 자기 연인의 마음을 얻었고, 그녀의 어머니의 허락을 받았고, 연인으로서의 황홀한 심경에서만이 아니라 이성과 진실의 견지에서도 가장 행복한 남자 중 하나가 되어 있었다. 그의 상황은 그냥 기쁜 정도가 아니었다. 사랑을 얻으면 통상 뿌듯한 기분에 마음이 부풀고 기운이 솟구치지만, 그는 그 이상이었다. 그는 오랫동안 마음을 괴롭혀 오던 그런 얽힘, 오래전부터 사랑하지 않게 되어 버린 여성에게서 자기가 잘못 하나 한 것 없이 해방되었고, 거의 절망적으로 생각해 왔음이 분명한 또 다른 연분에 이제 한번 희망을 걸어도 되지 않나 싶어지자마자 당장 확보하게까지 되었던 것이다. 의구심을 가지고 조바심치다가 행복해진 것이 아니라, 비참해하다가 돌연 행복해진 것이다. 그리고 그는 이 변화를 터놓고 표현했으니, 마음으로부터 즐거움이 흘러넘쳐 감사하는 태도였고, 식구들은 일찍이 이런 그의 모습을 본 적이 없었다.

그는 이제 자기 마음을 엘리너에게 다 털어놓았다. 온갖 약점과 온갖 실수를 고백했고, 소년 시절 루시한테 처음 연정을 느낀 것에 대해 스물넷다운 의젓한 태도로 이야기했다.

"저로선 어리석고 하릴없는 끌림이었습니다." 그가 말했다.

"세상을 너무 몰랐던 탓이고, 할 일이 없었던 까닭이었지요. 열여덟에 프랫 씨의 보호에서 벗어났을 때에 제 모친이 제게 무언가 할 만한 일거리를 주셨더라면, 제 생각입니다만, 아니 확신합니다만, 그런 일은 일어나지 않았을 겁니다. 롱스테이플 을 떠나던 당시에는 그분의 조카딸에게 억누를 수 없는 호감 을 품었다는 생각은 했지만, 제게 시간을 쓸 만한 일이 있어 서 몇 달 동안 그녀와 거리를 둘 수 있기라도 했다면, 사랑이 라는 착각에서는 곧 벗어났을 겁니다. 세상 사람들하고 더 섞 일 수밖에 없었을 테니까 더 그렇지요. 그러나 무슨 할 일이 생기는 대신에, 저를 위해서 선택된 전문직이 있었거나 저 스 스로 선택하도록 허락을 받는 대신, 저는 집에 돌아와서 완전 히 빈둥거리며 지내게 된 겁니다. 그리고 그 이후 첫 열두 달 동안 전 어떤 명목상의 일거리조차 가지지 못했습니다. 대학 에 적을 두면 그런 정도는 주어질 텐데, 전 열아홉이 되어서 야 옥스퍼드에 들어갔으니까요. 그러니 그야말로 아무것도 할 일이 없었던 거지요. 사랑에 빠져 있다고 착각하는 것 말고는 말입니다. 그리고 제 모친 때문에 집에서 편히 있지도 못했고, 친구도 없었고 동생도 벗이 못 되었고 새로 친구를 사귀는 것 도 싫어했기 때문에, 자연스럽게 저로서는 늘 편안하게 느끼 고 환영받는다고 여겼던 롱스테이플에 자주 갔던 겁니다. 그러 다 보니 열여덟에서 열아홉 사이에 제 시간의 대부분을 거기 서 보내게 되었습니다. 루시는 상냥하고도 고마운 존재였습니 다. 예쁘기도 했고요. 적어도 그때는 그렇게 생각했고, 다른 여 자들을 거의 보지 못했기 때문에 비교도 할 수 없었고 결함도 찾지 못했습니다. 따라서 우리 약혼은 어리석었고 나중에 모든 면에서 그렇다는 것이 드러났지만, 전체적으로 보면 당시로서는 부자연스럽고 용납이 안 되는 바보짓은 아니었습니다."

두세 시간 사이에 대시우드 가족의 마음과 행복은 엄청난 변화를 겪은 나머지 그들은 모두 들떠서 잠을 이루지 못했다. 대시우드 부인은 너무 행복해서 마음을 진정할 수 없을 지경이었다. 어떻게 해야 에드워드를 사랑하는 마음을 다 전할지, 엘리너에게 장하다는 칭찬을 충분히 할 수 있을지 모르겠고, 그가 올곧은 심성을 유지하면서 놓여난 것이 너무 고맙고, 둘이서 허심탄회하게 마음을 터놓고 대화를 나눌 시간을 주고 싶고, 그렇지만 지켜보면서 같이 있는 것도 너무 좋다고 거듭거듭 말하는 것이었다.

메리앤은 눈물로만 자신의 행복을 표현할 수 있을 뿐이었다. 비교가 되고, 회한도 일었을 법하다. 그녀의 기쁨은 언니에 대한 사랑만큼이나 진실했지만, 신이 난다거나 떠벌릴 일은 또 아니었다.

그러나 엘리너는(그녀의 감정을 어떻게 표현할 수 있을까?) 루시가 다른 사람과 결혼했고 에드워드가 자유롭다는 것을 알게 된 순간부터, 이어서 즉각적으로 뒤따랐던 희망을 그가 옳다고 확인해 준 순간까지, 평정심을 잃고서 만감이 교차하는 것을 느꼈다. 그러나 두 번째 순간이 지나가자 그녀는 행복에 압도되고 말았다. 모든 의심, 모든 우려가 사라져 버렸고, 바로 직전의 처지와 비교가 되었던 것이다. 그가 이전의 약혼에서 정정당당하게 벗어나 해방을 얻자마자 한시가 바쁘게 자기에게 청혼하고 그녀가 늘 믿어 왔듯이 다정하고 변함없는 사랑을 토로하는 것을 보게 되었으니 말이다. 그리고 인간의 마음이란 워낙 어떤 더 나은 변화에도 쉽게 익숙해지기 마련이라지만 서너 시간이 지나서야 흥분된 기분을 진정시키고 마음을 어느 정도라도 가라앉힐 수 있었다.

에드워드는 이제 적어도 일주일은 코티지에 눌러앉기로 했다. 그에게 달리 할 일이 있다 할지라도, 일주일 미만으로는 엘리너와 함께 지내며 과거, 현재, 미래에 대해서 반이라도 다 얘기하기가 불가능했기 때문이다. 멀뚱한 두 사람 사이에서야 두어 시간 마음잡고 강행군으로 끊임없이 이야기하고 나면 실제로 공유하는 주제들은 다 끌어내고도 남겠지만, 연인들에게는 다른 까닭이다. 그들 사이에서는, 적어도 스무 번은 되풀이하기 전에는 어떤 주제도 끝나지 않고 어떤 의사 전달조차 이루어지지 않는 법.

루시의 결혼이 그들 모두에게 궁금증을 자아낸 것은 당연했는데, 자연히 두 연인이 가장 먼저 나눈 이야기 가운데 하나가 되었다. 양쪽 모두 특히 잘 알고 있는 엘리너로서는 정말 일찍이 겪은 적 없는 요령부득의 사건이었다. 대체 어떻게 함께 있게 되었으며 로버트가 무슨 매력에 끌렸기에 루시와 결혼까지 하게 되었는지 도저히 납득할 수 없었다. 자기 입으로 외모가 별것 아니라고 했던 그 여자, 이미 자기 형과 약혼이 되어 있고 바로 그 때문에 형이 가족에게서 내침을 당하기까지 했던 여자가 아닌가 말이다. 속내로야 웬 떡인가 할 정도로 반가울뿐더러 상상을 하자면 우스꽝스러운 사건이기도 했으나, 이성과 판단력으로 보자면 수수께끼 그 자체였다.

에드워드도 추정할 수 있을 뿐이었다. 아마 처음에는 우연히 만났을 것이고, 한쪽의 허영심이 다른 쪽의 아양에 의해 차츰차츰 부추겨져 결국 그렇게 흘러간 것이 아니겠느냐는 것이었다. 엘리너는 할리가에서 만났을 당시에 때만 늦지 않았다면 어떻게든 형의 문제에 개입해서 중재했을 것이라던 로버트의 말이 기억났다. 그녀는 그 말을 에드워드에게 전했다.

"그게 바로 로버트다운 겁니다." 그의 즉각적인 한마디였다. 그리고 덧붙였다. "그 둘이 서로 처음 안면을 텄을 때 동생 머릿속에도 아마 그 생각이 있었을 겁니다. 그리고 루시도 처음에야 저를 위해서 동생의 호의를 확보해 두자는 생각밖에는 없었겠지요. 다른 계획들은 그 뒤에 생겨났겠고요."

하지만 그 둘 사이에 그런 관계가 얼마나 오래 진행되었는지는 그 자신도 그녀와 마찬가지로 도저히 감이 안 잡혔다. 왜냐하면 그는 런던을 떠난 후 죽 옥스퍼드에 머물기로 했고, 거기서야 그녀의 소식은 본인에게서 듣는 수밖에 없었는데, 그녀의 편지들은 마지막까지 빈도도 전보다 줄지 않았거니와 다정하기도 여느 때와 마찬가지였기 때문이다. 따라서 앞으로 있을 일을 예기케 할 만한 손톱만큼의 의혹도 떠오르지 않았다. 그리고 마침내 루시의 편지 한 통으로 그 일이 느닷없이 터졌을 때, 그는 이렇게 해방된 것이 의아스럽기도 하고 겁이 나기도 하고 기쁘기도 해서 한동안 반은 멍하니 정신이 나가 있었다는 것이다. 그는 그 편지를 그녀의 손에 쥐여 주었다.

친애하는 선생님께

제가 당신의 애정을 오래전에 잃었다는 것을 확신하면서, 저역시 저 자신의 애정을 다른 사람에게 마음대로 내놓을 수 있다고 생각해 왔고, 당신과 함께라면 그럴 수도 있겠다고 한때생각했던 것만큼 그 사람과 행복할 것을 의심치 않습니다. 그러나 마음은 다른 사람의 것인데, 청혼의 손을 받아들이는 것은경멸합니다. 당신이 선택하신 것에 행복하시기를 진심으로 빌면서, 이제 우리가 인척 관계이니까 좋은 친구가 되어야겠지만항상 그렇지는 못하더라도 그것은 저의 잘못이 아닐 것입니다.저는 당신에게 아무런 악감이 없다고 말해도 무방할 것이고,당신은 너무 관대하셔서 우리한테 어떤 해코지도 않으실 것이라고 확신합니다. 당신의 동생이 제 애정을 완전히 얻었고, 우리는 서로가 없으면 못 살기 때문에 막 제단에서 돌아온 참이며 지금 이삼 주간 지내려고 돌리시로 가고 있고, 당신의 동생은 그곳을 너무 보고 싶어 난리이나 저는 우선 이 몇 줄을 당신한테 드려야겠다 생각했습니다.

언제나 당신이 잘되기를 진심으로 바라는 친구이자 제수
루시 페라스로부터

추신. 전 당신의 편지를 모두 태웠고 당신의 초상화는 기회가 닿는 대로 돌려드리겠습니다. 부디 제가 끄적인 편지들은 없애 주세요. 그러나 제 머리카락이 들어 있는 반지는 가지셔도좋아요.

엘리너는 읽고 나서 한마디도 없이 돌려주었다.

"이 편지가 작문으로 어떤지 의견을 묻진 않겠습니다." 에드워드가 말했다. "전에야 그 사람의 편지를 당신한테 죽어도 보여 주지 않았을 테지만. 제수씨라도 창피스러운데, 하물며 부인인 경우엔! 그 여자가 쓴 글을 보고 얼마나 얼굴이 달아올랐던지요! 하여간 그런 바보짓을…… 저지른 지 처음 반년 이후로는, 그나마 이 편지가 내용이 문체의 결함을 보상해 준 유일한 것이 아닌가 합니다."

"어떻게 그리되었든 간에 그 사람들은 분명 결혼했습니다." 엘리너가 잠시 침묵한 후에 말했다. "당신의 어머니는 제대로 자기 발등을 찍으신 셈이네요. 당신께 화가 난 나머지 로버트한테 독립을 부여했는데, 결국 제 마음대로 할 선택권을 준 꼴이 되었으니. 그분은 아들 하나가 그런 행위를 하려 한다고 해서 유산권을 박탈하더니, 이번에는 다른 아들한테 매년 천 파운드를 찔러 넣어 주면서 하라고 시킨 꼴이네요. 그분은 당신이 루시와 결혼했다면 입었을 것 못지않게 로버트의 결혼에 상처를 입겠지요."

"더 상처가 크겠지요, 로버트를 늘 총애하셨으니까. 훨씬 더 큰 상처를 입긴 하실 테지만, 같은 이유로 훨씬 더 빨리 용서할 겁니다."

현재 가족 사이에서 그 문제가 어떻게 받아들여지는지 에드워드는 알지 못했다. 아직 식구 가운데 누구하고도 연락을 주고받지 않았기 때문이다. 그는 루시의 편지가 도착한 후 스물네 시간도 지나기 전에 옥스퍼드를 떠났고, 가장 가까운 길

로 해서 바턴으로 간다는 한 가지 목적밖에 없었으므로 그
길과 긴밀하게 연관되지 않는 어떤 행동 계획도 짤 여유가 없
었다. 대시우드 양과의 운명을 확인할 때까지는 아무것도 할
수 없었다. 그리고 그 운명을 신속하게 찾아 나간 것으로 보
아, 한때 브랜던 대령에게 느끼던 질투심에도 불구하고, 자신
의 자격이 떨어진다고 봄에도 불구하고, 확신을 못 했다고 예
의 바르게 말했음에도 불구하고, 전체적으로 그가 아주 혹독
한 대접을 예상한 것은 아니었다고 하겠다. 그렇지만 그렇게
예상했다고 말하는 것이 그의 본분이었고, 그는 그것을 아주
멋지게 해냈다. 열두 달 후에 그가 그 문제에 대해서 무슨 소
리를 하게 될지는 결혼을 해 본 남편과 아내 들의 상상력에
맡겨야 할 것이다.

　　루시가 토머스를 통해 그런 전갈을 한 것이 상대를 속일 의
도였음이 엘리너에게는 명백해졌다. 에드워드에 대한 악감을
마음껏 터트리고 떠나 버릴 속셈이었던 것이다. 에드워드 자
신도 이제는 루시의 성격에 철저히 눈을 떠서, 그녀가 악의를
품고 극히 야비한 짓도 마다하지 않을 위인임을 서슴없이 믿
을 수 있었다. 그가 엘리너와 교제를 시작하기 전부터도, 그녀
의 의견 중에 무식하고 공평치 못한 것이 있다는 사실을 모르
지는 않았지만, 다 교육의 부족 탓이라고 돌렸던 것이다. 그리
고 그녀의 마지막 편지가 도착했을 때까지 그는 늘 그녀가 성
격 좋고 마음씨 고운 여자라고 믿었고 자기한테 목을 매고 있
는 사람으로 알았다. 오직 마음속으로 이렇게 믿었던 탓에 그
의 약혼이 드러나 모친의 분노를 자아내기 오래전부터 그에

게는 끊임없이 불안과 후회의 원천이 된 그 약혼을 진작 끝낼 수 없었을 것이다. 그는 이렇게 말했다.

"제 감정과는 상관없이 그 여자에게 약혼을 계속 유지할지 말지 선택권을 주는 것이 제 의무라고 생각했습니다. 어머니 한테 거부당하고 이 세상에서 나를 도와줄 친구 하나 없어 보이는 상황에 처해서 말이지요. 누군가의 탐욕이나 허영심을 자극할 만한 어떤 요건도 없어 보이는 그런 상황에서, 그녀가 그렇게 열심히, 그렇게 열렬하게 제 운명이 어찌 되든 그것을 함께 나누겠다고 나왔을 때, 제가 어떻게 사심 한 점 없는 애정 외에 무슨 다른 이유가 있으리라고 짐작이나 할 수 있었겠습니까? 그리고 지금까지도 무슨 동기로 그랬는지, 자기가 손톱만큼도 사랑하지 않는 남자, 재산이라야 고작 이천 파운드밖에 없는 남자에게 매어 사는 것이 자기한테 무슨 이득이 될 것이라고 생각했는지 이해가 안 갑니다. 브랜던 대령이 저한테 목사 자리를 줄 것이라고는 그 여잔 예상하지 못했거든요."

"그렇긴 해요. 하지만 당신에게 무언가 좋은 일이 생길 수도 있다고 생각했을 거예요. 때가 되면 가족들이 후회할 수도 있고요. 그리고 어찌 되었든 약혼을 지속해도 아무것도 잃은 것이 없었던 셈이지요. 그 약혼이 자기의 애정이나 행동에 족쇄가 되지 않았다는 것을 입증한 셈이니까요. 하여간 점잖은 집 안하고의 관계이니, 친지들 사이에서도 분명히 점수를 땄던 거지요. 그리고 더 이로운 일이 일어나지 않는다 할지라도, 독신으로 사는 것보다야 당신하고 결혼하는 것이 나을 테니까요."

물론 에드워드는 루시의 처신보다 더 자연스러운 것, 그 처신의 동기보다 더 자명한 것이 있을 수 없다고 즉시 인정했다.

엘리너는 에드워드가 마음이 흔들리는 것을 느끼면서도 노어랜드에서 자기들과 그렇게 많은 시간을 보낸 것을 호되게 나무랐다. 숙녀들이란 자기에게 찬사가 될지라도 경우에 맞지 않는 행동에 대해서는 늘 그러는 법이다.

"분명 아주 잘못된 행동이었어요." 그녀가 말했다. "저 자신의 믿음은 차치하고라도, 우리 가족 모두가 그때 당신의 처지로서는 결코 있을 수 없었을 것을 생각하고 기대하게 되었잖아요."

그에게 가능한 유일한 변명은 자신의 마음을 몰랐고 약혼의 힘을 과신했던 탓이라는 것이었다.

"제가 너무 단순하게 생각했던 거지요. 다른 사람과 약혼한 몸이니 당신하고 같이 있어도 별로 위험하지 않다고 말입니다. 약혼 상태라는 의식이 제 명예는 물론이고 마음까지도 안전하고 신성하게 지켜 줄 것이라고 여긴 거지요. 당신을 흠모하는 마음이 일었지만 우정일 뿐이라고 스스로를 다독였지요. 당신과 루시를 비교하기 시작했을 때야 비로소 제가 얼마나 멀리 와 있는지 깨달았습니다. 그 이후에도 제가 서식스에 그렇게 오래 머물러 있었다는 것은 잘못이었다고 생각합니다. 저한테는 그러는 것이 좋았기 때문에 이런 논리를 내세워서 적당히 저 자신을 달랬던 것이지요. 위험이야 내가 당하는 것이고, 나 자신 말고는 누구한테도 해를 끼치는 것이 아니라고 말이지요."

엘리너는 미소를 지으며 고개를 저었다.

에드워드는 브랜던 대령이 코티지에 오기로 되어 있다는 말을 듣고 반가워했다. 진정으로 그와 더 친해지고 싶은 마음이기도 했고, 그가 더 이상 델라퍼드의 목사 자리를 받기를 주저하지 않는다는 것을 분명히 해 둘 기회가 되었으면 하기도 했기 때문이다. 그가 말했다. "그런 제안을 받고서 꽤나 시큰둥한 감사를 표했던 터라, 지금 그분으로서는 그런 자리를 제공했다고 제가 괘씸하게 여긴다고 생각하실 것임에 틀림없습니다."

이제 그는 자기가 그곳에 한 번도 가 본 적이 없다는 사실에 스스로 놀랐다. 그동안 그 문제에 거의 관심이 없었으므로 집, 정원, 부속 농지, 교구의 범위, 땅의 상태, 십일조 비율에 대해서는 전적으로 엘리너를 통해 알게 되었다. 그녀는 브랜던 대령한테 그 이야기를 듣기도 많이 들었지만 귀를 쫑긋 세우고 들은 덕분에 그 주제에는 훤할 정도였다.

이 이후에 그들 사이에는 한 가지 문제만 결정되지 않고 있었는데, 극복되어야 할 어려움이 딱 한 가지 있었던 것이다. 그들은 서로의 애정에 의해 결합하게 되었고, 집안 식구들의 따뜻하기 그지없는 승인을 받았으며, 서로 너무나 잘 알았으니 그들의 행복은 보장된 듯 보였다. 단지 생활을 유지할 무언가만 부족했던 것이다. 에드워드에게는 이천 파운드가 있었고 엘리너에게는 천 파운드가 있었다. 델라퍼드의 목사 자리와 함께 이것이 그들 자신의 재산이라고 할 만한 전부였다. 대시우드 부인이 보태 주는 것이 불가능했기 때문인데, 그들이 아무리 사랑에 빠져 정신을 잃었을지라도 일 년에 삼백오십 파운드로 안락한 생활이 보장된다고 믿을 만큼은 아니었다.

에드워드는 그의 어머니의 태도가 긍정적으로 변할 수도 있다는 희망을 아주 버리지는 않아서, 나머지 수입을 거기에서 기대했다. 그러나 엘리너는 그런 기대를 가지지 않았다. 에드워드가 모턴 양하고 결혼하지 않는 사정은 마찬가지인 데다 페라스 부인이 선심 쓴답시고 한 말로도 루시 스틸 대신 자신을 선택한 것은 차악일 뿐일 테니 말이다. 그녀는 로버트의 거역으로 결국 패니가 어부지리를 얻게 되지 않을까 생각했다.

에드워드가 도착한 후 나흘 정도 지나서 브랜던 대령이 모습을 드러내서 대시우드 부인의 흡족함은 극대치에 달했고, 그녀가 바턴에서 살게 된 이후 처음으로 수용 인원 이상의 손님을 치르는 영광을 누리게 되었다. 에드워드가 먼저 온 사람의 특권을 유지했고 브랜던 대령은 매일 밤 파크에 있는 자기의 옛 거처로 걸어갔다가 대개는 아침식사 전에 두 연인의 오붓한 자리를 방해할 정도로 일찍 돌아오곤 했다.

델라퍼드에 석 주간 머물면서 적어도 저녁 시간에는 서른여섯과 열일곱 사이의 불균형을 곱씹는 것 외에는 거의 할 일이 없어서, 그가 바턴에 왔을 때의 울적한 심사를 달래고 얼굴을 펴 주기 위해서는 메리앤의 한결 나아진 몰골, 그녀의 친절한 환영 그리고 그녀의 어머니의 격려가 다 동원되어야 했다. 이윽고 이런 친구들 사이에서, 그리고 이렇게 듣기 좋은 말을 들으면서 그는 되살아났다. 루시의 결혼 소문은 아직 그에게는 닿지 않았다. 그는 그동안 벌어진 일을 전혀 몰랐다. 그 결과로 그의 방문 초기에는 듣고 놀라느라 바빴다. 대시우드 부인이 모든 것을 설명했는데, 그에게는 페라스 씨를 위해 한 일에 뿌듯해해야 할 새로운 이유가 생겼다. 결국 엘리너가 득을 본 것으로 귀결되었기 때문이다.

두 신사가 서로 더 사귀면서 호감도 커지게 되었다는 것은 말할 필요조차 없다. 그들은 훌륭한 원칙과 양식에서, 성향과 사고방식에서 닮아서 다른 끌리는 점 없이도 그것만으로 우정으로 맺어지기에 분명 충분했다. 그러나 두 사람 다 두 자매와 사랑에 빠져 있고, 두 자매가 서로 사이좋았기 때문에, 혹 사정이 달랐으면 시간과 판단의 결과를 기다린 후 생겨났을지도 모를 상호 간의 호감이 이 경우에는 불가피하고 즉각적으로 생겨났다.

며칠 전만 하더라도 런던에서 온 편지들에 엘리너의 심장은 터질 듯하고 온몸에 전율이 왔겠지만 지금은 읽고도 환희랄 것도 없이 그저 즐거운 정도였다. 제닝스 부인이 놀라운 이야기를 전하려고 편지를 썼는데, 고무신을 바꾸어 신은 여자에게 숨김없는 분노를 터트리면서 불쌍한 에드워드 씨에게 동정을 쏟아 놓았다. 부인의 생각에 그는 아무 가치도 없는 계집애에 홀딱 빠져 있다가 이제 옥스퍼드에서 누가 뭐래도 거의 상심해 있는 처지라는 것이었다. 그녀의 편지는 이렇게 이어졌다. "그렇게 감쪽같이 진행되었을 줄이야 꿈에도 생각하지 못했어. 바로 이틀 전만 해도 루시가 나를 방문해서 두 시간을 같이 있었으니까. 아무도 무슨 수상한 낌새를 채지 못했고, 낸시조차 그랬는데 참 딱하기도 하지! 그다음 날 낸시가 나한테 와서 페라스 부인이 겁나 죽겠고 어떻게 플리머스로 가야 할지 모르겠다며 울더라고. 보아하니 루시가 결혼하려고 내빼기 전에 개의 돈을 모두 빌려 나간 모양이더라. 그걸로 몸치장하는 데 쏠 모양이었던가 봐. 불쌍한 낸시는 달랑 칠 실링밖에 가진 돈이 없었던 거야. 그래서 내가 엑서터로 내려가라고 오 기니를 선뜻 주었는데, 거기서 서너 주 버제스 부인하고 지내면서 내가 하라는 대로 박사하고 어찌 다시 해 볼까 하는 기대를 품고 있어. 루시가 걔를 자기네 마차에 태워 주지 않았으니 심술도 그런 심술이 없지. 가련한 에드워드 씨! 그 사람이 뇌리에서 떠나질 않는데, 어디 한번 네가 바턴으로 그 사람을 불러서 메리앤 양더러 위로해 주라면 어떨까 한다.”

대시우드 씨의 문투는 더 엄숙했다. 페라스 부인은 여성 가운데 가장 불행한 여성이었고, 가련한 패니는 신경이 날카로워져 고통이 극심했다는 것이다. 그로서는 두 사람이 그런 타격을 받고서도 살아 있다는 것이 놀랍고 감사할 지경이었다, 로버트의 짓은 용서할 수 없지만 루시의 짓은 한량없이 더 나빴다, 페라스 부인의 입에 그들의 이름은 두 번 다시 오르지도 않았고 심지어 차후 자기 아들을 용서해 주고 싶은 마음이 들더라도 그의 아내는 며느리로 결코 인정되지 않을 것이고 면전에 나타나지도 못하게 할 것이라고 했다, 모든 것이 비밀리에 진행되었다는 것도 욕을 먹어 마땅한데, 그 결과 그 범죄 행위를 엄청나게 키운 셈이기 때문이라고 했다. 그런 낌새를 누구라도 알아챘다면 그 결혼을 막기 위해 적절한 조치가 취해졌을 테니 말이다. 그러고는 엘리너더러 루시가 이렇게 가족의 불행을 퍼트리는 수단이 될 줄 알았다면 차라리 너와 에드워드의 약혼이 성사되지 않은 것이 한스럽다며 동의를 구했다. 그러고는 이렇게 이어 썼다.

"페라스 부인은 에드워드의 이름을 입에 올린 적이 없는데, 그거야 놀랄 일이 아니지. 그러나 정말 경악할 일은 이런 사태가 벌어졌는데도 그에게서 편지 한 줄 없었다는 거야. 하지만 아마도 처남은 장모님을 거스르게 될까 봐 겁이 나서 침묵을 지키고 있는 모양이니, 내가 어디 옥스퍼드로 한 줄 써 보내서 누나와 내 생각으로는 처남이 잘못을 비는 편지를, 일단 패니 앞으로 보내면 패니가 장모님한테 보일 테니, 꼭 한번 그리하라고 귀뜀을 할까 한다. 우리 모두 알고 있다시피, 페라스 부인은 마음씨가 인자하고, 자식들하고 잘 지내고 싶은 소망 말고 달리 원하시는 것도 없으니까 말이다."

이 문단은 에드워드의 전망과 처신에 상당히 중요했다. 이것을 보고 그는 매형과 누나가 지적한 대로는 아니지만 화해를 시도할 결심을 하게 되었다.

"잘못을 비는 편지라고!" 그가 되뇌었다. "배은망덕은 로버트가 저지르고 나도 명예가 짓밟혔는데, 내가 어머니한테 잘못을 빌어요? 빈다니 어림도 없습니다. 지난 일로 해서 겸허해진다거나 뉘우친 거 없습니다. 오히려 아주 행복해졌습니다. 그런 것에 무슨 관심이 있겠습니까만, 무얼 어떻게 빌라는 건지 모르겠습니다."

"용서를 청하는 것이 좋을 것 같아요." 엘리너가 말했다. "어머니 뜻을 거스른 것은 사실이니까요. 그리고 어머니의 진노를 사게 된 그 약혼에 대해서도 이제는 약간의 유감을 표명하는 정도는 해도 좋을 테고요."

그는 그러겠다고 동의했다.

"그리고 어머니가 당신을 용서하게 되면, 두 번째 약혼을 알릴 때 약간 숙이고 들어가는 것이 아마 더 수월할지 모르겠네요. 그분의 눈에는 첫 번째 약혼과 거의 마찬가지로 경솔하게 보일 테니까요."

그는 여기에는 반대할 생각이 없었으나 잘못을 비는 편지를 보내라는 것에는 거부감이 컸다. 서면으로 그렇게 내키지 않는 양보를 하느니 차라리 구두로 하겠다고 해서, 그는 일을 더 수월하게 처리하는 방편으로 편지를 쓰는 대신 런던으로 가서 누나를 직접 만나 중재를 부탁해 보기로 했다. 최근의 일로 사람들을 좀 더 좋게 생각하게 된 메리앤은 이렇게 논평했다. "화해를 시키는 데 정말로 관심 있어 하면 존 오빠와 올케한테도 미덕이란 것이 아주 없지는 않은 셈이네."

브랜던 대령 편에서 보자면 고작 사나흘 머물렀을 뿐이지만 두 신사는 함께 바턴을 떠났다. 그들은 곧장 델라퍼드로 갈 예정이었고, 그곳에서 에드워드는 앞으로 살 집을 직접 둘러보고 후원자이자 친구를 도와 어떻게 손볼지 정하기로 했다. 거기서 두어 밤 묵은 후 그는 런던으로 갈 터였다.

14

페라스 부인 편에서 적당히 뻗댄 후, 늘 꺼렸듯이 너무 무르다는 소리를 듣지 않을 정도로만 격하고 꾸준히 뻗댄 후,

에드워드는 어머니 앞에 나섰고 다시 아들로 받아들여졌다.

그녀의 가족은 최근에 극히 요동이 심했다. 평생에 아들 둘을 두었으나 몇 주 전에 에드워드가 죄를 짓고 도태되어서 하나를 잃었고, 로버트마저 비슷하게 도태되자 그녀는 이 보름간 아들 하나 없이 지낸 셈이었다. 이제 에드워드를 부활시킴으로써 그녀는 다시 아들 하나를 두게 되었다.

하지만 다시 한번 아들로 살도록 허락은 받았어도 그는 현재의 약혼을 밝히기 전까지는 계속 생존할지 여부가 불확실하다고 여겼다. 그런 정황을 공표하면 그의 지위가 갑작스럽게 변해서 전처럼 순식간에 목숨이 날아갈 우려도 있지 않나 해서였다. 따라서 불안한 심정으로 조심스레 밝혔는데, 뜻밖에도 어머니가 차분하게 들어 주었다. 페라스 부인은 처음에는 대시우드 양과의 결혼을 말리려고 갖은 논리를 다 동원했다. 이왕이면 모턴 양처럼 신분도 더 높고 재산도 더 많은 부인을 얻어야 하지 않겠느냐는 것이었다. 모턴 양은 삼만 파운드를 소유한 귀족의 딸인 데 비해 대시우드 양은 고작 일개 신사의 딸인 데다 기껏 삼 천 파운드밖에 없지 않느냐고 했다. 그러나 그가 어머니의 말을 십분 시인하면서도 따르려는 생각은 전혀 없는 것을 알자, 과거의 경험을 살려 뜻을 굽히는 것이 더 현명하겠다고 판단했다. 그래서 위엄을 차리느라고, 또 사람 좋다는 혐의를 불식시키느라고 불퉁거리면서 시간을 끈 후에 그녀는 에드워드와 엘리너의 결혼을 승인한다고 선포했다.

그다음에 고려할 사항은 그녀가 그들의 수입을 늘리기 위해서 어떤 조치를 취할 것인가였다. 여기서 명백히 드러난 바로는 에드워드가 이제 그녀의 유일한 아들이지만 장남 자격을 회복한 것은 아니라는 점이다. 로버트가 연 수입 천 파운드의 재산을 불가불 확보하고 있는 판임에도 에드워드가 기껏 이백오십을 받자고 성직을 제수한 데는 조금도 이의를 달지 않았던 것이다. 또 이전에 패니도 받았던 만 파운드 외에는 현재든 미래든 달리 약속도 없었던 것이다.

하지만 그것은 기대할 수 있는 최대치였고, 에드워드와 엘리너가 예상한 것보다는 많았다. 더 주지 않은 것이 뜻밖인 사람은 어물어물 변명을 하는 페라스 부인 본인뿐인 듯 보였다.

그들에게 필요한 수입이 그렇게 확보되자, 에드워드가 목사 자리를 얻은 후에는 집이 마련되기를 기다리는 일밖에 남지 않았다. 브랜던 대령은 엘리너가 살 집을 잘 꾸며 주고 싶은 마음이 커서 상당한 개조를 진행하고 있었다. 한동안 공사가 끝나기를 기다린 후에, 대개 그렇듯이 일꾼들의 이해할 수 없는 꾸물거림 때문에 천 번이나 실망하고 연기를 겪은 연후에, 또 대개 그렇듯이 엘리너도 만사가 빈틈없이 준비될 때까지는 결혼하지 않겠다는 애초의 옹골찬 다짐을 깨게 되었다. 예식은 이른 가을에 바턴 교회에서 있었다.

결혼한 후 첫 달은 그들의 친구와 대저택에서 지내면서 거기서 목사관의 공사를 감독하고 현지에서 그들이 원하는 대로 모든 일을 지시할 수 있었다. 벽지를 선택하고 관목 숲을 설계하고 마차 진입로를 꾸며 볼 수 있었다. 제닝스 부인의 예언은 다소 뒤엉키기는 했지만 대체로 실현되었다. 그녀는 성

미카엘 축일까지 목사관으로 에드워드와 그의 부인을 방문할 수 있었고, 엘리너와 그녀의 남편이 이 세상에서 가장 행복한 짝 중 하나임을 확인했다. 두 사람이 더 바라는 것이라고는 브랜던 대령과 메리앤의 결혼과 젖소를 키울 조금은 더 나은 목초지 정도였다.

그들이 자리잡고 신혼살림을 차리자 거의 모든 친척과 친구들이 방문했다. 페라스 부인은 거의 창피스러워하며 이 결혼을 인정했지만 과연 얼마나 행복한지 시찰차 친히 왕림했다. 대시우드 부부조차 그들의 면목을 세워 준답시고 서식스에서 이곳까지 여행하는 경비를 치렀다.

"내가 실망했다고 말하지는 않으마, 얘야." 어느 날 아침 델라퍼드 하우스의 대문 앞을 같이 걸어가다가 존이 말했다. "그건 너무 심한 말이 될 테지. 넌 지금대로도 복이 터졌다고 할 수 있으니까. 그렇지만 솔직히 말해서 오라비로서는 브랜던 대령을 매제라고 부를 수 있었다면 정말 좋았을 텐데. 여기 그의 재산, 영지, 저택, 모든 것이 이렇게 품위 있고 훌륭한 조건을 갖추고 있으니 말이다! 숲들은 또 어떻고! 지금 델라퍼드 행거[69]에 서 있는 것 같은 목재는 도싯셔 어디서도 본 적이 없구나. 그리고 딱히 메리앤이 그 사람 관심을 끌 만한 인물은 아닐 것 같다만…… 그래도 네가 앞으로 그 둘을 같이 불러서 종종 어울리게 하는 것이 두루두루 좋지 않을까 싶어. 브랜던 대령은 주로 집에 있는 것 같으니, 어떤 일이 일어날지

---

69) 언덕의 경사진 면에 있는 숲.

모르는 일이지. 달리 보는 사람도 없이 자주 같이 있다 보면, 흠…… 그리고 네가 좀 힘을 쓰면 걔가 점수를 딸 수도 있을 테고, 뭐 그런 거지. 한마디로 동생한테 기회를 주는 게 좋겠다 싶어. 무슨 말인지 알 거다만."

페라스 부인이 그들을 보러 오기는 했고 늘 그만하면 넉넉한 애정이 있는 듯이 대했지만, 그들은 그녀가 진짜 편들고 좋아하는 쪽이 따로 있다 해서 모욕감을 느끼지는 않았다. 그것은 로버트의 어리석음과 그의 아내의 교활함에 따른 것이다. 사실 몇 달이 지나기도 전에 그들은 그것을 손에 넣었던 것이다. 애초에 로버트를 곤경으로 몰아넣었던 루시의 그 이기적인 총명함이 그가 곤경에서 벗어나는 주된 도구가 되었다. 비집고 들어갈 조그마한 틈이 생기자마자 그녀는 깍듯한 겸손함, 주도면밀한 배려, 끝없는 아첨을 얼마나 잘 발휘했던지 페라스 부인은 그가 선택한 배우자와 화해하고 그를 가장 귀여운 자식의 자리로 복권시켰던 것이다.

이 일련의 사태에서 루시는 처음부터 끝까지 영민하게 처신해 끝내 큰 성공을 거두었으니, 모름지기 인간이란 자기 이익을 위해 부단히 그리고 열심히 노력하다 보면 아무리 중도에 방해물에 부딪치더라도 그저 시간과 양심만 대가로 치르면 얼마든지 손아귀에 들어오는 재산을 모두 확보할 수 있다는 것을 말해 주는 고무적인 사례라고 하겠다. 로버트가 처음 그녀를 만나려고 개인적으로 바틀릿츠 빌딩스로 찾아갔을 때는 형이 추측한 그런 목적뿐이었다. 그 약혼을 포기하라고 설득할 작정이었던 것이다. 당사자들의 애정 외에는 극복해야 할 문제가 없었기 때문에 그는 당연히 한두 번 만나면 일이 마무리될 것이라고 예상했다. 하지만 그 점이, 오로지 바로 그 점이 그의 착오였다. 루시는 금방이라도 자기가 그의 달변에 설득되어 용단을 내릴 것이라는 기대를 품게 하면서도, 그 용단을 위해서는 다시 만나서 한 번 더 이야기할 필요가 있다는 여지를 늘 남겨 두었던 것이다. 그들이 헤어질 때면 꼭 일말의 회의가 그녀의 마음에 맴돌았고 그 회의를 없애려면 그와 다시 만나 반 시간은 대화하는 도리밖에 없었다. 그녀는 이런 수단으로 그와 같이 있을 기회를 확보했고, 그다음은 일사천리였다. 그들은 에드워드에 대해 말하는 대신에 차츰 로버트에 대해서만 이야기하게 되었다. 그 주제라면 그는 어떤 다른 주제에 대해서보다 늘 할 말이 많았고, 그녀는 곧 그에 못지않은 관심을 경주했다. 그리하여 한마디로 그가 완전히 형을 대체했다는 것이 두 사람 모두에게 문득 명백해졌던 것이다. 그는 그의 정복이 자랑스러웠고 에드워드를 속여 넘긴 것이 자랑스러웠고 자기 어머니의 허락 없이 비공개 결혼을 한 것이 무척 자랑스러웠다. 그다음에 일어난 일은 이미 알려진 대로이다. 그들은 돌리시에서 몇 개월을 무척 행복하게 보냈다. 그녀에게는 콧대를 세우며 무시할 친척들과 친지들이 수두룩했고, 그는 멋진 코티지들을 위한 설계도를 여러 장 그렸으니까 말이다. 거기서부터 런던으로 돌아간 그들은 페라스 부인의 용서도 얻게 되었다. 루시가 그렇게 하라고 부추겨서 무조건 빌었던 것이다. 처음에는 그 용서는 당연히 로버트에게만 해당되었다. 루시에게는 그의 모친에게 아무런 의무가 없었고 그러니 거스를 일도 없었지만, 하여간 용서받지 못한 상태로 몇 주를 더 보내야 했다. 그러나 바짝 몸을 굽히고 겸허한 전 갈을 끈질기게 전하고, 로버트가 잘못한 일은 다 자기 탓이라고 하고, 그런 야속한 대접을 받아도 싸다면서 오히려 고마워하며 견딘 끝에, 이윽고 부인 편에서 거만을 떨며 아는 체해 주자 그녀는 그 자비로움에 몸 둘 바를 몰라 했고, 곧이어 빠른 속도로 최상급의 애정과 영향력을 차지한 것이다. 루시는 로버트나 패니만큼이나 페라스 부인한테 없어서는 안 될 인물이 되었다. 에드워드는 한때 루시와 결혼하려고 했다는 것만으로도 진심으로 용서받은 적이 없었고 엘리너는 재산과 태생에서 그녀보다는 윗길이지만 틈입자로 이야기되는 반면에 정작 당사자는 모든 면에서 총애하는 며느리로 간주되고 늘 공개적으로 인정받았다. 그들은 런던에 정착했고, 페라스 부인한테 후한 지원을 받았으며, 대시우드 부부와도 상상할 수 있는 최상의 관계를 유지했다. 그리고 로버트와 루시 자신 사이의 잦은 가정불화뿐 아니라 패니와 루시 사이에 늘 존재하던, 그리고 그녀들의 남편들도 한몫 거들던 시기와 악의를 제외하면, 그들이 화목하게 살아가는 데 초를 치는 것은 아무것도 없었다.

에드워드가 도대체 무슨 짓을 했다고 장남의 권리를 몰수당하게 되었는지 이해할 수 없을 사람들이 많았을 것이다. 그리고 로버트가 뭘 했다고 그 권리를 승계하게 되었는지는 더더욱 그러했을 것이다. 하지만 이런 일은 원인을 따져 봐야 아무 소용이 없고 결국 결과가 모든 것을 말해 주기 마련이다.

왜냐하면 로버트의 생활방식이나 말하는 투를 보면, 그가 형한테는 병아리 눈물만큼만 남기고 자기는 엄청나게 많이 챙기고 있는 것을 한탄하는 낌새는 눈을 씻고 보아도 찾을 수 없었기 때문이다. 또 에드워드도 작은 일 하나하나까지도 즐겁게 의무를 이행하고, 아내와 집에 대한 애정이 갈수록 커지고, 한결같이 즐겁게 지내고 있다는 것으로 미루어 보면, 동생 못지않게 자기 팔자에 만족하고 있을뿐더러 서로 자리를 바꾸기를 조금도 원하지 않는다고 여겨졌기 때문이다.

결혼은 했지만 엘리너는 가족과 그리 많이 떨어져 살지는 않은 셈이었다. 바턴 코티지는 명목상 유지될 수 있는 정도로만 두고, 어머니와 동생들이 그들의 시간의 반 이상을 그녀와 함께 보냈던 것이다. 대시우드 부인이 델라퍼드를 자주 찾는 것에는 즐거움을 누리자는 동기뿐 아니라 정략적인 동기도 작용했다. 메리앤과 브랜던 대령을 결합시키고자 하는 그녀의 소망은 비록 존이 피력한 것보다는 이해관계를 덜 따진 것이긴 했지만 열성적이기는 그에 못지않았다. 이제 그녀에게 가장 소중한 목표는 그것이었다. 딸과 같이 있고 싶은 마음이야 간절했지만 그 변함없는 즐거움을 소중한 친구인 대령에게 넘겨주고 싶은 마음만큼 큰 것도 달리 없었다. 그리고 메리앤이 그 대저택에 정착하는 것을 보고 싶어 하는 마음은 에드워드와 엘리너도 마찬가지였다. 그들은 각자 대령의 슬픔을 알았고 그들이 신세를 지고 있다고 느꼈으니, 다 같이 인정하는 바이지만 메리앤이 최상의 보답이 될 터였다.

그녀에 맞선 이런 동맹에 그의 선량함을 피부로 알게 되었고, 남들은 모두 오래전부터 알던 사실이지만 마침내 그가 자기를 무척이나 사랑하고 있다는 것을 그녀도 불현듯 깨닫게 되었으니…… 그녀로서는 어찌하겠는가?

메리앤 대시우드는 특이한 운명을 맞게끔 태어났다. 그녀는 자기 생각이 그릇됨을 알게끔, 가장 아끼는 금언들에 어긋나게 처신하게끔 태어났다. 그녀는 열일곱 나이가 되어서야 찾아온 애정을 물리치고 강한 존경과 활기찬 우정 이상의 감정을 가지지 않은 채 자진해서 첫사랑이 아닌 다른 사람한테 손을 주게끔 태어났던 것이다! 게다가 그 상대는 과거의 애정 때문에 자기 못지않은 고통을 겪은 사람이고, 이년 전만 해도 결혼하기에는 너무 나이 들었다고 생각했던 사람이고, 몸을 챙기기 위해서 아직도 플란넬 조끼를 찾는 사람이었던 것이다!

그러나 일은 그렇게 되었다. 한때 그녀가 꿈에도 못 잊어 그리던 항거할 수 없는 정열에 몸을 바치는 대신에, 나중에 더 말짱한 정신으로 차분하게 결정했던 것처럼 영원히 어머니와 지내면서 물러나 공부하는 데서 유일한 즐거움을 찾는 대신에 그녀는 열아홉에 새로운 애정에 굴복하고 새로운 의무를 맡게 되었으니, 한 남자의 아내로, 한 가족의 안주인으로, 한 마을의 여주인으로 자리를 잡았다.

브랜던 대령은 이제 그를 가장 사랑하는 사람들 모두가 그에게 그럴 자격이 있다고 여기는 것만큼 행복했다. 메리앤을 보고 있으면 과거의 고통은 봄눈 녹듯이 사라졌다. 그녀의 사랑을 받고 그녀와 함께 지내면서 그의 마음은 생기를 되찾고 즐거워졌다. 그리고 그를 행복하게 해 주면서 자기도 행복해지는 메리앤의 모습에 지켜보는 모든 친구가 마찬가지로 기뻐했다. 메리앤은 사랑을 반쪽만 하지는 못하는 사람이었다. 때가 되자 그녀는 한때 윌러비에게 그랬던 것같이 남편에게 온 마음을 바쳤다.

윌러비는 그녀의 결혼 소식을 듣고 가슴이 아팠다. 그리고 얼마 안 있어 스미스 부인이 자발적으로 용서를 베풀면서 그가 어엿한 여성과 결혼했기 때문에 이렇게 관대한 처분을 내린 것이라고 했다. 메리앤에게 신의를 지켰더라면 행복과 부를 동시에 거머쥘 수도 있었음을 알게 되었으니 이로써 그에 대한 징벌은 완성되었다. 이런 벌을 받고 나서 그가 그릇된 행실을 진정으로 뉘우쳤다는 것은 의심할 필요가 없다. 또한 오랫동안 브랜던 대령을 부러워하고 메리앤을 아쉬워했다는 것도 의심할 필요가 없다. 그러나 그가 언제까지고 슬픔에 잠겨 있었다고, 사교계를 피했다거나 습관성 우울증에 빠졌다거나 상심한 나머지 죽었다고 하는 것은 믿을 바가 못 된다. 왜냐하면 그중 그에게 해당되는 것은 하나도 없었기 때문이다. 그는 그럭저럭 살면서 즐거울 때도 많았다. 그의 아내는 늘 기분이 언짢은 것은 아니었고, 그의 집도 늘 안락하지 않은 것은 아니었다. 그리고 그는 말들과 개들을 기르면서, 또 온갖 종류의 스포츠를 즐기면서 가정적 행복을 꽤나 누렸다.

하지만 메리앤에 대해서는, 그녀를 잃고도 살아가는 무례를 범하고 있음에도 불구하고 그는 늘 확고한 호의를 간직하고 있어서, 그녀에게 닥치는 모든 일이 관심거리였고 마음속으로 그녀를 완벽한 여성의 기준으로 삼았다. 훗날 새로 떠오른 수많은 미인들이 그에게 무시를 당했으니, 브랜던 부인과 비교할 수준이 못 된다는 이유였다.

대시우드 부인은 그만한 분별은 있었으므로 델라퍼드로 옮기려 하지 않고 코티지에 머물러 있었다. 그리고 존 경과 제닝스 부인에게는 다행스럽게도, 메리앤이 그들 곁을 떠나자 마거릿이 딱 무도회에 나올 만하고 연인이 생겨도 괜찮겠다고 할 만한 나이가 되었다.

바턴과 델라퍼드 사이에는 강한 가족애가 있으면 자연스럽게 그리되듯이 늘 교류가 있었다. 그리고 엘리너와 메리앤이 누리는 복 가운데서 다음을 절대 소홀히 하지 말자. 즉 자매가 그야말로 엎어지면 코 닿을 곳에 살면서도, 서로 간에 불화한다거나 남편들이 소원해진다거나 하지 않고 살 수 있었다는 것을.

제인 오스틴과 『이성과 감성』

1811년 가을 어느 날, 잉글랜드 남부의 초턴이라는 작은 마을에 살던 서른여섯 살의 노처녀 제인 오스틴은 사랑하는 조카 애너와 함께 근처 읍내 앨턴에 나들이를 갔다. 순회 도서관에 들른 그들은 진열대에 '한 숙녀'가 쓴 『이성과 감성』이라는 소설이 놓인 것을 보았다. 애너가 그것을 집어 들더니 "제목이 이 모양이니 엉터리가 틀림없어요." 하면서 바로 내려놓았다. 제인은 속으로 웃으면서 한마디도 하지 않았다. 자기의 첫 소설이 출판된 사실을 조카에게조차 알리지 않았던 것이다. 장차 영국이 자랑스러워하는 소설가이자 세계적인 고전 작가의 반열에 우뚝 서게 된 작가 제인 오스틴의 탄생은 이랬다. 조카 애너의 푸대접과는 달리 익명 작가의 이 작품은 폭발적이지는 않았지만, 좋은 반응을 얻었다. 재판까지 들어가 당시로서는 상당한 금액인 140파운드의 인세를 받은 것이다.

『이성과 감성』은 제인 오스틴이 열아홉 살 때 써 두었던 『엘리너와 메리앤』이라는 장편 소설을 개작한 작품이다. 햄프셔 지방의 한 시골 목사의 둘째 딸로 태어난 제인은 정식 교육을 받지는 못했지만, 독서를 즐기는 집안 분위기의 영향으로 당시의 문학 작품들을 탐독했고, 타고난 재능을 발휘해 열한 살 때부터 풍자 희곡이나 로맨스 등의 다양한 장르의 글을 써서 가족에게 읽어 주기도 했다. 특히 『엘리너와 메리앤』을 완성한 이 년 후인 1797년에는 『첫인상』을 썼는데 이 작품은 훗날 두 번째 발표 소설인 『오만과 편견』(1813)의 원본이 되었다. 『이성과 감성』에 이어 『오만과 편견』을 발표함으로써 주위에 시골 노처녀로만 알려져 있던 제인은 일약 주목받는 작가로 떠올랐고, 익명의 작가에 대한 런던 문단의 관심이 높아졌다. 잇따라 『맨스필드 파크』(1814)를 출판한 이후로 본명도 알려지고 명성이 높아져 당시 섭정 동궁을 관저에서 알현하고 다음 작품인 『에마』(1815)를 동궁에게 헌정하기도 했다. 그럼에도 제인은 런던의 문단과 사교 생활을 마다하고 시골집에서 집안 대소사에 동원되는 고단한 노처녀의 삶을 이어 가면서 마지막 작품 『설득』(1817)을 완성했다. 이 작품과 이전에 썼던 『수전』이라는 작품을 개명한 『노생거 사원』은 작가가 사망한 해인 1817년 12월 출간되었다.

제인 오스틴의 작품은 고딕 로맨스 형식을 일부 차용한 『노생거 사원』까지 포함해서 모두 사랑과 결혼의 문제를 중심 주제로 삼고 있다. 결혼 적령기의 젊은 남녀들이 연애 상대를 찾

고 우여곡절 끝에 결혼에 이르는 과정이 사실적으로 그려진
다. 그렇기 때문에 그녀의 소설은 대중에게는 연애 소설로 알
려져 있기도 하다. 그런데 그 연애와 결혼의 과정에 대한 묘사
에는 당시의 사회상과 풍습과 사고 습관이 깊이 있게 담겨 있
기 때문에 자연히 풍속극(comedy of manners)의 성격을 띤다.
그녀의 소설을 읽으면, 독자는 주인공들의 연애의 전말을 따
라가면서 당시의 일상생활과 사회상을 실감 나게 경험하게 된
다. 연애와 결혼이라는 사건은 단순히 젊은이들 사이의 낭만
적 사랑이기만 한 것이 아니라 현실적이고 심지어 경제적인
면과 떨어져서 이루어지기 어렵기 때문이다. 그리고 연애와 결
혼이 낭만적 사랑과 경제적 필요라는 두 차원을 동시에 포괄
하고 있음은 당시의 상황일뿐더러 지금도 지속되는 상황이기
도 하다. 오스틴의 작품이 이 시대에도 보편적인 의미를 가지
는 것은 이 때문이다.

　대개 문학 작품의 내용은 작가의 체험을 반영하는 경우가
많은데, 제인 오스틴이 그리는 작품 세계도 그녀의 실제 삶과
긴밀하게 맺어져 있다. 1775년 햄프셔 지방의 작은 마을 스
티븐턴의 교구 목사 조지 오스틴과 어머니 커샌드라 리 오스
틴 사이의 8남매 중 일곱째 아이이며 두 딸 중 둘째 딸로 태
어난 제인은, 풍족하다고는 할 수 없지만 그런대로 안정된 생
활 환경 속에서 시골 신사 가문의 전형적인 삶을 경험하면서
살았다. 제인의 가문은 지방 지주와 대개 그 가족들인 목사,
직업 군인 등 전문직으로 구성된 젠트리(gentry) 계층에 속해
있었는데, 이들은 사교 생활을 중심으로 하는 전통적인 시골

유지의 삶을 이어 오고 있었다. 제인도 마을의 보통 처녀들처럼 사교 모임에 나가고 친구를 사귀고 춤을 즐기고 약간의 연애 사건도 겪었다. 그러는 가운데 주변 사람들의 행동과 심리를 관찰해 그것을 편지나 습작 소설을 통해 그려 내기도 했다. 특히 이 고향 마을에서 결혼으로 이어질 뻔했던 두 번의 연애 사건을 겪으면서 연애와 결혼의 문제가 비단 두 사람 사이의 연애 감정의 문제만이 아니라 경제적 요인과 풍습의 힘에 피할 수 없게 얽혀 있다는 것을 실감하게 된다. 스무 살이 되던 해, 마을 청년 톰 르프로이와 사귀었으나 더 유망한 결혼을 원한 남자 쪽 집안의 방해로 무산된 적이 있었다. 이 일 자체는 제인에게 큰 상처는 아니었으나 결혼의 제도적 성격을 몸소 느끼게 해 주었다. 제인의 삶에서 더 의미 있는 사건은 1802년의 일로, 그 전해 식구들과 함께 바스로 이사 간 제인이 고향 마을에서 아버지의 목사직을 승계한 큰오빠의 집에 와 있을 때였다. 이웃 마을의 친구 집에 놀러 갔던 제인은 친구의 동생이자 그 집안의 상속자인 해리스 비그위더에게 갑작스럽게 청혼을 받고 승낙했다. 그러나 다음 날 아침 제인은 큰 실수를 저질렀다는 생각에 일어나는 길로 그 집을 나와서 급히 바스로 떠나 버렸다. 이 청혼은 당시 스물일곱의 제인이 결혼할 수 있었던 마지막 기회이기도 했다. 더구나 당시 재산이 별로 없는 여성에게 결혼이란 생존의 조건이자 일정한 품위를 유지하며 살 수 있는 거의 유일한 길이었다. 그럼에도 제인은 사랑의 감정이 없는 결혼을 선택하느니 차라리 혼자 살기를 원했던 것이다. 직접 체험도 하고 주변에서 일어나는 일들을 보면서 제인은 세상 물정을 깊이 이해하는 힘을 길렀고 세속에 물들지 않는 활발한 정신을 유지했다.

1805년 아버지를 여의고 남겨진 어머니와 두 딸들은 생활고 때문에 여기저기 옮겨 다닌 끝에 대지주 나이트 가문의 양자로 간 둘째 오빠 에드워드의 도움으로 초턴의 한 코티지에 정착했다. 바로 이곳에서 제인은 본격적으로 소설 쓰기에 돌입했다. 1817년 마흔두 살의 나이로 죽음을 맞기 직전까지 제인 오스틴은 팔 년간의 마지막 생애 동안 모두 여덟 권의 소설을 출판하거나 완성했고, 그 하나하나 자신의 표현대로 "섬세한 붓으로 2인치의 상아에 작업"하듯이 정교한 필치를 발휘해 예술성이 뛰어난 소설의 한 전범을 창조해 낸 것이다. 20세기 영국의 가장 대표적인 비평가인 F. R. 리비스가 영국 소설의 '위대한 전통'을 거론하면서 이 전통의 첫 자리에 그녀를 올린 것에서도 엿볼 수 있듯이, 제인 오스틴은 당대 현실을 충실하게 재현해 낸 리얼리스트이자 인간의 삶의 도덕적 의미를 깊이 고찰한 탐구자였다. 그녀가 그려 낸 세계가 시골 양반 세계에 한정되어 있고, 18세기에서 19세기로 넘어가는 시대의 격변하는 현실에서 벗어나 있다는 비판도 있지만, 연애와 결혼이라는 한정된 주제를 다루면서 근대 사회의 여명기에 벌어지는 인간의 의식과 행동의 변화를 그처럼 철저하고 정확하게 그려 낸 작가도 따로 없을 것이다. 전체적으로 희극의 분위기를 띠고 있고 풍자와 반어가 속출해서 독자는 작품에 그려진 인물 군상들을 보면서 웃음을 터뜨리는 때도 많지만, 그러다 보면 어느새 근대 사회에서의 인간 문제를 깊이 생각하고 있는 자신을 발견하게 된다. 이것이 제인 오스틴의 작품이 지닌 고전으로서의 힘일 것이다.

제인 오스틴의 처녀작인 『이성과 감성』도 훗날 그녀를 위대한 작가로 인정받게 했던 특성들을 보여 준다. 인물들의 행동과 심리에 대한 세밀하면서도 깊이 있는 묘사, 당시의 삶의 양상과 의식을 있는 그대로 보여 주는 서술과 대화법 그리고 무엇보다도 인간성과 도덕의 문제에 대한 진지하고 끈질긴 관심이 바로 그것이다. 구성에 있어서 다소 거칠거나 무리한 부분이 없지 않다는 비판도 있지만, 인물들의 성격과 사건들을 이만한 박진감을 가지고 밀고 나가는 작품도 드물다. 이 작품 다음에 발표된 『오만과 편견』이 더 세련되고 필법도 더 가볍고 더 활기차고 날카로운 풍자를 보여 주는 것은 사실이다. 그럼에도 인물들의 성격과 고민을 파고드는 치열함은 오히려 『이성과 감성』이 더 윗길이라는 인상을 받는다.

제목 그대로 이 작품은 인간성의 두 측면 '이성'과 '감성'에 대한 탐구이다. 인간은 누구나 이성적인 면과 감성적인 면이 있고, 경우에 따라서 어느 한 면이 강하게 나타나는 인간 유형이 있기 마련이다. 제인 오스틴은 『이성과 감성』의 두 자매 여주인공 엘리너와 메리앤을 각각의 유형을 대변하는 인물로, 즉 언니는 이성을, 동생은 감성을 대변하는 인물로 설정하고, 이 두 인물을 통해 인간성의 두 속성이 어떻게 인간관계에서 발현되는지 면밀히 관찰한다. 나아가서 어떤 유형의 인간이 좀 더 바람직한 삶에 어울리는지 질문한다. 두 자매 모두 다정다감한 성격에 지성과 감수성을 타고났지만, 언니인 엘리너는 분별력이 있고 무엇보다도 감정을 조절하는 능력이 탁월한 데 비해 동생인 메리앤은 자기 감정에 충실한 점이 장점이면서 그것이 지나칠 때는 절제하지 못하는 약점이 있다. 각자가 연애를 하는 방식에서 이 대비가 극명하게 나타난다. 내성적이고 도덕적인 청년 에드워드를 사랑하는 엘리너는 사랑의 감정을 서서히 발전시키면서 그 감정의 정도를 늘 점검하고 거기에 충실하려는 데 비해, 메리앤은 멋지고 열정적이고 활동적인 청년 윌러비에게 첫눈에 반해 모든 순정을 바치고 열정적인 연애 감정에 휩싸인다. 엘리너의 연애는 남들이 겨우 눈치만 챌 수 있을 정도로 지지부진인 한편, 메리앤의 연애는 누구의 눈에도 서로 사랑에 빠져 있는 것이 명확할 정도로 적극적이고 숨김없다. 언니는 동생의 이 같은 처신이 남의 이목에 어떻게 비칠지 걱정하고, 동생은 동생대로 언니의 감정이 너무 미적지근하다고 탓한다. 두 자매 모두 이 사랑에서 일종의 배신을 경험하는데, 여기에 대한 대응에서도 둘의 태도는 현격하게 차이가 난다. 엘리너는 에드워드가 자신과 맺어지기 어려운 상황에 처해 있음을 알고 충격을 받는다. 그러나 그녀는 사태를 냉정하게 정리하고 자신의 고통을 속으로 삭이고 식구들에게 아무런 내색도 하지 않는다. 이에 반해 메리앤은 상대의 변심을 알게 되자 망연자실해 거의 제정신이 아닐 정도로 절망에 빠진다. 엘리너의 고통은 아무도 모르는 채 모든 가족이 메리앤을 걱정하고 엘리너 자신도 동생을 챙기기에 바쁘다. 더구나 엘리너는 사랑하는 사람이 다른 여자와 결혼할 수 있도록 주선해야 하는 곤혹스러운 처지에 빠진다.

분별력 있는 엘리너, 감성이 풍부한 메리앤. 이 둘 가운데 어느 인물이 더 독자의 사랑을 받을까? 메리앤의 '감정적인' 반응과 엘리너의 '이성적인' 반응 가운데 어느 쪽이 올바른 삶의 방식일지 묻는 것이 이 작품의 문제의식이라고 볼 수 있다. 이와 같은 문제의식을 고려하면, 후에 엘리너가 자신의 고통을 보상받아 원래의 연인과 결혼하는 반면 메리앤은 쓰라린 실연의 상처를 안고서 애초에는 관심이 없었던 나이 많은 숭배자 브랜던 대령과 맺어지는 결말을, 작가가 메리앤의 지나친 감성에 경종을 울리고 엘리너의 분별력에 손을 들어 준 것이라고 해석할 여지는 있다. 그러나 메리앤의 열정과 좌절이 젊음의 열기를 뿜어내면서 독자들의 마음을 사로잡는 면이 있기 때문에, 이 작품이 '이성'과 '감성'이라는 두 대립 항 가운데서 어느 쪽을 선택하고 있는지 확정하기는 쉽지 않고 결국 작품을 어떻게 해석하느냐에 달린 문제가 될 것이다.

이 작품이 쓰인 19세기 초는 문학사적으로 낭만주의 시대로 일컫는 시기로, 당시 문학의 주된 경향은 18세기적인 이성과 합리에 대한 반발로 감수성과 감정의 표출을 중시하는 것이었다. 주로 시를 통해 이 같은 정서가 폭발적으로 일어났지만, 소설에서도 괴기스러운 소설이나 낭만적인 역사 로맨스 등이 유행을 타고 있었다. 바야흐로 감성의 해방이 이루어지던 바로 이 시기에, 제인 오스틴은 '이성'과 '감성'이 한쪽 방향으로 치우칠 때 어떤 문제가 발생하는지 찬찬히 고찰하는 소설을 써낸 것이다. 그리고 여기에 진지한 도덕적 성찰을 가함으로써, 현실 의식과 결합된 상상력의 진경을 보여 주었다. 제인 오스틴이, 그리고 『이성과 감성』이 지금까지도 간직하고 있는 호소력과 매력은 바로 이 작가의 리얼리스트로서의 성취에서 비롯한다.

이 작품은 옮긴이로서는 두 번째로 번역한 고전이다. 수년 전 같은 작가의 『오만과 편견』을 동학인 하버드 대학교의 전승희 선생과 공역으로 출간한 이후, 영문학의 고전 작품을 더 번역하고 싶은 마음이 생겼던 터에 마침 다시 민음사의 제안이 있어서 이 작품의 번역을 맡게 되었다. 고전 작품을 제대로 번역하는 일이 우리 문화를 위해서도 매우 중요한 일이고, 옮긴이 자신이 고전 번역에 매력을 느껴서 시작한 일이었지만, 역시 번역이란 만만치 않다는 것을 새삼 실감했다. 특히 이 작품은 제목부터 옮기기 쉽지 않아 고심하다가, '이성과 감성', '분별과 감성' 두 가지 최종 후보 가운데 결국 전자로 정했다. 영어로 sense는 '이성', '분별력', '사리' 등의 의미를 지니고, sensibility는 '감정', '감수성', '다정다감' 등의 어의를 가지는데, sense를 '이성'으로 번역하는 경우 원어를 reason으로 오해할 수도 있다는 우려가 없지 않았으나, 오스틴 당시의 용법을 살려서 그 역어를 선택했고 sensibility도 제목의 대립적인 의미를 고려해 '감성'으로 번역했다. 제인 오스틴을 전공한 한 후학의 말로는 작가의 작품들 가운데서도 『이성과 감성』이 번역하기에 가장 까다롭다는데, 과연 얼마나 원작에 정확하게 부합하면서 작품성을 살려 낸 번역일지 두려운 마음으로 독자와 학계의 평가를 기다린다.

특히 초역을 한 이후 수정하는 과정에서 기존 번역서 가운데 동학인 수원대학교 김현숙 교수의 번역본을 구해 참조할수 있어 많은 도움이 되었다. 지면으로 감사드린다. 번역 원본은 1813년 초판 발행 후 작가의 수정을 거쳐 같은 해 11월에나온 재판에 토대를 두고 정본을 만든 옥스퍼드 판 *Sense and Sensibility*를 사용했다. 원문 중에 이탤릭체로 강조된 곳은 옮기면서 문장 중에 소화했다. 또 내용 가운데 설명이 필요한부분에서는 이 텍스트의 주석과 관련 자료를 참조해 각주를달았다. 독자들께서 독서 중에 혹 의문이 생기는 대목이 있으면 언제라도 지적해 주기를 바라며, 기회 닿는 대로 더 나은판본을 내놓기 위해 노력할 것임을 약속드린다.

2006년 봄
윤지관

15년 만에 다시 만난 『이성과 감성』

소설가 제인 오스틴의 탄생을 알린 첫 작품 『이성과 감성』의 개정판을 내게 되어 역자로서 무척 기쁘다. 초판 번역본을 낸 것이 2006년이니 어느새 15년의 세월이 흘렀다. 돌이켜 보면 그 몇 해 전 같은 출판사에서 『오만과 편견』을 공역으로 낸 이후 단독으로 번역한 첫 작품인지라 이 책에 대한 역자의 감회는 남달랐다. 또 『오만과 편견』의 대중적 인기에는 미치지 못하지만 이 작품도 독자들의 폭넓은 사랑을 받아 왔다. 그러나 개인적으로는 이 작품만큼은 언제 기회가 되면 반드시 개역판을 내겠다고 마음먹고 있었던 것도 사실이다.

당시 역자는 번역에서 가장 중요한 것은 정확성이라고 생각했고, 이 작품을 번역하면서도 원작에 최대한 충실하게, 이를테면 사용된 단어 하나하나의 의미까지 살릴 수 있게 옮기려고 노력했다. 그러나 그 결과는 꼭 만족스럽지는 않았다. 미흡한 대로 원문에는 비교적 충실했는지는 몰라도, 출간 후 역자 자신이 보기에도 어색한 번역 투가 많았거니와 전체적으로 읽기가 수월치 않은 대목들이 여기저기 나오는 것을 알게 된 것이다. 이후 개역을 염두에 두면서 틈틈이 고치고 싶은 대목들을 표시해 두기도 했다. 마침 올 초에 출판사 측에서 수정 작업을 할 의사를 물어와서 흔쾌히 승낙했고, 수정하는 김에 번역을 전면적으로 검토해 명실상부한 개정판이라고 해도 좋을 새 판본을 내기로 했다.

『이성과 감성』은 다음 작품인 『오만과 편견』처럼 재기 넘치고 밝은 소설은 아닌 대신 주인공을 비롯한 주요 인물들의 깊고 복잡한 심리와 의식을 밀도 있게 그려 낸다. 이 작품이 오스틴의 어떤 작품보다 번역하기 어렵다는 평을 듣는 것도 작품의 이 같은 성격과 관련이 있을 것이다. 역자의 초판본에서 직역투가 많이 있었던 것도 마찬가지 이유가 아닌가 한다. 이번 개역 과정에서 역자는 가능한 한 자구에 얽매이지 않으면서도 인물들의 그 같은 의식을 정확하고 깊이 있게 담아내는 문장을 구사하고자 노력했다. 그 노력이 얼마나 성공적이었는지는 독자들의 판단에 맡겨야겠지만, 초판보다 더 적확한 단어가 선택되고 문장도 읽기에 훨씬 더 자연스러워졌다고 믿는다.

이번 개역 작업을 계기로 역자는 번역이란 끝없는 과정이고 어떤 점에서는 창조적인 일면을 가지고 있음을 더 실감할 수 있었다. 이 개정판을 통해 오스틴을 사랑하는 독자들이 작

개정판을 펴내며

가의 진정한 면모에 더 가까이 다가갈 수 있다면 역자로서는
오직 고마울 뿐이다.

2022년 봄

윤지관

작가 연보

1775년   12월 16일 영국 햄프셔주 스티븐턴 마을에서 교
　　　　　　구 목사인 아버지 조지 오스틴과 어머니 커샌드
　　　　　　라 리 오스틴 사이에서 8남매 중 일곱째이자 둘
　　　　　　째 딸로 태어났다.

1783~1786년 언니 커샌드라와 함께 간헐적인 기숙 학교 생활
　　　　　　을 했다.

1787~1793년 습작 생활(사후 세 권으로 출판).

1793~1795년 『수전 마님』을 집필했다.

1795년   『엘리너와 메리앤』을 집필했다.

1795~1796년 톰 르프로이와 청혼 직전까지 간 관계가 남자 쪽
　　　　　　집안의 반대로 무산되었다.

1796~1797년 『첫인상』을 집필했다. 런던의 한 출판사에 가져

갔으나 거절당했다.

1797~1798년	『엘리너와 메리앤』을 『이성과 감성』으로 개작했다.
1798~1799년	『수전』을 집필했다.
1799~1800년	1791~1792년경 시작한 것으로 추정되는 희곡 『찰스 그랜디슨 경』을 완성했다.
1801년	아버지가 은퇴하고 장남인 제임스가 교구를 물려받은 뒤 어머니, 언니와 함께 서머싯주의 도시인 바스로 이사했다.
1802년	해리스 비그위더의 청혼을 수락 후 번복했다.
1803년	『수전』의 판권을 런던 크로스비 출판사에 10파운드에 판매했다.
1803~1804년	『왓슨가 사람들』을 집필했다.
1805년	아버지가 사망했다.
1806~1809년	바스를 떠나 약 삼 년 동안 형제, 친척, 친구 집을 전전했다.
1809년	나이트 집안의 상속자인 오빠 에드워드가 마련해 준 햄프셔주 초턴의 작은 집으로 이사했다. 『수전』의 판권만 사 놓고 출판이 지연되자 크로스비 출판사에 항의 편지를 보냈다. 『이성과 감성』을 개작했다.
1811년	『이성과 감성』을 출판했다(140파운드 수익). 『맨스필드 파크』 집필을 시작했다.
1811~1812년	『첫인상』을 『오만과 편견』으로 개작했다.
1813년	『오만과 편견』을 출판하고(110파운드 수익), 『맨

스필드 파크』를 완성했다. 『이성과 감성』과 『오만
과 편견』 매진으로 재판을 인쇄했다.

1814년	『맨스필드 파크』가 출판되어 매진되었다(310~350 파운드 수익).
1814~1815년	『에마』를 집필했다.
1815년	『에마』를(섭정 동궁을 알현한 뒤 이 책을 그에게 헌정) 출판해서 다음 해에 매진되었다(221파운드 수익). 『설득』 집필을 시작했다.
1816년	『수전』의 판권을 되샀다. 『맨스필드 파크』 재판을 인쇄했다(인세로 계약했기 때문에 183파운드드를 손해 봄). 『설득』을 완성했다.
1817년	『샌디턴』(당시 가제 『형제들』) 집필을 시작한 뒤 병으로 인해 중단했다. 7월 18일 새벽 4시 30분경 사망했다. 12월 『노생거 사원』(『수전』을 개제한 것)과 『설득』을 출판했다. 『오만과 편견』의 재판도 매진되었다.
1871년	『수전 마님』, 『왓슨가 사람들』, 『설득』의 교정 전원고 등이 출판되었다.
1884년	『제인 오스틴의 편지』가 두 권으로 출판되었다.
1922년	『사랑과 우정』(제인 오스틴의 습작 중 2권)이 출판되었다.
1923년	채프먼 편집, 『제인 오스틴 소설 전집』이 다섯 권으로 옥스퍼드에서 출판되었다.
1925년	채프먼 편집, 『샌디턴』과 『수전 마님』이 출판되

었다.

| 1926년 | 채프먼 편집, 『설득의 마지막 두 장과 다양한 기록에서 추정되는 소설 계획서』가 출판되었다. |

1926년   채프먼 편집, 『설득의 마지막 두 장과 다양한 기
록에서 추정되는 소설 계획서』가 출판되었다.

1927년   채프먼 편집, 『왓슨가 사람들』이 출판되었다.

1932년   채프먼 편집, 『제인 오스틴이 언니 커샌드라와
다른 사람들에게 보낸 편지』가 두 권으로 출판
되었다.

1933년   채프먼 편집, 『습작』1권이 출판되었다.

1940년   『세 편의 저녁 기도』가 출판되었다.

1951년   채프먼 편집, 『습작』3권이 출판되었다.

1954년   전집에서 제외된 작품들이 옥스퍼드 전집의 6권
으로 출판되었다.

1975년   『샌디턴』의 원고가 출판되었다.

1980년   『제인 오스틴의 찰스 그랜디슨 경』이 출판되었다.

1995년   『제인 오스틴의 편지』3판이 인쇄되었다.

1996년   『제인 오스틴: 시 전집과 오스틴 가족의 시』가 출
판되었다.

세계문학전집 132

이성과 감성

1판 1쇄 펴냄 2006년 3월 25일
1판 40쇄 펴냄 2022년 1월 25일
2판 1쇄 펴냄 2022년 8월 3일
2판 3쇄 펴냄 2024년 1월 15일

지은이 제인 오스틴
옮긴이 윤지관
발행인 박근섭, 박상준
펴낸곳 (주)민음사

출판등록 1966. 5. 19. (제 16-490호)
서울특별시 강남구 도산대로1길 62(신사동) 강남출판문화센터 5층 (우편번호 06027)
대표전화 02-515-2000 팩시밀리 02-515-2007
www.minumsa.com

© 윤지관, 2006, 2022. Printed in Seoul, Korea

ISBN 978-89-374-6132-3 04800
ISBN 978-89-374-6000-5 (세트)

* 잘못 만들어진 책은 구입처에서 교환해 드립니다.

세계문학전집 목록

세계문학전집은 계속 간행됩니다.